BASTEI
LÜBBE

BASTEI LÜBBE ANN RULE IM TASCHENBUCH-PROGRAMM:

13 390 Wenn du mich wirklich liebhast
13 506 Blick in den Abgrund
13 576 Alles, was sie sich erträumte
13 764 Eine Rose für ihr Grab
13 833 Am Ende der Straße
13 992 Der perfekte Ehemann

Ann Rule

Tödliches Verlangen

Aus dem Amerikanischen
von Cécile G. Lecaux

BASTEI
LÜBBE

BASTEI LÜBBE TASCHENBUCH
Band 14 211

Erste Auflage: Mai 1999

Sie finden uns im Internet unter
http://www.luebbe.de

Originaltitel: A Fever In The Heart
Lektorat: Christiane Wagner / Marco Schneiders
Titelbild: Tony Stone
Umschlaggestaltung: QuadroGrafik, Bensberg
Satz: KCS GmbH, Buchholz/Hamburg
Druck und Verarbeitung:
Brodard & Taupin, La Flèche, Frankreich
Printed in France
ISBN 3-404-14211-X

Der Preis dieses Bandes versteht sich einschließlich der gesetzlichen Mehrwertsteuer

Für meine Freundin
Olive Morgan Blankenbaker, geboren 1910,
und
für meine Mutter,
Sophie Hansen Stackhouse, 1906–1995,
zwei tapfere Frauen, die viel zu früh
ihre einzigen Söhne verloren haben.

Sie haben mich gelehrt,
wie man Tragödien und Verlust übersteht
und mit Haltung und Würde altert.

Danksagungen

Dieses Buch war über zwanzig Jahre in Arbeit. Im Laufe all dieser Jahre haben mir viele Menschen geholfen, ›Tödliches Verlangen‹ und die anderen fünf Fälle zu recherchieren, zu begreifen und zu dokumentieren. Niemand vergißt jemals Mordfälle, in denen Tragödie und Verrat so eng miteinander verknüpft sind, und auch die Zeit trägt nur sehr begrenzt dazu bei, den Schmerz zu lindern. Darum bin ich auch den vielen Menschen so dankbar, die im Laufe der Entstehung dieses Buches mit mir gesprochen und in ihrer Erinnerung geforscht haben, um mir zu helfen.

Und so danke ich: Olive Blankenbaker, Vernon Henderson, Staatsanwalt Jeff Sullivan und seinem Stab vom Yakima County, Mike McGuigan, dem Yakima Police Department, Robert Brimmer, Mike Meyers, Marion Baugher, dem inzwischen verstorbenen Mike Brown, Lonna K. Vachon, ›Pleas‹ Green, dem *Yakima Herald-Republic* (besonders dem Bibliothekar Donean Sinsel und dem Reporter James Wallace), der Yakima Valley Regional Library (insbesondere Janna Davis und Jacob Warren), Mike Blankenbaker und John Sandifer.

Chuck Wright, Joyce Johnson, dem Morddezernat des Seattle Police Department, Bernie Miller, Roy Moran, Benny DePalmo, den inzwischen verstorbenen Dick Reed und George Cuthill, dem Sheriffbüro von Pierce County im Staate Washington, Walt Stout, Mark French, der Staatspolizei von Oregon, dem Sheriffbüro von Marion County in Oregon, Jim Byrnes, Dave Kominek, Mel Gibson, dem Police Department von King County, Ted Forrester, Roger Dunn, Bezirksstaatsanwalt Marty Sells vom Columbia County im Staate Oregon, Phil Jackson, Herb McDonnell, dem Police Department von Bellevue im Staate Washington, Gary Trent, Mark Ericks und Dutzenden weiteren Detectives, Streifenpolizisten, Stellvertretenden Staatsanwälten und Strafvollzugsbeamten, deren Einsatz dazu beigetragen hat, die ›Antihelden‹ in den folgenden Fällen aus meinen Verbrechensakten dingfest zu machen, zu verurteilen und zu bewachen.

Auch möchte ich den zahlreichen Zeugen meine Anerkennung aussprechen, die den Mut hatten, sich zu melden und vor Gericht auszusagen.

Obgleich es oft den Anschein hat, als würde ich nie irgend jemanden zu Gesicht bekommen außer meinen beiden Hunden, meinen beiden Katzen und meinem Computerbildschirm, bin ich mir meiner engagierten Anhänger draußen stets bewußt, und das ist mir eine große Hilfe! Mein Dank geht an meine Redakteure und Lektoren: Bill Grose; Julie Rubenstein, meine ständige und engagierte Redakteurin; Molly Allen, der schnelldenkenden Lektorin mit den Adleraugen; und Leslie Stern, die hilft, unser kreatives Chaos zu ordnen. Meinen Dank auch an Paolo Pepe, der mich so wunderbar bei der Gestaltung der Cover unterstützt, und Gina Centrello, unserer Herausgeberin.

Wenn ich mich auch nur sehr selten blicken lasse, habe ich immer noch Freunde, und diese weiß ich auch zu schätzen, da sie wirklich verstehen, was ›Deadline‹ bedeutet. Für: Donna Anders, Gerry Brittingham, Tina Abeel, Lisa und Bryan Pearce – und Taryn und Ashlyn, Ruth und Greg Aeschliman – Kirsten, Peter und Brad, Anne und Haleigh Jaeger, Sue und Joe Beckner, Maureen und Bill Woodcock, Martin und Lisa Woodcock, Lola Cunningham, Mary Lynn Lyke, Susan Paynter, Bill und Shirley Hickman, Ione und Jack Kniskern, Austin und Charlotte Seth, Clarene und Jan Shelley, Millie Yoacham und Eilene Schultz, Peter Modde, Bill Hoppe, Jennie und Harley Everson, Hank Gruber, Nils und Judy Seth, Erik Seth, Bill und Joyce Johnson, Verne und Ruth Cornelius, Barbara Easton, Jeanne Hermens und Jack Livengood, Mike Shinn und Kari Morando, Karen Thomas und Amy Lowin, Dan ›der Würstchenmann‹ House, Verne Shangle, Betty May und Phil Settecase, Sue und Bob Morrison, Jennifer und Siebrand Heimstra, Bill und Ginger Clinton, Hope Yenko, Lois Duncan, Joe und Jeannie Okimoto, Carol und Don McQuinn, John Saul, Edna Buchanan, Anne Combs, Michael Sack, Judine und Terry Brooks und Margaret Chittenden.

Im ›On-line-Zeitalter‹ habe ich darüber hinaus eine Menge neuer Freunde gewonnen, die ich vielleicht nie persönlich kennenlernen werde. Trotzdem war es wunderbar, mit ihnen zu ›sprechen‹. Also danke an das Time-Warner True Crime Forum, an das Author's Forum und das CNN-Forum. Danke Darlah und Nathan Potechin, Madeleine Kopp, Karen Ellis, Deanie Mills, Pat Moses-Caudel, Emily Johnston, Joseph Carey, William Diehl, Lowell Cauffield, Joe Bob Briggs und Clark Howard.

Für meine Familie: Laura, Leslie, Andy, Mike und Bruce. Rebecca und Matthew, Ugo, Nancy und Lucas Saverio Fiorante. Für alle Nachkommen von Chris Hansen, die sich in alle vier Winde verstreut haben: Michigan, Wisconsin, Nevada, Kalifornien, Florida und den Nordwesten und für den Stackhouse-Clan, der in Nankin, Ohio, seinen Ursprung hat. Ich liebe euch alle.

Ohne Joan und Joe Foley, meine Literaturagenten und Mary Alice Kier und Anna Cottle würde ich immer noch in meinem feuchten Keller im Staate Washington schreiben. Danke für die trockenen Füße und das Dach über meinem Kopf!

Und abschließend noch meinen Dank an alle, die meine Bücher lesen. Sie ahnen ja nicht, wieviel es mir bedeutet, zu hören: ›Ich konnte das Buch nicht aus der Hand legen und habe die ganze Nacht gelesen‹. Das ist Musik in den Ohren eines Autors. Wenn Sie noch nicht auf der Mailing-Liste meines vierteljährlichen Rundschreibens stehen und gern dabei wären, schreiben Sie mir bitte an folgende Adresse: P.O. Box 98846, Seattle, Washington 98198, USA.

Das Leben in seiner Tragik bedarf weiß Gott keiner Schurken!
Leidenschaften triumphieren; getäuscht werden wir von der innewohnenden Falschheit.

George Meredith, ›Moderne Liebe‹

Inhalt

Vorwort der Autorin

Es heißt, es gäbe unter der Sonne nichts, was nicht schon dagewesen wäre. Sogar jene Dramen und Tragödien, die dem wirklichen Leben entnommen sind, sind nur eine Wiederholung von etwas, das sich bereits früher ereignet hat. Ich halte diese Einschätzung für zutreffend.

In diesem dritten Band* meiner ›Authentischen Fallakten‹ habe ich, wie mir erst später aufgefallen ist, unbewußt vier Fälle ausgewählt, denen ein gemeinsamer Nenner zugrunde liegt: Verrat. Da ich eine große Verfechterin der These bin, daß wir nichts *zufällig* tun, muß wohl die richtige Zeit gekommen sein, mich Morden zuzuwenden, die geschehen sind, weil das oder die Opfer von einer Person verraten wurden, der sie vertraut haben. In den meisten der folgenden Fälle haben die Opfer über lange Zeit an ihre Mörder geglaubt; einmal haben die Opfer zu bereitwillig Vertrauen in die falschen Leute gesetzt. Verratene Liebe oder Freundschaft empfinden die meisten von uns als besonders tragisch. Der Gedanke, daß einige der Opfer in diesem Buch den Verrat in den letzten Augenblicken ihres Lebens erkannt haben müssen, kann sehr belastend sein.

In den beiden letzten Fällen vertraute das System auf die Rehabilitierung eines Kriminellen – und unschuldige Menschen haben für diesen Fehler bezahlt.

Aber jedes einzelne der aufgeführten Verbrechen lehrt uns, daß die Dinge selten so sind, wie sie scheinen, und ein gesundes Maß an Mißtrauen durchaus angebracht ist.

Der Titelfall, ›Tödliches Verlangen‹ ereignete sich sehr früh in meiner Karriere als Autorin wahrer Kriminalgeschichten, genaugenommen so früh, daß es mir ebenso an Mut wie an den technischen Fertigkeiten mangelte, ihn in einem Buch zu verarbeiten. Ehrlich gesagt hatte ich Angst

* Die beiden ersten Bände sind: ›Eine Rose für ihr Grab‹ (Bastei-Lübbe-Taschenbuch 13764) und ›Der perfekte Ehemann‹ (Bastei-Lübbe-Taschenbuch 13992).

davor, überhaupt zu versuchen, ein ganzes Buch zu schreiben; ich konnte mir einfach nicht vorstellen, drei- bis vierhundert Seiten zu verfassen.

Trotzdem verfolgte ich den gesamten Prozeß – Resultat aus sehr intensiven polizeilichen Ermittlungen in Yakima, Washington. Wegen einer Verlegung der gerichtlichen Zuständigkeit in einen anderen Bezirk fand das Verfahren während eines ungewöhnlich heißen Sommers in Seattle statt. Ich war täglich im Gerichtssaal, zutiefst fasziniert von den tragischen Folgen der ›Liebe‹ eines Mannes zu einer schönen Frau. Aber es war nicht die Art von zärtlicher, romantischer Liebe, wie wir sie uns gemeinhin vorstellen. Hier handelte es sich um Besessenheit, um eine verzehrende Leidenschaft, die an einem bis dahin ganz normalen Mann nagte, wie Säure sich durch Metall frißt, bis schließlich all die Werte, an die er glaubte, ausgelöscht waren.

Ich habe die ›Charaktere‹ dieser modernen Tragödie (im klassischen Sinne) in Fleisch und Blut gesehen und mich sogar mit einigen von ihnen angefreundet. Das war nicht einfach ein Fall mehrfachen Mordes; dieses Drama zog den Zusammenschluß und den späteren Zerfall mehrerer Familien nach sich. Jeder, der über dieses Verbrechen schrieb, mußte Jahrzehnte zurückgehen, um das Ausmaß des Verlustes auch nur annähernd veranschaulichen zu können. Ich wußte, daß diese Geschichte erzählt werden mußte, und nahe Verwandte des Opfers baten mich, doch eingehender auf den Fall einzugehen, aber nach einigen quälerischen Kämpfen mit mir selbst entschied ich mich dagegen. Ich hielt mich nicht für fähig, diesem Fall gerecht zu werden.

Es sollte noch Jahre dauern, ehe ich mein erstes Buch in Angriff nahm: ›Der Fremde an meiner Seite‹. Nachdem die Kritiken meiner Ted-Bundy-Story erschienen waren, schrieb ich ein Dutzend Bücher, kehrte jedoch immer wieder zurück zu ›Tödliches Verlangen‹. In dieser ganzen Zeit habe ich meine Notizen aufbewahrt sowie die Photos, die meine Tochter im Gerichtssaal geschossen hat und jene, die mir von Verwandten der Opfer überlassen wurden. Ich glaube, ich habe immer gewußt, daß ich *eines* Tages die ganze Geschichte schreiben würde, weil ich die Unterlagen zu diesem Fall bei jedem Umzug mitgeschleppt habe.

Zwei Jahrzehnte später finde ich immer noch, daß diese entsetzlich ironische Geschichte von Morden in Yakima, Washington, eine erstaunlichere Verkettung von Umständen beinhaltet, als sie mir je in einem anderen Fall begegnet ist. Alle Beteiligten waren Siegertypen – intelligent, attraktiv, charismatisch, sportlich und beliebt.

Was um alles in der Welt ist schiefgelaufen? Es wird ein ganzes Buch erfordern, zu versuchen, die Hintergründe zu klären, und jetzt endlich bin ich hierzu bereit.

Neben ›Tödliches Verlangen‹ finden Sie in diesem Buch noch fünf weitere Fälle, die ich nie habe vergessen können: ›Spiegelbilder‹, ›Schwarzes Leder‹, ›Ich werde dich ewig lieben‹, ›Mord ohne Leiche‹ und ›Der Unfall auf dem Highway‹.

Ich hoffe, daß sie alle Sie fesseln werden.

Ann Rule
Seattle, 1996

Tödliches Verlangen

Der erste Tag nach einem Urlaub ist immer irgendwie ernüchternd – auch wenn die Ferien ein Erfolg waren und Verwandte und Freunde es geschafft haben, zusammenzukommen, ohne daß halbvergessene Unstimmigkeiten und alte Wunden die Stimmung trüben. In New York City und Yakima, Washington, so wie in jeder Stadt und jedem Dorf dazwischen, kommt es jedoch innerhalb von Familien, die das ganze Jahr über eng zusammenleben, im Urlaubsstreß häufig verstärkt zu Meinungsverschiedenheiten. Vielleicht liegt es daran, daß die Menschen während der Ferien mehr vom Leben erwarten. Jene, die über zehn Jahre alt sind, werden gewöhnlich enttäuscht.

Kapitel 1

Im Jahre 1975 war es an dem Freitag nach Thanksgiving in Yakima eisigkalt und ungemütlich. Im Frühling duften Yakima und die ganze County nach einem Meer von Apfel- und Pfirsichblüten aus tausend Obstplantagen; im Sommer wachsen und gedeihen die Feldfrüchte, und im Herbst sind die Äste der Bäume schwer von Obst. Aber in der letzten trüben Novemberwoche 1975 herrschte in Yakima eine furchtbare Kälte, und der Himmel wurde von tiefhängenden Wolken verdunkelt. Sie verkündeten den ganzen Tag Schnee, der jedoch auch bei Einbruch der Dunkelheit noch auf sich warten ließ.

Der Samstag war der zwölfte Jahrestag einer der schlimmsten Tragödien Amerikas, die sich am 22. November 1963 ereignet hatte: An jenem unheilvollen Tag war Präsident John F. Kennedy auf dem Höhepunkt seiner Macht in Dallas einem Attentat zum Opfer gefallen; ein Kopfschuß hatte ihn getötet, noch bevor er die lauernde Gefahr hatte spüren können. Das Datum war das erste in einer Serie grauenhafter Wiederholungen – wenngleich diese sich auf weniger exponierter Ebene abspielten.

Obgleich die Straßenlaternen bereits weihnachtlich dekoriert waren, wollte in Yakima keine rechte Festtagsstimmung aufkommen. An jenem Abend des 21. November 1975 ging die Sonne viel zu früh unter. Vielen Menschen wurde bei der Erinnerung schwer ums Herz. Thanksgiving war vorbei, und nun stand Weihnachten vor der Tür.

Es war so kalt.

Gerda Lenberg lebte in einem Doppelhaus 506 East Lincoln in Yakima. Viele Straßen in der Stadt waren durch Nummern oder Buchstaben gekennzeichnet oder nach Präsidenten benannt, und von den meisten zweigten schmale Sträßchen ab, die an rückwärtigen Gärten entlangführten. Sie halbierten gewissermaßen die Wohnblocks und erlaubten es den Anwohnern, ihre Wagen abseits der Hauptstraßen zu parken. Gerda beschrieb stets sehr präzise, wo sie wohnte: »Rechts Ecke Sechste oder Lincoln – oder Ecke Lincoln und Seitenstraße.«

Letzteres war zutreffender. Gerda wohnte in einer Wohnung im Souterrain; ihr Schlafzimmerfenster ging zur Seitenstraße hinaus. An den meisten Abenden genehmigte Gerda sich einen Bourbon mit Wasser, aß zu Abend, sah anschließend bis zehn fern und ging dann zu Bett. So hielt sie es auch an jenem trostlosen dunklen Freitag abend des 21. November 1975. Sie schaltete das Licht aus und schob das Schlafzimmerfenster ein wenig hoch, um frische Luft hereinzulassen. Sie hatte keine Angst vor Einbrechern; es war eine gute Wohngegend mit vielen Appartement- und Einfamilienhäusern und Kirchen ganz in der Nähe. Tagsüber benutzten Dutzende von älteren Leuten die Seitenstraße auf dem Weg zu irgendwelchen Kirchenaktivitäten.

Gerda konnte auch später die chronologische Abfolge der Ereignisse in jener Nacht nicht exakt rekonstruieren. Entweder wachte sie mitten in der Nacht von einem Alptraum auf, oder aber ein Geräusch von draußen hatte sie geweckt. Sie lag da und überlegte, ob sie aufstehen sollte. Später war sie ziemlich sicher, schon halbwach gewesen zu sein, als sie laufende Schritte auf dem Sträßchen hörte. »Und ich dachte, das ist doch komisch, um diese Zeit. Es war so still, daß ich wußte, es mußte nach Mitternacht sein«, erklärte sie. »Dann klang es, als würde jemand gegen eine Mülltonne stoßen … ein dumpfer, ›metallischer‹ Laut.«

Gerda Lenberg lauschte, weniger desorientiert als neugierig und ein wenig nervös, als sie hinter ihrem Fenster »Feuerwerkskörper« knallen hörte. »Es waren drei oder vier, und sie gingen gleich hintereinander los.«

Es dauerte ein paar Minuten oder auch etwas länger, ehe sie erneut laufende Schritte hörte, die sich diesmal in die entgegengesetzte Richtung – nach Norden – entfernten. Und jetzt kam das Geräusch aus unmittelbarer Nähe, direkt über ihrem Fenster. Die Schritte wurden leiser. Sie war ganz sicher, daß der Betreffende rannte. Sie war es gewohnt, die langsamen Schritte älterer Menschen zu hören, die durch die Seitenstraße zur Kirche gingen. Das hier klang vollkommen anders.

»Es war ein irgendwie hohler Klang, wie von schweren Sohlen oder Clogs«, erinnerte sie sich.

Das würde allerdings nicht sehr hilfreich sein für die Identifizierung der Person, die davongelaufen war. Mitte der siebziger Jahre besaß fast jeder unter dreißig Schuhe mit Plateausohlen und klobigen Absätzen – so wie jeder Freizeitanzüge aus Polyester mit bestickten Revers trug, karierte Sportsakkos, Schlaghosen und hautenge Pullover mit zu kurzen Ärmeln.

Gerda Lenberg hatte nicht das Empfinden, daß sie etwas besonders Ungewöhnliches oder Beängstigendes gehört hatte. Nur Feuerwerkskörper und laufende Schritte draußen in der kalten Nacht. Sie blickte instinktiv auf die Wanduhr neben dem Bett, eine dekorative Uhr mit römischen Ziffern, eher hübsch als funktional. Sie war sich nicht ganz sicher, wie spät es genau war, aber sie konnte erkennen, daß die Uhr zwischen fünf und zehn Minuten nach 2 Uhr früh anzeigte. Sie drehte sich um und schlief gleich wieder ein.

»Am nächsten Morgen«, erinnerte sich Gerda, »sagte ich mir, daß da jemand den 4. Juli, den Tag der Unabhängigkeit Amerikas, etwas spät gefeiert hatte – wegen der Feuerwerkskörper kam ich darauf.«

Dale Soost wohnte mehrere Häuser weiter unten auf der Seitenstraße. Er und Gerda waren sich nie begegnet; er kannte nicht viele Leute aus der Nachbarschaft seines Appartementhauses in der 208 North Sixth. Er war als Programmierer beim Staate Washington angestellt und mit dem Projekt betraut, die Superior Courts [auf County-Ebene entspricht ein Superior Court in etwa einem deutschen Landgericht; Anmerkung des Übersetzers] des Staates mit EDV auszustatten. Und im Rahmen dieser Aufgabe hielt er sich nun in Yakima-County auf.

Soost ging an diesem Freitag nach Thanksgiving gegen Mitternacht zu Bett. Er wußte, daß er nicht viel Schlaf bekommen würde, denn um 4 Uhr wollte er bereits wieder aufstehen, um auf Rotwildjagd zu gehen. Wie sich dann herausstellte, bekam er sogar noch weniger Schlaf als erwartet; in den Stunden vor Morgengrauen wurde er von Schüssen geweckt. Als Jäger waren ihm Gewehre und Pistolen gleichermaßen vertraut, und er erkannte einen Pistolenschuß sofort. »Es war ein einzelner Schuß«, sagte er später. »Ein einzelner, gefolgt von zwei weiteren dicht hintereinander ... *peng* ... *peng-peng*.«

Soost blickte aus dem Fenster, um zu sehen, ob draußen etwas zu erkennen wäre. Seine Wohnung ging nach hinten, zur Seitenstraße, raus, und das Knallen schien eher aus der Richtung der Hauptstraße gekommen zu sein. Er dachte, sie wären eher bei der Sixth Street abgefeuert worden. Die Ära der ›Drive-by-shootings*‹ war noch nicht angebrochen, und Soost war nicht sonderlich beunruhigt. Er ging davon aus, daß jemand in die Luft geschossen hatte.

Zurück im Bett schlief er weiter bis 4 Uhr. Um 5 Uhr stand Soost in voller Jagdmontur auf dem Bürgersteig vor der Backsteinfassade seines Wohnblocks und wartete auf seine Jagdgefährten, die ihn abholen sollten. Der winterliche, frühe Morgen war immer noch undurchdringlich schwarz, und er fuhr ein wenig zusammen, als sich ihm unvermittelt auf dem Gehweg eine Gestalt näherte. Dann erkannte er in ihr einen anderen Mieter des Wohnkomplexes, einen Mann, dem er öfter grüßend zugenickt hatte, den er aber nicht wirklich kannte. Wie sich herausstellte, wollte dieser Nachbar, Rowland Seal, auch auf die Jagd – zur Entenjagd. Er wartete ebenfalls auf einen Jagdgefährten, der ihn mitnehmen wollte.

Seal war mit Leib und Seele Mechaniker und von Berufs wegen so eingespannt, daß er gewöhnlich keine Zeit hatte

* (auch kurz ›Drive-bys‹ genannt: Überfall mit Schüssen aus dem vorbeifahrenden Wagen, gewöhnlich von sogenannten Gangs praktiziert; Anm. des Übersetzers).

für Schwätzchen mit den Nachbarn. Er war jede Stunde eines jeden Tages voll beschäftigt, und obgleich er die Leute aus seinem Wohnblock vom Sehen her kannte und wußte, wo die meisten von ihnen arbeiteten, unterhielt er keine engeren Kontakte zu den anderen Mietern. Er betrachtete Small talk als eine Verschwendung kostbarer Zeit.

Während sie die Sixth Street hinauf nach Scheinwerfern Ausschau hielten und auf und ab gingen, um sich warm zu halten, kamen Rowland Seal und Dale Soost auf die Geräusche zu sprechen, die sie beide mitten in der Nacht gehört hatten. Seal erklärte, daß er ebenfalls von Schüssen geweckt worden sei. Er war ein sehr präziser Mensch und wußte die exakte Uhrzeit. Seine digitale Armbanduhr und der digitale Wecker neben seinem Bett hatten beide 2 Uhr 05 angezeigt.

Schließlich einigten sie sich darauf – da sie zwar in einer Stadt lebten, Yakima aber nicht sehr groß war und sie sich mitten in der Jagdsaison befanden –, daß offenbar irgendein übereifriger Jägersmann es nicht hatte abwarten können. Es gab da draußen eine Menge Möchtegern-Nimrods.

Da es so früh und so bitterkalt war, fiel den beiden Männern die Frau, die aus dem großen Holzhaus gleich neben ihrem Appartementhaus trat, sofort auf. Zuerst dachten sie, sie käme im Morgenmantel heraus, um die Morgenausgabe des *Yakima Herald-Republic* zu holen. Aber sie überquerte die mit Rauhreif bedeckte Veranda, stieg vorsichtig die Vordertreppe hinunter und überquerte den Rasen, der mit einer dünnen Schneeschicht bedeckt war. Beinahe wie eine Schlafwandlerin verschwand sie hinter dem Haus in Richtung der rückwärtigen Seitenstraße.

Plötzlich wurde die stille, eisige Luft von Schreien zerrissen. Die Frau rief den Namen des Mannes, der, wie Rowland Seal wußte, ihr Lebensgefährte war. »Morris! Morris!« schrie sie wieder und wieder.

Soost und Seal standen ganz verdattert da und starrten sich lange Zeit nur wortlos an. Ein paar Sekunden später tauchte die junge Frau wieder auf und rannte zurück ins Haus.

Seal murmelte: »Jemand muß diese Nacht Morris' Hund erschossen haben.«

Soost kannte die Nachbarn nicht, nahm jedoch an, daß Morris der Ehemann oder auch Freund der Frau war. Wenn jemand seinen Hund erschossen hatte, würde ihn das tief treffen. Die Frau hatte jedenfalls erschüttert gewirkt. Während die beiden Jäger noch unsicher dastanden und nicht recht wußten, wie sie reagieren sollten, lief die Frau erneut aus dem Haus. Sie schrie immer noch, und es schien, als würde sie jeden Moment vollends in Hysterie verfallen. »O mein Gott! Er ist *tot*. O mein Gott!«

Rowland Seal war jemand, der in Notfällen fähig war, überlegt einzugreifen, und inzwischen war er überzeugt davon, daß es sich hier um eine solche Situation handelte. Während Dale Soost unschlüssig zurückblieb, eilte er zu der Frau und meinte: »Wir rufen einen Krankenwagen.« Es kam ihm einfach richtig vor, das zu sagen, obwohl er nicht wußte, ob man für einen Hund überhaupt einen Krankenwagen rufen *konnte*.

Die Frau schien seine Worte nicht zu verstehen. Seal hatte keine andere Wahl, als sie mit fester Stimme in die Wirklichkeit zurückzuholen. »Ich war nicht allzu sanft oder höflich«, erinnerte er sich. »Ich befahl: ›Gehen Sie ins Haus und rufen Sie einen Krankenwagen‹, und das tat sie dann auch.«

Während die junge Frau im Haus war, folgte Rowland Seal dem dünnen Maschendrahtzaun, der das Grundstück des Appartementhauses vom Garten des Nebenhauses trennte. Der Zaun war eher eine symbolische Grenze denn ein echtes Hindernis, nicht viel mehr als Kaninchendraht. Seal fühlte, wie sich ihm die Nackenhaare sträubten. Es war immer noch dunkel, aber er konnte doch erkennen, daß entgegen seiner Annahme nicht ein Hund, sondern ein Mann dort lag, ausgestreckt auf dem Rücken, auf der Schwelle eines Törchens zwischen den Stellplätzen und dem Garten der Nachbarn. In der Nähe des Tores war es so dunkel, daß Seal zuerst nur ein weißes Hemd und ein bleiches Gesicht wahrnahm. Aber da war noch mehr: dunkelrote Flecken – *Blut?* – waren auf dem Gesicht des Mannes zu erkennen. Seal konnte nicht genau ausmachen, um wen es sich handelte, aber es war ein kräftiger Mann. Das und das Blut – mehr konnte er nicht eindeutig unterscheiden. Seal blickte von seiner Seite des Zaunes hinüber und brachte es nicht fertig, sich der Leiche auf mehr als anderthalb bis zwei Meter zu nähern.

Er zwang sich, den Schockzustand zu überwinden, und kehrte zurück zum Bürgersteig. Die junge Frau war wieder aus dem Haus gekommen, und diesmal folgten ihr zwei kleine Kinder und ein großer Hund.

Sie ließ ihre Begleiter auf der Veranda zurück und lief wieder zu dem Toten. »O mein Gott, er ist tot. Er ist erschossen worden. Mein Gott. Man hat ihn erschossen. Er ist tot ...« Rowland Seal bemerkte, daß die Frau sich immer mehr aufregte und wollte vermeiden, daß ihre Hysterie auf die Kinder übergriff. Sanft, aber bestimmt, forderte er sie auf, mit ihnen ins Haus zu gehen und die Polizei zu verständigen.

Einen Augenblick lang wirkte die Szene auf der Veranda wie erstarrt, so als würde die Zeit stillstehen, aber dann wandte sich die schlanke, dunkelhaarige Frau ab und ging ins Haus. »Dann«, erinnerte sich Seal, »traf ein Polizeibeamter ein, dann noch einer und noch einer. Als der dritte erschien, nahm ich an, es wäre alles unter Kontrolle. Ich gab Namen und Anschrift an und sagte, ich wolle zur Entenjagd, und sie könnten mich ansonsten unter der genannten Adresse erreichen.«

Rowland Seal dachte rein pragmatisch; er hielt an seinen Plänen für den Tag fest. Er konnte nichts für den Mann tun, der im Schnee lag. Und er konnte auch der Frau nicht helfen. Die Polizei würde sich um alles kümmern.

Ein erschütterter Dale Soost setzte seinen Tag ebenfalls fort.

Ebenso Gerda Lenberg. Sie ahnte nicht, daß sich in den dunklen Stunden zwischen Freitag nacht und Samstag morgen etwas Grauenhaftes ereignet hatte. Erst als sie am Sonntag morgen die Zeitung las, blickte sie auf und sagte langsam: »O mein Gott, das waren gar keine Feuerwerkskörper.«

Kapitel 2

Es hätte nie auf diese Weise enden dürfen.

Es gibt Menschen, denen das Schicksal wohlgesonnen ist, Menschen, die mit wunderbar gutem Aussehen, Intelligenz und überdurchschnittlichen Talenten und Fähigkeiten ausgestattet sind – Menschen, die umgeben von Liebe und großen Hoffnungen aufwachsen. In Yakima, Washington, gab es in den Siebzigern mindestens vier solcher Menschen, ein bunt zusammengewürfeltes Quartett von Mitspielern, deren Existenzen so hoffnungslos miteinander verstrickt werden sollten, als könnte man sie nie wieder voneinander lösen. Der ›Sauerstoff‹ ihrer Freiheit, den sie zum Leben und Atmen benötigten, wurde bald knapp aufgrund ihrer Nähe. Das obsessive Verlangen eines der Protagonisten sollte das Glück der anderen drei für immer zunichte machen.

Vielleicht war der Ausgang des Spieles ja schon Jahrzehnte zuvor festgelegt worden; bestimmte Entscheidungen, die jeder von ihnen traf, führten sie alle zusammen.

Olive Morgan Blankenbaker war eine von vier Töchtern der Eheleute Esther und Ray Morgan, die ihren Mädchen aus einer Laune heraus sehr ›blumige‹ bzw. Namen nach Pflanzen gegeben hatten: Hazel, Fern, Olive und Iris [Haselnuß, Farn, Olive und Iris]. Ihr Großvater mütterlicherseits, Ernst Skarstedt, war in seinem Heimatland Schweden ein recht bekannter Schriftsteller gewesen und hatte seine Intelligenz und Sensibilität all seinen Enkelinnen vererbt.

Olive wurde 1910 in der Nähe von Wapato in der Yakima County geboren. Sie sollte ihr ganzes Berufsleben im Justizsystem des Staates Washington tätig sein. Olive fing in den Dreißigern als Sekretärin bei Gericht an, aber ihr wahres Ziel war es, Protokollführerin zu werden. Die Ära von Stenoschreibmaschinen und Computerdisketten war noch lange nicht angebrochen, und Protokollführerinnen fertigten ihre Mitschriften in sehr sauberer Kurzschrift an.

Es sollte auch noch lange dauern, bis das Fernsehen mehr wurde als nur ein wissenschaftliches, auf internationalen Messen vorgestelltes Phänomen. Auf der Unterhaltungsebene rangierte das Radio in Privathaushalten auf Platz eins, als Olive eine junge Frau in den Zwanzigern war. Riesige Radiokonsolen in schimmernden Mahagonischränken mit geschnitzter Frontseite waren das Statussymbol in dieser Zeit. Franklin D. Roosevelt brachte seine ›Plauderstunde am Kamin‹ über das Radio, die Kids hörten sich *Jack Armstrong, the All-American Boy* und *Lone Ranger* an, und Tanzorchester aus einem Ballsaal hoch oben in einem weit entfernten Hotel bezauberten die spätabendlichen Zuhörer.

Olive Morgan lernte Ned Blankenbaker in Yakima kennen, wo er als Radioverkäufer in einem Radio- und Musikinstrumentengeschäft arbeitete. Sie war eine schlanke, hübsche junge Frau mit gewelltem Haar und einem anziehenden Lächeln. Ned stand immer ›rein zufällig‹ draußen vor dem Laden, um ein wenig frische Luft zu schnappen, wenn Olive auf dem Weg zum Mittagessen in Richtung Innenstadt vorbeischlenderte. Er war ein untersetzter, stämmiger Mann mit dickem, welligem Haar und interessanten Augen. Diese Augen folgten Olive, wenn sie vorbeikam, und dessen war sie sich auch bewußt. Er stellte sich sogar auf Zehenspitzen, um größer zu wirken, wenn Olive vorbeispazierte.

»Ein paar Mädchen aus meinem Freundeskreis kannten ihn und stellten uns einander vor«, erzählte Olive. »Ich mochte ihn gleich.«

Es dauerte nicht lange, und Ned und Olive begannen sich regelmäßig zu unterhalten. Dann lud er sie eines Tages zum Tanz ein. Damals gingen alle jungen Leute tanzen. Es gab Tanzlokale mit Lampions, die im Wind schwangen, und alle versuchten es Fred Astaire und Ginger Rogers gleichzutun. »Ned war ein wunderbarer Tänzer«, erinnerte sich Olive. »Wir gingen in Bock's Café, wo man auch tanzen konnte. Das Lokal befand sich ganz in der Nähe des Ladens, nur ein kleines Stück die Straße hinauf. Wir kannten dort jeden.«

Songs wie ›Blue Moon‹ und ›Anything Goes‹ waren gerade sehr beliebt, F. D. Roosevelt befand sich in der ersten Amtsperiode als Präsident, und die Einführung der Sozialversicherung war gerade erst beschlossen worden. Am Vorabend der Hochzeit von Olive Morgan und Ned Blankenbaker am 25. September 1935, verlor Max Baer den Championtitel im Schwergewicht an Joe Louis. In Europa braute sich ein Krieg zusammen. Aber das alles war weit weg. Yakima im Zentrum des Staates Washington schien von der Außenwelt isoliert. Olive war fünfundzwanzig, als sie Ned heiratete, und sie ging davon aus, daß ihre Ehe ewig halten würde.

Ned und Olive Blankenbaker waren sieben Jahre verheiratet, als sie ihr erstes und einziges Kind bekamen. Morris Ray Blankenbaker wurde am 16. Dezember 1942 geboren. Die zweiunddreißigjährige Olive war ganz vernarrt in den strammen kleinen Jungen, der die Weihnachtsfeiertage zu den schönsten in ihrem Leben machte. Wie fast immer gab es in Yakima auch in diesem Jahr eine ›weiße Weihnacht‹. Obgleich Krieg herrschte und alles rationiert war, erschien zu dieser Zeit Olives Leben perfekt zu sein.

Ein halbes Jahrhundert später sollte sie rückblickend fragen: »Warum muß das so sein? Warum kann es nicht so bleiben, wenn Menschen so glücklich sind?«

Denn Olives glückliches Dasein war nicht von Dauer. Irgendwie funktionierte die Ehe der Blankenbakers nach Morris' Geburt nicht mehr so recht. Alles in allem waren Olive und Ned neun Jahre verheiratet; Morris war erst knapp zwei, als Ned Olive verließ und es ihr allein überließ, den Sohn großzuziehen. Über die Jahre war Ned weiterhin Teil von Morris' Leben und zahlte auch regelmäßig Unterhalt, aber Ned zeugte mit seiner zweiten Ehefrau noch zwei weitere Söhne – Morris' Halbbrüder Mike und Charles. Es war Olive, die immer für Morris Blankenbaker da war. Ihre Liebe zu ihm war so selbstlos, daß sie ihn sogar ermutigte, ab und zu etwas mit seinem Vater und seinen jüngeren Brüdern zu unternehmen. Sie sollten ein wichtiger Teil seines Lebens werden.

Olive hätte Morris leicht wie eine Glucke behandeln und zu einem Muttersöhnchen verhätscheln können, aber das tat sie nicht. Ihr Sohn war der geborene Sportler, ein Kind, das ständig umherlief, herumsprang und Ball spielte. Er trug unzählige Schürfwunden, Prellungen und Verstauchungen davon, aber Olive seufzte nur und versorgte seine Wunden. Sie biß sich auf die Zunge, wenn sie ihn bitten wollte, seinen geliebten Sport aufzugeben. Sie wußte, daß es ohnehin nichts gebracht hätte.

Olive meldete sich zu einem Sekretärinnenkurs an, um die Tätigkeit als Stenotypistin zu erlernen. Sie und Morris lebten bei ihren Eltern in Wapato, und es gelang ihr, Lernen und Campingausflüge mit ihrem Sohn miteinander zu vereinbaren. »Ich bereitete einen großen Kessel Eintopf vor, den ich über dem Lagerfeuer köcheln ließ, während Morris und seine beiden Freunde – Indianerjungen aus dem Wapato-Reservat – im Wald umherstreiften. Sie konnten den Hund mitnehmen und Spaß haben, und ich konnte in Ruhe lernen.«

In der Zwischenzeit arbeitete Olive als Gerichtsreporterin und benutzte die Gregg-Kurzschrift. Sie verfolgte ebenso Scheidungsfälle wie Mordprozesse und notierte alles ganz sauber. Sie arbeitete am Yakima County Superior Court und wechselte dann zum Bundesgerichtshof in Seattle. Bundesrichter Bowen, ein älterer Herr, der Veränderungen verabscheute, stellte erfreut fest, daß es in der Umgebung von Seattle noch Protokollführerinnen gab, die in der Lage waren, den Verlauf eines Prozesses mit einem Kugelschreiber festzuhalten. »Als er mich mit einem Stift mitschreiben sah, setzte er alle Hebel in Bewegung, damit ich ihm bei seinen Prozessen zugeteilt wurde. Er haßte diese kleinen schwarzen Maschinen«, erinnerte sich Olive. »Ich habe ihm nie erzählt, daß ich sehr wohl diese kleinen schwarzen Apparate beherrschte. Wir reisten die ganze Küste des Staates Washington hinauf und hinunter, von Bellingham bis Vancouver.«

Richter Bowen war dreiundneunzig Jahre alt und noch im Amt, als er Olive fragte, ob sie sich vorstellen könne, in Yakima zu arbeiten, und sie ging natürlich sofort auf sein Angebot ein. Yakima war ihr Zuhause. Sie und Morris zogen zurück ins Haus ihrer Mutter gleich vor der Stadt, und Olive arbeitete tagsüber und abends, um mit den unzähligen Fällen Schritt halten zu können, die Richter Bowen verhandelte.

Morris kam zum Mittagessen immer zu Oma Morgan nach Hause. »Man konnte ihn schon heimlaufen sehen, wenn er noch einen Block entfernt war«, erzählte Olive. »Und er übersprang jeden Tag den Staketenzaun mit einem Satz. Meine Mutter liebte es, dem Jungen beim Essen zuzuschauen.«

Morris Blankenbaker war ein hübsches Kind mit blondem Lockenkopf und braunen Augen. Im Alter von fünf Jahren posierte er stolz in seinem Cowboyhemd, dem nietenbeschlagenen Revolvergürtel mit der silbernen Schnalle und den Cowboystiefeln für den Brownie-Photoapparat seiner Mutter. Er war bei den Pfadfindern und nahm jedes Jahr an mehreren Sportveranstaltungen teil. Er lernte Salto zu schlagen und kletterte an die Spitze einer menschlichen Pyramide. »Er brach sich natürlich den Arm«, erinnerte sich Olive. »Das war typisch Morris.«

In dem Sommer, als Morris sieben Jahre alt war, nahm Olive ihn mit auf eine Autorundfahrt quer durch Kanada. »Überall, wo es einen Swimmingpool gab, machten wir halt«, sagte sie. »Schon mit sieben Jahren schwamm er wie ein Fisch, konnte vom höchsten Brett springen und in der Luft Purzelbäume schlagen. Jedesmal versammelten sich Leute um den Pool, um ihm zuzusehen.«

Olive lief derweil am Superior Court von Yakima ihre eigene Art von Marathon. »Ich hielt lange durch, aber schließlich mußte ich doch aufhören«, sagte sie. »Ich stand kurz vor dem Zusammenbruch, weil ich für den tüchtigsten Richter arbeitete; alle wollten ihre Fälle von ihm verhandeln lassen.«

So selbstverständlich eine alleinerziehende Mutter in den Neunzigern ist, in den Vierziger Jahren war eine alleinstehende Frau mit Sohn noch eine Seltenheit. Sicher gab es Väter, die während der Kriegsjahre fort waren, aber geschiedene Mütter waren die Ausnahme, und Olive hatte es nicht leicht. Sie bemühte sich immer wieder, eine Stelle zu finden, die ihr mehr Zeit mit Morris ließ. Zunächst zog sie nach Vancouver, Washington, wo Morris die HighSchool von Fort Vancouver besuchte. Später zogen sie dann nach Spokane »... an ein großes Gericht, an dem viele Fälle verhandelt wurden«.

Zurück in Yakima besuchte Morris die Washington Junior High und später die Davis High School. Er war ein Sonntagskind, dem einfach alles gelang. Er war in der A-Mannschaft der Läufer, des Baseball- und Ringerteams. Er spielte Posaune und Waldhorn, marschierte in der Blaskapelle der Davis High mit und trug das riesige Waldhorn, als wäre es federleicht. Seine Mutter erinnerte sich noch, wie das Orchester triumphierend ›Bonapartes Rückzug‹ spielte, als es über das Spielfeld schritt.

Es schien kaum möglich, daß ein Kind allein an so zahlreichen Aktivitäten teilhaben konnte – aber Morris schaffte es. Dazu war er noch Star-Fullback der Footballmannschaft. Die Zuschauer riefen bei jedem seiner Touchdowns immer wieder im Chor seinen Namen: »MOR-RIS BLAN-KEN-BAKER! MOR-RIS BLAN-KEN-BAKER!«

Im Sommer arbeitete Morris als Rettungsschwimmer in verschiedenen Parks von Yakima. Von seinen Teenagerjahren an bis weit in die Zwanziger hinein war er von Horden von Mädchen umgeben, die ihn anbeteten und ihre Handtücher ganz in seiner Nähe ausbreiteten, um direkt in seinem Blickfeld zu sein. Morris genoß die Aussicht, ging aber nur selten mit einem von ihnen aus – ihm fehlte einfach die Zeit. Letztendlich gab es nur ein Mädchen, mit dem er fest ging. Ein einziges Mädchen, das er je wirklich liebte.

Jerilee. Jerilee Karlberg*

Einer von Morris' Trainern an der Davis High School in seinem Abschlußjahr 1961 war Talmadge Glynn Moore. Natürlich nannte niemand Moore bei seinem vollen Namen, und nur sehr wenige Leute riefen ›Glynn‹; alle kannten ihn nur als ›Gabby‹. Morris kannte Gabby, seit er und Olive Mitte der Fünfziger Jahre nach Yakima zurückgekommen waren – seit der Junior High. Gabby hatte ihn so ziemlich in jeder Sportart trainiert, mit der er sich im Laufe der Jahre befaßt hatte: Wrestling, Football, Querfeldeinlauf. Der Trainer war fast genau elf Jahre älter als Morris. Morris war am 16. Dezember geboren und Gabby am 21. Aber als Morris noch ein Schuljunge war, war Gabby bereits ein erwachsener Mann, war verheiratet und hatte selbst Kinder. Sie lebten in zwei völlig verschiedenen Welten. Morris nannte Gabby immer ›Coach‹, und dabei blieb es auch, selbst als er erwachsen war.

Als Morris 1961 an der Davis High seinen Abschluß machte, heimste er so ziemlich jeden Sportpreis ein. Er bekam die ›Traub Blocking and Tackling Trophy‹ und wurde zum ›Sportler des Jahres‹ gewählt. Aber das Beste war, daß Morris ein vierjähriges Footballstipendium an der Washington State University in Pullman angeboten wurde. Alles, was er tun mußte, war, weiter gute Noten zu schreiben und ansonsten das zu tun, was für ihn als Sportler ganz natürlich war.

Olive lebte und arbeitete damals in Spokane, und Morris besuchte sie in den Ferien und an den spielfreien Wochenenden. Morris spielte als rechter Halfback bei den Washington State Cougars. Seine Mutter hatte weder Zeit noch Geld, zu seinen Spielen zu gehen, aber einmal, als die Cougars in Spokane spielten, schaffte sie es doch, ihren Sohn auf dem Spielfeld zu bewundern.

»Das war, als Washington State University gegen die

* Die Namen einiger Personen in diesem Buch wurden geändert; diese Namen sind bei ihrem ersten Auftreten mit einem Sternchen * gekennzeichnet.

University of Washington spielte«, sagte Olive. »Sie spielten in Spokane abends bei Flutlicht. Ich ergatterte eine Karte für das Spiel. Es war bitterkalt. Die Zuschauer auf den Tribünen hatten lange Unterhosen an und waren in Decken gewickelt. Ich erinnere mich sogar noch an das exakte Datum – es war der 24. November 1962. Es war ein wirklich gutes Spiel, und er spielte von Anfang bis Ende. Ich war so stolz auf ihn«, erinnerte sich Olive. »Er sah so gut aus, und die Leute riefen ›Morris Blankenbaker! Morris Blankenbaker!‹«

Und doch gab es zum erstenmal in seiner sportlichen Laufbahn in der eigenen Mannschaft Halfbacks, die öfter aufgestellt wurden als Morris. Er war 1,70 Meter groß und wog hundertfünfundsiebzig Pfund. In der Highschool war das recht groß gewesen, wohingegen es auf dem College mehrere Spieler gab, die ihn überragten. Dennis McCurdy, Herman McKee und Clarence Williams spielten ebenfalls als Halfbacks für die Cougars, und sie waren 1,82 Meter, 1,87 und 1,85 Meter groß und wogen alle drei über hundertneunzig Pfund. Morris' Traum, Profispieler zu werden, bevor er als Trainer anfing, schien inzwischen weniger realistisch als früher.

Außerdem gab es da Jerilee. Jerilee Karlberg stand schulisch drei Stufen tiefer als Morris. Sie besuchte die andere öffentliche High-School von Yakima, die Eisenhower High. Morris kannte sie kaum, als er selbst die High-School besuchte, aber er lernte sie sehr gut kennen, als er sich in den Ferien in seiner Heimatstadt aufhielt. Er war immer nur sporadisch mit Mädchen ausgegangen. Seine Freunde konnten sich nicht erinnern, daß Morris es auf der High-School je mit einem Mädchen ernst gemeint hätte.

Bei Jerilee Karlberg sah das schon anders aus. Sie hatte eine perfekte Figur – schlank, aber mit vollen Brüsten –, eine dunkle Wuschelmähne und blaue Augen. Jerilee war nicht nur hübsch, sondern schön. Ihre Haut war makellos und ihre Gesichtszüge bezaubernd. Sie wirkte zierlich und durch und durch feminin. Und natürlich war sie Cheerleader der Eisenhower High.

»Jerilee war all das, wovon wir anderen in den Sechzigern träumten«, erinnerte sich eine ihrer Mitschülerinnen. »Sie war hübsch, schlank und beliebt – vor allem bei den Jungs. Ihr Vater, Henry Karlberg*, hatte seine eigene Immobilienfirma. Er erlaubte Jerilee, seinen neuen Cadillac zu fahren, wann immer sie wollte. Während wir alle uns nach den ›Traumtypen‹ verzehrten, *heiratete* Jerilee Morris Blankenbaker, den besten Sportler von allen. Wir beneideten sie … Und ich denke, einige von uns haben sie wohl auch gehaßt. Oder ihr zumindest *gegrollt*. Es ist schwer, das in Worte zu fassen. Vielleicht muß man in den Sechzigern in Yakima gelebt haben, um es wirklich zu verstehen.«

Es mag wohl so scheinen, als hätte Jerilee Karlberg alles gehabt, aber ihr Leben war bei weitem nicht perfekt. Sie hatte ihre Schwierigkeiten an der High-School und überspielte oft mit einem Lächeln ihre persönlichen Probleme. Gut, sie kam aus einer wohlhabenden Familie und sah umwerfend aus, aber die ihr vertraute Welt brach auseinander, als Henry und Marge*, ihre Eltern, sich scheiden ließen. Ihr Vater heiratete wieder und bekam mit seiner zweiten Frau Kinder. Die Welt, die sie bis dahin gekannt hatte, verwehte wie eine Pusteblume in alle Winde. Zwar läßt es sich im nachhinein nicht mehr genau feststellen, aber es kann gut sein, daß sich Jerilees Einstellung dem männlichen Geschlecht gegenüber in dieser Zeit radikal verändert hat.

Sie war lange Zeit todunglücklich über diese Trennung. Morris aber stellte etwas Solides dar, woran sie sich klammern konnte, und dafür liebte sie ihn mehr als wegen seiner Leistungen auf dem Spielfeld. Im Grunde interessierte sie sich nicht sonderlich für Sport. Ihr entging natürlich nicht, daß Morris allgemein beliebt war und scheinbar Dutzende von Freunden hatte. Morris war attraktiv und gebaut wie ein junger griechischer Gott, mit ausgeprägtem Bizeps und ›Waschbrettbauch‹. Er ging aufs College, und neben ihm nahmen sich die Jungs von der Eisenhower High aus wie mickrige Kinder.

Es stand außer Frage, daß Jerilee rettungslos in Morris verschossen war.

Jerilee besuchte noch die High-School, als sie anfing, mit Morris auszugehen, und sie flehte ihn an, sie auf ihren Abschlußball in Yakima zu begleiten. Sie wollte sich das denkwürdigste Ereignis in der Schulzeit eines Mädchens im Teenageralter auf keinen Fall entgehen lassen, und doch weigerte sie sich, mit jemand anderem hinzugehen. Für Morris bedeutete das vierhundert Meilen Fahrt, die er aber gerne auf sich nahm. Er posierte mit Jerilee vor der Kamera. Sie trug ein wunderschönes Abendkleid, mit der Korsage, die er ihr geschenkt hatte. Manchmal fielen die langen Fahrten nach Yakima mitten in die Studienzeit, und seine Zensuren litten darunter, aber das war ihm gleich. Morris Blankenbaker war zum erstenmal im Leben verliebt.

Jerilee besaß zweifellos die nötige Intelligenz, um das College zu besuchen, aber ihr Ziel war nicht das Studium; sie wollte eine eigene Familie gründen. Am 28. August 1965, drei Monate nach ihrem Abschluß an der Eisenhower High School, heirateten Jerilee und Morris. Sie war gerade achtzehn, er zweiundzwanzig Jahre alt. »Es war eine Hochzeit in großem Stil in der presbyterianischen Kirche«, erinnerte sich Olive. »Mit einem Riesenempfang im Chinook Hotel in Yakima. Es wurden Speisen und Getränke gereicht und alles ...«

Henry Karlberg hatte seiner Tochter eine traumhafte Feier ausgerichtet. Wäre es nach ihr gegangen, hätte Olive es allerdings vorgezogen, beim Empfang keine harten Drinks zu servieren. Doch das war nur einer von mehreren Punkten, die einen Abgrund zwischen Olive und Jerilees Familie schufen, einen Abgrund, den sie alle in den folgenden Jahren nur zögerlich überwanden. Olive und Morris hatten nicht eben in Armut gelebt, aber es war auch kein leichtes Leben gewesen. Keine großen Häuser und erst recht keine schnittigen Wagen.

Auch Jahrzehnte nach jener Hochzeit 1965 war die Beziehung zwischen Olive und Jerilee Blankenbaker noch ambivalent. Aber es war wohl auch nicht anders zu erwarten gewesen. Sie beide liebten Morris. Er war Olives einziges Kind, der Sohn, den zu erziehen sie sich so abgestrampelt hatte und der in ihren Augen einfach nichts falsch machen konnte. Sie hatte sich so sehr gewünscht, daß er sein Studium abschloß, bevor er heiratete, und das Mädchen hatte ihn von diesem Ziel abgelenkt. Jerilee ihrerseits war mit ihren achtzehn Jahren vielleicht ein bißchen verwöhnt. Sie war in Sachen Hausarbeit oder Beruf nicht halb so bewandert wie Olive. Und doch entwickelten die beiden Frauen mit der Zeit eine Art widerwilligen Respekt füreinander.

Das frischvermählte Ehepaar Mr. und Mrs. Morris Ray Blankenbaker zog nach Tacoma, Washington, wo Morris an der Pacific Lutheran University sein Bakkalaureat [niedrigster akademischer Grad; Anm. d. Übers.] erlangen wollte. Er hatte sein Ziel, sein Studium abzuschließen und den Trainerschein zu machen, noch vor Augen. Es würde lediglich ein wenig länger dauern als ursprünglich geplant.

Morris war von der Washington State abgegangen und hatte sich den Marine Corps Reserves angeschlossen, bevor er zum Wehrdienst eingezogen werden konnte. Das bedeutete, daß er jedes Jahr mehrere Wochen in der Wüste vor Coronado, Kalifornien, Dienst tun mußte und Gefahr lief, in den aktiven Dienst nach Vietnam geschickt zu werden. Doch Morris hatte Glück; er brauchte nicht in den Krieg zu ziehen und schaffte es in seiner Einheit bis zum Obergefreiten. Vier Jahre später, im Februar 1969, wurde er ehrenhaft aus der Reserveeinheit entlassen.

Kapitel 3

Talmadge Glynn ›Gabby‹ Moore war seit dem Schuljahr 1960/61 als Trainer an der Davis High School in Yakima. Wie Morris war er ein ›Yakima-Junge‹, wenngleich er nicht dort geboren war. Gabby erblickte während der Zeit der Depression in Missouri das Licht der Welt – vier Tage vor Weihnachten im Jahre 1931. Seine Familie zog nach Yakima, als er noch ein kleiner Junge war, und Gabby ging dort zur

Schule und erreichte 1950 seinen Abschluß an der North Yakima High School. Auch er war ein wahres Sport-As. Er bekam die Ehrentrophäe der North Yakima High verliehen. Aber wie so viele Teenager, die Anfang der Fünfziger Jahre ihren Schulabschluß machten, wurde Gabby Moore in den koreanischen Krieg statt aufs College geschickt. Er diente von 1951 bis 1955 in der Air Force.

Bei seiner Rückkehr war Gabby ein sehr gutaussehender junger Mann mit glattem blondem Haar und dunklen Augen, der ebenso sportlich war, wie er aussah – ein attraktiver junger Mann in Topform. Er wollte Sportlehrer an einer High-School werden und besuchte im Rahmen der GI-Bill das College – erst das Yakima Valley Community College und anschließend das Central Washington State College (heute Central Washington University) in Ellensburg, wo er 1958 seinen Bachelor of Arts machte (Bakkalaureus der Philosophischen Fakultät). Zwei Jahre später erlangte er am selben College seinen Magistertitel.

Gabby hatte es nicht leicht während seines Studiums: er lehrte und trainierte nebenher. Auch hatte er zwischenzeitlich Gay Myers geheiratet, eine außergewöhnlich attraktive Frau mit aschblondem Haar und einer tadellosen Figur. Noch während Gabbys Ausbildung und Anfangszeit als Lehrer wurden ihre drei Babys geboren: Sherry*, Kate* und Derek*.

Wie in den meisten Kleinstädten der USA wurde auch in Yakima Sport großgeschrieben, und die Moores waren fester Bestandteil der Stadt, ihres Schulsystems und ihrer Sportkreise. Gabby Moore hatte anfangs an der kleinen Union Gap gelehrt und anschließend an der Washington Junior High in Yakima. Er kletterte stetig die Karriereleiter hinauf. 1960 wurde er als Lehrer und Coach an der Davis High School verpflichtet, wo er blieb und zu einer vielbewunderten Institution wurde. Gabby unterrichtete Mathe, gab Fahrstunden und trainierte darüber hinaus die Querfeldeinläufer und als Hilfs-Coach die Footballmannschaft. Für ein Jahr betreute er auch als Cheftrainer das Footballteam.

Aber Football war nicht sein Ding; seine Stärke als Mentor zeigte sich beim Wrestling. Man kann wohl behaupten, daß er einer der herausragendsten Wrestling-Coaches Amerikas wurde. Er hätte noch weiter aufsteigen und College-Mannschaften anderer Orte trainieren können – sein Talent und Wissen hätten hierfür zweifellos ausgereicht –, aber er war in Yakima tief verwurzelt.

Gabby Moore war die treibende Kraft gewesen, ›Kinder-Wrestling‹ in Yakima einzuführen. Die Stadtväter drückten ihr Einverständnis aus, und die Yakima Junior Chamber of Commerce ehrte ihn für diese Leistung, indem sie ihn 1969 als ›Herausragendsten Sportlehrer des Jahres‹ auszeichneten. 1972 gewann Moores Wrestling-Team die Nationalmeisterschaft des Staates Washington. Als Mitglied des Auswahlkomitees für den kulturellen Austausch zwischen Washington und Japan – einem Land, in dem Ringen hoch im Kurs steht –, arrangierte Gabby für seine Starathleten eine Reise nach Asien, damit sie Gelegenheit bekamen, sich mit den Besten zu messen.

Athleten zahlreicher Abschlußklassen hatten an Gabbys Ringerausbildung teilgenommen und ihn nie wieder vergessen. Er besaß die Fähigkeit, aus einem Jungen ohne sonderlich ausgeprägte sportliche Ambitionen einen Champion zu machen. Er konnte es, und er *tat* es, nicht nur einmal, sondern vielfach. Seine Sportler liebten ihn, und Gabby liebte seine Jungs.

Abgesehen von seiner festen Anstellung an der Davis High gab es für Gabby Moore jedoch noch andere gute Gründe, Yakima den Universitätsstädten an der ›Küste‹ bei Seattle ebenso vorzuziehen wie jenen im Osten: Pullman oder Moscow, wo sich die Washington State und die University of Idaho befanden. Er und Gay hatten viele Verwandte in Yakima, und die Familienbande waren so stark, daß man sie darum beneiden konnte; sie waren umgeben von einem engen Kreis der Liebe und der emotionalen Unterstützung.

Gabbys Schwiegervater, Dr. A. J. Myers, war Chiropraktiker und Chirurg und darüber hinaus Inhaber und

Leiter des Valley Osteopathic Hospital am Tieton Drive in Yakima. ›Doc‹ Myers praktizierte seit über dreißig Jahren in der Stadt und hatte hier 1952 das Valley Hospital errichtet.

›Doc‹ und Gabby begegneten sich das erste Mal, kurz bevor Gabby und Gay heirateten, und zwischen den beiden Männern wuchs rasch eine enge Freundschaft. Myers wurde nicht nur Gabbys Hausarzt, sondern sein Freund, eine Beziehung, die unabhängig von Gabbys Ehe bestand.

Gabby Moore war ein Familienmensch und angesehener Coach im Alter von dreißig Jahren, als Morris Blankenbaker seinen High-School-Abschluß machte, und sie blieben, wenn auch sporadisch, in Kontakt. Es bestand jedoch kein Grund anzunehmen, daß ihre Leben sich mehr als nur flüchtig wieder überschneiden sollten.

Während Morris Blankenbaker ein Adonis von einem jungen Mann und jedermanns bester Freund war, rührte Gabby Moores Beliebtheit von seiner anziehenden, einnehmenden Persönlichkeit her. Alle Trainer aber, egal auf welcher Ebene, stehen ständig unter Erfolgsdruck. Gabby konnte nicht gut mit Streß umgehen. Der Zwang zu siegen – dem er sich vor allem selbst aussetzte –, blieb nicht ohne Folgen, und schon bald trat bei Gabby ein starker Bluthochdruck auf. Beunruhigt versuchte sein Schwiegervater, A. J. Myers alles, um Gabby davon zu überzeugen, daß dies eine Krankheit war, die man nicht ignorieren sollte, aber gewöhnlich stießen seine Warnungen auf taube Ohren. Gabby Moore fuhr fort, zu hohe Anforderungen an sich selbst und seine Sportler zu stellen. Wenn er sich auf etwas konzentrierte, dann mit jeder Faser seines Seins; er machte keine halben Sachen.

Mit den Jahren wurde Gabbys Haar schütter, und er begann, sich Seitensträhnen nach vorn in die Stirn zu kämmen, um die Glatze zu kaschieren. Ende Dreißig kam trotz seiner sportlichen Betätigung ein wachsender Bauch hinzu, mit dem seine Ringer ihn aufzogen. Mit zunehmendem

Alter verwandelte sich der attraktive Trainer in einen Mann von durchschnittlichem Aussehen.

Aber das spielte kaum eine Rolle. Es war seine Persönlichkeit, die ihn zu etwas Besonderem machte. Eine ehemalige Schülerin erinnerte sich, daß Gabby als Fahrlehrer unglaublich ruhig war – so geduldig.

»Ich hatte bei Gabby Fahrstunden«, erzählte die junge Frau, die zwanzig Jahre nach ihrem Schulabschluß im Büro des Bezirksstaatsanwaltes von Yakima County arbeitete. »Ich mochte ihn. Das taten wir alle. Ich weiß noch, daß er uns immer sagte, wir sollten ›nach einem Ausweg Ausschau halten‹ – wir sollten immer auf etwas Unvorhergesehenes gefaßt und bereit sein, sofort zu reagieren. Er war nicht aufbrausend. Er war nicht boshaft. Er war ein toller Typ ... Ich kann immer noch nicht begreifen, was passiert ist ...«

In seinen Jahren als Lehrer und Coach war Gabby Moore ein dynamischer, charismatischer Mann von großer Überzeugungskraft. Wenn *er* an etwas glaubte, glaubten auch seine Zuhörer daran. Und wenn er sagte, daß ein Schüler aus Yakima es schaffen konnte, sich für die Olympischen Spiele zu qualifizieren und eine Goldmedaille zu holen, dann, bei Gott, waren auch die Kids bereit, es zu versuchen. Entschuldigungen ließ er nicht gelten. »Wenn du ein Problem hast«, sagte Gabby, »dann löse das Problem – und du gewinnst.« Wenngleich Gabby dafür bekannt war, daß bei ihm schon mal eine Sicherung durchbrannte, wirkte sich dies weder negativ auf seinen Job noch auf seinen Status an der Davis High School aus.

Gay Myers Moore war eine schöne Frau, und anders als Gabby wurde sie mit den Jahren noch attraktiver. Gay war Sportlehrerin für Mädchen an der Lewis & Clark Junior High. Beide Moores waren mit ihrem Stundenplan und den eigenen drei Kindern vollauf ausgefüllt, aber sie waren trotzdem ein glückliches Paar. Ihre Ehe wirkte so unantastbar wie die Festung von Gibraltar.

Aber niemand, kein Außenstehender, weiß wirklich, wie es in einer Ehe aussieht. Vielleicht konzentrierte Gabby sich zu sehr auf seine Ringermannschaft und vergaß darüber, daß auch seine Familie ihn brauchte. Er trainierte seine Jungs nicht nur nach der Schule, sondern brachte sie nach dem Training auch noch mit nach Hause. Der Tag hatte nicht genügend Stunden, als daß er viel Zeit mit seiner Frau hätte verbringen können – zumindest in der Wrestling-Saison.

1965, kurz nach seiner Hochzeit mit Jerilee, bestand zwischen Morris und Gabby Moore keine engere Beziehung als zwischen dem Trainer und anderen Ex-Sportlern der Davis High. Manchmal begegneten sie einander, wenn Morris und Jerilee in den Ferien oder im Sommer heimkamen, um Verwandte zu besuchen, aber das war auch schon alles.

Morris hatte sehr wenig Freizeit. Das Pensum an der Pacific Lutheran University war viel anspruchsvoller als die Vorlesungen, die er an der Washington State belegt hatte. Die PLU zog Studenten mit Bestnoten an. Außerdem war die Pacific Lutheran eine private Universität, an der der Standard ohnehin viel höher war als an einer staatlichen Hochschule. Diesmal hatte Morris kein Footballstipendium – ihm fehlte die Zeit zum Footballspielen. Er und seine Frau mußten arbeiten gehen, um finanziell über die Runden zu kommen.

Jerilee mochte ja aussehen wie ein zerbrechliches, unselbständiges Mädchen, das einen Mann brauchte, der sie versorgte, und tatsächlich – sie hatte diese Rolle auch ein- oder zweimal gespielt, weil es den Jungen zu gefallen schien. Aber in ihrem Innern war sie stark und klug; sie war es nur nicht gewohnt, diese Eigenschaften zu zeigen. Sie war eine Frau, die scheinbare Verwundbarkeit mit ausgeprägter Sinnlichkeit verband – eine Frau vom Schlag einer Brigitte Bardot.

Jerilee Blankenbaker war hochintelligent. Sie und Morris brauchten ein zweites Einkommen, und sie war entschlossen, sich einen Job zu suchen. Sie bewarb sich bei einer Bank in Tacoma, obgleich diese keine freie Stelle ausgeschrieben hatte. Sie ging einfach hin und stellte sich vor.

»Ich würde gern bei Ihnen arbeiten.« Der Filialleiter zog einen Stuhl heran und forderte sie auf, Platz zu nehmen.

»Die Bank unterzog jeden Bewerber einem Test«, erinnerte sich Olive Blankenbaker. »Sie reichten Jerilee einen dicken Packen Schecks und sagten: ›Es ist eine Fälschung darunter. Versuchen Sie, sie zu finden.‹ Und wissen Sie, sie fand sie tatsächlich – was vor ihr noch niemandem gelungen war. Sie ist wirklich blitzgescheit, das muß man ihr lassen.«

Jerilee konnte sofort ihre Arbeit aufnehmen. Nicht nur, daß ihr Äußeres eine Bereicherung für die Bank war, sie war darüber hinaus ganz offensichtlich smart. Wie sich herausstellte, hatten sich die Vorgesetzten nicht in ihr getäuscht. Obgleich sie keine entsprechende Ausbildung hatte und gerade frisch von der High-School kam, besaß sie eine rasche Auffassungsgabe und erwies sich bald als wertvolle Mitarbeiterin. Sie fing als einfache Schreibkraft an, stieg jedoch sehr schnell zum Trust Officer auf [Angestellte der Treuhandabteilung der Bank; Anm. d. Übers.].

Morris fand eine Stelle am Western State Hospital in Steilacoom, der staatlichen Einrichtung für Menschen, die an massiven Psychosen leiden. Er arbeitete in der Spätschicht von drei Uhr nachmittags bis abends um elf. Die Arbeit war sehr anstrengend. Morris betreute die Ausgabe der Abendmahlzeiten und half anschließend dem medizinischen Personal, die Patienten medikamentös für die Nacht ruhigzustellen. Er mußte ständig auf Schwierigkeiten gefaßt sein. Auch die lethargischsten Patienten bekamen plötzlich und ohne Vorwarnung psychotische Schübe. Morris wußte, daß er nicht zuletzt wegen seines muskulösen Körperbaus eingestellt worden war. Aber seine Freundlichkeit und Gelassenheit schienen auch die schwierigeren Patienten am Western State zu beruhigen.

Ganz gleich, wie anstrengend die nächtliche Arbeit auch gewesen war, Morris mußte noch lernen, wenn er kurz vor

Mitternacht nach Hause kam. Jerilee arbeitete tagsüber. Sie hatte beinahe Feierabend, wenn sein Dienst begann.

In der wenigen Zeit, die sie miteinander verbrachten, verstanden sie sich bestens. Wenn sie sich überhaupt einmal stritten, dann wegen Geld oder der Schwiegereltern. Jerilee war davon ausgegangen, daß Olive Morris weiterhin finanziell unterstützen würde, bis er sein Studium abgeschlossen hätte, während Olive der Ansicht war, daß ihr Sohn jetzt erwachsen war und auf eigenen Beinen stehen sollte – immerhin war er verheiratet. Sie hatte sich schon lange darauf gefreut, beruflich etwas kürzertreten zu können und das Riesenarbeitspensum, das sie seit seiner Kindheit auf sich genommen hatte, zu reduzieren.

Olive erinnerte sich, daß Jerilee sich darüber ärgerte. Hinzu kam Jerilees Heimweh. Sie sehnte sich zurück nach Yakima, zu ihrer Mutter und Schwester. In Tacoma kannte sie niemanden und verbrachte die meisten Abende allein, weil Morris arbeiten mußte. Außerdem fühlte sie sich unwohl in ihrer Wohngegend; manchmal entflohen Patienten aus dem Western State Hospital. Die PLU hatte einen schönen Campus mit weitläufigen Grünflächen und Dutzenden alter Bäumen, aber in den umliegenden Straßen nahm die Kriminalität rapide zu. Wenn Morris nicht daheim war, erschien Jerilee jedes Geräusch unnatürlich laut und bedrohlich.

Morris hatte gehofft, sein Studium an der Pacific Lutheran beenden zu können, aber Jerilee wurde so unglücklich, daß er sich schließlich bereit erklärte, nach Yakima zurückzugehen, sich dort eine neue Stelle zu suchen und sein Studium in Teilzeit an der Central Washington State University in Ellensburg abzuschließen. Ein Umzug bedeutete, daß es bis zu seinem Diplom ein oder zwei Jahre länger dauern würde, als er gehofft hatte. Tatsächlich sollten noch sechs Jahre vergehen, ehe Morris Blankenbaker sein Studium beendete.

Daheim in Yakima nahm Morris ›vorübergehend‹ einen Job als Störungssucher bei der Telefongesellschaft an. Das war nicht sein Traumberuf, aber es machte ihm Spaß, mit

Spezialstiefeln die Telegraphenmasten hinaufzuklettern, und er genoß die Kameraderie seiner Kollegen. Außerdem war er froh, wieder in der County zu sein, in der er seine Kindheit verbracht hatte, zurück bei seinen alten Freunden. Er war in dem großen alten Haus aufgewachsen, in dem seine Großeltern lebten, und er schaute dort oft zusammen mit seinen Kollegen in der Kaffeepause vorbei. Seine Großmutter Esther genoß es, ihn und seine Kollegen zu bemuttern, und gewöhnlich hatte sie Frischgebackenes im Ofen – nur für alle Fälle.

Und während dieser ganzen Zeit arbeitete Morris weiter an seinem Diplom der Central Washington University. Bis Ellensburg waren es nur fünfunddreißig Meilen, aber die Strecke war holprig. Die Schnellstraße war noch nicht gebaut worden, und man mußte über die Twin Bridges und dann an den Flußufern außerhalb von Yakima entlangfahren, über weite öde Landstriche und gewundene Straßen durch Hügel, die beinahe Bergen gleichkamen, vorbei an abgeflachten Spitzkuppen.

Der Osten des Staates Washington unterschied sich sehr von der regnerischen und milden westlichen Hälfte. Im Winter machten Schneestürme die Bundesstraße 821 unpassierbar, und im Sommer behinderten Sandstürme, die ganze Sträucher entwurzelten und vor sich her kugelten, Autofahrer, die von Yakima aus in das nördlich gelegene Ellensburg unterwegs waren. Es war eine großartige Strecke für Touristen, die sich für die Gegend interessierten, da sie dem gewundenen Lauf des Yakima River folgte, aber für einen pendelnden Studenten war sie der reinste Alptraum.

Gabby Moore, Morris' früherer Trainer, unterrichtete auch am Central Washington, und so fuhren die beiden oft gemeinsam dorthin. Sie erneuerten ihre Freundschaft, aber jetzt, da sie beide erwachsene Männer waren, entwickelte sich eine andere Art von Beziehung. Im Frühling 1969 erwartete Jerilee ihr erstes Baby, während Gabbys und Gays drei Kinder langsam heranwuchsen.

Manchmal gingen Gabby und Morris an den Wochenenden zusammen auf die Jagd oder zum Speerfischen. Außerdem gehörte Wildwasser-Rafting auf dem Yakima River zu ihren gemeinsamen Hobbys. Sie verband eine reine Männerfreundschaft; als Familien verkehrten die Moores und die Blankenbakers nicht miteinander. Jerilee kannte Gabby nur flüchtig.

Rick* Blankenbaker wurde am 5. Mai 1969 geboren, und Jerilee wurde völlig von dieser ersten Erfahrung als Mutter ausgefüllt. Amanda* kam ein gutes Jahr darauf zur Welt, am 1. September 1970. Die jungen Blankenbakers hatten alles, was man sich nur wünschen kann: Eine glückliche Ehe, einen kleinen Sohn und eine kleine Tochter. Auf alten Photos sieht man Jerilee und Morris glücklich mit ihren Babys posieren: Morris hebt seinen pummeligen kleinen Sohn an einem ausgestreckten, muskulösen Arm in die Höhe; Jerilee sitzt bei einem Spielplatzbesuch mit Morris auf einer Drehscheibe; Jerilee und die Kinder überreichen Morris stolz einen Geburtstagskuchen. Wenn man sich die Bilder ansieht, kann man einfach nicht glauben, daß es nicht ewig so weitergehen sollte.

Die jungen Blankenbakers hatten allen Grund anzunehmen, daß sie gemeinsam alt werden und ihre Kinder und Enkel in Yakima aufwachsen sehen würden.

Olive Blankenbaker war Mitte Fünfzig, als Morris Jerilee heiratete. Ihr schien es inzwischen zu spät zu sein, um selbst noch einmal jemanden zu finden, der als Ehemann in Frage käme. Vor allem aus Gewohnheit behielt Olive das umfangreiche Arbeitspensum bei, das sie sich vor so langer Zeit aufgebürdet hatte. Allerdings gab sie ihre Stelle als Protokollführerin auf und nahm statt dessen ein Angebot von J. P. ›Pete‹ Tonkoff von der in Yakima ansässigen Anwaltskanzlei Tonkoff und Holst an. Die Position erwies sich als der beste Job, den sie je gehabt hatte: regelmäßige – wenn auch zahlreiche – Arbeitsstunden, die besser bezahlt wurden als sämtliche Tätigkeiten zuvor.

Pete Tonkoff, ein gebürtiger Bulgare, war ein ›großer Anwalt‹, im Gerichtssaal dynamisch und theatralisch. Anwälte aus der Großstadt beeindruckten ihn nicht im mindesten, und einmal lud er sogar Eleanor Roosevelt als Zeugin vor. Olive arbeitete zehn Jahre für Pete Tonkoff und fuhr stets in ihrer ›alten Klapperkiste‹ von ihrem Elternhaus am Yakima River zur Arbeit. Sie liebte die Herausforderung, für Tonkoff zu arbeiten. Sie bewunderte seine Brillanz, ja sogar seine gelegentlich hochtrabende Art.

Die Jahre verstrichen. Olive war inzwischen über sechzig, aber sie war noch so tüchtig wie eh und je und bei Tonkoff und Holst unentbehrlich. Irgendwann einmal warf Pete Tonkoff einen Blick auf den Wagen, mit dem sie Schneestürmen und brütender Sommerhitze gleichermaßen trotzte, und kaufte ihr ein neues Fahrzeug, wobei er brummig meinte, er wolle nur verhindern, daß sie wegen einer Autopanne im Büro ausfiel.

Olives Traumjob fand am 18. Juli 1973 ein jähes Ende, als Pete Tonkoff für tot erklärt wurde, nachdem seine Beechcraft, – die er selbst flog – über dem Lake Pontchartrein in Louisiana verschollen war. Tonkoff war nach New Orleans unterwegs gewesen, um dort einen Mandanten vor Gericht zu vertreten. Er befand sich bereits im Landeanflug, als der Tower ihm eine weitere Warteschleife befahl, weil die Landebahn noch nicht frei war. Er kehrte nie zurück. Später wurde das Wrack seiner Maschine tief unten im See gefunden. Sein Tod war nur der erste von mehreren Schicksalsschlägen, die Olive Blankenbaker Mitte der Siebziger Jahre erleiden sollte.

»Bis dahin war alles gut«, sagte sie. »Ich dachte, es würde immer so bleiben.«

Kapitel 4

Allzuoft zieht ein Todesfall nach dem Dominoprinzip weitere nach sich. Fällt ein Dominostein um, kippt auch der nächste, und der nächste, bis keiner mehr steht. Anfang der Siebziger Jahre stand Gabby Moore auf dem Höhepunkt seiner beruflichen Laufbahn, und seine Sportler errangen jedes Jahr mehr Preise und Ehren. Sein eigener Sohn, Derek, wurde in die Footballmannschaft von Davis aufgenommen, und eine neue Moore-Generation spielte für die Pirates. Seine Töchter Sherry und Kate waren hübsche Mädchen und gute Schülerinnen.

Wer kann sagen, was einen Menschen dazu veranlaßt, einen erfolgreichen Weg zu verlassen? Vielleicht die Midlife-crisis. Unerfüllte Träume? Manchmal dient auch eine Beinahe-Tragödie dazu, einen wachzurütteln und vor Augen zu führen, daß man nicht ewig lebt.

Gabby Moore kam an einem Tag im Sommer dem Tode so nah, daß er sein Leben hätte überdenken und sich bewußt werden können, daß er, ohne es zu merken, in ›die Jahre gekommen‹ war. Wäre Morris Blankenbaker nicht gewesen, wäre Gabby Moore nicht viel älter geworden als vierzig Jahre.

Es geschah auf einer der Flußfahrten, die Morris und Gabby wieder einmal gemeinsam unternahmen. Der Tag begann völlig normal. Die beiden Männer hatten einen ihrer Wagen ganz in der Nähe von Olives Haus am Yakima River geparkt und waren mit dem zweiten nach Ellensburg gefahren. Dort hatten sie sich in einem Boot vom Ufer abgestoßen und von der Strömung nach Süden, in Richtung Yakima tragen lassen. Auf der Strecke, die sie schon Dutzende Male zurückgelegt hatten, ging diesmal etwas schief, und ihr Boot wurde von einer starken Unterströmung zum Kentern gebracht. Beide stürzten mitsamt ihrer Ausrüstung in den Fluß.

Die Insassen gerieten sofort unter Wasser und wurden immer tiefer hinabgesogen, bis auf den Grund des Flusses, wohin die Sonnenstrahlen nicht mehr vordrangen und wo sie in einem regelrechten ›Hindernislauf‹ Treibgut und versunkenen Baumstämmen ausweichen mußten. Morris war ein hervorragender Schwimmer und schaffte es bald, sich an die Oberfläche zu kämpfen. Sein Partner aber landete irgendwie unter der Böschung am Flußufer, die Füße in Ranken und Wurzeln verfangen, die im tiefen Wasser wucherten. Niemals hätte er sich allein aus ihrem tödlichen Griff befreien können.

Morris machte sich um sich selbst keine Sorgen; er konnte schwimmen wie ein Otter. Als junger Mann hatte er seine Freunde und seine Mutter in Angst und Schrecken versetzt, indem er so lange getaucht war, daß sie geglaubt hatten, er müsse ertrunken sein. Aber er hatte nur ›gezählt‹, bis er sicher gewesen war, seinen eigenen Rekord im Luftanhalten gebrochen zu haben. Dann kam er triumphierend wieder an die Wasseroberfläche, während schon alle zum Rettungsschwimmer gelaufen waren.

Jetzt tauchte Morris in dem schäumenden Wildwasser, das ihr Boot zum Kentern gebracht hatte, wieder und wieder, auf der Suche nach Gabby. Schließlich sah er ihn hilflos mit den Armen rudern, seine Füße unglücklich in der Unterwasservegetation verfangen. Morris befreite Gabby und zog ihn ans Ufer. Gabby lag japsend wie ein sterbender Fisch auf der Böschung und übergab sich. Aber er atmete und lebte.

»Ich wünschte, er hätte es damals nicht geschafft«, sollte Olive Blankenbaker viele Jahre später mit stiller Bitterkeit sagen. »Ich wünschte, Morris hätte ihn im Fluß ertrinken lassen.«

Olive erinnerte sich ebenfalls, daß sie Gabby Moore vom ersten Moment an, als sie ihn draußen in ihrem Haus am Fluß kennenlernte, nicht leiden konnte. Morris gegenüber erwähnte sie ihre Antipathie mit keinem Wort, weil sie nicht hätte sagen können, was genau sie an dem Mann derart störte.

Morris ahnte davon nichts. Die beiden Männer blieben Freunde. Sie gingen zusammen auf die Jagd und zum

Fischen und trainierten manchmal auch gemeinsam im YMCA. Morris fühlte sich geschmeichelt, wenn Gabby ihn wegen eines Footballspiels um Rat fragte. Morris sah sich mehrere Ringkämpfe von Gabbys Team an und half ab und an beim Training der Schwergewichtsringer. Die beiden Männer hatten häufig Kontakt miteinander, fast täglich.

Im Dezember 1973 vertraute Gabby Morris die schockierende Neuigkeit an, daß er und Gay sich scheiden lassen würden. Er erzählte, daß er nach Weihnachten zu Hause ausziehen werde. Morris war völlig verdattert. Gabby und Gay waren seit fast zwanzig Jahren verheiratet, und Morris hatte nie auch nur geahnt, daß es in der Ehe kriseln könnte. Nach allem, was Gabby ihm schilderte, war Gay diejenige, die die Trennung wollte, während Gabby darum kämpfte, ihre Ehe zu retten.

Gabby fragte Morris, ob er für ein paar Wochen bei ihm und Jerilee wohnen könne, nur bis er und Gay ihre Schwierigkeiten bewältigt hätten. Morris stimmte sofort zu, wenn es denn half, Gabbys Ehe zu retten. Eine ›Auszeit‹ war vielleicht genau das, was das Paar jetzt brauchte.

Jerilee Blankenbaker zeigte sich alles andere als begeistert, als Morris ihr den Vorschlag unterbreitete, Gabby einzuladen, bei ihnen zu wohnen, bis er sein Leben wieder im Griff hätte. Die Scheidung mache ihm sehr zu schaffen, und es gehe ihm nicht gut, erklärte Morris. Gabby sei einsam und verloren ohne das vertraute familiäre Umfeld.

Jerilee kannte Gabby Moore nicht näher. Mit siebenundzwanzig Jahren Jahren mußte sie zwei Kinder versorgen, ganz zu schweigen von ihrer Vollzeitstelle in der Yakima Bank; sie hatte auch so schon genug um die Ohren, ohne daß sie Morris half, den Babysitter für seinen alten Coach zu spielen. Es war nicht so, daß sie egoistisch oder unsensibel gewesen wäre, aber sie und Morris fingen gerade erst an, ihr eigenes Leben in geordnete Bahnen zu lenken. Morris hatte endlich seinen Collegeabschluß gemacht und unterrichtete. Jerilee sah voraus, daß es Probleme geben würde, wenn Gabby bei ihnen wohnte. Sie hatte keine Zeit, für einen weiteren Mann zu kochen, hinter ihm herzuputzen und seine Wäsche zu waschen, und es widerstrebte ihr, ihre Privatsphäre aufzugeben.

Morris hielt dem entgegen, daß es doch nur für kurze Zeit sei und Gabby sich bestimmt wieder mit Gay versöhnen werde. Und wenn nicht, so werde Gabby sich bald eine eigene Bleibe suchen. Morris sagte, daß er seinen Freund nicht einfach guten Gewissens abweisen könne. Und das war typisch für Morris. *Er* hatte ein Gewissen und betrachtete Gabby als Freund.

Ein zukünftiger Strafverteidiger namens Jeff Sullivan vertrat Gay Moore bei der Scheidung. Viel später war Sullivan das Scheidungsverfahren kaum noch in Erinnerung, was ihn zu der Annahme veranlaßte, die Auflösung der Moore-Ehe sei unkompliziert verlaufen. Im Staate Washington gab es erst seit kurzem Scheidungen ohne Schuldzuweisung, und Sullivan hatte sogar den Eindruck, daß Gabby die Scheidung *wollte*. Jedenfalls verlief alles so ruhig, daß der Fall ihm nicht in Erinnerung blieb.

Gabby beschrieb Morris die Situation jedoch völlig anders. In seiner Verzweiflung vertraute er sich auch seinen Sportlern und weiteren Bekannten an. Er wirkte verloren und schien sich vor der Zukunft zu fürchten, während er gleichzeitig auch Wut zeigte. Von seinen Freunden war Morris Blankenbaker derjenige, der sich die meisten Gedanken darüber machte, was aus Gabby werden sollte, wenn er ohne Gay zurechtkommen mußte. Anfangs dachte Morris gar nicht darüber nach, daß er nur eine Seite der Geschichte zu hören bekam: eine Seite, die Gabby im besten Licht zeigte.

Morris hatte dem Coach einmal das Leben gerettet, und er war bereit, es wieder zu tun. Es war beinahe so, als lebe er nach dem chinesischen Sprichwort, das besagt, daß, wenn man jemandem das Leben rettet, dieses Leben einem fortan gehört und man für die betreffende Person verantwortlich ist. Gabby ging es schlecht, und Morris war nicht der Typ, einen Freund in der Not im Stich zu lassen.

Gabby hatte noch andere Freunde, und sein baldiger Ex-Schwiegervater stand ihm immer noch nah, aber das machte die langen einsamen Nächte nicht erträglicher. Er mußte unter Menschen sein. Morris sah ihn als Opfer, und Gabby ließ ihn in diesem Glauben. Es gab vieles, was Gabby Morris verschwieg. Jedenfalls ahnte Morris nicht, wieviel Gabby trank und wie krankhaft eifersüchtig er war, was Gay betraf.

Hätte Morris davon gewußt, hätte er sein Angebot, Gabby bei sich wohnen zu lassen, sicher noch einmal überdacht. Aber indem er die Situation verkannte, war er nur bemüht, Jerilee davon zu überzeugen, daß sein Freund einen Unterschlupf benötigte. Schließlich gab sie nach, und Gabby Moore zog im Januar 1974 bei den Blankenbakers ein.

Was immer Gabby unternahm, um eine Versöhnung herbeizuführen, es fruchtete nicht. Gay Moore hielt an ihren Scheidungsabsichten fest. Sie bestand nicht auf der Trennung, weil es in ihrem Leben einen anderen Mann gegeben hätte; sie wünschte sich nur ein anderes Leben. Gabbys Launen waren zu unberechenbar, und er war fast paranoid in seinen Verdächtigungen, daß sie in jemand anders verliebt wäre. Dabei hatte Gay durch ihre Arbeit und die drei Kinder im Teenageralter gar keine Zeit, auch nur an eine andere Beziehung zu denken.

Bald nachdem Gabby Moore bei ihnen eingezogen war, konnte Jerilee verstehen, warum Morris und er so gute Freunde waren. Er war ein netter Kerl, immer gut drauf und witzig. Vor allem aber besaß Gabby noch das alte Charisma, das schon immer Menschen angezogen hatte. Wenn er wollte, konnte er der charmanteste Mann sein, den man sich denken konnte, voller Anekdoten und Scherze, selbstbewußt und voll guten Willens. Er war faszinierend, ein Mann, der größer, attraktiver und erfolgreicher wirkte, als er tatsächlich war. Er erfüllte das Haus der Blankenbakers mit neuer Energie, und wenn Jerilee seinem Blick begegnete, war es ihr fast unmöglich, den Blickkontakt abzubrechen.

Niemand kann sagen, wann Jerilee begann, Gabby in einem neuen Licht zu sehen. Das Haus mit jemandem zu teilen ist eine sehr intime Erfahrung – manchmal angenehm, manchmal unangenehm. Gabby war morgens da, mit schläfrigen Augen und zerzaustem Haar, und er war gewöhnlich auch da, wenn sie alle zu Bett gingen. Tatsächlich lebte Jerilee mit zwei Männern zusammen, ihrem Ehemann und einem Störenfried. Aber er war ein verwirrend faszinierender Eindringling. Sie wußte, daß er trank, hatte aber keine Ahnung, wieviel. Ihr Gast achtete darauf, sich in Jerilees Anwesenheit nur von seiner besten Seite zu zeigen. Sofern es frühzeitig einen Hinweis darauf gab, daß sie in ihm etwas Besonderes sah, dann vielleicht darin, daß sie ihn ›Glynn‹ nannte und nicht Gabby wie alle anderen. Sein Spitzname gefiel ihr nicht.

Morris vielmehr war es, der anfing, seinen Freund kritischer zu betrachten. Er bemerkte Charakterzüge an Gabby, die ihm bislang nie aufgefallen waren. »Morris sagte, Glynn hätte sich verändert«, sagte Jerilee viel später. »Glynn trank zwei oder drei Tage durch, ohne zu schlafen, und tat Dinge, die gar nicht zu ihm paßten. Er fuhr mit einem Gewehr zum Haus seiner Ex-Frau und drohte ihr. Morris konnte nur … nun ja, er verlor den Respekt vor ihm.«

Aber Morris sprach nicht gleich mit Jerilee über das Negative, das er an Gabby bemerkte, und ihr konnten die beunruhigenden Veränderungen auch nicht auffallen, da sie ihn bislang kaum kannte.

Morris erzählte Jerilee nicht, wieviel Gabby trank oder wie sonderbar er sich aufführte, wenn er getrunken hatte. Er verschwieg ihr auch dessen obsessive, beinahe psychotische Eifersucht, die er Gay betreffend an den Tag legte.

Später sollte auch Jerilee die andere Seite sehen, jene, die Morris bewog, Gabby die Freundschaft zu kündigen. Aber zu der Zeit, da Morris sich von seinem alten Coach distanzierte, war es bereits zu spät, um das aufzuhalten, was sich in seinem eigenen Haus anbahnte.

Über den Zeitpunkt, an dem es in der Blankenbaker-Ehe zu kriseln begann, kann man nur Mutmaßungen anstellen.

Jerilee und Morris waren seit neun Jahren verheiratet und hatten sich längst aneinander gewöhnt. Gabby Moore trat als ein neues Element in die Gleichung. Offensichtlich fand er Jerilee bezaubernd. Er hörte ihr zu und sprang bereitwillig auf, um ihr beim Tischabräumen zu helfen. Es dauerte nicht lange, und seine Anwesenheit erschien ihr ganz natürlich; er war wie ein Mitglied der Familie.

Gabby Moore hatte das Bedürfnis, über seine Gefühle zu sprechen, und Jerilee hatte ein offenes Ohr für ihn. Er war, wie es in einem populären Song aus dieser Zeit hieß, ›ein Riese von einem Mann, den die Liebe bezwungen hatte‹ – ein Zustand, den die meisten Frauen anziehend finden. Anfangs hatte Jerilee wohl nur Mitleid mit ihm, wenn er von seiner gescheiterten Ehe sprach. Die einzige Seite von Gabby, die sie vorher zu Gesicht bekommen hatte – und das aus der Entfernung –, war die des Macho-Trainers, des Sportlers, des Freundes ihres Ehemannes. Als er ihr dann sein Herz ausschüttete, erlebte sie gerührt, daß er viel emotionaler war, als sie geglaubt hatte. Ihr ging auf, wie sehr das Ende seiner Ehe seine Lebensfreude getrübt und seine Erfolge beschnitten hatte. Vermutlich tat er so, als erzähle er nur ihr Geheimnisse, als vertraue er nur ihr allein soweit, auch Schwäche zeigen zu können.

Jerilee wird somit auch Morris besser verstanden haben. Das Herz seines Freundes war gebrochen, er hatte seine Kinder verloren, und jeder neue Tag bedeutete Kampf. Und doch fand er die Kraft, weiterzumachen, ein Lächeln aufzusetzen und zur Schule zu fahren, um zu unterrichten und zu trainieren.

Die Katastrophe war vorprogrammiert. Ohne etwas von den vielen Facetten in Gabbys Persönlichkeit zu ahnen, hatte Morris sich einen Feind ins Haus geholt. Ohne Bedenken ließ er Gabby mit Jerilee allein. Er empfand nur Abscheu, als er erkannte, welche Mengen Gabby trank – Abscheu und Enttäuschung über den Mann, den er einst so bewundert hatte. Doch es war kein Mißtrauen in ihm.

Er hätte argwöhnischer sein sollen. Irgendwann wandelte sich die Beziehung seiner Frau zu Gabby. Der betrauerte nicht länger den Verlust seiner eigenen Frau und Familie; er hatte sich in die Frau seines besten Freundes verliebt. Obgleich er es ihr nicht gleich gestand, war Gabby froh, frei zu sein, wenn er Jerilee betrachtete. Rückhaltlos bemühte er sich, ihre Liebe zu erringen.

Auf den ersten Blick erscheint es höchst unwahrscheinlich, daß Jerilee sich zu Gabby hingezogen gefühlt haben soll. Er war zweiundvierzig und bei weitem nicht so gutaussehend wie Morris. Gabby wirkte im Vergleich zu ihm schlaff und unförmig. Er war bei schlechter Gesundheit, obgleich die Blankenbakers nicht ahnten, wie kritisch sein Zustand wirklich war. Aber Gabby hatte einen großen Vorteil: Er war für Jerilee eine unbekannte Größe. Sie war schon mit siebzehn Jahren mit Morris zusammen gewesen, und mit siebenundzwanzig war sie keine unreife Schönheitskönigin mehr. Als attraktive Frau schuf sie sich einen Platz in der Geschäftswelt.

Für Morris blieb Jerilee unverändert. Sie hatten die angenehme Vertrautheit einer langen Ehe erreicht, und Morris liebte seine Frau sehr, aber für ihn war ihre Anwesenheit längst selbstverständlich geworden. Die beflügelnde, atemberaubende Romantik einer neuen Beziehung war einfach nicht mehr vorhanden. Wie auch?

Gabby machte sich das zunutze; er verdrängte jeden Gedanken an Ethik und daran, was er Morris antat. Er war in das Leben seines Freundes eingedrungen und fühlte sich dort wohl. Er wollte aber mehr. Gabby hatte beim Sport schon immer alles auf eine Karte gesetzt, jetzt war er entschlossen, auch in der Liebe zu siegen. Hartnäckig verfolgte er das Ziel, Jerilee Blankenbaker für sich zu gewinnen und sie Morris abspenstig zu machen.

Morris hoffte mittlerweile nur, daß Gabby möglichst bald eine eigene Bleibe finden würde. Er wollte sein altes Leben wiederhaben. Vielleicht war er sogar erleichtert, daß Jerilee sich nicht länger über den Verlust an Privatsphäre oder die zusätzliche Arbeit beklagte, die Gabbys Einzug mit sich gebracht hatte. Ihrem Gast schien es außerdem Spaß zu machen, den fünfjährigen Rick und die vierjährige Amanda um sich zu haben.

Gabby wurde es offenbar nicht müde, Jerilee anzusehen. Seine bewundernden Blicke folgten ihr, wenn sie in der Küche arbeitete und das Abendessen zubereitete, oder wenn sie die Kinder bettfertig machte. Obgleich sie sehr intelligent war, war sie kein Mensch, der aggressiv für seine eigenen Bedürfnisse eintrat. Sie beugte sich scheinbar mühelos den Bedürfnissen und Wünschen der Männer in ihrem Leben. Jerilee hatte lange Zeit Schutz und Anerkennung von Morris erwartet. Jetzt schien sie sich langsam aber sicher auf Gabby zu stützen. Sanft, hübsch und liebevoll wie sie war, entsprach sie vor allem männlichen Vorstellungen.

Niemand außer den unmittelbar Betroffenen kann sagen, wann genau sich das Gleichgewicht im Blankenbaker-Haushalt verschob. Die Veränderung – so gewaltig sie war –, trat so schleichend auf, als hätte eine tiefe Erdspalte eine seismische Platte gegen eine andere geschoben und jede Mauer im Haus mit Rissen durchzogen. Die Ehe *wirkte* intakt, aber schon eine leichte Brise, die über das Land wehte, konnte die ganze Konstruktion zum Einsturz bringen. Offenbar hatte Jerilee irgendwann das Gefühl, mit dem falschen Mann zu schlafen, wenn sie sich zu Morris ins Bett legte. Sie muß an den Mann im Gästezimmer gedacht haben, der sich ganz zweifellos nach ihr verzehrte.

Niemand, der sie kannte oder damals kennenlernte, vertritt die Auffassung, daß Jerilee beabsichtigt hatte, sich in Gabby zu verlieben, und es ist wohl nur fair, davon auszugehen, daß auch er diese Entwicklung nicht geplant hatte. Er hatte einfach seine Besessenheit von Gay auf Jerilee übertragen, geradezu übergangslos. Sogar Gabby – der es gewohnt war, seinen Willen durchzusetzen – mußte es beschämend erschienen sein, dem Mann, der ihm buchstäblich das Leben gerettet hatte, der ihn vor dem Ertrinken bewahrt hatte, die Frau zu stehlen. Ganz zweifellos war es

Gabby bewußt, was er im Begriff war zu tun, aber er unternahm nichts, es zu vermeiden.

Er wollte jetzt Jerilee haben, und er würde sie bekommen.

Gabby schilderte Jerilee seine finanzielle Situation viel positiver, als sie tatsächlich war. Er versprach ihr, sobald sie verheiratet sein würden, ein wunderschönes Backsteinhaus zu kaufen, das sie einrichten könnte, wie es ihr beliebte, ohne Rücksicht auf die Kosten. Der Lebensstil, den er ihr schilderte, versprach ihr Sicherheit, Glück und Sorglosigkeit. Gabby schien sie mit einer Inbrunst und Leidenschaft zu lieben, die der behäbigere Morris nie an den Tag gelegt hatte. Morris ging Verpflichtungen ein und hielt sich daran – das war seine Art, seine Liebe zu zeigen. Gabby hingegen sprühte vor Feuer und Versprechungen.

Auch die Tatsache, daß Gabby fünfzehn Jahre älter war als sie, mag ihn für Jerilee attraktiv gemacht haben. Sie hatte sich so verlassen gefühlt, als ihr Vater sich von ihrer Mutter hatte scheiden lassen, obwohl er weiter für sie dagewesen war. Tatsächlich war ihr Vater etwa in Gabbys Alter gewesen, als er ihre Mutter verlassen hatte. Gabby besaß das selbstsichere Auftreten eines reifen Mannes. Er wirkte so zuverlässig wie ein Fels in der Brandung: halb Liebhaber, halb Vater. Und er war an der Davis High School und überhaupt in ganz Yakima ein solcher Held. Morris unterrichtete zwar auch, hatte jedoch noch nicht Gabbys Status erreicht.

Egal, was die Ursache war – Chemie, Pragmatismus, wahre Liebe –, Jerilee war fasziniert von Gabby Moore. Und als er sie schließlich bat, Morris zu verlassen und ihn zu heiraten, sagte sie ja. Es hatte den Anschein, als hätte sie ihre Ehe weggeworfen, ohne einen Blick zurück.

Gabby hatte nichts aufzugeben; er saß bereits faktisch mit einem Koffer auf der Straße, als Jerilee und Morris ihn aufnahmen. Nicht, daß er mittellos gewesen wäre – an Geld mangelte es nicht –, aber er war ein Mann, der nicht allein leben konnte. Er war nie auf sich allein gestellt gewesen.

Nachdem sie sich erst das Offensichtliche eingestanden hatten, gab es für Jerilee und Gabby kein Zurück mehr. Es war Frühling in Yakima, und die Apfelbäume blühten. Sie waren verliebt und keineswegs gewillt, die übermächtigen Gefühle zu ignorieren, die sie beherrschten. Das alles hatte sich in weniger als drei Monaten ereignet …

Als Jerilee Morris mitteilte, daß sie ihn wegen Gabby verlassen würde, war er wie vom Donner gerührt. Sie war die einzige Frau, die er je geliebt hatte. Aber wie viele kräftig gebaute Männer war Morris sanftmütig und nicht der Typ, der tobte und wilde Drohungen ausstieß. Er zog sich verletzt zurück. Wenn Jerilee die Scheidung wollte, sollte sie sie haben. Er hatte keine andere Wahl. Allerdings gab er ihr eines mit auf den Weg: Er sagte ihr, daß er sie liebe und daß sie, falls sie ihn jemals brauchte, zu ihm zurückkehren könnte – sollte sie jemals wieder zur Vernunft kommen.

Morris' Situation erlaubte ihm nicht, das Sorgerecht für seine Kinder zu beantragen. Rick und Amanda waren beide noch im Vorschulalter. Wie sollte er sich um sie kümmern? Von Olive konnte man nicht erwarten, daß sie tagsüber zwei kleine Kinder versorgte, und außerdem arbeitete sie immer noch Vollzeit. Er wußte, daß Jerilee ihm die Kinder überlassen würde, wann immer er Zeit hatte, und so ließ er ihr das Sorgerecht kampflos. Im Herzen glaubte er fest, daß sie alle zu ihm zurückkommen würden.

Es geschah alles so schnell. Anfang 1974 hatte Morris Blankenbaker noch geglaubt, seine Ehe würde bis an sein Lebensende Bestand haben. Im März, nur gut zwei Monate später, reichte Jerilee die Scheidung ein. Da Scheidungen in gegenseitigem Einvernehmen im Staate Washington innerhalb von neunzig Tagen rechtskräftig werden, war Jerilee im Juni frei. Am 28. August hätten sie und Morris ihren neunten Hochzeitstag gefeiert, aber soweit kam es nicht mehr.

Zufällig hatte Morris' Ehe fast exakt gleich lange gehalten wie die seiner Eltern.

Jerilee kam einmal zu Morris zurück, jedoch nur für sehr kurze Zeit. Sie fühlte sich hin und her gerissen. Ihr Gewissen und die vertraute Wärme und Zuverlässigkeit des Mannes, den sie verlassen hatte, veranlaßten sie zur Rückkehr. Aber als sie wieder bei Morris lebte, ließ Gabby sie nicht in Frieden. Er war der überzeugendste Mensch, der ihr je begegnet war. Immer wieder erinnerte er sie daran, daß *er* derjenige war, den sie liebte, und daß er nicht mehr ohne sie leben könne. Er spielte ihr Lied, und ihre Entschlossenheit schmolz dahin.

Lay your head upon my pillow,
Hold your warm and tender body close to mine.
Hear the wisper of the raindrops falling soft
against the window,
And make believe you love me one more time ...

Leg deinen Kopf auf mein Kissen
und schmiege dich mit deinem warmen,
weichen Körper an mich.
Lausche dem Flüstern der Regentropfen,
die leise ans Fenster trommeln,
und tu ein letztes Mal so,
als würdest du mich noch lieben ...

Anders als die meisten Männer in seiner Situation reagierte Morris bemerkenswert zivilisiert. Obwohl ihn der Verrat seiner Frau und seines besten Freundes tief getroffen hatte, empfing er zu jener Zeit Gabby in seinem Haus, um mit den beiden gemeinsam das Dilemma zu besprechen. Zu dritt führten sie, jeder eine Ecke des hoffnungslosen Dreiecks, angespannte Gespräche. Manchmal aßen sie wieder zusammen an einem Tisch, die Luft zwischen ihnen zum Schneiden dick von unausgesprochenen Gedanken. Es schien, als müsse es eine Lösung geben, die sie alle drei glücklich machte, und doch wußten sie, daß, was immer auch geschah, einer von ihnen der Verlierer sein würde.

Von den drei Betroffenen stellte sich Morris trotz seines gebrochenen Herzens als der Stärkste heraus. Gabby gab sich großtuerisch und voller überzeugender Argumente, aber er klammerte sich an Jerilee wie der Ertrinkende von einst. Und Jerilee war vollkommen verunsichert, in einer Situation, die für sie noch vor wenigen Monaten unvorstellbar gewesen wäre.

Olive Blankenbaker, immer noch aufgewühlt bei der Erinnerung an die Ereignisse von vor zwei Jahrzehnten, berichtete über einen Abend, an dem sie zufällig in ein solches Treffen hereinplatzte. »Ich brachte Morris und Jerilee zwei Steaks rüber ... und Moore war dort. Ich sagte: ›Ich hätte wohl besser drei Steaks mitgebracht. Ich wußte nicht, daß ihr Besuch habt.‹ Moore ließ den Kopf hängen und wandte den Blick ab. Er tat mir sogar irgendwie leid, aber damals wußte ich noch nicht, was er Morris angetan hatte.«

Auch Jahre nach den Geschehnissen war Gabby für Olive nur ›Moore‹, und in ihrer Stimme schwangen immer noch Abscheu und Wut mit. Ihr ganzes Leben hatte sie geschuftet, um ihren Sohn glücklich zu machen, und dann kam schließlich diese Zeit, da sie keine Macht mehr besaß, ihm in seiner Not zu helfen.

Gabby redete mit verdrehter Logik, starken Emotionen und flehenden Bitten auf Jerilee ein und hatte sie bald überredet, Morris erneut zu verlassen.

Diesmal erkannte Morris, daß seine Ehe endgültig gescheitert war.

Am 14. September 1974 wurde aus Jerilee Blankenbaker Jerilee Moore. Sie heirateten, als die Tinte auf der Scheidungsurkunde noch nicht ganz trocken war. Gabby hatte nicht riskieren wollen, daß sie es sich doch noch anders überlegte.

Zusammen mit Amanda und Rick sowie Gabbys sechzehnjährigem Sohn Derek entstand eine neue Familie.

Gabby stand zu seinem Wort und kaufte ein Haus. Es war nicht ganz so pompös, wie er es versprochen hatte, aber sehr hübsch.

Morris' und Jerilees Kinder waren noch sehr jung. Es muß sie verwirrt haben, plötzlich ohne ihren Daddy in einem anderen Haus zu wohnen und zu erleben, wie ihre Mutter nun mit dem Mann zusammenlebte, der Anfang des Jahres bei ihnen gewohnt hatte.

Daß Morris' Ehe so plötzlich zu Ende gegangen war, hatte jeden verblüfft, der ihn kannte. In einer Großstadt wäre der Wechsel der Ehepartner vielleicht weitgehend unbemerkt geblieben, aber in Yakima, Washington, war der Skandal Stadtgespräch.

Morris Blankenbaker konnte es nicht ertragen, in Yakima zu bleiben, obwohl seine Mutter, seine Kinder, seine Halbgeschwister und seine Freunde dort lebten. Überall wurde er an Jerilee erinnert. Schlimmer noch, ständig bestand die Möglichkeit, daß er seiner Ex-Frau und ihrem neuen Partner über den Weg lief. Yakima war nicht groß genug, solche Begegnungen zu vermeiden.

Morris zog nach Hawaii, weit, weit weg von seinen Erinnerungen an das vergangene Jahr, von einem Dutzend Jahren erfüllt mit Jerilee. Das tropische Klima, die üppige, exotische Vegetation – nichts sah aus, roch oder fühlte sich an wie in Yakima. Er sagte sich, daß er Jerilee dort vielleicht würde vergessen können. Aber seine Lösung auf geographischer Grundlage für eine aus den Fugen geratene Welt funktionierte nicht. Morris fühlte sich weiterhin allein. Sein Schmerz hatte ihn jede Meile des Weges begleitet.

Ein paar Freunde von Morris, die von seiner Einsamkeit wußten und ihn vermißten, plünderten ihre Ersparnisse, um ihn auf Hawaii zu besuchen. Sie waren kaum dort eingetroffen, als Olive ins Krankenhaus eingeliefert wurde. Sie bat Morris' Halbbrüder und ihre eigene Schwester, ihrem Sohn nichts von ihrer Erkrankung zu sagen, und sie versprachen es. Aber Olives Ex-Mann Ned mißverstand bei einem Besuch die Einschätzung der Ärzte hinsichtlich ihres Zustandes. Ned dachte, Olive hätte nicht mehr lange zu leben.

»Er rief Morris an und sagte: ›Komm nach Hause. Deine Mutter liegt im Sterben.‹ Ich war wütend«, erinnerte sich Olive. »Der ganze Trupp bestieg zusammen mit Morris die nächste Maschine und kehrte zurück, um zu sehen, wie es mir ginge. Sie kamen alle nach Hause, nach nur einem Tag auf Hawaii. Sogar Morris' Halbbruder Mike, der seinen Wagen – seinen ersten eigenen Wagen – verkauft hatte, um mitfliegen und Morris aufmuntern zu können. Ich hatte nicht gewollt, daß Morris erfuhr, daß ich im Krankenhaus lag ... So ernst war mein Zustand nicht, und ich wäre schon allein zurechtgekommen. Das hat ihnen die ganze Reise verdorben.«

Ihr Sohn war in den eisigen Wintern im Osten Washingtons aufgewachsen und hatte sich auf Hawaii gefühlt wie ein Fremder. Seine Welt war auf den Kopf gestellt worden, und dort, auf der Insel im Pazifik, ging es ihm auch nicht besser – im Gegenteil. Früher oder später würde er sich doch damit abfinden müssen, daß er Jerilee verloren hatte. Warum also nicht früher? Er vermißte seine Kinder. Er vermißte Yakima. Er packte seine Siebensachen und kehrte heim.

Morris fand ein großes Haus an der North Sixth Street und vermietete die von ihm nicht genutzten Zimmer an ein paar Freunde. Es war zwar nicht vergleichbar mit seinem Familienleben, aber zumindest war er auf diese Art bei weitem nicht so einsam wie auf Hawaii.

Morris fand eine Anstellung als Sportlehrer an der Wapato Intermediate School. Endlich übte er den Beruf aus, von dem er immer geträumt hatte – aber es bereitete ihm keine Freude mehr. Jerilee war fort. Amanda und Rick bekam er nur bei sporadischen Besuchen zu Gesicht. Alles, wofür er so lange gearbeitet hatte, war verloren.

Seine Freunde drängten ihn, wieder auszugehen, sein Eremiten-Dasein aufzugeben, aber er brachte es einfach nicht fertig, sich mit anderen Frauen zu treffen. Bei den seltenen Gelegenheiten, in denen er dazu überredet worden war, kam er sich vor wie ein Betrüger. Die einzige Frau, die ihm etwas bedeutete, war seine Ehefrau – nur daß sie nicht mehr *seine* Frau war.

Kapitel 5

Im September 1973 kannte Jerilee Blankenbaker Gabby Moore kaum; ein Jahr später ließ sie sich von Morris scheiden, um ihn zu heiraten. Manchmal fiel es sogar ihr selbst schwer zu begreifen, was geschehen war.

Anfangs war das Zusammensein mit Gabby sehr romantisch. Es bestand kein Zweifel daran: Er betete Jerilee an. Sie mochte seinen Sohn Derek, und sie glaubte daran, daß sie und Gabby mit ihrer neuen, größeren Familie glücklich werden konnten. Sie brauchten nur alle etwas Zeit, sich aneinander zu gewöhnen.

War Morris umgänglich und berechenbar gewesen, so erschien Gabby oft launisch und aufbrausend. Diese Charakterzüge waren Teil seiner Attraktivität gewesen – anfangs. Mit einem derart emotionalen, leidenschaftlichen Mann zusammenzusein, hatte anziehend auf Jerilee gewirkt. Er hatte ihr so vieles versprochen. Er hatte immer wieder von ihrer gemeinsamen Zukunft und ihrer Liebe geredet, überwältigende, atemberaubende Pläne gemacht. Sie hatte ihm jedes Wort geglaubt, nie an seinen Worten gezweifelt – zu Beginn.

Mitte der siebziger Jahre war Gabby Moore immer noch ein sehr beliebter und angesehener Mann in Yakima. Leute aus der Stadt strömten herbei, um sich die Ringkämpfe seines Teams anzusehen; er hatte Yakima mit seinen Ringern zu einem Begriff gemacht und bezog ein ansehnliches Gehalt. Seit fast fünfzehn Jahren lehrte er an der Davis High. Er war eine Institution, und Jerilee war stolz, seine Frau zu sein. Natürlich wurde über das Zustandekommen ihrer zweiten Ehe getuschelt. Aber sie ließ sich immer nur mit hocherhobenem Haupte sehen. Die Entscheidung war ihr schwergefallen, doch sie hatte ihre Wahl getroffen, entschlossen zu ihrem neuen Mann zu stehen.

Dennoch mußte Jerilee schon bald erkennen, daß Gabbys Launen zuweilen richtig beängstigende Formen annahmen. Er zeigte eine Seite seiner Persönlichkeit, die er bislang vor ihr verborgen hatte. Und viele seiner Versprechungen erwiesen sich als leere Worte. Beispielsweise seine finanzielle Absicherung – eine Lüge. Er bezog sein Gehalt, aber das war auch schon so ziemlich alles.

Jerilee stand gewissermaßen wieder ganz am Anfang – sie war mit einem Trainer verheiratet, versorgte eine Familie und ging Vollzeit arbeiten. Nur die Rolle ihres Ehemannes war neu besetzt worden.

Allerdings gab es noch einen großen Unterschied zu ihrem früheren Leben: den Alkoholkonsum ihres Mannes. Morris hatte zwar erwähnt, daß Gabby trank, ihr jedoch nicht alles gesagt. Jerilee hatte nicht gewußt, daß Gabby ein so starker Trinker war. Jetzt erkannte sie, was sie vorher nicht gesehen hatte. »Er trank so viel. Und wenn er trank, wurde er jedem gegenüber aggressiv … Er brüllte, packte den, der ihm am nächsten stand, und begann Streit mit ihm.«

Jerilee hatte noch nie jemanden gekannt, der so viel Bourbon in sich hineinschütten konnte wie Gabby Moore. In einem Tonfall, der immer noch ungläubig klang, erinnerte sich Jerilee daran, wie die Situation eskalierte. »Er warf sogar seine eigenen Kinder, seine Tochter und seinen Sohn, an Heiligabend aus dem Haus.

Er trank sehr viel«, fuhr sie mit ihrer hellen, sehr weiblichen Stimme fort. »Innerhalb von nur zwei, drei Stunden schaffte er eine Literflasche Bourbon oder sonstwas.«

Und Gabbys Konsum einer ganzen Flasche Whisky innerhalb weniger Stunden war keine Ausnahme. Drei- bis viermal die Woche setzte er sich, eine Flasche neben sich, ins Wohnzimmer und kippte Glas um Glas, bis sie leer war. Jerilee erkannte, daß seine Launen in direktem Zusammenhang mit der von ihm konsumierten Alkoholmenge standen.

»In der einen Minute liebte er einen über alles«, erinnerte sie sich wehmütig, »und in der nächsten warf er einen aus dem Haus. Er fing an, mir etwas angst zu machen.«

Tatsächlich bekam Jerilee Moore *große* Angst vor ihrem zweiten Mann. Wie die meisten mit Alkoholikern verheirateten Frauen lernte sie, die Entwicklung von guter Laune und liebevoller Sentimentalität hin zu Mißtrauen und Verfolgungswahn exakt zu beobachten. Wenn der Whisky in der Flasche zur Neige ging, war Gabby betrunken und unberechenbar. Einige Male sperrte er sie aus ihrem eigenen Haus aus. Sie muß sich mehr als einmal gefragt haben, worauf sie sich da um alles in der Welt eingelassen hatte. Sie lernte auch seine krankhafte Eifersucht kennen. Vielleicht fürchtete er, daß sie ihn ebenso schnell verlassen könnte, wie sie sich von Morris getrennt hatte; daß ein anderer ihr den Kopf verdrehte, so wie er es getan hatte. Er hatte sie gestohlen, und jetzt, fürchtete er, könnte jemand sie wiederum ihm wegnehmen.

Dreimal verließ Jerilee Gabby, obwohl sie sich noch stark zu ihm hingezogen fühlte. Sie wurde von widerstreitenden Gefühlen geplagt. Er konnte sie immer noch zum Weinen bringen, wenn er die Platte auflegte, die mit den Worten begann ›Lay your head upon my pillow …‹

Aber im Zentrum eines ständigen emotionalen Hurrikans zu leben war etwas anderes, als die Spannung einer kurzen Werbung zu erleben, und Jerilee sehnte sich vermutlich schon bald nach Morris' liebevoller, berechenbarer Art zurück. Sie sah Morris, wenn er Amanda und Rick abholte oder zurückbrachte. Sie telefonierte mit ihm, was nur natürlich war, da sie sich immer noch die Verantwortung für ihre gemeinsamen Kinder teilten. Beide hatten so vieles miteinander erlebt, und je länger sie von Morris getrennt war, desto mehr wußte Jerilee ihre erste Liebe und seine Treue zu schätzen.

Andererseits hatte Jerilee so viele Brücken hinter sich abgebrochen, daß sie sich beinahe verpflichtet fühlte, ihrer Ehe zum Erfolg zu verhelfen. Und das war keine leichte Aufgabe. Wenn Gabby außer Kontrolle war und tobte, fürchtete sie um ihr eigenes Leben und um das ihrer Kinder. Wenn er sie aus dem Haus warf und dabei die Schimpftiraden eines Betrunkenen vom Stapel ließ, mußte sie irgendwo unterkriechen. Bei Verwandten. Bei Freunden. Manchmal kehrte sie auch später in der Nacht zurück, in der Hoffnung, daß er inzwischen eingeschlafen war. Manchmal blieb sie weg und wünschte sich, daß sie die Kraft aufbringen würde, nicht wieder zu ihm zurückzugehen. Zögerlich begann Jerilee, sich immer weiter von Gabby zu entfernen. Anfangs kehrte sie nach wenigen Tagen zu ihm zurück. Einmal schaffte sie es dann, zwei Wochen wegzubleiben.

Jedesmal, wenn Jerilee Gabby verließ, spielte er den Zerknirschten und Reuigen. Er drehte seinen ganzen Charme auf und setzte alles daran, ihr glaubhaft zu versichern, daß er ihr nie wieder weh tun würde. Sie wollte ihm glauben.

Das war ein typisches Schema, mit dem Jerilee jedoch nie zuvor konfrontiert worden war. Seine Tränen und Gewissensbisse erschienen ihr so aufrichtig und echt. Er kannte ihre Schwächen und ihr weiches Herz. War es ihm gelungen, sie Morris zu entfremden und ihre Ehe zu zerstören – und das stand zweifelsohne fest –, so besaß er auch die Mittel, sie an sich zu binden. Er war ihr Mann. Wieder und wieder schenkte Jerilee seinen Versprechungen, einen völlig neuen Anfang zu machen, Glauben. Wieder und wieder kehrte sie zu ihm zurück.

Den ganzen Frühling 1975 über schwankte Jerilee in ihren Entscheidungen. Draußen war jetzt alles so wie vor einem Jahr, als sie so fasziniert gewesen war von Gabby und seinen Zukunftsvisionen, daß sie darüber alles andere vergessen hatte. Aber mittlerweile wußte sie, was sich hinter der charmanten Maske verbarg, die Gabby zur Schau trug, und sie hatte Angst.

Gabby hatte immer viel Zeit in seine Sportler und ihr Training gesteckt. Durch ihre Ehe mit Morris hatte Jerilee Verständnis dafür. Trainer waren eben eine Gattung für sich. Aber Gabby interessierte sich gar nicht mehr für Sport. Fast jeden Tag, wenn er von der Arbeit nach Hause kam, zog er eine Whiskyflasche aus einer braunen Papiertüte. Das Schlimmste war seine Unberechenbarkeit. Jerilee beobachtete ihn mißtrauisch, ständig auf der Hut.

In dem Augenblick, als sie sich in ihn verliebte, hatte Jerilee sich nicht vorstellen können, Gabby jemals wieder zu verlassen. Sie hatte für ihn ihre Ehe geopfert; sie hatte Morris verraten, als sie sich für Gabby entschieden hatte. Aber es kam der Tag, da sie sich seine Beschimpfungen gelassen anhörte und ihn nur mit kaltem Blick musterte. Sie glaubte nicht mehr daran, daß er sich ändern würde. Sie hatte seine leeren Versprechungen schon zu oft gehört und zu oft erlebt, wie er sich kurz nach ihren Gesprächen abgewandt und nach seiner Flasche Bourbon gegriffen hatte.

Wenn man die gesamte Zeit, die sie tatsächlich zusammen als Ehepaar erlebten, addierte, kam nicht sehr viel zusammen. Weniger als ein Jahr. Jerilee hatte Gabby im September 1974 geheiratet. Im Juli 1975 trennte sie sich endgültig von ihm. Sie reichte die Scheidung ein, die zweite innerhalb von achtzehn Monaten.

Jerilee Blankenbaker Moore hatte eine schmähliche Entscheidung getroffen, als sie ihren ersten Mann verlassen hatte, das erkannte sie jetzt in einer entsetzlichen Klarheit. Das ganze Ausmaß ihres Fehlers wurde ihr nach und nach bewußt. Je länger sie von Morris getrennt gewesen war, desto mehr hatte sie ihn vermißt und desto klarer war ihr auch geworden, daß er der einzige war, den sie wirklich liebte. Sie mußte vorübergehend blind gewesen sein, aber jetzt war sie wieder bei Sinnen.

In einer Sequenz von Ereignissen, die aus einem Seifenopern-Drehbuch hätte stammen können, verließ Jerilee

Gabby Moore und zog wieder bei Morris Blankenbaker ein. Dieser Verlust traf Gabby bis ins Mark und machte ihn schier wahnsinnig vor Eifersucht. Er trank, um seinen Schmerz zu betäuben, aber vom Alkohol wurde seine Paranoia nur noch schlimmer.

1975 – wenn nicht schon früher – hatte Gabby Moore einen Punkt erreicht, an dem er alles, was auf der Welt passierte, nur auf sich selbst bezog. Er kannte weder Mitgefühl noch Sympathie für irgend jemanden. Die rationale oder emotionale Fähigkeit, eine Situation mit den Augen eines anderen zu betrachten, war ihm vollkommen abhanden gekommen. Eventuelle Schuldgefühle wegen seines Verrats an Morris hatte er niedergekämpft, bevor sie in sein Bewußtsein aufsteigen konnten. Und so war es ihm unmöglich, sich jetzt einzugestehen, daß Jerilee zuerst zu Morris gehört hatte und sie zu ihrem Mann und dem Vater ihrer zwei kleinen Kinder zurückgekehrt war. Er konnte nur herausschreien, wie tief er verletzt worden war. Das Verblüffende an Moores Einstellung war, daß er sich tatsächlich im Recht glaubte – er war wirklich davon überzeugt, der Geschädigte zu sein, und er wäre aus allen Wolken gefallen, wenn jemand etwas anderes behauptet hätte.

Seine große Liebe hatte ihn verlassen, und das durfte er nicht hinnehmen. Die Kampagne, die Gabby Moore auf die Beine stellte, um Jerilee zurückzugewinnen, war beeindruckend – er zog alle Register.

Jerilee und die Kinder zogen zu Morris in das große Holzhaus an der North Sixth. Seine Untermieter waren bis auf einen bereits wieder ausgezogen. Die Familie Blankenbaker wollte zunächst das Erdgeschoß bewohnen.

Den Gedanken, Gabby würde sie kampflos gehen lassen, mußte Jerilee bald aufgeben. Er rief sie jeden Tag an – in der Pacific National Bank in Selah, Washington, in der sie beschäftigt war, und zu Hause bei Morris. Er kam mehrmals in die Bank, um Jerilee an ihrem Arbeitsplatz zur Rede zu stellen. Sie besaß eine gute Position als Kreditberaterin, und es war peinlich, wenn einer ihrer Kollegen ihr mitteilte, daß Gabby Moore sie wieder einmal sprechen wolle.

Sie wußte im voraus, was er fragen würde: »Wann kommst du zurück?« und »Willst du mir nicht noch eine letzte Chance geben?«

Er machte Jerilee klar, daß er es ohne sie nicht schaffen würde, und die manipulative Drohung entging ihr nicht. Doch weigerte sie sich weiterhin, zu ihm zurückzukehren, und so wurde er deutlicher. Er würde sich umbringen, drohte er, und sie sollte dabei zusehen – damit sie merkte, was sie ihm angetan hatte.

Vielleicht reagierte Jerilee eingeschüchtert auf seine Selbstmorddrohungen und – ermüdet von seinen flehentlichen Bitten – nicht deutlich genug. Vielleicht hatte sie sich tatsächlich auf mehr Gespräche eingelassen, als sie später zugeben wollte. Es gab Leute in Yakima, die ihr vorwarfen, zu unentschlossen zu sein und nicht den klaren Bruch herbeizuführen, der Gabby Moore davon abhalten würde, ihr weiter nachzustellen.

Trotz seines Alkoholkonsums und seiner Depressionen gab es Menschen, die Gabby liebten. Seine beiden Töchter und sein Sohn suchten Jerilee auf, um für ihren Vater zu sprechen. Sie wollten wissen, was sie sich dabei denken würde, ihren Vater ganz allein zu lassen. Sie gaben ihr die Schuld an seinem Elend.

»Die Mädchen fragten, ob ich nicht doch zu ihm zurückkehren und ihm eine letzte Chance geben könnte«, erinnerte sich Jerilee. Aber sie antwortete ihnen, daß sie diesen Schritt nicht tun könne – niemals.

Gabbys Kinder taten ihr leid, und sie konnte verstehen, warum sie sich für ihn einsetzten. Aber es gab Dinge, die sie nicht wußten. Nachdem sie sich erst von ihm befreit hatte, war sie nicht gewillt, Morris jemals wieder zu verlassen. Sie und Morris wollten wieder heiraten, sobald ihre Scheidung von Gabby am 10. November rechtskräftig wurde. Schon an Weihnachten könnten sie wieder ein Ehepaar sein. Und irgendwann, hoffte Jerilee, würde die Episode mit Gabby nur noch eine ferne Erinnerung sein.

»Ich forderte ihn sehr entschieden auf, mich in Ruhe zu lassen, machte ihm klar, daß ich versuche, ein neues Leben anzufangen, daß ich meine Familie wieder vereinen wolle und er uns doch bitte in Frieden lassen solle.«

Gabby hatte Jerilee nur angestarrt, als würde sie in einer Fremdsprache mit ihm reden. Er würde sie niemals freigeben. Wußte sie das denn nicht? Was immer es erforderte, er würde es tun. Was immer sie verlangte, er würde jede ihrer Forderungen erfüllen. Er weigerte sich zu akzeptieren, daß das einzige, was sie von ihm wollte, ihre Freiheit war.

Er weigerte sich schlicht, das zu begreifen. »Er sagte beispielsweise, daß, wenn es Morris nicht gäbe, ich bei ihm wieder einziehen würde«, erinnerte sich Jerilee.

Aber es gab Morris, und sie war dankbar, daß er sie zurückgenommen hatte. Aber sie wäre auch dann nicht bei Gabby geblieben, wenn Morris nichts mehr von ihr hätte wissen wollen. Sie konnte und wollte nicht mehr mit Gabbys Wutausbrüchen und unberechenbaren Launen leben.

Bei einem ihrer Gespräche hielt Gabby Jerilee – beinahe prahlerisch – vor Augen, wie tief er ihretwegen gesunken war. »Ich verliere meinen Job«, sagte er, »und das alles deinetwegen.«

Er erzählte ihr, daß ihm nahegelegt worden sei, an der Davis High School zu kündigen, und man seinen Arbeitsvertrag nach dem Schuljahr 1975/76 nicht verlängern würde. Im Juni 1976 würde er auf der Straße sitzen. Man habe ihn gefeuert, weil er bei einigen Fahrschülern die Beherrschung verloren und sie gepackt habe, als sie einen Fehler machten. Das mußte die Schüler ebenso schockiert haben wie die Schulleitung. Gabby war gegenüber seinen Fahrschülern immer die Geduld selbst gewesen.

Jerilee vermutete, daß mehr hinter der Entlassung steckte als nur sein Fehlverhalten bei den Fahrstunden. Yakima war zu klein, als daß die Schulleitung nicht zwangsläufig früher oder später von seinem Alkoholproblem und seinen tiefgreifenden Persönlichkeitsschwankungen erfahren hätte. Trotzdem war er an der Davis High eine solche Institution, daß eine Kündigung eigentlich unvorstellbar war. Er mußte sich etwas ziemlich Übles geleistet haben, um gefeuert zu werden. Aber Jerilee ließ sich davon nicht unter Druck setzen. *Er* war derjenige, der seine Karriere ruiniert hatte.

Und doch hatte sie Angst vor Gabby. Er bat sie, das Scheidungsdatum zu verschieben, ihm etwas Zeit zu lassen, ehe das Urteil rechtskräftig wurde, aber sie gab nicht nach. Am 10. November trafen sich Jerilee und Gabby im Gerichtssaal. Zu den Dingen, die Jerilee in ihrer Scheidungsklage beantragt hatte, gehörte auch, daß sie fortan wieder den Namen Blankenbaker tragen wollte. Gabby Moore war darüber sichtlich verärgert.

Sie hatte sogar seinen Namen zurückgewiesen.

Jerilee nahm Morris' Namen wieder an und erreichte ihre Scheidung, aber Gabby ließ sie auch jetzt nicht in Frieden. Im Gegenteil – er wurde sogar noch aggressiver und beharrte auch weiterhin darauf, daß er nicht ohne sie leben könne.

Die Belagerung, die Jerilee Blankenbaker ertragen mußte, kann nur eine andere Frau nachvollziehen, die schon einmal Gegenstand der Besessenheit eines Mannes geworden ist. Es ist, als würde man in einem Glashaus leben und sich nicht frei bewegen können, weil man ständig beobachtet wird.

Jerilee und Morris waren beide berufstätig; tatsächlich hatte Morris sogar zwei Stellen. Er unterrichtete an der Wapato Intermediate School und arbeitete dazu noch an drei Abenden in der Woche in der Lion's Share Lounge als Türsteher. Das bedeutete, daß Jerilee an den Abenden allein war, aber sie hatten ja ›Hike‹, ihren großen schwarzen Labrador, der gegenüber Jerilee und den Kindern einen ausgeprägten Beschützerinstinkt entwickelt hatte.

Gabby war in seinem verzweifelten Kampf um Jerilee schon dreimal zu Morris' Haus gefahren. Morris befürchtete nicht ernsthaft, daß er eine Dummheit machen könnte. Trotz allem aber blieb Gabby für ihn der ›Coach‹. Morris vertraute darauf, daß sich mit der Zeit schon alles regeln würde.

Spät an einem Abend Mitte November, als Morris im Lion's Share arbeitete, wachte Jerilee auf und hörte jemanden im Haus herumgehen. Die Außentüren hatten keine Schlösser. In einer Großstadt wäre das wohl leichtsinnig gewesen, aber sie lebten in Yakima, und die Verbrechensrate war extrem niedrig.

Die Leute schlossen ihre Türen nicht ab, auch wenn sie – wie die Blankenbakers – nur wenige Blocks vom Geschäftsviertel in der Innenstadt entfernt wohnten. Allerdings hatten Morris und Jerilee ein Schloß an der Schlafzimmertür angebracht, damit sie nicht in unpassenden Momenten von den Kindern überrascht wurden.

Jetzt lag Jerilee, deren Kinder neben ihr schliefen, wie erstarrt im Bett, als sie schwere Schritte und lautes Krachen hörte. Sie war dankbar für das Schloß an der Schlafzimmertür, als sie jemanden ihren Namen rufen und dann unverständliches Zeug murmeln und schimpfen hörte.

Es war Gabby.

»Er war betrunken«, erzählte Jerilee später, »und er drohte, die Tür einzutreten und mich zu holen, wenn ich nicht ins Wohnzimmer käme. Er war von Sinnen, sturzbetrunken.«

Jerilee hatte ein Telefon im Schlafzimmer. Leise nahm sie den Hörer ab und wählte die Nummer des Lion's Share.

»Morris«, flüsterte sie, als er sich meldete. »Gabby ist hier. Er ist im Wohnzimmer und droht, die Tür einzutreten.«

Morris verließ das Lion's Share augenblicklich und fuhr nach Haus in die North Sixth. Es war nicht weit; die Bar befand sich in der Second Street.

Jerilee blieb im Schlafzimmer und verhielt sich ganz still. Sie rechnete jeden Moment damit, daß ein Fuß durch die dünne Schlafzimmertür brach. Sie wußte, wie Gabby sein konnte, wenn er so betrunken war, und sie hatte Angst, als sie an einige seiner Drohungen dachte.

Im Wohnzimmer war es sehr ruhig geworden. Jerilee

hoffte, daß Gabby aufgegeben hatte und gegangen war. Aber plötzlich hörte sie ein lautes Hämmern vor ihrem Fenster. Gabby war draußen und brüllte durch das geschlossene Fenster. Er war fest entschlossen, zu ihr vorzudringen, mit ihr zu reden, sie in den Armen zu halten.

Vielleicht war das die Nacht, in der er sich vor ihren Augen umbringen wollte ...

Joey Watkins* kannte Morris und Gabby schon sehr lange. Sieben oder acht Jahre zuvor hatte er die Davis High besucht. Joey war eine imposante Erscheinung – eins von den Schwergewichten, deren Training Morris als Co-Trainer unterstützt hatte. Und natürlich war Gabby der Coach der Ringermannschaft gewesen, in der Joey aktiv als Ringer angetreten war.

Später schilderte Joey, inzwischen zweiundzwanzig Jahre alt, die Ereignisse jener Novembernacht wie folgt: »Also, ich war bei Morris im Lion's Share, und wir redeten. Das Telefon läutete, eine Frau ging ran und sagte: ›Für dich, Morris.‹ Morris übernahm das Gespräch. Es war seine Frau, die sagte, daß Mr. Moore im Haus wäre und verrückt spielen würde oder so was. Morris antwortete, er käme sofort rüber, und fragte mich, ob ich ihn begleiten würde. Also ging ich mit ... Mr. Moore hämmerte, als wir das Haus erreicht hatten, an die Fenster.«

Es war offensichtlich, daß Gabby Moore betrunken war, und Joey Watkins erwartete beinahe, daß Morris sich mit ihm prügeln würde. Immerhin war das Morris' Haus und Morris' Frau, und sie hatte völlig verängstigt geklungen, als sie im Lion's Share angerufen hatte.

»Morris stieg aus dem Wagen und ging zum Haus rüber. Zu mir sagte er: ›Weißt du, Joey, ich würde ihm gern eins aufs Maul geben, aber er war auch mein Coach. Ich kann das nicht.‹ Also ging er nur rüber, und die beiden fingen an zu reden. Mr. Moore und Morris sprachen miteinander, und nach einer Weile ging Moore einfach.«

Joey Watkins starrte seinen ehemaligen Coach an.

Gabby war so betrunken, daß er von Fenster zu Fenster getorkelt war, bevor er mit den Fäusten an die Scheiben geschlagen hatte. Wie die meisten jungen Männer, die an der Davis High erfolgreiche Sportler gewesen waren, zeigte sich Watkins schockiert darüber, wie verändert Gabby war.

»Er war von meinem ersten High-School-Jahr an mein Football- und Wrestling-Coach ... Ich habe Mr. Moore das erstemal in einer Bar gesehen, im Lion's Share, und er führte sich ganz schön wild auf, wissen Sie ... als wäre er ein anderer als der Coach von damals – der war nämlich sehr streng zu uns gewesen, verstehen Sie. Er war einfach nicht derselbe Mensch. Zum einen trug er das Haar länger, und dann kleidete er sich auch nicht mehr so wie früher.«

Nach dieser ersten Begegnung hatte Joey ihn noch häufig getroffen. Gabby hatte immer getrunken, als gäbe es kein Morgen. Das war einfach nicht der Coach, an den Joey sich erinnerte. Gabby hatte von seinen Sportlern verlangt, hart zu trainieren. »Wenn man besiegt wurde«, erzählte Watkins, »wußte er den Grund – man hatte nicht hart genug an sich gearbeitet.« Doch wie anders verhielt sich Gabby nun selbst!

Joey Watkins konnte nicht hören, was Morris zu Gabby sagte, aber was immer es war, es zeigte Wirkung. Er sah den Coach davonwanken, und gleich darauf hörte er, wie ein Automotor ansprang. Der Motorenklang war ihm vertraut; es war Gabbys kleiner karamelfarbener MG-Sportwagen.

Jerilee hatte ihrerseits gehört, wie Morris versuchte, Gabby zur Vernunft zu bringen. Sie konnte nur das schwache Gemurmel tiefer Stimmen hören und gleich darauf die Geräusche eines davonfahrenden Autos.

»Morris und Joey Watkins kamen ins Haus«, erzählte Jerilee. Dann rief Morris die Polizei an und meldete den Zwischenfall. Die Zentrale sagte, für den Rest der Nacht würde ein Streifenwagen in Abständen bei uns vorbeifahren. Morris begab sich zurück an die Arbeit.«

Und offenbar fuhr Gabby nach Hause und schlief seinen Rausch aus. Niemand schien den Vorfall allzu ernst zu nehmen. Das halbe Police Department war von Gabby unterrichtet oder trainiert worden, hatte Football für ihn gespielt oder seinem Ringerteam angehört. Einige der Beamten waren sogar mit ihm zur Schule gegangen, damals, als er selbst noch ein Star gewesen war. Gabby war ›der Coach‹ und einer der besten Lehrer, die die Davis High je gehabt hatte.

Er mußte sich nur wieder fangen.

Kapitel 6

Jeder, der Gabby Moore kannte, war überzeugt davon, daß er wieder zur Vernunft kommen würde. Er hatte zu viel zu verlieren, um sich wegen einer Frau gehenzulassen. Es gab in Yakima viele Frauen, die entzückt gewesen wären, mit ihm auszugehen. Aber er war an ihnen ebensowenig interessiert, wie Morris es gewesen war, als er ein Jahr zuvor verlassen worden war. Wenn ein Mann sich in Jerilee verliebte, schien er sie nicht mehr vergessen zu können.

In jenem trüben Herbst lebte Gabby zusammen mit seinem Sohn Derek in einer Wohnung in der South Eighteenth Street. Er konnte nicht länger das Haus ertragen, das er mit Jerilee geteilt hatte, und bot es zum Verkauf an. Die Wohnung, die er sich mit dem siebzehnjährigen Derek teilte, war nichts Besonderes, aber sie reichte aus als ›Bude‹ für zwei ungebundene Kerle. Derek bewohnte das kleine Zimmer neben der Küche. Die wenigen Mahlzeiten, die sie zu Hause einnahmen, aßen sie am Küchentresen, der diesen Raum von der restlichen Wohnung abtrennte. Gabby verwandelte das Wohnzimmer in einen Wohn-/Schlafraum, indem er sein Bett dort aufstellte und die Haustür mit einem Schrank verstellte. Ihre Autos parkten sie immer draußen in der Seitenstraße und benutzten ausschließlich den Hintereingang.

Gabby unterrichtete und arbeitete noch als Trainer, obgleich sein Vertrag Ende des Schuljahres auslief. Sein Einsatz in der Schule beschränkte sich auf ein Minimum; er erledigte seine Arbeit wie ein Roboter – wenn überhaupt. Gabbys Ringer trainierten weiterhin und traten zu Kämpfen an, auch wenn ihr Coach nicht mehr das Energiebündel von einst war. Manchmal schien es, als würden sie sich praktisch selbst trainieren, aber sie liebten Gabby und deckten ihn.

In einer stillschweigenden Übereinkunft fanden sich ehemalige Schüler der Davis High nach Schulschluß auf dem Gelände ein, um Gabbys Pflichten zu übernehmen. Er hatte seine Ringer zu Champions gemacht, und sie hätten alles für ihn getan. Mit Hilfe der Ehemaligen und des Einsatzes der einzelnen Mannschaftsmitglieder fanden die Ringkämpfe unverändert statt – meist allerdings ohne Gabby.

Derek Moore war ein guter Schüler, und er gehörte zur ersten Footballmannschaft der Davis High, den ›Pirates‹. Zu jeder anderen Zeit wäre sein Vater schier geplatzt vor Stolz ob seiner Leistungen auf dem Sportsektor. Aber inzwischen war das einzige, was für Gabby noch zählte, Jerilee zurückzugewinnen.

Derek machte seinem Vater keine Vorwürfe. Wie jeder andere, der Gabby Moore kannte, glaubte er fest daran, daß sich die Situation mit der Zeit wieder normalisieren würde. Derek war ein starker Junge mit ausreichend emotionaler Unterstützung – seitens seiner Großeltern, seiner Mutter und seines Stiefvaters, Larry Pryse, dem neuen Co-Trainer der Footballmannschaft an der Davis High.

Als er siebzehn war, spielte sich Derek Moores ganzes Leben in Yakima ab und drehte sich vornehmlich um den Schulsport und seine Freundin. Er lebte aus Loyalität bei seinem Vater und hoffte auf bessere Tage.

Dr. Myers, Gabbys ehemaliger Schwiegervater, machte sich große Sorgen um ihn. A. J. hatte Gabby ein Jahrzehnt lang wegen Bluthochdrucks behandelt und vermutete, daß Gabby die von ihm verschriebenen Medikamente nicht einnahm – einen Betablocker und ein Diuretikum.

Tatsächlich nahm Gabby die Medizin, die Myers ihm verordnete, ein, setzte sie jedoch wie viele andere Bluthochdruckpatienten wieder ab, sobald er sich besser fühlte. Es war ein Teufelskreis. Bluthochdruck ist eine schleichende Krankheit mit wenigen Symptomen. Viele Patienten sterben an Schlaganfällen oder Herzinfarkten, weil sie sich ›gut fühlen‹ und nicht wissen, daß der Druck des Blutes auf die feinen Blutgefäße kritische Werte erreicht hat. Manchmal bewirkt extrem hoher Blutdruck auch Kopfschmerzen. Nicht oft. Das einzige wirklich sichere Anzeichen dafür, daß ein gesundheitliches Problem besteht, ist Nasenbluten. Kommt es dazu, kann der Patient sich glücklich schätzen. Es ist weit besser, aus einer Vene in der Nase zu bluten, als ohne es zu wissen eine tödliche Hirnblutung zu erleiden.

Gabby trank übermäßig und stand unter enormem Streß. Dr. Myers traf sich im November mit ihm zum Mittagessen und bemühte sich, ihn zur Vernunft zu bringen. Er warnte ihn, daß noch eine Arterie platzen würde, wenn er nicht aufpaßte.

Aber Gabby Moore schien das egal zu sein. Er hatte nur ein Gesprächsthema: Jerilee. Wenn er sie nicht zurückhaben konnte, wollte er ohnehin nicht weiterleben.

Myers nickte. Es spielte keine Rolle, daß es seine Tochter war, über die sie sprachen. Sie waren nur zwei Männer, die sich als Freunde unterhielten, und es schien, als würde Gabby an ihr zerbrechen.

Myers hoffte, daß ihn der Kummer nicht buchstäblich umbringen würde.

Es hatte den Anschein, als könnte dies durchaus passieren, denn am 18. November, ein paar Tage nach dem nächtlichen Zwischenfall bei Jerilee und Morris zu Hause, kam Gabby in Dr. Myers Büro und bat um einen Termin.

»Er sagte mir, daß er in den vergangenen vierundzwanzig Stunden mehrfach – insgesamt viermal – langanhaltendes Nasenbluten gehabt hätte«, berichtete Myers. »Und im Anschluß an ein solches Nasenbluten suchte er mich auf. Ich hielt es für besser, ihn ins Krankenhaus einzuweisen.«

Nicht zum erstenmal war Gabbys Bluthochdruck kritisch geworden; immerhin war er seit zehn Jahren bei Dr. Myers wegen des Problems in Behandlung. Schon einmal, fast auf den Tag genau fünf Jahre zuvor, hatte der Arzt ihn wegen der gleichen Symptome einweisen müssen. Jetzt machte Myers sich ernsthaft Sorgen; er konnte in der arteriellen Öffnung in der Mitte von Gabbys linkem Nasenloch einen Blutpfropfen erkennen. Gabby würde ernsthafte Schwierigkeiten bekommen, wenn er seinen Blutdruck nicht augenblicklich senkte.

Gabby wollte nicht ins Krankenhaus; er wollte, daß Dr. Myers ihm nur etwas gegen das Nasenbluten gab. Der Arzt überging Gabbys Einwände – bei den extrem hohen Werten, die sein Blutdruckmeßgerät anzeigte, hatte er gar keine andere Wahl. Es spielte keine Rolle, daß Gabby erst vierundvierzig war, er schwebte in akuter Lebensgefahr. Gabbys Proteste ignorierend, brachte Dr. Myers ihn in seinem eigenen Krankenhaus, dem Valley Osteopathic Hospital, am Tieton Drive 3003 unter.

Vom 18. bis zum 22. November war Gabby Moore Patient des Hospitals, untergebracht in einem Zimmer gleich gegenüber von dem Schwesternzimmer. Er versuchte, auf eigene Gefahr früher entlassen zu werden, aber Myers ließ ihn nicht gehen.

Jerilee wußte, daß Gabby im Krankenhaus lag. Seine Mutter hatte sie angerufen, nachdem er einen Tag in der Klinik gelegen hatte. Obwohl Mrs. Moore ihr leid tat, hatte sie sich gefühlsmäßig völlig von Gabby gelöst.

In gewisser Weise machte sein Krankenhausaufenthalt Thanksgiving für Morris und Jerilee Blankenbaker um vieles unbeschwerter. Zwei wundervolle Tage lang herrschte Ruhe; er rief nicht an und hämmerte auch nicht an die Fenster, um eingelassen zu werden. Jerilee und Morris hatten zum erstenmal in dieser zweiten Phase ihrer Ehe ein paar sorglose Urlaubstage.

Das Thanksgiving-Fest bedeutete ihnen in diesem Jahr so unendlich viel mehr als sonst. Sie schätzten sich glücklich, daß es ihnen gelungen war, ihre einstmals glückliche Ehe zu retten, zu verzeihen und zu vergessen und noch einmal von vorn anzufangen.

Am Tag nach dem Fest mußten Morris und Jerilee wieder arbeiten. Natürlich brauchte er nicht zu unterrichten, da Schulferien waren, aber er wurde an diesem Freitag abend um 20 Uhr im Lion's Share erwartet. Jerilee verbrachte den ganzen Tag in der Bank, und Morris blieb zu Hause, um Rick und Amanda zu beaufsichtigen. Er war so glücklich, seine Kinder und seine Frau wiederzuhaben. Sie brauchten Zeit, aber sie würden zu der Sicherheit und Geborgenheit zurückfinden, in der sie gelebt hatten, bevor Gabby bei ihnen eingezogen war.

Zwar wußte Jerilee nicht, ob Gabby noch im Krankenhaus lag, aber sie hatte nichts von ihm gehört und wertete dies als gutes Zeichen. »Als ich gegen halb sieben von der Arbeit nach Hause kam«, sagte sie, »gingen Morris und ich mit den Kindern bei Shakey's essen. Dann fuhr Morris uns heim und setzte uns kurz vor acht vor dem Haus ab.«

Jerilee wollte den ganzen Freitag abend zu Hause verbringen, doch gegen 21 Uhr schaute eine Freundin, Helen Crimin, vorbei und fragte, ob sie nicht Lust hätte, mitzukommen und sich ihren Mann und seine Band anzuhören. Er war Beamter beim Yakima Police Department und hatte zusammen mit einigen Kollegen eine Band gegründet, die in einer Cocktailbar spielte, die sich Country Cousin nannte. Helens Einladung klang verlockend. Jerilee rief ihre Schwiegermutter an, und Olive meinte, sie würde gern auf Rick und Amanda aufpassen, wenn Jerilee sie zu ihr bringen würde. Olive hatte den Doppelwohnwagen, ihr Mobile-home, in dem sie lebte, seinerzeit als Büro genutzt und ihn dann später bezogen.

»Auf dem Weg zum Country Cousin schauten wir im Lion's Share vorbei, damit ich Morris Bescheid sagen konnte«, erinnerte sich Jerilee. »Wir fuhren gegen Viertel vor zehn los. Anschließend gingen meine Freundin und ich zu dieser Cocktailbar und hörten uns die Band an, in der ihr Mann spielte … vielleicht so zehn Songs.«

Obgleich Jerilee beide Bars nur zögernd betrat, stellte sie zu ihrer Erleichterung fest, daß Gabby sich weder in der einen noch in der anderen aufhielt. Sie und Helen verbrachten eine schöne Zeit, und sie fing langsam an, sich zu entspannen. »Wir verließen das Country Cousin und fuhren zu meiner Schwiegermutter, um die Kinder abzuholen. Darauf fuhren wir auf direktem Wege zurück zur Sixth Street. Es war etwa 23 Uhr, als wir zu Hause ankamen.«

Als Helen Crimin ihren Wagen vor dem Haus der Blankenbakers parkte, wirkte alles völlig normal. Trotzdem spürte sie, daß Jerilee ein wenig nervös war, und begleitete darum ihre Freundin und die Kinder bis zur Tür, um sicherzugehen, daß sie unbehelligt ins Haus kamen und niemand dort herumlungerte.

Im Haus war alles still. Alles war noch genauso, wie Jerilee es zurückgelassen hatte. Hike trottete völlig ruhig hinter ihr her, als sie Amanda und Rick bettfertig machte; ein sicheres Zeichen dafür, daß niemand im Haus gewesen war.

Trotzdem fühlte Jerilee sich ein wenig unruhig, solange Morris bei der Arbeit war, und so nahm sie die Kinder mit zu sich ins Bett. Sie konnte sie in ihre eigenen Betten bringen, wenn Morris um zwei heimkam. Den Wecker stellte sie sich nicht; sie wußte, daß sie aufwachen würde, wenn Morris das Haus betrat.

Um 2 Uhr wurde Jerilee von irgend etwas geweckt. Einem lauten Geräusch. Sie war nicht sicher, was es gewesen war, rollte sich jedoch herüber und warf einen Blick auf den Wecker neben dem Bett. Es war kurz nach zwei. »Ich sah, daß Morris bald heimkommen würde«, sagte sie, »also legte ich die Kinder in ihre eigenen Betten und legte mich wieder hin.«

Es war kalt, und sie kuschelte sich tief unter die Bettdecke. Sie schlief nicht wieder ein, weil sie ein paar Minuten später Morris' Wagen in der Gasse hinter dem Haus hörte. Die Reifen knirschten auf dem gefrorenen Untergrund. »Ich hörte das Geräusch der Wagentür. Dann glaubte ich zu hören, wie noch zwei weitere Wagentüren zufielen, doch Morris kam nicht ins Haus.«

Sie war nicht gleich beunruhigt. Hinter ihnen lagen drei Tage, in denen es nicht den geringsten Ärger gegeben hatte, und Morris hatte so viele Freunde. Hike bellte nicht einmal, wie er es getan hätte, wenn dort draußen ein Fremder gewesen wäre. Sie nahm an, daß jemand Morris nach der Arbeit auf ein paar Drinks eingeladen und ihn mitgenommen hatte.

Sie hörte männliche Stimmen hinter dem Haus, irgendwo aus der Richtung der Seitenstraße. Sie klangen erregt, irgendwie schrill. Sie lauschte angestrengt, um zu verstehen, was gesagt wurde. Es war nicht viel – vielleicht zehn Wörter.

»Ich blieb noch etwa eine halbe Stunde im Bett«, erinnerte sich Jerilee. »Dann stand ich auf und schaute aus dem Fenster. Ich sah, daß unser Wagen an seinem Platz stand. Also ging ich nach draußen und blickte hinein. Es war nichts Auffälliges zu erkennen, so ging ich zurück ins Haus und legte mich wieder hin.«

Morris hatte an diesem Abend ihren Wagen gefahren – den tannengrünen Chevy Malibu. Der Wagen stand wie Morris' Volkswagen an seinem Platz und sah aus wie immer. Sie rechnete nicht damit, daß Morris lange wegbleiben würde. Draußen hatte Jerilee sich nicht weiter umgesehen; sie war sehr kurzsichtig und hatte ihre Kontaktlinsen bereits herausgenommen, so daß es ohnehin nichts gebracht hätte. Außerdem war es dunkel und kalt, und sie konnte kaum die Hand vor Augen sehen. Beide Fahrzeuge waren da, und das genügte, sie zu beruhigen.

Nachdem sie erst wieder im Haus war, schauderte Jerilee bei dem Gedanken, noch einmal nach draußen zu gehen. Immer noch ein wenig nervös, las sie eine Weile und schlief dann wieder ein. Die Kinder lagen friedlich in ihrem Zimmer, und Hike schnarchte neben ihr auf dem Fußboden.

Um fünf wachte Jerilee abrupt auf. Sie fror, und die andere Betthälfte war leer. *Wo war Morris?* Das sah ihm gar nicht ähnlich. Sie versuchte sich zu erinnern, ob er vielleicht erwähnt hatte, daß er nach der Arbeit noch irgendwohin wollte, aber ihr fiel nichts ein. Sie war sicher, daß er hatte heimkommen wollen, sobald das Lion's Share zumachte.

Sie konnte schlecht die Polizei anrufen. Was sollte sie auch sagen? Daß ihr Mann sich drei Stunden verspätet hatte? Es gab in Yakima vermutlich viele Ehemänner, die noch viel später heimkamen.

Aber Morris hätte sie angerufen.

Jerilee wählte die Nummer von Mike Blankenbaker, Morris' Halbbruder. »Ich rief Mike an und fragte, ob er vielleicht wüßte, was Morris nach der Arbeit vorgehabt habe«, sagte Jerilee. »Er meinte, daß Morris gleich nach der Arbeit nach Hause fahren wollte. Ich fing an, mir Sorgen zu machen, und erzählte ihm: ›Der Wagen ist auch da, aber er ist nicht ins Haus gekommen.‹ Darauf sagte Mike: ›Bleib, wo du bist, ich komme vorbei und sehe mich mal um.‹«

Jerilee fühlte sich schon ein wenig ruhiger. Sie sagte, daß sie mit Hike rausgehen und sich in der Nähe des Hauses umsehen würde. »Ich denke, es wird schon gehen«, versicherte sie ihrem Schwager. Er versprach, solange am Telefon zu bleiben.

Jerilees Hand zitterte nicht, als sie ihre Kontaktlinsen einsetzte. Es mußte eine simple Erklärung dafür geben, daß Morris nicht zu Hause war. Es war nicht seine Art, sich zu betrinken, aber falls er doch einen über den Durst getrunken hatte, schlief er vermutlich bei irgendeinem Freund seinen Rausch aus.

»Ich verließ das Haus durch die Vordertür, und der Hund lief voraus und blieb stehen, um etwas anzuknurren, das auf dem Boden lag. Ich konnte nicht gleich erkennen, was es war«, erinnerte sie sich leise. »Aber als ich näher kam, sah ich, daß es Morris war …«

Ein Schock – von der Art, die einem das Blut in den Adern gefrieren läßt und den Puls beschleunigt, bis das Herz rast – betäubt auch die Sinne. Wenn etwas Schlimmes passiert, etwas, das so schlimm ist, daß das eigene Leben nie wieder so sein wird wie vorher, ist der menschliche Verstand nicht in der Lage, die Information sofort vollständig aufzunehmen.

Jerilee Blankenbaker hatte noch nicht erfaßt, daß ihr Leben sich unwiderruflich verändert hatte. In dem Augenblick, da sie sich dem Mann näherte, der mit dem Gesicht nach unten auf dem mit Schnee bestäubten Boden lag, besaß sie Riesenkräfte, die von dem Adrenalinschub herrührten. Er lag direkt in der Toröffnung; die Füße zeigten in Richtung der rückwärtigen Gasse. Er war fast in einer perfekten Geraden vornüber gefallen.

»Ich drehte ihn auf den Rücken«, erzählte Jerilee, die von einem Mann sprach, der zweihundertundzehn Pfund wog. »Dann versuchte ich ihn in meine Richtung zu ziehen. Ich tastete sein Gesicht ab und glaubte, etwas Rauhes zu fühlen. Zuerst dachte ich, es wäre Schmutz. Und er war wirklich schwer. Ich meine, er half mir kein bißchen …«

Als sie lange Zeit später darüber berichtete, lag eine hauchdünne Schicht äußerer Ruhe über dem immer noch präsenten Grauen jenes Augenblicks in ihrer Stimme. »Ich packte seine Jacke auf der rechten Seite und rollte ihn in Richtung Haus, und dann zog ich ihn an der Jacke auf mich zu in eine sitzende Position … Ich glaube, ich habe versucht, einen Herzschlag zu hören … Dann ließ ich ihn auf den Boden zurücksinken.«

Jerilee erinnerte sich, daß sie ins Haus zurückgelaufen und zum Telefon gestürzt war. Morris' Halbbruder war immer noch in der Leitung. »Mike«, schrie sie, »komm schnell her. Morris ist voller Blut.«

Innerhalb weniger Minuten war Mike Blankenbaker unterwegs, um Jerilee zu helfen sowie, wie er betete, seinem Bruder. Die Polizei von Yakima war ebenfalls auf dem Weg.

Kapitel 7

Dennis Meyers war seit sechs Jahren Streifenbeamter beim Yakima Police Department, und am 22. November hatte er Frühschicht – von 4 Uhr morgens bis 13 Uhr mittags. Um 5 Uhr 03 an jenem Morgen wurde er über Funk zur 210 Sixth Street geschickt. ›Zu einer hilflosen, blutüberströmten Person.‹

Das war alles, was Meyers zu diesem Zeitpunkt erfuhr. Er rechnete eigentlich damit, vor Ort einen Betrunkenen mit blutiger Nase vorzufinden. Er war sieben Blocks vom Einsatzort entfernt, als ihn der Funkruf erreichte, und wenige Minuten später traf er dort ein. Meyers sah zuerst eine Frau vor dem Haus stehen. »Sie stand da und weinte.«

Der Officer ging zu der Frau hinüber, die ihn seitlich um das Haus herum führte und ihm einen Mann zeigte, der auf dem Rücken lag. Es war immer noch sehr dunkel, und Meyers knipste seine Stablampe ein, um sich die ›hilflose Person‹ genauer anzuschauen. Der Mann auf dem Boden trug Jeans, Sportschuhe und eine offene Daunenjacke. Das rechte Bein lag über dem linken, die Arme seitlich neben dem Körper. Sein Gesicht war blutüberströmt, und im Gras und Schnee in Höhe seiner linken Hand war eine große Blutlache erkennbar.

Meyers wußte nicht, um wen es sich handelte, aber die Frau sagte, er wäre ihr Mann: Morris Blankenbaker. Jeder in Yakima kannte Morris, aber es hätte ihn wohl niemand erkannt bei dem vielen Blut auf seinem Gesicht.

Es trafen weitere Polizeibeamte ein, und Meyers versuchte, Jerilee Blankenbaker zu beruhigen, die immer noch schluchzte und fast hysterisch wurde, als Officer Terry Rosenberry sich neben den auf dem Rücken liegenden Mann kniete und ihn auf Lebenszeichen hin untersuchte. Er konnte keine feststellen.

Während Meyers und Rosenberry zusammen mit Patrol Sergeant Pleas Green auf Sergeant Robert Brimmer vom Morddezernat warteten, einen erfahrenen Beamten, der seit neunzehn Jahren im Polizeidienst war, hielten sie sich von der Leiche fern. Es kam ihnen vor, als würden Stunden vergehen, aber tatsächlich traf Brimmer bereits eine Viertelstunde später am Tatort ein. Die Streifenbeamten führten ihn zu dem Toten, und er stellte fest, daß das Blut auf dem Boden bereits geronnen war; was immer auch passiert war, es hatte sich längere Zeit vor Benachrichtigung der Polizei ereignet.

Die Szenerie in der winterlichen grauen Morgendämmerung war unheimlich. Am rechten Fuß des Toten lag eine leere Flasche Budweiser, und ebenfalls ganz in der Nähe der Leiche war ein Spielzeugauto zu sehen, das vermutlich der Sohn des Opfers dort hatte liegenlassen.

Gleich hinter dem Tor, an der rückwärtigen Gasse, stand ein dunkelgrüner Chevrolet. Brimmer wies Meyers an, den Wagen zu überprüfen, und der Beamte stellte fest, daß die Schlüssel noch im Wagen waren: Sie lagen im Fußraum auf der Fahrerseite. Ein Bankauszug lag auf dem Beifahrersitz. So wie Morris keine Schlösser an den Haustüren hatte, hatte er sich auch keine große Mühe gegeben, die Autoschlüssel zu verstecken. Er hatte nicht mit Ärger gerechnet.

Don Washburn von der Yakima Ambulance Company war außerdem stellvertretender Leichenbeschauer. Tatsächlich hatte der Rettungsdienst den ersten Hilferuf vom Haus der Blankenbakers empfangen und seinerseits die Polizei verständigt. Washburn war gegen 5 Uhr 25 eingetroffen. Er war es auch, der offiziell den Tod von Morris Blankenbaker feststellte. Alles ließ darauf schließen, daß er schon mehrere Stunden tot war: die Leichenstarre – der Zustand, in dem ein menschlicher Körper nach dem Tod in einer bestimmten Stellung ›erstarrt‹ – hatte bereits eingesetzt. Kiefer und Schultern des Opfers waren ganz steif. Bei dem vielen Blut überall war es schwierig, sich festzulegen, aber man mußte annehmen, daß der Schuß ihn ins Gesicht getroffen hatte. Offenbar gab es an der Oberlippe eine Schußverletzung – eine Eintrittswunde.

Die Sanitäter hatten ein Laken über den Leichnam gebreitet – das war keine Polizeimaßnahme, da unbeabsichtigt Beweismittel von der Leiche auf das Laken übertragen werden konnten und umgekehrt. Brimmer war hiervon nicht sehr angetan und entfernte das Laken sehr vorsichtig, damit der Tote photographiert werden konnte. Zwei Jahrzehnte später sollten Laken über die Leichen von Nicole Simpson und Ron Goldman gebreitet werden. Es ist eine ganz natürliche Reaktion, die Toten vor neugierigen Blicken schützen zu wollen. Morris Blankenbaker, Yakimas Footballstar und Freund Dutzender Menschen, lag tot da und starrte blind in den Himmel, von dem Schneeflocken herabfielen, die sich auf seinen erkalteten Körper legten. Schließlich hoben die Sanitäter mit Hilfe der Ermittlungsbeamten Morris' Leichnam auf eine Trage und schoben diese in den Krankenwagen, für die kurze Fahrt zum St. Elizabeth's Hospital, wo der Tote obduziert werden sollte.

Die Polizisten suchten den Tatort weiträumig nach weiteren Spuren ab. Brimmer, Rosenberry und Lieutenant Bernie Kline wandten sich der Fläche südlich des Hauses zu, entlang des Maschendrahtzaunes zwischen dem Garten und dem Apartmenthaus. Von dort aus arbeiteten sie sich vor bis dorthin, wo Morris' Wagen stand, und setzten anschließend ihre Spurensuche in der Gasse selbst fort. Anfangs mußten sie sich noch ihrer Taschenlampen bedienen. Manchmal kann der gebrochene Strahl einer Stablampe helfen, winzige Beweisstücke zu finden, wenn er auf eine Patronenhülse, ein Kugelfragment, einen Schlüssel oder sonst etwas fällt, das versteckt im Gras oder unter einem Strauch liegt. Der Rasen war längere Zeit nicht gemäht worden und sieben bis zehn Zentimeter hoch. Sie durchsuchten Abfallbehälter in der Gasse, aus der leisen Hoffnung heraus, daß jemand die Mordwaffe auf der Flucht hineingeworfen haben könnte.

Sie fanden nichts.

Sie mußten unbedingt irgendein Beweisstück finden, das sie zu Morris Blankenbakers Mörder führen würde. Seinem Scharfrichter, genaugenommen. Die ermittelnden Beamten hatten sich bereits einen Teil eines möglichen Szenarios zurechtgelegt: Morris Blankenbaker war nach

Hause gekommen, hatte seine Wagenschlüssel in den Fußraum gelegt und war zu seinem Gartentor geschlendert; aller Wahrscheinlichkeit nach mit der leeren Bierflasche in der Hand. Seine Ex-Frau hatte ihn auf dem Bauch liegend vorgefunden und es irgendwie geschafft, ihn auf den Rücken zu drehen. Dazu mußte eine ungeheure Kraft nötig gewesen sein; Morris war ein großer, kräftiger Mann, sie selbst hingegen sehr schmal und zierlich.

Das Blut auf dem Boden stammte offensichtlich aus der Gesichtswunde; er hatte in den letzten Augenblicken vor seinem Tod viel Blut verloren. Es markierte die Stelle, an der er gelegen hatte, bevor Jerilee ihn umgedreht hatte.

Vielleicht würde die Autopsie ihnen weiterhelfen. Vielleicht steckte in Morris' Kopf eine Kugel, die sie zur Tatwaffe führte. Aus der Wunde selbst schloß Brimmer aufgrund seiner langjährigen Berufserfahrung, daß es sich um eine kleinkalibrige Waffe gehandelt hatte – möglicherweise eine .22.

Während eine fahle Sonne erstes Licht auf ihre freudlose Arbeit warf, vermaßen Brimmers Leute sorgfältig jeden Zentimeter von Blankenbakers Garten und Veranda. Dies würde ihnen später ermöglichen, ihre Funde und die Leiche in einer Skizze exakt so zu plazieren, wie sie vorgefunden worden waren.

Ihre präzise Arbeit lenkte sie von der grauenhaften Frage ab, die sich stellte. Wer um alles in der Welt sollte Morris Blankenbaker erschießen? Jeder mochte Morris …

Die Nachricht von dem Mord an Morris Blankenbaker verbreitete sich wie ein Lauffeuer bis zu allen, die ihn gekannt hatten, und das war so ziemlich die halbe Stadt. Jeder, der ihm nahegestanden hatte, wußte Bescheid, noch bevor der Fall in der Presse Schlagzeilen machte.

Olive Blankenbaker wird nie vergessen, wie sie die schlimmste Nachricht ihres Lebens erfahren hat. Von seiner Geburt an hatte sie sich um ihr einziges Kind gesorgt, aber sie hatte ihren Instinkt, ihn zur Vorsicht zu ermahnen, unterdrückt. All die Jahre, in denen er Football gespielt, in der Reserveeinheit der Marine-Infanterie gedient, in der Nervenheilanstalt gearbeitet und bei jedem Wetter Telegraphenmasten erklommen hatte, war sie in Sorge um ihn gewesen, hatte jedoch entschlossen den Mund gehalten. Letztendlich hatte sie einen ganzen Mann herangezogen, wenn auch einen sehr sanften und sensiblen.

Olive schlief am frühen Morgen des Samstags nach Thanksgiving noch. Sie ahnte nicht, daß die Polizei und Mike Blankenbaker sich bemühten, die geeignetste Person zu bestimmen, ihr die Nachricht vom Tod ihres Sohnes beizubringen. »Schließlich fiel ihre Wahl auf meine Schwester. Hazel kam und klingelte mich aus dem Bett«, erinnerte sich Olive. »Sie sagte es einfach rundheraus: ›Olive. Jemand hat auf Morris geschossen.‹ Und ich fragte: ›Ist er tot?‹ Sie antwortete ›Ja.‹. Ich wollte es nur wissen, um es möglichst schnell hinter mich zu bringen. Ich wußte schon in dem Augenblick, da sie meine Hand nahm, daß er tot war. Ich glaubte wirklich, ich würde auf der Stelle tot umfallen. Ich dachte: ›Das ist *zu* schlimm. Noch nie ist mir etwas so Schlimmes widerfahren, das stehe ich nicht durch. Das überlebe ich nicht. Ich werde noch in dieser Nacht sterben.‹«

Überwältigt von Trauer, fragte Olive, warum es ausgerechnet ihren Morris treffen mußte, ihren einzigen Sohn. Warum nicht den Sohn von jemand anderem – von jemandem, der zehn Kinder hatte und dem es leichter fallen würde. Sie wußte, daß das nicht stimmte, und die Gedanken waren auch untypisch für sie, aber sie konnte den Gedanken an ein Leben ohne Morris nicht ertragen. Sie hatte keinen Mann, ihre Schwestern führten ihr eigenes Leben, und der Chef, für den sie so gern gearbeitet hatte, war bei einem Flugzeugabsturz ums Leben gekommen. Jetzt tat sich die Zukunft wie ein gähnender schwarzer Abgrund vor ihr auf, leer und trist ohne die Menschen, die ihr in ihrem Leben etwas bedeutet hatten.

Olive hatte keine Ahnung, wer Morris erschossen hatte; sie konnte sich nicht vorstellen, daß jemand ihm hätte weh tun, geschweige denn ihn umbringen wollen.

Robert Brimmer fuhr zurück zum Revier, und er und seine Männer setzten die üblichen Ermittlungen in Gang. »Zuerst«, sagte er, »setzten wir uns mit Zeugen und Personen aus dem Umfeld des Opfers in Verbindung. Die ersten kamen ab halb neun an diesem Morgen aufs Revier.«

Brimmer, ein großgewachsener, kräftiger, lakonischer Mann in den Vierzigern, der nur selten lächelte, war für jedes schwere Verbrechen in Yakima zuständig: Mord, Brandstiftung, Körperverletzung und bewaffneter Raub. Wenn er auch gelegentlich seine Beherrschung verlor, war er doch stets fair und behandelte jeden seiner Männer gleich.

Einige der Informationen, die Brimmer bislang im Fall Blankenbaker zusammengetragen hatte, waren nutzlos, einige mochten sich noch als nützlich erweisen und wieder andere waren von erstaunlicher Bedeutung. Es würde einige Zeit dauern, sie alle zu überprüfen. Zuvor mußte er an der Autopsie teilnehmen.

Das Wort *Autopsie* bedeutet wortwörtlich übersetzt in etwa ›selbst sehen‹. Die Personen, die bei Morris Blankenbakers Autopsie anwesend sein würden, sollten aus erster Hand erfahren , was ihm widerfahren war – medizinisch, klinisch, ballistisch. Sie konnten es sich nicht erlauben, sich mit den emotionalen Aspekten dieses Verbrechens zu befassen. Noch nicht.

Dr. Richard Muzzall war Coroner von Yakima County [richterlicher Beamter zur Untersuchung der Todesursache in Fällen eines gewaltsamen oder unnatürlichen Todes; Anm. d. Übers.]. Im Staate Washington können die Countys selbst entscheiden, ob sie einen Medical Examiner [beamteter Arzt für die Leichenschau in Fällen eines gewaltsamen Todes oder Selbstmordes; Anm. d. Übers.] einsetzen oder einen Coroner. Yakima sowie viele kleinere Countys haben Coroner, die zwar Mediziner, jedoch nicht speziell in der Wissenschaft zur Ermittlung von Todesursachen geschult sind. Früher mußten Coroner nicht einmal über eine Ausbildung zum Arzt verfügen. Muzzall hatte jedoch größere Erfahrung als die meisten anderen Coroner. Er war schon in der Gegend von Minneapolis stellvertretender Coroner gewesen, bevor er nach Yakima gezogen war. Als er sich über Morris Blankenbakers Leiche beugte, hatte er bereits über hundertundfünfzig Autopsien vorgenommen.

Es war 10 Uhr früh am Morgen des 22. November; Morris war seit etwa acht Stunden tot, seine Leiche erst fünf Stunden zuvor gefunden worden. Am Vorabend hatte er noch mit Jerilee und den Kindern bei einer Pizza in Shakey's Restaurant herumgealbert. Erst zwei Tage zuvor hatte er sich zum Thanksgiving-Essen an den Tisch gesetzt. Und in noch nicht einmal einem Monat hätten er und Jerilee wieder geheiratet, und die Narben der vergangenen zwei Jahre hätten beginnen können, zu heilen.

Jetzt würde es dazu nicht mehr kommen.

Drei Männer befanden sich außer Dr. Muzzall im Autopsieraum: Sergeant Brimmer, Eric Gustafson – ein stellvertretender Bezirksstaatsanwalt von Yakima County –, und ein junger Detective namens Vern Henderson. Henderson schluckte hart und mußte mit sich ringen, professionelle Distanz zu dem Toten zu wahren, der vor ihm auf dem Tisch lag. Das war nicht leicht: Morris Blankenbaker und er hatten auf der Davis High School zusammen Football gespielt. Mehr noch – so viel mehr: Sie waren seit ihrem dreizehnten Lebensjahr sehr eng befreundet gewesen. Wenn irgendein Detective der Countys besonderes Interesse daran hatte, Morris' Mörder zu fassen, dann war das Vern Henderson. Brimmer warf Vern einen verstohlenen Blick zu, um zu sehen, ob er mit der Situation fertig wurde. Als er sicher war, daß der Beamte es durchstehen würde, richtete er den Blick wieder auf den perfekten athletischen Körper auf dem Tisch.

Vern Henderson hatte schon vor langer Zeit gelernt, seine Gefühle zu verbergen. Auch heute war sein Gesicht völlig ausdruckslos. »Ich habe schon an vielen Autopsien teilgenommen, sogar bei einigen mir bekannten Personen.

Aber noch nie hatte ich einer Obduktion beigewohnt, die an einem so engen Freund wie Morris vorgenommen wurde. Es war sehr hart für mich, aber ich wollte in allen Einzelheiten wissen, was mit ihm passiert war«, erklärte Henderson. »Denn, sehen Sie, ich wußte, daß ich nach dem Mörder würde suchen müssen, wenn sie ihn nicht sofort fanden. Ich wollte über die Fakten Bescheid wissen, um die Aussagen von Zeugen und Verdächtigen später genau einschätzen zu können.«

Bevor man den Toten entkleidete und wusch, wurde er photographiert und gemessen. Die vier Männer machten sich Notizen und hielten auch die kleinsten Details fest, Dinge, die für Personen anderer Berufsgruppen unerheblich gewesen wären.

Morris hatte immer schon sehr dickes Haar gehabt, und kürzlich hatte er sich dazu einen Schnauzer und einen kurzen Bart wachsen lassen. Sein Gesicht und der Bart waren noch fleckig von getrocknetem Blut. Aus der Untersuchung seines Körpers ging hervor, daß er unversehrt war. Die Kopfwunde war die einzige Verletzung.

Daß sein Tod durch einen Schuß verursacht worden war, war ebenso aus der Beschaffenheit der Wunde ersichtlich wie aus den Schmauchspuren, die an seinen Haaren und auf der Haut festgestellt wurden. Muzall wies auf die Wunde. Die Kugel war in der Mitte der Oberlippe eingedrungen, hatte zwei Vorderzähne zertrümmert und war dann an der Wirbelsäule steckengeblieben, unmittelbar unterhalb der Stelle, an der der untere Schädelrand mit dem Rückgrat verbunden ist. Muzzal schätzte, daß diese Verletzung in Mundhöhe noch nicht tödlich gewesen wäre. Der Punkt aber, an dem Rückenmark und Hirn aufeinandertreffen, ist gewissermaßen das Kontrollzentrum des menschlichen Körpers. Von dort aus werden Atmung und Herzschlag reguliert, und eine Kugel, die dort einschlägt, kann einen Atemstillstand bewirken.

Morris hatte auf dem Bauch gelegen, als Jerilee ihn

gefunden hatte. Entweder hatte der Schütze vor ihm gestanden, oder aber die Wucht des ersten Schusses hatte sein Opfer im Fallen herumgerissen. Muzzall wies auf die ›Sommersprossen‹ aus unverbranntem Schießpulver hin; es hatte eine ›Tätowierung‹ auf dem Gesicht des Toten hinterlassen. Winzige schwarze Punkte bedeckten die Stirn und reichten bis hinauf zum Haaransatz; auf der unteren Gesichtshälfte waren sie bis neun Zentimeter unterhalb der Lippenverletzung feststellbar. Daraus war zu schließen, daß der Mörder ziemlich dicht vor Morris gestanden haben mußte, als er ihm in den Mund geschossen hatte.

Die beiden nächsten Schüsse waren abgefeuert worden, als Morris bereits auf dem Boden lag. Sie waren unmittelbar hinter dem linken Ohr eingedrungen und hatten horizontal das Gehirn durchschlagen. Der Schußkanal der zweiten Kugel verlief in leicht ansteigendem Winkel, und das Projektil war auf der rechten Seite vor der Schädeldecke steckengeblieben. Das dritte Geschoß war direkt unterhalb der zweiten Kugel eingedrungen, ebenfalls in einem leicht aufwärts führenden Winkel, und steckte noch im Stirnlappen des Gehirns. Diese dritte Einschußwunde war von einem dunklen Schießpulverkranz umgeben; es handelte sich also beinahe um eine ›Kontaktwunde‹. Bei den beiden letzten Schüssen handelte es sich um sogenannte aufgesetzte Kopfschüsse, die an eine Hinrichtung erinnerten. Der Mörder hatte sich über das am Boden liegende Opfer gebeugt, ihm die Mordwaffe ganz dicht hinter das Ohr gehalten und abgedrückt. Jeder der beiden Schüsse war tödlich gewesen.

Wer immer Morris Blankenbaker getötet hatte – er war auf Nummer Sicher gegangen. Morris hatte den ersten Schuß vermutlich kommen sehen, wenn auch erst in letzter Sekunde, erklärte Muzzall. Er hob Morris' rechte Hand an. Sie wies getrocknete Blutspritzer auf. »Das ist der Rückstoß«, bemerkte er. »Hier auf dem Handrücken, an der Handkante und sogar auf der Handinnenseite. Ich würde sagen, daß er als erstes in den Mund geschossen wurde … Er muß aufrecht gestanden haben, um eine Hand vor das

Gesicht heben und diese Spritzer aus der Lippenwunde davontragen zu können. Wäre er zuerst von hinten in den Kopf geschossen worden, so wäre er vornübergefallen und nicht mehr in der Lage gewesen, schützend die Hand zu heben.«

Abgesehen von den drei Einschußlöchern waren keine weiteren Verletzungen feststellbar, außer einem kleinen Kratzer auf der Nase, den er sich vermutlich bei seinem Sturz zugezogen hatte. Um die Augen herum waren charakteristische Blutergüsse auszumachen, die fast immer bei Kopfschüssen auftraten – sie rührten von der Hirnschädigung und den Blutungen hinter den Augen her. Seine Fingerknöchel waren unverletzt. Er hatte niemanden geschlagen. Seine Kleidung war nicht zerrissen. Er hatte nur noch Zeit gehabt, die Hand hochzureißen, in einem vergeblichen Versuch, den Kopf vor der Waffe zu schützen, die er in der Hand seines Mörders sah. Morris war ein überdurchschnittlich kräftiger Mann gewesen; hätte er hierzu Gelegenheit gehabt, hätte er es einem Widersacher sehr schwer gemacht.

Vern Henderson wußte das. Er hatte nie erlebt, wie jemand Morris besiegte – nicht in einem fairen Kampf. Morris war stark wie ein Elchbulle – *gewesen*, fügte er in Gedanken hinzu.

Aber ganz offensichtlich hatte es keinerlei Vorwarnung gegeben. Brimmer und Henderson wußten, daß das Opfer kurz nach zwei zu Hause erwartet worden war und Jerilee glaubte, um diese Zeit seinen Wagen gehört zu haben. Sie hatte keine Schüsse gehört – wenngleich es hierfür andere Zeugen gab – und hatte das Knallen vermutlich irrtümlich für zuschlagende Autotüren gehalten. Sein Hund hatte nicht gebellt. Wer immer sich da draußen herumgetrieben hatte, war dem schwarzen Labrador des Opfers bekannt gewesen. Hike war ein Wachhund, aber Menschen gegenüber, die er kannte, verhielt er sich lammfromm.

Der Mörder mußte entweder Morris' Gewohnheiten gekannt haben, oder aber er war ihm vom Lion's Share aus gefolgt. Offensichtlich war auch, daß Morris sich nicht gefürchtet hatte bei der Begegnung mit seinem Mörder. Vermutlich hatte er die offene Flasche Bier in der Hand gehalten, die dann zu seinen Füßen ins Gras gerollt war, als er erschossen wurde. Er hatte weder eine Drohung noch eine Warnung ausgestoßen. Er hatte nicht um Hilfe gerufen.

Muzzall nahm eine Blutprobe, die er zur Analyse ans toxikologische Institut der University of Washington in Seattle schicken würde.

Dann entfernte er die verformten Projektile sowie einige Kugelfragmente aus dem Hirn des Opfers. Ihr Gesamtgewicht ließ auf ein .22-Kaliber schließen. Robert Brimmer steckte die Beweisstücke in einen speziellen Plastikbeutel und schloß sie in einem Aktenschrank in seinem Büro ein, bis er sie zur Untersuchung ans Washington State Police Crime Lab – das Staatliche Gerichtsmedizinische Institut – schicken konnte. Die dazugehörigen Patronenhülsen waren nicht gefunden worden. Wenn es sich bei der Mordwaffe um einen Revolver handelte, wurden die Hülsen in der Trommel zurückgehalten, bis der Schütze sie entfernte. Handelte es sich um eine Automatik, wurde nach jedem Schuß die leere Hülse herausgeschleudert und eine neue Patrone in Position gebracht.

Sie konnten nicht sagen, nach welcher Art Waffe sie forschten. Noch hatten die Beamten keine Hülsen am Tatort entdeckt, aber sie hatten bei schlechtem Licht in hohem Gras suchen müssen, das darüber hinaus noch stellenweise mit Schnee bedeckt war. Gut möglich, daß die Patronenhülsen immer noch irgendwo im Garten der Blankenbakers lagen.

Sergeant Brimmer hatte die Budweiser-Flasche und das Spielzeugauto in der Asservatenkammer im zweiten Stock des Yakima Police Departments aufbewahrt. Jetzt pinselte er die braune Flasche mit hellem Fingerabdruckpulver ein, förderte jedoch nur verschmierte Abdrücke zutage; es waren weder klare Halbkreise noch Ränder oder Rillen erkennbar, die ihm hätten verraten können, ob das Opfer oder der Täter die Flasche gehalten hatte.

Das sollte der Beginn der kompliziertesten Mordermittlungen sein, die die Detectives von Yakima je durchgeführt hatten – eine Untersuchung, mit der sich im übrigen auch jeder Großstadt-Detective schwergetan hätte.

Brimmer unterhielt sich unter anderem mit einem Lehrer der Davis High School. Zum erstenmal erfuhr er von ›einer gewissen Animosität zwischen Morris und Mr. Moore‹.

Es war wie die erste kleine Rauchschwade eines versteckten Schwelfeuers. Brimmer kannte Gabby, und er konnte sich nicht vorstellen, daß der allseits beliebte Trainer einem Freund ins Gesicht und anschließend in den Hinterkopf geschossen haben sollte. Trotzdem mußte er der Sache nachgehen.

Als Jerilee den schlimmsten Schock einigermaßen überwunden hatte, dachte sie ebenfalls an den einzigen Menschen, von dem sie wußte, daß er mit Morris verfeindet gewesen war. So undenkbar es auch scheinen mochte – sogar ihr selbst –, sie konnte sich des Verdachts nicht erwehren und fühlte sich verpflichtet, die Polizei hiervon zu unterrichten. Gabby hatte immer wieder betont, daß sie zu ihm zurückkommen würde, wenn Morris nicht wäre. Sie wußte, daß Gabby sie nicht nur liebte, sondern regelrecht von ihr besessen war. Er hatte seine Arbeit vernachlässigt und seine Sportler im Stich gelassen, und durch seinen erheblichen Alkoholkonsum hatte er sich sogar gegen seine eigenen Kinder gewandt. Zuerst hatte er sie und später dann Morris für all das verantwortlich gemacht.

Sie wollte nicht denken, was sie dachte. Gabby hatte oft angedeutet, er würde sich selbst vor ihren Augen töten, aber nie hatte er gedroht, Morris etwas anzutun. Morris war immer so nett zu Gabby gewesen. Sogar nach allem, was sie und Gabby ihm angetan hatten, hatte Morris Gabby weiterhin mit Respekt behandelt. Er hatte ihr selbst erzählt, daß er es nicht über sich gebracht habe, den ›Coach‹ zu schlagen, als dieser eine Woche zuvor in ihr Haus eingebrochen war.

Nein, sie konnte nicht glauben, daß Gabby Moore Morris getötet haben sollte. Aber andererseits hielt sie es auch für ausgeschlossen, daß überhaupt jemand ihren Mann hätte umbringen wollen. Sie hatte ihre Befürchtungen gehabt, aber so etwas war ihr nie in den Sinn gekommen.

Sergeant Brimmer rief Gabby Moore an. Er bestellte ihn auf die Wache und forderte ihn auf, sämtliche Feuerwaffen mitzubringen, die sich in seinem Besitz befanden. Gabby folgte an diesem Samstagnachmittag der Aufforderung, aber er kam nicht, um mit Brimmer zu sprechen. Vielmehr erklärte er, daß derjenige, der daran interessiert wäre, mit ihm zu sprechen, sich an seinen Anwalt wenden sollte. Er habe nichts zu sagen.

Kapitel 8

Detective Vernon Henry Henderson hatte sein ganzes Leben lang Barrieren der einen oder anderen Art durchbrochen. Wie Morris Blankenberger war auch er in Yakima aufgewachsen, allerdings war er im Alter von fünf Jahren aus dem Süden zugezogen – in eine Welt, die sich grundlegend von jener unterschied, aus der er stammte.

»Meine Mutter, meine Schwester und ich wohnten in Shrevenport, Louisiana«, erzählte Henderson. »Mein Großvater lebte schon hier oben und meinte, wir sollten nachkommen, weil wir hier ein besseres Leben führen könnten. Er besaß einige Häuser in Yakima und versicherte meiner Mutter, daß sie hier bestimmt ein Heim finden würde. Wir zogen her und fanden tatsächlich bald eine Bleibe.«

Der Anfang war nicht leicht; Verns Mutter Leona arbeitete ihr ganzes Leben in der Konservenfabrik in Yakima. Sie bedeutete ihrem Sohn alles – so wie Morris Olive vergöttert hatte. Hendersons Schwester Joanne starb im Alter von nur elf Jahren, und er verdiente in diesem Alter bereits dazu, indem er in den Obstplantagen arbeitete und bei der Ernte half, wenn die Äste sich unter der Last der reifen Früchte bogen.

Aber so hart sie alle auch arbeiten mußten, mit dem Umzug begann für Leona Hendersons Familie tatsächlich ein besseres Leben. »Als ich noch klein war, konnte man sein Haus offen lassen, ohne befürchten zu müssen, daß jemand es unaufgefordert betrat«, erinnerte sich Vern. »Und falls doch jemand eindrang, wußten alle, wer es war. Wir *wußten*, wer es mit den Gesetzen nicht so genau nahm. Als ich dann später Streife fuhr, kannte ich die Kids, die mit Vorsicht zu genießen waren, aber heute weiß man eben nicht mehr, mit wem man es zu tun hat, und das macht die Ermittlungsarbeit so schwierig.«

In Vern Hendersons Welt gab es keinen Vater, und auch wenn Morris Blankenbaker einen Vater hatte, Ned, der in derselben Stadt wohnte, wurden beide, Morris und Vern, von ihren Müttern großgezogen. Sport und die Freundschaft mit zwei Schulkameraden, Les Rucker und Morris Blankenbaker, füllten die meisten Lücken in Verns Leben aus. Sie waren seine *Familie*.

»Ich habe Morris auf der Washington Junior High kennengelernt«, erinnerte sich Henderson. »Er kam in der siebten oder achten Klasse auf meine Schule.«

Das war, als Olive ihre Stelle bei Gericht in Vancouver, Washington, aufgab und in ihre Heimatstadt zurückkehrte. Vern erzählte, daß Morris bei seiner Mutter und Großmutter in der Nähe des Flusses gewohnt hatte. Morris war die Hautfarbe eines Menschen immer egal gewesen. Als Kind hatte er mit Indianerjungen gespielt, und wenn man ihn gefragt hätte, von welcher Hautfarbe Vern Henderson und Les Rucker wären, hätte er vermutlich erst überlegen müssen, ehe er antwortete ›schwarz‹.

Vor vierzig oder fünfzig Jahren lebten in Yakima nicht

viele Schwarze. Vern erinnerte sich, daß er auf der Washington Junior High nur einer von sechs anderen gewesen war und später auf der Davis High School einer von acht.

Mit den Jahren sollten Menschen verschiedenster Rassen sich in Yakima niederlassen, aber Mitte der Fünfziger wohnten hier noch sehr wenige Mexikaner, und die indianische Bevölkerung lebte größtenteils im Süden der Stadt, im Toppenish Indianerreservat von Yakima. Auf der Davis High gab es zu der Zeit, da Morris, Vern und Les diese Schule besuchten, unter den dreihundert immatrikulierten Teenagern nur zwanzig anderer Rassen: Schwarze, Indianer und vielleicht zwei oder drei Chinesen. Yakima war eine typische kleinstädtische Obstplantagen- und Landwirtschaftsgemeinde, wo es ungewöhnlich war, wenn man eine andere Hautfarbe hatte, es sei denn, man arbeitete als Pflücker oder auf dem Feld und zog nach der Ernte weiter in ein anderes Saisonarbeiter-Camp. Die Kinder dieser Hilfskräfte auf Zeit bekamen selten die Gelegenheit, zur Schule zu gehen; sie zogen nach Süden, sobald es kühler wurde.

Während Morris alle Menschen gleich behandelte und nicht einmal registrierte, daß seine Schule hauptsächlich von Weißen besucht wurde, war Vern Henderson sich dessen sehr wohl bewußt; er war aus dem Deep South, dem tiefen Süden, in ein viel besseres Leben übergesiedelt, ganz so, wie sein Großvater es versprochen hatte. Dennoch spürte er immer, daß er an der Davis High School einer Minderheit angehörte.

Seine Mutter hatte für sie ein Haus im Nordosten der Stadt gefunden, in einem Viertel von Yakima, in dem ausschließlich Weiße wohnten. »Damals war alles nördlich der Yakima Avenue weiß«, sagte er. »Südlich lebten auch Menschen anderer Rassen ... Ich spielte sogar in einem Baseball-Team, in dem ich der einzige Schwarze unter Weißen war.«

In Yakima wurden katholische Teenager auf der Marquette High School angemeldet, und alle Kinder wohlhabender Eltern, die eine öffentliche Schule besuchten, gingen auf die Eisenhower High School. Jerilee, die mehrere Klassen unter Vern und Morris war, gehörte zu ihnen. Später erinnerte sich Vern Henderson, daß sie in einem großen Haus in der Nähe der Zweiunddreißigsten in Inglewood gewohnt hatte. »Da oben gab es nicht einen Armen.«

Morris und Vern begegneten Gabby Moore an der Washington Junior High das erste Mal. Er war damals der Gehilfe des Wrestling-Trainers, und sie sahen in ihm den Helden, den die meisten Jungen in ihren Trainern sehen. Sie waren zwölf oder dreizehn Jahre alt, und Gabby war etwa einundzwanzig. Die knapp zehn Jahre Altersunterschied machten zu diesem Zeitpunkt in ihrem Leben natürlich enorm viel aus. Vern und Morris waren tief beeindruckt von allem, was Gabby ihnen erklärte.

»Ich erinnere mich noch«, erzählte Vern, »daß er uns gesagt hat, wir sollten unserem Gegner immer in die Augen sehen, um ihn wissen zu lassen, was wir denken. Außerdem schärfte er uns ein, daß wir einen Gegner auch besiegen könnten, wenn wir keine Angst vor ihm hätten.«

Als Morris und Vern auf die Davis High School wechselten, war Gabby auch dort ihr Coach; er hatte eine bessere Stelle als Trainer auf High-School-Ebene bekommen. »Morris und ich wogen beide hundertfünfundachtzig Pfund«, fuhr Vern fort. »Gabby brauchte keine zwei Ringer in der Schwergewichtsklasse und forderte von Morris, zehn Pfund abzunehmen, damit er in einer niedrigeren Gewichtsklasse ringen konnte. Ich und Morris waren etwa gleich gut. Er war der einzige Gegner, der mir ebenbürtig war – alle anderen nahm ich auseinander.«

Trotz seiner sportlichen Leistungen vergaß Vern Henderson nie, was es hieß, keinen Vater zu haben, der auf der Tribüne saß und einen anfeuerte, der ihn zu den Vater-Sohn-Banketten begleitete oder zu Preisverleihungen. Morris' Vater war es auch oft nicht möglich zu kommen, und Vern und Morris hatten beide Mütter, die hart arbeiteten, um sie zu ernähren, und die sich nicht frei nehmen konnten. Vern, Morris und Les Rucker bildeten ein Triumvirat gegen den Rest der Welt – sie waren mehr als Freunde, standen sich sogar näher als Blutsverwandte.

»Morris und Les waren immer für mich da«, hob Vern hervor. »Wir waren alle füreinander da.«

Morris und Vern unternahmen vieles gemeinsam. Selten traf man den einen ohne den anderen an. Sie besuchten sich jedoch fast nie zu Hause, weil sie ständig mit Footballspielen, Ringen oder Spritztouren beschäftigt waren. Vern besaß kein Auto, aber Morris fuhr einen kleinen weißen Volkswagen, den Ned Blankenbaker ihm geschenkt hatte. Olive lachte bei der Erinnerung. »Wenn diese durchtrainierten schweren Jungs in dem Wagen saßen, drückten sie ihn soweit herunter, daß es aussah, als säßen sie auf der Straße!«

Vern kannte Olive und auch Ned. »Morris' Dad war Besitzer des Musikladens, und manchmal gingen wir rüber, um ihn zu besuchen. Er war ein kräftiger, stämmiger Mann.« Morris' Halbbruder Mike war damals noch ein kleines Kind und vergötterte Morris.

So wie Morris war auch Vern Mitglied im Letterman's Club, spielte in den A-Mannschaften beim Baseball und Football und war darüber hinaus noch Mitglied in Gabbys Ringer-Riege. Vern und Morris verbrachten soviel Zeit miteinander, daß sie schon beinahe gegenseitig ihre Gedanken lesen konnten.

»Ich wußte, was Morris dachte, und er wußte, was ich dachte«, erinnerte Vern sich lächelnd. »Wir verstanden einander auch ohne Worte. Er wußte, wenn ich mich mit jemandem anlegen wollte, und dann mischte er sich ein und brachte mich von meinem Vorhaben ab. Und ich hielt es bei ihm genauso. Wir kannten einander eben durch und durch.«

Er schilderte Morris nicht nur als einen überdurchschnittlich kräftigen Athleten, sondern darüber hinaus als umgänglich und vernünftig. Fast immer versuchte er, sich in den Standpunkt seines Gegenübers hineinzuversetzen. Wenn er dann sah, daß Vern, der so vieles in sich hineinfraß, kurz davor stand, in die Luft zu gehen, gelang es ihm, ihn mit ein, zwei Worten zu beruhigen.

Die Davis High School spielte in der AAA-Footballliga und trat gegen Richland, Wenatchee sowie natürlich auch Eisenhower an. Vern war linker Halfback, Les Rucker rechter Halfback und Morris Fullback. Dutch Schultz war ihr Haupttrainer und Gabby sein Assistent.

Obgleich die drei Musketiere getrennt wurden – Morris und Les studierten an der Washington State University und Vern an der Central –, war Gabby Moore für sie alle auch noch nach ihren High-School-Jahren ein Held. In einer Kleinstadt sind die zwischenmenschlichen Beziehungen enger. Fast jeder kennt jeden, und Geheimnisse sind nicht wirklich geheim. Gabby war ein ehrlicher Kerl, ein guter Lehrer und ein guter Trainer, dessen Sportler zu ihm aufblickten. Für ihn gab es keine zwei Maßstäbe: Wenn die Jungs nicht trinken durften – und das durften sie nicht – trank auch er nicht. Wenn er seinen Ringern eine Diät verordnete, hungerte auch er.

Vern Henderson und Morris Blankenbaker nahmen alles, was er sagte, für bare Münze.

Die Freundschaft zwischen beiden Jungen wurde im Laufe der Jahre noch enger. Lachend erzählte Vern, daß er selbst es mit jedem Mädchen, das er kennenlernte, gleich ernst meinte. »Bei Morris war das anders«, sagt er dann, plötzlich ernst. »Ich habe nie erlebt, daß er es bei einem Mädchen ernst meinte, bis er dann Jerilee kennenlernte. Natürlich sprach er im Kino oder so Mädchen an, aber Jerilee war sein ein und alles.«

Vern und Morris besuchten beide das College und arbeiteten an den Abenden und in den Sommerferien, um sich das Studium zu finanzieren. Vern heiratete jung, als erster des Trios. Er bekam zwei Söhne. Als Angestellter bei der Stadt fuhr er einen Müllwagen, während Morris nachts in der Nervenheilanstalt arbeitete.

Jeder von ihnen hatte Träume. Morris hatte schon immer Lehrer und Trainer werden wollen; Vern Henderson seinerseits träumte davon, in den Polizeidienst einzutreten und vielleicht eines Tages zum Detective aufzusteigen. »Ich wollte immer Polizist werden, weil es schön wäre, Menschen zu helfen«, erinnerte sich Vern. »Aber wenn Sie die Wahrheit wissen wollen: Ich sah meine Chancen, eines Tages den Beruf zu ergreifen, gleich Null. Damals gab es noch keine schwarzen Polizisten – nicht in Yakima. Mein Ziel war, in der Abteilung für Jugendkriminalität zu arbeiten; ja, ich wollte mit jungen Leuten umgehen.«

Während seiner Studienzeit auf dem Yakima Valley Community College und anschließend der Central Washington University in Ellensburg, hielt Vern an seinem Traum fest. »Viele meiner Freunde wurden Polizisten. Jim Beaushaw – ein Quarterback, der uns zwei Jahre voraus war – wurde Police Officer. Und dann noch einige andere meiner Bekannten. Jim sagte: ›Vern, das wäre die richtige Arbeit für dich. Du kommst doch so gut mit Menschen klar.‹«

Vern Henderson, von Jim bestärkt, machte schließlich die Aufnahmeprüfung zum Streifenpolizisten. »Es gab eine Vorauswahl«, erinnerte er sich, »und beim ersten Test reichte meine Punktzahl nicht aus. Ich sagte mir: ›Hey, Moment mal. Das kann ich besser. Ich weiß, daß diese Typen nicht schlauer sind als ich.‹ Ich ging zurück und paukte. Beim nächsten Mal waren wir beim Test zu acht. Es gab wieder eine Notenvorgabe, aber diesmal bestand ich als Bester meiner Prüfgruppe.«

Das war 1968. Chief Robert Madden stellte Vern Henderson ein – den ersten schwarzen Police Officer in der Geschichte Yakimas. Verns scheinbar unmöglicher Traum hatte sich erfüllt.

1968 brachte Gabby Moore der Davis High School mit seinen Wrestling-Mannschaften Ruhm und Ehre ein. Morris und Jerilee waren aus Tacoma zurück nach Yakima gezogen, und sie erwartete ihr erstes Kind. Und Vern Henderson fuhr als junger Polizist in den Straßen von Yakima Streife.

Achtzehn Monate später wurde Vern befördert und durfte sich als Detective in der Abteilung für Jugendkriminalität versuchen. »Sie hatten große Schwierigkeiten mit Gangs schwarzer Jugendlicher«, erzählte er. »Sie wußten, daß ich viele von den Kids kannte. Nachdem ich drei oder vier Monate in der Abteilung gewesen war, wurde ich in den Streifendienst zurückversetzt. Aber nur für dreißig Tage. Ich hatte in der Abteilung für Jugendkriminalität so viele Verhaftungen vorgenommen, daß meine Vorgesetzten versprachen: ›Es bleibt bei deiner Beförderung.‹ Und dabei blieb es die nächsten zehn Jahre.«

In diesem Zeitraum war Vern Henderson fünf Jahre in der Abteilung für Jugendkriminalität tätig und die restliche Zeit bei einer ›gewöhnlichen‹ Detective-Einheit. Er bearbeitete die verschiedensten Fälle: Einbruch, Autodiebstahl und Mord. Seine Hautfarbe verschaffte ihm oft einen Vorteil bei Informanten und Verdächtigen.

Positiv wirkte sich in der Abteilung für Jugendkriminalität aus, daß Vern dieselbe Sprache sprach wie viele der verhafteten Kids. »Ich verstand sie und konnte mit ihnen reden. Sie wußten, daß ich es ernst meinte, wenn ich sagte, daß sie auf mein Wort vertrauen könnten.«

Immer, wenn es innerhalb der schwarzen Gemeinde ein Problem gab, wurde Vern Henderson als Vertreter des Yakima Police Departments hingeschickt. Er trat damals sehr selbstsicher auf: Erst Jahrzehnte später staunte er über seine Dreistigkeit, sich einzubilden, er könne das aufkeimende Gang-Problem ganz allein lösen. Und ebenfalls Jahrzehnte später sollte er auch mit Bedauern auf eine Entscheidung zurückblicken, die er damals fällen mußte – eine Entscheidung, die unwiderruflich das Band schwächen sollte, das er zu Vertretern seiner eigenen Rasse geknüpft hatte.

1974 waren Morris Blankenbaker und Vern Henderson fast zweiunddreißig Jahre alt und wußten, was sie wollten. Morris lehrte Soziologie an der Washington Junior High School und erwartete, dort auch in Kürze einen Trainerposten zu bekommen. Die beiden Männer waren immer noch eng befreundet, vielleicht enger denn je.

Eines Tages gab es irgendwo unterhalb des Yakima River ein Leck in der Wasserversorgungsleitung der Stadt Yakima. Jemand mußte hinuntertauchen und versuchen, die Stelle zu lokalisieren. Vern und Morris waren beide erfahrene Taucher. »Mich konnten sie nicht bezahlen«, erinnerte sich Vern, »weil ich ja bereits städtischer Angestellter war, also holte ich Morris hinzu. Wir befestigten ein Seil um seine Taille, und ich blieb an Land und sicherte die Leine, während er tauchte.«

Morris war immer noch kräftig wie ein Stier und darüber hinaus ein hervorragender Schwimmer. Symbolisch hielt der eine von ihnen dem anderen immer die ›Sicherheitsleine‹, so als könnten sie einander gegenseitig beschützen.

Obgleich Vern und seine Frau keinen engen Kontakt zu Morris und Jerilee hatten, kannte Vern Jerilee von verschiedenen Besuchen und schätzte sie als zuvorkommende Gastgeberin und hübsche Frau, die ihr Haus in Ordnung hielt. Sie schien Morris sehr zu lieben, während Morris seinerseits sie offen anbetete.

Als Morris ihm erzählte, daß Gabby Moore für eine Weile bei ihm und Jerilee einziehen würde, dachte Vern sich nichts weiter dabei. Jeder wußte, daß Gabby die Scheidung von Gay sehr zu schaffen machte. Es hieß, daß Gabby angefangen hätte zu trinken – etwas, das seine Sportler früher nie erlebt hatten. Vern war nicht entgangen, daß Gabby krankhaft eifersüchtig und mißtrauisch reagierte, wenn er getrunken hatte, und ihm kamen Gerüchte zu Ohren, denen zufolge Gay Moore das Haus nicht einmal mehr zu den harmlosesten Besorgungen hatte verlassen können, ohne daß Gabby ihr ein romantisches Tête-à-Tête unterstellte. Keine Ehe konnte einem solchen Druck lange standhalten.

Vern Henderson kam nie der Gedanke, daß Gabby Morris' Ehe gefährden könnte. Er fiel aus allen Wolken, als Morris eines Tages zu Anfang des Frühjahres 1974 zu ihm auf die Wache kam. Morris sah nicht sehr glücklich aus, und Vern führte ihn in eine ruhige Ecke des Reviers.

»Du rätst nie, mit wem Jerilee zusammengezogen ist«, sagte Morris.

Vern dachte, er mache einen Scherz. »Was soll das heißen, ›mit wem sie zusammengezogen ist‹? Ihr beide lebt doch zusammen.«

Aber der Ausdruck auf Morris' Gesicht ließ ihn verstummen. Sein Gegenüber war todernst. »Sie hat mich verlassen und ist mit Gabby zusammengezogen.«

»Mit Gabby?«

Vern Henderson hätte sich nichts Unwahrscheinlicheres vorstellen können. Er starrte Morris an und erwartete, daß der jeden Moment grinste und gestand, daß das nur ein Scherz gewesen wäre. Warum um alles in der Welt hätte Jerilee seinen Freund wegen Gabby verlassen sollen? Der ›Coach‹ war auf dem absteigenden Ast, und Morris war jünger, attraktiver und zuverlässiger. Morris hätte Jerilee den Mond vom Himmel geholt, wenn es möglich gewesen wäre. Vern schüttelte den Kopf und versuchte, sich Jerilee Blankenbaker mit Gabby Moore zusammen vorzustellen.

Nach einiger Zeit lernte Vern die scheinbar unmöglichen Umstände zu akzeptieren. Und wie fast alle von Morris' Freunden, war auch er intensiv bemüht, ihn aufzuheitern. Natürlich klappte das nur sehr bedingt. Morris hatte seine Frau und seine beiden kleinen Kinder verloren. Sein Leben war auf den Kopf gestellt worden, und jetzt war er derjenige, der allein und verlassen dastand.

Vern Henderson konnte seine Erleichterung nicht verbergen, als er hörte, daß Jerilee probeweise wieder zu Morris zurückgekehrt war. Er war der festen Überzeugung, daß doch noch alles in Ordnung kommen würde. Aber dann erfuhr er, daß sie ihn erneut verlassen hatte und zu Gabby zurückgegangen war. Offenbar konnte Jerilee sich nicht zwischen ihrem ersten und ihrem zweiten Mann entscheiden und machte mit ihrer Unentschlossenheit alle wahnsinnig. Schließlich, im Sommer 1975, rief Morris Vern an, um ihm mitzuteilen, daß Jerilee endgültig zu ihm zurückgekehrt war. Sie hatte die Scheidung von Gabby in die Wege geleitet, und sie und Morris wollten baldmöglichst wieder heiraten. Vern Henderson freute sich für seinen alten Freund. Für ihn war es furchtbar gewesen, Morris leiden zu sehen. Entsprechend verstimmt reagierte er, als er Jerilees Wagen und Gabbys kleinen braunen MG in der Nähe eines Stadtparks eines Nachmittags dicht beieinander stehen sah.

»Ich fuhr in einem neutralen Polizeifahrzeug die Lincoln Avenue hinauf und bemerkte Jerilee auf einem Parkplatz auf der West Side, zusammen mit Gabby. Sie saßen in einem der Wagen im Gespräch vertieft«, erzählte Vern. »Ich fragte mich, was die beiden noch zu bereden hatten, und dachte bei mir: ›Kann die Frau sich nicht endlich entscheiden? Was redet sie noch mit Gabby und macht ihm Hoffnungen, daß sie doch noch zu ihm zurückkommt?‹

Ich habe Morris nichts davon gesagt. Zum einen wußte ich nicht, was sie mit Gabby besprochen hatte. Das ging mich nichts an. Zum zweiten habe ich schon vor langer Zeit gelernt, daß man sich niemals in die Beziehung eines anderen Menschen einmischen sollte. Ich mochte Jerilee, und ich *liebte* Morris. Ich und Morris, wir waren wie Brüder ... Du ergreifst für den einen oder den anderen Partei – oder verrätst, was du beobachtet hast –, und dann versöhnen sich die beiden Streithähne und wenden sich *gemeinsam* gegen *dich.*«

Jeder, der Gabby kannte, wußte inzwischen, daß er verrückt nach Jerilee war. Vern war der Ansicht, daß Jerilee den Kontakt zu ihm vollständig hätte abbrechen müssen. Er wußte, wie stur Gabby war; er hatte seinen Sportlern immer eingetrichtert, niemals aufzugeben. Und Vern machte sich Sorgen, weil es ganz so aussah, als wollte Gabby Jerilee um keinen Preis freigeben.

Dennoch kam Vern Henderson nie in den Sinn, daß der Konflikt zu einer körperlichen Konfrontation zwischen Morris und Gabby ausarten könnte. »Mir kam nie der Gedanke, daß Gabby im Haus etwas anstellen könnte – nicht, wo doch die Kinder da waren. Morris seinerseits respektierte Gabby immer noch als Coach. Er hätte Gabby kein Haar gekrümmt, solange es sich irgendwie vermeiden ließ. So war Morris eben. Und Gabby – er wußte, daß er Morris kräftemäßig weit unterlegen war. Er war zu klug, um sich mit Morris anzulegen.« Vern sah deutlich, daß seinem Freund und seinem ehemaligen Coach noch einiges Leid bevorstehen mochte, aber keine Sekunde fürchtete er, daß einer von ihnen in Gefahr sein könnte.

Niemals.

Zwei Jahrzehnte später verdüsterten sich Vern Hendersons Züge immer noch, als er an jene Nacht nach Thanksgiving 1975 dachte. Offenbar hatte Morris selbst größere Bedenken gehabt als er selbst. Vern erinnerte sich an ein Gespräch mit seinem Freund, dem er damals keine weitere Beachtung geschenkt hatte. »Etwa anderthalb Monate vor seinem Tod hat Morris zu mir gesagt: ›Falls mir etwas zustößt, Vern, solltest du Gabbys Alibi überprüfen.‹

Ich sagte zu ihm: ›Red nicht so dummes Zeug. Es wird nichts passieren.‹ Ich wollte die Gefahr einfach nicht wahrhaben. Ich sagte: ›Ihr beide müßt die Sache aus der Welt schaffen.‹

Der Witz ist, daß ich in jener Nacht sogar an Morris' Haus vorbeigefahren bin«, erinnerte sich Vern. »Um fünf Minuten nach ein Uhr morgens bin ich dort vorbeigefahren, aber es war alles in Ordnung. Und eine Stunde später war Morris dann tot – erschossen.«

Man gewinnt den Eindruck, daß Vern Henderson all die Jahre unnötige Schuldgefühle mit sich herumgeschleppt hat, daß er den Gedanken ›was wäre, wenn …‹ nicht los wird; wenn er an diesem Abend ins Haus gegangen wäre, um mit Jerilee zu sprechen, oder wenn er vor dem Haus auf Morris gewartet hätte … wenn.

Als Morris Blankenbaker am 25. November 1975 beerdigt wurde, war Vern Henderson unter den Sargträgern. Ebenso Les Rucker. Der Gottesdienst in der Shaw and Sons Chapel wurde von Priester Charles Benedict von der Reorganized Church of the Jesus Christ of Latter-Day Saints abgehalten, und die Kapelle war zum Bersten voll. Weder Olive noch Morris waren Mormonen, und viele Jahre später vermochte Olive immer noch nicht zu sagen, warum Morris bei dieser Kirche bestattet worden war. Sie konnte sich überhaupt nur noch vage an jene grauenhafte Woche erinnern.

Die Zeitungen bezeichneten Jerilee als Morris' Ex-Frau, aber in den Todesanzeigen fehlte das ›Moore‹ von Jerilees Namen – sie wurde als Jerilee Blankenbaker, Morris' Witwe erwähnt. Und sie wäre in wenigen Wochen wieder Morris' Frau gewesen, wenn ihn nicht jemand in seinem eigenen Garten mit drei Kugeln förmlich hingerichtet hätte. So befand sich Jerilee in einer Art Niemandsland. Die Scheidung von Gabby war rechtskräftig, aber das alles spielte ohnehin keine große Rolle mehr. Es würde keine Hochzeit und auch keine Zukunft mit Morris geben. Die Kinder würden ohne Vater aufwachsen müssen.

Olive Blankenbaker starb nicht, obgleich ihre Trauer so überwältigend war, daß sie sich den Tod wünschte. Als Vern Henderson ihr einen Besuch abstattete, um ihr sein Beileid auszusprechen, nahm sie seine Hand und sah ihm in die Augen. »Vern«, sagte sie eindringlich, »ich weiß, daß du den Mörder meines Sohnes finden wirst.«

Vern hielt ihrem Blick stand und gab ihr ein Versprechen, das er entschlossen war, auch zu halten. »Ja«, antwortete er leise und überzeugend. »Ja, das werde ich.«

In der Presse hieß es, es gäbe im Mordfall Morris Blankenbaker noch ›keine Verdächtigen‹. Das war nicht ganz richtig. Die Ermittler hatten Gabby im Visier. Allein der Umstand, daß Gabby Moore sich weigerte, mit den Detectives zu sprechen und sich einem Lügendetektortest zu unterziehen, bekräftigte in den Augen der Beamten den Verdacht gegen ihn. Aber das bedeutete nicht, daß sie ihn verhaften konnten. Weit entfernt. Sie hatten keinerlei Beweise, die ihn mit dem Tatort in Verbindung brachten, und Augenzeugen gab es erst recht keine.

Da Verne Henderson immer noch der Abteilung für Jugendkriminalität angehörte, wurde er nicht offiziell mit den Ermittlungen im Fall Blankenbaker betraut. Dennoch war Vern um 5 Uhr am Morgen des 22. November von Sergeant Green über Morris' Erschießung informiert worden. Pleas Green wußte, wie nahe Vern und Morris einander gestanden hatten, und er wollte nicht, daß sein Kollege die Nachricht aus dem Radio erfuhr.

Vern hatte sich innerlich gestählt für Morris' Autopsie. Er war es Morris schuldig, dabeizusein – auch wenn Morris nicht wußte, daß sein Freund nach seinem Tod noch ebenso für ihn da war wie zu seinen Lebzeiten. Aber Vern Henderson wollte wissen, *wie* Morris gestorben war, um hinterher vielleicht folgern zu können, warum.

Als er die Obduktion verließ, wußte er, daß die Chancen gut standen, irgendwo in Morris' Garten oder in unmittelbarer Umgebung Patronenhülsen des .22-Kalibers zu finden. Er wußte nicht, ob es sich bei der Tatwaffe um eine Automatik handelte oder nicht. Und falls es sich um eine Automatik handelte, wußte er nicht, ob die Hülsen nach links oder nach rechts ausgestoßen wurden. Aber ihm war klar, daß die Hülsen aus automatischen Waffen sehr deutliche und individuelle Spuren vom Auszieher und Auswerfer aufwiesen. Das wäre ein Anfang. Und doch ... auch wenn er die Hülsen fand, würden sie ihm nur dann von Nutzen sein, wenn sie einer bestimmten Waffe zugeordnet werden konnten.

Viele Leute besaßen Waffen, erst recht in der Gegend von Yakima. Die meisten von ihnen kannten sich weder mit Ballistik aus noch mit der Beweiskraft von Kugeln, Hülsen, Schrotkörnern, Schießpulver oder den Rillen und Furchen eines Waffenlaufes. Abgefeuerte Kugeln unterschieden sich in ihrer Bedeutung nicht sehr von Fingerabdrücken:

Sie sind mit einzigartigen, individuellen Merkmalen behaftet.

Wenn Morris Blankenbakers Mörder nicht sofort verhaftet wurde und kurze Zeit später ein Geständnis ablegte, würde es vermutlich gegenständlicher Beweise bedürfen, den Killer zu überführen und zu verurteilen. Und die einzigen wirklich aussagekräftigen Beweisstücke, die Henderson zu finden hoffte, waren jene drei Patronenhülsen.

Aber Vern Henderson war nicht mit dem Fall Blankenbaker betraut, und er versuchte auch nicht, sich in die Ermittlungen seiner Kollegen einzumischen. Er kehrte zurück zur Abteilung für Jugendkriminalität und den Fällen, die dort auf ihn warteten. Aber er vergaß nicht. Vielmehr war es so, daß er, je mehr Zeit verstrich, nur um so intensiver an Morris' Mörder denken mußte, der frei herumlief, womöglich überzeugt, daß er ungeschoren davonkommen würde.

Kapitel 9

Sergeant Robert Brimmer ermittelte weiter im Mordfall Morris Blankenbaker. Er und seine Detectives erfuhren von Jerilee, daß Morris an jenem Freitag abend im Lion's Share gearbeitet hatte. Sie überprüften, ob es in den Stunden vor dem Mord in der Bar irgendwelchen Ärger gegeben hatte. Aber es hatte sich nichts Ungewöhnliches ereignet – es waren nur Stammgäste und ein paar stille Fremde dort gewesen. Jemand glaubte sich zu erinnern, daß zwei junge Männer sich etwa eine Stunde vor Feierabend nach Morris erkundigt oder mit ihm gesprochen hätten.

Die Einzelheiten von Jerilees kurzer Ehe mit Gabby Moore und der rasch folgenden Entfremdung von dem Coach verwirrten Brimmer. Bei Gesprächen mit der Frau und anderen wurde ihm schnell klar, daß Moore völlig besessen gewesen war von seiner Liebe zu Jerilee. Die Polizeiermittler und auch Jeff Sullivan, der neue Staatsanwalt von Yakima County, hielten es durchaus für möglich, daß er Morris rasend vor Eifersucht im Affekt erschossen hatte. Das wäre nicht sein erster Fall von Mord aus Eifersucht gewesen.

Aber diese Theorie verlor ein wenig an Plausibilität, als Jerilee den Detectives erzählte, daß Gabby fast die ganze Woche vor Thanksgiving im Krankenhaus gelegen hatte, wenngleich sie nicht sicher wußte, wann er entlassen worden war. Und sie traute ihm nicht zu, daß er Morris erschossen hatte. Als die Beamten nachhakten, meinte sie, sie wisse gar nichts mehr.

Die ermittelnden Beamten von Yakima wußten, daß Morris am 22. November ziemlich exakt um 2 Uhr 05 in der Frühe erschossen worden war. Sie hätten darauf gewettet, daß Gabby Moore zu diesem Zeitpunkt das Krankenhaus bereits wieder verlassen hatte. Es gab Zeugen, die bestätigen konnten, daß Moore eine Woche zuvor mitten in der Nacht betrunken zum Haus der Blankenbakers gekommen war, um mit Jerilee zu sprechen. Vielleicht war er in der Mordnacht wieder dort gewesen.

Es war nicht weiter schwer, exakt festzustellen, von wann bis wann Gabby Moore im Krankenhaus gewesen war. Brimmer und Sullivan fuhren zum Valley Osteopathic Hospital und verlangten, die Akten von Moores letztem Aufenthalt dort zu sehen. Dr. A. J. Myers zeigte sie den Beamten, ohne zu zögern.

»Er wurde am 18. November aufgenommen«, sagte Myers und erklärte, daß er sich wegen wiederholten Nasenblutens Sorgen um seinen ehemaligen Schwiegersohn gemacht und ihm geraten habe, sich stationär in der Klinik behandeln zu lassen, bis sein Blutdruck wieder im normalen Bereich lag.

»Wie lange ist er im Krankenhaus geblieben?« wollte Brimmer wissen.

»Bis zum 22. November.«

Im ersten Moment merkten die Detectives interessiert auf, aber dann sagten sie sich, daß der 22. wie jeder Tag vierundzwanzig Stunden hatte. Morris war zwei Stunden nach Mitternacht erschossen worden, noch vor Morgengrauen, und die meisten Krankenhäuser entließen ihre Patienten gegen Mittag. Sie fragten Dr. Myers, wann genau Gabby Moore das Hospital verlassen hatte.

»Er wollte schon am Vorabend gehen – am Freitag –, aber ich bestand darauf, daß er noch blieb, damit ich sein Blutdruckproblem wenigstens noch eine Nacht beobachten konnte. Also hat er die Klinik mit meiner Erlaubnis am Morgen des 22. verlassen.«

»Und um wieviel Uhr war das?«

»Ich würde sagen, gegen halb zehn, Viertel vor zehn morgens.«

Das bedeutete, daß Gabby Moore zumindest offiziell zum Zeitpunkt des Mordes Patient im Valley Ostheopathic Hospital gewesen war. Diese Tatsache schloß jedoch noch nicht aus, daß er das Krankenhaus irgendwann in der Nacht verlassen hatte und später wieder zurückgekehrt war.

Brimmer fragte, ob Gabby während seines Aufenthaltes strenge Bettruhe hatte einhalten müssen.

»Die meiste Zeit, ja. Er ist erst in den letzten sechsunddreißig Stunden wieder aufgestanden. Ich habe versucht, ihn möglichst ruhigzuhalten, weil ich Mühe hatte, den Blutdruck zu senken.«

Dr. Myers erklärte weiter, daß er seinem Patienten ein anderes blutdrucksenkendes Mittel verschrieben hätte, es aber zehn Tage dauern würde, ehe sich feststellen ließe, ob es anschlug. Das Beste, was er in der Zwischenzeit tun konnte, war auszuruhen. »Er hat die meiste Zeit gelesen und ferngesehen und ist aufgestanden, wenn er auf die Toilette mußte. Ab und zu hat er auch die Schwestern auf der Station besucht.«

»Hatte er Telefon auf dem Zimmer?«

»Nein. Wir haben einen Zimmerservice bei Anrufen. Erhält ein Patient ein Gespräch, so wird ihm ein Telefon ans Bett gebracht, aber der Apparat bleibt nicht auf dem Zimmer.«

Doch es gab noch einen öffentlichen Fernsprecher am

Ende des Gangs, in der Nähe des Zugangs zur Notaufnahme. Gabby hätte von dort aus anrufen können, wäre aber ganz sicher dabei beobachtet worden.

Bob Brimmer und Jeff Sullivan baten darum, ihnen die Klinik zu zeigen, vor allem das Zimmer, in dem Moore gelegen hatte.

Das Krankenhaus, das Dr. Myers seit seiner Gründung viermal renoviert hatte, ging auf der Nordseite zum Tieton Drive hinaus. Auf der Südseite grenzte es an die Thirtieth Avenue, und dort befanden sich auch eine Notaufnahme, Untersuchungszimmer und Büros. Auf der Westseite des Gebäudes lagen die Krankenzimmer an einem breiten Flur; an dessen südlichem Ende befand sich ein Zugang von den Wartezimmern und am nördlichen Ende ein Notausgang. Es gab somit mehrere Möglichkeiten, das Krankenhaus zu verlassen, vielleicht sogar unbemerkt, da kein Alarm ausgelöst wurde, aber es wäre äußerst schwierig gewesen, sich ungesehen wieder hereinzuschleichen, da alle Eingänge mit Videokameras überwacht wurden oder mit einer Alarmanlage versehen waren.

Bald stand fest, daß man die Krankenzimmer nur über das Wartezimmer erreichen konnte. Der Notausgang auf dem Flur war von innen mit einem Riegel versperrt. »Unmöglich, die Tür von außen zu öffnen«, demonstrierte Myers. »Weder mit einem Schlüssel noch auf eine andere Art und Weise.« Im Falle eines Brandes brauchten die Patienten die Tür nur aufzudrücken, um ins Freie zu gelangen, aber sobald die Tür hinter ihnen zufiel, rastete der Riegel wieder ein.

Durch die Küche und den Speisesaal gelangte man zu einer weiteren Tür nach draußen, aber diese war ebenfalls abgeschlossen und wurde nur aufgesperrt, wenn Waren angeliefert wurden.

»Das Schwesternzimmer befindet sich in der Biegung, damit von dort aus alle Zimmer zu sehen sind und auch die Tür zum Warteraum im Blickfeld der Schwestern liegt«, erklärte Myers. »In die andere Richtung kann man den ganzen Flur bis zum Notausgang überblicken.«

»Welches war Mr. Moores Zimmer?«

»Er hat gleich gegenüber vom Schwesternzimmer gelegen«, entgegnete Myers. »Dort war zufällig ein Bett frei, und darum habe ich ihn dort eingewiesen.«

Myers teilte ihnen mit, daß in der Nacht vom 21. auf den 22. November drei Schwestern Dienst hatten, von denen eine sich immer im Schwesternzimmer aufhielt. Es schien, als wäre es Gabby Moore unmöglich gewesen, sein Zimmer zu verlassen, ohne von einer Krankenschwester oder einem Krankenhausangestellten gesehen zu werden. Die Flure waren hell erleuchtet und von den Schwestern gut zu überblicken.

»Was ist mit der Tür zur Notaufnahme?« fragte Brimmer.

Dr. Myers erklärte, daß wiederholt Material gestohlen worden sei, als sie die Tür zur Notaufnahme noch offen gelassen hatten. »Die ist jetzt rund um die Uhr abgeschlossen und wird nur auf ein spezielles Signal hin geöffnet. Es gibt eine Gegensprechanlage. Die Tür kann von innen mühelos geöffnet werden, jedoch nicht von außen.«

Die Tür zum Besucherzimmer wurde um 20 Uhr abgeschlossen, so daß nach dieser Zeit niemand mehr das Krankenhaus betreten konnte.

Myers wiederholte, daß er es für höchst unwahrscheinlich hielt, daß ein Patient sich unbemerkt absetzte. Wenn drei Schwestern Dienst tun, hält sich eine von ihnen ständig im Schwesternzimmer auf, um die Kontrollschirme und die Rufknöpfe im Auge zu behalten, Anweisungen zu notieren, die telefonisch durchgegeben oder persönlich mitgeteilt werden, und jeden Handgriff der Schwestern in die jeweiligen Krankenakten einzutragen ... der Tresen hier ist nur selten unbesetzt.«

Die Ermittler kamen zu dem Schluß, daß, auch wenn es Gabby irgendwie gelungen wäre, unbemerkt die Klinik zu verlassen, es ihm unmöglich gewesen wäre, ungesehen auf sein Zimmer zurückzukehren. Unmöglich.

Allenfalls hätte er durch das Fenster in seinem Zimmer steigen müssen. Aber auch das erwies sich als unmöglich:

Als Brimmer die Außenseite der Klinik überprüfte, erkannte er, daß die Fenster der Krankenzimmer von außen mit einem Zylinder versehen waren, der verhinderte, daß sie weiter als nur eine Handbreit geöffnet wurden.

Sofern Gabby Moore nicht die Kunst der Astralprojektion beherrschte, mußten sie den Hauptverdächtigen auf ihrer Liste streichen. Gabby mochte Morris gehaßt und dafür verantwortlich gemacht haben, daß Jerilee ihn verlassen hatte, er mochte sich außerdem weigern, mit der Polizei zu sprechen und sich einem Lügendetektortest zu unterziehen, aber er konnte nicht den Abzug der Waffe betätigt haben, mit der Morris erschossen worden war; um 2 Uhr früh am 22. November hatte er unter medizinischer Aufsicht im Krankenhaus gelegen. Er hatte die Klinik erst zwischen neun und halb zehn verlassen, sieben Stunden nach dem Mord.

Jerilee und ihre Kinder zogen zu ihren Eltern. Sie konnte sich nicht vorstellen, in dem Haus in der North Sixth zu bleiben; nicht mit der Erinnerung an Morris, wie er dort in einer Blutlache im Schnee lag.

Was Jerilee betraf, verminderte der Umstand, daß Gabby im Krankenhaus gewesen war, als jemand Morris erschossen hatte, ihren Verdacht keinen Deut. Und wie sehr sie sich auch das Hirn zermarterte, ihr fiel einfach niemand außer Gabby ein, der einen Grund gehabt hätte, sich Morris' Tod zu wünschen. In seinen Augen war Morris die einzige Ursache, weswegen sie nicht zu ihm zurückkam.

Eine Woche nach dem Mord erfuhr Jerilee, daß Gabby versuchte, Leute zu manipulieren: Sie sollten sie überreden, zu ihm zurückzukehren. Es hatte den Anschein, als wäre ihm Morris' Tod völlig gleichgültig. Er wartete nicht einmal eine angemessene Trauerzeit ab. Aber im Grunde war es Jerilee egal, wie lange er wartete oder nicht wartete; sie wollte nichts mehr mit ihm zu tun haben. Irgendwie wußte sie, daß Gabby schuld war an Morris' Tod. Das würde sie ihm niemals verzeihen, und erst recht würde sie niemals auch nur in Erwägung ziehen, zu ihm zurückzugehen.

Allein der Gedanke verursachte ihr eine Gänsehaut.

Jerilees Schwester Kit* war Eigentümerin der Wohnung, in der Gabby mit seinem Sohn Derek lebte, und sie selbst wohnte ganz in der Nähe. Es gab nicht einmal eine breitere Straße, die die beiden Häuser trennte, sondern nur einen schmalen Weg, und Kit konnte nicht umhin, Gabby ab und an zu begegnen. Es schien, als wäre er permanent dort, um sie abzufangen und mit ihr zu reden.

Moore wollte, daß Kit Jerilee ›zur Vernunft brachte‹. Ständig bat er sie, ihre Schwester doch zu überreden, sich wieder mit ihm zu versöhnen. Wenn sie ihn dann voller Abscheu ansah, starrte er verständnislos zurück. Kit und Jerilee waren gleichermaßen entsetzt von Gabbys kranker Logik.

Gabby hatte eine Theorie, die er jedem unterbreitete, der ihm Gehör schenkte. Er hegte danach den Verdacht, daß jemand sie beide, ihn und Morris, ausschalten wollte. Er sagte, daß er selbst einige sonderbare Zwischenfälle erlebt habe – Telefonanrufe zu allen Tages- und Nachtzeiten. Er erklärte, er könne die Stimmen nicht zuordnen, aber der Zweck der Anrufe sei eindeutig: Die Stimmen stießen Todesdrohungen aus. Ein Fenster seiner Wohnung sei zersprungen, und es sähe aus, als habe eine Kugel die Scheibe zertrümmert.

Gabby erzählte seinen Freunden, daß er entschlossen wäre, Morris' Mörder zu entlarven, und daß er dem Killer gefährlich nahe sein müsse, denn offenbar versuchte jemand, ihn zum Schweigen zu bringen, bevor er einen Treffer landete. Besonders beunruhige ihn, fuhr er fort, daß eine seiner Töchter sowie seine Mutter ebenfalls Drohanrufe erhalten hätten. Das sei ihm unheimlich, und er wisse nicht, was als nächstes passieren würde. Er sei Fatalist. Er werde tun, was er tun müsse, und sich nicht einschüchtern lassen.

Gabby besprach sogar mit seiner ältesten Tochter die Einzelheiten seiner Beerdigung, für den Fall, daß es der

Person gelang, ihn aus dem Weg zu räumen. Gabby beschrieb, welche Art von Zeremonie er sich wünsche. Als seine Tochter aber dann in Tränen ausbrach, lachte er nur, als hätte er die ganze Zeit nur Spaß gemacht. Man kann nur ahnen, welche emotionalen Auswirkungen das alles auf einen Teenager gehabt haben muß, der seinen Vater liebte.

Jerilee kaufte ihm dieses Theater nicht ab. »*Ich* war sicher, daß er etwas mit dem Mord an Morris zu tun hatte«, erinnerte sie sich. »Schon allein wegen einiger Dinge, die er sagte. Beispielsweise hatte er meiner Schwester gegenüber damit angegeben, daß er Freunde hätte, die alles für ihn tun würden. Er bräuchte sie nur darum zu bitten. Ich spürte einfach, daß er glaubte, ich würde wirklich zu ihm zurückkommen, nur weil Morris nicht mehr da war. Er war sich seiner Sache absolut sicher.«

Tatsächlich war Gabby Moore hiervon so überzeugt, daß er die inzwischen verwitwete Jerilee auch weiterhin mit Anrufen bombardierte. Er wolle sie zurückhaben, betonte er. Er brauche sie, und sie selbst bräuchte ihn in dieser Zeit ebenfalls. Jerilee weigerte sich, mit ihm zu sprechen. Ihre Mutter oder sonst jemand nahm die Gespräche an und teilte ihm mit, daß sie nicht ans Telefon kommen könne.

Manchmal ließ Gabby seine Mutter anrufen, und Jerilee sprach mit ihr; sie hatte nichts gegen Gabbys Mutter. Aber dann sagte die alte Dame plötzlich: »Augenblick, Glynn möchte mit dir sprechen.«

Jerilee entgegnete hierauf sofort: »Tut mir leid« und legte auf. Bis dahin war es Gabby immer wieder gelungen, sie zu überreden, sich mit ihm zu treffen, »nur um zu reden«. Jetzt wollte Jerilee nichts mehr davon wissen. Er hatte versucht, sie mit seiner Eroberungskampagne zu verwirren. Das war vorbei, das Entsetzen über Morris' Tod hatte ihr die Augen geöffnet. Sie konnte es sich nicht leisten, noch einmal mit Gabby zu sprechen.

Schließlich hörte er auf, jeden Tag bei ihren Eltern und bei ihr im Büro anzurufen. Er versuchte auch nicht mehr, persönlich mit ihr Kontakt aufzunehmen, aber sie wußte, daß er nicht grundsätzlich aufgegeben hatte, denn er ließ ihr über seine Familie auch weiterhin Nachrichten zukommen.

Nur ein einziges Mal erklärte Jerilee sich nach dem Mord an Morris bereit, am Telefon mit Gabby zu sprechen. Das Telefonat erfolgte Mitte Dezember, etwa zweieinhalb Wochen nach Morris' Ermordung. Gabby erzählte ihr, daß die Polizei ihm das Leben schwermache und einen Lügendetektortest verlangt habe. Er verschwieg, daß er sich einen Anwalt genommen hatte.

Jerilee konnte ihre Gefühle nicht länger zurückhalten. Sie erklärte Gabby rundheraus, daß sie selbst von seiner Verstrickung in den Mord überzeugt sei.

»Er antwortete, so etwas hätte er niemals tun können«, erinnerte sie sich. »Er bestand darauf, daß er hierzu nicht fähig gewesen wäre. Aber ich glaubte ihm nicht.«

Sie machte ihm klar, daß sie nie zu ihm zurückkehren würde, und das müsse er akzeptieren. Wie immer konterte er mit dem, was er sie glauben machen wollte. Er behauptete, ihr beweisen zu können, daß er nichts mit dem Mord zu tun habe. Aber noch bevor er sich über die seltsamen Drohungen äußern konnte, die er erhielt, fiel sie ihm ins Wort.

Sie erklärte ihm erneut, daß es keinen Unterschied mache. Sie würde nicht zu ihm zurückkommen. Er wiederholte, daß er beweisen könne, daß das, was Morris widerfahren war, möglicherweise mit den Drohungen gegen ihn selbst in Verbindung stünde, daß das alles jedoch seine Gefühle für sie nicht beeinträchtige. Er *liebe* sie. Sein Verdacht sei, daß es jemanden gäbe, der ihn und Morris ausschalten wolle. Er habe selbst allen Grund, um sein Leben zu fürchten. Es ginge etwas Seltsames vor sich.

Jerilee legte auf. Das war vor Weihnachten das letzte Mal, daß sie mit Gabby sprach. Es kam ihr vor, als hätte sie auf dem Jahrmarkt ein ›Horrorhaus‹ betreten – nur war dies bittere Realität. Bei jedem Schritt, den sie machte, tauchte etwas noch Schauerlicheres auf.

Strahlende Lichter erhellten die Häuser und Gärten der ganzen Stadt, und es schneite kräftig. Es wurde kälter, und der eisige Wind blies heulend wie ein Rudel Höllenhunde über die Hügel und Täler von Yakima County.

Es gab tatsächlich jemanden, der Gabby Moore beobachtete, jemanden, der sich am Rande seines Bewußtseins bewegte. Gabby brauchte diese Person jedoch nicht zu fürchten – zumindest nicht physisch. Aber Vern Henderson war neugierig, was Gabby Moore betraf. Er hatte geglaubt, den Mann zu kennen, aber inzwischen war er sich da nicht mehr so sicher. Obgleich Vern nicht offiziell von der Mordkommission mit dem Fall Blankenbaker betraut war, hatte er Morris' Mutter versprochen, den Mörder ihres Sohnes zu finden.

Und in seinem Herzen hatte er das gleiche Versprechen auch Morris gegenüber abgelegt.

Ab und zu sah Vern Gabbys MG oder seinen Jeep durch die Stadt kurven. Zweimal folgte Vern Gabby zum Tahoma-Friedhof, wo Morris begraben war. Er beobachtete unbemerkt, wie Gabby mit ausdruckslosem Gesicht auf Morris' Grab blickte. Was mochte in seinem Kopf vorgehen? Vern fragte sich, warum er gekommen war und in der Kälte stand.

»Er sah aus, als fühle er sich mies«, erinnerte sich der Detective. »Und ich fragte mich, ob er seinen Freund Morris vielleicht wirklich geliebt hatte, nur daß sein Verlangen nach seiner Frau noch stärker gewesen war.«

In dem Haus, das Gabby Moore mit seinem sechzehnjährigen Sohn bewohnte, gab es keinerlei Weihnachtsdekoration. Die beiden hatten sich zwei Monate lang in einer Wohnung verschanzt, die in nichts ihrem gemütlichen Zuhause von früher ähnelte. Diese Wohnung war kein Zuhause, sondern nur eine vorübergehende Bleibe für zwei Männer auf der Durchreise. Sie beide gingen nach der Schule zum Sporttraining, zu Spielen und Ringkämpfen. Aber Derek hatte im Gegensatz zu seinem Vater eine Freundin.

Wenn er allein war, hallte Gabbys Stereoanlage durch die leeren Räume. Er spielte immer und immer wieder dieselbe Schallplatte.

›Lay your head upon my pillow, put your arm and tender body close to mine …‹

Es war einer der traurigsten – und erfolgreichsten – Country-and-Western-Hits in jenem Jahr – Ray Price besang darin eine verlorene Liebe. Aber in dem Song akzeptierte der Verlassene das Ende der Romanze – ganz anders Gabby.

»Ich gehe meinen Weg, und du wirst einen anderen finden«, sang Ray Price, »und ich werde da sein, für den Fall, daß du mich irgendwann brauchst. Seien wir dankbar für die Zeit, die wir miteinander hatten. Wir brauchen nicht zuzusehen, wie die Brücken hinter uns abbrennen …«

Gabby hatte ›For the Good Times‹ so oft gespielt, daß die Schallplatte manchmal ›hüpfte‹, dort, wo die Nadel tiefe Furchen in das Vinyl gegraben hatte. Er lebte fast vollständig in der Vergangenheit, schmiedete jedoch Pläne für die gemeinsame Zukunft mit Jerilee, von der er überzeugt war, daß es sie geben würde.

Kapitel 10

Wenn auch Jerilee nicht mehr zu ihnen zählte, so gab es immer noch viele, viele Menschen, die Gabby Moore liebten. Seine drei Kinder versuchten, ihm dabei zu helfen, mit dem Verlust seiner großen Liebe fertig zu werden. Er war stets bei seinen Ex-Schwiegereltern willkommen, und Dr. A. J. Myers bemühte sich, Gabbys Gesundheit im Auge zu behalten. Wenn er dessen aufgedunsenen Körper und sein gerötetes Gesicht sah, machte Myers sich große Sorgen. Er trank ganz offensichtlich zu viel, aß nicht richtig und schien seine Medikamente nicht zu nehmen. Gabby sah aus, als würde er jeden Moment einen Herzinfarkt erleiden.

Den vielleicht engsten Kontakt hielten jedoch Gabbys Sportler – vergangene und derzeitige – zu ihm. Sie sorgten dafür, daß er nicht zu lange allein war, schauten gelegentlich vorbei und besuchten ihn. Für seine Jungs war er ›der Mann‹. Er war der Coach, der aus vielen von ihnen, die einmal Versager gewesen waren, Sieger gemacht hatte.

Wenn Gabby zu deprimiert, zu krank oder einfach zu betrunken war, beim Wrestling-Training oder bei Kämpfen zu erscheinen, kümmerten sich einige der ehemaligen Star-Ringer von Davis darum, daß alles glattlief. Es stand ziemlich schlecht um Gabby. Sie hatten öfter beobachtet, wie er die Sporthalle verließ und zu seinem Wagen ging, um einen Schluck aus der Flasche zu trinken, die er dort aufbewahrte. Und sie rochen in der Schule und beim Training oft seine Alkoholfahne.

Trotzdem konnte keiner von ihnen glauben, daß die Schulleitung der Davis High tatsächlich beabsichtigte, Gabby zu feuern. Sicher, er hatte ihnen gesagt, daß er vom nächsten Schuljahr an nicht mehr an der Davis unterrichten und auch die Sportler nicht mehr betreuen würde, aber das erschien ihnen unmöglich. Wenn es soweit war, würde sich schon alles wieder einrenken. Gabby war ein Teil von Davis, so wie Davis ein Teil war von ihm.

Gabby war so deprimiert wie noch nie. Er zog sich immer mehr in sein Schneckenhaus zurück und verbrachte die meiste Zeit in seiner Wohnung. Gabbys Jungs sahen ihn nicht mehr so oft wie früher in seinem kleinen MG-Sportwagen durch die Stadt fahren. Manchmal ließ er sich in der einen oder anderen Bar oder Kneipe blicken, aber nicht oft. Er kaufte Flaschen, die er dann zu Hause leerte. Gabby drängte seine ehemaligen Sportler, mit zu ihm zu kommen. Ließen sie sich überreden, mußten sie mit ihm trinken und sich anhören, wie er endlos von Jerilee fabulierte. Sie alle hatten schon so oft zu hören bekommen, wie wunderbar und schön Jerilee war und daß sie dazu bestimmt war, mit Gabby zusammenzusein, daß sie die Leier schon auswendig kannten. Trotzdem taten sie weiterhin interessiert und versuchten, etwas zu sagen, das ihren Coach aufmunterte.

Sie beschworen ihn, ›der Frau etwas Zeit zu lassen‹, denn wenn sie äußerten, er solle sie vergessen und sich eine Frau suchen, die ihn zu schätzen wisse, reagierte er wütend. Er wollte kein schlechtes Wort über Jerilee hören.

Doch nichts konnte ihn aufheitern. Gabby suhlte sich in Selbstmitleid und seinen Erinnerungen. Er hatte ganze Alben voller Bilder von sich und Jerilee, aus der Zeit, da sie noch glücklich miteinander gewesen waren, und er hatte ›ihr Lied‹. Irgendwann im Laufe dieser langen Abende, wenn er gerade genug Bourbon intus hatte, um seinen Schmerz zu betäuben, brütete er über den Photos und redete sich ein, daß sein Traum in Erfüllung gehen würde. Es gab keinen Grund, weshalb sie nicht zu ihm zurückkehren sollte; sie war nicht verheiratet und hatte auch keinen Freund. Gabby glaubte immer noch, daß sie füreinander bestimmt waren.

•

Am Samstag, dem 13. Dezember, wurde Michael Bartleson vom Yakima Police Department über Funk zu einer Adresse an der South Fourth Street beordert. Es war 1 Uhr nachts. Er sollte sich vor Ort mit zwei Beamten treffen. Unterwegs ging eine zweite Beschwerde ein. »Mögliche Vernachlässigung eines Kindes unter derselben Adresse.«

Die Beamten wurden nicht zum erstenmal zu diesem Haus gerufen, und sie wußten, daß dort ein Mädchen im Teenageralter ihre jüngeren Geschwister beaufsichtigte, während die Mutter bei der Arbeit war. Als das Mädchen öffnete, schien es betrunken zu sein.

»Es ist alles in Ordnung«, nuschelte es.

»Ist außer dir und deinen Geschwistern sonst noch jemand im Haus?« fragte Bartleson.

»Vielleicht zwei ...«

»Weiß deine Mutter davon?« fragte er.

»Ja. Ihr ist das egal«, entgegnete das Mädchen.

Bartleson bezweifelte das und bat die Zentrale, die Mutter anzurufen und sie davon zu unterrichten, daß daheim nicht alles zum Besten stünde. Sie sagte, sie würde sich sofort auf den Weg machen. Die besorgte Frau traf etwa eine halbe Stunde nach den Polizisten am Haus ein. Sie wollte hineingehen, und Bartleson begleitete sie, während die Officer Ehmer und Beaulaurier um das Haus herumgingen und an der Hintertür warteten.

Als Bartleson und die Mutter die Haustür öffneten, hörten sie laufende Schritte sowie einen lauten Knall im hinteren Teil des Hauses. »Die zwei Personen – das heißt, genaugenommen waren es drei – wurden an der Hintertür von Ehmer und Beaulaurier gestoppt«, hieß es später im Polizeibericht. »Es handelte sich um einen Weißen von fünfzehn oder sechzehn Jahren, einen gewissen Kenny Marino*, Vetter der Familie, und Glynn Moore, besser bekannt unter dem Spitznamen ›Gabby‹.«

Marino hatte eine Flasche Ten-High-Whisky bei sich, und der Coach, den die Beamten gut kannten, war derart betrunken, daß er sie nicht erkannte. »Er war stark alkoholisiert«, hieß es weiter. »Er hatte keine Schuhe an und lehnte in Socken an der Hauswand. Es lag Schnee. Gürtel, Knopf und Reißverschluß seiner Hose standen offen.«

Im Inneren des Hauses hatte sich das Mädchen inzwischen im Souterrain schlafen gelegt. Die Kleine war vollständig angekleidet gewesen, und nichts hatte auf eine Mißhandlung hingedeutet.

Trotzdem war es ein unschöner Zwischenfall. Er bedeutete einen weiteren Schritt abwärts für Gabby Moore, und die Männer, die ihn ertappt hatten, waren schockiert.

Jerilee versuchte, den Kindern zuliebe eine kleine Weihnachtsfeier auf die Beine zu stellen. Sie wußten, daß ihr Vater fort war, waren aber noch viel zu jung, um zu verstehen, daß er nie zurückkommen würde. Ihre Großeltern bemühten sich zu helfen, obgleich alle todunglücklich waren. Es gibt keinen geeigneten Zeitpunkt, einen Menschen durch einen sinnlosen Mord zu verlieren, aber die Weihnachtszeit scheint am schlimmsten zu sein; keiner von ihnen sollte je wieder einen Weihnachtsbaum oder einen

Thanksgiving-Truthahn sehen können, ohne an Morris erinnert zu werden. Morris hätte ihnen noch mindestens fünfzig Jahre erhalten bleiben müssen.

Im Vorjahr hatte Olive an Weihnachten ihren Sohn noch gehabt; die Ferien empfand sie immer als besonders schöne Zeit, weil Morris kurz vor Weihnachten geboren worden war.

Der Heiligabend war furchtbar. Für alle.

Im Jahr zuvor war Jerilee mit Gabby zusammengewesen – ihr einziges gemeinsames Weihnachtsfest. Und jetzt war er wieder allein. Heiligabend kam nachmittags Gay – Gabbys erste Frau – vorbei, um die Wohnung in der Eighteenth Avenue aufzuräumen und zu versuchen, sie ein wenig freundlicher herzurichten. Natürlich wohnte ihr Sohn dort, aber ihr tat auch Gabby leid. Gay lebte ihr Leben weiter, doch Gabby schien gefangen in seiner krankhaften Eifersucht – nur der Gegenstand dieser Besessenheit war ein anderer geworden.

Derek Moore blieb daheim bei seinem Vater und verbrachte den frühen Abend vor dem Fernseher. Gabby hatte keine Pläne für das Weihnachtsfest, aber Derek würde später zusammen mit der Familie seiner Freundin Janet Whitman feiern. Ihre Großmutter lebte in dem Dorf Union Gap, zehn Minuten von Dereks Wohnung entfernt, und sie hatten vereinbart, daß das Mädchen Derek um acht mit ihrem Wagen abholen sollte.

Derek war nicht sicher, was sein Vater tun würde; vermutlich würde er seine Töchter anrufen, die drüben bei ihren Großeltern feierten, den Myers.

Als Derek und Janet die Wohnung verließen, war Gabby allein. Als Derek später versuchte sich zu erinnern, sagte er aus, daß sein Vater seiner Meinung nach nicht getrunken hätte. Allerdings hätte es ihn traurig gestimmt, ihn ganz allein zurückzulassen. Ohne Weihnachtsbaum. Ohne Weihnachtsdekoration. Die Wohnung sah aus wie an jedem anderen x-beliebigen Abend des Jahres.

Niemand von der Familie hörte an diesem Abend etwas von Gabby, bis er dann irgendwann zwischen 23 Uhr und Mitternacht bei Dr. Myers zu Hause anrief und mit seiner Tochter Kate sprach. Sie unterhielten sich etwa eine Viertelstunde, ein Gespräch, das Kate sichtlich aufregte. Nachdem sie aufgelegt hatte, versuchte sie noch viermal, ihren Vater zurückzurufen. Jedesmal war besetzt. Sie sah nicht auf die Uhr, aber später meinte sie, das letzte Mal hätte sie es etwa fünfzehn Minuten nach Mitternacht probiert.

Was Kate nicht wußte, war, daß ihr Vater nach ihrem ersten Gespräch noch einmal angerufen hatte. Diesmal hatte ihr Großvater den Anruf entgegengenommen. Er hatte erwartet, daß es sein Sohn wäre, der sich schon verspätet hatte, aber als er dann Gabbys Stimme hörte, entschied er sich, mit ihm zu reden, um eventuelle Szenen zu vermeiden. Er erfuhr erst später, daß Kate bereits mit ihrem Vater gesprochen hatte.

Überall in Amerika gingen die Menschen während der Feiertage besonders vorsichtig miteinander um, mieden Konfrontationen wegen alter Streitigkeiten. Alkohol erhöhte den Aggressionspegel, und Gabby Moores Trunksucht machte seiner Familie angst.

»Ich beschloß, ihn am Telefon abzulenken, damit es keine Schwierigkeiten gab ... er das Weihnachtsfest nicht störte«, erinnerte sich Dr. Myers. »Wir sprachen über seinen Gesundheitszustand und vereinbarten für den zweiten Weihnachtstag einen Termin in meiner Praxis, die an diesem Tag geschlossen sein würde. Ich wollte ihn in Ruhe untersuchen und schlug ihm vor, ihn hinterher zum Mittagessen einzuladen.«

Gabby hatte nicht nach Kate gefragt, sondern Dr. Myers dafür gedankt, daß er an seinen Geburtstag drei Tage zuvor gedacht hatte. Dr. Myers hatte angenommen, daß hierin der eigentliche Grund für seinen Anruf lag. Soweit Myers sich erinnern konnte, war es 23 Uhr 30. Er hatte sich langsam Sorgen um seinen Sohn gemacht und sich gefragt, ob er vielleicht Schwierigkeiten mit seinem Wagen oder eine Reifenpanne hatte, und hatte instinktiv auf die Uhr gesehen.

Myers war nicht sicher, ob Gabby getrunken hatte. »Er konnte das gewöhnlich sehr gut vor mir verbergen ... Er beteuerte, vollkommen nüchtern zu sein, aber ich vermutete, daß er nicht ganz die Wahrheit sagte«, meinte Myers später. »An diesem Abend war ihm von Alkohol kaum etwas anzumerken – abgesehen vom Ende des Gesprächs. Und als ich ihn darauf ansprach, erwiderte er: ›Ach, nur ein ganz klein wenig.‹«

Gabby verstand es immer glänzend, jegliches Lallen zu vermeiden und deutlich zu sprechen, wenn er getrunken hatte. Myers fiel es leicht zu glauben, daß er nur ein paar Drinks genommen hatte und den Abend gut überstehen würde. Er würde Gabby bald in die Praxis holen, seinen Blutdruck messen, mit ihm Mittagessen gehen und mit ihm reden. Gabby war noch keine fünfundvierzig; er hatte noch so viele gute Jahre vor sich. Er würde die Depression überwinden und sein Leben wieder in den Griff kriegen.

An diesem Abend gab es keine Anrufe mehr von Gabby Moore.

Derek Moore und seine Freundin Janet verlebten zusammen mit ihrer Familie ein wunderschönes Weihnachtsfest, und es war schon spät, als sie Union Gap verließen und sich auf den Weg zu Dereks Wohnung machten. Derek fuhr Janets Wagen und schätzte, daß er zwischen eins und halb zwei auf dem Stellplatz hinter dem Haus parkte.

Sie bemerkten sofort, daß das Licht auf der hinteren Veranda aus war; Gabby ließ es *immer* brennen.

»Derek«, sagte Janet, »ich glaube, da stimmt etwas nicht.«

»Wir steigen besser aus«, entgegnete Derek. Er hatte bereits registriert, daß der MG und auch der Jeep seines Vaters an ihrem Platz standen. »Ich sehe drinnen nach«, sagte er, während Janet nach hinten auf den Rücksitz langte, um seine Weihnachtsgeschenke einzusammeln.

Als Derek zur Hintertür ging, bemerkte er, daß die Fliegengittertür, die Gabby versäumt hatte, am Winteranfang gegen eine feste Tür zu ersetzen, offenstand und mit einem weißen Stein befestigt war.

Als er das Haus verlassen hatte, war sie noch geschlossen gewesen.

Derek sah, daß jemand die Jalousie in der Küche heruntergelassen hatte. Schmale Lichtstreifen fielen hindurch. Derek fühlte sich unbehaglich und warf einen Blick durch den Glaseinsatz der Hintertür. Dann, als ahnte er Entsetzliches, wirbelte er herum und rief Janet, die nervös im Wagen wartete, zu: »Ich glaube nicht, daß mein Dad da drin ist.«

»Dann blickte er zu Boden«, erinnerte sich Janet, »und schrie: ›Janet! Janet! Komm her!‹« Als sie die Treppe hinauflief, wies Derek auf das Glas: »Dad liegt auf dem Fußboden!«

Janet schaute ebenfalls durch das Fenster und sah Gabby. Beide wußten, daß Dereks Vater viel trank, aber sie hatten ihn noch nie auf dem Fußboden liegen sehen, und das erschreckte sie.

»Wir wußten nicht, was passiert war … wir wußten nicht, ob er das Bewußtsein verloren hatte oder sonstwas geschehen war«, sagte sie. »Wir standen hilflos da und wußten nicht, was wir tun sollten, bis Derek schließlich sagte: ›Komm, wir holen meine Mom.‹ Also fuhren wir zu seiner Mutter, aber sie war nicht zu Hause. Daraufhin fuhren wir zum Trainergehilfen von der Davis High – zu seinem Haus – aber der war auch nicht da. Schließlich hielten wir an einem 7-Eleven-Supermarkt, und ich rief von dort aus die Polizei an.«

Die meisten Menschen müssen an Weihnachten nicht arbeiten, wohl aber Cops. Das Police Department schließt nie – erst recht nicht in der ›Amateurtrinker-Saison‹, wenn die Leute sich nach feuchtfröhlichen Feiern alkoholisiert ans Steuer setzen oder sich in die Haare geraten. Streifenpolizist John Mitchell arbeitete an diesem Weihnachtsfest in Yakima in der unangenehmsten dritten Schicht, von 20 Uhr an Heiligabend bis 4 Uhr früh am ersten Weihnachtstag. Es war sehr kalt in dieser Nacht, es lag Schnee, und die Straßen waren vereist.

Kurz vor zwei am Morgen jenes ersten Weihnachtstages knisterte plötzlich Mitchells Funkgerät. »Fahren Sie in die Eighteenth Street acht-eins-sechs ... Ein Todesfall ...«

Das war ein besonders trauriger Einsatz an Weihnachten. Ein Todesfall. Vermutlich ein älterer, kranker und einsamer Mensch, der an Heiligabend ganz allein in seiner Wohnung gestorben war. Natürlich mußte sich die Polizei darum kümmern, aber aller Wahrscheinlichkeit nach würde man eine natürliche Todesursache feststellen. Einen Schlaganfall. Oder einen Herzinfarkt.

Mitchell fuhr zu der Adresse auf der South Eighteenth, schaltete jedoch weder Blaulicht noch Sirene ein und behielt auf den glatten Straßen auch ein gemäßigtes Tempo bei. Was immer geschehen war, war geschehen, und es war keine Eile vonnöten. Er parkte den Streifenwagen vor dem kleinen Holzhaus. Die Zentrale hatte ihm mitgeteilt, daß dort jemand auf ihn warten würde, und tatsächlich sah er ein junges Paar in einem Wagen sitzen. Die jungen Leute stellten sich als Janet Whitman und Derek Moore vor.

Sie waren beide noch Teenager und wirkten sehr verstört. »Ich glaube, mein Vater ist tot. Wir müssen durch die Hintertür ins Haus gehen.«

Derek fuhr in Janets Wagen voraus in die Seitengasse, und er und Mitchell parkten hinter dem Haus. Die Fliegengittertür stand offen.

»Er ist da drin«, sagte der Junge.

Mitchell stieg die Treppe hinauf und blickte durch den Glaseinsatz in der Tür. In der Küche gleich dahinter brannte Licht. Parallel zur Rückwand befand sich ein Tresen, der offenbar als Eßtisch diente. Mitchell konnte einen Mann auf dem Fußboden zwischen Tresen und Wand liegen sehen, die Füße zeigten in Richtung Hintertür. Der Oberkörper des Mannes wurde vom Tresen verdeckt.

Vorsichtig betrat der Officer die Küche. Im Haus war alles still. Er beugte sich über den reglosen Mann und drückte die Finger auf dessen Halsschlagader. Es war kein

Puls zu fühlen, und die Haut unter seiner Hand war bereits leicht erkaltet. Kein Lebenszeichen war feststellbar. Es schien, als hätte der Mann irgendeinen Anfall erlitten und als wäre er abrupt vornübergefallen, vermutlich bereits tot, als er auf dem Boden aufschlug. Es gab kein Blut und keinerlei Kampfspuren.

Offensichtlich handelte es sich, wie bereits angenommen, um einen natürlichen Tod.

Mitchell verließ das Haus wieder und sah, daß das junge Mädchen – Janet – an der Hintertür wartete, während der Junge zum Wagen zurückgegangen war. »Ich fürchte, Dereks Vater ist tot«, sagte er leise und sah zu, wie sie zu dem Jungen hinüberging, ihm eine Hand auf den Arm legte und mit ihm sprach.

John Mitchell war verblüfft, als er Janet Whitman sagen hörte: »Derek, sie haben deinen Vater erschossen.«

Warum sagte sie so etwas? Soweit Mitchell es beurteilen konnte, war der Mann im Haus eines natürlichen Todes gestorben; ganz sicher hatte er nichts feststellen können, was auf eine Schießerei hingedeutet hätte. Der Beamte überlegte, daß Janet vermutlich kurz vor einem hysterischen Anfall stand und zweifellos zu viele brutale Filme gesehen hatte.

Mitchell wußte zu diesem Zeitpunkt noch nicht, daß Gabby jedem in seinem Umfeld erzählt hatte, daß er um sein Leben fürchtete, weil jemand gedroht habe, ihn abzuknallen wie Morris Blankenbaker.

Mitchell ging zu Derek Moore hinüber. Der Junge hatte einen Schock, war jedoch in der Lage, Fragen zu beantworten.

»Litt dein Vater unter irgendwelchen gesundheitlichen Problemen, die seinen Tod herbeigeführt haben könnten?«

Derek nickte langsam. »Er hatte Bluthochdruck, aber er fühlte sich gut, als ich gestern abend gegangen bin. Er war okay.«

Verwirrt ging Mitchell zurück ins Haus. Er blickte sich um und sah im Licht etwas auf dem Fußboden glitzern. Er bückte sich und stellte fest, daß es sich um eine Patronenhülse Kaliber .22 handelte. Er rührte sie nicht an. Bei einem Blick über den Küchentresen ins Wohnzimmer registrierte er, daß der Telefonhörer ausgehängt war und das Glas gleich daneben auf dem Kopf stand.

Trotzdem wirkte alles normal. Das Geschirr war gespült, und die Wohnung machte einen ordentlichen Eindruck. Mitchell ließ den Blick durch die Küche schweifen. Auf der Arbeitsfläche stand eine Pfanne, und dem Beamten fiel auf, daß sie schräg stand; darunter entdeckte er eine Brille.

Das war seltsam.

Draußen erfuhr Mitchell, daß es sich bei dem Toten in der Küche um Glynn ›Gabby‹ Moore handelte, den Coach von der Davis High School. Das war der zweite Coach innerhalb von fünf Wochen, der in Yakima um 2 Uhr früh tot aufgefunden wurde. Wie groß war die Wahrscheinlichkeit für einen solchen Zufall? Mitchell rief über Funk seinen Sergeanten Mike Ballmer zum Fundort des Toten. Während er wartete, informierte er den wachhabenden Commander, Lt. Roy Capen, davon, daß es sich möglicherweise um einen Mord handelte, und forderte zusätzlich ein Team von Detectives an.

Da Moore ein weißes T-Shirt trug und keinerlei Blutspuren festzustellen waren, glaubte Mitchell immer noch, daß Gabby einem Herzinfarkt erlegen war. Die Patronenhülse auf dem Fußboden irritierte ihn zwar ein wenig, doch konnte sie schon länger dort liegen. Der ausgehängte Telefonhörer und das umgedrehte Glas bereiteten Mitchell kein Kopfzerbrechen. Wenn Moore Herzschmerzen bekommen hatte, konnte er versucht haben, Hilfe zu rufen. Anschließend hatte er den Hörer nicht wieder auf die Gabel gelegt, das Glas umgeworfen und war in Richtung Küche getaumelt – vielleicht, um dem Rettungsdienst die Tür zu öffnen. Allerdings wies sein Kopf in Richtung Wohnzimmer, und eigentlich hätte er andersherum daliegen müssen, wenn er vom Wohnzimmer aus zur Hintertür gegangen war.

In den fünfzehn Minuten, die vergingen, bis die Detectives und sein Vorgesetzter vor Ort eintrafen, bewachte Mitchell die Hintertür, damit keine Spuren vernichtet wurden.

Sergeant Robert Brimmer und Detective Howard Cyr hatten bereits geschlafen, als der Anruf sie erreichte. Sie hatten sich hastig angekleidet und waren so schnell wie möglich zu Gabby Moores Wohnung gefahren. Als sie an 816 South Eighteenth eintrafen, sahen sie Sergeant Bamsmer und Dr. A. W. Stevenson auf der Arlington an der Südseite des Hauses stehen. Stevenson setzte sich sehr für die Sportteams von Yakima ein, und Derek Moore hatte ihn angerufen, um ihn vom Tod seines Vaters zu unterrichten. Der Arzt war gleich gekommen, um zu helfen, so gut er konnte.

Bob Brimmer betrat die Küche und betrachtete Gabby Moore auf dem Fußboden. Seine Füße und Beine zeigten zur Südwand des Hauses. Er lag seitlich auf einer kleinen Brücke.

Mitchell machte den Sergeant auf die Patronenhülse aufmerksam, die etwa einen halben Meter von Moores Füßen entfernt hinter der Tür lag. Die Hülse war bereits leicht eingedrückt, so als wäre jemand versehentlich draufgetreten. Mitchell war ganz sicher, daß er es nicht gewesen war. Unmöglich, zu sagen, wie lange die Hülse schon dort lag.

Der Fundort der Leiche wurde photographiert, und plötzlich nahm Brimmer ein Geräusch wahr, das von einer Schallplatte herrührte, die sich noch auf dem Plattenteller drehte. Es erklang aber keine Musik mehr, denn die Nadel hüpfte bereits über den Innenrand: *bi-bipp … bi-bipp … bi-bipp.*

Die Wohnung hatte den Charakter einer typischen Junggesellenbude, der es an einer weiblichen Hand fehlte. Ein Teil des Wohnzimmers wurde als Schlafzimmer genutzt und war mit einer Kommode vom Rest des Raumes abgetrennt. Das Doppelbett war nicht gemacht, und auf der zerwühlten Bettdecke lagen die Fernbedienung des Fernsehers und eine Hose mit Gürtel.

Brimmer sah auf dem Fußboden neben dem Bett ein aufgeschlagenes Photoalbum. Als er sich herabbeugte, erkannte er, daß es sich um Schnappschüsse von Gabby Moore und Jerilee Blankenbaker Moore handelte. Offenbar hatte jemand bäuchlings auf dem ungemachten Bett gelegen, sich eine Schallplatte angehört und dabei die Bilder eines einstmals glücklichen Paares angesehen.

Während Brimmers Augen durch den Raum wanderten und alles aufnahmen, entdeckte er einige Aktenschränke, die vollgestopft waren mit Wrestling-Unterlagen und Trainingsplänen. Die Haustür war mit einem massiven Schrank verstellt. Darüber hinaus war das Wohnzimmer mit einem Polstersessel, einem Sofa und einem kleinen Couchtisch möbliert. Die Wohnung umfaßte noch ein Badezimmer und ein kleines Schlafzimmer neben der Küche – offenbar das Reich des sechzehnjährigen Derek Moore.

Die Tapete war wie eine alte Patchworkdecke gemustert, hier und da standen einige Erinnerungsstücke, und an den Wänden hingen verschiedene Drucke – alles in allem schien es sich um eine Mischung zu handeln aus der Hinterlassenschaft des Vormieters und dem, was Moore und sein Sohn mitgebracht hatten. Über dem Bett hing ein Poster von Renoir, das eine Pariserin zeigte, und gleich daneben ein Setzkasten mit diversen Miniaturen; es war kaum anzunehmen, daß diese Dekoration von Gabby stammte.

Neben dem Bett lag ein Betonbaustein mit einer Packung Kleenex darauf. Daneben befand sich ein Schuhregal, auf dem die Schuhe mit einer Präzision aufgereiht waren, die sich angesichts des Todes ironisch ausnahm, ein Wecker und ein Stapel Taschenbücher.

Der Telefonhörer lag auf dem Boden. Auf einem Tisch in einer Ecke des Raumes stand eine tragbare Stereoanlage. Bei der Schallplatte, die sich noch drehte, handelte es sich um ›For the Good Times‹ von Ray Price.

Brimmer entdeckte in der Schlafecke im Wohnzimmer zwei Gewehre. Eine geladene Flinte lehnte an der Wand, und unter dem Bett lag ein 30-30 Hinterlader Marke Marlin – ebenfalls geladen.

»Ich entfernte aus beiden Waffen die Munition«, gab Brimmer später zu Protokoll. »Ich roch an den Kammern. Es waren keine leeren Kammern in den Trommeln, und ich konnte auch kein frisch verbranntes Schießpulver riechen.«

Während die Detectives sich in Moores Wohnung umsahen, photographierten und vermaßen, lag Gabby Moores Leiche auf dem kleinen Teppich. Sie alle gingen davon aus, daß er einem tödlichen Herzanfall erlegen war, aber aufgrund des erst so kurze Zeit zurückliegenden Mordes an Morris Blankenbaker, schauten sie sich besonders gründlich um.

Sie untersuchten den Abfalleimer in der Küche und fanden die Ten-High-Whiskyflasche, in der vielleicht noch ein Fingerbreit Whisky übrig war. Brimmer konnte keine brauchbaren Fingerabdrücke entnehmen, nur überlagerte und verwischte Spuren.

Brimmer und Detective Howard Cyr beugten sich über Gabby Moores Leichnam. Er sah ganz friedlich aus in den schwärzesten Stunden dieser langen Nacht. Woran auch immer er gestorben war, es schien, als wäre der Tod sehr rasch eingetreten. Es war an der Zeit, die Leiche entfernen zu lassen. Vielleicht würde nicht einmal eine Autopsie veranlaßt – immerhin hatte Moore an Bluthochdruck gelitten und war aufgrund dieser Erkrankung erst vor gut einem Monat stationär im Krankenhaus behandelt worden.

»Wir hatten alles vermessen, die Wohnung photographiert und durchsucht und absolut keinen Hinweis auf ein Gewaltverbrechen gefunden«, erinnerte sich Brimmer. »Als ich mich dann hinkniete und auf allen vieren den Teppich betrachtete, auf dem er lag, entdeckte ich *diesen kleinen Fleck.*«

Brimmer bat Cyr, ihm dabei zu helfen, Gabbys Leiche wegzurollen, damit er sich den roten Fleck auf dem Teppich genauer ansehen konnte, bei dem es sich vermutlich um Ketchup oder so etwas handelte.

»Wir veränderten Mr. Moores ursprüngliche Position«, berichtete Brimmer, »und in diesem Moment quoll Blut aus einer Wunde in Höhe der linken Schulter.«

Die Detectives, die nur selten etwas überraschte, waren schockiert. Trotz ihrer jahrelangen berufsbedingten Erfahrung mit Todesfällen konnten sie einfach nicht glauben, daß Gabby Moores weißes T-Shirt bei einer so stark blutenden Wunde fleckenlos geblieben war. Aber jetzt war deutlich, was passiert war.

Gabby Moore war in die linke Achselhöhle geschossen worden. Solange er auf dem kalten Linoleumboden in der Küche gelegen und sein Gewicht auf die Wunde gedrückt hatte, war das Blut zurückgehalten worden. Nichts hatte darauf hingedeutet, daß eine Kugel in seinem Körper steckte. Aber nachdem sie die Position der Leiche verändert hatten, hatte die große Menge Blut in seiner Brust begonnen, durch die Wunde unterhalb der linken Schulter auszutreten. Es spritzte nicht aus der Einschußwunde wie bei einem lebenden Menschen, dessen schlagendes Herz das Blut stoßweise herauspumpte. Vielmehr rann das Blut heraus wie irgendeine beliebige Flüssigkeit aus einem durchlöcherten leblosen Gegenstand.

An irgendeinem Punkt in ihrem Leben hatte die komplizierte Beziehung zwischen Gabby und Morris die beiden Männer offenbar in ein solches Chaos gestürzt, daß sie sich daraus nicht mehr hatten befreien können.

Und jetzt war es dazu für beide zu spät.

Kapitel 11

Es war 11 Uhr am ersten Weihnachtstag. Aber es kam einem nicht vor wie ein Feiertag in dem blitzblanken weißen Raum, in dem grelle Lampen den Metalltisch anstrahlten und die Luft nach geronnenem Blut und Desinfektionsmittel roch. Dr. Richard Muzzall beugte sich erneut über den Tisch, um eine Autopsie an einem vermeintlichen Mordopfer vorzunehmen. Auf die Stunde genau dreiunddreißig Tage nach der Obduktion an Morris Blankenbaker war nun Gabby Moore an der Reihe.

Einige der anwesenden Männer waren auch am 22.

November schon dabeigewesen: Neben Dr. Muzzall Sergeant Brimmer und Detective Vern Henderson. Detective Howard Cyr war ebenfalls dort, und jetzt kam noch Jeff Sullivan hinzu. Der junge Staatsanwalt, ein Jahr im Amt, und seine sieben Stellvertreter nahmen abwechselnd an den Autopsien teil. Sullivan wußte, wie wichtig es war, daß ein Vertreter seines Büros bei den Obduktionen anwesend war. Als Bob Brimmer ihn an diesem Weihnachtstag noch vor Morgengrauen angerufen hatte, hatte der Staatsanwalt beschlossen, auf die bevorstehende Familienfeier zu verzichten. Moores Tod hatte ihn ebenso verblüfft wie die anderen.

»Bis dahin«, erinnerte sich Sullivan, »hatte ich vermutet, daß Gabby irgendwie in den Mord an Morris verstrickt war, aber ich war im Krankenhaus gewesen und wußte, daß er es nicht selbst getan haben konnte. Wir dachten, er hätte vielleicht einen Killer angeheuert. Als Gabby dann ebenfalls erschossen wurde, wußte ich nicht, was ich noch denken sollte.«

Alle Anwesenden sahen konzentriert zu, als Muzzall das Skalpell ansetzte und den ersten Schnitt ausführte. Muzzalls vorhergehende Untersuchung von Gabby Moores Leiche hatte ergeben, daß sie ein Einschußloch links außen am Brustkorb aufwies. Das war alles – keine weiteren Verletzungen.

Muzzall führte einen y-förmigen Schnitt aus, von Schulter zu Schulter und in der Mitte senkrecht bis zum Schambein. Ganz offensichtlich waren die Organe in Moores Oberkörper extrem geschädigt worden, so daß Rippen und Brustbein entfernt werden mußten, damit der Coroner Herz und Lungen des Toten untersuchen konnte.

Gabby Moore war an einer massiven inneren Blutung gestorben. »Infolge einer Schußverletzung, bei der beide Brusthöhlen und das Herz durchschlagen wurden«, erklärte Muzzall. »Nachdem sie die Muskeln seitlich an der Brust durchschlagen hat, ist die Kugel hier, auf der linken Seite …« Er zeigte auf die betreffende Stelle. »… gegen die vierte Rippe geprallt und wurde vom Knochen umgeleitet.

Dadurch veränderte sich der Winkel des Einschußkanals, der hierauf quer durch die Brust führte, durch den linken Lungenflügel und von links ins Herz. Wir bezeichnen das als Lungenausgangskanal, dort wo die rechte Herzkammer das Blut in die Lungen pumpt.«

Selten hatte einer der Männer in dem stillen Raum erlebt, daß eine einzelne Kugel einen so verheerenden Schaden angerichtet hatte. Muzzall zeigte ihnen, wo das Projektil auf der rechten Herzseite wieder ausgetreten war und den rechten Lungenflügel durchschlagen hatte, um schließlich unter der vierten Rippe auf der rechten Körperseite steckenzubleiben.

»In der linken Brusthöhle befinden sich etwa zweitausend Kubikzentimeter Blut«, fuhr er fort. »Das sind etwa zwei Liter. In der rechten Brusthöhle sind es schätzungsweise eintausendfünfhundert Kubikzentimeter – anderthalb Liter. Weitere dreihundert Kubikzentimeter befinden sich im Herzbeutel, dem membranartigen Beutel, der das Herz umgibt.«

Die Hälfte des Blutes aus Moores Organismus hatte sich in die Brusthöhlen ergossen, und doch hatte die Wunde nur einen winzigen roten Fleck auf dem Teppich unter ihm hinterlassen. Muzzall verglich die Wirkung der Kugel auf Moores Herz damit, ein Gartenhaus mit einer Axt zu zerlegen. »Man blutet extrem schnell aus«, erklärte er. »Ich bin sicher, daß er in weniger als einer Minute das Bewußtsein verloren hat und der Tod vermutlich innerhalb von höchstens drei bis vier Minuten eingetreten ist.«

Pathologen verwenden häufig Metallsonden, um den Winkel zu ermitteln, in dem eine Kugel in den Körper eingedrungen ist. Dr. Muzzall führte eine solche Sonde in die Wunde ein und zeigte den anwesenden Ermittlern, daß die Kugel unmittelbar unterhalb der linken Achselhöhle in Höhe der vierten Rippe eingetreten war, ein Schuß in die ›Seite‹, wie es Laien ausdrückten. Hätte die Kugel diesen Winkel von fünfundvierzig Grad beibehalten, wäre die Wunde nach Dr. Muzzalls Schätzung vermutlich nicht tödlich gewesen. Wahrscheinlich hätte sie den linken Lungenflügel durchschlagen, das Herz jedoch verfehlt, und wäre irgendwo vorn an der Brust ausgetreten. Das Projektil prallte jedoch von der vierten Rippe ab und wurde umgeleitet. Die Sonde führte waagerecht quer durch die Brust, folgte dem Schußkanal durch das Herz und beide Lungenflügel.

An diesem Zeitpunkt schien Muzzalls Schlußfolgerungen noch nicht die Bedeutung zuzukommen, die man ihnen später beimessen würde. Was für eine Rolle spielte es, in welchem Winkel die Kugel eingetreten war? Oder daß sie den Körper waagerecht durchschlagen hatte? Gabby Moore war tot; er war gestorben, kurz nachdem er auf den Küchenboden aufgeschlagen war.

Muzzall extrahierte nur eine Kugel Kaliber .22, die stark verformt war, nachdem sie auf der linken Seite auf die vierte Rippe geprallt war. Diese Kugeln von kleinem Kaliber sind berüchtigt für ihre Unberechenbarkeit. Wenn sie ausschließlich weiches Gewebe durchschlagen, richten sie nur minimalen Schaden an. Allerdings fliegen Geschosse vom Kaliber .22 mit solcher Geschwindigkeit durch die Luft, daß sie einen Menschen noch auf eine halbe Meile Entfernung töten können. Eine Kugel größeren Kalibers fällt das Opfer auf der Stelle wie einen Baum und richtet dabei schwere Schäden an. Die schnelle .22-Kugel wird verformt, wenn sie auf einen Widerstand trifft, und die Wahrscheinlichkeit, daß sie umgeleitet wird, ist viel größer als bei einem größeren Projektil. Wenn eine .22-Kugel auf einen Knochen prallt, liegt der Vergleich mit einem führerlosen Fahrzeug nahe, das von einem Hindernis zum nächsten schleudert.

Gabby Moore hatte um 23 Uhr am Heiligabend noch gelebt. Und seinem Ex-Schwiegervater zufolge war er auch um 0 Uhr 15 am ersten Weihnachtstag noch am Leben gewesen, da Dr. Myers sich um diese Zeit telefonisch mit ihm für den 26. zum Mittagessen verabredet hatte. Er war tot, als sein Sohn ein bis anderthalb Stunden später nach Hause kam.

Was war in diesem entscheidenden Zeitraum geschehen? Hatte jemand sich gewaltsam Zutritt zu Gabbys Wohnung verschafft, die Jalousie heruntergelassen, damit die Nachbarn nicht hereinsehen konnten, und die Fliegengittertür offenstehen lassen, um später ungehindert flüchten zu können?

Seit dem Mord an Morris Blankenbaker hatte Gabby Moore herumerzählt, daß auch er bedroht würde. Niemand hatte seine Angst ernst genommen. Er hatte versucht, Jerilee davon zu überzeugen, daß er nicht nur völlig unschuldig war an Morris' Tod, sondern darüber hinaus selbst in Gefahr schwebte. Er hatte ihr geschworen zu beweisen, daß er in keinster Weise in den Mord an Morris verstrickt war. Hatte er sterben müssen, um ihr seine Unschuld zu beweisen? Oder war die Antwort auf die scheinbar sinnlosen Morde bizarrer als alles, was ein Romanschreiber sich ausdenken konnte?

Jedenfalls war Gabby tot, ebenfalls ermordet. Er würde keine Fragen mehr beantworten können.

Obgleich beide Opfer Trainer und mit derselben Frau verheiratet gewesen waren, obwohl beide an Feiertagen mit einer Waffe Kaliber .22 erschossen worden waren, gab es auch Diskrepanzen. So wie schon bei der Blankenbaker-Autopsie hatte Dr. Muzzall auch von Gabby Moore eine Blutprobe genommen, um sie auf ihren Alkoholgehalt hin zu testen. Morris' Blut hatte keine Spur von Alkohol aufgewiesen, während Gabbys Blutprobe fast 3,1 Promille ergab. Im Staate Washington sowie in den meisten anderen amerikanischen Bundesstaaten wurde ein Blutalkohol von 1,0 Promille als Beweis für Trunkenheit gewertet.

Gabby Moore hatte es meisterhaft verstanden, seinen Zustand zu verbergen und Dr. Myers glaubhaft zu machen, daß er nur »ganz wenig« getrunken hatte. Tatsächlich war erstaunlich, daß er zu dem Zeitpunkt, da er erschossen worden war, überhaupt noch hatte stehen können. Für einen Menschen, der keinen Alkohol gewöhnt ist, sind mehr als 3,0 Promille Blutalkohol lebensgefährlich; Gabby hatte zweifellos im Laufe der Jahre eine gewisse Immunität entwickelt, aber dennoch waren 3,1 Promille beträchtlich.

Der Mörder war gegenüber beiden Opfern im Vorteil gewesen; Morris war offenbar überrascht worden, und Gabby war zu betrunken gewesen, um irgendwelche Gegenwehr zu leisten.

Am Freitag, dem 26. Dezember, brachte der *Yakima Herald-Republic* die Schlagzeile, daß ein weiterer beliebter Coach ermordet worden war. ›Sporttrainer der Davis High erschossen. Besteht ein Zusammenhang zum Blankenbaker-Mord?‹

Dr. Myers war ebenso geschockt wie alle anderen. Immerhin hatte er noch etwa eine Stunde vor Gabbys Tod mit ihm gesprochen. Jetzt erinnerte er sich an eine seltsame Frage, die Gabby ihm einmal gestellt hatte, die ihm aber seinerzeit bedeutungslos erschienen war. Sein Ex-Schwiegersohn hatte wissen wollen, ob es eine Stelle am menschlichen Körper gab – nicht an den Extremitäten, sondern am Torso – wo eine Kugel einschlagen konnte, ohne zu töten. Myers hatte darüber nachgedacht und schließlich gemeint, bei einem Gewehrschuß ins Schulterblatt würden vermutlich keine lebenswichtigen Organe verletzt. Nach allem, was er wußte, war Gabby in Schulterhöhe getroffen worden. Der Gedanke, daß etwas, was er für eine beiläufige Unterhaltung gehalten hatte, möglicherweise einen tieferen Sinn gehabt haben könnte, bedrückte ihn – auch wenn er diesen tieferen Sinn nicht durchschaute.

Zur Enttäuschung der Medien reagierte Staatsanwalt Jeff Sullivan sehr zugeknöpft, und jeder, der nicht unmittelbar mit den Ermittlungen betraut war, erhielt nur sehr begrenzte Informationen. »Es ist eine wahre Tragödie«, sagte Sullivan. »Ich bin tief besorgt. Die Polizei arbeitet daran. Bislang haben wir noch niemanden verhaftet, und es sind noch viele Fragen offen.«

Tatsächlich sah es aus, als *gäbe* es keine Antwort. Wie es schien, war Gabby Moore sich selbst der schlimmste Feind gewesen. Weder die Polizei noch die Staatsanwaltschaft von Yakima hatte auch nur den blassesten Schimmer, wer einen Grund gehabt haben könnte, ihn zu töten. Er hatte viel von seiner Glaubwürdigkeit eingebüßt, aber nicht seine Beliebtheit. Rache für den Mord an Morris schien unwahrscheinlich. Jeder, der Gabby näher kannte, wußte auch, daß er in der Nacht, als Morris erschossen worden war, im Krankenhaus gelegen hatte. Es war kaum anzunehmen, daß jemand von Gabbys Schuld derart überzeugt war, daß er ihn aus Vergeltung ermordet hatte. Außerdem waren Morris' Freunde zivilisierte, vernünftige Menschen, Sportler, Männer, die mit ihm auf Telegraphenmasten gestiegen waren, und ehemalige Schulkameraden. Nein, die Detectives konnten sich nicht vorstellen, daß einer von ihnen Gabby aus Rache getötet haben sollte. Es lagen dafür keine Indizien vor. Und auch wenn Beweise existiert hätten, daß Gabby bei dem Mord an Morris die Finger im Spiel gehabt hätte, wären sie zur Polizei gegangen, anstatt Selbstjustiz zu üben.

Gabby Moores Beerdigung war eine sehr große Veranstaltung, die die Bürger von Yakima daran erinnerte, was er für den Sport in ihrer Stadt getan hatte. Es wurde mit keinem Wort erwähnt, daß man Gabby Moore zum Ende des Schuljahres an der Davis High School gekündigt hatte. Im Tod hatte er gewissermaßen die Respektabilität zurückerlangt, die er im Leben verloren hatte. Die Worte seiner Vorgesetzten klangen fast so, als hätte die Verwaltung die Kündigung bedauert.

Der Schulleiter von Yakima, Warren Dean Starr, erklärte der Presse gegenüber: »Wir sind schockiert. Er war ein umgänglicher Angestellter und ein herausragender Wrestling-Trainer. Die Schulverwaltung ist zutiefst betroffen.«

Der Trauergottesdienst für Gabby Moore wurde am 29. Dezember 1975 in der Central Lutheran Church in Yakima abgehalten. Dr. Charles Wilkes von der First Church of the Nazarene führte durch die Messe. Gabbys Familie schlug vor, statt Blumen um Geldspenden für das Wrestling-Team der Davis High oder den Yakima Youth Baseball zu bitten. Es nahm eine stattliche Anzahl von Trauergästen daran teil, aber nicht annähernd so viele, wie Morris Blankenbaker fünf Wochen zuvor das letzte Geleit gegeben hatten.

Die Wohnung in der Eighteenth Street, die zu einem Schrein für Jerilee geworden war, wurde ausgeräumt. Derek Moore zog zu seiner Mutter, seinen Schwestern und seinem Stiefvater.

Jerilee Blankenbaker suchte nach einem Weg, die Scherben ihres Lebens einzusammeln. Die Angst, die sie hatte, konnte ihr niemand zum Vorwurf machen. Ihre beiden Ehemänner waren innerhalb von nur fünf Wochen ermordet worden, und die Polizei tappte noch im Dunkeln. Es fiel nicht schwer, sich allerlei furchteinflößende Szenerien auszumalen. Manchmal fragte sie sich, ob sie vielleicht einen heimlichen Verehrer hatte, jemanden, der noch besessener von ihr war als Gabby. Was, wenn da draußen eine Person herumlief, die sie beobachtete? Das, was geschehen war, überstieg bereits ihre Vorstellungskraft. Sie konnte nicht mehr an eine sichere, behütete Existenz glauben; sie hatte am eigenen Leib erfahren, daß die ganze Welt ganz plötzlich und ohne Vorwarnung aus den Fugen geraten konnte.

Sie hatte es selbst erlebt. Zweimal.

Zwei Trainer. Zwei Morde. Einer an Thanksgiving, einer an Weihnachten. Niemand konnte das als Zufall abtun.

Aber was um alles in der Welt hatte es zu bedeuten? Wer sollte einen Grund haben, die beiden Ermordeten so zu hassen? Hegte vielleicht ein enttäuschter früherer Sportler einen Groll gegen sie? Nein, das waren fiktive Spekulationen. Das paßte nicht nach Yakima, und es paßte nicht zu Morris Blankenbaker und Gabby Moore. Nichtsdestoweniger brodelte die Gerüchteküche und brachte ebenso plausible wie lächerliche Motive für die Morde in Umlauf.

Einem der Gerüchte zufolge, die in Yakima kursierten, gab es eine ›Drogen-Connection‹, und es hieß, beide Opfer hätten zuviel über die illegalen Drogengeschäfte in der Gegend gewußt. Ein weiteres hartnäckiges Gerücht ließ verlauten, daß das ›organisierte Verbrechen‹ involviert wäre.

Lieutenant Bernie Kline teilte der Presse mit, daß die Polizei von Yakima keinerlei Hinweise gefunden hätte, die die eine oder andere Theorie stützten. Auch hatte man keinerlei Zusammenhang feststellen können zwischen den Morden an Morris und Gabby und der Erschießung von Everett ›Fritz‹ Fretland, einem Restaurantbesitzer in Selah, Washington, der am 2. September tot aufgefunden worden war. Abgesehen von den Parallelen bezüglich Zeit und Ort hatte der Mord an Fretland nicht das geringste mit jenen an den beiden Coaches zu tun.

Kline erklärte lediglich, daß Staatsanwalt Jeff Sullivan und die Polizei Fortschritte machen würden bei den Ermittlungen in den Fällen Blankenbaker und Moore, wenn auch keine der beiden Stellen gewillt sei, Einzelheiten preiszugeben. »Ich bin der festen Überzeugung, daß beide Morde aufgeklärt werden«, sagte Sullivan. »Die Ermittlungen laufen auf Hochtouren, und wir kommen voran. Wir überprüfen verschiedene Möglichkeiten. Es geht nur noch darum, die einzelnen Puzzleteile zusammenzusetzen.«

Kapitel 12

Tatsächlich waren Sullivan und die anderen völlig verdattert – allerdings überwanden sie diesen Schockzustand bald. Dann stürzten sie sich kopfüber in die Ermittlungen der beiden scheinbar unlösbaren Mordfälle. In den kommenden Jahren sollte Sullivan noch bei Dutzenden von Schwerverbrechen die Anklage vertreten und Hunderte von Fällen betreuen, aber er sollte nie diesen einen Fall vergessen, der gewissermaßen seine Feuertaufe war.

1976 war Staatsanwalt Jeff Sullivan 34 Jahre alt, also im gleichen Alter wie Morris Blankenbaker. Tatsächlich hatten sie beide 1961 in Yakima ihren High-School-Abschluß gemacht, Morris auf der öffentlichen Schule und Sullivan an der kirchlichen Privatschule Marquette. Sullivan spielte Basketball, Blankenbaker Football. Sullivan sollte Morris Blankenbaker – und Gabby Moore – im Tod besser kennenlernen als es zu ihren Lebzeiten je der Fall gewesen war.

Jeff Sullivan war ein sehr gutaussehender, großgewachsener Mann mit dickem blondem Haar, der John F. Kennedy mehr als nur ein wenig ähnlich sah. Nachdem er im November 1974 die Wahlen gewonnen hatte, trat Sullivan seine erste von sechs Amtszeiten als gewählter Staatsanwalt von Yakima County an. Er war in Yakima geboren und Sohn einer Familie, die seit vielen Jahren chemische Reinigungen in der Gegend betrieb. Sullivan hatte lange und hart gearbeitet, um in die verantwortungsvolle Position zu gelangen, die er in so jungen Jahren bekleidete. Er hatte an der Gonzaga University in Spokane seinen Bachelor of Arts gemacht, und ihm war als Oberleutnant für seinen Dienst als Zugführer und Befehlshaber in Vietnam der Stern in Bronze verliehen worden.

Bei seiner Rückkehr aus Vietnam arbeitete Sullivan, verheiratet und Vater von zwei Kindern (mit der Zeit sollten noch zwei weitere hinzukommen), als Angestellter der Treuhandabteilung einer Bank und belegte abends an der Gonzaga University Jura-Vorlesungen. Trotz des gewaltigen Pensums, das er zu bewältigen hatte, schaffte er im Frühjahr 1971 seinen Abschluß als Drittbester seiner Klasse. Zwei Monate später war er Stellvertretender Staatsanwalt in Yakima. Im darauffolgenden Jahr wechselte er die Seiten und wurde zum Offizialverteidiger [vom Gericht bestellter Verteidiger].

Seinen ersten Fall gewann Sullivan gegen J. Adam Moore (trotz Namensgleichheit kein Verwandter von Gabby). Es gelang ihm, die Anklage wegen Mordes zweites Grades in Totschlag umzuwandeln. »Also, ich betrachtete das als Sieg«, erinnerte Sullivan sich lachend. »Adam Moore behauptet, *er* hätte gewonnen.«

Adam Moore und Jeff Sullivan begegneten sich während der folgenden drei Jahrzehnte regelmäßig auf den juristischen Schlachtfeldern von Yakima County.

Während der Prozesse stellten sie ihre Freundschaft zurück. Sullivan betrachtete Moore als ›den besten Verteidiger von Yakima County und vermutlich des ganzen Staates Washington‹.

Die beiden Juristen konnten im Dezember 1975 nicht ahnen, welche Herausforderung die Mordfälle Blankenbaker und Moore an sie stellen sollten.

Gabby Moores Tod hinterließ eine riesige Lücke im Leben seiner derzeitigen und ehemaligen Sportler. Seine Beziehung zu ihnen war viel mehr gewesen als eine reine Lehrer-Schüler-Beziehung. Trainer – gute Trainer – beeinflussen das Leben ihrer Sportler unwiderruflich. Oft sind sie die Vaterfigur, die einige der Jungen und Mädchen nie gehabt haben. Sie können ihren Schützlingen ein Selbstwertgefühl vermitteln, das diesen ein Leben lang erhalten bleibt. Teenager mögen ja nach außen hin frech scheinen, aber die meisten von ihnen sind innerlich unsicher, zweifeln an ihren Fähigkeiten und geben sich von daher trotzig und hart. Sport bedeutet Disziplin und den Mut, weiterzumachen, auch wenn es aussieht, als wäre man am Ende.

Gabby war den Großteil seines Lebens ein herausragender Coach gewesen; erst in den letzten Jahren hatte sein Ruf gelitten. Gabby hatte Football- und Ringermannschaften trainiert und wie die meisten Coaches sein Spezialgebiet: das Ringen. Ringer müssen sich mehr schinden als manche anderen Sportler. Um auf ihr Gewicht zu kommen, müssen Ringer die letzten Tage vor einem Kampf Diät halten oder fasten. Außerdem schwitzen sie Wasser in der Sauna aus, ohne die Flüssigkeitsreserven wieder aufzufüllen, was als ›Abkochen‹ bezeichnet wird. Ein Footballspieler kann auch dann noch spielen, wenn er 195 statt 190 Pfund wiegt, während ein Ringer in diesem Fall für den Kampf gesperrt wird. In seinem Sport heißt es Mann gegen Mann, und beim Kampf ist er ganz auf sich gestellt: nur der Ringer und sein Coach gegen den Ringer eines anderen Teams und *dessen* Coach. Und fast bis ans Ende seines Lebens war Gabby Moore stets für seine Jungs dagewesen.

Gabby hatte viele seiner späteren Ringer bereits auf der Junior High in der siebten oder achten Klasse rekrutiert. Er spielte von diesem Augenblick an eine wichtige Rolle im Leben der meisten dieser Auserwählten. Wen wundert es da, daß sein Tod Dutzende von jungen Männern schockierte und in tiefe Trauer stürzte. Gabby Moore war für sie unbesiegbar gewesen, der stärkste, härteste Mann, den sie je gekannt hatten. Die Tatsache, daß ihm etwas zustoßen konnte, machte ihnen plötzlich ihre eigene Verletzlichkeit bewußt.

Am meisten litten jene jungen Männer, die bei Gabby Rat und Freundschaft gesucht und die ihn auch dann noch fast täglich besucht hatten, als sein Leben zerstört worden war wegen einer Frau, die ihn nicht mehr liebte. Jetzt trieben sie ohne festen Halt dahin.

In den ausführlichen Medienberichten über Gabbys rätselhaften Tod sowie in seinem Nachruf war erwähnt worden, daß sein Ringerteam der Davis High 1972 die Washingtoner Nationalmeisterschaften gewonnen hatte. Das war sein ›Dream Team‹. Die Stars waren Kenny Marino, Greg Williams, J. T. Culbertson, Mike McBerb und Angelo Pleasant. Angelo war wohl der herausragendste Sportler, den Gabby je trainiert hatte. Gemeinsam mit ihm hatte das Team 1972 gezeigt, was Kleinstadtsportler mit einem hervorragenden Coach zu leisten imstande waren. Das waren die Tage des Ruhms gewesen, Tage, die sich in ihr Gedächtnis eingebrannt hatten.

Und jetzt war von dem Ruhm nur noch Asche übrig.

Angelo Pleasant galt als der Star der Ringermannschaft von 1972. Seine Eltern waren ebenso stolz auf ihn wie er auf sie. Die Eheleute Pleasant hatten sich zu einer der respektiertesten Familien Yakimas gemausert. Coydell Pleasant und ihr Ehemann Andrew waren Inhaber des Pleasant Shopper Market auf der South Sixth Street. Um finanziell über die Runden zu kommen und jedem seiner Kinder eine anständige Ausbildung zu ermöglichen, fuhr Andrew zusätzlich noch einen Wagen der städtischen Müllabfuhr. Als Vern Henderson in den Semesterferien für die Müllabfuhr gearbeitet hatte, um seine Ausbildung zu finanzieren, waren die beiden dem gleichen Bezirk zugeteilt gewesen und Freunde geworden.

Der Pleasant Shopper Market war ein typischer Tante-Emma-Laden, in dem man so ziemlich alles bekam, von Konserven über Frischware bis hin zu einigen Textilien. Der Vorzug der Pleasants war der, daß sie ihren Kunden eine individuelle Aufmerksamkeit schenkten, mit der ein Supermarkt nicht aufwarten konnte. Sie taten alles, um Kunden zu helfen, das Gewünschte zu finden, sie waren stets ausgesucht freundlich und überhaupt waren sie einfach nette Menschen. Als schwarze Familie in einer Kleinstadt, die vorwiegend von Weißen und einigen Hispanos bevölkert war, arbeiteten die Pleasants sehr hart, und auch ihre drei Söhne und drei Töchter fielen durch ihren Fleiß auf. Die Familie genoß allseits Anerkennung für das, was sie erreicht hatte.

»Wir hatten immer einen großen Familienzusammenhalt«, erinnerte sich Coydell an die gute alte Zeit. Die beiden jüngeren Söhne Angelo und Anthony, die zwei Jahre auseinander waren, standen sich besonders nahe. »Sie haben sich nie viel gestritten … Sie unternahmen fast alles gemeinsam: Sie gingen auf die Jagd, zum Angeln, zum Picknicken … Bowlen.«

Die Jungs tobten immer herum und rangen spielerisch miteinander. Sie waren gemeinsam bei den Pfadfindern – ganz am Anfang in der ›Meute 22‹. Später rangen sie dann beide für Gabby Moore.

Zu den Dingen, die die Pleasant-Eltern ihren Kindern immer wieder predigten, gehörte der Wert einer guten Ausbildung. »Ich habe den Kindern immer gesagt, daß sie zuhören und tun sollen, was ihre Lehrer sagen, weil die Lehrer ihre Ausbildung haben und die Kinder in die Schule gehen, um sich ihre erst zu verschaffen ... Wir wünschten uns wirklich, daß sie eine vernünftige Ausbildung bekamen, und das war die einzige Möglichkeit. Sie mußten auf ihre Lehrer hören und lernen.«

1975 waren die Pleasants seit zehn Jahren im Geschäft, und ihre Kinder waren alle weitgehend erwachsen, im Alter von achtzehn bis neunundzwanzig Jahren. Sie hatten einen Hochschulabschluß oder studierten noch. Die Namen der Jungen fingen alle mit A an: Andrew jr., Angelo und Anthony. Die Mädchen hatten hübsche S-Namen: Sarita, Sondra und Selia. Andrew sen. und Coydell waren stolz auf ihre Kinder, aber vor allem Angelo erwies sich als herausragender Sportler. Andrew und Anthony zeigten gute Leistungen, aber Angelo hatte Meisterschaftspotential. Gabby Moore war eines Tages im Laden vorbeigekommen und hatte den Pleasants mitgeteilt, daß Angelo nicht aufzuhalten wäre und er sich den Jungen sogar als Mitglied der Olympiamannschaft vorstellen könne.

Angelo arbeitete hart im Laden mit. Seine Eltern angelten für ihr Leben gern, und wenn sie ein paar Tage Urlaub machten, übernahm er in ihrer Abwesenheit die Leitung des Geschäftes. Außerdem füllte er regelmäßig die Regale auf und schaffte es immer wieder, Freunde dazu zu bringen, mit anzupacken. Angelo war dasjenige ihrer Kinder mit dem strahlendsten Lächeln und den breitesten Schultern. Aber es war auch Angelo, der seinen Eltern in der Vergangenheit die größten Sorgen bereitet hatte. In jeder Familie mit mehreren Kindern gibt es – mindestens – eines darunter, das mehr Probleme macht als die anderen. Die Pleasants wußten, daß am ehesten Angelo in Schwierigkeiten geraten würde. Er war unglaublich stark und prügelte sich ebenso bereitwillig, wie er lachte. Er tat beides häufig.

Die Schularbeiten fielen ihm schwerer als seinem älteren Bruder Andrew oder seinen Schwestern. Und es war dieser Sohn, der am häufigsten gegen die strengen Prinzipien seines Vaters verstieß.

Zu seinem tiefen Bedauern war es auch Angelo, der einmal die Fäuste gegen seinen eigenen Vater erhob.

Mit der Zeit gehörten alle Pleasant-Söhne zu Gabby Moores Ringerteam an der Davis High School. Angelo und Anthony bewunderten ihren älteren Bruder Andrew und wollten in seine Fußstapfen treten.

Wegen seiner Streitlust hatte Angelo einen Spitznamen, der seinen vollständigen Namen klingen ließ wie ein Widerspruch in sich – alle nannten ihn nur ›Tuffy‹, Tuffy Pleasant (›Raufbold Nett‹). Nur bei offiziellen Gelegenheiten wurde Angelo mit seinem richtigen Namen angesprochen.

Tuffy war ein gutaussehender Junge mit einem strahlenden Lächeln. Man mußte ihn einfach gern haben. Er wurde am 28. Januar 1954 in Yakima geboren und verbrachte die meisten seiner Schuljahre dort.

»Ich war in der sechsten Grundschulklasse, als meine Eltern den Lebensmittelladen eröffneten«, erinnerte er sich.

Tuffy Pleasant besuchte die Washington Junior High, und als er die neunte Klasse erreicht hatte, lernte er den Mann kennen, der sein Held werden sollte. Jeder kannte Gabby Moore, und wenn er in den Sporthallen der Schulen auftauchte, war es, als würde ein Broadwayproduzent sich eine Schulaufführung ansehen. Seine Anwesenheit sorgte für einen Riesenwirbel. »Die Saison war etwa zur Hälfte vorüber«, begann Tuffy, »und ich sah ihn bei einigen Ringkämpfen, aber ich sollte erst nach Weihnachten in die Schulmannschaft aufgenommen werden. Ich schaffte meine ersten Siege, und ein paar Jungs aus dem Team erzählten mir, daß er der Coach der Davis High School sei und sich nach vielversprechenden Talenten umsah.«

Tuffy hatte eigentlich die Eisenhower High besuchen wollen, aber wegen Gabby überlegte er es sich anders. »Er sprach mich als Coach an und sagte, ich solle für ihn ringen – daß ich Potential hätte und ihm als Coach eine Chance geben solle.«

Tatsächlich war Gabby nicht der erste Coach, der versuchte, Tuffy Pleasant für sein Team zu gewinnen. Schon in der neunten Klasse zeigte der Junge herausragendes Talent. Nicht, daß er von der Statur her besonders imposant gewesen wäre – in seinen ersten Jahren an der High-School war er nur knapp 1,70 m groß und wog hundertachtunddreißig Pfund, aber schon damals war ihm eine Verbissenheit eigen, die ihn niemals aufgeben ließ.

Tuffy mochte Coach Moore vom ersten Moment an. Gabby schien sich nicht nur auf sportlicher Ebene für seine Ringer zu interessieren, sondern auch auf menschlicher. »Wissen Sie, es ging über eine übliche Coach-Schüler-Beziehung hinaus. Es ist schwer zu erklären«, erläuterte Tuffy viele Jahre später mit einem leisen Lächeln. »Aber man wußte, daß man ziemlich gut war ... man *war* ziemlich gut, und dann entwickelte sich ein ziemlich enges Band zu diesem Trainer, vor allem, wenn man als große Hoffnung galt und er sich für einen interessierte. Man wollte gut sein, für den Coach und für die Schule.«

Tuffy schlug sich bemerkenswert gut für seine Schule *und* seinen Coach. Die Beziehung zwischen ihm und Gabby bestand in einer Symbiose: Gabby erkannte, daß Tuffy der herausragendste Ringer seiner Riege von Top-Athleten war und ihn gut vertreten würde. Die Leistung eines Trainers zeigt sich an den Sportlern, die er hervorbringt. Tuffy Pleasant hatte im Gegenzug einen der besten Coaches im ganzen Staat, der ihm darüber hinaus Freund und Vaterfigur war und dies auch in den folgenden Jahren noch bleiben sollte. Tuffy hatte in Andrew Pleasant bereits einen wunderbaren Vater, aber Gabby zeichnete Zukunftspläne für Tuffy, die Andrews Vorstellungsvermögen überstiegen. Gabby versprach Tuffy die ganze Welt.

Gabby war außerdem sein Football-Trainer. »Er war unser Haupttrainer in bezug auf die Verteidigung.« Tuffy hatte die anspruchsvollste Rolle innerhalb der Footballmannschaft inne. »Ich spielte ›Monster back‹, die härteste

Verteidigungsposition«, erinnerte sich Tuffy. »Manchmal gerät man in die Falle. Man wird von zwei oder sogar drei Gegenspielern gedeckt, und es heißt schon sehr tough zu sein, um sich in dieser Situation durchzusetzen ... Ich hielt mich meist abseits von der Mitte auf – auf der einen oder anderen Seite unserer Halfbacks.«

Tuffy spielte an der Davis High zwei Jahre lang Football, aber seine wahre Leidenschaft, seine Bestimmung, der Mittelpunkt seines Lebens, war das Ringen. Die strengen Trainingsregeln, die Gabby Moore aufstellte, machten ihm nichts aus.

»Kein Alkohol«, zählte Tuffy die Verbote auf, »kein langes Aufbleiben und wenn man sich beherrschen konnte, keinerlei Körperkontakt mit Frauen.«

Gabby sah es nicht gern, wenn seine Sportler Freundinnen hatten. »Ich habe versucht, mich an seine Regeln zu halten«, erzählte Tuffy grinsend. »So gut ich konnte.« Da Tuffy schon immer ein Frauenheld gewesen war, war es mit seiner Selbstdisziplin nicht weit her, sobald es um Sex ging.

Vermutlich ist es nur natürlich, daß Tuffy Pleasant und Gabby Moore bereits mehr waren als Coach und Sportler, als Tuffy die High-School besuchte. Gabby war mehrmals Gast bei den Pleasants und kaufte auch des öfteren im Shopper Market ein. Der Mann und der Junge aßen im Restaurant zu Abend, und dort schwärmte Gabby Tuffy vor, wie seine Zukunft aussehen könnte. »Er redete auf mich ein«, hob Tuffy hervor. »Er sagte, ich solle nicht nachlassen. ›Laß es nicht an dieser Stelle mit deiner Ausbildung bewenden.‹ Er meinte, wenn ich den Weg bis zum Ende ginge, könnte ich vielleicht eines Tages selbst als Haupttrainer an der Davis High arbeiten.«

Haupttrainer der Ringermannschaft an der Davis High! Allein bei dem Gedanken an etwas so Wunderbares fühlte Tuffy sich wie berauscht. Das wurde Tuffys Ziel, das er sich in all den Jahren auf dem College stets vor Augen hielt. Eines Tages würde er in Gabbys Fußstapfen treten.

Rückblickend bestätigte Tuffy, daß er Gabby als einen ›zweiten Vater‹ betrachtet hatte, der immer für ihn da war.

»Ich besuchte ihn oft zu Hause. Er war großartig zu mir, behandelte mich wie seine eigenen Kinder.«

In seinem Abschlußjahr auf der High School nahm er an drei bis vier Wettkämpfen in der Woche teil. Gabby, Gay und ihre drei Kinder wohnten in einem großen zweigeschossigen Haus, und Tuffy wurde oft eingeladen, im Gästezimmer im Souterrain zu übernachten. Dort unten war auch eine Ringmatte, und nach dem Training gingen der junge Champion und mehrere andere aus der Mannschaft – Kenny Marino, Joey Watkins und noch einige mehr – zu Gabby nach Hause, um noch ein zweites Mal zu trainieren. Sie waren jung, in Topform und unermüdlich. Sie und ihr Coach dachten beim Essen, Atmen und Schlafen nur ans Ringen.

Alkohol war verpönt. Es gab nicht einmal Bier. Als die Teenager aus seiner Mannschaft einmal mit Bierflaschen erwischt wurden, bekam Gabby einen Tobsuchtsanfall. »Er wollte einfach nichts davon wissen«, erzählte Tuffy, »denn wenn man trinkt, erreicht man nicht die Bestform, die man für diesen Sport braucht.«

Gabby trank damals ebenfalls keinen Tropfen. Wenn seine Jungs Gewicht verlieren mußten, hungerte er mit ihnen. Tuffy lächelte wieder bei der Erinnerung. »Er hatte auch einen kleinen Bauch, wissen Sie, und dann hielt er mit uns zusammen Diät. Wenn wir uns das Haar schneiden lassen mußten, ließ er sich seines ebenfalls schneiden.«

Manchmal hatten die Ringer, einschließlich Tuffy Pleasant, Schwierigkeiten in den anderen Fächern. Gabby sorgte dafür, daß sie Tutoren für die Nachhilfe bekamen. Und wenn sie noch Anrechnungspunkte brauchten, ernannte er sie zu ›Helfern‹ bei seinem Fahrunterricht. Wieviel Arbeit sie tatsächlich leisteten, ist fraglich, aber sie erhielten letztendlich die ihnen noch fehlenden Punkte. Allerdings machte er ihnen das Leben auch nicht zu leicht. Vielmehr war es so, daß er immer da war, um ihre Probleme zu lösen, um ihnen Selbstvertrauen zu geben und ihnen zu versichern, daß ihre Zukunftsträume tatsächlich realisierbar waren. Andererseits stellte er hohe Anforderungen an sie. Er war ein gutmütiger Tyrann – eher ›gutmütig‹ als ›Tyrann‹.

1971 und 1972 besaß Gabby Moore in den Augen seiner Sportler all das, was sie eines Tages zu erreichen hofften. Er hatte eine schöne Frau und führte eine offenbar dauerhafte und glückliche Ehe. Er hatte drei großartige Kinder und ein hübsches Haus. Und er hatte den Job, den sie alle für den besten Job der Welt hielten. Die meisten von ihnen wollten genauso sein wie er.

Der Höhepunkt von Tuffy Pleasants Leben und seiner Sportlerkarriere war der Sommer 1972. Er hatte gerade die High School abgeschlossen und sah sich nach einem College um. Vier Ringer – die besten des Staates Washington – sollten ausgewählt und im Rahmen eines Austauschprogramms, an dem Gabby aktiv mitgewirkt hatte, nach Japan und Hawaii geschickt werden. Tuffy wünschte sich nichts sehnlicher, als einer von ihnen zu sein.

Er hatte etwas zugenommen – nicht viel. In seinem Abschlußjahr kämpfte er mit hundertachtundfünfzig Pfund. Für den Japan-Aufenthalt würde nur ein einziger Ringer in dieser Gewichtsklasse bestimmt werden. Die Chancen, als *der* beste des ganzen Staates ausgewählt zu werden, waren nicht sehr hoch. Alle Bewerber der Vorauswahl kamen in das Ringerlager in Moses Lake, Washington. Tuffy teilte sich ein Zimmer mit seinem besten Freund und Teamkameraden Kenny Marino, in dem Bewußtsein, daß sie sich beide sehr wünschten, die Reise in den Fernen Osten antreten zu können.

Kenny schaffte es bis ins Halbfinale und schied dann aus; Tuffy gelangte bis an die Spitze. Er war ganz oben. Er durchlebte eine wunderbare Zeit in Japan und Hawaii und wurde bei seiner Rückkehr in Yakima empfangen wie ein Held.

Er war stolz – und überglücklich. Egal, was später in seinem Leben geschehen sollte, er erzählte immer wieder von jener wunderbaren Zeit. »Ich war sehr glücklich und werde es immer sein«, sagte er beinahe herausfordernd.

Aber der Ruhm seines Triumphes in Japan verblaßte

schon bald. Den Rest des Sommers 1972 arbeitete er für die Müllabfuhr von Yakima, um Geld für das College zu sparen. Auf Gabbys glühende Empfehlung hin hatte ihn der Trainer der Ringermannschaft des Columbia Basin Colleges in Pasco, Washington, in sein Team aufgenommen.

Tuffy besuchte das College von September 1972 bis zum Ende des Wintersemesters 1975. Sein bester Freund, Kenny Marino, begann sein Studium an der University of Washington in Seattle. Tuffys Bruder Anthony war noch auf der High-School.

Gabby hielt den Kontakt zu seinen ›Jungs‹ auch während ihres Studiums aufrecht. »Er kam mich dort besuchen«, erzählte Tuffy. »Er interessierte sich dafür, wie ich mich entwickelte. Nachdem ich die High-School verlassen hatte, rief er meinen Coach am College an und fragte: ›Wie macht Pleasant sich so?‹« Falls Pleasant sich nicht besonders gut anstellte, empfahl er dem Coach »dann lassen Sie ihn dies oder jenes tun – er wird reagieren, Sie werden sehen.«

Es war, als hätte Tuffy zwei Trainer. Gabby war häufig entweder persönlich anwesend oder am Telefon, um sicherzugehen, daß er auch sein Bestes gab. Es machte Tuffy glücklich zu wissen, daß sein ehemaliger Coach ihn immer noch anleitete. Sie standen einander so nahe wie eh und je.

Tuffy hatte seine Verbindungen nach Yakima nicht gekappt, auch wenn er jetzt in Pasco lebte. Er legte die hundertsechzig Meilen nach Hause zweimal wöchentlich zurück – einmal in der Wochenmitte und dann wieder an den Wochenenden.

Kenny Marino, der sein Studium an der University of Washington nach dem ersten Jahr abgebrochen hatte, lebte wieder in Yakima. »Wenn ich heimkam, war Kenny meistens der erste, den ich besuchte«, erinnerte sich Tuffy. »Noch bevor ich nach Hause zu meinen Eltern fuhr.«

Kenny Marino war für Tuffy wie ein weiterer Bruder. »Ich liebte ihn ebenso sehr wie die anderen«, erklärte er. Aber weder Kenny noch Tuffys Bruder schienen Tuffys

Ehrgeiz zu besitzen. Er und Kenny Marino unternahmen vieles gemeinsam, sprachen jedoch nicht oft von der Zukunft.

Von seinem Bruder Anthony wußte Tuffy, daß er davon träumte, ein ›zweiter Jimi Hendrix‹ zu werden. Anthony war ein sehr guter Gitarrist, aber Tuffy war klar, wie schlecht seine Chancen in der Musikbranche standen und hielt seinen jüngeren Bruder manchmal für einen Traumtänzer.

Anthony hatte die Schule geschmissen, und Tuffy und Gabby versuchten, ihn dazu zu bewegen, seinen Entschluß rückgängig zu machen. »Gabby sprach mit dem Direktor und einigen seiner Lehrer, um zu erreichen, daß sein Notendurchschnitt etwas angehoben wurde.«

Auf dem College sank Tuffys Stern rapide. Obgleich er auf der High-School noch ein Ausnahmesportler gewesen war, erfüllten sich Tuffy Pleasants Träume von Ringmeisterschaften auf dem College nicht. »Ich war gut«, beschrieb er seine Karriere am Columbia Basin. »Aber ich brachte es nie zum Meister, weil ich, jedesmal, wenn ich kurz davorstand, es zu schaffen, wegen Krankheit oder Verletzung aussetzen mußte.«

Aber auch sein Notendurchschnitt bot kein berauschendes Bild; Tuffy hatte es schwer auf dem College, und Gabby war nicht in der Nähe, um ihm Tutoren zu besorgen.

Im Frühjahr 1975, als Jerilee Blankenbaker Moore gerade versuchte, den Mut aufzubringen, Gabby zu verlassen, beschloß Tuffy Pleasant, sein Studium für ein Quartal zu unterbrechen. Er blieb jedoch in Pasco, da er eine Stelle bei der Washingtoner Jagd- und Fischereibehörde bekommen hatte. »Wir setzten an bestimmten Dämmen Fische aus, Lachse und Regenbogenforellen«, erklärte er seine Aufgabe. »Wir gingen den Fluß stromaufwärts, ließen die Fische ins Wasser und liefen dann zurück zu einem tiefer gelegenen Damm, um zu zählen, wie viele Fische bis dorthin schwammen.«

Tuffy plante, sein Studium an der Central Washington University in Ellensburg fortzusetzen. Er hatte genügend Anrechnungspunkte, um dort angenommen zu werden. Sein Ziel war, seine Noten zu verbessern, um wirklich eine Chance zu haben, doch noch den Beruf als Lehrer und Coach daheim in Yakima ergreifen zu können. Gabby hatte gesagt, daß er es schaffen würde. Im September 1975 zog Tuffy nach Ellensburg und wohnte mit zwei anderen Studenten in einer WG auf dem Glen Drive 1501.

Dank des neuen Freeways zwischen Ellensburg und Yakima konnte Tuffy in fünfunddreißig bis vierzig Minuten in Yakima sein. Und er hatte verschiedene Gründe, die Strecke häufiger zu fahren. Zum einen hatte er es nie geschafft, sich so ganz an Gabbys ›Keine-Freundinnen‹-Regel zu halten. Tuffy war mit einer jungen Frau namens René Sandon* verlobt. Eigentlich waren sie sogar mehr als verlobt, da sie bereits eine dreijährige Tochter hatten und René im Herbst 1975 erneut schwanger wurde.

Tuffys zweiter Grund für seine häufigen Fahrten nach Yakima war der, daß Gabby Moore ihn brauchte. Gabby hatte Tuffys Ringerlaufbahn am College verfolgt, aber Tuffy seinerseits hatte seinen alten Coach nicht mehr so wie früher zu Hause besucht. Er wußte, daß Gabby und Gay sich hatten scheiden lassen, und er hatte auch von dem Hin und Her um Morris, Jerilee und Gabby gehört. Als er aber wieder in die Nähe von Yakima zog und feststellte, daß Gabby völlig am Ende war, seit Jerilee ihn verlassen hatte, war er schockiert.

Von Anfang August 1975 an sahen Tuffy und Gabby sich wieder öfter. »In den vorangegangenen Jahren hatte ich ihn immer erst am Ende des Sommers besucht, und wir hatten uns über sein Team für das kommende Jahr und über Football unterhalten«, erzählte Tuffy.

Aber in diesem Sommer war das anders. Irgendwann im August schaute Tuffy bei dem Haus vorbei, das Gabby mit Jerilee und den Kindern bewohnt hatte. Er fiel aus allen Wolken, als er erfuhr, daß Gabby nicht mehr dort lebte. Sofort machte er sich auf die Suche.

»Ich erwartete, denselben alten Mr. Moore vorzufinden«, erinnerte sich Tuffy. Aber er hatte Gerüchte gehört, denen zufolge Gabbys Teams nicht mehr erfolgreich waren, und einige der Ringer hatten behauptet: »Es liegt an Mr. Moore, nicht an uns.«

Tuffy hatte sich selbst ein Bild machen wollen, und er mußte feststellen, daß das ganze Gerede der Wahrheit entsprach. Gabby trank übermäßig. Er hockte vor Tuffy und den anderen Jungs und schenkte sich einen Drink nach dem anderen ein. Gabby hatte Tuffy und den anderen Sportlern immer gesagt: »Es ist mir egal, was ihr außerhalb der Saison macht, aber was ihr *während* der Saison macht, interessiert mich brennend.«

Tuffy versuchte sich damit zu beruhigen, daß ja noch Ferien wären. Das Training ruhte, und wenn erst der September kam und sein Team sich wieder einfand, würde er sich bestimmt am Riemen reißen. Tuffy war sicher, daß Gabby dann mit dem Trinken aufhören würde.

Von dem Tag an, da Tuffy Pleasant im Sommer 1975 den Kontakt zu Gabby Moore wieder aufgenommen hatte, sah er ihn einen ganzen Monat lang täglich. Gabby schien es sehr wichtig zu sein, daß Tuffy da war und ihm zuhörte. Er war deprimiert; das alte Feuer war erloschen. Er erzählte Tuffy, daß er das Haus verkaufen wolle, das er erst ein Jahr zuvor erworben hatte. Es gäbe keinen Grund, es noch länger zu behalten. Er hätte es nur für Jerilee und die Kinder gekauft und könne nicht allein darin leben. Er meinte, daß er es vielleicht schneller verkaufen könne, wenn er die Auffahrt betonierte. Eine Auffahrt zu betonieren war wenigstens etwas Handfestes, das Tuffy tun konnte, um Gabby zu helfen, und so legten er und zwei seiner Vettern die Auffahrt an. »Wir waren nach dem Labor Day damit fertig.«

Die Schule fing wieder an, aber Gabby trank weiter.

Tuffy, Kenny Marino und ein paar andere Mitglieder von Gabbys ehemaligen Teams setzten sich zusammen und stellten einen Plan auf, um ihn beim Training nach der Schule zu vertreten und sogar für ihn die Betreuung bei verschiedenen Wettkämpfen zu übernehmen. Sie wußten, daß die Schulleitung bald merken würde, wie schlimm es tatsächlich um den Coach stand, wenn sie sich nicht für Gabby einsetzten.

Es gibt kaum etwas, das für junge Menschen schockierender ist als zu erkennen, daß ihre Helden auf tönernen Füßen stehen. Gabby Moore hatte ihnen alles bedeutet, und er hatte alles gehabt. Jetzt führte ihr alter Coach nicht mehr das perfekte Leben von einst. Seine beiden Ehen waren gescheitert. Seine erste Frau, Gay, war inzwischen mit einem der Footballtrainer der Davis High verheiratet. Die Ehe mit Jerilee war bereits zu Ende gewesen, noch ehe sie richtig begonnen hatte. Und schon kurze Zeit später hörten seine Sportler dann, daß Gabby trotz ihrer Hilfe der Rauswurf drohte. Diese Neuigkeit veranlaßte sie jedoch nur, ihre Bemühungen zu seiner Rettung zu verdoppeln.

Manchmal ließ Gabby sich beim Training blicken und manchmal nicht. Tatsächlich zogen die Jungs es vor, wenn er nicht kam – das war immer noch besser, als wenn er betrunken aufkreuzte und zwischendurch zu seinem Wagen ging, um sich heimlich einen Schluck aus der Flasche zu genehmigen. Ihn schien nur noch eins zu interessieren: daß Jerilee zu ihm zurückkam.

Gabbys Sportler hatten alles versucht. Wäre es nur eine Frage des Bemühens, des Wünschens und Betens ihrerseits gewesen, hätte er irgendwie die Kurve gekriegt und zu sich selbst zurückgefunden. Bis zum Schluß hatten sie ihn besucht und versucht, ihn aufzuheitern.

Aber jetzt war Gabby Moore tot, und das alles zählte nicht mehr.

Kapitel 13

Vern Henderson, der nicht offiziell mit dem Mordfall Morris Blankenbaker betraut worden war, wurde nach dem Mord an Gabby dem Ermittlungsteam der Mordkommission zugeteilt, das sich mit beiden Morden befaßte. Nichts konnte Vern davon abhalten, sein Möglichstes zu tun, um die beiden rätselhaften Fälle aufzuklären. Er war nicht länger imstande, dazustehen und zuzusehen. Es war für ihn wichtig, mittendrin sein, um Antworten zu finden auf das, was immer rätselhafter erschien. Aber erst mußte er den Schlüssel suchen, der ihm den Zugang ermöglichte – irgendein Beweisstück, das ihm die richtige Richtung wies.

Das Bedauern und die Trauer, die Vern empfunden hatte, als Morris Blankenbaker ermordet worden war, waren nicht weniger geworden, und er würde erst wieder zur Ruhe kommen, wenn er den Mörder seines Freundes gefunden hatte. »Ich habe nicht viele Freunde«, sagte er. »Nein, das ist nicht das, was ich sagen wollte – … Ich kenne massenweise Leute, aber Menschen, die *mich* wirklich kennen, die wissen, was in mir vorgeht, nein … Ich lasse nur sehr wenige Menschen an mich heran. Morris war einer von ihnen. Und Rucker. Zwischen uns bestand ein *Band*. Es gibt eben Menschen, zu denen man sich hingezogen fühlt, während einen andere kaltlassen … Ich habe immer gelernt, daß man Menschen nicht zu nahe an sich heranlassen darf, weil man ihnen sonst seine Schwächen offenbart. Wenn man ohne Vater aufwächst, lernt man schneller, erwachsen zu werden; man hat im Grunde keine richtige Kindheit … Morris' Mutter und auch meine Mutter haben uns immer wieder gesagt: ›Du mußt etwas aus deinem Leben machen. Du kannst nicht faul herumlungern.‹«

Morris und Vern wußten beide, daß die Leute meinten, Mütter könnten ihre Söhne allein nicht vernünftig erziehen, und sie bemühten sich nach Kräften, diese These zu widerlegen. »Ich wollte immer alles tun, damit meine Mutter stolz auf mich war«, sagte Vern Henderson.

Jetzt würde Vern nicht mehr wirklich stolz auf sich sein können, bis er Morris' Mörder überführt hatte. Morris war so freundlich zu jedem gewesen. »Wenn Morris Blankenbaker dich mochte, tat er alles für dich. Auf dem Footballfeld war er wie ein Bulldozer«, erzählte Vern. »Er walzte jeden nieder. Er hätte die halbe Schule in Grund und Boden stampfen können, aber er hat niemanden rein aus Spaß herumgeschubst; das war einfach nicht seine Art.«

Jeder beim Yakima Police Department wollte die zwei bizarren Morde an den beliebten Trainern aufklären, aber keiner der Beamten war so versessen darauf wie Vern Henderson. In dieser deprimierenden Zeit zwischen einem blutigen Weihnachtsfest und einem freudlosen Neujahr brütete Vern über allem, was passiert war, und fragte sich, wo er ansetzen sollte. Welcher Stein ließ sich aus der Mauer lösen, die der Mörder um sich herum errichtet hatte? Wie konnte er diese Mauer zum Einsturz bringen?

Bob Brimmer war Verns Sergeant oben im Detectives' Office. Er war ein Beamter der alten Schule und seit Jahrzehnten im Polizeidienst. Er und Vern ermittelten jeder für sich, auf seine eigene Weise. Er wußte, wo seine Stärken lagen. Vern war ein ›Zuhörer‹ und hatte ein Netz aufgebaut, das ihn seit den Jahren, in denen er bei der Abteilung für Jugendkriminalität gewesen war, mit nützlichen Informationen versorgte. Yakima war eine kleine Stadt, und die Leute redeten. Früher oder später würden ihm irgendwelche Namen zugetragen werden. Und ausgerechnet in einer Zeit, da er nicht im mindesten geneigt war, sich in Geduld zu üben, blieb ihm nichts anderes übrig, als abzuwarten.

Vern Henderson, der schon immer ein in sich gekehrter Mensch gewesen war, wurde noch stiller, als das alte Jahr zu Ende ging und 1976 anbrach. Irgend jemand wußte, wer Morris und Gabby erschossen hatte. Möglicherweise war es derselbe Täter – oder dieselbe Täterin. Vielleicht waren es aber auch zwei verschiedene Männer – oder Frauen.

Obgleich Gabby Moore der Hauptverdächtige im Mordfall Morris Blankenbaker gewesen war, hatten Bob Brimmer und Howard Cyr zweifelsfrei festgestellt, daß er Morris nicht umgebracht haben konnte – jedenfalls nicht eigenhändig.

Aber wer hatte es dann getan?

Wenn Vern Henderson behauptete, daß jeder in Yakima Morris gemocht habe, war das keine Übertreibung, sondern entsprach den Tatsachen.

Bei Mordermittlungen lautet die Regel, den Mörder zuerst im nächsten Umfeld des Opfers zu suchen. Erst die Verwandten, dann die Freunde und Kollegen; die Kreise werden systematisch immer weiter gezogen. Auf den ersten Blick hatte in diesen Fällen kein Fremder einen Grund gehabt, Morris oder Gabby zu töten. Keiner von beiden war bestohlen worden. Keiner von ihnen hatte mit irgend jemandem Streit. Sie waren nur untereinander ›verfeindet‹ gewesen.

Und die wichtigste Verbindung zwischen ihnen war Jerilee gewesen. Alle Zeugen, die Jerilee an dem Morgen gesehen hatten, als sie Morris' Leiche gefunden hatte, stimmten darin überein, daß sie zutiefst schockiert und wie von Sinnen vor Trauer gewirkt hatte. Sie galt nie ernsthaft als verdächtig. Warum auch? Wenn sie Morris hätte los werden wollen, hätte er sie ebenso kampflos gehen lassen wie beim erstenmal. Aber sie hatte den Vater ihrer beiden kleinen Kinder nicht verlassen wollen; sie hatte Morris geliebt und sich darauf gefreut, ihn wieder zu heiraten.

Sie besaß keine Waffe.

Es waren keine Schmauchspuren an ihren Händen festgestellt worden.

Ihre Aussage zu den Ereignissen der Nacht des 21. auf den 22. November deckte sich mit anderen Zeugenaussagen und der polizeilichen Rekonstruktion dessen, was sich zugetragen hatte.

Morris hatte seine meiste Zeit zu Hause verbracht, wenn er nicht unterrichtet, trainiert oder im Lion's Share gearbeitet hatte. Gabby hatte seine Wohnung in den letzten Wochen seines Lebens kaum noch verlassen. Er hatte kaum noch Kontakt zu anderen Menschen gehabt, abgesehen von seinem Sohn, seinen Töchtern und den ehemaligen Ringern, die ihn unterstützt hatten, damit er seinen Job nicht verlor.

Schon in den Wochen, in denen er nicht offiziell mit dem Fall Blankenbaker betraut gewesen war, war Vern Henderson in Gedanken hundertmal die letzten Minuten in Morris' Leben durchgegangen. »Er kannte seinen Mörder«, sagte Vern. »Das wußte ich daher, daß keine Spuren von Gegenwehr festgestellt worden waren. Ich hatte bei der Obduktion persönlich darauf geachtet.«

Vern Henderson kannte Morris' Gewohnheiten beinahe ebensogut wie seine eigenen. Morris mußte in die Seitenstraße hinter dem Haus gefahren sein, den Wagen neben dem Carport abgestellt und das Gartentörchen angesteuert haben.

»Er war durch das Tor gegangen«, rekonstruierte Henderson das Geschehen, »und vermutlich gerade dabei, es zu schließen, als jemand ihn rief. Er drehte sich um, als er seinen Namen hörte. Er kannte die Stimme. So gutmütig wie Morris war, hätte man ihn wohl töten können, aber ganz sicher hätte er sich gewehrt, wenn er den Mörder nicht gekannt hätte. Der Killer hatte so dicht vor ihm gestanden, daß er kein ›Feind‹ gewesen sein konnte – Morris war im Zweikampf viel zu geübt gewesen, um sich von einem Fremden überrumpeln zu lassen. Nein, er kannte seinen Mörder.«

Es würde immer Augenblicke geben, da Vern Henderson bereute, die Erinnerung an Morris auf dem Autopsietisch mit sich herumzutragen, aber das war der Preis, den er bezahlen mußte, um den Täter zu finden. Er mußte mit absoluter Sicherheit wissen, daß der Körper seines Freundes keine Spuren von Gegenwehr trug, um daraus zweifelsfrei schließen zu können, wie dicht der Schütze vor Morris gestanden hatte. Das half ihm dabei, sich ein Bild von der Person zu machen, die er suchte. »Ich wußte, daß Morris die Person, die ihn erschossen hatte, nicht nur gekannt, sondern ihr vertraut haben mußte, um sie so nah an sich heranzulassen.«

Jetzt endlich stand Vern im Mittelpunkt der Ermittlungen nicht nur in dem einen, sondern gleich in beiden Mordfällen. Er hatte Gabby während der letzten Wochen seines Lebens heimlich aus der Ferne beobachtet. »Ich dachte, Gabby hätte etwas mit dem Mord zu tun«, fuhr er fort. »Ich wußte, daß er ihn (Morris) nicht persönlich erschossen hatte, aber er war trotzdem verdächtig.«

Eine bestimmte Begegnung ging Vern nicht aus dem Sinn. Nach Morris' Autopsie war er unten im Funkraum gewesen, als Gabby Moore den Flur hinuntergekommen war, auf dem Weg zu Brimmers Büro im zweiten Stock. »Ich sah ihn kommen und wollte mit ihm sprechen, weil mir das einiges verraten hätte.

Er kam also den Flur hinunter, und ich wartete am anderen Ende auf ihn. Er hielt den Kopf gesenkt, weigerte sich, mich anzusehen«, erinnerte sich Vern. »Als er dann auf meiner Höhe war, sagte er: ›Vern, ich … ich … habe es nicht getan‹, aber er hielt den Kopf dabei gesenkt und sah mich nicht an. Als er weiterging, blickte ich ihm nach, und in Gedanken sagte ich mir: ›Ich weiß, daß er ihn nicht selbst erschossen hat, aber er hat jemanden dazu angestiftet.‹«

Vern Henderson zuckte die Achseln. »Aber es gab keine Beweise. Und ich mußte immer wieder an die Zeit zurückdenken, da er auf der Junior High-School unser Ringtrainer gewesen war. Daran, wie er immer gesagt hatte: ›Seht eurem Gegner fest in die Augen. Laßt ihn wissen, was ihr fühlt und daß ihr ihn schlagen werdet.‹ Gabby hatte mir bei diesem Zusammentreffen nicht in die Augen sehen können.«

Jetzt wünschte Vern, er hätte Gabby ein paar Fragen gestellt, als er ihn an Morris' Grab hatte stehen sehen. Der Detective hatte nicht geahnt, wie wenig Zeit ihm noch blieb. Er hatte immer geglaubt, daß er irgendwann mit seinem ehemaligen Coach reden und im Laufe der Unterhaltung vielleicht die ganze Wahrheit ans Licht kommen würde. Er erinnerte sich noch an den früheren Gabby und daran, wie sehr er seine Sportler geliebt hatte – wie sehr er Morris geliebt hatte. Er war der Überzeugung gewesen, daß Gabby im tiefsten Inneren von Gewissensbissen geplagt wurde und darum in der eisigen Winterkälte zum Friedhof gefahren war und an Morris' Grab gestanden hatte. Darum hatte Gabby vermutlich auch seinen ohnehin schon beträchtlichen Alkoholkonsum noch gesteigert. Am Ende seines Lebens war Gabby Moore so selbstzerstörerisch gewesen, wie Vern Henderson es nur selten bei einem Menschen erlebt hatte. Aber was immer an Weihnachten passiert war, jetzt würde Vern nie mehr Gelegenheit haben, sich mit Gabby Moore zusammenzusetzen und mit ihm zu reden. Er würde Mittel und Wege finden müssen, sich in den oder die Killer hineinzuversetzen, ob lebendig oder tot.

Wie sollten Bob Brimmer, Vern Henderson und die restlichen Detectives die verborgenen Fragmente aufdecken, die hinter den beiden Verbrechen steckten? Wie sollten sie Beweise zusammentragen, die es Jeff Sullivan ermöglichen würden, einen Mordprozeß anzustrengen? Tips und Hinweise gingen auf der Wache ein und wurden von Brimmer überprüft. Henderson vertraute eher auf die Informationen, die ihm von der Straße zugetragen wurden.

Vern Henderson wollte als erstes feststellen, wer zum Zeitpunkt des Mordes an Morris in engstem Kontakt mit Gabby gestanden hatte. Der Ermittler des Yakima Police Departments machte sich daran, herauszufinden, mit wem Gabby Moore in den letzten ein bis zwei Wochen vor seinem Tod zusammengewesen war. Er brauchte nicht lange, um herauszufinden, daß Gabby fast täglich von einigen seiner Sportler besucht worden war. Vern Henderson und Bob Brimmer wurden die Namen Joey Watkins, Angelo ›Tuffy‹ Pleasant, Anthony Pleasant und Stoney Morton* genannt.

Joey Watkins erzählte Brimmer und Henderson, daß viele von den Jungs Gabby im Dezember regelmäßig besucht hätten. Er wußte ganz sicher, daß Tuffy und Anthony Pleasant sowie Stoney Morton an Heiligabend bei ihm gewesen waren.

Vern konnte nicht glauben, daß einer von den Pleasant-Brüdern, Joey Watkins oder Kenny Marino Morris etwas angetan haben sollte. Sie waren Freunde von Morris gewesen. Vern hatte selbst gesehen, wie Morris Tuffy einige Wrestlinghandgriffe zeigte, und die Pleasants und Joey hatten den Coach ab und an in der North Sixth Street besucht.

»Ich rief alle meine Freunde an«, berichtete Vern, »und fragte, ob ihnen vielleicht irgendwelche Gerüchte zu Ohren gekommen wären. Einer von ihnen erzählte mir, er hätte gehört, daß Watkins und Tuffy Pleasant kurz vor Feierabend im Lion's Share mit Morris geredet hätten.«

Diese Information wertete Henderson noch nicht als brisant. Er wußte, daß Watkins und Pleasant sich öfter im Lion's Share aufhielten; es war also nicht so, als wären sie urplötzlich an einem Ort aufgetaucht, an dem sie vorher noch nie gewesen waren. Tatsächlich war es Joey Watkins gewesen, der Morris zur Unterstützung nach Hause begleitet hatte in der Nacht, da Gabby bei Morris eingebrochen war und Jerilee in Angst und Schrecken versetzt hatte.

Als Vern im Lion's Share nachfragte, erfuhr er, daß Tuffy und Joey am Freitag abend dagewesen waren, schätzungsweise zwischen 9 und 11 Uhr, mindestens zwei Stunden, bevor Morris Feierabend gemacht hatte.

Vern interessierte sich allerdings mehr für Tuffy Pleasant als für Joey Watkins. »Ich dachte daran, daß Tuffy ständig mit Gabby zusammengewesen war. Ich hatte ihn in Gabbys kleinem MG durch die Stadt kurven sehen.«

Vern hatte schon im November darüber nachgedacht, war jedoch zu keinem Schluß gekommen. Sicher hatte Tuffy zwei Seiten. Er konnte der Junge mit dem strahlenden Lächeln sein, jedermanns Freund, aber er war auch ein Raufbold. Vern wußte, daß Tuffy einmal sogar seinen eigenen Vater krankenhausreif geprügelt hatte. »Sein Vater hat ihn nie angezeigt«, erinnerte sich Vern. »Aber ich wußte davon, weil wir früher zusammen bei der Müllabfuhr gearbeitet hatten und in dieser Zeit Freunde geworden waren.«

Joey Watkins war eine imposante Erscheinung, aber Vern hatte nie gehört, daß er sich außerhalb eines Wettkampfes mit jemandem angelegt hätte. Nein ... er hätte sich keinen der beiden ›dummen Jungen‹ als Mörder von Morris vorstellen können. Er hatte das Ganze verdrängt und sich wieder auf seine eigenen Fälle konzentriert.

Aber bei seinen Ermittlungen in den beiden Mordfällen kehrten seine Gedanken immer wieder zu der engen Beziehung zwischen Gabby und Tuffy zurück. Vern fragte sich, ob Tuffys Wunsch, Gabby wieder glücklich zu sehen, so stark gewesen sein konnte, daß er Morris erschossen hatte. Der Gedanke war zu phantastisch, und Vern schob ihn wieder von sich. Tuffy war zwar zuweilen ein Hitzkopf, aber ein Mörder? Das konnte Vern sich einfach nicht vorstellen.

Außerdem stellte sich noch die Frage, wer dann Gabby erschossen haben sollte. Tuffy Pleasant hatte Gabby Moore alles zu verdanken. Er liebte seinen Coach und Freund. Niemals hätte er Gabby auch nur eins der immer lichter werdenden Haare gekrümmt.

Vern Henderson drehte sich im Kreis und landete immer wieder dort, wo er angefangen hatte. Strenggenommen hatte er immer noch keinen Schimmer, wer Morris oder Gabby getötet hatte.

Bob Brimmer und Vern hatten mehrmals den Lebensmittelladen der Pleasants in der South Sixth Street aufgesucht. Jetzt baten sie Coydell, ihrem Sohn Tuffy auszurichten, er solle sich auf dem Revier melden.

Am Samstag, dem 3. Januar 1976, kam Tuffy Pleasant zu einer Befragung auf die Polizeiwache von Yakima. Ihm wurden nicht seine Rechte vorgelesen, da er nicht als Verdächtiger betrachtet wurde, sondern lediglich als Zeuge vernommen werden sollte. Ja, er hatte seinen ehemaligen Coach am frühen Abend des 24. Dezember besucht. Er sagte, daß er Moore gefragt hätte, ob er mit ihm irgendwo etwas trinken gehen wollte und daß Gabby einverstanden gewesen wäre. Er hätte nur noch etwas Ordnung machen wollen. Dann hatte Gabby jedoch zwei Anrufe erhalten, die ihn offenbar sehr erregten. Tuffy sagte, der Coach hätte es sich anders überlegt und nicht mehr ausgehen wollen. Er wollte zu Hause bleiben und dort etwas trinken. Also war Tuffy gegangen, zu einer Weihnachtsfeier bei seiner eigenen Familie. Tuffy sagte, daß Gabby okay gewesen sei, als er ihn verließ. Er war offenbar ebenso schockiert gewesen wie alle anderen, als er am nächsten Morgen von Gabbys Tod erfahren hatte.

Als Vern nachhakte, gab Tuffy zu, daß Gabby im Herbst wirres Zeug geredet und davon gesprochen habe, Morris Blankenbaker aus dem Weg zu räumen. Er hatte Tuffy gesagt, daß er fünfhundert Dollar oder sogar mehr dafür zahlen würde, wenn jemand Morris erschoß. Tuffy hatte erwidert, daß er nicht im Traum daran denken würde, Morris zu töten. Um Gabby von sich abzulenken, hatte er den Namen eines potentiellen Auftragskillers erfunden und diesen als jemanden beschrieben, der ›auf Lederklamotten steht‹.

»Der Grund für den Mordauftrag war seine Liebe zu Jerilee«, erklärte Tuffy der Polizei.

Tuffy berichtete weiter, daß Gabby den ganzen Herbst über ein emotionales Auf und Ab durchgemacht habe, jedoch ein paar Tage vor Weihnachten so deprimiert gewesen wäre wie nie. Tuffy behauptete Brimmer und Henderson gegenüber, für die Nacht, in der Morris Blankenbaker erschossen worden war, ein wasserdichtes Alibi zu haben. Was Joey Watkins in jener Nacht gemacht habe, wisse er nicht.

Er sagte, er und Joey hätten sich nach ihrem Besuch im Red Lion getrennt, und sein Freund sei allein losgezogen. Er sagte, er selbst hätte die Nacht mit einem Mädchen im Hotel verbracht. Anschließend sei er mit dem Mädchen zu einer Adresse an der North Fourth gefahren und habe dort den ganzen Samstag und die Nacht zum Sonntag mit ihr verbracht. Am Sonntag habe er dann seine Sachen aus Joey Watkins' Haus geholt und seither nicht mehr viel mit ihm zu tun gehabt.

Obgleich die Detectives nicht ganz überzeugt waren, daß Tuffy ihnen die Wahrheit oder besser die *ganze* Wahrheit erzählt hatte, gab es auch keine Beweise dafür, daß er log. Tuffy verließ die Wache wieder.

Tuffy Pleasants Alibi für die Nacht von Morris' Blankenbakers Ermordung mußte überprüft werden, auch wenn sie Tuffy nicht ernsthaft verdächtigten. Egal, wie viele Fragen die Detectives stellten, sie konnten niemanden finden, der geäußert hätte, daß Tuffy auch nur das geringste gegen Morris gehabt habe. Und es war allgemein bekannt, daß Gabby über Jahre sein Held und Mentor gewesen war.

Bob Brimmer und seine Detectives hatten den Garten, in dem Morris Blankenbaker erschossen worden war, mehrmals abgesucht. Sie waren der Ansicht, daß bei drei Schüssen irgendwo dort drei Patronenhülsen liegen müßten, es sei denn, es hatte sich bei der Mordwaffe um einen Revolver gehandelt. Es war unwahrscheinlich, daß der Mörder sich die Zeit genommen hatte, nach den Patronenhülsen zu suchen, bevor er die Seitenstraße hinunter geflohen war. Die Detectives hatten sogar Metalldetektoren benutzt und den Garten systematisch in Raster eingeteilt abgesucht.

Doch sie hatten nichts gefunden.

Am Tatort des zweiten Mordes hatten sie eine Patronenhülse gefunden. Die .22-Hülse war am offenen Ende eingedrückt; vermutlich hatte der Mörder auf sie getreten, als er durch die Hintertür geflüchtet war. Die Hülse war jedoch wertlos, solange sie nicht die dazugehörige Waffe oder aber übereinstimmende Hülsen am Schauplatz des ersten Mordes fanden. Wenigstens wußten sie jetzt, daß sie nach einer Automatik Kaliber .22 suchten.

Wenn sie das Glück hatten, auf dem Blankenbaker-Grundstück eine Patronenhülse zu entdecken, konnten sie beweisen, was vermutlich bereits alle glaubten – daß Morris und Gabby mit derselben Waffe erschossen worden waren. Wenn sie das beweisen und irgendwie auch die

Waffe finden konnten – ein sehr großes ›Wenn‹ – dann waren sie wieder im Geschäft.

In der Zwischenzeit fuhr Vern Henderson fort, ›Fangen zu spielen‹, wie er es nannte. Er sprach mit seinen Freunden, die wiederum mit ihren Freunden gesprochen hatten, die sich ihrerseits mit Freunden unterhalten hatten. Jeder schien seinen ureigensten Verdacht zu haben, was die Identität des Mörders betraf.

Vern wurde immer wieder Joey Watkins Name genannt. Sein Instinkt sagte ihm jedoch weiterhin, daß Joey Watkins nicht der Mann war, den er suchte. Joey redete zu viel für jemanden, der etwas zu verbergen hatte, und Vern konnte ihn sich einfach nicht als Doppelmörder vorstellen.

Aber Joey Watkins und Tuffy Pleasant waren Freunde und hatten vorübergehend auch schon zusammen gewohnt. Genaugenommen hatten sie bis zu der Nacht zusammen gewohnt, in der Gabby gestorben war. Tuffy und Gabby hatten sich sehr nahegestanden. Tuffy und Joey Watkins waren Stunden vor Morris' Ermordung noch mit ihm zusammen gesehen worden, und in den letzten Monaten seines Lebens waren sie beide regelmäßig bei Gabby gewesen.

Joey Watkins und Tuffy Pleasant waren seit der Grundschule dicke Freunde. Joey nickte, als Vern ihn darauf ansprach. Ja, Tuffy hatte seit dem vergangenen Herbst hin und wieder bei ihm übernachtet, wenn er an den Wochenenden vom College heimkam und nicht bei seiner Freundin blieb. Joey bestätigte Vern Henderson, daß er am Abend des 21. November mit Tuffy zusammengewesen war, bis Tuffy sich dann im Lion's Share zu anderen Leuten an den Nebentisch gesetzt hatte – zu zwei Frauen und einem Mann.

Joey sagte weiter, er wäre nach Hause gegangen, hätte bei seiner Freundin vorbeigeschaut und sei dann schlafen gegangen. Er sagte, daß er wirklich nicht wisse, um wieviel Uhr Tuffy nach Hause gekommen wäre oder ob er überhaupt in dieser Nacht bei ihm übernachtet habe. Tuffy blieb oft bei seiner Freundin René. Er hatte einen eigenen Schlüssel zu Joeys Wohnung, so daß Joey nicht mit Bestimmtheit sagen konnte, wo Tuffy gewesen war, nachdem die beiden Freunde sich am Abend des 21. November im Red Lion, einer Bar, getrennt hatten.

Vern fand es allerdings interessant, daß Tuffy an Weihnachten schon seit längerem die Wochenenden nicht mehr bei Joey Watkins verbrachte. Tatsächlich hatten sie sich nach Morris' Tod nur noch selten gesehen.

Joey bestätigte, daß er Gabby Moore Heiligabend gesehen hatte. Moore sei gegen halb sieben an diesem Abend bei ihm gewesen. Er habe Tuffy und Kenny Marino gesucht, weil er ihnen seinen Sportwagen geliehen hatte. Der Coach hatte sich hingesetzt und sich eine Weile zusammen mit Joey ein Footballspiel angesehen. Dann, sagte Joey, habe er Moore zur North Fourth Street gefahren, wo Kenny Marino wohnte. »Gabbys Wagen stand vor dem Haus.«

Joey sagte, das wäre das letzte Mal gewesen, daß er Gabby gesehen habe. Er sei hiernach mit seiner Freundin nach Harrah gefahren, einem kleinen Dorf außerhalb von Yakima, wo sie in einer Einrichtung für geistesgestörte Jugendliche arbeite. »Wir blieben bis zum Morgen des ersten Weihnachtstages dort«, erklärte Watkins.

Erst am Morgen habe er erfahren, daß Gabby Moore erschossen worden war. »Ich machte bei Mrs. Pleasants Laden halt, um ein paar Lebensmittel einzukaufen, und da sah ich sein Photo auf der Titelseite der Zeitung.«

Im Januar führte Sergeant Richard Nesary, der für Lügendetektortests zuständige Beamte des Yakima Police Departements, vier Lügendetektortests an Freunden von Gabby Moore durch – darunter auch an Tuffy Pleasant –, um zu sehen, ob sich irgend etwas Verdächtiges ergab.

Trotz Tuffys vehementen Protesten, daß er keine Ahnung hätte, wer Gabby Moore erschossen habe, war Vern Henderson inzwischen so viel zu Ohren gekommen, daß er sich mehr für Tuffys Testergebnis interessierte als für das der anderen. Der junge Mann hatte Gabby Moore viel näher gestanden als alle anderen. Er hatte Gabby Moore immer als ›the Man – der Mann‹ bezeichnet. Und genau das war Gabby die längste Zeit ihrer Freundschaft für Tuffy gewesen – das perfekte Beispiel dafür, wie ein Mann sein sollte. Wenn Tuffy ein Ziel im Leben hatte, dann war es, zu studieren, seinen Abschluß zu machen und genauso zu werden wie Gabby Moore. Vern bekam das bei seinen diskreten Ermittlungen des öfteren zu hören. »Nicht Watkins fuhr ständig mit dem Wagen seines Helden durch die Gegend«, sagte Vern. »Tuffy saß am Steuer des kleinen MG.«

Wie sollte dann ausgerechnet Tuffy Gabby ermordet haben? Jeder, mit dem Vern sprach, versicherte ihm, daß Tuffy für Gabby alles getan hätte. Vern erkannte, daß das möglicherweise die Antwort auf die eine Hälfte des Rätsels war – wenn Tuffy Gabbys wegen Morris getötet hatte, ergab das zumindest einen, wenn auch traurigen Sinn. Die zweite Hälfte hingegen war völlig unsinnig. Tuffy mochte ja *für* Gabby getötet haben, aber er wäre lieber gestorben, als Gabby etwas anzutun, davon war Vern überzeugt.

Vern hatte begonnen, gelegentlich Tuffys Wagen zu folgen. Er wußte, daß Tuffy an Gabby Moores Grab gewesen war – so wie Gabby schweigend an Morris' Grab gestanden hatte. War Tuffys Trauer ein ganz normales Gefühl von Verlust, oder mischten sich darunter Reue und Schuldgefühle?

Lügendetektortests können die verschiedensten Ergebnisse erbringen. Vier Nadeln gleiten mit einer Geschwindigkeit von 15 cm in der Minute über spezielles Papier, das von dem Meßgerät ausgestoßen wird. Blutdruck, Atmung (Anzahl der Atemzüge pro Minute), galvanische Hautreaktionen (Schwitzen) und Puls sind generell gute Indikatoren für den Streßpegel, den gewisse Fragen erzeugen. Alle Fragen eines Lügendetektortests werden entweder mit ›Ja‹ oder mit ›Nein‹ beantwortet, und der Beamte, der den Test durchführt, setzt die normalen Werte fest, indem er vorab einige völlig harmlose Fragen stellt wie »Leben Sie in den Vereinigten Staaten?«

»Ist heute Mittwoch?« oder »Tragen Sie ein grünes

Hemd?« Oft stellt er auch Fragen, die er die Testperson bittet, mit einer Lüge zu beantworten, um zu sehen, wie der Betreffende reagiert, wenn er eine falsche Antwort gibt.

Mit jedem Jahrzehnt werden die Lügendetektoren oder Polygraphen raffinierter, und ihre Betreiber messen immer subtilere Signale. Neben den anerkannten physiologischen Reaktionen gibt es minimale chemische Veränderungen, die heute als Indiz dafür erkannt werden können, daß eine Testperson nicht die Wahrheit sagt.

Als Tuffy Pleasant am 10. Januar 1976 dem Test unterzogen wurde, verwendete Dick Nesary einen Apparat, der seinerzeit als der modernste seiner Art galt: einen 1971er Arthur-II-Polygraphen. Nesary überprüfte das Gerät vor jeder Anwendung gleich zweifach. Er erklärte die Prüfprozedur: »Also, das ist ganz einfach. Man nimmt eine Limonadenflasche und wickelt die Manschette des Blutdruckmessers um sie. Dann schafft man durch Pumpen einen Druck von achtzig und wartete fünf Minuten ab, ob der Druck nachläßt. Wenn das nicht der Fall ist, arbeitet das System einwandfrei.«

Am 10. Januar also näherte Nesary sich bei dem Test an Tuffy Pleasant langsam den entscheidenden Fragen: »Hast du Morris Blankenbaker erschossen?« und »Hast du Gabby Moore erschossen?«

Nesary bezeichnete die Ergebnisse als ›nicht eindeutig‹.

»Meiner Meinung nach wußte er etwas, aber ich konnte einfach nicht sicher sein, ob er die Tat auch selbst begangen hatte.«

Die Testergebnisse im Januar dämpften Vern Hendersons Zuversicht, in Tuffy Pleasant einen handfesten Verdächtigen zu haben – zumindest, bis er noch einmal mit Joey Watkins sprach. Watkins gefiel es gar nicht, daß man ihn auch nur im entferntesten des Mordes verdächtigte, und so war er durchaus gewillt, mit Vern zu sprechen. Er erklärte, daß *er* nicht derjenige sei, der ständig mit Gabby zusammen gesehen worden wäre – vielmehr sei Tuffy Gabbys Kumpel gewesen. »Was glauben Sie, wer mit Gabby die meiste Zeit verbracht hat?« fragte Watkins Henderson.

»Das war Tuffy, nicht ich. Ich bin nicht mit diesem Mann um die Häuser gezogen.«

»Das stimmt«, gab Vern ihm recht. »Das bist du nicht.«

Vern Henderson erkannte jedoch, daß Joey Watkins möglicherweise die entscheidende Verbindung für ihn zu Tuffy Pleasant war. Bei jeder Begegnung mit Watkins erfuhr Vern ein bißchen mehr. »Tuffy wußte nichts von dem, was Joey Watkins mir erzählte«, erinnerte sich Vern. »Aber mir war klar, daß ich mich langsam in den Gesprächen vortasten mußte, und wenn ich schließlich zu Tuffy überging, würde er mir verraten können, was passiert war.«

Joey Watkins hatte sich Zeit gelassen, Vertrauen zu Vern Henderson zu fassen, und er hatte darüber nachgedacht, wieviel er ihm sagen sollte. Schließlich platzte er mit einer Information heraus, die für die Mordermittlungen von großer Bedeutung war.

Vern erinnerte sich noch gut an diesen Moment. »Joey sagte: ›Hey, hören Sie – Tuffy – ich habe Tuffy mit einer Waffe gesehen.‹ Und ich fragte: ›Was war das für eine Waffe?‹, worauf er antwortete: ›Eine Pistole im deutschen Stil mit langem Lauf und einem Griff, der mit Klebeband umwickelt war.‹«

Vern fragte Watkins, ob es sich um eine automatische Waffe gehandelt habe, und Watkins nickte. »Eine von diesen Pistolen im Stil einer deutschen Luger.«

»Aber ich habe gehört, *du* hättest eine solche Waffe«, meinte Vern.

»Sie war in meinem Haus, das ist richtig«, gab Watkins zu. »Aber sie gehörte nicht mir, sondern Tuffy.«

Watkins sagte, er hätte keine Ahnung, woher die Waffe stamme und was aus ihr geworden sei.

Sosehr ihm daran gelegen war, die Morde an Morris und Gabby aufzuklären, hatte Vern Henderson beinahe gehofft, daß ihm keine Informationen zugetragen würden, die Tuffy Pleasant zum Hauptverdächtigen stempelten. Ihm wäre viel lieber gewesen, wenn es sich bei dem möglichen Täter um einen Fremden gehandelt hätte. Es gab zu viele Bande zwischen den beiden jungen Schwarzen in einer Stadt, in der sie einer kleinen Minderheit angehörten. Vern und Tuffy waren beide Sportler, die zu ihrer Zeit ihrer Schule und ihrer Heimatstadt Ruhm und Ehre eingebracht hatten. Vern mochte Tuffy, auch wenn dieser zuweilen den Schlaumeier herauskehrte, und er hegte große Bewunderung für Tuffys Vater, Andrew Pleasant sen. Das letzte, was Vern wollte, war, den Mann zu demütigen und zu verletzen, der so hart darum gekämpft hatte, daß seine Kinder es im Leben weiterbrachten als er selbst. Andrew hatte sein Leben lang zwei Jobs gleichzeitig gehabt, und seine Träume hatten sich weitestgehend erfüllt: Bis auf eines besuchten alle Kinder von Andrew und Coydell Mitte der Siebziger Jahre das College.

Aber es sprach sich schnell herum, daß Tuffy Pleasant womöglich als Verdächtiger in beiden Mordfällen galt – nicht offiziell, aber es kursierten Gerüchte –, und Andrew suchte Vern auf. So wie seinerzeit Olive Blankenbaker wollte auch er um Gerechtigkeit für seinen Sohn bitten, und Vern Henderson fühlte sich hin- und hergerissen zwischen den beiden an ihn herangetragenen Bitten.

»Als Morris' Mutter mich gebeten hatte, seinen Mörder zu finden, hatte ich es ihr versprochen«, sagte Vern. »Ich wußte nicht, was ich sonst sagen sollte. Es war eine sehr emotionale Situation, und ich hätte sie am liebsten umarmt.« Ähnlich erging es mir mit Tuffys Vater.

»Andrew senior kam zu mir und sagte: ›Hör zu, Vern, du bearbeitest diesen Fall. Ich will wissen, ob mein Sohn es getan hat oder nicht. Ich weiß, daß wir dir vertrauen können.‹ Ich wußte gleich, daß ich nun ein Problem hatte, denn wer will schon tatsächlich hören, daß sein Sohn ein Mörder ist? Mir war klar, daß, wenn ich herausfand, daß Tuffy irgendwie in die Sache verstrickt war, das das Ende unserer Freundschaft sein würde.«

Es war eine solide Freundschaft, die bis in die Zeit zurückreichte, da Andrew Pleasant sich Verns Footballspiele angesehen hatte, und die sich fortgesetzt hatte, als Vern das Yakima Valley Community College besuchte und nebenbei für die Müllabfuhr gearbeitet hatte.

Vern kannte Tuffy Pleasant nicht so gut wie dessen Vater, aber das gedachte er zu ändern. Er fuhr nach Ellensburg und suchte das Wohnheim auf, in dem Tuffy während seines Studiums an der Central Washington University wohnte. Tuffy und er trafen sich draußen, und die beiden Männer begannen einen zögerlichen, gereizten, mehrmals unterbrochenen und wiederaufgenommenen Dialog.

Von diesem Augenblick an hatte Tuffy Pleasant ständig das Gefühl, beobachtet zu werden. Er bekam Vern sehr oft zu Gesicht, und er vermutete – zutreffenderweise –, daß Vern in der Nähe war, auch wenn er ihn nicht sehen konnte. Es spielte keine Rolle, daß Tuffys Lügendetektortest kein eindeutiges Ergebnis erbracht hatte und Dick Nesary nur den Kopf hatte schütteln können. Es spielte auch keine Rolle, daß Tuffy glaubte, die Vernehmungen mit Brimmer und den anderen Detectives im Januar bravourös gemeistert zu haben. Er fühlte sich trotz allem unbehaglich. Tuffy hatte das Empfinden, daß Vern zu viel von ihm wußte und ihn nicht mehr in Frieden lassen würde, bis er seine Schuld oder Unschuld bewiesen hätte.

Das Problem dabei war, daß Tuffy Vern Henderson mochte. Unter anderen Umständen hätte er gern mit ihm gesprochen, aber im Augenblick machte Vern ihn nervös.

Und das war genau das, was Vern beabsichtigte.

Kapitel 14

Morris' großes altes Haus an der North Sixth Street war neu vermietet worden, und das Leben ging weiter. Jedesmal aber, wenn Vern Henderson an dem Haus vorbeifuhr, holte ihn die Erinnerung ein, die Erinnerung an Besuche bei Morris und Jerilee, daran, wie herzlich sie ihn in ihrem Haus empfangen hatten und wie sehr er sich gefreut hatte, Morris wieder glücklich zu sehen. Doch letztendlich überwogen die schlimmen Erinnerungen. Vern hatte Morris in jener schrecklichen Nacht, in der er gestorben war, nicht im Schnee liegen sehen, aber er kannte die Polizeiphotos. Er hatte das Bild genau vor Augen. In Morris' Garten oder in der Seitenstraße mußten noch Beweise zu finden sein, die sie bisher übersehen hatten.

Der Druck, genügend Indizien zu finden, um einen Verdächtigen anklagen zu können, lastete schwer auf Sergeant Bob Brimmer. Am Freitag, dem 16. Januar, nahm er sich zum erstenmal seit langer Zeit frei, um drei Tage angeln zu gehen und eine Weile Abstand von dem Fall nehmen zu können.

Als er allein im Büro saß, empfand Vern Henderson den übermächtigen Drang, etwas zu tun, *irgend etwas*. Er zog seinen Mantel über und fuhr in die North Sixth Street. Er wußte von Joey Watkins, daß sich die deutsche Automatik im November und Dezember in Tuffy Pleasants Besitz befunden hatte. *Wenn* Tuffy schuldig war und *wenn* er Morris mit dieser Pistole erschossen hatte, mußten irgendwo in der Nähe der Stelle, an der Morris zusammengebrochen war, Patronenhülsen liegen. Henderson beschloß, sich in den Mörder hineinzuversetzen und den Tathergang zu rekonstruieren.

Er ging von der Lincoln aus die Seitenstraße hinunter, die hinter dem Appartementhaus 208 North Sixth Street her führte. Gerda Lenberg lebte dort, die in der Nacht nach Thanksgiving jemanden hatte weglaufen hören. Gleich an dem Haus traf der Bürgersteig der Lincoln Street auf die namenlose Seitenstraße.

Einige Häuser weiter unten gelangte Vern zu den Stellplätzen, die zu Morris' damaligem Haus gehörten. Der kleine Volkswagen war im Carport geparkt gewesen, und der Chevy, mit dem Morris an diesem Abend zur Arbeit gefahren war, hatte teilweise auf dem Rasen des rückwärtigen Gartens gestanden. Jetzt standen dort andere Fahrzeuge, aber Vern sah alles genau so vor sich, wie es in jener Nacht im November gewesen war.

Das neue Appartementhaus, in dem Rowland Seal und Dale Soost, die beiden Männer, die an jenem Morgen hatten zur Jagd fahren wollen, lebten, befand sich sehr nah an Morris' Garten, höchstens drei Meter von der Grundstücksgrenze entfernt.

»Zuerst ging ich zu dem Zaun, an dem Morris, wie ich annehmen mußte, gestanden hatte«, erinnerte sich Vern rückblickend. »Ich wußte, wie die Leiche ausgesehen hatte, weil mir von der Autopsie her bekannt war, wo und wie die Kugeln eingedrungen waren ... Und ich hatte die Polizeiphotos gesehen.«

Jetzt schlüpfte Vern Henderson in die Haut des Mörders. Er hatte nie daran gezweifelt, daß der Täter allein gewesen war; Mrs. Lenberg war absolut sicher, daß nur eine Person in schweren Schuhen die Gasse hinuntergelaufen war, nachdem weiter oben die ›Feuerwerkskörper‹ geknallt hatten. Vern befand sich dort, wo der Mann, dessen Gesicht er noch nicht kannte, Morris gegenübergestanden hatte.

Henderson kam alles so real vor, als wäre er zwei Monate zuvor tatsächlich dabeigewesen. »Ich wußte, daß es sich bei der Tatwaffe um eine Automatik handelte. Ich sagte mir, diese Waffen werfen die leeren Hülsen nach rechts aus. In einem Buch hatte ich gelesen, daß die Hülsen je nachdem, welche Feder eingebaut ist, bis zu viereinhalb oder sogar sechs Meter weit springen können. Die Hülse konnte also über diese Entfernung geflogen sein, nach rechts, nach links oder auch nach hinten. Also zeichnen wir ein Dreieck, sagte ich mir. Du stehst hier beim Schuß, also ist die Hülse nach rechts geflogen.«

Vern drehte langsam den Kopf in die Richtung. Er sah den 1,20 m hohen Maschendrahtzaun, der das Grundstück des Nachbarhauses von Morris' Garten trennte. Unmittelbar hinter dem Zaun verlief ein zementierter Weg mit einem Bordstein. Er schätzte, daß die Entfernung von dort, wo er stand, bis zum Zaun etwa drei Meter betrug. Beinahe so, als würde er von einer fremden Hand geleitet, zog Vern in Gedanken einen Bogen und ging dann zu dem Zaun rüber. »Sie hätte genau hier landen müssen«, murmelte er.

Er blickte hinab auf einen Punkt zwischen dem Zaun und dem zementierten Weg auf dem Grundstück des

Nebenhauses. Und da war sie. Die Hülse lag in einer Pfütze im Schatten eines Zementpfostens, die Oberfläche matt von den Wochen, die sie der Witterung ausgesetzt gewesen war.

Vern Henderson fühlte, wie sein Herzschlag sich beschleunigte, als er sich bückte und das Stück aufhob. Für ihn war es kostbarer als pures Gold. Die ganze Zeit über hatte die Hülse dort gelegen – von dem Augenblick an, da Morris gestorben war. Die Kugel, die sie enthalten hatte, war in den Kopf seines besten Freundes eingeschlagen, und sie war durch die eisige Nachtluft gesegelt und an dieser Stelle auf den Boden aufgetroffen.

Vern Henderson gab die Hülse vorsichtig in einen speziellen Plastikbeutel und fuhr zur Privatadresse seines Sergeants. Dort sah Bob Brimmer sich die Hülse an. Auch er war sicher, daß sie aus derselben Waffe stammte wie jene, die Weihnachten in Gabby Moores Küche gefunden worden war. Um ganz sicherzugehen, mußten sie das Beweisstück an das staatliche Polizeilabor schicken.

Beide Männer waren aufgeregt, übten sich aber noch in Zurückhaltung. Noch hatten sie die Waffe nicht, und wenn die Patronenhülsen übereinstimmten, würden sie zwar wissen, daß zwischen beiden Morden ein Zusammenhang bestand, aber immer noch nicht, wer geschossen hatte.

Vern Henderson brachte das Fundstück zur Wache und verglich es mit jenem vom Moore-Mord. Jene Hülse war glänzender, aber das spielte keine Rolle. Was zählte, waren die Spuren, die die Nachlade- und Auswurfvorrichtung hinterlassen hatten sowie der Abdruck des Vorräumers.

»Beide Hülsen wiesen einen halbmondförmigen Abdruck auf der Unterseite auf«, erinnerte sich Vern. »Die Abdrücke waren identisch.«

Er etikettierte die Patronenhülse und schloß sie in seinem Schreibtisch ein. Am Montag würde Bob Brimmer sie ins Labor schicken, wo überprüft werden würde, was er und Henderson bereits mit bloßem Auge erkannt hatten.

Wenn – und *falls* – die Mordwaffe gefunden wurde, konnte die Hülse der Kugel, die Gabby Moore getötet hatte, mit den Furchen und Rillen im Inneren des Laufes verglichen werden. Bei der dem Wetter ausgesetzten Hülse, die Vern drei Meter von der Stelle gefunden hatte, an der Morris gestorben war, würde das nicht mehr möglich sein. Aber die Abdrücke an der Unterseite beider Exemplare müßten ausreichen.

Henderson vermutete, daß die Hülsen der zwei anderen Kugeln, die Morris getroffen hatten, ebenfalls nach rechts ausgeworfen worden, aber weiter geflogen waren als die erste. Vermutlich waren sie auf dem stark begangenen Zementweg gelandet und schon vor langer Zeit von den Bewohnern des Appartementhauses zertreten oder beiseitegekickt worden. Er brauchte sie nicht. Trotzdem kehrten er und ein anderer Detective mit Spaten und Sieb zurück zur North Sixth Street. Sie rissen Gras und Unkraut aus und siebten aufs Geratewohl schaufelweise Erde durch.

Sie fanden die zwei Patronenhülsen nicht. Sie wurden nie gefunden.

Die Chancen, die Waffe zu finden, mit der Morris Blankenbaker und Gabby Moore erschossen worden waren, wurden als verschwindend gering eingestuft. Wer immer der Mörder war – er wäre ein Idiot gewesen, sich nicht gleich nach dem zweiten Mord der Pistole zu entledigen. Und in der Gegend um Yakima gab es unendlich viele Möglichkeiten, eine Waffe verschwinden zu lassen. Canyons, endlose Meilen Wüste, Berge, Flüsse. Im Osten der Stadt befand sich ein riesiges militärisches Übungsgelände, wo Tausende von Washington State National Guardsmen, Reserveoffiziere und Soldaten aus Fort Lewis Manöver durchführten. Die Waffe konnte also auch an jemanden von ›der Küste‹ verkauft worden sein, wie die Bewohner Ost-Washingtons Seattle bezeichneten.

Letzteres schien am wahrscheinlichsten. Der *Yakima Herald-Republic* berichtete, daß die Behörde von Yakima County die gesuchte .22 von Tauchern in Flüssen und Seen ›der Küste‹ suchen lassen wolle.

Das erwies sich jedoch als unnötig. Eine unsichtbare

Macht schien beschlossen zu haben, in diesen rätselhaften Mordfällen Gerechtigkeit geschehen zu lassen. Die Entdeckung der vermißten Waffe war unrealistisch; jeder halbwegs vernünftige Redakteur hätte sie in einer fiktiven Geschichte als unglaubwürdig abgelehnt. Aber diese Ereignisse waren Wirklichkeit ...

Am 21. Februar, fünf Wochen nachdem Vern Henderson zielstrebig zu der Stelle gegangen war, an der die Patronenhülse unter dem Zaun gelegen hatte, zogen John und Paul Klingele, fünfzehn und sechzehn Jahre alt, gemeinsam los, um ihrem Lieblingshobby nachzugehen – Angeln. Sie wählten dazu die Stelle, an der der Naches River unmittelbar unter den Twin Bridges – zwei grünen stählernen Brückenbögen, die die beiden Fahrbahnen der Interstate 82 überspannen, in den Yakima River mündet; dort, wo die Schnellstraße nach Norden aus Yakima heraus in Richtung Ellensburg führt.

John Klingele sollte sich noch lange an diesen Tag erinnern, nicht wegen des Angelausflugs, sondern wegen der Entdeckung, die er an jenem Tag machte. Regenfälle und Schmelzwasser waren in diesem Winter reichlich gewesen, und der Fluß hatte sogar die kleine Insel überspült, die sich direkt unterhalb der Twin Bridges aus dem Naches erhob. Aber inzwischen war der Pegel wieder soweit gesunken, daß das Wasser ziemlich seicht war und John unter der Brücke vom westlichen zum östlichen Ufer waten konnte. Gegen 12 Uhr mittags blickte er nach unten und sah einen zylindrischen metallenen Gegenstand im Wasser liegen. Als er genauer hinschaute, erkannte er, daß es sich um den langen Lauf einer Handfeuerwaffe handelte. Er rief seinen Bruder Paul herbei, der etwa viereinhalb Meter entfernt angelte.

Die Jungen zogen die Pistole aus dem knapp zehn Zentimeter tiefen Wasser und bemerkten erstaunt, daß der Griff mit weißem Klebeband umwickelt war. Es handelte sich um eine Automatik Kaliber .22. Sie wuschen sie im Fluß ab, und Paul sah nach, ob sie geladen war. Das Magazin war leer. Immer noch neugierig, wickelten sie das Klebeband ab.

John Klingele interessierte sich mehr für das Fischen als für Waffen und überließ es seinem Bruder, die Pistole mit nach Hause zu nehmen. Sie würden ihren Dad fragen, was sie damit machen sollten, wenn er zum Mittagessen heimkam. Wayne Klingelc, Drucker beim *Yakima Herald-Republic*, verstand eine Menge von Waffen. Er war Jäger, liebte das Tontaubenschießen und pflegte seine eigenen Waffen sehr sorgfältig.

Klingele senior war nicht begeistert, als er hörte, daß seine beiden jugendlichen Söhne mit einer Pistole herumgespielt hatten. Er sah sie sich an, stellte fest, daß sie nicht geladen war, und erkannte, daß es sich um einen .22 Colt Woodsman mit 15-Zentimeter-Lauf handelte. Es war ein älteres Modell und leicht angerostet durch das Wasser des Flusses. Er schloß nicht aus, daß die Waffe schon Jahre im Naches gelegen hatte.

Klingele mußte zurück zur Arbeit, meinte jedoch, was er sagte, als er Paul anwies, die Pistole ganz oben in das Trophäenregal der Familie zu legen, und den Jungen verbot, sie noch einmal anzurühren. Wayne hatte keine Ahnung, woher die Waffe stammte, aber er wußte sehr genau, was er damit tun würde. Wayne Klingele bewahrte Waffen in seinem Haus auf – Gewehre und Flinten –, weil er ein so leidenschaftlicher Sportschütze war. Tatsächlich war er schon am folgenden Sonntag mit Jack La Rue, dem Polizeichef von Yakima, zum Tontaubenschießen verabredet.

Als Klingele dem Chief gegenüber die Pistole aus dem Fluß erwähnte, zeigte sich der höchst interessiert, sie sich anzusehen. Klingele versprach, ihm die Waffe gleich am nächsten Morgen vorbeizubringen. »Ich brachte sie ihm am Montagmorgen. Chief La Rue erwartete mich bereits und begleitete mich sofort zu Sergeant Brimmer in den zweiten Stock. Ich übergab ihm die Pistole.«

Brimmer und Henderson waren fasziniert von der

Waffe, die zehn Zentimeter tief im Wasser gelegen hatte, dort wo der Naches die kleine Insel umspülte. Das Kaliber stimmte. Der lange Lauf stimmte. Es handelte sich um eine Automatik. Als sie dann erfuhren, daß die Klingele-Jungen ein weißes Klebeband vom Griff entfernt hatten, lächelten sie, wenn auch noch verhalten.

Jetzt hatten sie zwei Patronenhülsen von zwei verschiedenen Tatorten – Hülsen, die erwiesenermaßen aus derselben Waffe stammten –, und eine Colt Woodsman Kaliber .22 mit langem Lauf und Resten von weißem Klebeband am Griff. Letzteres hatte verhindert, daß sich Fingerabdrücke nachweisen ließen. Das Labor würde ihnen sagen können, ob die Kugeln aus der Pistole abgefeuert worden waren, die die Jungen aus dem Fluß gefischt hatten.

Auch mußten sie versuchen, den Ursprung der Waffe zurückzuverfolgen. Wer immer die Pistole in den Naches geworfen hatte, war vermutlich in Richtung Ellensburg unterwegs gewesen oder aus Ellensburg gekommen. Und der Betreffende hatte ganz sicher nichts von der kleinen Insel unter der Brücke gewußt, sonst hätte er das Objekt mit viel mehr Schwung ins Wasser geworfen.

Aber so hatte die rostige alte Pistole, deren Lauf sich sacht in der Strömung bewegte, scheinbar dort verharrt, um gefunden zu werden. Es war beinahe unheimlich, wenn man bedachte, daß schon die Patronenhülse offensichtlich darauf gewartet hatte, von Vern Henderson entdeckt zu werden. Und jetzt war dieses Indiz fast ebenso mühelos gefunden worden. Manchmal rächte sich ein Mord eben doch.

In diesem Fall sah es langsam aus, als wäre das Glück auf seiten der Polizei. Trotzdem ahnten die Detectives noch nicht, wie kompliziert dieser Fall noch werden sollte. Sie verfügten über einige vielversprechende ballistische Beweise. Es gab reichlich Gerüchte, aber sie hatten immer noch keinen Schimmer, welches Motiv hinter den beiden Morden steckte. Das erste hatte sich erledigt, als ihr Hauptverdächtiger des ersten Mordfalles an Weihnachten Opfer Nummer zwei geworden war.

Kapitel 15

Staatsanwalt Jeff Sullivan traf sich mit Bob Brimmer und Vern Henderson. Die Pistole konnte sich als entscheidendes Beweisstück in beiden Fällen erweisen. Noch wußten sie nicht, wem die Pistole gehörte und durch wessen Hände sie gegangen sein mochte. Aber sie gingen davon aus, daß da draußen jemand ins Schwitzen kommen würde, wenn er – oder sie – vernahm, daß die Waffe sich nun in den Händen der Polizei befand. Die meisten Leute haben schon genug Fernsehkrimis gesehen, um zu wissen, daß man die Herkunft einer Waffe zurückverfolgen kann, aber die wenigsten verstehen etwas von forensischer Ballistik.

Fürs erste erfuhr außer den ermittelnden Detectives niemand vom Fund der Pistole. Dann drehte jedoch ein Reporter des *Yakima Herald-Republic* am Montag, dem 23. Februar, seine Runde auf der Polizeiwache und fragte wie gewöhnlich, ob es in den Blankenbaker-Moore-Fällen Neuigkeiten gäbe. Es war nicht viel zu berichten, aber Chief Jack La Rue erwähnte beiläufig, daß jemand der Polizei eine Pistole Kaliber .22 gebracht hätte, die er unter den Twin Bridges gefunden hatte.

Der Artikel darüber versetzte mindestens drei Leser in Panik. Jeder von ihnen fürchtete, daß die Polizei bald wissen würde, wer die Pistole ins Wasser geworfen hatte, so sicher als hätten sie ihre Namen und Adressen in den Griff geritzt.

Derweil fuhr Vern Henderson Furchen in die Straße nach Ellensburg. Tuffy Pleasant gewöhnte sich langsam daran, Vern auf sich zukommen zu sehen, sobald er den Kopf hob. Es machte ihn ganz kribbelig, daß Vern offenbar seine Gedanken lesen konnte. Und der Detective hatte in den Straßen Yakimas einiges aufgeschnappt, Gerüchte und Bemerkungen seitens einiger Freunde von Tuffy.

Henderson war seit Wochen der Überzeugung, daß Tuffy irgendwie in die beiden Morde verstrickt war, wußte aber nicht wie und warum. Wenn sie redeten, drehten sie sich im Kreis, versuchten einander mit Finten auszutricksen. Manchmal glaubte Vern, Schweißperlen auf der Stirn seines Gegenübers zu sehen, vor allem, als Vern bestätigte, daß die Polizei tatsächlich eine .22 im Naches River gefunden hatte.

»Ich erzählte ihm, wieviel wir anhand einer Waffe herausbekommen konnten«, erinnerte sich Henderson. »Er wußte nicht, daß wir den Besitzer nicht ermitteln konnten, sofern sich nicht jemand von sich aus meldete, und er glaubte mir, daß wir unmittelbar davor stünden, die Identität des Mörders aufzudecken.«

Tuffy war in die Offensive gegangen. Er hatte Vern mitgeteilt, daß er mit einem Anwalt gesprochen hatte. »Ich kenne meine Rechte. Ich muß weder mit Ihnen noch mit Brimmer sprechen, wenn ich nicht will.«

»Das ist richtig.«

»Was würden Sie an meiner Stelle tun?« fragte Tuffy unvermittelt.

»Also«, entgegnete Vern Henderson langsam, »ich weiß nicht, was ich täte, wenn ich an deiner Stelle wäre. Vielleicht – ja, ich denke, ich würde mir auch einen Anwalt nehmen und nichts mehr sagen.«

Vern war überzeugt, sich damit selbst Steine in den Weg gelegt zu haben, aber der Junge hatte ihn gefragt, und er hatte ehrlich geantwortet. Tuffy musterte ihn nachdenklich und wägte offenbar in Gedanken etwas ab.

»Nein«, sagte Tuffy schließlich. »Ich möchte mit Ihnen reden. Ich möchte helfen, diese Sache aufzuklären.«

Und so redeten sie weiter, bis es kalt und dunkel wurde und Vern nach Yakima zurückfahren mußte. Was immer Tuffy im Begriff gewesen war zu verraten, er sagte nichts Definitives. Er wollte nur mehr darüber wissen, was die Polizei alles anhand einer Waffe in Erfahrung bringen konnte.

Auf der Heimfahrt kam Vern immer mehr zu der Überzeugung, daß Tuffy den Mörder von Morris und Gabby kannte. Er fragte sich, ob der junge Mann es nicht vielleicht sogar selbst getan habe, worauf sich ihm erneut die Frage aufdrängte, *warum*?

Tatsächlich waren die Ermittler gleichzeitig weiter entfernt und dichter dran, als sie ahnten, den Besitzer der Waffe zu finden. Noch wußten sie es nicht, aber der alte Colt war in Vietnam gewesen, und so ließ sich unmöglich zurückverfolgen, durch wessen Hände er inzwischen gegangen war. Er half ihnen ebensowenig weiter wie eine Waffe, die absichtlich an einem Tatort zurückgelassen wird, von einer Person, die weiß, daß sie keine Erkennungsmerkmale mehr trägt. Eventuell gelang es der Polizei zu beweisen, daß die tödlichen Kugeln aus der Pistole abgefeuert worden waren, aber solange die Ermittler den Zusammenhang zwischen der Waffe und Tuffy – oder jemand anders – nicht zweifelsfrei herstellen konnten, war es auch nicht möglich zu beweisen, daß er die Morde begangen hatte.

In dieser dritten Februarwoche las eine sehr attraktive siebenundzwanzigjährige Frau namens Loretta Scott* die Zeitung und hatte das Gefühl, als schließe sich eine eiserne Faust um ihr Herz. Sie hatte seit Weihnachten schreckliche Angst gehabt und sich die größten Sorgen wegen dieser Pistole gemacht, obgleich sie nicht das Geringste mit den Morden an Morris Blankenbaker und Gabby Moore zu tun hatte. Sie kannte beide Männer nur vom Sehen. Aber Loretta Scott war in eine höchst bizarre Verkettung von Ereignissen hineingeraten, und das nur, weil sie einem Verwandten hatte helfen wollen. Jetzt wandte Loretta sich verunsichert an einen Rechtsanwalt, dem sie erklärte, daß sie möglicherweise unbeabsichtigt mit dem Gesetz in Konflikt geraten wäre. Sie eröffnete ihm, daß sie möglicherweise in einen Mord verwickelt sei. Sie hoffe, daß dem nicht so wäre, gestand jedoch, in Begleitung ihres Bruders die Pistole in den Naches River geworfen zu haben.

»Kann es sein, daß ich deswegen Schwierigkeiten bekomme?« fragte sie.

Der Strafverteidiger machte ihr nichts vor. »Möglich. Ich denke, Sie sollten dem Staatsanwalt erzählen, was Sie wissen.«

Vorab aber rief der Rechtsanwalt von der Kanzlei den Pflichtverteidiger Jeff Sullivan an und erzählte ihm den ›hypothetischen‹ Fall einer Person, die unwissentlich ›nach der Tat‹ in einen – oder auch zwei – Morde verwickelt worden war.

Der Staatsanwalt von Yakima County durchschaute sofort, worum es ging. Endlich hatten sie in den Mordfällen Blankenbaker und Moore einen Treffer gelandet. Er bat den Anwalt, seine Mandantin zu ihm ins Gericht zu schicken.

Loretta Scott und ihr Anwalt suchten Jeff Sullivan gemeinsam in seinem Büro im Gerichtsgebäude von Yakima auf. Loretta war sehr groß und schlank mit sanften Rehaugen und hätte Model sein können. Allerdings nicht an dem Tag, da sie kam, um ihre Geschichte zu erzählen – da zitterte sie zu sehr.

Die Frau erklärte, daß sie Tuffy Pleasants Cousine väterlicherseits sei. Im vergangenen Jahr hatte sie sieben Monate lang mit ihren drei kleinen Kindern in Walla Walla, Washington, gelebt, über hundert Meilen südöstlich von Yakima. Sie berichtete, daß sie und Tuffy sich in ihrer Kindheit sehr nahegestanden, sie sich jedoch in den vergangenen Jahren nur selten gesehen hatten. Der Pleasant-Clan war sehr groß, und familiäre Loyalität wurde großgeschrieben, aber Tuffy hatte sich nicht oft blicken lassen, und dann war sie selbst für einige Zeit aus Yakima weggezogen.

Loretta beschrieb, wie überrascht sie war, als Tuffy sie um Halloween herum in Walla Walla besucht hatte. Ohne telefonische Ankündigung hatte er einfach an einem Donnerstagnachmittag vor der Tür gestanden. Sie war verblüfft gewesen, gleichzeitig aber auch sehr erfreut, ihn zu sehen.

»Wir setzten uns zusammen und tratschten, und dann gingen wir einkaufen und aßen zusammen zu Abend. Und dann«, fuhr sie fort, »ich weiß gar nicht, wie wir überhaupt auf dieses Thema kamen, fragte er plötzlich: ›Hey, Cousine, besitzt du irgendwelche Waffen? Hast du eine Pistole?‹ Ich bejahte, woraufhin er fragte, ob er sie sehen könne.«

Loretta Scott sagte, sie besäße eine alte .22, die jemand einem ihrer Brüder überlassen hatte; der hatte sie wiederum an einen Freund weitergegeben, von dem schließlich sie sie bekommen hatte. Sie hatte damals Schwierigkeiten mit einem Ex-Freund, der sie einfach nicht in Frieden lassen wollte. Die Waffe vermittelte ihr ein gewisses Gefühl von Sicherheit. Sie hatte keine Ahnung, woher sie ursprünglich stammte. Als Tuffy nach einer Pistole fragte, holte sie sie aus dem Versteck, in dem sie sie aufbewahrte, damit die Kinder sie nicht fanden.

Als Sullivan sie aufforderte, die Waffe zu beschreiben, sprach Loretta von einem sehr langen Lauf und einem Griff, der mit weißem Klebeband umwickelt war. Tuffy hatte gesagt, er wolle sie ihr eventuell abkaufen, sie aber vorher ausprobieren. Er behauptete, sie zu seinem Schutz zu benötigen.

»Du kannst die alte Pistole für fünfunddreißig Dollar haben«, hatte Loretta entgegnet.

Tuffy hatte noch mit ihren Kindern gespielt, sich die Stadt angesehen und bei ihr übernachtet. Kurz bevor er am nächsten Tag nach Yakima zurückgefahren war, hatte er sie gefragt, ob er die Pistole jetzt testen könne. Dann hatte er um eine Kartoffel gebeten. Sie hatte ihn angesehen, als hätte er nicht mehr alle Tassen im Schrank, seinem Wunsch jedoch entsprochen.

»Wir gingen raus in den Garten«, sagte sie. »Er hielt die Kartoffel mit einer Hand fest und feuerte mit der Pistole darauf, um zu sehen, wieviel Durchschlagskraft sie hatte.«

»Was passierte mit der Kartoffel?« fragte Staatsanwalt Jeff Sullivan.

»Sie zerplatzte, und die Stücke flogen nach allen Seiten. Ich bekam sogar etwas ins Auge.«

Tuffy hatte noch ein zweites Mal auf Kartoffeln geschossen und dann zufrieden erklärt, daß er die Pistole kaufen werde. Er gab ihr damals noch kein Geld, versprach aber, den vereinbarten Betrag später zu bezahlen. Loretta wußte nicht, wofür er die Pistole brauchte, und Tuffy ließ sich auch nicht weiter darüber aus. Er war ein guter Junge, der nie mit dem Gesetz in Konflikt geraten war, und so machte sie sich keine Sorgen.

Loretta hatte nie nachgesehen, ob die Waffe eine Seriennummer besaß, aber sie erinnerte sich, daß ein Magazin dabeigewesen war und sie Tuffy außerdem noch einige dazugehörige Patronen mitgegeben hatte.

Am 10. November war Loretta Scott zurück nach Yakima gezogen. Irgendwann im Laufe der nächsten Wochen begegnete sie im Hause ihrer Schwester ihrem Vetter Tuffy. Er hatte die Pistole, die er im übrigen nie bezahlt hatte, nicht bei sich. Fünfunddreißig Dollar waren zwar nicht viel, aber er hatte es versprochen. Am 29. November beschloß Loretta, ihn aufzufordern, die Pistole entweder zu bezahlen oder sie ihr zurückzugeben. Sie fuhr zu der Wohnung, in der er mit seiner Freundin zusammen wohnte, wenn er nicht auf dem College war.

Tuffy arbeitete draußen an seinem Wagen, als sie vorfuhr. Grinsend schlenderte er auf ihren Wagen zu.

»Ich forderte die Pistole zurück«, erzählte Loretta, »und er gab sie mir. Er ging zu seinem Wagen, wickelte die Pistole in ein Tuch und reichte sie mir ins Auto.«

Loretta sagte, sie hätte sie in ihre Handtasche gesteckt und später in ihrer Wohnung in einem Schrank versteckt. Damit schien die Sache erledigt zu sein. Sie war nicht böse, daß ihr Cousin die Pistole nicht bezahlt, sondern zurückgegeben hatte. Sie vermutete, daß er sie nur hatte haben wollen, um den coolen Macker zu markieren. Er ging aufs College, steckte sicherlich nicht in irgendwelchen Schwierigkeiten, und die ganze Geschichte war nicht weiter wichtig. Loretta Scott legte bei der Befragung durch die Detectives und den Staatsanwalt eine Pause ein. Sie war immer noch nervös, fühlte sich jedoch besser, nachdem sie begonnen hatte, ihre Geschichte zu erzählen.

»Okay«, fuhr Jeff Sullivan fort. »Hat Angelo – Tuffy – Sie irgendwann gebeten, ihm die Pistole noch einmal zu überlassen?«

»Ja, das hat er«, entgegnete sie. »Am 24. Dezember – Heiligabend.«

Sie und ihre Schwester waren allein im Haus gewesen, als er Heiligabend plötzlich vor der Haustür stand. »Kannst du mir das Ding noch mal borgen, Loretta?« fragte er. Er sprach das Wort Pistole nicht aus, aber sie wußte auch so, was er meinte. Sie fragte, wozu er sie haben wolle, aber er antwortete ausweichend. Er sagte nur: »Du wirst in der Zeitung davon lesen.«

Sie starrte ihn an. Das klang nicht gut. Aber er schien es eilig zu haben, und er war Tuffy – ihr Vetter und langjähriger Freund. Sie hatte ihm die .22 gegeben, und er hatte nach Munition gefragt. »Ich sagte ihm, daß ich nur noch eine Patrone übrig hätte – im Medizinschrank im Bad. Ich mußte nicht lange danach suchen: Sie lag zusammen mit einer Aspirintablette, einer Haarnadel und einem Penny in einem Regalfach des Arzneischränkchens.«

Als Tuffy wieder gegangen war, hatte ihre Schwester sie kopfschüttelnd angesehen. »Das hättest du nicht tun sollen, Loretta«, hatte sie gemeint.

Loretta hatte sich flüchtig gefragt, warum ihre Schwester keine Einwände erhoben hatte, als Tuffy noch im Haus gewesen war. Aber aus welchem Grund auch immer er die Pistole hatte haben wollen, jetzt war es zu spät. Sie dachte nicht weiter darüber nach, sondern kümmerte sich statt dessen in der Küche weiter um die Vorbereitungen für die Weihnachtsfeier.

In ganz Yakima wurde gefeiert.

Als Loretta Scott Tuffy die Pistole das erste Mal überlassen hatte, hatte sie sie sich später zurückholen müssen. Sie nahm an, daß ihre Schwester deshalb gemeint hatte, es wäre ein Fehler gewesen, sie ihm noch einmal zu geben. Seltsamerweise brauchte sie diesmal die Waffe nicht einzufordern. Tuffy brachte sie innerhalb kürzester Zeit zurück.

Loretta war verblüfft gewesen, als Tuffy gegen 1 Uhr 30 in dieser Nacht erneut vor der Tür gestanden hatte. Ihre Weihnachtsfeier war in vollem Gange, als er und seine Freundin René unerwartet aufkreuzten. Aber er war nicht gekommen, um mitzufeiern, sondern um ihr die .22 zu bringen. Loretta fand das sonderbar – daß er an Weihnachten und noch in der Nacht vorbeikam, um sie zurückzugeben.

»Haben Sie mit ihm gesprochen?« fragte Sullivan Loretta.

»Nein, er drückte sie mir einfach in die Hand. Ich legte sie in eine Schublade.«

Loretta hatte keine Ahnung, wozu Tuffy die Pistole so dringend gebraucht hatte, um sie nach fünf Stunden bereits wieder zurückzubringen.

»Am nächsten Tag waren wir zum Abendessen bei meiner Mutter eingeladen«, erzählte Loretta nervös. »Als ich durch die Tür trat, empfing mich meine Schwester mit den Worten: ›Loretta, ich muß dir etwas sagen.‹«

Loretta Scott glaubte, ihre Schwester mache nur Spaß, und ging zum Büffet, um sich etwas zum Essen zu holen. Aber ihre Schwester bestand darauf, daß sie sich noch vor dem Essen anhörte, was sie ihr zu sagen hatte.

»Okay«, sagte Loretta. »Dann jetzt gleich. Was ist?«

»Mr. Moore ist tot.«

»O Mann, Mädchen, red kein dummes Zeug«, lachte Loretta.

»Nein«, sagte ihre Schwester in eindringlichem Tonfall. »Er ist tot. Er wurde letzte Nacht erschossen.«

Loretta waren urplötzlich Appetit und Weihnachtsstimmung vergangen. *»Er wurde letzte Nacht erschossen?«* flüsterte sie.

»Ja, er wurde letzte Nacht mit einer Zweiundzwanziger erschossen.«

»Mit einer Zweiundzwanziger?« wiederholte Loretta wie ein Roboter. Sie dachte an das, was Tuffy gesagt hatte: »Du wirst in der Zeitung davon lesen.«

Sie blieb bei ihrer Mutter, damit die Kinder den Tag genießen konnten, aber ihre Gedanken rasten. Sie konnte nicht glauben, daß Tuffy etwas mit dem Mord an Mr. Moore zu tun haben sollte. Mr. Moore hatte Tuffy zu einem Champion gemacht. Dennoch wartete sie am Montag um 5 Uhr früh ungeduldig auf den Zeitungsjungen. Sie holte die Zeitung herein, fürchtete sich jedoch davor, sie aufzuschlagen. Sie legte sie auf den Küchentisch. »Dort ließ ich sie bis etwa halb neun liegen und fing an zu überlegen. Ich versuchte, Ordnung in meine Gedanken zu bringen.«

Loretta konnte sich immer noch nicht vorstellen, daß Tuffy irgend jemandem etwas antat, schon gar nicht Mr. Moore. Sie sah ihren Freund ›G.‹ an, und der Ausdruck auf ihrem Gesicht veranlaßte ihn zu der Frage, was mit ihr los sei.

»Ich habe eine Pistole«, entgegnete sie. »Und ich habe das ungute Gefühl, daß damit etwas nicht stimmt.«

Loretta griff nach der Zeitung und las den Artikel über den Mord an Gabby Moore. »Als ich zu der Stelle kam, wo von der Waffe die Rede war, geriet ich in Panik.«

In der Zeitung stand, bei der Kugel habe es sich um eine lange Kugel Kaliber .22 gehandelt, und genau diese Art von Patronen hatte sie Tuffy mitgegeben. Sie fragte ›G.‹, ob sie sich seinen Wagen borgen könne, einen brandneuen Oldsmobile.

Er gab ihr die Schlüssel. Was immer los war, er legte keinen besonderen Wert darauf, nähere Einzelheiten zu erfahren.

»Ich fuhr zu meiner Mutter«, berichtete Loretta den Ermittlern, die ihrer Erzählung begierig lauschten. »Ich hatte vor lauter Aufregung vergessen, daß sie nach Seattle gefahren war, und so traf ich nur meinen Bruder Charles dort an. Er gab eine kleine Party. Ich rief ihn ins Schlafzimmer und sagte: ›Chucky, ich habe etwas Schreckliches getan. Ich weiß nicht, was ich jetzt machen soll. Ich bin ganz aufgeregt, ich habe Angst, und ich will es einfach nicht glauben. Das alles ist der reinste Alptraum.‹«

Als er sah, wie aufgebracht Loretta war, bekam auch Chucky Pleasant Angst.

»Ich steckte ihn an mit meiner Panik«, erzählte Loretta. »Wir redeten davon, die Pistole zu vergraben, und benahmen uns wie Columbo – versuchten, ein Rätsel aufzuklären, verstehen Sie. Dann stiegen wir in den Wagen und beschlossen, die Pistole in den Fluß zu werfen.«

»Wo haben Sie sie in den Fluß geworfen?« fragte Jeff Sullivan.

»In den Naches.«

Sie waren nach Süden in Richtung Yakima gefahren und hatten sich den Twin Bridges genähert. Auf einen Unbeteiligten hätten ihre Bemühungen, die .22 verschwinden zu lassen, vielleicht komisch gewirkt. Sie lag wie eine Schlange zwischen ihnen auf dem Autositz.

Chucky Pleasant, neunzehn Jahre alt und Tuffys Vetter, hatte die Pistole durch das Wagenfenster in Richtung Fluß geworfen. Die Pistole war gegen das Brückengeländer geprallt und auf die Straße zurückgefallen. Daraufhin hatte Loretta ihren Bruder angewiesen auszusteigen und die Pistole so weit wie möglich in den tiefsten, aufgewühltesten Teil des Flusses zu werfen. Sie wollte währenddessen wenden und ihn auf der anderen Straßenseite wieder einsteigen lassen.

Es war dunkel und kalt. Der 26. Dezember. Die Geschwister hatten panische Angst, daß sie jemand beobachten könnte. Sie wollten die Pistole nicht mehr haben, aber sie wollten auch ihren Vetter nicht mit einem Mord in Verbindung bringen. Es war beinahe so, als könnten sie dadurch, daß sie die Pistole fortwarfen, die ganze häßliche Angelegenheit abhaken und aus ihren Gedanken löschen.

Chucky hob auf dem Bordstein die Pistole auf und warf sie in die Flußmitte, wo die Strömung besonders stark und der Fluß besonders tief schien. Er ahnte nicht, daß er sie auf eine kleine Insel unterhalb der Brücke warf, wo das Wasser bald nur noch wenige Zentimeter tief sein würde.

Welche Ironie, sagte sich Jeff Sullivan. Hätte Chucky Pleasant die Pistole beim ersten Versuch nicht gegen das Geländer geworfen, wäre die Pistole tatsächlich in so tiefes Wasser gefallen, daß sie nie gefunden worden wäre. Erst beim zweiten Versuch war die Waffe auf der Sandbank gelandet.

Loretta Scott hatte immer noch Angst, während sie ihre Geschichte erzählte, aber sich der Polizei und dem Staatsanwalt anzuvertrauen beruhigte sie ein wenig. Sie erwartete weiterhin, ins Gefängnis zu kommen für das, was sie getan hatte.

Sie sagte, ihr Bruder hätte ihr nicht gesagt, wo genau er die Pistole in den Fluß geworfen habe, hätte jedoch beteuert, an dieser Stelle wäre das Wasser ›tief‹ gewesen.

»Was haben Sie gemacht, nachdem Sie die Pistole in den Fluß geworfen haben?« fragte Sullivan.

»Ich bin nach Hause gefahren und habe mich schlafen gelegt.«

Loretta hatte die Zeitungen gelesen und alle Berichte über Mr. Moore und Mr. Blankenbaker im Fernsehen gesehen, aber dennoch versucht, die Angelegenheit zu verdrängen. Sie wollte nicht wissen, was passiert war. Exakt zwei Monate später – ein paar Tage bevor sie den Rechtsanwalt aufsuchte – war ihr Vetter Tuffy dann zu ihrer neuen Wohnung gekommen.

Er war der letzte Mensch, den sie zu sehen wünschte. Er wirkte zappelig. Er *war* zappelig, und das sah Tuffy gar nicht ähnlich. Sonst war er immer guter Laune und sah in allem stets nur das Positive. Aber Vern Henderson hatte ihn zu oft aufgesucht und hatte ihm vor kurzem erzählt, wieviel die Polizei herausbekommen würde, falls sie je die Waffe fände, mit der Gabby und Morris erschossen worden waren. Und Tuffy hatte in der Zeitung gelesen, daß die beiden Klingele-Jungen eine .22 Automatik im Naches River gefunden hatten. Er wollte sichergehen, daß es sich nicht um *die* Waffe handelte.

Tuffy und Loretta scheuten sich, dieses Thema anzusprechen. Sie hatten in der Vergangenheit so schöne Zeiten erlebt, und beide wünschten sich die alte Unbeschwertheit zurück. Aber dafür war es zu spät. Schließlich platzte Tuffy mit der Frage heraus: »Wo ist die Pistole?«

Loretta musterte ihn forschend und wußte, daß sie herausfinden mußte, was mit Mr. Moore geschehen war. Mit schlechtem Gewissen tischte sie Tuffy eine Lüge auf. »Ach, die habe ich irgendeinem Typen gegeben, der unten in Florida lebt. Ich habe sie ihm geschenkt.«

Tuffys Züge erhellten sich sogleich vor Erleichterung.

»O Cousine, danke«, sagte er. »Ich liebe dich für das, was du getan hast.«

Tuffy fragte, ob sie von den Jungen gehört hätte, die beim Fischen eine Pistole im Fluß gefunden hatten. Als er davon gelesen habe, hätte er solche Angst gehabt, daß es sich um die ausgeliehene .22 handeln könnte. Aber jetzt wäre er erleichtert.

Leise fuhr Loretta mit ihrer Erzählung im Büro des Staatsanwaltes fort. »Ich sah, wie sein Gesicht strahlte vor Freude und Liebe zu mir, weil er glaubte, ich hätte die Pistole nach Florida verschenkt. Und dann sagte ich: ›Nein, Cousin. Ich habe gelogen.‹ Ich forderte ihn auf, sich auf die Couch zu setzen, und erzählte ihm, daß ich die Waffe in den Fluß geworfen hatte.«

Loretta sagte, jegliche Spur von Erleichterung wäre sofort aus Tuffys Gesicht gewichen.

»Wie hat er reagiert, als er hörte, daß Sie die Pistole tatsächlich in den Naches River geworfen hatten?« fragte Bob Brimmer.

»Zeit …«

»Ich verstehe nicht.«

»Zeit. Er sprach von dem, was er würde durchmachen müssen, verstehen Sie.«

»Durchmachen?«

›Zeit‹ bedeutete Zeit im Gefängnis. Vern Henderson war es gelungen, Tuffy glaubhaft zu machen, daß, falls die Tatwaffe je gefunden würde, man mit ihrer Hilfe den Mörder von Morris und Gabby überführen könne. In diesem Moment reagierte Tuffy Pleasant so, als wären alle seine Träume von einer ruhmreichen Ringerkarriere, seine Hoffnungen und Pläne, eines Tages zu unterrichten, geplatzt wie eine Seifenblase.

»Er sah nur die schwere Zeit, die ihm bevorstand«, sagte Loretta.

Tuffy hatte ihr erzählt, daß ein Weißer auf Mr. Moore geschossen habe. Dies sei Teil eines Planes gewesen, der fünftausend Dollar einbringen sollte. Sie wußte nicht, ob der Schütze oder Mr. Moore das Geld bekommen sollte –

Mr. Moore sollte nämlich gar nicht getötet, sondern nur verwundet werden.

Die Ermittler tauschten einen Blick. Das klang wahrlich nach einem sonderbaren Plan. Tuffy hatte erwähnt, daß Joey Watkins und Kenny Marino in die Sache verwickelt wären. Außerdem hatte er erzählt, daß er mitbekommen hatte, daß Mr. Moore ein Papier unterschreiben und jemandem fünftausend Dollar geben sollte.

Tuffy hatte Loretta gegenüber keine verbrecherische Handlung zugegeben. Er hatte ihr nicht erzählt, daß er auf irgend jemanden geschossen hätte.

Und wer war der Weiße, von dem er behauptet hatte, er hätte auf Mr. Moore geschossen? Kenny Marino? Oder vielleicht jemand, den sie bislang noch gar nicht in Betracht gezogen hatten?

Es war Zeit für weitere Lügendetektortests.

Kapitel 16

Olive Blankenbaker versuchte, sich zu beschäftigen, aber in ihrem Mobile-home fiel ihr bald die Decke auf den Kopf. Sie wartete darauf, daß Vern Henderson kam und ihr sagte, daß er den Mord an Morris aufgeklärt hätte. Das würde Morris zwar nicht wieder lebendig machen, aber es würde ihr ein kleiner Trost sein.

Morris' Halbbruder Mike, der Morris und Ned um die Augenpartie herum so ähnelte, daß es Olive den Atem verschlug, jedesmal, wenn sie ihn sah, kümmerte sich rührend um sie. Er kam oft vorbei, um zu sehen, ob sie auch zurechtkam, obwohl er wußte, daß sie den Tod ihres einzigen Sohnes nie ganz verwinden würde.

In den Anfangsmonaten des Jahres 1976 dachte Olive wieder daran, daß Mike seinen Wagen verkauft hatte, um nach Hawaii zu fliegen und Morris nach der Scheidung von Jerilee zu trösten. Wann war das gewesen? Ihr kam es vor, als läge es schon eine Ewigkeit zurück, während es tatsächlich noch keine zwei Jahre her war. Unglaublich, wieviel in der Zwischenzeit passiert war.

Olive erwarb Morris' Volkswagen aus dessen Nachlaß. Sie wollte ihn Mike Blankenbaker schenken, als Wiedergutmachung dafür, daß er Morris zuliebe sein eigenes Fahrzeug verkauft hatte, sowie als Erinnerung an seinen großen Bruder.

Jerilee Blankenbaker-Moore-Blankenbaker, die in gewisser Weise zweifach verwitwet war, arbeitete weiterhin in der Bank. Niemand konnte ihr einen Vorwurf daraus machen, daß sie manchmal abwesend wirkte. Bei der Arbeit war sie brillant, aber sie kapselte sich eine Weile von anderen Menschen ab. Ihre Kinder waren noch klein und brauchten sie, und ihre eigene Familie unterstützte sie nach Kräften. So verstrichen die Monate. Anfangs war sie sehr einsam, richtiggehend haltlos. Sie war seit ihrem 18. Lebensjahr verheiratet gewesen, wenn auch mit zwei verschiedenen Männern, und hatte in den vergangenen zwölf Jahren nie allein gelebt. Eine Ehe war so nahtlos in die andere übergegangen, daß sie nie gelernt hatte, allein zurechtzukommen.

Zwischen Jerilee und Morris' Familie bestand – zwangsläufig – eine gewisse Distanz. Obgleich es niemand laut aussprach, machten ihr alle dieselben Vorhaltungen: Wenn Jerilee sich nicht in Gabby verliebt und seinetwegen Morris verlassen und dann später Gabby auf die Zurückweisung so extrem reagiert hätte, würde Morris noch leben, davon waren seine Verwandten überzeugt. Sie hatten keine Beweise. Nicht einmal die Polizei hatte dafür Beweise. Aber es war ein ganz logischer Schluß. Abgesehen von den gewöhnlichen Problemen, mit denen jeder gelegentlich zu kämpfen hat, hatten sie alle ein eher unbeschwertes Leben geführt, bis Gabby Moore bei Morris und Jerilee eingezogen war. Mit der Zeit würden sie ihre Abneigung gegen Jerilee vielleicht überwinden können, aber Olive fiel es schwer, sie anzusehen, ohne sofort an den Verlust ihres Sohnes denken zu müssen.

Olive wußte nicht genau, was passiert war, schwor sich aber, es herauszufinden, bevor sie starb. Und Olive hatte erfahren, daß sie vermutlich nicht mehr lange zu leben hatte. Im Alter von fünfundsechzig Jahren war bei ihr Lungenkrebs diagnostiziert worden. Paßte das nicht ins Bild? Ausgerechnet sie, die nie geraucht hatte. Manchmal fragte Olive sich, warum das Leben ihr so viele Schicksalsschläge auferlegte. Sie hatte ihren einzigen Ehemann, ihr einziges Kind und den besten Freund und Boß verloren, den sie je gehabt hatte, und jetzt sah es aus, als würde sie außerdem noch zu dem geringen Prozentsatz von Nichtrauchern gehören, die an Lungenkrebs starben.

Und doch steckte in Olive Blankenbaker eine Stärke, wie sie nur wenige Frauen besitzen. Vielleicht war es Wut, vielleicht auch nur die Fähigkeit, das Undenkbare zu akzeptieren und nach vorn zu blicken. Sie machte Pläne für die Bepflanzung ihres kleinen Gartens im Frühjahr und freute sich auf den Nachwuchs ihrer Katze.

Olive liebte das Leben und würde sich nicht so leicht unterkriegen lassen. Sie wußte, wie ihre Chancen standen – die Ärzte waren ihr gegenüber ehrlich gewesen –, aber das interessierte sie nicht mehr. »Ich sagte mir einfach, daß ich wohl nicht sehr alt werden würde«, meinte sie ruhig.

Doch Olive war fest entschlossen, lange genug zu leben, um an dem Prozeß gegen Morris' Mörder teilzunehmen – wer immer das sein mochte. Vern Henderson erzählte ihr nichts Konkretes; er versicherte ihr nur immer wieder, daß er an dem Fall arbeite und sie sich keine Sorgen machen solle.

»Ich habe nicht dagesessen und geweint«, sagte Olive. »Ich suchte mir wieder eine Arbeit. Wie sich dann herausstellte, konnte ich noch Jahre nach Morris' Tod arbeiten. Ich weiß nicht, was ich ohne meinen Job gemacht hätte, da ich, wenn ich nichts zu tun hatte, ständig an Morris denken mußte. Ich nahm wieder eine Stelle als Protokollführerin bei einem Bundesgericht an. Es wurden zahlreiche Fälle aus Spokane bei uns verhandelt, so daß ich sehr beschäftigt war.«

Olive hatte keine Ahnung davon, daß Jerilee sich wieder

mit einem Mann traf. Hätte sie es gewußt, wäre sie schockiert gewesen, auch wenn sie damit gerechnet hatte, daß Jerilee eines Tages wieder heiraten würde, da sie erst dreißig war. Aber ganz sicher hätte sie nicht erwartet, daß ihre Ex-Schwiegertochter in so naher Zukunft an eine weitere Ehe dachte.

Während der *Yakima Herald-Republic* die Blankenbaker-Moore-Morde nur noch selten erwähnte, war hinter den Kulissen einiges geschehen. Bezirksstaatsanwalt Jeff Sullivan, Sergeant Bob Brimmer und Detective Vern Henderson hatten fieberhaft daran gearbeitet, möglichst viele Beweise gegen den Mann zusammenzutragen, von dem sie inzwischen überzeugt waren, daß er in mindestens einem der beiden Fälle geschossen hatte. Und das war der Mann, der sich jeweils unmittelbar vor den Morden die Tatwaffe ausgeborgt hatte: Angelo ›Tuffy‹ Pleasant.

Brimmer, Henderson und Jeff Sullivan standen kurz davor, zu handeln. Nach dem Besuch Loretta Scotts und der von ihr bestätigten Verbindung zwischen ihrem Vetter und der .22 war auch Sullivan der Ansicht, daß genügend Verdachtsmomente vorlagen, um Tuffy Pleasant verhaften zu lassen. Am 27. Februar 1976 stellte Sullivan einen Haftbefehl aus, in dem Tuffy der Beihilfe und Ausführung eines Mordes ersten Grades sowie eines zweiten Tötungsdeliktes zweiten Grades beschuldigt wurde.

Der Haftbefehl wurde dem Police Department von Ellensburg zugestellt, mit der Bitte, Tuffy Pleasant zu verhaften und die Detectives aus Yakima zu informieren, sobald er sich in polizeilichem Gewahrsam befand. Die Benachrichtigung ließ nicht lange auf sich warten. Tuffy versteckte sich nicht. Unter der Woche nahm er an den Vorlesungen teil, und an den Wochenenden besuchte er Freunde in Yakima. Noch an demselben Freitag wurden die Beamten in Yakima von ihren Kollegen davon in Kenntnis gesetzt, daß Tuffy Pleasant verhaftet und ins Kittitas-County-Gefängnis in Ellensburg gebracht worden war.

Das Wetter war denkbar schlecht. Der Snoqualmie-Pass, die Hauptstraße zwischen Seattle und Yakima über die Cascade Mountains, war bereits zweimal gesperrt worden, und jene, denen schließlich gestattet wurde, die Strecke zu befahren, wurden vor Schnee- und Geröllawinen gewarnt. In Yakima lagen dreißig Zentimeter Schnee, und es schneite weiter.

Bob Brimmer und Vern Henderson fuhren in einem Wagen des Polizeifuhrparks durch den tobenden Schneesturm nach Norden, um ihren Gefangenen abzuholen. Als Tuffy Henderson und Brimmer sah, zuckte er leicht die Achseln. Was immer gespielt wurde, es war vorbei – oder zumindest hatte ein neues Kapitel begonnen. Brimmer klärte Tuffy über seine Miranda-Rechte auf. Diesmal war Angelo ›Tuffy‹ Pleasant ein Tatverdächtiger. Er setzte sich neben Vern auf den Rücksitz des Streifenwagens, während Brimmer am Steuer saß. Das Schneetreiben im Scheinwerferlicht des Wagens war so dicht, daß die Straße kaum noch zu erkennen war, aber sie alle waren solche Unwetter gewohnt. Es war das typische Februarwetter im Osten des Staates Washington.

Nur um ganz sicherzugehen, daß sein Gefangener seine Rechte auch verstanden hatte, zückte Vern ein Kärtchen, auf dem der exakte Gesetzestext stand, und las die Rechte noch einmal vor. Tuffy bestätigte durch ein Nicken, daß er verstanden hatte – er brauchte nicht mit ihnen zu reden, war aber dennoch dazu bereit.

Als Cop jubelte Vern Henderson innerlich; sie hatten einen großen Fisch gefangen. Als Sportler, Schwarzer und Mensch bedrückte ihn die Situation. Andrew Pleasant war so stolz gewesen, als sein Sohn 1972 bei der Rückkehr aus Japan wie ein Held empfangen worden war. Jetzt würde Tuffy Pleasant nie ›Staat machen‹, und er würde auch nie an den Olympischen Spielen teilnehmen. Er würde weder sein Studium abschließen noch Ringertrainer an der Davis High School werden. Und das, nachdem all das für ihn schon greifbar gewesen war.

Damit war es jetzt vorbei.

»Ich habe niemanden erschossen«, beharrte Tuffy Vern gegenüber. »Ich habe lediglich die Waffe besorgt.«

»Für wen hast du die Pistole beschafft?«

»Für Gabby. Er hat sie mir eine Woche nach Morris' Tod zurückgegeben.«

»Was ist mit Heiligabend?«

»Ich ... ich habe mir die Pistole erneut geholt und sie Gabby gegeben.«

Vern Henderson fragte ihn, wie er die Pistole zurückbekommen hatte, nachdem Gabby erschossen worden war, und Tuffy erklärte, der ›Schütze‹ und er hätten ein Versteck vereinbart, an dem er die Pistole in der Nacht abholen konnte.

»Und wo soll dieses Versteck gewesen sein?«

»In der Nähe der Eisenhower High School, beim Golfplatz.«

Vern schwieg, aber das alles ergab keinen Sinn. Daß Tuffy die Pistole geborgt, verliehen und erneut geborgt haben sollte, klang – gelinde gesagt – wenig plausibel. Und warum ließ Gabby Moore sich eine Waffe besorgen, um sich erschießen zu lassen, und sorgte dafür, daß Tuffy sie hinterher zurückbekam? Was kümmerte es ihn, was mit der Waffe passierte, wenn er tot war? Hatte ihm so viel daran gelegen, Jerilee davon zu überzeugen, daß auch er das Opfer eines unbekannten Psychopathen war, daß er bereit gewesen war, dafür zu *sterben*?

Der Winterwind heulte um ihren Streifenwagen, und es kam ihnen vor, als würde das Fahrzeug wiederholt angehoben und wieder abgesetzt. Aber das nahmen sie nur am Rande wahr; sie waren ganz in Anspruch genommen von den Fragen, die sie beschäftigten. Doch Vern Henderson und Bob Brimmer sollten sich gedulden müssen, ehe sie den Rest der Geschichte herausbekamen – sofern es ihnen überhaupt jemals gelingen würde. Tuffy wollte jedenfalls nicht mehr über die Morde sprechen.

Im Normalfall hätten sie die Strecke bis Yakima in einer halben Stunde zurücklegen können, und trotz des Schneesturms brauchten sie auch an diesem Tag nicht viel länger. Tuffy starrte aus dem Fenster auf das endlose Weiß. Vern fragte sich, was in seinem Kopf vorgehen mochte.

Vermutlich dachte er an *Zeit*. Das war das, wovor er sich nach Aussage seiner Cousine Loretta am meisten fürchtete: Zeit abzusitzen.

Und er hatte allen Grund zu fürchten, daß dies auf ihn wartete.

Kurz vor Yakima ging Vern auf, daß Tuffy zu spät in der Strafvollzugsanstalt von Yakima County eintreffen würde, um noch etwas zu essen zu bekommen. Er fragte seinen Gefangenen, ob er Hunger habe.

»Ja ...«

»Also, im Gefängnis bekommst du so spät am Abend höchstens noch ein Butterbrot«, meinte Vern. »Hast du Geld bei dir?«

Tuffy schüttelte den Kopf.

»Ich lade prinzipiell nur schöne Frauen zum Essen ein, und das trifft auf dich nun wahrlich nicht zu«, scherzte Vern. »Also werde ich dir das Geld für einen Hamburger und eine Cola *borgen*.«

Sie hielten an einem Drive-in, und Vern bezahlte das Abendessen für Tuffy. Es war spät und schon dunkel, als sie ihn im Gefängnis ablieferten, zu spät, um mit dem Verhör in diesen beiden komplizierten Mordfällen zu beginnen. Tuffy wurde in einer Einzelzelle untergebracht.

Brimmer und Henderson hatten drei Monate damit verbracht, herauszufinden, warum Morris Blankenbaker getötet worden war, und zwei Monate, um das Rätsel von Gabby Moores Tod zu lösen. Sie fühlten, daß sie kurz davorstanden, die ganze Wahrheit zu erfahren, aber eine weitere Nacht würde auch keinen Unterschied mehr machen.

»Möchtest du irgend jemanden anrufen, Tuffy?« fragte Vern.

Tuffy schüttelte den Kopf.

Die beiden Detectives überließen ihn dem Strafvollzug und kehrten den Gefängnisgerüchen – abgestandener Zigarettenrauch, Schweiß, Urin und Desinfektionsmittel – den Rücken. Aufatmend traten sie hinaus in die wunderbar saubere, kalte Luft. Ihre Schritte knirschten im Schnee. Sie sprachen nicht. Brimmer und Henderson waren angespannt.

Morgen würden sie – vielleicht – erfahren, was ihnen bislang noch Rätsel aufgab. Sie beide waren sicher, den richtigen Mann verhaftet zu haben – zumindest was den Mord an Morris betraf. Was Gabby Moore anging, so glaubten sie immer noch nicht, daß Tuffy fähig gewesen wäre, seinen Helden zu töten, aber sie gingen davon aus, daß er wußte, wer es getan hatte.

Kapitel 17

Samstag, den 28. Februar, brachten Bob Brimmer und Vern Henderson den Verhafteten um 9 Uhr 30 vormittags vom Yakima County Jail aufs Revier. Wieder las Brimmer ihm seine Rechte vor und erklärte Tuffy, daß er sich des Rechts der Anwesenheit eines Anwalts bei seiner Vernehmung begeben konnte. Der Detective Sergeant überzeugte sich davon, daß der Häftling auch verstanden hatte, was ›begeben‹ bedeutete. Tuffy sagte, er hätte verstanden und wolle mit Brimmer und Henderson sprechen.

Aber sofern sie gehofft hatten, daß er ihnen sofort erzählen würde, worauf sie schon so lange warteten, wurden sie enttäuscht.

Seit dem 3. Januar waren sie beide überzeugt, daß Tuffy das Motiv für die beiden Morde kannte, und jetzt wußten sie von seiner Cousine Loretta Scott, daß er nicht einmal, sondern beide Male die Tatwaffe besorgt hatte. Aber sie wollten die ganze Geschichte sowie den Namen des eigentlichen Täters aus seinem Mund hören.

Tuffy redete eine gute Stunde um den heißen Brei herum. Es war offensichtlich, daß er ihnen nach all den Irreführungen und Halbwahrheiten endlich die ganze Wahrheit sagen wollte, aber ebenso offensichtlich war ihm bewußt, daß es kein Zurück mehr gab, wenn er erst ausgesprochen hatte, was ihn quälte.

Mittags um halb eins erklärte Tuffy Pleasant sich einverstanden, eine Aussage zum Tod von Gabby Moore auf Band zu sprechen. Der lange Weg einer einst beispielhaften Coach-Sportler-Beziehung hin zu einer üblen Manipulation würde auf einem sich langsam drehenden Band festgehalten werden.

Tuffy nannte seinen Geburtstag, den 28. Januar 1954, und seine Adresse, 1501 Glen Drive, Ellensburg, Washington, Appartement 123, Executive House.

Dann hörte er ruhig und gefaßt zu, als Vern Henderson ihm erneut seine Miranda-Rechte vorlas. Nachdem die letzte Klausel verhallt war und Tuffy erklärt hatte, daß er seine sämtlichen Rechte nach Miranda verstanden hatte, verzichtete er auf die Anwesenheit eines Rechtsbeistandes. Er sah Vern Henderson an und begann zu erzählen.

»An Heiligabend beschloß ich, nach einigen Besuchen hier und da, zu Mr. Moore zu fahren ... Okay. Also, es sah aus, als wäre er gerade erst nach Hause gekommen, und wir unterhielten uns. Ich fragte, ob er nicht Lust hätte, auszugehen – etwas trinken, jemanden besuchen, was auch immer. Er sagte ja, wir könnten losziehen, sobald er ein wenig aufgeräumt hätte. Dann klingelte das Telefon. Ich glaube, es war Kenny Marino, und Gabby sagte ihm, daß ich da wäre ... Er legte auf, und wir setzten unser Gespräch fort. Wir sprachen über ganz Alltägliches, hauptsächlich vom Ringen. Etwa eine halbe Stunde später klingelte wieder das Telefon. Dann fiel mir etwas Merkwürdiges auf.«

Tuffy erklärte den Beamten, daß Mr. Moore ihm sonst immer gesagt hätte, wer am Telefon war, aber an diesem Abend verschwieg er den Namen des zweiten Anrufers, und das Telefonat schien Moore nervös zu machen.

»Von da an benahm er sich sonderbar. Er köpfte eine Flasche und fing an zu trinken. Er trank die ganze Flasche leer, redete wirres Zeug. Dann meinte er: ›Heute abend ist es soweit.‹ Er fragte, ob ich die Pistole besorgen könne ... ich verneinte. Darauf sagte er: ›Hör zu, wenn du die Pistole nicht holst, sorge ich dafür, daß man dich wegen des Mordes an Morris Blankenbaker drankriegt.‹ Darauf entgegnete ich: ›Das ist mir egal, weil ich es nämlich nicht getan habe.‹

... Er lachte nur hämisch. ›Es geht nicht darum, ob du es getan hast oder nicht; du wirst wegen Mittäterschaft verknackt, weil du mir die Waffe besorgt hast.‹ Dabei hatte ich nicht einmal gewußt, wofür er die Pistole haben wollte.«

Tuffy berichtete, er hätte versucht, Gabby von seinem Plan abzubringen. »Als ich sagte: ›Hör zu – die Pistole ist weit weg von hier‹, antwortete er: ›Kannst du sie heute nacht noch besorgen?‹ Ich verneinte, worauf er vorschlug: ›Wir können meinen Wagen auftanken und sie holen, wo immer sie auch sein mag, ich brauche sie nämlich heute nacht.‹«

Tuffy Pleasants Gesicht glänzte vor Schweiß, als er erzählte, was sich an diesem letzten grauenhaften Heiligabend in Gabby Moores Wohnung zugetragen hatte. »Ich weigerte mich, aber er drohte mir wieder, zeigte mir die Nummer des Polizeireviers auf dem Telefonbuch und wählte – vier, fünf und dann vier Zahlen. Er sagte: ›Bist du ganz sicher, daß du willst, daß ich auch die letzte Zahl wähle? Denk darüber nach.‹ Und dann wählte er weiter.«

In Tuffys Stimme schwang seine Verzweiflung aus jener Nacht mit. Er seufzte. »Darauf sagte ich, daß ich die Pistole beschaffen könnte. Gabby unterbrach die Verbindung zur Polizeiwache und sagte: ›Gut, dann geh und bring sie her.‹ Er gab mir fünfzehn Minuten, um die Waffe zu besorgen.«

Sein Coach, dessen Wort für ihn immer Gesetz gewesen war, hatte ihm etwas befohlen, das ihm widerstrebte. Aber schließlich mußte Tuffy doch nachgeben. »Wenn ich zurückkam, sollte ich zweimal hupen – das Signal dafür, daß ich die Pistole hatte.«

Vern Henderson glaubte zu wissen, was als nächstes kam; Loretta Scott hatte ihnen die Ereignisse vom Heiligabend berichtet, aber er wollte sehen, ob Tuffys Version sich mit ihrer Erinnerung deckte.

In eben diesem Moment blieb der Recorder stehen, und Henderson und Brimmer überprüften das Gerät ungeduldig, während Tuffy wartete, gewillt und doch wieder nicht, seine Aussage fortzusetzen.

»Das Band läuft wieder«, sagte Vern.

»Okay.« Tuffy fuhr fort. »Ich holte also die Pistole. Ich machte mich auf den Weg zu meiner Cousine. Sie gab eine kleine Party, also nahm ich ein, zwei Drinks und fragte dann, ob ich noch einmal die Waffe borgen könne. Sie fragte nicht, was ich damit vorhatte. Wissen Sie, meine Cousine hat keine Ahnung von der ganzen Sache.

Ich holte die Pistole also bei ihr, fuhr zurück zu Mr. Moores Haus und hupte zweimal. Er hätte bereit sein müssen, verstehen Sie, und er sollte an die Tür kommen, betrunken – er wollte sich betrinken, damit er den Schmerz weniger spürte.«

Henderson zögerte, Tuffys Redefluß zu unterbrechen, aber er wollte ganz sichergehen, daß er auch richtig verstand, was Tuffy da erzählte. Warum sollte Gabby gewollt haben, daß Tuffy auf ihn schoß? Er mußte doch gewußt haben, daß es höllisch weh tun würde.

Tuffy Pleasant hatte von Gabbys Plan gewußt, Jerilee glauben zu machen, daß jemand hinter ihm her wäre und versuchte, ihn zu töten – so wie Morris. Gabby war nicht entgangen, daß sie ihn verdächtigte, der Initiator des Mordes an Morris zu sein, und er glaubte, sie von seiner Unschuld überzeugen zu müssen, weil sie ihn sonst nicht wieder heiraten würde. Tuffy wußte auch, daß Gabby Jerilee von Drohanrufen und eingeworfenen Fensterscheiben berichtet hatte. Gabby hatte ihm ebenfalls erzählt, daß sie kein Wort davon geglaubt, sondern einfach nur aufgelegt hatte, wonach er noch verzweifelter geworden war.

An Heiligabend hatte Gabby in seiner Besessenheit, seinem Liebeswahn, von Tuffy verlangt, ihm bei der Ausführung eines verrückten, nicht durchdachten, tragischen Planes zu helfen.

Gabby hatte sich Folgendes ausgedacht: Wenn er angeschossen wurde – nur *an*geschossen –, mit einer Kugel, die aus derselben Waffe stammte wie jene, die Morris getötet hatte, würde Jerilee ganz bestimmt zu ihm zurückkommen. Dadurch würde er selbst zum Opfer, und niemand würde ihn mehr verdächtigen. Ihm war egal, wie weh es tun würde; nichts konnte ihn mehr schmerzen als ein Leben ohne Jerilee. Außerdem wollte Gabby sich betrinken, während Tuffy unterwegs war, um die Pistole zu holen, so daß er den Schmerz gar nicht richtig wahrnehmen würde.

Jerilee. Ihretwegen hatte Gabby Tuffy gedroht und an jenem eisigen Heiligabend losgeschickt, die .22 zu holen, mit der Morris erschossen worden war. Wenn Loretta nicht einen Monat zuvor von Walla Walla nach Yakima gezogen wäre, wäre Gabbys Plan nicht durchführbar gewesen. Bis Walla Walla und zurück hätte Tuffy mindestens vier Stunden gebraucht. Tuffy hätte die Strecke niemals zurücklegen können, bevor Derek von dem Abend bei Janets Eltern heimgekommen wäre.

Aber Loretta wohnte nur ein paar Blocks entfernt, und Gabby hatte Tuffy glaubhaft versichert, daß er ihn der Polizei ausliefern und behaupten würde, er hätte Morris getötet, wenn er nicht genau das tat, was er ihm auftrug.

Vern Henderson spürte, daß Tuffy Pleasant in jener Nacht von zwei widerstreitenden, starken Emotionen geleitet worden war. Er liebte Gabby Moore – seinen Coach, seinen zweiten Vater, den Mann, der ihm Selbstvertrauen gegeben hatte und unter dessen Führung er bereits zu Höhen des Ruhms gelangt war, von denen er nicht zu träumen gewagt hätte. Er mußte sich den alten Gabby, den glücklichen, witzigen, selbstsicheren Gabby zurückgewünscht haben. Er hatte miterlebt, wie dem Mann das Herz gebrochen war wegen Jerilee, und er wollte, daß Gabby sie bekam. Nachdem er sich monatelang angehört hatte, wie sein Coach von jener Frau schwärmte und darüber in Tränen ausbrach, mußte Tuffy einfach glauben, daß ihn nichts anderes mehr glücklich machen konnte. Er sei ein Mann, der nur eine Frau lieben könne, hatte er Tuffy erklärt.

Tuffys zweite Emotion war vermutlich sogar noch stärker – der Überlebensinstinkt, der an die Oberfläche dringt, wenn ein Mensch sich in Gefahr wähnt. Gabby hatte ihm angst gemacht, als er den Hörer abgenommen und die Nummer der Polizei gewählt hatte. Wenn Gabby ihn verriet und behauptete, er hätte Morris erschossen, würde man ihn verhaften und ihm das Leben schwermachen.

Wenn Gabby betrunken war, war er unberechenbar. Und an jenem Heiligabend war er sehr betrunken.

Und so war Tuffy zu seiner Cousine Loretta gefahren, um die Pistole zu holen. Er erklärte Gabbys Plan detaillierter.

»Wenn er meinen Wagen hörte, würde er an die Tür kommen, und ich sollte ihn in die linke Schulter schießen. Es sollte nur ein Streifschuß an der linken Schulter werden.« (Tuffy konnte nichts von Gabbys Unterhaltung mit Dr. Myers wissen. Er konnte nicht ahnen, daß Gabby sich erkundigt hatte, wohin er sich schießen lassen mußte, um verletzt, aber nicht getötet zu werden).

Tuffy hatte Tränen in den Augen, als er die Szene in Gabbys Wohnung noch einmal vor seinem geistigen Auge Revue passieren ließ. Er schüttelte kaum merklich den Kopf, als er die Erinnerung hervorholte, als könne er nicht fassen, daß es wirklich passiert war.

»Ich klopfte an«, erinnerte sich Tuffy. »Aber dann war Ende. *Ich konnte es nicht.* Ich konnte es nicht tun und versuchte, vernünftig mit ihm zu reden. Ich versuchte, mit ihm in aller Ruhe zu sprechen, und so gingen wir rein. Er trank noch ein paar Gläser, während ich mehrmals wiederholte, daß ich einfach nicht dazu fähig wäre.«

Vern Henderson versuchte, sich die Situation vorzustellen. Er wußte, daß Tuffy ein Frauenheld und Partylöwe war und gern Unfug machte. Er wußte, daß er für manches graue Haar seiner Eltern verantwortlich zeichnete. Aber im

Grunde war Tuffy kein übler Kerl, und er hatte Gabby Moore ebenso geliebt wie Andrew, seinen leiblichen Vater. Hätte Tuffy auf seinen eigenen Vater schießen können? *Nein.* Hätte er eine Kugel auf Gabby abfeuern können?

Vielleicht. Aber es mußte ihn große Überwindung gekostet haben. Vern wartete, während Tuffy tief Luft holte und weitererzählte. Das Band drehte sich unablässig.

»Er sagte: ›Du *wirst* es tun, ob es dir gefällt oder nicht.‹ Es sollte nur ein Streifschuß werden«, sagte Tuffy tieftraurig. »Die Kugel sollte ihn nur verletzen, und hinterher wollte er seine Freundin Cathy anrufen, damit sie einen Krankenwagen rief und alles Weitere seinen Lauf nehmen konnte. Es sollte nur ein *Mordversuch* werden.«

Tuffy schilderte, wie Gabby darauf beharrte, daß er auf ihn schoß; er selbst erkannte, daß er wegen des Mordes an Morris Blankenbaker den Kopf in der Schlinge hatte.

»Also nahm ich die Pistole ... Ich habe auf ihn geschossen, wissen Sie. Ich habe auf ihn gezielt. Sobald er sich abgewandt hatte – ich zielte hierhin, auf seine linke Schulter ... Als er sich umdrehte, schoß ich auf seine linke Schulter, sehr hoch, verstehen Sie ... Aber in exakt diesem Moment drehte er sich um und stolperte, vielleicht habe ich auch zu tief gezielt. Jedenfalls war es das. Ich ging und brachte die Pistole zurück zu meiner Cousine.«

Tuffy Pleasant legte großen Wert darauf, Loretta von jeglicher Mitschuld an Gabbys Tod freizusprechen. Er betonte mehrfach, daß sie von alledem nichts gewußt habe.

Vern glaubte ihm. Seltsam, dieses Ehrgefühl in diesem schwierigen Tanz um das Verbrechen herum. Der Detective glaubte allerdings nicht, daß er die korrekte Version von Gabbys Tod gehört hatte. Tuffy hatte sich zu ausführlich über die Folge der Geschehnisse ausgelassen. Er bot ihm noch eine Tasse Kaffee an, und sie legten ein neues Band in den Recorder ein.

Ein erfolgreiches Verhör folgt einem bestimmten Rhythmus. Vern verfiel jetzt wieder auf simple Fragen und Antworten. Die Spannung im Raum war so groß, daß sie sich beide schwertaten, das Gespräch fortzuführen. Er mußte ein wenig nachlassen und Tuffy langsam wieder an den Mord heranführen. Bob Brimmer lehnte sich schweigend zurück; er bemerkte, daß Vern Henderson es sehr geschickt anstellte, Tuffy sein Geständnis zu entlocken.

»Okay, Angelo«, sagte Vern. »Kehren wir noch einmal zurück an den Anfang deiner Geschichte. Du hast gesagt, du wärst an Heiligabend, am 24. Dezember, dort gewesen. Du warst bei Mr. Moore in der Eighteenth Avenue, richtig?«

»Ja.«

»Wie bist du dorthin gekommen?«

»In meinem Wagen. Ich bin gefahren.«

»Wo hast du geparkt?«

»Auf der Straße, vor dem Haus.«

»Ich frage nur deshalb, weil doch wohl gewöhnlich jeder hintenrum fährt und hinter dem Haus parkt. Das stimmt doch, oder?«

»Ja.«

»Viele Leute?«

»Ja.«

»Studenten?«

»Ja.«

»Nun, ist während der Zeit, in der du mit Mr. Moore im Haus warst und mit ihm geredet hast, irgend jemand vorbeigekommen?«

»Ja, mein Bruder Anthony und Stoney Morton.«

Die Geschichte veränderte sich bereits leicht. Vern Henderson ließ sich keinerlei Überraschung anmerken.

»Wann sind sie ungefähr gekommen?«

»Ich würde sagen, sie waren von halb zehn bis halb elf da.«

Tuffy erzählte, er wäre noch dageblieben, als die beiden anderen wieder gegangen wären.

»Hattest du die Pistole schon geholt, als dein Bruder und Stoney kamen? Befand sich die Waffe bereits im Haus?«

»Äh … ja.«

»Wo hattest du sie hingelegt?«

»Sie lag auf der anderen Seite seines Sofas – ganz hinten.«

»Gut. Bist du dann raus zu deinem Wagen gegangen und hast gehupt, oder hattest du das schon getan?«

»Das hatte ich bereits. Es sollte passieren, nachdem ich zweimal gehupt hatte. Ich sollte fünf Minuten warten und dann anklopfen. Er wollte die Tür öffnen, und dann sollte ich auf ihn schießen.«

»Okay. Was geschah in der Küche? Eine Gardine war teilweise heruntergerissen, und die Fliegengittertür war geöffnet und mit einem Zementblock festgeklemmt. Wer hat das getan?«

»Das war er.«

»Er wollte, daß es echt aussah?«

»Ja. Das war er selbst.«

»Hat er je erwähnt, daß er und auch Verwandte Drohanrufe bekommen hätten? Hat er dir je davon erzählt?«

»Ja«, bestätigte Tuffy. »Er erzählte mir davon. Es gab ein paar Anrufe, in denen sein Tod angedroht wurde.«

Tuffy erklärte jedoch, daß er nicht wisse, ob Gabby die Anrufe selbst getätigt hatte oder nicht.

Tuffy sagte, Gabby hätte gegen 22 Uhr 15 einen Anruf erhalten. Vern wußte, daß es sich um Gabbys Tochter gehandelt haben mußte, wenngleich er glaubte, daß sie sich etwas später telefonisch gemeldet hatte.

Sie näherten sich wieder Gabby Moores schrecklichem Tod, und schon knisterte die Luft förmlich vor Spannung.

»Also gut«, begann Vern. »Hast du den Telefonhörer ausgehängt, nachdem du ihn erschossen hast?«

»Nein. Er hat den Hörer abgenommen.«

»Tatsächlich? War das, *bevor* du auf ihn geschossen hast? Warum? Damit ihn niemand mehr anrufen konnte oder was?«

»Das weiß ich nicht. Ich weiß es nicht«, entgegnete Tuffy verzweifelt. »Aber ich denke, er hat den Hörer abgenommen, um dann hinterher nur noch wie geplant die Nummer wählen zu müssen. Er konnte, auch wenn der Schuß ihn von den Füßen riß, noch zum Telefon kriechen und mit einer Hand wählen. Auf diese Art hätte er sich nicht erst mit dem Hörer herumschlagen müssen ...«

Natürlich hätte das nicht funktioniert. Nach etwa zwanzig Sekunden wäre das akustische Signal verstummt, und Gabby hätte den Hörer wieder einhängen müssen, bevor er wählen konnte. Und das wäre anstrengender gewesen als den Hörer von vornherein auf der Gabel zu lassen. Es klang verrückt, aber vielleicht hatte er nicht vom Läuten des Telefons gestört werden wollen, während er sich seelisch wappnete für den Augenblick, da Tuffy auf seinen Befehl hin eine Kugel auf ihn abfeuerte.

Aber Vern wußte, daß Gabby noch etwas getan hatte, ehe er bereit gewesen war, auf sich schießen zu lassen. Er hatte seine Stereoanlage eingeschaltet, ›Lay Your Head Upon My Pillow‹ aufgelegt und die Lautstärke voll aufgedreht. Ray Prices Song von verlorener Liebe war von den Wänden widergehallt noch lange, nachdem er gestorben war – bis die Nadel eine Rille in die Platte gekratzt hatte, in der sie schließlich steckenblieb.

»Es ging bei alledem nur darum, daß er Jerilee zurückgewinnen wollte?« fragte Vern erneut. »Ist das richtig?«

»*Jerilee.*« Tuffy Pleasant spuckte den Namen förmlich aus wie ein Schimpfwort. »Ja. Er wollte beweisen, daß er nichts mit Morris Blankenbakers Tod zu tun hatte und daß seine Liebe zu ihr so groß war, daß er bereit war, bis zum Äußersten zu gehen.«

»Wie hast du den Tatort verlassen, nachdem du auf ihn geschossen hast und er zu Boden gefallen ist?« fragte Henderson.

Tuffy blickte zu Boden. Dann sah er Vern direkt in die Augen. »Ich habe nicht auf ihn geschossen, als er stand, und er ist nicht gestürzt. Ich habe auf ihn geschossen, als er bereits auf dem Boden war, in der sogenannten ›Schiedsrichterposition‹, beide Hände flach auf den Boden gedrückt.«

Hierauf herrschte eine volle Minute Stille. Was für eine Farce all dessen, was Schütze und Opfer einander bedeutet hatten und was sie für den Sport, den sie beide so sehr liebten, gewesen waren. Gabby Moore hatte Tuffy alles beigebracht, was er über das Ringen wußte. Und letztendlich, in dem letzten Augenblick, den sie miteinander verbringen würden, hatte Gabby sich betrunken von einer ganzen Flasche Whisky, auf Hände und Knie fallen lassen und die ›Schiedsrichterposition‹ eingenommen – nachdem er Tuffy gezeigt hatte, wohin genau er schießen sollte.

Die Vorstellung war grotesk, aber andererseits erklärte das, warum bis auf den kleinen Tropfen auf dem Teppich kein Blut aus der Wunde ausgetreten und das weiße T-Shirt nahezu unbefleckt gewesen war. Die .22, die unter der linken Achsel eingedrungen war, hatte Herz und Lunge durchschlagen, als er die letzten Zentimeter auf den Fußboden gefallen war. Sein Gewicht hatte die Wunde verschlossen und die Liter Blut zurückgehalten, die bereits sein zerfetztes Herz und die Lungen ertränkten.

»Wie weit entfernt hast du von ihm gestanden, als du geschossen hast?« fragte Henderson.

»Wie weit ist es bis zu diesem Tisch?«

»Sechzig Zentimeter«, antwortete Vern, und dann, als er verstand, was Tuffy meinte, ergänzte er: »Du meinst von dir aus gesehen? Sagen wir gut zwei Meter.«

Tuffy erklärte, daß er anderthalb bis zwei Meter von Gabby entfernt gewesen war, als er abdrückte, und die ganze Zeit hätte Gabby gedrängt: »Schieß ... schieß ... *schieß* ...«

»Hast du erst gezielt, oder hast du die Pistole einfach gehoben und gefeuert?«

Vern wußte, daß Tuffy nur eine Kugel gehabt hatte. Nur eine einzige. Hätte er ihn verfehlt, wäre Gabby aller Wahrscheinlichkeit nach noch am Leben.

»Ich habe auf seine Schulter gezielt«, fuhr Tuffy fort. »Aber dann hat er sich bewegt ... ich glaube, er fiel gegen den Kühlschrank ... wegen des Alkohols, nehme ich an.«

»Bist du sicher, daß er auf allen vieren kniete?«

»Ja.«

»Hast du dich vorgebeugt, bevor du geschossen hast?«

»Ja.«

»Du bist nicht zu ihm hingegangen und hast direkt von oben herab geschossen, oder?«

»Nein ... ich stand seitlich von ihm.«

»Und er, ist er einfach auf den Bauch gefallen?«

»Ja.«

»Hast du irgend etwas zu ihm gesagt?«

»Nein.«

»Du bist einfach gegangen?«

»Ja.«

»War das so abgesprochen? Solltest du gleich nachdem du auf ihn geschossen hattest, gehen?«

»Nein, es war nicht abgesprochen. Ich habe es einfach getan.«

Die nächste Frage stellte Vern Henderson sehr bewußt. Er mußte wissen, welche Emotion am Schluß die stärkere gewesen war: Gabbys Macht über Tuffy oder Tuffys eigener Selbsterhaltungstrieb. »Hast du es getan, weil er dich in die Ecke gedrängt hatte oder um seinem Wunsch zu entsprechen?«

»Ich habe es vor allem deshalb getan, weil er mich in die Enge getrieben hatte. Ich dachte wirklich, er hätte mich in der Hand …«

Mit diesen Worten besiegelte Tuffy Pleasant vermutlich sein eigenes Schicksal. Als Tuffy Gabbys Wohnung verließ, konnte er nicht wissen, ob Gabby noch lebte oder tot war. Er rannte aus dem Haus, während drinnen die Musik weiterspielte: »Schau nicht so traurig … Ich weiß, daß es vorbei ist. Seien wir nur dankbar für die Zeit, die uns beschieden war. Blicken wir nicht zurück auf die Brücken, die wir hinter uns niederbrennen …«

Vern Henderson und Bob Brimmer wußten, was in den Sekunden passiert war; sie waren bei Gabbys Autopsie dabei gewesen. Die eine .22-Kugel war von einer Rippe abgeprallt und umgeleitet worden. Gabbys Planung und vorsorgliche Fragen an Doc Myers waren vergebens gewesen; man kann dem Lauf einer solchen Kugel ebensowenig trauen wie einem Messer, das man mit verbundenen Augen wirft und das ins Schwarze treffen soll.

Tuffy Pleasant war erschöpft. Er wußte, daß er Bob Brimmer und Vern Henderson von der Nacht würde erzählen müssen, in der Morris Blankenbaker gestorben war.

Aber das konnte bis zum nächsten Tag warten. Vor seinem geistigen Auge erschien immer wieder die Küche, in der Gabby Moore reglos auf dem Boden lag. Und er mußte diesen Song hören, wieder und wieder und wieder …

Kapitel 18

Auch unter normalen Umständen ist der 29. Februar eines Schaltjahres ein besonderes Datum, aber an diesem Samstag, dem 29. Februar, sollten Vern Henderson und Bob Brimmer – zumindest hofften sie das – den Höhepunkt intensiver Ermittlungen erleben und die Antwort auf die letzte wichtige noch offene Frage erhalten. Wer hatte Morris Blankenbaker erschossen?

Angelo ›Tuffy‹ Pleasant saß wieder im Verhörzimmer des Yakima Police Departments. Sie fingen an, über Belanglosigkeiten zu reden, setzten ein mit dem sogenannten *Pas de Deux*, der jedem gutgeführten Verhör vorangeht. Fast immer schreit alles in dem Verdächtigen danach, zu schweigen. Oft ist er (oder sie) selbst entsetzt über das, was er/sie getan hat. Es ist um so schwieriger, darüber zu reden in dem Bewußtsein, daß alles, was man sagt, auf Band festgehalten wird. Tuffys Geständnis, Gabby Moore erschossen zu haben, war ihm schon schwergefallen, aber es war offensichtlich, daß das Opfer selbst ihn durch Bitten, Befehle und Drohungen dazu getrieben hatte, zu schießen. Und die Beamten zweifelten nicht daran, daß er in dem Glauben geschossen hatte, Gabby nur zu verwunden – es war nie seine Absicht gewesen, seinen Helden zu töten.

Als Tuffy Pleasant gestanden hatte, Gabby Moore erschossen zu haben, waren ihm Schock und Trauer anzumerken gewesen. Seine Aussage, daß Gabby ihn in die Enge getrieben hätte, war sein voller Ernst gewesen. Zu dem Zeitpunkt, da er abdrückte, hatte er das Gefühl gehabt, keine andere Wahl zu haben.

Aber bei Morris lagen die Dinge anders, das war eine Tat derer er sich schämen mußte. Dieses Opfer hatte nicht um einen Schuß gebeten, war nicht darauf vorbereitet gewesen. Vern wußte aufgrund der Blutspritzer an Morris' Hand, daß er gerade noch Zeit gehabt hatte, diese Hand hochzureißen, als einen Schutz aus Fleisch und Blut. Und auch das hatte er erst im letzten Augenblick getan, als er endlich die Gefahr erkannt hatte. Der Mord an Morris war ein feiges, hinterhältiges Komplott gewesen.

Es war ein Akt ultimativer Unsportlichkeit gewesen, etwas, das Vern und sein Gefangener gleichermaßen verachteten. So war es also kein Wunder, daß es Tuffy weitaus schwerer fiel, über diese Tat zu sprechen.

Sie setzten sich einander gegenüber an den Tisch, Vern auf die eine und Tuffy auf die andere Seite. Schon zu Beginn der Ermittlungen hatte Vern Tuffy versichert, daß er die Wahrheit herausbekommen würde. Ihr verbales Geplänkel hatte er als ›Spiel‹ bezeichnet. Es handelte sich um ein todernstes Spiel, und jetzt näherte es sich seiner Endphase.

Wieder würde Vern die Fragen stellen. Alle drei Männer im Raum wußten, warum Tuffy Gabby Moore erschossen hatte. Die Antwort war ebenso einfach wie schrecklich: Gabby hatte Tuffy in die Enge getrieben. Tuffy hatte ihnen noch am Tag zuvor gesagt, daß er befürchtete, für den Mord an Morris verantwortlich gemacht zu werden, obgleich er ihn nicht begangen hätte.

Wer war es dann gewesen? Vielleicht würden sie es jetzt erfahren. Vern glaubte, es bereits zu wissen. »Ich war Angelo gegenüber immer ehrlich«, erinnerte er sich. »Ich nannte ihm die Fakten und sagte dann: ›Das hat mir verraten, daß du es warst.‹«

Als das Band noch nicht lief, gab Tuffy zu, daß er versucht habe, Morris dazu zu bewegen, Jerilee in Ruhe zu lassen – Gabby zuliebe. Er habe Morris in jener Nacht in seinem Garten angesprochen und versucht, vernünftig mit ihm zu reden. »Er sagte, daß er sie nie loslassen würde, weil sie nämlich *seine Frau* wäre«, erzählte Tuffy.

Dann erzählte er Vern, daß er Morris angelogen und behauptet habe, ihm sei das Benzin ausgegangen. Tuffy kam dem Höhepunkt der Geschichte immer näher, doch noch immer war nicht die Rede davon, daß noch eine andere Person dabei gewesen war, als Morris starb.

Trotzdem dauerte es noch weitere zweieinhalb Stunden, ehe Tuffy schließlich bereit war, seine Aussage auf Band zu sprechen. Um 12 Uhr 20 schaltete Bob Brimmer den Recorder an.

»Okay«, sagte Vern. »Kehren wir zurück an den Anfang der Begegnung mit Morris Blankenbaker. Angelo, erzähl uns bitte mit deinen eigenen Worten, wie es dazu kam und was in dieser Nacht geschehen ist.«

Henderson mußte sich ins Gedächtnis rufen, daß er hier seinen Job tat, ein Verhör in einem Mordfall führte. Er durfte sich nicht erlauben, an den Morris zu denken, den er gekannt hatte, an die zahlreichen Footballspiele an lauen Herbstabenden, an die Probleme und Vertraulichkeiten, die sie miteinander besprochen hatten, an ihre Spritztouren gemeinsam mit Les Rucker in dem kleinen weißen VW. Was immer er auch zu hören bekam, er mußte sich vor Augen halten, daß es vorbei war. Es war geschehen. Morris fühlte keinen Schmerz mehr.

Aber Vern Henderson mußte alles erfahren über die Tat.

Tuffy Pleasant schwieg und wußte offenbar nicht, wo er anfangen sollte. Er war diesmal viel nervöser als bei seinem Geständnis an Gabby Moores Tod. Er hatte Vern bereits so viel erzählt. Eigentlich dürfte es nicht so schwerfallen, die ganze Wahrheit zu sagen.

»Also, fang an dem Abend an, bevor es passiert ist – geh etwas weiter zurück«, forderte Vern ihn auf.

Tuffy begann zu sprechen, wenn auch zunächst noch stockend. »Also ... ich fange einfach mal an. Es ging um ein Fach. Um Anrechnungspunkte für diesen Ringertrainer-Kurs an der Central Washington State University in Ellensburg. Ich mußte ein Praktikum als Assistent des Trainers einer Schulmannschaft absolvieren, und so sprach ich meinen ehemaligen Cheftrainer darauf an, Mr. Moore. Wir sahen uns damals ziemlich regelmäßig, vielleicht zwei-, dreimal die Woche. In dieser Zeit erlebte ich auch, wie sehr er sich veränderte. Wir standen uns sehr nah, er war für mich die Nummer eins, und ich hätte alles getan, verstehen Sie, alles, um ihn nicht länger leiden zu sehen – nur um ihn nicht länger leiden zu sehen.«

Henderson bezweifelte nicht, daß Tuffy ihm diesbezüglich die Wahrheit sagte.

»Er sprach die meiste Zeit von seiner zweiten Frau. Das Zerwürfnis mit ihr machte ihn wirklich fertig. Jerilee hier, Jerilee da. Er liebte sie über alles. Und was ihn vor der Scheidung besonders schmerzte, war, daß sie zu Morris zurückging und wieder bei ihm einzog. Das zerriß ihn förmlich. Er konnte es nicht ertragen. Weil sie ihm keine letzte Chance gegeben hatte, wissen Sie – die zweite Chance, von der er andauernd sprach.«

Tuffy erzählte, daß Gabby anfing, über Problembeseitigung zu reden wie beim Training. »›Man eliminiert seine Probleme‹, hatte er gesagt, ›und dann macht man von dort aus weiter.‹ Sein Hauptproblem war Morris, weil sein anderes Problem Jerilee lautete, und Jerilee mit Morris *zusammen* war. Beide Probleme waren also aneinander gekoppelt – man mußte das eine aus dem Weg schaffen, damit sich das zweite von allein löste.«

Tuffy lachte nervös, ein harscher Laut in dem stillen Raum. Er sagte, Gabby wäre schon lange nicht mehr er selbst gewesen. »Jedesmal, wenn wir uns sahen, drehte er durch. *Er drehte einfach durch.* Und wir standen uns so nah, daß ich mich ebenso mies fühlte wie er. Er heulte – ich heulte …

Und dann fing er davon an, daß er jemanden suchen wolle, der Morris ausschaltete, überlegte, wie sich sein Vorhaben durchführen ließe. Er fragte, ob ich nicht jemanden wüßte. Erst wollte er, daß ich ihm einen Auftragskiller besorgte, und er fragte nach Namen. Ich nannte ihm einen: Max Philips*. Er fragte, wo er diesen Mann finden könne, worauf ich entgegnete, daß Max vermutlich gerade ›geschäftlich‹ in Wenatchee wäre.«

Damit hatte Moore sich eine Weile zufriedengegeben. Er kannte den Namen eines einschlägigen Auftragskillers. Ungeduldig wurde er jedoch, als er Tuffy nicht dazu bringen konnte, den Kontakt zu Max herzustellen. Gabby faßte daraufhin Stoney Morton und Joey Watkins – zwei von seinen ehemaligen Ringern – als potentielle Killer ins Auge. Der Gedanke war zu absurd, und Tuffy erzählte, er hätte einfach Zeit geschunden und darauf gewartet, daß Gabby sich irgendeinen anderen verrückten Plan ausdachte. Aber die ganze Zeit über fühlte er sich hundeelend, weil er ständig vor Augen hatte, wie sehr Gabby sich quälte. Obgleich der Alkohol ihm ein wenig Linderung verschaffte, war Gabby Moore nur noch ein wandelndes gebrochenes Herz. Tuffy, von Natur aus kein Kostverächter, konnte nicht begreifen, wie ein Mann von Gabbys Format sich von der Zurückweisung einer einzigen Frau derart fertigmachen lassen konnte.

»Okay, der Mann ging also langsam aber sicher vor die Hunde. Er … es zerriß ihn innerlich. Er war nicht mehr er selbst. Er verblutete innerlich, und ich konnte es sehen und fühlen.«

Vern glaubte ihm. Tuffy hatte Gabby geliebt. Der Junge fuhr fort und erzählte, daß Gabby ihn gedrängt habe, ihm eine Waffe zu besorgen. Auch das schob er so lange wie möglich hinaus. »Es ist lange her, und es ist so vieles gesagt worden, daß ich mich heute beim besten Willen nicht mehr genau erinnern kann, wie es war … Er sagte, wenn ich jemanden fände, würde er ihm siebenhundert Dollar zahlen, allerdings könne er im Augenblick nur fünfhundert aufbringen. Okay. Schließlich bot er das Geld dann mir an. ›Nicht für fünfhundert Mäuse‹, sagte ich. Ich konnte weder für diese noch für irgendeine andere Summe einen Menschen töten.«

Tuffy begann, die Besuche bei seinem alten Coach zu fürchten. Andererseits, fuhr er fort, hätte er keine andere Wahl gehabt, als hinzugehen. Er wollte ihn sehen, weil er sich Sorgen um ihn machte, aber außerdem absolvierte er bei ihm sein Trainerpraktikum, und er brauchte die

Anrechnungspunkte unbedingt. Wichtiger noch, Gabby hatte Tuffy zum ›Cheftrainer‹ gemacht. Tuffy fühlte sich nicht kompetent, alles allein zu machen, und obgleich Gabby ihn in keiner Weise unterstützte, fühlte er sich besser, wenn er mit ihm über die Aufgabe sprechen konnte. Manchmal, in der ersten Stunde ihrer Gespräche – bevor Gabby richtig betrunken war – konnten sie noch über den Sport, den sie beide liebten, sachlich reden.

»Er ließ sich nie bei den Wettkämpfen sehen«, berichtete Tuffy. »Ich half, die Matten auszulegen. Ich bestimmte sogar die Startreihenfolge. Ich genoß große Autorität ... und das gefiel mir«, gab er zu.

Eine kurze Zeit lang lebte Tuffy seinen Traum – den Traum, dessen Erfüllung Gabby ihm versprochen hatte. Wenn er seinen Collegeabschluß schaffte, *würde* Tuffy Cheftrainer werden, hatte Gabby gesagt. Er *würde* eines Tages Gabbys Platz einnehmen.

Im Verhörzimmer erzählte Tuffy weiter, ohne daß es größerer Ermutigungen seitens der Ermittler bedurft hätte. Die Worte sprudelten aus ihm heraus, als wäre in seinem Inneren ein Damm gebrochen. Tuffy hatte sie lange für sich behalten, und es schien ihn zu erleichtern, jetzt alles herauszulassen. Er erzählte Brimmer und Henderson davon, daß er die Pistole bei seiner Cousine Loretta geholt und sie an einer Kartoffel ausprobiert hatte.

»Ich nahm sie ... und brachte sie Mr. Moore. Dann testeten wir sie. Wenn Sie im Haus nachsehen, werden Sie zwischen Schlafecke und Raumteiler zum Wohnzimmer hin ein Loch im Teppich finden. Ich ging raus, um zu hören, wie laut der Knall war, während er einen Mülleimer voll Wasser dorthinstellte und zweimal hineinschoß. Ich machte mir draußen ein Bild von dem Lärm, und er prüfte, wie schnell und tief die Schüsse gingen – wie groß die Durchschlagskraft der Pistole überhaupt war. Draußen war nicht allzuviel zu hören, es klang fast so wie eine Spielzeugpistole. Damit war abgemacht, daß das die Pistole sein würde, mit der Gabbys Plan ausgeführt wurde.«

Plötzlich seufzte Tuffy Pleasant tief. »*Und ich habe es für ihn getan …*«

Vern Henderson gelang es, seine Emotionen im Zaum zu halten, und er fragte scheinbar ruhig: »Hast du Geld dafür bekommen?«

»Nein, ich habe kein Geld dafür bekommen.«

»Es war also eine Gefälligkeit, die du ihm erwiesen hast?«

»Es war für ihn, *the man*«, erwiderte Tuffy. »Er erwähnte Geld, sagte aber nur, daß ich mir wegen Geld nie wieder Sorgen zu machen bräuchte.«

»Wollte er dich finanziell unterstützen?«

»Gewissermaßen. Über eine Langzeit-Anstellung.«

Noch waren sie nicht bei den Augenblicken unmittelbar vor Morris' Tod angelangt, und Vern wußte, daß er das Verhör dorthin lenken mußte.

»Wurde dir gegenüber je ein Plan geäußert, wonach du dich frühmorgens an Mr. Blankenbaker heranschleichen und ihn erschießen solltest, während er im Bad oder sonstwo im Haus war, um einen Einbruch oder etwas in der Art vorzutäuschen?«

Tuffy antwortete, daß Gabby Moore sich mehrere Pläne ausgedacht, diese aber wieder verworfen hatte; er hatte ständig an der Methode gefeilt, sein ›Problem‹ aus dem Weg zu räumen. Einmal hatte er angeregt, Tuffy solle bei Morris anklopfen, und gemeint, Dienstag wäre ein guter Tag. Dann hatte er es sich wieder anders überlegt.

»Jeden Dienstag ging er [Morris] zum ›Y‹, und Gabby wollte, daß es passierte, wenn er dorthin ging. Er hatte eine Liste sämtlicher Veranstaltungen und Termine zu Hause, wissen Sie. Er wollte, daß es vor Rick, Morris' kleinem Sohn, geschah … Ich sollte es gleich dort tun und seine Brieftasche nehmen, damit es aussähe wie ein Raubüberfall.«

Ein Raubüberfall am hellichten Tag, an einem Wochentag im Zentrum von Yakima war jedoch ein stupider Plan, und das hatte schließlich sogar Gabby Moore in seinem alkoholumnebelten Zustand erkannt. Er dachte sich ein anderes Szenario aus, und dann noch eins.

»Wessen Idee war es, am Carport auf ihn zu warten, wenn er von der Arbeit im Lion's Share kam?« fragte Vern.

»Seine. Es war alles seine Idee.«

»Mr. Moore hatte sich diesen Plan ausgedacht, richtig?«

»Ja, er hatte alles sorgfältig geplant. Bis ins Detail. *Bis ins kleinste Detail.*«

Vern Henderson kam auf den Freitag nach Thanksgiving zu sprechen. »So, und jetzt wenden wir uns der Nacht zu, in der Mr. Blankenbaker erschossen wurde, in allen Einzelheiten. Warst du an diesem Abend mit Joey Watkins zusammen?«

»Ja, ich war mit ihm zusammen.«

»Erzähl mir alles von diesem Augenblick an.«

Während Tuffy sprach, konnte Vern vor seinem geistigen Auge Morris' Haus in der North Sixth sehen – die Gasse, das Gartentor, Morris, der tot auf dem Boden lag und blind ins Leere starrte, während Schnee auf ihn herabrieselte. Vern hatte an der Stelle gestanden, wo der Mörder – war es *wirklich* Tuffy gewesen? – gestanden hatte. Vern kannte den Ort, wo die Patronenhülse gelandet war. Wenn Tuffy ihn anlog, würde er es sofort wissen. Er *wollte* die Einzelheiten nicht hören, aber er mußte.

»Also«, begann Tuffy, »gegen halb zehn zogen wir los – Joey Watkins und ich –, um Mädchen aufzureißen ... das heißt, eigentlich bildeten wir uns ein, gut genug auszusehen, daß sie uns anmachen würden.« Tuffy grinste, als wäre es ein Abend gewesen wie jeder andere, aber seine Stimme klang angespannt. Der Abend hatte sich in zwei völlig verschiedene Abschnitte geteilt.

»Kurz nach halb zehn betraten wir das Lion's Share. Joey ging für ein paar Minuten rein, und als er wieder rauskam, meinte er, es wäre nicht viel los. Also zogen wir weiter und gingen statt dessen ins Red Lion. Dort blieben wir etwa eine Stunde. Dann trennten wir uns, und ich wurde an diesen anderen Tisch eingeladen.«

Tuffy erklärte, daß er ein wenig weiter zurückgreifen müsse. Er war früher am Abend bei seiner Freundin gewesen (der Mutter seines Kindes, die erneut von ihm schwanger war). »Er [Gabby] kannte die Telefonnummer meiner Freundin und hatte dort angerufen. Das war so gegen sieben, als ich gerade dort war. Er lag im Krankenhaus …«

»Gabby hat dich angerufen?«

»Ja, aus dem Krankenhaus. Und er sagte: ›Wenn du es tust, dann heute nacht.‹ Es sollte passieren, während er in der Klinik lag und ein Alibi hatte.«

Natürlich. Das war das perfekte Alibi. Dr. Myers zufolge hatte Gabby sich nicht stationär behandeln lassen wollen und sich bis zuletzt gesträubt. Doch er mußte erkannt haben, daß ihn niemand des Mordes beschuldigen konnte, wenn er beweisen konnte, daß er zur Tatzeit im Krankenhaus gelegen hatte.

Da Gabby nicht darum gebeten hatte, ihm das Telefon aufs Zimmer zu bringen, nahm Henderson an, daß er den öffentlichen Fernsprecher auf dem Flur benutzt hatte.

Tuffy Pleasant war aufgebrochen, offensichtlich in Gedanken auf Gabbys Befehle konzentriert. Er und Joey Watkins waren umhergezogen und hatten nach hübschen Frauen Ausschau gehalten. Vielleicht hatte Tuffy sich sogar eingeredet, in einem Erfolg das Zeichen dafür zu erkennen, daß er nicht dazu bestimmt war, Gabbys Plan auszuführen.

Und Tuffy war tatsächlich erfolgreich gewesen. Ein Pärchen mit einer alleinstehenden Frau im Schlepptau hatte sich ihm vorgestellt und ihn an seinen Tisch eingeladen. Das hätte die rettende Chance für Tuffy sein können – und für Morris. Vern versuchte, nicht daran zu denken.

»Ich wurde also zu diesen Leuten an den Tisch gebeten. Zu dieser Frau, die ohne Begleiter dort war. Ich saß vielleicht zehn Minuten bei ihnen und bat sie dann, mich zu entschuldigen. Sie waren völlig ahnungslos. Sie hatten keinen blassen Schimmer, was ich vorhatte und wohin ich wollte. Ich ging zu meinen Eltern, borgte mir etwas Geld und begab mich dann wieder zu diesen Leuten ins Red Lion. Von dort wechselten wir ins Holiday Inn, dann ins Thunderbird und zurück ins Red Lion. Anschließend trennten wir uns. Es war kurz vor zwei Uhr früh.«

Jahre später bemerkte Vern Henderson dazu: »Er ging,

weil er etwas für Gabby erledigen mußte. Sonst hätte er niemals eine Frau warten lassen, die geneigt war, die Nacht mit ihm zu verbringen. Er muß auf die Uhr gesehen haben. Es gab da etwas, das er erledigen mußte.«

Kurz nach zwei sollte Morris erwartungsgemäß nach Feierabend auf den Stellplatz hinter seinem Haus fahren.

»Wissen Sie, eigentlich wollte ich es nicht tun, sofern mir etwas dazwischenkam – ich wollte nämlich einen draufmachen«, sagte Tuffy leise, vielleicht weil er seine letzte Entscheidung bedauerte. »Ich hatte eine Braut aufgerissen und wollte den Rest der Nacht mit ihr verbringen, aber dann trennten wir uns vor zwei … und ich fuhr rüber zur Lincoln und wartete, bis Morris die Seitenstraße runtergefahren kam. Als er in die Gasse einbog und auf seinem Stellplatz parkte, lief ich die Gasse hinauf und machte ihn auf mich aufmerksam. Dann zog ich die Waffe, schoß und rannte weg …«

Vern kaufte ihm das nicht ab, jedenfalls nicht alles. Er war sich nun sicher, daß Tuffy Morris tatsächlich erschossen hatte, aber er glaubte nicht, daß dieser ihm die ganze Geschichte erzählt hatte. Sie klang zu einfach, und Tuffy hatte zu hastig gesprochen, so, als schäme er sich, die feige List zu erwähnen, die Morris so arglos hatte reagieren lassen. Vern wußte, daß Morris im Augenblick seines Todes völlig entspannt gewesen sein mußte, weil er sonst zweifellos versucht hätte, sich zu wehren.

Nein, Tuffy hatte den eigentlichen Mord zu schnell abgehandelt. Vern war bei Morris' Autopsie gewesen und hatte sich gezwungen, jede Kleinigkeit in sich aufzunehmen. Und jetzt würde er sich zwingen, sich jede Einzelheit über die letzten Minuten in Morris' Leben anzuhören.

Wieder ging er zeitlich etwas weiter zurück. »Okay, also du und deine Freunde, ihr habt euch kurz vor zwei im Red Lion getrennt. Du bist dann rüber zur North Sixth gefahren. Wo hast du geparkt? Auf der Lincoln? Der Naches?«

»Lincoln.«

»Lincoln Avenue … in Höhe der Seitenstraße?«

»Direkt an der Einmündung der Seitenstraße. Ja.«

»Vor dem Appartementhaus – dem roten Backsteinbau?«

»Nein, nein – auf der *Lincoln.*« Dann fügte er hinzu: »Es gibt dort ein kleines Appartementhaus. Ja.«

Das war korrekt. Es war nicht das rote Backsteinhaus neben Morris' Haus an der Lincoln, sondern das kleine Zweifamilienhaus, in dem Mrs. Lenberg wohnte.

Tuffy leugnete, in der Gasse gegen eine Mülltonne gelaufen zu sein, aber Vern fragte sich, ob er das in Anbetracht seiner Panik angesichts dessen, was er vorhatte, überhaupt wahrgenommen hätte.

»Was für Schuhe hast du in dieser Nacht getragen?«

»Solche mit Plateausohlen.«

»Mit ein wenig Absatz?«

»Ja, mit ein wenig Absatz.«

Soweit stimmte Tuffy Pleasants Version von den Ereignissen jener Nacht nach Thanksgiving mit Gerda Lenbergs Aussage überein. Die meisten jungen Männer trugen damals Schuhe mit Plateausohlen, Afros, karierte Schlaghosen und Lederjacken. Diese Schuhe machten einen Höllenlärm.

»Du bist also die Gasse hinaufgelaufen, als du Morris' Wagen hast herauffahren sehen?«

»Ja … ich bin sie raufgetrabt.«

»Okay, du bist also die Gasse hinaufgelaufen. Hast du dich ihm vom Carport aus genähert?«

»Nein.«

»Dann bist du hinter seinem Wagen hergelaufen?«

Vern sah es vor sich. Er wagte es nicht, den Blick abzuwenden. Vielleicht würde er es vergessen können … eines Tages.

»Ja.« Tuffy nickte. »Er war fast schon am Haus, und ich rief ihn zurück. ›Morris! Morris!‹ rief ich.«

»Und er ist zurückgekommen?«

Zu spät, eine Warnung zu rufen, aber der Impuls war da. *Morris, Morris, geh weiter … die Treppe hinauf. Mach die Tür hinter dir zu. Dreh dich nicht um. Geh nicht zurück …*

Tuffy Pleasant fühlte sich sichtlich unbehaglich. »Ja, er

kam zurück. Er hielt eine Flasche Bier in der Hand, und das Gartentor war noch offen. Er kam auf mich zu und zog das Törchen hinter sich ins Schloß. Ich sagte: ›Mein Wagen ist unten an der Straße liegengeblieben.‹ Ich mußte Zeit schinden, bis ich in seiner Nähe war. Als ich dann nah genug an ihm dran war, schoß ich auf ihn.«

So erstaunlich, so unfaßbar es ihm selbst auch erschien – Vern hörte sich mit völlig ruhigem, professionellem Tonfall fragen: »Okay, dann wart ihr also, als du geschossen hast, nicht weiter auseinander, als wir beide jetzt an diesem Tisch?«

»Genau.«

»Und dann stürzte er zu Boden. Hast du noch mal auf ihn geschossen, nachdem er zu Boden gegangen war?«

»Nein.« Tuffy behauptete, er hätte nur vage auf Morris' Kopf gezielt.

Er log. Vern wußte, daß Morris nach dem ersten Schuß gestürzt war und der Mörder ihm, als er bereits hilflos sterbend auf dem Bauch lag, noch zweimal in den Hinterkopf geschossen hatte. Vern ließ Tuffys Lüge auf sich beruhen – für den Augenblick.

»... Als du geschossen hast, hat er also gestanden. Okay. Und hinterher bist du dann die Gasse wieder hinuntergelaufen und in deinen Wagen gestiegen. Und wohin bist du gefahren?«

»Zurück nach Ellensburg.«

»Was hast du mit der Pistole gemacht?«

»Die habe ich behalten.«

»Und was ist mit dem Magazin?«

»Ich weiß nicht. Das habe ich irgendwo verloren.«

»Und dann hast du die Pistole ein paar Tage später deiner Cousine zurückgebracht?«

»Yeah.«

»Du hast all das getan, weil du lange mit Gabby gesprochen hattest und der dir einen seiner Pläne eingetrichtert hatte, Morris zu erschießen. Ist das so? Hast du einen von seinen Plänen ausgeführt? Oder hast du dir das selbst ausgedacht?«

»Es war seine Idee. Das Ganze war seine Idee.«

Tuffy behauptete, kein Geld dafür bekommen zu haben. Die ganze Angelegenheit sei keine Frage des Geldes gewesen.

»Es war eine *Gefälligkeit*, die du ihm erwiesen hast, weil du ihn mochtest?«

»Ja.«

»Du wolltest ihm helfen? Den Schmerz lindern, der ihn quälte, seit seine Frau ihn verlassen hatte?«

»Ja.«

Obwohl er wußte, wie eng die Beziehung zwischen Gabby Moore und seinen Sportlern immer gewesen war – immerhin war Gabby auch sein Coach gewesen –, hatte Vern Henderson Mühe, die totale Kontrolle nachzuvollziehen, die Gabby offensichtlich über Tuffy gehabt hatte.

»Mit anderen Worten«, griff Vern seine Frage erneut auf, »du hattest das Gefühl, daß er dir in den vergangenen Jahren sehr geholfen hatte und du ihm diesen Gefallen schuldig warst?«

»Also, eigentlich war es kein Gefallen. Ich betrachte es nicht als *Gefallen*.«

»Als was empfindest du es?«

»Es war kein Gefallen«, wiederholte Tuffy stoisch. »Weil ich es tatsächlich *für ihn* getan habe – an seiner Stelle.«

»Und?«

»Ich habe die ganze Zeit unter seinem Einfluß gestanden«, fuhr Tuffy müde fort. »Ich habe entsprechend *seinem* Gedankengang gehandelt, nicht gemäß meinem eigenen …«

Das Geständnis war perfekt. Das heißt, eigentlich waren es zwei Geständnisse, eins vom Samstag und eins vom Sonntag. Sergeant Brimmer und Detective Henderson hätten sich keinen unwahrscheinlicheren Mörder vorstellen können. Gott, Tuffy war oft bei Morris zu Besuch gewesen. Er hatte ihn, erst eine Woche bevor er Morris erschossen hatte, noch bei ihm zu Hause aufgesucht. Morris war ihm ebenfalls ein Mentor gewesen und hatte ihm verschiedene Kniffe für das Ringen gezeigt. Morris mußte an jenem Abend mit demselben Vertrauen auf Tuffy zugegangen sein, mit dem er sich Vern genähert hätte. Tuffy Pleasant mußte der letzte Mensch auf Erden gewesen sein, von dem Morris erwartet hätte, daß er eine Waffe auf ihn richtete.

Aber das spielte nun keine Rolle mehr, Morris war ebenso unwiderruflich tot als wäre er von einem völlig Fremden erschossen worden.

Kapitel 19

Angelo Pleasants Verhaftung machte Schlagzeilen im *Yakima Herald-Republic*. Es war das Ende der Träume, die Coydell und Andrew Pleasant so lange für ihre Kinder gehegt hatten. All die Jahre des Schuftens schienen mit einem Schlag zunichte gemacht. Andrew hatte Vern aufgefordert, die Wahrheit zu ergründen, aber als diese Wahrheit dann an die Oberfläche drang, wollte er nichts davon wissen, ganz so wie Vern befürchtet hatte.

»Angelo und ich sind immer gut miteinander ausgekommen«, erinnerte sich Vern. »Aber seine Eltern glaubten immer, ich hätte ihren Sohn hereingelegt und ihm das Geständnis mit List und Tücke entlockt. Das Ganze schmerzte und beschämte sie so sehr, daß sie, glaube ich, jemanden brauchten, dem sie die Schuld geben konnten. Das war das Ende unserer Freundschaft. Ich hatte von Anfang an gewußt, daß es so kommen würde.«

Die Scham der Pleasants war so unerträglich, daß sie sich eine noch schlimmere Entwicklung nicht vorstellen konnten.

Der Artikel, der von der Verhaftung eines Verdächtigen in den Mordfällen Morris Blankenbaker und T. Glynn (Gabby) Moore berichtete, konnte einen rasend machen wegen der spärlichen Auskunft über die Einzelheiten. Aber das war nicht Reporter Duane Doziers Schuld; das Büro der Staatsanwaltschaft und die Polizei von Yakima gaben nur sehr wenige Informationen preis.

> Pleasant wird in dem vom Superior Court von Yakima County ausgestellten Haftbefehl der Beihilfe und Ausführung eines Mordes ersten Grades an einer namentlich nicht genannten Person beschuldigt.

Was hatte das zu bedeuten? Und wer war diese namentlich nicht genannte Person? Des weiteren hieß es in dem Artikel, daß die Kaution für Angelo sich auf fünfzigtausend Dollar belief. Tatsächlich bedeutete das, daß fünftausend Dollar aufgewendet werden mußten sowie eine Bürgschaft über weitere fünfundvierzigtausend Dollar, die fällig wurden, falls er nicht vor Gericht erschien. Das war eine schrecklich hohe Summe, und keiner aus Tuffys nächstem Umfeld konnte sie aufbringen. Er blieb also hinter Gittern.

Tuffy sollte am 1. März vor Gericht erscheinen, um zu der Anklage Stellung zu beziehen.

In jedem Artikel über Tuffys Verhaftung wurden seine Ruhmestage als Ringer-Champion erwähnt, sowie auch jedesmal wieder von neuem angesprochen wurde, daß Jerilee mit beiden ermordeten Coaches verheiratet gewesen war. Der Skandal schlug in Yakima hohe Wellen.

Bei Tuffys Anhörung änderte der Vorsitzende Richter am Superior Court, Howard Hettinger, die Anklage gegen ihn; sie lautete nun auf Mord ersten Grades an Morris Blankenbaker und Mord zweiten Grades an T. Glynn ›Gabby‹ Moore. Die Anklage wegen Mordes ersten Grades erging wegen des ›Vorsatzes‹ bei Morris' Ermordung, während man im Fall Moore eine Mitschuld des Opfers anerkannte und so die Anklage abgemildert wurde. Außerdem erklärte der Richter die Möglichkeit einer Entlassung gegen Kaution für hinfällig und bestellte für ihn zwei Pflichtverteidiger: Wade Gano und Chris Tait.

Der Termin für Angelo Pleasants Prozeß wurde auf den

19. April festgesetzt, keine zwei Monate später. Gerichtsexperten sagten Verzögerungen voraus.

Manche äußerten die Ansicht, daß der Mann, der tatsächlich für beide Morde verantwortlich war, nicht der war, der im Gefängnis von Yakima einsaß. Aber dieser Mann konnte für sein Handeln nicht mehr zur Rechenschaft gezogen werden: Gabby Moore war tot, und der Junge, der jedem seiner Gedanken und Worte so gierig gelauscht hatte, blickte jetzt durch Gitterstäbe auf eine Welt, in der er keine Zukunft mehr hatte.

Angelo ›Tuffy‹ Pleasant hatte bald drei Anwälte. Adam Moore, einer der besten Strafverteidiger von Yakima County, wurde von Richter Hettinger zum Hauptverteidiger bestimmt. Er besaß größere Erfahrung in Mordprozessen als Gano oder Tait, und Tuffy würde jeglichen rechtlichen Beistand brauchen, den er kriegen konnte. Adam Moore und Jeff Sullivan hatten wieder die Plätze getauscht: diesmal war Sullivan Ankläger, während Moore den Beklagten vertrat.

»In unserer County sind viele Mitwirkende bei Strafprozessen über Jahre immer wieder dieselben – nur das Skript ändert sich.« Sullivan betrachtete Adam Moore als würdigen Gegner; und das sollte immer so bleiben, egal, wie oft sie auf dem juristischen Spielfeld aufeinandertrafen.

Loretta war Straffreiheit zugesagt worden hinsichtlich ihres Bezugs zu dem verdächtigen .22 Colt, der immer noch ballistischen Tests unterzogen wurde.

Es schien, als würde es keine weiteren Überraschungen mehr geben. Beinahe routinemäßig beantragten Tuffys Anwälte seine Untersuchung durch einen Psychiater, um festzustellen, ob er einem Prozeß geistig gewachsen war. Dr. Frederick Montgomery stellte Tuffy die üblichen Fragen und unterzog ihn verschiedenen Tests, die aufzeigen sollten, ob er sich gegenwärtig oder zum Zeitpunkt der Morde möglicherweise nicht im klaren war, was Recht war und was Unrecht.

Nach Montgomerys Untersuchung war nicht mehr die Rede von einer Verteidigungsstrategie, die auf Unzurechnungsfähigkeit gründete. Zwar wurde nicht ausgeschlossen, daß Tuffy durch Gabby einer gewissen Gehirnwäsche unterzogen worden war, aber er war zu keinem Zeitpunkt aus medizinischer oder rechtlicher Sicht unzurechnungsfähig gewesen.

Kapitel 20

In den Lokalzeitungen vom 19. März wurden verblüffende Neuigkeiten bezüglich der Morde Blankenbaker und Moore veröffentlicht. Nach weiteren Aussagen Tuffy Pleasants gegenüber den Detectives des Yakima Police Departments wurde auch sein jüngerer Bruder Anthony Pleasant, neunzehn Jahre alt, verhaftet. Die Anklage lautete ebenfalls auf Mord ersten Grades an Morris Blankenbaker ohne Möglichkeit einer Kautionshinterlegung.

Lügendetektorexperte Dick Nesary hatte die mutmaßlichen Täter verschiedenen Tests unterzogen. Nesary, der bereits mehr als eintausendachthundert solcher Befragungen durchgeführt hatte, hatte Tuffy Pleasants ersten Test im Januar als nicht eindeutig bezeichnet. Am 18. März wurde Tuffy erneut dieser Prozedur unterzogen, und diesmal ergab der Polygraph, daß sein eigener Bruder in den Mord an Morris verwickelt sein mußte. Adam Moore und Chris Tait waren der Ansicht gewesen, ein weiterer Test könnte die Anschuldigungen entkräften; besagter Test wurde also auf Antrag der Verteidiger durchgeführt.

Im Beisein von Vern Henderson, Chris Tait und Jeff Sullivan unterzog Nesary Tuffy einem Backster-Zone-Vergleichstest – die Methode bestand weitestgehend darin, daß eine Frage jeweils zweimal unterschiedlich formuliert und dazwischen Kontrollfragen gestellt wurden.

Nesary hatte vor dem Test am 10. Januar noch nie ein Wort mit Tuffy Pleasant gewechselt, wenngleich er von dessen sportlichen Erfolgen gehört hatte. Im Januar war der Junge ihm offen und freundlich begegnet. Jetzt, zwei Monate später, schien er es mit einem völlig anderen Menschen zu tun zu haben.

»Als ich am 18. März mit dem Test anfing«, erzählte Nesary, »war er eher still und unterwürfig, und ich mußte ihm die Würmer einzeln aus der Nase ziehen, um ihn beim Probelauf zum Reden zu bringen.«

Nesary hörte aufmerksam zu, als Tuffy ihm den Mord an Morris schilderte; es war eine andere Geschichte als jene, die er Vern Henderson erzählt hatte. »Er behauptete, er wäre zusammen mit Anthony dort gewesen und tatsächlich hätte sein Bruder Morris Blankenbaker erschossen«, berichtete Sergeant Nesary.

Tuffy hatte in seinem Leben hart gearbeitet und hatte schwielige Hände, was die Ermittlung der galvanischen Hautreaktionen erschwerte: das klassische Schwitzen der Handflächen blieb aus. Nesary registrierte außerdem, daß Tuffys Atmung ungleichmäßig war. Trotzdem glaubte er nicht, daß einer dieser beiden Faktoren die Ergebnisse des Lügendetektortests entscheidend würde beeinflussen können.

Die Ergebnisse vom 18. März aber überraschten Nesary und erbrachten auch für Staatsanwaltschaft und Polizei völlig neue Aspekte. Obgleich Nesary Sergeant der Polizei von Yakima war, besaß er die Kompetenz, die Ergebnisse der Tests zu interpretieren. Tuffy hatte ihm erzählt, daß sein Bruder Anthony Morris Blankenbaker erschossen habe, und Nesary meinte, seine aufgezeichneten Reaktionen stützten diese Behauptung.

»Meiner Meinung nach sagte er die Wahrheit bei den Fragen zum eigentlichen Tathergang ...«

Jeff Sullivan hatte keine andere Wahl, als einen Haftbefehl für Anthony Pleasant zu beantragen, und am Donnerstag, dem 18. März, wurde Anthony verhaftet. Später an jenem Tag rief Vern Henderson bei Nesary an. »Kommen

Sie bitte her«, bat ihn Vern. »Wir möchten, daß Sie Anthony einem Lügendetektortest unterziehen.«

Um absolut sicherzugehen, daß das Testergebnis eindeutig ausfiel, führte Nesary bei dem Test an Anthony Pleasant insgesamt sechs Durchläufe durch. Anthony hatte ebenfalls »Atmungsprobleme« – er atmete unregelmäßig, vielleicht aus Nervosität und aus dem Schock der Verhaftung heraus.

Schließlich ergaben Nesarys Ergebnisse noch mehr Schockierendes. »Auf die Frage ›Hast du Morris Blankenbaker erschossen?‹ verneinte die Testperson, aber den Testergebnissen zufolge war das eine Lüge.«

Vern Henderson, Bob Brimmer und Jeff Sullivan waren völlig verdattert. Alle ihre bisherigen Ermittlungen hatten darauf hingedeutet, daß Tuffy – und nicht Anthony – in beiden Fällen geschossen hatte. Und jetzt erklärte ihnen ein vereidigter Beamter der Polizei, daß die Ergebnisse des von ihm durchgeführten Lügendetektortests auf das Gegenteil hinwiesen.

Nesary war selbst verblüfft; er hatte sich bisher nur selten in seiner Interpretation der Polygraphenergebnisse geirrt, und in all diesen Fällen war der Irrtum darauf zurückzuführen gewesen, daß er Kontrollfragen falsch formuliert hatte oder ihm unrichtige Fakten genannt worden waren. Gewöhnlich, erklärte er, würden Fehler eher den Verdächtigen zum Vorteil gereichen, als ihnen zu schaden.

Zweifellos würde die Verteidigung anstreben, die neuesten Testergebnisse in Tuffy Pleasants Prozeß einzubringen. Ebenso sicher würde Staatsanwalt Sullivan versuchen, ihre Zulassung als Beweismittel zu verhindern. Aber es würde unmöglich sein, die Ergebnisse der Lügendetektortests als Beweismittel einzubringen und einer Jury zu präsentieren, wenn nicht beide Seiten einer Zulassung vor Gericht zustimmten.

Am 30. März nahm Tuffy Pleasant seine Geständnisse zurück und bekannte sich bei der Anhörung zu beiden Anklagen für nicht schuldig. Vern Henderson war völlig verdattert. Er hatte Tuffys Geständnis gehört; Vern *wußte*, daß Tuffy Einzelheiten bekannt waren, die nur der Mörder wissen konnte. Aber es war mehr als das. In Tuffys Stimme hatte tiefe Verzweiflung gelegen, als er gestanden hatte, die zwei Männer erschossen zu haben, die er so sehr gemocht hatte; ein Gefühl war darin gewesen, von dem Vern nicht annehmen mochte, daß es vorgetäuscht gewesen war. Wenn Tuffy Angst hatte und sein Geständnis bereute, war das verständlich, aber Vern glaubte nicht, daß sie den falschen Mann verhaftet hatten.

Zu den Anträgen der Verteidigung an jenem Tag gehörte auch die Forderung nach einer Verlegung des Verhandlungsortes. Tuffys Verteidiger erklärten, daß die beiden Fälle bereits zu sehr in den Medien breitgetreten worden wären und in Yakima County kein fairer Prozeß mehr möglich sei.

Adam Moore führte an, daß Radio-, Fernseh- und Zeitungsberichte ›hochbrisant‹ gewesen seien und es unmöglich wäre, eine Jury von zwölf unvoreingenommenen Geschworenen zusammenzustellen. Mike Brown, der für das Büro der Pflichtverteidiger ermittelte, erklärte, daß er eine inoffizielle Umfrage durchgeführt habe, um die öffentliche Meinung zu diesem Fall zu ermitteln. Auch wenn Browns Methoden in einer Großstadt nicht als sehr aussagekräftig gewertet worden wären, wurden sie in diesem Falle in die Überlegungen miteinbezogen. Er sagte, er hätte den Puls der Stadt gefühlt bezüglich des bevorstehenden Prozesses. Er hatte ›drei Frisöre und drei Kosmetikerinnen‹ aufgesucht. Seine Umfrage bei den Angestellten hatte ergeben, daß sie alle irgendwelche Gerüchte über die beiden Morde kannten. Brown erklärte, er habe darüber hinaus achtundzwanzig Personen in der Mall, der Einkaufsmeile, und vierzehn Personen in Sunnyside – zwanzig Meilen südöstlich von Yakima – befragt. Von diesen zweiundvierzig Personen hätten nur neun angegeben, nichts über die

Mordfälle zu wissen. Von jenen, die von den Verbrechen gehört hatten, hatten sich allerdings nur drei eine Meinung zu Tuffys Schuld oder Unschuld gebildet.

Brown erklärte, in allen Fällen sei von Tuffys Schuld ausgegangen worden.

»Dieser Fall erhebt sich wie ein Goliath über vorausgegangene Mordfälle in dieser County«, äußerte Strafverteidiger Adam Moore Reportern gegenüber zu seinem Antrag auf Verlegung des Verhandlungsortes. »Drogen, Liebe und Eifersucht sind der Stoff, aus dem diese Szenarien gewoben sind.«

Staatsanwalt Jeff Sullivan erhob Einspruch und nannte eine Reihe anderer ebenso aufsehenerregender Fälle, die innerhalb der County verhandelt worden waren.

Richter Carl Loy entschied, daß Angelo Pleasant seiner Ansicht nach sehr wohl in Yakima einen fairen Prozeß erwarten konnte und er den Fall nicht an ein Gericht in Seattle, Spokane oder einer sonstigen Stadt in Washington übergeben würde. »Die Informationen waren eher faktisch als beweiserheblich«, begründete Loy seine Entscheidung. Er sagte, er hätte keine Anzeichen voreingenommener Berichterstattung feststellen können und die Medienberichte über die fortschreitenden Ermittlungen hätten allen berufsethischen Grundsätzen entsprochen. Obgleich Loy zugab, daß die Fälle Blankenbaker und Moore großes Aufsehen erregt hätten, schrieb er dies mehr der Identität der Opfer zu als den bizarren Umständen ihrer Ermordung.

Ganz offensichtlich war das nicht die Art von Fall, den die Lokalpresse auf die letzten Seiten verdammen würde. Dennoch hatten die Zeitungen in Anbetracht der in Yakima Valley kursierenden Gerüchte bemerkenswerte Zurückhaltung geübt.

Vern Henderson schüttelte den Kopf, als er die Zeitung las. Liebe und Eifersucht … und jetzt auch noch Drogen. Der ganze Fall begann durch die Schlagzeilen die Züge einer gewöhnlichen Seifenoper anzunehmen.

Die Gerüchteküche brodelte weiter, von nichts anderem genährt als Spekulationen, Phantasie und Halbwahrheiten.

Am 8. April gab es weitere Schlagzeilen, und es wurde noch ein dritter Verdächtiger verhaftet. Kenny Marino, Tuffy Pleasants bester Freund und gleichermaßen Mitglied der Ringermannschaft, die die Meisterschaften von 1972 gewonnen hatte, wurde ebenfalls wegen Mordes zweiten Grades an Gabby Moore festgenommen. Während eine Kaution für die Pleasant-Brüder abgelehnt worden war, wurde für Marino eine Kaution in Höhe von 50.000 Dollar festgesetzt.

Staatsanwalt Sullivan wollte keine Einzelheiten nennen und erklärte lediglich, die Ermittlungen dauerten an. Wenn es so weiterging, würde noch jeder Ringer, der Gabby Moore einmal nahegestanden hatte, in diesen Mordfall hineingezogen werden.

Jetzt standen zwei von Coydell und Andrew Pleasants Söhnen unter Mordanklage. Anthony sollte am 3. Mai der Prozeß gemacht werden. Zwei Wochen nach Beginn von Angelos Prozeß. Das alles ergab keinen Sinn für die Öffentlichkeit, die nur Spekulationen anstellen konnte, was die Motive hinter diesem Mord anbelangte.

In Anbetracht der wachsenden Liste von Mordverdächtigen und Diskussionen darüber, wann und wo die verschiedenen Prozesse stattfinden sollten, schenkte man einem Ereignis, das in jenem seltsamen Frühling 1976 stattfand, von offizieller Seite wenig Beachtung.

Am 18. April heiratete Jerilee Blankenbaker Moore Blankenbaker in aller Stille ein drittes Mal. Während Gabby vierzehn und Morris drei Jahre älter gewesen war als sie, war Jerilees neuer Ehemann sieben Jahre jünger. Er hieß Jim Littleton und war zweiundzwanzig Jahre alt. Littleton arbeitete in einem Lebensmittelgeschäft. Er war ein gutaussehender junger Mann, und sein Lebensstil und seine Interessen hatten wenig mit Morris' oder Gabbys gemein, abgesehen davon, daß auch er einen ausgeprägten Beschützerinstinkt an den Tag legte, was Jerilee betraf. Sein ganzer Ehrgeiz bestand darin, ein erfolgreicher Geschäftsmann zu werden. Er interessierte sich weder für aktiven Sport noch für eine Trainerlaufbahn.

Olive war schockiert, als sie von Jerilees Heirat erfuhr. Ebenso Vern Henderson. Er erinnerte sich, daß Littleton einer der Sargträger bei Morris' Beerdigung gewesen war. Er hatte sich damals schon gefragt, warum man Jim Littleton ausgewählt hatte oder in welcher Beziehung er zu Morris und Jerilee gestanden hatte.

Es war nicht etwa so, daß Morris' Familie und Freunde Jerilee nicht ein neues Glück gegönnt hätten, es kam nur zu früh. Morris war erst fünf Monate und Gabby vier Monate tot, als die Frau, die mit beiden verheiratet gewesen war, dem ganzen Durcheinander, das sie in den letzten Jahren in ihrem Leben angerichtet hatte, einfach den Rücken kehrte. Natürlich würde sie trotzdem bei dem bevorstehenden Prozeß aussagen müssen – oder besser bei *den Prozessen*.

Die Leute fragten sich, ob ihre Ehe nicht eine Flucht nach vorn war. Vielleicht war das anfangs sogar der Fall. Jerilee hatte sich seit der Scheidung ihrer Eltern, als sie noch die High School besucht hatte, nach der Geborgenheit einer Familie gesehnt. Und jetzt lebte sie, noch bevor die ersten Narzissen auf Morris' und Gabbys Grab blühten, mit einem neuen Mann und einer neuen Familie. Es gab in Yakima einige bissige Bemerkungen über die ›fröhliche Witwe‹, im Stil von: ›Ich frage mich, wie lange diese Ehe wohl dauern wird‹, aber Jerilee und Jim führten ein so unauffälliges Leben, daß Tratsch und Spott bald aufhörten.

Nicht nur Jerilee hatte die Hölle durchgemacht. Die zwei Morde hatten mehrere Frauen in ein emotionales Loch gestürzt. Olive Blankenbaker hatte früher schon Schicksalsschläge gemeistert und bewies erneut ihre Fähigkeit, sich den Gegebenheiten zu stellen. Sie arbeitete wieder, stand wieder mitten im Leben. Sie ließ sich weder von ihrer Krankheit noch vom Verlust ihres Sohnes unterkriegen. Es kümmerte sie nicht, was die Ärzte ihr gesagt hatten – sie würde überleben.

Tuffys Freundin René war im sechsten Monat schwanger und hatte bereits ein Kind von ihm. Obgleich Tuffy nicht der treueste gewesen war, hatte sie immer fest daran geglaubt, daß sie eines Tages heiraten würden. Jetzt wußte René nicht, was geschehen würde, fürchtete jedoch, nach Tuffys Prozeß ganz allein zurechtkommen zu müssen.

Coydell Pleasant ihrerseits versuchte, irgendwie mit der grauenhaften Tatsache fertigzuwerden, daß zwei ihrer Söhne unter Mordanklage standen und im Gefängnis auf ihren Prozeß warteten.

Die Lügendetektortests vom März und die hierauf erfolgten Verhaftungen von Anthony Pleasant und Kenny Marino bedeuteten, daß Vern Henderson weitere Zeugen auftreiben mußte. Es wurden nun auch Angaben zu Tuffys Bruder benötigt, die es ermöglichen würden, exakt den Tathergang jener Nacht zu rekonstruieren. Tuffy hatte ihnen eine neue Version dessen geliefert, was er am Abend des 21. November getan und wo er sich wann aufgehalten hatte, aber sie waren auf Zeugen angewiesen, die seine Aussagen bestätigen konnten. Darüber hinaus zeigten noch anklagende Finger auf Kenny Marino, der ebenfalls überprüft werden mußte. Die Ermittler hofften inständig, daß es keine weiteren Verdächtigen geben würde im Rahmen dieser immer verworreneren Ermittlungen. Es lag im Bereich des Möglichen, daß Anthony Pleasant und Kenny Marino tatsächlich unmittelbar vor – oder sogar während – den Morden an Morris Blankenbaker und Gabby Moore am Tatort gewesen waren, aber die Beamten des Police Departments von Yakima bezweifelten dies.

Tuffy Pleasant und Joey Watkins hatten den Namen einer der drei Personen erwähnt, an deren Tisch Tuffy sich am Abend des 21. November im Red Lion gesetzt hatte. Es waren zwei Frauen und ein Mann gewesen, und Tuffy hatte ausgesagt, er hätte an diesem Abend ›eine Braut aufgerissen‹.

Mit dem Namen des Mannes aus diesem Trio bewaffnet,

sowie mit der Information, daß die drei aus Pasco, Washington, stammten, fuhren Vern Henderson und Jeff Sullivan in das Drei-Städte-Eck, das durch das Hanford-Atomkraftprojekt im Zweiten Weltkrieg mitten in der Wüste entstanden war; die Orte Pasco, Kennewick und Richland werden von den Einheimischen selten einzeln genannt.

Hendersons und Sullivans Ermittlungen führten sie in ein vorwiegend von Schwarzen bewohntes Viertel im Drei-Städte-Eck, und der schwarze Detective und der blonde irischstämmige Staatsanwalt erregten dort einiges Aufsehen. »Die Leute warfen uns nur einen Blick zu und raunten: ›Da kommen Shaft und der junge Mr. Kennedy‹«, erzählte Vern Henderson lachend. »Sie hatten noch nie einen schwarzen Detective gesehen, und Jeff sah John F. Kennedy tatsächlich ein wenig ähnlich. Wir zwei waren schon ein Paar ...«

Sie fanden Sam Berber, achtundzwanzig Jahre alt, in Pasco. Er arbeitete für Standard Oil und erzählte, er käme nur selten ins achtzig Meilen entfernte Yakima. Am 21. November hatte er jedoch angeboten, eine Freundin, Sally Nash, nach Yakima zu fahren, wo sie ihren Bruder im County-Gefängnis besuchen wollte. Sam, Sally und ihre Freundin Melodie Isaacs trafen gegen 20 Uhr 15 an diesem Abend in der Stadt ein und mußten feststellen, daß die Besuchszeit in der Haftanstalt bereits vorbei war. Sie hinterließen am Empfang ein wenig Geld für Sallys Bruder und fuhren dann in die Stadt.

Als Sullivan und Henderson den Mann nach Tuffy Pleasant befragten, sagte Berber, daß er ihn zwar kenne, aber nur flüchtig; sie hätten sich damals im November kennengelernt. Er erinnerte sich noch genau an das Datum, weil es nur einen Tag nach Thanksgiving gewesen war.

Berber erklärte, daß er und seine beiden Begleiterinnen viel Zeit gehabt hätten, nachdem sie die Besuchszeiten im Gefängnis verpaßt hatten. Sie hatten sich in Yakima nach einer Bar umgesehen, in der sie etwas trinken und vielleicht auch tanzen konnten. Zuerst gingen sie ins Cosmopolitan Chinook Hotel und die dortige Cocktailbar Red Lion.

Sie hatten Clubs ausfindig machen wollen, in denen Schwarze verkehrten und in denen andere Musik gespielt wurde als das übliche Hotelbargedudel. Ihnen war ein junger Schwarzer aufgefallen, der zusammen mit einem anderen Mann an einem Tisch saß.

»Ich sprach ihn an und fragte, ob er vielleicht einen Laden wüßte, wo wir hingehen könnten … Er erbot sich, uns zu begleiten«, erinnerte sich Berber, »und erkundigte sich bei mir, ob die Frau, die bei uns saß, einen Freund hätte; ich verneinte, woraufhin er fragte, ob er an unserem Tisch Platz nehmen dürfe.«

Der Mann hatte sich als Angelo Pleasant vorgestellt. Der andere Mann, der mit Pleasant an einem Tisch gesessen hatte, verließ die Bar. Sie blieben im Red Lion, bis Pleasant vorschlug, sie sollten sich ihm anschließen, er würde ihnen einen Laden zeigen, in dem vielleicht mehr los war. Aber dem war nicht so. »Wir blieben nur auf einen Drink und gingen dann wieder, weil es dort ebenso öde war wie in der vorherigen Bar.« Henderson nickte. Das mußte im Holiday Inn gewesen sein, nach allem, was Tuffy in seinem Geständnis zu Protokoll gegeben hatte.

Daraufhin hatte ihr neuer Freund vorgeschlagen, ins Thunderbird zu gehen. Dort waren sie fast bis zum Schluß geblieben, und Pleasant hatte gefragt, ob sie es eilig hätten, zurückzufahren, oder vielleicht Lust hätten auf ein paar Partys.

»Er nahm uns mit auf zwei Feten«, erzählte Berber, »aber auch dort war nichts los, und so brachten wir ihn zurück zu seinem Wagen.«

»Wo hatte er seinen Wagen geparkt?« fragte Brimmer.

»Vor dem Chinook.«

»Und wie spät war es ungefähr, als Sie ihn dort abgesetzt haben?«

»Das muß so gegen zwei Uhr gewesen sein, weil alle die Bar verließen. Offensichtlich hatte sie gerade geschlossen. Das war's eigentlich. Wir luden ihn nach Pasco ein und sagten, er solle uns anrufen, falls er je in der Gegend sei, dann würden wir versuchen, uns zu revanchieren.«

Sam Berber war nicht sicher, ob er Pleasant zweifelsfrei würde identifizieren können. Aber er hatte sich als Angelo Pleasant vorgestellt und ihnen erzählt, daß er in Pasco gelebt hatte, als er das Columbia Basin College besucht hatte.

Berber hatte in den Kneipen, in denen sie gewesen waren, nicht auf die Uhr gesehen. Seine Angabe zu der Uhrzeit, zu der sie Pleasant abgesetzt hatten, basierte auf einer Bemerkung seiner Begleiterin. »Meine Freundin saß vorn auf dem Beifahrersitz und war eingeschlafen. Ich mußte sie wecken, damit sie sich vorlehnte, um ihn aussteigen zu lassen. Wir standen direkt unter einer Straßenlaterne, und sie sah auf die Uhr und meinte: »Zwei Uhr – wir sollten uns jetzt besser auf den Heimweg machen.«

Melodie Isaacs, die an jenem Abend mit Tuffy geflirtet hatte, erinnerte sich noch gut an den gutaussehenden jungen Mann in der schwarzen Lederjacke. Sie hatten zwischen 21 und kurz vor 2 Uhr nachts ein paar Drinks genommen und getanzt. Sie hatte ihm ihre Telefonnummer gegeben, für den Fall, daß er je nach Pasco käme, aber er hatte sie nicht angerufen.

Sullivan und Henderson wußten, daß das Chinook nur wenige Blocks, wenige *Minuten*, von Morris Blankenbakers Haus entfernt war. Keiner von ihnen sprach aus, was ihnen beiden durch den Kopf gehen mußte. Wenn die vier jungen Leute in jener Nacht einen Laden gefunden hätten, in dem etwas los war, hätte Tuffy dann Gabbys Anweisungen möglicherweise nicht befolgt? Wäre es, wenn nicht in dieser Nacht, in einer anderen geschehen? Oder wären Morris und Gabby heute noch am Leben?

Während Tuffy sich laut Aussage der Augenzeugen aus Pasco einige Minuten vor Morris' Ermordung nur wenige Blocks vom Tatort entfernt aufgehalten hatte, mußten die Ermittler noch Zeugen finden, die Anthonys Beteiligung bestätigten – oder ihm ein Alibi verschafften. Ein Zeuge, auf den sie im Laufe der Untersuchungen stießen, war ideal; die anderen waren weniger aussagewillig, aber ihre Zahl machte ihre zweifelhafte Glaubwürdigkeit wieder wett. Letztendlich sollten sie zahlreiche Zeugen finden, die bestätigten, daß Tuffys jüngerer Bruder Anthony nicht nur weit entfernt vom Tatort gewesen war, sondern darüber hinaus nicht einmal in der Lage, sich auf den Beinen zu halten, geschweige denn, einen Mord zu begehen.

Vern Henderson blätterte in den Protokollen der Streifenpolizisten von der Nacht des 21. auf den 22. November. Erfreut stellte er fest, daß ein Officer in jener Nacht tatsächlich Kontakt mit Anthony Pleasant gehabt hatte. Patrol Officer Allen D. Bischoff vom Yakima Police Department arbeitete an jenem Freitag in der Schicht von 20 Uhr bis 4 Uhr früh. Er erzählte Brimmer, daß er kurz nach 22 Uhr wegen eines Zwischenfalls in die La Salle Street geschickt worden war, weil dort offenbar ein Streit zu eskalieren drohte. Bischoff und sein Partner trafen vor Ort vier schwarze Männer sowie eine junge und eine ältere weiße Frau an. Die Männer stritten. Bischoff sagte, sie hätten einige Bedenken gehabt, dem Anruf nachzugehen; es hatte in letzter Zeit vor allem in dieser Gegend Morddrohungen gegen Polizeibeamte gegeben. Und da der Zwischenfall anonym gemeldet worden war, hatten sie sich gefragt, ob es sich vielleicht um eine Falle handelte. Bischoff war somit erleichtert gewesen, als er einen der jungen Männer erkannt hatte. Es war Anthony Pleasant, den er nicht als Bedrohung betrachtete. Bischoff hatte mit Anthony gesprochen, ihm mit der Taschenlampe ins Gesicht geleuchtet, um zu prüfen, ob er getrunken hatte (Polizeibeamte wissen, daß die Pupillen eines Betrunkenen sich auf eine ganz spezielle Art verändern), und war zu dem Schluß gekommen, daß Anthony tatsächlich alkoholisiert war. Die Auseinandersetzung schien beigelegt, nachdem Bischoff mit Anthony und sein Partner mit dem zweiten der beiden Streithähne gesprochen hatte.

»Ich sagte ihm, er solle gehen … und zwar auf direktem Wege nach Hause«, erzählte Bischoff dem Detective.

Anthony war in eine Chevrolet-Limousine gestiegen

und weggefahren. Als Bischoff über Funk den Einsatz als beendet meldete, war es etwa zehn vor elf. Er ging davon aus, daß Anthony nach Hause gefahren war, so wie er es ihm nahegelegt hatte, konnte dies jedoch nicht mit Sicherheit bestätigen.

Anthony war tatsächlich nicht heimgefahren, wie Henderson von einigen Teenagern erfuhr, die ihm von den beinahe wöchentlich stattfindenden ›offenen‹ Partys erzählten, zu denen jeder kommen konnte, der Lust hatte. Die dort gängigen Erfrischungen waren Bier und Marihuana. Henderson hätte sich Zeugen mit etwas klarerem Erinnerungsvermögen gewünscht, und schließlich fand er tatsächlich einige Partygänger, die sich noch sehr genau an die Nacht des 21. November erinnern konnten.

Mehr noch, sie erinnerten sich sehr genau, wo Anthony Pleasant in jener Nacht zwischen dem Streit und den frühen Morgenstunden gewesen war, vor allem um 2 Uhr früh, der Zeit, da Anthony seinem großen Bruder zufolge Morris Blankenbaker erschossen haben sollte.

Obgleich bei der einen Party am Abend nach Thanksgiving ein reges Kommen und Gehen geherrscht hatte, hatte es auch ein paar Personen gegeben, die in der Wohnung der jungen Gastgeberin geblieben waren. Alle waren sich darüber einig, daß ein Pärchen sich in ein Schlafzimmer zurückgezogen hatte und dort auch geblieben war. Ein Mädchen war mit Anthony Pleasant in Streit geraten, und mehrere andere Partygäste hatten sich darüber amüsiert, daß Anthony völlig weggetreten auf dem Sofa gelegen hatte.

Hendersons beste Zeugin war ein achtzehnjähriges Mädchen namens Casey Lynn Anderson*. Sie hatte kürzlich an der Davis High School ihren Abschluß gemacht und arbeitete als Köchin und Kellnerin im Cosmopolitan Chinook Hotel. Casey und ihre Schwester, die ebenfalls im Chinook arbeitete, waren am 21. November auf der ›Party der Woche‹. Casey erzählte, daß sie sich den ganzen Abend an einem Bier »festgehalten« und auch kein Hasch geraucht habe.

Sie war wütend auf Anthony Pleasant, weil er sich wegen eines Mädchens mit einem Freund von ihr geprügelt hatte – es war der Zwischenfall, zu dem Bischoff geschickt worden war. Anthony war zu der Party zurückgekommen, und Casey sagte, sie hätte ihm eine Predigt gehalten wegen der Schlägerei. »Ich habe versucht, ihm klarzumachen, daß er ein Idiot wäre«, erinnerte sie sich. »Und dann sagte er, ich hätte ja keine Ahnung – er hätte seine Gründe gehabt und sei Manns genug, seine Probleme allein zu regeln.«

Casey sagte, sie hätte Anthony kaum verstehen können, weil er sturzbetrunken war und sehr undeutlich sprach. »Er lehnte an der Wand und versuchte krampfhaft, sich auf den Beinen zu halten. Ich erinnere mich, daß ich zu ihm sagte: ›Setz dich, bevor du umfällst‹, woraufhin er mich anfuhr, ich solle den Mund halten.«

Casey war der Ansicht, daß ihr langjähriger Freund Anthony sich in Anbetracht seiner Verfassung in jener Nacht kaum an ihren Streit erinnern würde. »Er sah aus, als würde er jeden Moment der Welt ›Gute Nacht‹ sagen.«

Einige andere Partygäste bestätigten, daß Anthony auf der Couch im Wohnzimmer eingeschlafen war. Ein Mädchen hatte sich vorher auf das Sofa übergeben, aber Anthony war so hinüber gewesen, daß er es gar nicht bemerkt hatte. Die Leute hatten sich hierüber köstlich amüsiert.

»Um wieviel Uhr war das?« fragte Henderson die Partygäste immer wieder. »Um wieviel Uhr habt ihr Anthony Pleasant auf dem Sofa seinen Rausch ausschlafen sehen?«

Alle meinten übereinstimmend, daß das lange vor 2 Uhr gewesen war, da um 2 Uhr das Bier ausgegangen war und eine Gruppe loszog, neues zu besorgen. Als sie gegangen waren, hatte Anthony bereits im ›Koma‹ gelegen und war ausgelacht und verspottet worden.

Ein Mädchen sagte aus, es wäre auch dort gewesen, als die Jungs zurückkamen – mit leeren Händen, da sie keinen Laden gefunden hatten, der um diese Uhrzeit noch geöffnet war. Sie war bis halb vier auf gewesen. Als sie schließlich schlafen wollte, stellte sich ihr ein Problem.

»Wir hatten ihn [Anthony] ausgelacht, weil er wie eine Leiche auf dem Sofa lag. Ich und eine Freundin waren schrecklich müde und wollten schlafen, aber er hatte das Sofa mit Beschlag belegt ... Also rollten wir ihn von der Couch, und er landete mit einem Knall auf dem Boden. Meine Freundin und ich machten uns über ihn lustig, und schließlich kroch er zu einem Sessel, setzte sich hinein und schlief wieder ein.«

Unter normalen Umständen wäre es Anthony Pleasant, neunzehn Jahre alt, vielleicht peinlich gewesen, sich selbst zum Gespött gemacht zu haben, aber so wie die Dinge standen, sollten jene Partygäste, die sich noch genau daran erinnerten, daß er die Party zwischen 23 Uhr und dem nächsten Morgen nicht verlassen hatte, ihn vor einer Mordanklage bewahren.

Vern Henderson berichtete Jeff Sullivan, daß er nun wisse, wo Anthony und Tuffy sich jeweils am 21. November um 2 Uhr früh aufgehalten hatten.

Sie wußten auch, wo Tuffy an Heiligabend gewesen war, mußten jedoch Kenny Marino noch überprüfen. Auch ihm verschaffte die Erinnerung einiger Mädchen im Teenageralter ein Alibi. Kenny Marino hatte an diesem Abend drei Mädchen in sein Elternhaus eingeladen, um mit ihnen Tequila Sunrise zu trinken – eine sonderbare Art, Weihnachten zu feiern. Eines der Mädchen erzählte den Detectives, daß es seine Mutter habe überzeugen müssen, ausgehen zu dürfen, und daß es ihr nur erlaubt worden wäre, nachdem sie versprochen hatte, um Mitternacht wieder zu Hause zu sein.

Um Mitternacht aber saß die Zeugin noch zusammen mit den anderen vor dem Fernseher – sie sahen sich gebannt einen Horrorstreifen an – und ihr wurde bewußt, daß sie ihr Versprechen nicht würde einhalten können. Tatsächlich war es bereits halb eins, als sie Kenny Marino endlich überreden konnte, sie nach Hause zu fahren. Kurz vor eins war sie schließlich zu Hause; ihre Mutter war aufgeblieben, um auf sie zu warten. Kenny Marino und die anderen beiden Mädchen waren zurück zu ihm gefahren.

Drüben in der Eighteenth Street, Meilen entfernt, hatte eben jemand Gabby Moore erschossen. Angesichts der genannten Uhrzeit, der Entfernungen und der Zeuginnen konnte Kenny Marino unmöglich auf Moore geschossen haben. Während Tuffy Pleasant weiterhin behauptete, bei den Morden an Morris Blankenbaker und Gabby Moore lediglich Beobachter gewesen zu sein, verfügte Jeff Sullivan über genügend Zeugen, deren Aussagen bewiesen, daß Anthony Pleasant und Kenny Marino die Morde nicht begangen haben konnten.

Tuffy verzichtete auf sein Recht auf einen kurzfristigen Prozeßbeginn (innerhalb von 60 Tagen nach seiner Verhaftung), und es wurde ein neuer Termin Anfang Juni festgelegt. Anthony Pleasants und Kenny Marinos Verhandlungen wurden auf Antrag von Marinos Verteidiger zusammengelegt. *Ihr* Prozeß sollte am 24. Mai stattfinden.

Keine zwei Wochen vor dem Prozeß ordnete Richter Howard Hettinger an, daß die Anthony Pleasant/Kenny Marino-Anhörung unter Ausschluß der Öffentlichkeit stattfinden sollte. Niemand in Yakima wußte, was vor sich ging. Hettinger erklärte, daß er ein Statement zu der nichtöffentlichen Anhörung abgeben würde, sobald eine Jury zusammengestellt wäre. Der Richter hatte Presse und Öffentlichkeit von der Anhörung ausgeschlossen, nachdem die Verteidiger argumentiert hatten, daß jede Berichterstattung zu den vorprozeßlichen Entwicklungen das Recht ihrer Klienten auf einen fairen Prozeß mit einer unvoreingenommenen Jury ›ernsthaft gefährden‹ würde.

Tuffy Pleasants Anhörung unter Vorsitz von Richter Loy war der Presse zugänglich gewesen, obgleich die Reporter sich hatten verpflichten müssen – außer in bezug auf die veränderten Anklagepunkte –, Stillschweigen zu bewahren, bis die Geschworenen ausgewählt und isoliert worden waren.

Das Interesse an den Prozessen war unter den Bewohnern von Yakima sehr groß. Pressesprecherin Charlotte Phillips gab bekannt, daß die eigentlichen Verhandlungen öffentlich sein würden und für Pressevertreter Sitzplätze im größten Gerichtssaal des Gerichtsgebäudes reserviert würden. Die Prozesse müßten kontinuierlich laufen, auch über die Wochenenden, nicht zuletzt, weil die Geschworenen für die Dauer der Verfahren völlig von der Außenwelt abgeschottet sein würden.

Die Zeitungen verkündeten, daß in den Gerichtssälen strenge Sicherheitsmaßnahmen gelten würden. Niemand wußte genau, warum. Niemand außer den Beklagten, der Polizei, den Verteidigern und den Vertretern der Anklage kannte die ganze Geschichte, aber alle in der Stadt waren neugierig.

Und dann, vier Tage vor Beginn des Verfahrens gegen Anthony Pleasant und Kenny Marino, beantragte Staatsanwalt Jeff Sullivan, daß die Anklage gegen beide Beschuldigten fallengelassen wurde. Die Angeklagten staunten nicht schlecht – damit hatten sie nicht gerechnet. Sullivan hätte ihren Prozeß lieber verschoben als gestrichen, aber im Interesse der Gerechtigkeit erklärte er, daß seine Beweise für eine Anklageerhebung nicht ausreichten. (Sullivan erklärte später, daß diese Entscheidung nicht den geringsten Einfluß auf Tuffys Prozeß hatte.)

Jeff Sullivan saß zwischen zwei Stühlen. Er war nicht restlos überzeugt davon, ob Marino und Anthony nicht zumindest eingeweiht worden waren, sei es vor oder nach den Morden, aber es war ihm nicht möglich, Beweise für eine Mitwisserschaft zu finden. Beide konnten Zeugen vorweisen, deren Aussagen bewiesen, daß sie sich zum Zeitpunkt der jeweiligen Morde nicht einmal in der Nähe der Tatorte aufgehalten hatten. Obgleich er dieses Detail in seinem Statement nicht ansprach, hatte Sullivan die Anklage »unter Vorbehalt« fallenlassen, was bedeutete, daß sie neu erhoben werden konnte, falls sich im Laufe der Ermittlungen neue Beweise ergaben. Die Verteidiger erhoben keine Einwände.

Dreißig Minuten nach der Sitzung traten Anthony Pleasant und Kenny Marino strahlend hinaus in den Sonnenschein. Anthony hatte zweiundsechzig Tage und Kenny Marino vierzig Tage im Gefängnis gesessen.

Jeff Sullivan wußte nun alles, was sich in Erfahrung bringen ließ über die Tatwaffe und Anthony Pleasants Alibi für den 21. November 1975.

Es war an der Zeit, den nächsten Schritt zu tun.

Am 8. Juli fand in Yakima Tuffy Pleasants Anhörung statt, und die Möglichkeit, daß Anthony und Kenny Marino in diesem Schachspiel des Gesetzes für die Anklage eingespannt wurden, wurde Wirklichkeit. Es war ein schlechter Tag für das Lager der Verteidigung. Kurz vor Beginn der Anhörung erfuhren Tuffys Anwälte, daß Jeff Sullivan beantragt hatte, die Anklage gegen ihren Mandanten abzuändern; anstatt des Mordes ersten Grades an Morris Blankenbaker und des Mordes zweiten Grades an Gabby Moore sollte die Anklage im Fall Moore nun ebenfalls auf Mord *ersten Grades* lauten.

Empört über dieses Manöver in letzter Minute baten Adam Moore und Chris Tait um Aufschub. Außerdem beantragten sie erneut eine Verlegung des Verhandlungsortes sowie *zwei verschiedene* Prozesse. Sie setzten Richter Loy auseinander, daß ein fairer Prozeß unmöglich sei, wenn beide Mordfälle von derselben Jury gehört würden. Sie argumentierten, daß die Alibizeugen, die die Anklage aufzurufen gedenke, um darzulegen, wo Anthony Pleasant und Kenny Marino sich zum Zeitpunkt der Morde aufgehalten hatten, die Geschworenen beeinflussen würden.

Hieraus ergab sich ganz selbstverständlich die philosophische Frage, ob im Falle eines zweifachen Mordes die Geschworenen nicht über die Verbindung zwischen diesen beiden Kapitalverbrechen in Kenntnis gesetzt werden sollten. Andererseits – sollten die Geschworenen, wenn ein Mann wegen zweier Morde angeklagt war, aber in beiden oder in einem Fall unschuldig war, über beide Fälle urteilen? Strafverteidiger halten es immer für besser, zwei Anklagepunkte zu trennen, während Staatsanwälte es vorziehen, eine Jury über sämtliche Aspekte miteinander in Zusammenhang stehender Verbrechen zu informieren.

So, wie die Dinge standen, versprach dieser Prozeß einer der teuersten zu werden, für den die Steuerzahler in Yakima County je hatten aufkommen müssen. Er sollte schätzungsweise drei Wochen dauern, und die Geschworenen würden vollständig abgeschottet werden. Das bedeutete, daß der Staat nicht nur für die Honorare von Tuffys Anwälten und deren Privatermittler aufkommen mußte, sondern ihm darüber hinaus Kosten für Unterbringung und Mahlzeiten der Geschworenen entstanden. Es stimmt zwar, daß ›es in den Waagschalen der Gerechtigkeit keinen Platz gibt für Dollarzeichen in der einen und Fairneß in der anderen‹, wie Adam Moore argumentierte, aber den Prozeß in eine andere Stadt zu verlegen hätte das bereits auf fünfzigtausend Dollar geschätzte Verfahren noch zusätzlich verteuert. Heute würden fünfzigtausend Dollar nicht einmal die Kosten für einen halben Tag eines aufsehenerregenden Großstadtprozesses decken wie jenem von O. J. Simpson oder den Menendez-Brüdern, aber diese Summe würde ein großes Loch in das Budget von Yakima County reißen. Die Honorare von Anthony Pleasants und Kenny Marinos Anwälten waren bereits mit dreizehntausend Dollar zu Buche geschlagen.

Letztendlich wurde dem einen Antrag stattgegeben und dem anderen nicht. Richter Carl Loy stimmte einer Verlegung des Verhandlungsortes zu, lehnte jedoch eine Spaltung in zwei Prozesse ab. Die beiden Morde wiesen so viele Berührungspunkte auf, daß Loy keine Rechtfertigung für eine Trennung in zwei Verfahren sah.

Tuffy Pleasant lächelte, als er hörte, daß der Prozeß an einem anderen Ort stattfinden würde, aber jene Bewohner von Yakima, die beabsichtigt hatten, den Prozeß tagtäglich im Gerichtssaal mitzuverfolgen, waren enttäuscht. Wenn sie alles mitbekommen wollten, würden sie jeden Tag hundertvierzigMeilen über die Cascade Mountains nach Seattle fahren müssen. Einige von ihnen würden dies jedoch auf sich nehmen, und King County versprach, einen angemessen großen Gerichtssaal zu stellen.

Neben Verwandten, Freunden, Presse und Prozeßbeobachtern würden noch mehr als fünfzig Zeugen vom Osten des Staates zum Prozeß nach Seattle reisen.

Letztendlich erledigte sich die Frage der Abschottung der Jury. Die Morde in Yakima hätten ebensogut vierzehntausend Meilen entfernt stattfinden können anstatt hundertvierzig: Morris Blankenbaker, Gabby Moore und Tuffy Pleasant mochten in ihrer Heimatstadt Berühmtheiten sein, aber nur wenige Bewohner von King County hatten je von ihnen oder von den Morden gehört. Seattle und die County, in dem sich die Stadt befand, hatten ihre eigenen Morde, die die Gemüter beschäftigten. Es war fast schockierend, daß unter den fünfzig potentiellen Geschworenen, die unter Bewohnern von King County ausgewählt wurden, nur eine einzige Frau von dem Fall Kenntnis hatte, und das auch nur, weil sie Freunde in Yakima hatte. Die bittere Tragödie des schockierenden Doppelmordes im Osten des Staates war nicht über die Berge gedrungen. Vielleicht ist Mord ein isoliertes Phänomen, dessen Wirkung durch Entfernung und Geographie vermindert wird, fast so, als hätten die hochaufragenden Cascades zwischen Yakima und Seattle Schock und Schmerz abgefangen.

Aber am 16. August sollten die Wunden wieder aufgerissen werden, und die Betroffenen sollten für die ganze Dauer des Prozesses nicht mehr zur Ruhe kommen. Der Fall sollte nicht nur im *Yakima Herald-Republic* dokumentiert werden, sondern außerdem in der *Times* und dem *Post-Intelligencer* aus Seattle. James Wallace, Reporter vom *Herald-Republic,* erstattete täglich vom Gericht aus Bericht, damit jene in Yakima, die nicht in Seattle dabei sein konnten, Gelegenheit hatten, den Prozeß wenigstens aus der Ferne mitzuverfolgen.

Olive Blankenbaker und ihre Schwester saßen an jedem einzelnen Prozeßtag im Gerichtssaal. Noch Jahre später sollte sie bei der Erinnerung an jene Wochen seufzend sagen: »Es war hart – so schrecklich hart.«

Ned Blankenbaker, Morris' Vater, war ebenfalls mit vor Erregung und unvergossenen Tränen gerötetem Gesicht unter den Zuschauern im Saal wie auch Andrew Pleasant sen., Tuffys Vater, und Tuffys Großmutter – sie alle gleichzeitig verbunden und getrennt durch die unfaßbaren Verbrechen, die man Tuffy zur Last legte. Viele Angehörige durften dem Prozeß nicht beiwohnen, weil sie als Zeugen geladen waren.

Tuffy Pleasant war während der Dauer des Prozesses im Gefängnis von King County untergebracht, zwei Stockwerke über dem Superior Court von King County auf der West 1019. Jeden Tag führten ihn die Polizeibeamten Dennis Meyers und Marion Baugher aus Yakima hinunter in den Saal.

Die Medien in Seattle waren auf das Drama aufmerksam geworden und standen parat. John Sandifer, Sprecher der Abendnachrichten in der ABC-Niederlassung in Seattle namens KOMO, strich sich zwei Wochen in seinem Kalender an, ebenso wie Photographen der Seattle *Times* und des Seattle *Post-Intelligencer*.

Angeklagter und Zeugen würden den gleichen Weg von den Fahrstühlen durch die marmornen Flure bis in den Gerichtssaal zurücklegen.

Jeff Sullivan, Mike McGuigan, sein Stellvertreter bei diesem Prozeß, Vern Henderson, Protokollführerin Lonna Vachon und die restlichen Vertreter aus Yakima County hatten Mühe, in der Stadt eine Bleibe zu finden, da im August ein Riesenkongreß in Seattle stattfand. Schließlich bekamen sie noch genügend Zimmer im alten Roosevelt Hotel, das über eine Meile nördlich vom Gerichtsgebäude gelegen war und dringend einer Renovierung bedurft hätte.

Allein die logistischen Probleme, die sich daraus ergaben, alle Zeugen für ihre Aussage nach Seattle schaffen zu müssen, war eine Herausforderung. Jeff Sullivan war dankbar, daß das Yakima Police Department den Transport übernahm. »Wir hatten mehrere Zeugen im Teenageralter«, erinnerte er sich. »Wir versuchten, sie morgens nach Seattle zu holen und am Abend zurück nach Hause zu bringen, damit wir sie nicht ohne erwachsene Aufsichtsperson in Seattle unterbringen mußten.«

Kapitel 22

Und dann begann er, der langerwartete Prozeß, der vielleicht die scheinbar unerklärliche Motivation hinter den Morden ans Licht bringen würde.

Tuffy Pleasant lächelte in die Kameras, so sorglos wie ein Rockstar inmitten seiner Fans. Weiblichen Reportern schenkte er sogar ein Extralächeln. Er unterhielt sich mit den Polizisten aus Yakima, die ihm nicht von der Seite wichen, als wären sie alte Freunde, und auch sie waren im Umgang mit ihm ganz locker.

Wären seine Hände nicht mit Handschellen auf dem Rücken gefesselt gewesen, wäre es schwergefallen, Tuffy als den Angeklagten zu identifizieren. Er sah aus wie der erfolgreiche junge Sportler, der er bis zu seiner Verhaftung wegen zweifachen Mordes gewesen war. Er hatte breite, muskulöse Schultern, eine schmale Taille und die typischen ›Blumenkohlohren‹ eines langjährigen Ringers. Trotz seiner Situation wirkte er optimistisch und entspannt.

Würde er aussagen? Üblicherweise berufen sich Angeklagte, die wegen Mordes vor Gericht stehen, auf ihr Recht der Aussageverweigerung, aber Tuffy hatte eine ungewöhnlich offene, extrovertierte Art. Er würde sich selbst mit seiner Aussage nützen können, wenngleich er im Zeugenstand auch Gefahr lief, zuviel zu verraten, sobald Jeff Sullivan ihn ins Kreuzverhör nahm. Man würde sehen.

Würde Jerilee aussagen? Und was war mit Anthony Pleasant und Kenny Marino? Es wurde gemunkelt, daß sie potentielle Zeugen der Anklage waren.

Die Mitwirkenden nahmen im Gerichtssaal ihre Positionen ein. Richter Carl Loy saß in einem fremden Saal des 27. Bezirks von King County. Die sechs Personen, die für die gesamte Dauer des Prozesses anwesend sein würden, hatten an einem langen Eichentisch Platz genommen: J. Adam Moore und Christopher Tait flankierten rechts und links ihren Mandanten, Angelo Denny ›Tuffy‹ Pleasant. Staatsanwalt Jeffrey C. Sullivan saß am anderen Ende des

Tisches, zusammen mit Vern Henderson, der als ›Helfer des Gerichts‹ fungierte – als Detective, der für die Beweiserbringung zuständig war und zur Hand sein mußte, um Fragen zu den ermittelten Fakten zu beantworten. Der Stellvertretende Staatsanwalt Mike McGuigan befand sich rechts von Henderson.

Zuallererst mußten die Geschworenen ausgewählt werden. Am ersten Prozeßtag, Montag, dem 16. August, einigte man sich auf nur acht Personen. Die Jury sollte erst Dienstag mittag vollständig sein. Acht Frauen und vier Männer zuzüglich dreier Ersatzgeschworenen – zwei Männer und eine Frau. Potentielle Geschworene, die um Befreiung von dieser Pflicht gebeten hatten, hatten dies nicht etwa getan, weil sie voreingenommen gewesen wären, sondern weil sie nicht zwei, möglicherweise sogar drei Wochen für den Prozeß hatten aufwenden wollen.

Adam Moore stellte den möglichen Mitgliedern der Jury interessante Fragen. »Wenn ›A‹ möchte, daß jemand aus dem Weg geräumt wird, und sich an ›B‹ wendet, damit dieser dies für ihn erledigt, wie würden Sie über ›A‹ und ›B‹ urteilen?«

Moore stellte einem Kandidaten eine Frage, die Sullivan dazu veranlaßte, um eine Besprechung mit dem Richter zu bitten. Die Frage lautete: »Haben Sie je einen Mann gekannt, der wegen einer Frau extrem eifersüchtig wurde?«

Nach der Rücksprache mit Richter Carl Loy gab es seitens der Verteidigung keine Fragen dieser Art mehr.

Moore fragte einen anderen auch: »Haben Sie je jemanden gekannt, der sich aus Loyalität zu etwas bekannt hat, was er nicht getan hat?«

Jeff Sullivan rutschte bei dieser Art der Befragung unruhig auf seinem Stuhl hin und her, erhob jedoch keine Einwände.

Um 13 Uhr 30 am 17. August erhob sich Jeff Sullivan, um mit seinem Eröffnungsplädoyer zu beginnen.

Wenn es je Eröffnungsplädoyers gegeben hat, die völlig gegensätzlich waren, was die Fakten eines Falles betraf, dann jene von Staatsanwalt Jeff Sullivan einerseits und den Strafverteidigern Adam Moore und Chris Tait andererseits. Sullivan sprach voller Verachtung, während er mit langen Schritten vor den Geschworenen auf und ab ging. Er gab ihnen die Zusage, daß der Staat beweisen würde, daß Angelo Pleasant zwei Morde begangen hatte und sie sogar vom Band *hören* würden, wie er beide Verbrechen gestand.

Sullivan erklärte ihnen, daß der Angeklagte auf Drängen seines Mentors und ehemaligen Trainers Morris Blankenbaker ›kaltblütig‹ ermordet habe. Dann, fuhr Sullivan fort, habe er Moore selbst erschossen, weil dieser ihn »in der Hand hatte«.

Es habe keine anderen Tatbeteiligten gegeben, betonte Sullivan leidenschaftlich. Nur Tuffy Pleasant. Jeff Sullivan berichtete den Geschworenen sehr detailliert zwei grausame Mordszenarien – das erste aus jener Nacht, da Morris getötet worden war, und das zweite vom Heiligabend, an dem Gabby Moore erschossen wurde. Der Staatsanwalt sprach fünfunddreißig Minuten lang, und jeder im Saal hing förmlich an seinen Lippen.

Es war das erste Mal, daß Olive Blankenbaker in allen Einzelheiten vernahm, wie ihr Sohn gestorben war. Es schmerzte sie, dem zuzuhören, aber sie hätte es nicht über sich gebracht, es sich *nicht* anzuhören; darum war sie ja nach Seattle gekommen, um alle Einzelheiten zu hören und hoffentlich zu erleben, wie der Gerechtigkeit Genüge getan würde.

Sullivan erläuterte, daß Gabby Moore seinem früheren Schüler Tuffy Pleasant am 21. November gesagt hatte: »Wenn du es tust, ist heute der richtige Zeitpunkt.«

Der Staatsanwalt beschrieb, wie Morris von der Arbeit nach Hause kam, eine vertraute Stimme ihn von der Seitenstraße aus anrief und er gleich darauf von einer Kugel in den Mund getroffen wurde, die ihm die Vorderzähne zertrümmerte und in seinem Rückgrat steckenblieb. Die zweite Kugel sei hinter dem linken Ohr eingedrungen und die dritte in den Hinterkopf.

Sullivan berichtete weiter, daß Gabby Moore Tuffy an

Heiligabend dazu gebracht hatte, die Tatwaffe erneut zu besorgen, indem er gedroht hatte, ihn an die Polizei zu verraten; dabei hatte er die Telefonnummer der Wache bis auf die letzte Ziffer gewählt. Tuffy war zu seiner Cousine gefahren, hatte die .22 geholt und war anschließend zu Moore zurückgekehrt. Dort hatte er Sullivan zufolge seinen Bruder und Stoney Morton angetroffen, die jedoch nicht lange geblieben waren. Kurz darauf hatte Tuffy aus einer Entfernung von weniger als dreißig Zentimetern auf Gabby Moore geschossen.

Es gebe kein Zurück, erklärte der Staatsanwalt entschieden. Tuffy Pleasant habe zweimal gestanden. Innerhalb nur weniger Tage nach seiner Verhaftung habe Tuffy beide Morde exakt beschrieben – und beide Geständnisse seien auf Band festgehalten worden.

Weiter ausholend und vielleicht ein wenig theatralischer, beschrieben Adam Moore und Chris Tait Tuffy Pleasant als unschuldigen, beinahe heiligen Familienvater, der die zwei Morde nur gestanden hatte, um seinen jüngeren Bruder und seinen besten Freund zu schützen. Anderthalb Stunden lang schilderten die Verteidiger *ihre* Version der Morde. Ja, räumten sie bereitwillig ein, Tuffy habe von Gabbys Vorhaben gewußt, Morris zu töten, aber er habe sich strikt geweigert, sich hierfür mißbrauchen zu lassen.

Chris Tait stimmte Jeff Sullivans Darstellung der Ereignisse in der Nacht des 21. November zu – bis auf eine Ausnahme. Tait erklärte, daß Tuffy das Red Lion in Begleitung seines Bruders Anthony verlassen habe. Der .22 Colt Woodsman habe unter dem Vordersitz von Tuffys Wagen gelegen. Dieser Version zufolge fuhren die beiden Brüder eine Weile umher, bis Anthony plötzlich sagte, er wolle Morris besuchen. Tuffy hatte seinem Wunsch entsprochen und auf der Lincoln Avenue geparkt, einen halben Block von Morris' Haus entfernt.

Ja, Tuffy hatte gesehen, wie sein jüngerer Bruder etwas unter dem Sitz hervorholte, aber er habe geglaubt, daß es sich nur um ein weiteres Bier handle, da Anthony schon den ganzen Abend Bier getrunken hatte. Als sie

Morris vorfahren sahen, stiegen beide Brüder aus dem Wagen.

Von diesem Punkt an unterschied die Schilderung sich radikal von jener der Staatsanwaltschaft. Als sie nur noch wenige Schritt voneinander entfernt gewesen waren, habe *Anthony* Morris zugerufen, daß er sich mit ihm über Jerilee unterhalten wolle. Chris Tait zufolge habe Morris erwidert, daß er nicht über sie sprechen wolle, und sei drohend auf Anthony zugegangen.

Erst da, sagte der Verteidiger, habe Anthony Pleasant die Pistole gezogen und auf Morris geschossen. Daraufhin seien die Pleasant-Brüder weggelaufen und hätten einander geschworen, niemals irgend jemandem davon zu erzählen. Die beiden Brüder stünden einander sehr nahe, erklärte Tait.

Als Tuffy dann später verhaftet worden war, sei er noch bereit gewesen, ›die Sache auszubaden‹. Erst als die Detectives ihn in die Mangel nahmen und sagten, daß sie ihm einen Alleingang dabei nicht glaubten, habe Tuffy zugegeben, daß tatsächlich Anthony Morris getötet hätte. Sein erstes Geständnis habe nicht der Wahrheit entsprochen, sondern sei der Versuch gewesen, seinen jüngeren Bruder zu decken.

Adam Moore erhob sich, um das Eröffnungsplädoyer der Verteidigung fortzuführen. Er legte dar, wie Gabby Moore getötet worden war und zählte vier Faktoren auf, die zu diesem Mord geführt hätten: Eifersucht, Manipulation, Loyalität ... und Ironie. Gabby Moore habe in ›einer Phantasiewelt gelebt, völlig besessen von dem Wunsch, Jerilee zurückzugewinnen. Er wurde einfach nicht damit fertig, daß er sie verloren hatte.‹

Aber, setzte Moore hinzu, Gabbys Plan wäre ›nach hinten losgegangen‹. Jerilee hatte die Fakten addiert und ihn verdächtigt, bei der Ermordung ihres ehemaligen und zukünftigen Ehemannes Morris die Hände im Spiel gehabt zu haben. Adam Moore gestand Gabby widerwillig ›eine gewisse bizarre Cleverneß‹ zu hinsichtlich des Attentats auf sich selbst, um den Verdacht von sich abzulenken. Ja, er hatte tatsächlich an Heiligabend von Tuffy verlangt, die Pistole zu holen, mit der Morris getötet worden war, und auf ihn zu schießen. Aber Tuffy hatte sich strikt geweigert. Auch richtig sei, daß Tuffy noch bei Gabby geblieben war, nachdem Anthony und Stoney sie verlassen hatten. Gabby habe dann einen Anruf erhalten, und zwar von Kenny Marino. Er habe dieses Telefonat nicht mit Tuffy besprechen wollen, aber Tuffy hatte ausgesagt, daß der Anruf den Coach verärgert habe.

Später am Abend, fuhr der Verteidiger mit der Darstellung der ›Fakten‹ fort, sei Kenny Marino bei Gabby aufgekreuzt. Inzwischen, warf Adam Moore ein, sei Tuffy mit der Waffe zurückgekehrt, die er sich ein zweites Mal geborgt hatte, und habe diese Gabby übergeben. Als Kenny Marino eintraf, drängte Tuffy den Coach, draußen im Garten frische Luft zu schnappen, damit er wieder klar im Kopf wurde und seinen wahnwitzigen Plan aufgab, sich von Tuffy anschießen zu lassen.

Gabby hatte sich jedoch nicht von seinem Vorhaben abbringen lassen. Er war zurück ins Haus gegangen, während Tuffy draußen geblieben war und sich den Kopf zermartert hatte, um eine Lösung für Gabbys – und sein eigenes – Problem zu finden.

Dann war Tuffy vor Entsetzen das Blut in den Adern gefroren, als er im Haus einen Schuß gehört hatte. Er war reingelaufen, und hatte seinen besten Freund mit der Pistole in der Hand über ihren ehemaligen Coach gebeugt dastehen sehen. Gabby lag mit blutigem T-Shirt auf dem Küchenboden.

»Fröhliche Weihnachten allerseits«, sagte Adam Moore sarkastisch mit einer schwungvollen Handgeste.

Aber Moore war noch nicht fertig. Dem Strafverteidiger zufolge hatte Tuffy Kenny Marino ebenfalls versprochen, ihn zu decken. Tuffy hatte gemeint, daß die Justiz ihn nicht zu hart anpacken würde, weil er keine Vorstrafen hatte.

Die Geschworenen machten ausdruckslose Gesichter – so wie es alle Geschworenen überall auf der Welt tun. Was mochten sie wohl denken? Die beiden Versionen des Tathergangs hätten nicht unterschiedlicher sein können. War es tatsächlich möglich, daß der junge Mann am Tisch der Verteidigung so großherzig war, Jahre seines eigenen Lebens zu riskieren, um seinem jüngeren Bruder und seinem besten Freund das Gefängnis zu ersparen?

Oder hatte er vielmehr kaltblütig einen alten Freund erschossen und anschließend den Coach getötet, den er einmal geliebt hatte wie einen Vater, auf dessen Drohung hin, ihn an die Polizei zu verraten?

Vor den Geschworenen lagen Wochen, in denen sie die verschiedensten Zeugenaussagen zu hören bekommen würden. Vielleicht würde die Wahrheit sich herausfiltern lassen wie klares Wasser aus einem schlammigen Strom.

Adam Moore hatte sich im letzten Teil seines theatralischen Plädoyers entweder versprochen, oder aber er war nicht mit den Eigenheiten des Tatortes vertraut, die Sergeant Bob Brimmer und Detective Howard Cyr festgestellt hatten. Kenny Marino konnte nicht über eine Leiche in einem blutigen T-Shirt gebeugt dagestanden haben. Es war kein Blut auf Gabbys T-Shirt gewesen – kein Tropfen – bis Brimmer und Cyr den Toten angehoben hatten, um ihn umzudrehen.

Erst dann war es aus der Wunde geströmt, literweise.

Aber da war der Mörder – oder waren die Mörder – längst fort gewesen.

Die Anklage begann, ihren Fall darzulegen. Wann immer möglich, ruft die Anklage zunächst Zeugen auf, deren Aussagen die Atmosphäre am Tatort wiedergeben können, wobei sie gleichzeitig Beweisstücke vorlegt, die die Geschworenen zurückversetzt zum Augenblick des Mordes. Es war ein ungewöhnlich heißer Sommer in Seattle. Von den kühlen Marmorfluren des Gerichtsgebäudes in die spätnachmittägliche Hitze hinauszugehen war, als würde man eine Sauna betreten.

Jeff Sullivans schwierige Aufgabe war es nun, die eiskalten Morgenstunden des vergangenen Novembers heraufzubeschwören und anschließend den verschneiten Heiligabend einige Wochen später. Er mußte die Geschworenen soweit bringen, daß sie unwillkürlich fröstelten, während sie tatsächlich schwitzten. Er mußte sie den Schock von Morris' Nachbarn nachfühlen lassen, als sie Jerilee schreien hörten. Sie mußten die Schreie selbst vernehmen.

Gerda Lenberg, Dale Soost und Rowland Seal waren nur die ersten von Dutzenden von Zeugen, die den Weg über die Berge zurücklegten, um in Seattle ihr ›Steinchen‹ in das große Mosaik des Mordes einzufügen.

Da die Geschworenen aus Seattle stammten und sich in Yakima nicht auskannten, ließ Jeff Sullivan ein Klipboard mit einem großen Bogen weißen Papiers aufstellen, damit Schauplätze der Tat, Straßen und Richtungen von den Zeugen aufgezeichnet werden konnten. Gerda Lenberg nahm einen Stift zur Hand und schrieb als erste auf das weiße Papier.

»Fünf-null-sechs East Lincoln«, sagte sie und zeichnete die Lage ihrer Wohnung auf. »Das ist die Lincoln Avenue, und die Gasse verläuft von hier aus nach Norden und Süden.« Sie zog eine Linie von ihrer Wohnung bis ans andere Ende der Gasse und markierte dort die Lincoln Avenue, quer zur Gasse, also in östliche und westliche Richtung. »Das hier ist dann die ›B‹-Straße.«

»Okay.« Der Staatsanwalt nickte. »Würden Sie bitte das Haus einzeichnen, in dem Sie wohnen?«

»Gleich hier an der Ecke ... direkt an der Gasse.« Sie zeichnete ein Rechteck, wo die Gasse in die Lincoln Avenue einmündete.

Gerda hatte ›fünf, sechs, sieben Minuten nach zwei‹ die ›Feuerwerkskörper‹ wahrgenommen.

Sie hatte nur eine Person laufen gehört. Da war sie sich absolut sicher.

Adam Moore erhob sich zum Kreuzverhör, und bald wurde klar, welcher Strategie die Verteidigung folgen würde. Tuffy Pleasants Verteidiger wollten versuchen, die Geschworenen davon zu überzeugen, daß Polizei und Staatsanwaltschaft die Zeugen beeinflußt hatten. Das war eine Standardprozedur, die oft erfolgreich endete. Jeder Staatsanwalt und Strafverteidiger bereitete seine Zeugen auf einen Prozeß vor, aber nervösen Zeugen konnte man das Gefühl vermitteln, daß es besser gewesen wäre, wenn sie vorab mit niemandem gesprochen hätten.

»In Ihrer Aussage am zweiten März«, begann Moore, »haben Sie nicht erwähnt, wie viele Personen Sie haben laufen hören, nicht wahr? Haben Sie seitdem mit Mr. Sullivan oder einem Polizeibeamten darüber gesprochen?«

Mrs. Lenberg gab hierauf eine seltsame, ausweichende Antwort: »Wenn ich die Augen schließe, kann ich das Echo der Schritte noch hören – die Gebäude stehen so dicht beieinander, daß jedes Geräusch in der Gasse hallt. Und ich habe nur ein Echo gehört.«

»Meine Frage lautete: Haben Sie mit Mr. Sullivan oder einem Polizisten darüber gesprochen, wie viele Personen Sie in jener Nacht haben laufen hören, bevor Sie in den Zeugenstand getreten sind?«

Gerda wußte, was sie wußte, und antwortete, das habe sie auch einem Detective gesagt. Moore schnitt ihr das Wort ab und fragte sie nach dem Kies und dem Abstand, in dem die Füße aufgesetzt wurden. Es sei kein Kies in der Gasse, entgegnete sie, sie sei asphaltiert.

Sie war eine gute Zeugin für die Anklage.

Dale Soost ebenso. Er hatte zwischen Mitternacht und 4 Uhr 15 drei Schüsse gehört. Er hatte nicht auf die Uhr gesehen. Die Schreie der Frau hatte er gehört, als er gegen fünf draußen vor dem Haus gewartet habe, daß er abgeholt wurde. Er hatte weder mit der Frau gesprochen noch sich die Leiche des Opfers angesehen.

»Keine Fragen«, sagte Moore.

Rowland Seal sprach schnell, aber mit extremer Präzision. »Ich bin Automechaniker und auf Karosseriearbeiten spezialisiert«, antwortete er auf Sullivans erste Frage. »Und ich habe viele Hobbys, die den Großteil meiner Freizeit in Anspruch nehmen ... Ich bin professioneller Rollerskating-Lehrer, ich gebe Unterricht im Tontaubenschießen, im Schießen mit einer Flinte ... Ich habe Freunde in der Jagdbehörde und photographiere für sie. Außerdem führe ich Listen von Wildzählungen, von Großwild, Vögeln und dergleichen.«

Sullivan forderte Seal auf, das Appartmenthaus in der 208 North Sixth aufzuzeichnen ›als Beweisstück Nr. 2‹. Das Haus, in dem er und Soost wohnten, befand sich im Verhältnis zu Gerda Lenbergs am anderen Ende der Gasse.

»Hat Sie in dieser Nacht etwas geweckt?«

Während Soost sich nicht hatte festlegen wollen, war Seal um so genauer. »Ein paar Sekunden vor zwei Uhr fünf morgens ...«

»Woher wissen Sie so genau, daß es einige Sekunden vor zwei Uhr fünf morgens war?«

»Ich habe eine digitale Armbanduhr, und auf dem Nachttisch neben meinem Bett steht ein ebenfalls digitaler Wecker. Ich habe auf beide Uhren geschaut ... und ich habe drei Schüsse gehört – *peng, peng-peng*. Ich und meine Frau, wir haben beide sofort auf die Uhr gesehen, ich würde also sagen, daß ich einige Sekunden vorher geweckt worden war – solange, wie es dauert, bis man sich in die Kissen zurücksinken läßt und sich zur Seite dreht, um auf den Wecker zu sehen.«

Seal hatte aus dem Fenster gesehen, konnte jedoch Morris Blankenbaker nicht tot in seinem Garten liegen sehen: die Außenbeleuchtung der Häuser sowie die Straßenlaternen in der Gasse erreichten diesen Teil des Gartens nicht.

Rowland Seal war auf dem Grundstück des Appartmenthauses den Maschendrahtzaun entlanggegangen und hatte den Toten gesehen. Er hatte auch versucht, mit der schreienden Frau zu sprechen, die sich nicht beruhigen ließ.

»Sie war völlig hysterisch«, sagte er aus. »Darum war ich auch ziemlich grob zu ihr, damit sie reagierte und sich ein wenig beruhigte ... Sie stand vor dem Haus, und ich sagte: ›Gehen Sie rein und rufen Sie die Polizei.‹ Und dann sagte ich noch: ›Wenn Sie es nicht tun, tu ich es.‹ Ich ging auf das Haus zu – in Richtung Treppe –, aber der Hund ließ mich nicht vorbei.«

Rowland Seal war ein ausgezeichneter Zeuge. Seine Erinnerung war offensichtlich glasklar, und Chris Tait sagte nur leise: »Keine Fragen.«

Die ersten drei Zeugen hatten die frühen Morgenstunden der Nacht von Freitag auf Samstag beschrieben, in der Morris Blankenbaker gestorben war. Jeder von ihnen hatte das Gehörte ein wenig anders interpretiert, aber alles in allem deckten sich ihre Aussagen. Gerda Lenberg hatte gesagt, sie hätte »Feuerwerkskörper« knallen hören sowie das hallende Geräusch laufender Füße mit höherem Absatz in der Gasse gleich vor ihrem Schlafzimmerfenster.

Dale Soost hatte Schüsse gehört und war wieder eingeschlafen. Rowland Seal, penibel und präzise, wußte noch exakt die Anzahl der Schüsse und den Zeitpunkt, an dem sie abgefeuert worden waren.

Beide Männer hatten die schlanke Frau aus ihrem Haus kommen und durch den Schnee stapfen sehen. Beide hatten ausgesagt, daß sie gleich darauf zurückgerannt war und dabei geschrien hatte: »Morris! Morris!«

Trotz der Augusthitze war es im Gerichtssaal kalt geworden. Sullivan war es gelungen, das Rad der Zeit bis zu jener winterlichen Nacht zurückzudrehen.

Kurz vor neun am nächsten Morgen, am Mittwoch, dem 18. August, verbreitete sich im zehnten Stock wie ein Lauffeuer die Nachricht, daß die Frau, um die sich alles drehte, an diesem Tag aussagen würde.

»*Sie ist hier …*« hieß es entlang der Eichenbänke draußen vor dem Gerichtssaal. Dort warteten die Zeugen. Manchmal zogen sich auch Angehörige auf diese Bänke zurück, wenn Zeugenaussagen zu plastisch wurden, während Reporter im Saal ein und aus gingen. An diesem Tag saßen sie dichtgedrängt in den für die Presse reservierten Reihen im Saal, während ihre Kameraleute draußen warteten. Sie hofften, die Frau vor die Linse zu bekommen, die gleich zwei Männer derart in ihren Bann geschlagen hatte, daß der eine ihr verziehen hatte, was die meisten Männer unverzeihlich gefunden hätten, während der andere bereit gewesen war, für sie zu töten und zu sterben.

Sie war wirklich eine Schönheit, diesbezüglich war nicht übertrieben worden. Jerilee hatte eine umwerfende Figur, schlank und vollbusig. Sie trug ein enganliegendes geripptes Shirt über einem schwarzen Rollkragenpullover und dazu schwarze Hosen mit Schlag. Ihr dunkelbraunes Haar war in der Mitte gescheitelt und fiel ihr bis auf die Schultern. Ihre riesigen Augen unter schöngeschwungenen Brauen waren mit Kajal betont, wodurch sie sogar noch größer wirkten. Trotz allem, was sie durchgemacht hatte, wirkte sie jünger als neunundzwanzig Jahre.

Draußen vor dem Gerichtssaal posierte Jerilee bereitwillig für die Kameras und sprach mit Reportern. Ja, sie sei nervös, aber bereit auszusagen.

Erst als Jerilee den Zeugenstand ansteuerte, wo sie vereidigt werden sollte, zeigte sich, wie nervös sie tatsächlich war. Sie würde gleich die schlimmsten drei Jahre ihres Lebens wiederaufleben lassen müssen. Ihre Stimme zitterte leicht, als sie Jeff Sullivans Fragen beantwortete.

»Als erstes«, sagte der Staatsanwalt, »möchte ich, daß Sie sich so nah wie möglich vor das Mikrophon setzen und laut und deutlich sprechen, damit alle Geschworenen sowie die anderen Anwesenden im Saal Sie hören können. Würden Sie jetzt bitte Ihren vollen Namen nennen und für das Protokoll buchstabieren?«

»Jerilee Littleton. J-E-R-I-L-E-E ... L-I-T-T-L-E-T-O-N.«

Vern Henderson starrte sie von seinem Platz am Tisch der Anklage aus an. Später bemerkte er ein wenig spöttisch: »Jeder im Saal erwartete, *Mrs. Blankenbaker* oder *Mrs. Moore* zu sehen, aber keine von beiden ließ sich blicken. Statt dessen trat *Mrs. Littleton* in den Zeugenstand. Die meisten Anwesenden hatten nichts von ihrer Heirat gewußt und waren entsprechend überrascht.«

Die Zeugin nannte ihre Adresse in Yakima und erklärte, daß sie Kreditberaterin bei der Pacific National Bank sei. »Seit Oktober ...«

»Jerilee, wann haben Sie Morris Blankenbaker geheiratet?«

»Am 28. August 1965.«

»Hatten Sie und Morris Kinder?«

»Ja – einen Jungen, Rick, inzwischen sieben Jahre alt, und ein Mädchen, Amanda, fünf.«

»Wie lange waren Sie und Morris verheiratet?«

»Im August 1974 wären es neun Jahre gewesen. Wir wurden im Juni geschieden.«

»Haben Sie nach Ihrer Scheidung von Morris wieder geheiratet?«

»Ja ... Glynn Moore.«

»Hatte Glynn Moore einen Spitznamen?«

»Ja, er wurde von allen nur ›Gabby‹ genannt.«

»Und wann haben Sie und Gabby Moore geheiratet?«

»Am 14. September 1974.«

»Wie lange haben Sie und Gabby Moore zusammengelebt?«

»Bis Juli 1975.«

»Weniger als ein Jahr?«

»Ja.«

»Hatten Sie sich zwischen September und Juli schon einmal von ihm getrennt?«

»Ja, schon dreimal.«

»Wie lange dauerte die längste dieser Trennungen?«

»Etwa zwei Wochen, glaube ich.«

»Warum haben Sie sich in dieser Zeit getrennt?«

»Nun, er war unberechenbar. In der einen Minute liebte er einen über alles, und in der nächsten warf er einen aus dem Haus. Langsam machte er mir angst.«

»Hat er Sie zu irgendeinem Zeitpunkt tatsächlich aus dem Haus geworfen?«

»Ja.«

»Wie sah es während Ihrer Ehe mit seinem Alkoholkonsum aus?«

»Er trank sehr viel.«

»Könnten Sie bitte präzisieren, was Sie mit ›sehr viel‹ meinen?«

»Innerhalb von zwei bis drei Stunden trank er einen Liter Bourbon oder sonst etwas in der Art.«

Jerilee sagte aus, daß er diese Mengen drei- bis viermal wöchentlich trank, Gabby jedoch ihrer Ansicht nach keine anderen Drogen konsumiert habe.

»Nicht daß Sie wüßten?«

»Nein.«

»Sie haben sich also im Juli getrennt?«

»Ja.«

»Wohin sind Sie gegangen, als Sie Ihren Mann verlassen haben?«

»Ich kehrte zurück zu meinem ersten Mann, Morris Blankenbaker.«

Im Gerichtssaal erhob sich leises Stimmengemurmel. Was in Yakima jeder gewußt hatte, war den meisten Prozeßbeobachtern aus Seattle neu. Jerilee hielt den Blick auf Jeff Sullivan gerichtet. Er ging sehr sanft mit ihr um. Sie wußte nicht, mit welcher Art Fragen Adam Moore und Chris Tait sie noch konfrontieren würden.

»Wann haben Sie die Scheidung von Glynn Moore eingereicht?«

»Im Juli.«

»Und Sie sind, als Sie aus Gabbys Haus auszogen, wieder bei Morris eingezogen? Und wo wohnten Sie und Morris im Juli 1975?«

»In der 210 North Sixth Street in Yakima.«

Jerilee beantwortete Fragen zu Gabbys penetranten Versuchen, sie zurückzugewinnen.

»Hatten Sie nach der Trennung noch Kontakt zu Gabby Moore?«

»Er meldete sich täglich telefonisch und kam auch ein paarmal vorbei. Er rief mich auf der Arbeit und zu Hause an … Er kam in die Bank …«

»Welcher Art waren seine Gespräche allgemein, wenn er Sie anrief?«

»Er wollte wissen, wann ich zu ihm zurückkommen würde, warum ich ihm eine zweite Chance verweigere. Er sagte, er könne ohne mich nicht leben.«

»Hat er je von Morris gesprochen?«

»Nicht direkt, soweit ich mich erinnern kann.«

»Hat er je gedroht, Morris etwas anzutun?«

»Nein.«

»Hat er je gedroht, sich selbst etwas anzutun?«

»Ja ... er hat oft gesagt, daß er sich vor meinen Augen umbringen wolle, damit ich im fünften Stock des Memorial landete – dort ist die Psychiatrie untergebracht.«

Jerilee sagte aus, daß Gabbys Kinder sich alle für ihn eingesetzt hätten, sie angefleht hätten, ihm noch eine Chance zu geben.

»Haben Sie Glynn Moore gesagt, daß Sie zu ihm zurückkehren würden, wenn es Morris nicht gäbe?«

»Nein, das habe ich nicht, *niemals*.«

»Hat er Sie je gefragt, was Sie tun würden, wenn Morris nicht existierte?«

»Ich kann mich nicht erinnern.«

Vern Henderson am Tisch der Staatsanwaltschaft hörte gespannt zu und beobachtete. Er wußte, daß Jerilee sich mit Gabby Moore getroffen hatte – er hatte die beiden zusammen gesehen. Aus der Entfernung jedoch hatte er nicht erkennen können, ob Jerilee Gabby gegenüber mißverständliche Signale ausgesandt hatte. Er wünschte, er hätte mit ihr gesprochen. Und mit Gabby. Er wünschte, er hätte irgend etwas getan. Aber er hatte sich rausgehalten; er hatte sich an seine strikte Regel gehalten, sich niemals in anderer Leute Liebesleben einzumischen.

Jerilee erzählte den Geschworenen von der Nacht, in der Gabby ins Haus gekommen war und sie Morris und Joey Watkins gerufen hatte, um ihn wegzuschicken.

»Wo hat Morris zu der Zeit unterrichtet?«

»Er hat an der Hauptschule in Wapato unterrichtet.«

»Und später in jenem Herbst hat er dann eine andere Stelle angenommen, ist das richtig?«

»Ja, er war Türsteher im Lion's Share.«

»Und was ist das Lion's Share?«

»Eine Kneipe in Yakima, in der Second Street, glaube ich.«

»Wie lange hat Morris dort gearbeitet?«

»Er arbeitete drei Tage die Woche, und ich glaube, es war seine zweite Woche.«

Das Zittern in Jerilees Stimme nahm zu, als sie sich die letzte Nacht in Morris' Leben in Erinnerung rief. Sie waren mit den Kindern Pizza essen gewesen, und anschließend war er zur Arbeit gefahren. Sie hatte mit einer Freundin das Country Cousin aufgesucht, wo an diesem Abend die Band ihres Mannes spielte. Sie waren beim Lion's Share vorbeigefahren, um Morris Bescheid zu sagen. Um Viertel vor zehn an jenem Abend hatte sie ihn das letzte Mal lebend gesehen. Später hatte sie Rick und Amanda bei Olive abgeholt, und daheim waren sie alle zu Bett gegangen. Um 2 Uhr nachts war sie aufgewacht und davon ausgegangen, daß Morris gleich heimkommen würde.

»Sind Sie von allein um zwei Uhr nachts aufgewacht, oder hatten Sie sich den Wecker gestellt?«

»Ich bin von allein aufgewacht.«

»Woher wußten Sie, daß es zwei Uhr war?«

»Ich habe einen Wecker neben dem Bett stehen. Ich nahm die Kinder aus unserem Bett und brachte sie in ihre eigenen Betten. Dann legte ich mich wieder hin.«

»Kam Morris nach Hause?«

»Er kam nach Hause – nur ein paar Minuten nachdem ich die Kinder in ihr Zimmer gebracht hatte.«

»Erzählen Sie uns, was dann passiert ist«, forderte Jeff Sullivan sie auf.

»Ich hörte unseren Wagen vorfahren und eine Wagentür zuschlagen. Dann glaubte ich zu hören, wie noch zwei weitere Autotüren zufielen – und Morris kam nicht ins Haus.«

»Was haben Sie gemacht, als er nicht ins Haus kam?«

»Also, zuerst habe ich gar nichts getan, weil ich dachte, er hätte sich nach der Arbeit noch mit Freunden verabredet, um etwas trinken zu gehen. Ich dachte, die beiden Türen gehörten zu den Autos der Freunde, die ihn abholten. Also tat ich nichts. Ich blieb liegen.«

»Haben Sie sonst noch etwas wahrgenommen, als die Wagentüren zuschlugen, Jerilee?«

»Ich hörte Stimmen ... hinter dem Haus ... aus der Richtung der Seitenstraße ... Sie klangen erregt, irgendwie schrill.«

»Haben Sie die Stimmen erkannt?«

»Nein, das habe ich nicht.«

»Könnte eine der Stimmen Morris' gewesen sein?«

»Möglich, aber damals habe ich sie nicht erkennen können.«

»Wie lange hat diese Unterhaltung gedauert, oder besser, wie lange haben Sie diese Stimmen gehört?«

»Nicht lange. Es wurden vielleicht zehn Worte gewechselt.«

Jerilee konnte sich nicht mehr an die Reihenfolge der Ereignisse erinnern; sie wußte nicht mehr, was sie zuerst gehört hatte, das Türenschlagen oder die Stimmen.

»Okay. Wie lange sind Sie noch im Bett geblieben, ehe Sie entschieden, nachzusehen, was los war?«

»Etwa eine halbe Stunde. Dann stand ich auf, trat ans Fenster und blickte hinaus. Ich sah, daß unser Wagen an seinem Platz stand. Ich ging nach draußen und schaute in den Wagen. Es war niemand dort, also lief ich wieder ins Haus und legte mich hin.«

»Wie weit war der Wagen von der Stelle entfernt, an der Morris' Leiche am nächsten Tag gefunden wurde?«

»Vielleicht neun Meter, in etwa.«

»Ist es dunkel da draußen?«

»Dort, wo Morris lag, schon.«

»Sind Sie Brillenträgerin?«

»Ich trage Kontaktlinsen.«

»Wie weit können Sie ohne Kontaktlinsen sehen?«

»Ohne Linsen sehe ich so gut wie nichts.«

Jerilee hatte vor dem Zubettgehen ihre Kontaktlinsen aus den Augen genommen und sie nicht wieder eingesetzt, bevor sie nach draußen zum Wagen gegangen war. Sie war stark kurzsichtig und konnte auf größere Entfernung kaum etwas sehen. Sie hatte erkennen können, daß ihre beiden Wagen an ihrem Platz standen, aber das war auch schon alles. Nachdem sie sich wieder hingelegt hatte, hatte sie noch etwas gelesen und dann bis 5 Uhr weitergeschlafen.

»Sie haben einen großen Hund, nicht wahr – oder hatten damals einen?«

»Ja, hatten wir – einen schwarzen Labrador.«

»Und wo war dieser Hund?«

»Bei mir im Schlafzimmer.«

»Hat er um zwei Uhr früh angeschlagen?«

»Nein, das hat er nicht.«

»Hat er gewöhnlich gebellt, wenn Fremde vor dem Haus waren?«

»O ja, er hatte einen extremen Beschützerinstinkt.«

»Das ging soweit, daß Ihnen die Post nicht zugestellt wurde, wenn der Hund draußen war, richtig?«

»Das stimmt.«

»Bellte der Hund – normalerweise –, wenn Morris nach Hause kam?«

»Nein. Ich glaube, er konnte Schritte gut auseinanderhalten, er hat nämlich nie gebellt, wenn sich jemand dem Haus näherte, den er kannte.«

Um 5 Uhr hatte Jerilee ihren Schwager Mike angerufen, der sich erboten hatte, rüberzukommen. Er hatte gewußt, daß Morris nicht vorgehabt hatte, nach der Arbeit noch irgendwo hinzugehen.

»Ich sagte: ›Ich denke, es wird nicht nötig sein, daß du kommst‹«, sagte Jerilee aus. »›Bevor du herkommst, gehe ich mit Hike einmal um das Haus‹ … Ich ließ Mike in der Leitung warten, nahm den Hund und ging mit ihm durch die Vordertür nach draußen. Diesmal setzte ich allerdings vorher meine Kontaktlinsen ein. Der Hund lief voraus und fing an, etwas anzuknurren und anzubellen, das auf dem Boden lag. Ich konnte nicht gleich erkennen, worum es sich handelte, aber als ich näher kam, sah ich, daß es Morris war.«

Jerilee konnte die Tränen nicht länger zurückhalten, wie sehr sie sich auch durch intensives Blinzeln bemühte.

Sie waren am schlimmsten Teil angelangt, aber sie fuhr fort, Jeff Sullivans Fragen zu beantworten.

»War es dunkel?« fragte er sanft.

»Ja.«

»Wie hat Morris dagelegen, als Sie das erstemal zu ihm hingegangen sind?«

»Er lag auf dem Bauch, mit dem Gesicht nach unten – die Füße in Richtung Gasse, also nach Westen, glaube ich.«

»Und der Kopf?«

»Nach Osten in Richtung Sixth Street.«

»Wo lag seine Leiche im Verhältnis zu Ihrem Gartenzaun, Jerilee?«

»Er lag direkt hinter dem Törchen – direkt dahinter, und …« Ihre Stimme bebte und klang belegt.

»Was haben Sie dann getan?«

»Ich habe ihn auf den Rücken gedreht und versucht, ihn zum Haus zu ziehen. Ich habe sein Gesicht abgetastet und etwas gefühlt, wovon ich zuerst glaubte, es handle sich um Matsch. Er war schrecklich schwer. Ich meine, er half mir kein bißchen. Ich glaube, ich habe versucht, seinen Herzschlag zu hören. Ich kann mich nicht mehr genau erinnern … Ich packte seine Jacke mit beiden Händen auf der rechten Seite und rollte ihn auf das Haus zu, also in nördliche Richtung. Dann zog ich ihn an der Jacke in eine sitzende Position.

Und dann fing ich an zu schreien …«

Kapitel 23

Der Sommermorgen in Seattle war von den Anwesenden in Richter Loys Gerichtssaal vergessen. Sie alle lauschten viel zu gebannt Jerilee Littletons Erinnerung an einen dunklen Morgen im November. Sie berichtete Staatsanwalt Sullivan, daß sie zum Telefon gelaufen war; ihr Schwager hatte immer noch in der Leitung gewartet. »Ich rannte ins Haus, nahm den Hörer und sagte: ›Mike, komm schnell her. Morris ist voller Blut!‹ Dann lief ich wieder nach draußen. Ich schrie ... Und die zwei Nachbarn kamen rüber und fragten, ob ich schon einen Krankenwagen gerufen hätte. Ich verneinte, und sie sagten mir, ich solle den Notarzt verständigen – also ging ich wieder hinein und rief einen Krankenwagen. Als ich wieder nach draußen kam, war die Polizei bereits eingetroffen, so daß ich ins Haus zurückging und auch dort blieb.«

Photos wurden als Beweismittel vorgelegt. Sullivan begann mit den harmloseren. Er reichte Jerilee Bilder ihres Wagens, des Carports in der North Sixth, der Rückansicht ihres Hauses, von Morris' Wagen und dem Garten.

»Das Törchen stand immer offen«, sagte Jerilee. »Ich weiß nicht, ob die Scharniere in Ordnung waren oder ...«

»Jerilee«, unterbrach Sullivan sie sanft. »Ich zeige Ihnen jetzt ein Photo, das als Beweisstück Nummer acht gekennzeichnet ist. Können Sie mir bitte sagen, was darauf zu sehen ist?«

Mit erstickter Stimme antwortete sie: »Der Zaun und Morris' Leiche, auf dem Rücken liegend.«

»Gibt dieses Photo die Position von Morris' Leiche korrekt wieder, wie Sie sie gesehen haben?«

»Ja.«

Sullivan wandte sich einem anderen Thema zu und fragte Jerilee nach der Unterhaltung ihrer Schwester mit Gabby Moore. »Worüber hat er mit ihr gesprochen?«

»Er wollte, daß sie mich beeinflußte oder überredete, zu ihm zurückzukehren.«

»Jerilee, haben Sie ihm nach Ihrer Trennung im Juli zu irgendeinem Zeitpunkt diesbezüglich Hoffnungen gemacht?«

»Nein, das habe ich nicht.«

»Haben Sie ihn in irgendeiner Art ermutigt?«

»Nein«, entgegnete sie fest.

»Glaubten Sie nach dem Mord an Morris, daß Glynn Moore irgendwie in das Verbrechen verwickelt war?«

»Ja, das glaubte ich – wegen verschiedener Dinge, die er gesagt hatte. Er hatte beispielsweise meiner Schwester erzählt, daß er Leute kenne, die alles für ihn tun würden.

Er bräuchte nur zu fragen. Ich hatte den Eindruck, daß er sich einbildete, ich würde zu ihm zurückkehren, wenn es Morris nicht gäbe. Er war überzeugt davon.«

Es war wirklich ein sonderbarer Prozeß. Angelo ›Tuffy‹ Pleasant war der Angeklagte, sicher. Aber Talmadge Glynn ›Gabby‹ Moore stand ebenfalls vor Gericht. Die Staatsanwaltschaft mußte darlegen, wie Gabby Tuffy überredet, schluchzend angefleht und schließlich erpreßt hatte, Morris zu töten und später ihn selbst zu verwunden. Die Verteidigung hatte im großen und ganzen nichts gegen diese Darstellung Gabby Moores einzuwenden, mußte jedoch zusätzlich Tuffy als selbstlosen Helden darstellen und Anthony und Kenny als Mörder.

Der ›Geist von Gabby Moore‹, sollte in diesem Gerichtssaal verbal gegeißelt werden, auch wenn der Mann selbst für die irdische Gerechtigkeit nicht mehr erreichbar war.

Chris Tait nahm Jerilee ins Kreuzverhör. »Haben Sie nach Morris' Tod und vor Weihnachten mit Gabby über seine mögliche Verstrickung in den Mordfall gesprochen?«

»Ja, ich habe einmal mit ihm telefoniert.«

»Haben Sie ihm gesagt, daß Sie glaubten, er hätte etwas mit Morris' Ermordung zu tun?«

»Ja, das habe ich ... Er leugnete vehement. Er sagte, er hätte so etwas niemals tun können. Dazu wäre er nicht fähig gewesen.«

»Haben Sie ihm geglaubt?«

»Nein, das habe ich nicht.«

»Haben Sie ihm gesagt, daß Sie nicht zu ihm zurückkehren würden, solange Sie der Überzeugung waren, er wäre in den Mord an Morris involviert?«

»Ich habe ihm gesagt, daß ich nie zu ihm zurückkehren würde, gleich unter welchen Umständen.«

»Egal, was auch passierte?«

»Genau.«

Jerilee sagte aus, daß Gabby darauf bestanden hätte, ihr seine Unschuld zu beweisen. Er sagte, er wüßte schon, wie er es ihr beweisen könne, erwähnte jedoch keine Einzelheiten. Sie sagte ihm erneut, daß es keine Rolle spiele, daß sie so oder so nichts dazu bringen würde, zu ihm zurückzukehren.

Nichts.

Tait bat sie, die drei Daten zu nennen, an denen sie geheiratet hatte, und wandte sich von Jerilee ab, als sie sagte, daß sie am 18. April Jim Littleton das Jawort gegeben habe.

»Im April *dieses* Jahres?«

»Ja.«

»Danke, Jerilee. Ich denke, ich habe keine weiteren Fragen.«

Wieder erfüllte Stimmengemurmel den Saal, schockiertes Geflüster darüber, daß die Zeugin so kurze Zeit nach dem Tod ihrer beiden Ex-Ehemänner wieder geheiratet hatte.

Als Sullivan wieder übernahm, beschränkte sich seine Vernehmung weitestgehend darauf, sie aufzufordern, für die Geschworenen eine Skizze ihres Hauses und des Gartens anzufertigen. Er konnte sehen, daß sie aufgewühlt war und drohte, jeden Moment in Tränen auszubrechen.

Als Jerilee gerade glaubte, die Qualen im Zeugenstand hätten endlich ein Ende, erhob sich Chris Tait und stellte ihr weitere Fragen. Er wollte mehr über ihre Ehen wissen, beispielsweise, wie alt sie war, als sie Morris heiratete.

»Achtzehn.«

»Und wie alt sind Sie jetzt?«

»Neunundzwanzig.«

»Und wie alt waren Sie, als Sie Gabby heirateten?«

»Siebenundzwanzig.«

»Und wie alt war Gabby, als Sie ihn heirateten?«

»Zweiundvierzig, glaube ich.«

»Sie waren wieder bei Morris eingezogen ... Hat Gabby Sie hierauf in irgendeiner Art bedroht?«

»Nicht mich, nein.«

»Okay. Hat er Sie bedroht in jener Nacht, in der er zu

Ihnen nach Hause kam und ins Haus eindrang, weil keine Schlösser an den Türen waren?«

»Nein.«

»Was haben Sie damit gemeint«, fuhr Tait unerbittlich fort, »als Sie sagten, er hätte gedroht, die Tür einzutreten und Sie zu holen, wenn Sie nicht die Schlafzimmertür aufsperrten und zu ihm ins Wohnzimmer kämen?«

»Das hat er eben gesagt. Ich glaubte nicht ...«

»Würden Sie sagen, daß er Ihnen gedroht hat, als er das sagte?«

»Ich hatte Angst, ja.«

»Das kann ich mir vorstellen. Wie stand Gabby dazu, Sie zurückhaben zu wollen? Schien ihm das sehr wichtig zu sein?«

»Ja – *sehr.*«

»Denken Sie, es wäre fair zu behaupten, daß es das wichtigste Anliegen in seinem Leben war?«

»So sah es damals aus, ja.«

»Sprechen wir von seinem Blutdruck, dem Nasenbluten und seinen Medikamenten. Wissen Sie, ob er je die Einnahme der Medikamente unterbrochen hat, um bewußt Nasenbluten zu provozieren?«

»Nein, davon weiß ich nichts.«

Aber Tait hatte den Geschworenen diesen Gedanken eingegeben, um zu zeigen, wie manipulierend Gabby gewesen war – bis hin zum Aushecken eines Mordplans.

Tait erkundigte sich nach der Verschlechterung der Beziehung zwischen Morris und Gabby, der Männer, die zusammen auf der Jagd gewesen waren, im YMCA gearbeitet und über das Trainieren von Sportlern diskutiert hatten, die auf dem Fluß gemeinsam dem Tod ins Auge gesehen hatten. Jerilee erinnerte sich, daß Morris kurz nach dem Dezember 1973, in der Phase von Gabby Moores Scheidung, begonnen hatte, sich von seinem Freund zu distanzieren. Das war gewesen, kurz nachdem Gabby bei den Blankenbakers eingezogen war.

»Nach seiner Scheidung von Gay fing die Beziehung zwischen Morris und Gabby also an zu bröckeln?« fragte

Tait. »Haben Sie sich danach noch oft gesehen – oder überhaupt nicht mehr? Wie würden Sie die Situation beschreiben?«

»Im Januar 1974 ...« Jerilee sprach so leise, daß man sie im Saal nicht mehr verstehen konnte, und so forderte Richter Loy sie auf, lauter zu sprechen.

»Im Januar 1974 zog Gabby Moore bei mir und Morris ein, für ein paar Wochen, während er und seine Frau versuchten, ihre Ehekrise in den Griff zu bekommen. Sie sahen einander also sehr oft, ja.«

»Dann waren die Männer also noch Freunde?«

»Ja, bis zu einem gewissen Grad.«

»Aber sie waren nicht mehr so eng befreundet wie früher?«

»Das ist richtig.«

»Hat die Beziehung sich nach und nach verschlechtert, oder kam es zu einem plötzlichen Bruch?«

»Der Bruch kam ziemlich plötzlich. Morris konnte sehen, wie sehr Glynn sich verändert hatte ... Er war mit einer Pistole zum Haus seiner Ex-Frau gefahren und hatte sie bedroht. Morris konnte ... nun, er verlor einfach den Respekt vor ihm.«

Sie beantwortete Fragen zu Gabbys beträchtlichem Alkoholkonsum.

»War er nur dann unberechenbar, wenn er getrunken hatte?« wollte Tait wissen.

»Nein, eigentlich war er immer so. Glynn setzte alle Mittel und Tricks ein, seine Ringer zu motivieren und zu noch besseren Leistungen anzuspornen. Er war so lange Zeit Coach gewesen, daß sein Beruf auf sein Privatleben übergegriffen hatte.«

Das war eine Antwort ganz nach Chris Taits Geschmack. Der manipulierende Coach, der seine Ringer nach seiner Pfeife tanzen ließ.

Er fragte Jerilee, wann Gabby Moore angefangen hatte, sich zu ändern.

»Rückblickend würde ich sagen, daß der Prozeß im Dezember begann und sich bis zu seinem Tod fortsetzte.«

»Im Dezember welchen Jahres?«

»Im Dezember 1973.«

»Wir sprechen hier also von einem Zeitraum von ungefähr zwei Jahren.«

»Ja.«

»Und hat die Situation sich Ihrer Meinung nach in dieser Zeit verbessert oder verschlechtert?«

»Verschlechtert!«

Und dem war ganz zweifellos so gewesen. Gabby hatte zwei Ehefrauen verloren, seinen besten Freund, seine Arbeit und seine Selbstachtung.

»Welcher Art waren seine Schwierigkeiten an der Schule?«

»Es gab Ärger wegen seiner Temperamentsausbrüche. Es kam vor, daß er seine Fahrschüler anschrie oder sogar angriff, wenn sie seine Anweisungen nicht genauestens befolgten.«

»Glauben Sie, daß das der einzige Grund war, weswegen ihm nahegelegt wurde zu kündigen, oder wissen Sie es?«

»Ich weiß es nicht genau.«

Jerilee begegnete Chris Tait mit Mißtrauen. Sie wollte nicht mehr über ihre kurze Beziehung zu Gabby sagen als unbedingt nötig. Sie erinnerte sich, daß Gabby ihr die Schuld gegeben hatte, daß er seine Stelle verlieren würde.

»Das hat er gesagt? Er hat gesagt: ›Deinetwegen verliere ich meinen Job‹?«

»Ja.«

»Ich verstehe. Glauben Sie, daß er Ihnen damit ein schlechtes Gewissen einreden wollte?«

»Ja.«

»War das ein Mittel, das er dazu benutzte, Sie zur Rückkehr zu ihm zu bewegen?«

»Ja, das war es.«

»Glauben Sie«, faßte Chris Tait zusammen, »daß man in aller Fairneß sagen kann, daß sein Wunsch, Sie zurückzugewinnen, sein Leben beherrscht hat?«

Jerilee senkte kurz den Blick und sah Tait dann unverwandt in die Augen. »Das würde ich sagen, ja.«

»Keine weiteren Fragen.«

Als Jerilee Karlstadt Blankenbaker Moore Blankenbaker Littleton den Gerichtssaal verließ, stand es ihr frei, ihr Leben weiterzuleben. Sie nahm sich Zeit, mit den Reportern zu sprechen und – mit ernstem Gesicht – für einige weitere Photos zu posieren. Dann entfernte sie sich den Flur hinunter und stieg in den Fahrstuhl.

Sie sollte bei diesem Prozeß nicht wieder in Erscheinung treten. Obgleich sie als eine Hauptzeugin der Anklage aufgerufen worden war, war sie ironischerweise auch eine der besten Zeuginnen der Verteidigung. Sie hatte einen Mann beschrieben, der eine Macht besaß, Menschen, die ihm vertrauten, zu lenken und auszunutzen, einen Besessenen, der niemals aufgab. Jener Glynn, in den sie sich verliebt hatte, hatte sich in Gabby den Puppenspieler verwandelt, der im Hintergrund unsichtbare Fäden zog.

Jerilee war eine der wenigen Trophäen, die Gabby errungen – und wieder verloren – hatte. Und in gewisser Weise hatte der Verlust Jerilees ihn umgebracht.

Ebenso Morris.

Olive Blankenbaker hatte Jerilees Aussage gehört und empfand für sie mehr Mitleid als sonst etwas. Sie war die Mutter von Olives Enkelkindern, und Olive wußte, daß Jerilee Morris geliebt hatte, kurz vor seinem Tod vielleicht sogar inniger als zu irgendeiner Zeit zuvor. Sie hatten ihn beide verloren.

Bitterkeit würde nun niemandem mehr helfen, und Olive wußte, daß grausamer Tratsch Jerilee noch Jahre verfolgen würde. Sie wollte nicht dazu beitragen. Nur die Zeit würde ergeben, ob ihre Heirat mit Jim Littleton ein vernünftiger Schritt gewesen oder aus reiner Verzweiflung und panischer Angst vor dem Alleinsein erfolgt war.

Manch einer in Yakima rechnete damit, daß Jerilee und Jim nach Seattle oder Spokane umzogen, aber sie hatten nichts dergleichen im Sinn. Der beste Weg, mit den Gerüchten und mißbilligenden Blicken umzugehen, war der, einfach zurückzustarren. Mit der Zeit würden die Leute vielleicht etwas anderes finden, worüber sie sich die Mäuler zerreißen konnten.

Kapitel 24

Die mit der größten Spannung erwartete Zeugin hatte bereits ausgesagt, aber Tuffy Pleasants Prozeß sollte noch Wochen dauern und hielt noch manche Überraschung bereit. Die Taktiken von Anklage und Verteidigung waren inzwischen klar, und Adam Moore und Chris Tait würden einen schweren Stand haben, wenn der Richter zuließ, daß die Geschworenen vom Band hörten, wie Tuffy die Morde selbst gestand.

In der Zwischenzeit legte Jeff Sullivan den Standpunkt der Anklage weiter systematisch dar. Dennis Meyers, einer der Beamten, die Tuffy betreuten, war auch einer der ersten Polizisten am Tatort des Morris-Blankenbaker-Mordes gewesen. Er sagte aus, was er persönlich gesehen hatte, und nannte die Namen weiterer Polizisten, die dort gewesen waren: Officer Rosenberry, Sergeant Green, Sergeant Brimmer, Sergeant Beaushaw und Lieutenant Kline.

Adam Moore nahm den Beamten ins Kreuzverhör, stellte Fragen, die dazu bestimmt waren, die Ermittlungen am Tatort dilettantisch und tölpelhaft aussehen zu lassen. Das war Routine, und es gelang ihm nicht, Meyers aus der Ruhe zu bringen. Moore wollte wissen, wann der Leichnam photographiert worden war, wann man ihn mit einem Laken bedeckt hatte und wie dunkel es gewesen war bei der Suche nach den leeren Patronenhülsen.

Sullivan verfolgte das Verhör ungerührt und völlig ruhig. Er wußte, daß die Beamten vor Ort sehr sorgfältig gearbeitet hatten.

»Haben Sie irgendwelche Gegenstände, irgendwelche Beweisstücke sichergestellt?« fragte Moore Meyers.

»Nur die Gegenstände, die ich aus dem Wagen genommen habe.«

»Das waren ein Bankauszug und …«

»Ein Schlüsselbund.«

»Schlüssel, die zum Wagen gehörten?«

»Ja, Sir.«

»Steckte der Schlüssel im Zündschloß oder war er irgendwo im Wageninneren versteckt?«

»Er lag im Fußraum auf der Fahrerseite.«

»Gut. Haben Sie irgendwelche Waffen gefunden? Wohl nicht, nehme ich an?«

»Nein, Sir«, entgegnete Meyers. »Ich habe keine Waffe gefunden.«

Die Geschworenen wurden nach dem Mittagessen für fünfundvierzig Minuten in ihr Beratungszimmer geschickt, während Adam Moore und Jeff Sullivan vor Richter Loy wegen eines Aspektes des Prozesses stritten. Loretta Scott, Tuffys Cousine, die ihm die tödliche Waffe zweimal geborgt hatte, sollte als nächste Zeugin aussagen. Moore behauptete, Jeff Sullivan hätte am 27. Februar seine Kompetenzen überschritten, als er Loretta Straffreiheit zugesichert hatte. Er verlangte, daß Loretta davon in Kenntnis gesetzt wurde, daß sie zu einem späteren Zeitpunkt sehr wohl wegen des Vergehens angeklagt werden könne. Sie habe nicht *wirklich* Immunität genossen, als sie im Februar in ihrer vierzigseitigen Aussage zu Protokoll gegeben hatte, daß sie die Waffe habe verschwinden lassen.

Sullivan hielt dem entgegen, daß eine solche Warnung Loretta Scott zweifellos erschrecken und in ihrer Aussagebereitschaft hemmen würde. Er bat Richter Loy, sie zur Aussage zu zwingen, ihr aber gleichzeitig dauerhafte Straffreiheit zuzusichern. Sie hatte im Vorfeld nichts von den Morden gewußt, und sie hatte sich freiwillig gemeldet, um ihm und den Detectives aus Yakima von der Pistole zu erzählen. Des weiteren sei sie seinerzeit in Begleitung zweier Anwälte gewesen, die die Aufgabe gehabt hätten, ihre Rechte zu wahren.

Ohne Loretta Scott, erklärte Sullivan, wäre es dem Staat vermutlich nie gelungen, die Waffe bis zu Tuffy Pleasant zurückzuverfolgen. Er bat Richter Loy, der Zeugin Immunität zu gewähren und den Verteidigern zu untersagen, sie einzuschüchtern. Er fürchtete, sie würden ihr zu verstehen geben, daß sie irgendwann in der Zukunft ins Gefängnis kommen würde, weil sie eine Mordwaffe beseitigt hatte.

Loretta Scott saß auf einer der langen Eichenbänke im Flur und ahnte nichts von der Diskussion im Gerichtssaal. Tatsächlich verhielt es sich so, daß Straffreiheit erst bestand, wenn sie von einem Gericht bestätigt wurde.

Richter Loy erklärte, daß er etwas Zeit benötigte, darüber nachzudenken.

Lorettas Aussage wurde verschoben, und ihr wurde mitgeteilt, daß sie nicht den ganzen Nachmittag auf dem Flur warten müsse. Aber sie würde zu einem späteren Zeitpunkt wieder vorgeladen werden. Ihre Aussage im Büro des Staatsanwaltes hatte dazu geführt, daß nur wenige Stunden später Tuffy Pleasant wegen Mordes hatte verhaftet werden können. Sie war eine überaus wichtige Zeugin. Gut für die Anklage. Möglicherweise verheerend für die Verteidigung.

Sullivans Taktik bestand darin, Tuffy mit der Tatwaffe in Verbindung zu bringen sowie mit den Tatorten, indem er rekonstruierte, wo der Angeklagte sich in jener Nacht wann aufgehalten hatte. Seine nächsten Zeugen waren die drei jungen Leute aus Pasco, die am Abend nach Thanksgiving in der Bar des Cosmopolitan Chinook einen jungen Schwarzen kennengelernt hatten.

Sam Berber, seine Freundin Sally Nash* und Melodie Isaacs sagten aus, daß sie an jenem Abend im Chinook einen Mann getroffen hatten, der sich als ›Angelo Pleasant‹ vorgestellt hatte. Berber konnte jedoch nicht beschwören, daß der Mann am Tisch der Verteidigung derselbe war wie jener, mit dem er sich damals unterhalten hatte. An den Namen konnte er sich hingegen noch sehr gut erinnern.

Sally Nash wollte sich ebensowenig festlegen.

Melodie Isaacs dagegen war sich absolut sicher; immerhin hatte sie mehrere Stunden mit Tuffy geflirtet.

»Sie erkennen diesen Mann also heute wieder?« fragte Sullivan.

»Ja, das tue ich«, entgegnete sie und zeigte auf Tuffy Pleasant. Melodie war ebenso sicher wie Sam, daß es 2 Uhr gewesen war, als sie Tuffy in Sams Cadillac vor dem Chinook Hotel abgesetzt hatten.

»Ja, Sally sagte mir, es wäre schon zwei Uhr und für sie wäre es Zeit, heimzufahren.«

»Hatten Sie ebenfalls einen Babysitter zu Hause, dem sie erzählt hatten, daß sie vor dieser Zeit zurück sein würden?«

»Ich hatte meiner Tochter eine frühere Uhrzeit genannt – sie ist fünfzehn.«

Adam Moore hob hervor, daß die drei an jenem Abend getrunken hatten und Sam und Sally Tuffy nicht eindeutig hatten identifizieren könne. Es gelang ihm sogar, Melodie zu verunsichern.

»Und Sie haben nicht den geringsten Zweifel, daß unser Mann, Angelo Pleasant, derselbe ist, den sie *vor neun Monaten* kennengelernt haben?«

»Ich weiß nicht, aber ich würde sagen, daß er es war«, wankte Melodie plötzlich. »Hundertprozentig kann ich es nicht sagen ...«

»Sieht er aus wie der Mann damals?«

»Für mich nicht. Er trug das Haar länger.«

»Er trug damals das Haar länger?«

»Ja.«

»Sonst noch irgendwelche Unterschiede?«

»Er sah damals etwas fülliger aus – das war's.«

»Könnte es dieser Mann gewesen sein? Wäre das möglich?«

»Ja.«

»Als Mr. Sullivan Sie gefragt hat, haben Sie ausgesagt, er wäre es ganz sicher.«

»Ja«, gab Melodie, ein Alptraum von einer Zeugin, zu. »Nachdem ich ihn jetzt wiedergesehen habe, bin ich sicher, daß er es ist.«

Ganz sicher war Melodie sich jedoch, daß sie ihren neuen Bekannten um 2 Uhr früh vor dem Chinook bei seinem Wagen abgesetzt hatten.

Joey Watkins, Tuffys ehemaliger Mitbewohner und Ringer-Kumpel, wurde als nächster in den Zeugenstand gerufen. Joey würde möglicherweise Ordnung in das Durcheinander von Unsicherheiten bringen können, das die vorangegangenen Zeugen hinterlassen hatten.

Das macht einen Prozeß so spannend. Die einzelnen Mitspieler hinterlassen Lücken, Fehlinterpretationen, Lügen und Vorurteile im Stoff, aus dem der Fall gewoben ist, und die Anwälte müssen immer neue Personen ins Feld führen, die den angerichteten Schaden wiedergutmachen und ihrer Seite vielleicht sogar einen Vorsprung von mehreren Längen verschaffen. Nichts ist je selbstverständlich – und das ist auch richtig so. Selbstherrliche, zu sehr von sich überzeugte Anwälte können innerhalb von Sekunden von ihrem hohen Roß gestürzt werden.

Joey Watkins, ein ungewöhnlich großer junger Mann, trat in den Zeugenstand. Er gab zu Protokoll, daß er Tuffy seit der Grundschule kannte und sich im Herbst 1975 sechs Wochen lang eine Wohnung mit ihm geteilt habe. Tuffy, sagte er, sei zwischen dem College in Ellensburg und Yakima, wo er Gabby Moores High-School-Ringermannschaft trainiert hatte, hin- und hergependelt.

»Haben Sie Morris Blankenbaker gekannt?«

»Ja. Ich habe ihn kennengelernt, als ich noch auf der Schule war. Er war damals Gabbys Hilfstrainer.«

»Sie haben also beide, Morris Blankenbaker und Gabby Moore gekannt, ist das richtig?« fragte Sullivan.

»Ja.«

»Haben Sie auch beim Training an der High School mitgewirkt?«

»Angelo bat mich, mich um die Schwergewichtler zu kümmern, weil sie sich schwertäten, Neues zu lernen ... Ich half ihm.«

»Angelo war ständig dort, beim Training der Ringer. Ist das richtig?«

»Ja, ich glaube schon.«

Joey erinnerte sich, zu Morris nach Hause gefahren zu sein in der Nacht, als Gabby sich unrechtmäßig Zutritt auf das Grundstück verschafft hatte. Gabby war draußen gewesen und hatte an die Fenster ›gehämmert‹, als sie eingetroffen waren.

»Was ist genau passiert? Kam es zu einer Auseinandersetzung oder sogar zu Handgreiflichkeiten?«

»Nein.« Joey schüttelte den Kopf. »Morris stieg aus dem Wagen und ging zu Gabby rüber. Er sagte zu mir: ›Weißt du was, Watkins, ich würde ihm gern eine reinhauen.‹ Aber das könne er nicht, sagte er dann, weil er sein *Coach* gewesen wäre ... Also fingen sie an zu reden. Morris muß ihn mit irgend etwas zur Räson gebracht haben, denn Gabby ging einfach.«

Joey war auch jener Freund, der mit Tuffy in der Red-Lion-Bar im Chinook Hotel gesessen hatte in der Nacht, in der Morris ermordet worden war. Er erinnerte sich noch sehr gut daran. »Ich und Angelo, wir waren erst im Lion's Share und haben etwas Blödsinn gemacht. Dann wechselten wir zum Red Lion. Da lernte er auch diese drei Leute kennen. Wir saßen an einem Tisch und tranken etwas ... Angelo sah diese Typen da sitzen, ging rüber und sprach sie an. Dann kam Angelo zurück an unseren Tisch und meinte, daß er den Rest des Abends mit ihnen zusammenbleiben wolle – und so brachte er mich nach Hause.«

»Wissen Sie noch, was Sie getan haben, als Sie nach Hause kamen?«

»Ich machte es mir auf der Couch bequem. Schließlich kam meine Freundin, und wir unterhielten uns.«

»Haben Sie Ihre Wohnung in jener Nacht wieder verlassen?«

»Nein.«

»Wie haben Sie von Morris Blankenbakers Ermordung erfahren?«

»Also, Angelos Eltern waren zum Fischen an den Moses Lake gefahren ... Ich, Anthony und Angelo brachten ihren Garten in Ordnung. Ich sah zufällig die Zeitung mit seinem Bild.«

»An welchem Tag war das?«

Joey war sich nicht mehr sicher. Er wußte, daß es am Wochenende gewesen war, und tippte auf den Sonntag, den 21. November.

Sie kamen wieder auf die Nacht von Freitag auf Samstag zu sprechen, in der Morris gestorben war. Der Zeuge sagte aus, daß er zwischen zwölf und eins zu Bett gegangen sei und Tuffy-Angelo an diesem Morgen nicht mehr gesehen habe.

»Joey«, fragte Sullivan in strengem Tonfall, »waren Sie irgendwie in den Mord an Morris Blankenbaker verstrickt? Waren Sie dabei, als er erschossen wurde?«

»Nein.«

»Haben Sie Angelo gefahren?«

»Nein.«

»Sie hatten also nicht das geringste mit der ganzen Sache zu tun? Sie waren nicht einmal in der Nähe des Tatorts?«

»Nein.«

»Haben Sie je gesehen, daß Gabby Moore Angelo Geld gegeben hätte?«

»Als wir trainiert haben, hat er ihm, sagen wir, fünfunddreißig, vierzig, vielleicht auch fünfzig Dollar gegeben.«

Joey wußte nicht, wofür Tuffy dieses Geld bekommen oder wann genau Gabby es ihm überreicht hatte. »Ich nehme an, daß er Angelo für seine Unterstützung bezahlt hat.«

Was Heiligabend betraf, die Nacht, in der Gabby erschossen worden war, gab Joey an, zusammen mit seiner Freundin in einem Heim für behinderte Kinder gewesen zu sein – unten in Harrah.

»Waren Sie früher schon mal dort gewesen?«

»Ja.«

»Sie haben einige Zeit in einer anderen Institution für geistig zurückgebliebene Kinder gearbeitet, nicht wahr?«

»Ja. In der Yakima Valley School.«

»Vergangenes Jahr ... was haben Sie da mit diesen kleinen Kindern gemacht?«

»Ich war Betreuer und plante zusammen mit ihnen Feste und Spiele.«

»Und Sie haben dort sechs oder acht Monate in dieser Eigenschaft als Betreuer gearbeitet?«

Joey Watkins erweckte den Eindruck eines sanften Riesen, er war derjenige aus Gabbys Ringerteam, dem man am wenigsten zwei Morde zutrauen würde.

Beim Kreuzverhör entlockte Chris Tait dem Zeugen Antworten, die belegten, daß er Gabby Moore das letzte Mal an Heiligabend in Kenny Marinos Wohnung gesehen hatte.

Tait wollte mehr hören über die Veränderungen in Gabby Moores Wesen in den Monaten vor seiner Ermordung.

»Wie lange kannten Sie ihn damals schon?«

»Seit meinem zweiten Jahr auf der High-School.«

»Also etwa fünf Jahre?«

»Ja.«

»Ist Ihnen je eine Veränderung an Mr. Moore aufgefallen?«

»Also, ich hatte Mr. Moore nach der High-School nur noch selten gesehen, das erste Mal, als ich im Lion's Share war, und da war er komisch drauf ...«

»Würden Sie uns erläutern, was Sie damit meinen?«

»Er war ... ich meine ... er war nicht mehr der Coach, den ich einmal gekannt hatte ... Damals war er sehr streng zu uns gewesen.«

»Wenn Sie sagen, daß er nicht mehr derselbe Coach war wie früher, meinen Sie dann damit, daß er nicht mehr dieselbe Art Mensch war?«

»Er war nicht mehr derselbe Mensch.«

»Inwiefern war er anders?«

»Also, zum einen trug er das Haar länger und war auch anders gekleidet als früher.«

Joey erinnerte sich an einen Coach, der von seinen Sportlern verlangt hatte, daß sie sich strikt an seine Trainingsregeln hielten.

»Wissen Sie vielleicht, ob Mr. Moore immer schon gern getrunken hat?«

»Nein. Bis zu jenem Abend im Lion's Share hatte ich ihn noch nie viel trinken sehen.«

Joey war verblüfft gewesen vom Anblick des langhaarigen, alkoholisierten Coaches, der immer wieder vergeblich nach seinem Bierglas griff. Er war entsetzt gewesen, als er mit angesehen hatte, wie Moore versuchte, das Schlafzimmerfenster von Morris' Frau einzuschlagen, so betrunken, daß er nicht mehr geradeaus gehen konnte.

Mit Hilfe dieses weiteren Zeugen, der Gabby Moore in einem wenig vorteilhaften Licht darstellte, wollte Chris Tait jedoch auch darlegen, daß Tuffy und Joey ebenso mit Morris als Coach zu tun gehabt hatten.

»Wie nahe haben Sie Morris Blankenbaker gestanden?«

»Nicht besonders. Ich habe ihn nur flüchtig gekannt, weil er Hilfstrainer war, als ich im zweiten Jahr auf der High School war. Er hat mir ein paar Kleinigkeiten beigebracht – ein paar Tricks und Griffe.«

»War Morris älter als Sie?«

»Er war zweiunddreißig.«

»Und Sie sind zweiundzwanzig. Er war also zehn Jahre älter?«

»Ja.«

»Sie sagten, Morris wäre Hilfstrainer gewesen?«

»Er kam einfach vorbei, um uns ein paar Dinge zu zeigen.«

»Er war nicht offiziell Ihr Coach?«

»Nein.«

»Er kam nur beim Training vorbei und brachte Ihnen beiläufig ein paar Kniffe bei? Haben Sie damals Football gespielt, gerungen – oder beides?«

»Ich war im Ringerteam.«

»Erzählen Sie uns doch bitte, wenn Sie können, ein wenig von Ihren Ringerfahrungen mit Angelo.«

»Angelo war für mich der beste Ringer im Team.«

»Hat er die meisten Kämpfe gewonnen?«

»Ja.«

»Erinnern Sie sich, mit ihm zusammen an Wettkämpfen teilgenommen zu haben?«

»Nein, ich war nie gut genug, um an solchen Wettkämpfen teilzunehmen.«

Joey sagte, Angelo hätte im Gegensatz zu ihm selbst bei Wettkämpfen gewöhnlich einen der ersten Plätze belegt. Tuffy Pleasant war der Beste gewesen; Gabby Moore hatte einen Champion aus ihm gemacht.

Tait fragte Joey nach dem Football. Er antwortete, er hätte schlechte Erfahrungen in diesem Sport gemacht, seine Mannschaft hätte regelmäßig verloren. Er und Angelo wären aber die besten Spieler in der Mannschaft der Davis High gewesen.

»Waren Sie der Größte unter ihnen?«

»Ja, ich war tatsächlich der Größte«, entgegnete Joey, »aber Angelo war härter, der ideale Lineback.«

»Keine weiteren Fragen.«

Jeff Sullivan erhob sich, um noch einige Fragen an den Zeugen zu richten.

»Wenn Sie sagen, Angelo wäre hart gewesen, meinen Sie damit, daß er ein guter Lineback war?«

»Ja.«

»Hat es ihm Spaß gemacht, Gegenspieler aufzuhalten?«

»Ja, er hat sie fertiggemacht.«

Sullivan lächelte leise. »Wenn man ein guter Lineback sein will, muß man andere fertigmachen können, nicht wahr?«

»Das stimmt.«

Im Gerichtssaal machte sich im Verlauf des Nachmittags ein Gefühl des Bedauerns breit. Tuffy hatte Jahre sportlichen Ruhmes erlebt. Er war fast immer Sieger gewesen, und jetzt saß er zusammengesunken am Tisch der Verteidigung, seine gewaltigen Schultern muskulös wie kaum jemals zuvor. Wie Morris war auch Tuffy der geborene Sportler. Man konnte sich Joey und ihn im Ring vorstellen – der sanfte Riese und der aggressive Angeklagte.

Die sportliche Zeit war endgültig vorbei.

Der fünfzehnjährige John Klingele und sein Vater Wayne waren die letzten Zeugen dieses Tages. John erzählte den Geschworenen, wie er den .22 Colt Woodsman unter den Twin Bridges im Naches River gefunden hatte. Sein Vater sagte aus, daß er die Pistole hoch oben auf ein Regal gelegt und am nächsten Tag dem Polizeichef von Yakima von dem Fund seiner Söhne erzählt habe.

Richter Loy entließ die Geschworenen um 16 Uhr 30 und ermahnte sie noch einmal, daß sie weder fernsehen noch Zeitung lesen oder über den Fall sprechen durften. Die Medien von Seattle hatten begonnen, jeden Tag umfangreicher über den Prozeß zu berichten. Es handelte sich nicht länger um eine Geschichte, die nur daheim in Yakima die Gemüter erhitzte.

Kapitel 25

Um 9 Uhr 30 am nächsten Morgen erklärte Richter Loy, daß er entschieden habe, Jeff Sullivans Antrag stattzugeben und Loretta Scott und ihrem Bruder Charles ›Chucky‹ Pleasant Straffreiheit zu gewähren wegen der Beseitigung der Tatwaffe. »Dem Antrag, Loretta Scott und Charles Pleasant als Gegenleistung für ihre Aussage Straffreiheit zu gewähren, wird hiermit stattgegeben«, verkündete er.

Das war ein wichtiger Sieg für die Staatsanwaltschaft.

Loretta Scott, eine ausgesprochen hübsche junge Frau, trug am Tag ihrer Aussage ein weißes Blusenkleid, einen breitkrempigen dunklen Hut und riesige goldene Ohrringe. Die Kameras auf dem Flur störten sie nicht, und sie schenkte James Wallace, dem Reporter der *Herald-Tribune*, der über den Prozeß berichtete und gleichzeitig Photos für seine Zeitung schoß, ein Lächeln.

Die Zeugin hatte ein ausgezeichnetes Gedächtnis und erwies sich als gute Erzählerin, als sie berichtete, wie ihr Vetter Tuffy sie zweimal aufgesucht hatte, um sich die Pistole zu borgen, und sie dann ihr Entsetzen beteuerte, als sie erkannt hatte, wofür die Waffe benutzt worden war.

Ihre Erinnerung an die Hysterie, in die sie und ihr Bruder Chucky verfallen waren, als sie versucht hatten, sich einer Waffe zu entledigen, die vom Brückengeländer abprallte, anstatt ins Wasser zu fallen, ließ ihren Bericht wie eine Episode aus der Fernsehserie ›Keystone Cops‹ erscheinen.

Chris Tait fragte sie, ob Tuffy ihr je gesagt habe, was geschehen war, und sie antwortete, daß er ihr vom Tod Gabby Moores erzählt hatte.

»Na ja, er sagte mir, daß ein Weißer geschossen hätte.«

»Okay. Und wie sollte sich das Ganze zugetragen haben?«

»Ich versuche gerade, mich zu erinnern. Er erzählte mir, daß er und Mr. Moore sich einen Plan ausgedacht hätten, bei dem er angeschossen, aber nicht getötet werden sollte. Er sagte, er hätte fünftausend Dollar dafür bekommen sollen. Mr. Moore hätte nicht sterben sollen, und geschossen hätte der Weiße.«

»Hat er Ihnen erzählt, was in Mr. Moores Wohnung passiert ist?«

»Sie waren in der Küche.«

»Hat er Ihnen noch von weiteren Personen erzählt, die in die beiden Morde verwickelt sein sollten?«

»Er erwähnte Joey Watkins und Kenny Marino.«

»Und was sollen die beiden ihm zufolge getan haben?«

»Das hat er nicht gesagt. Er erwähnte nur Blankenbaker, Moore, jemanden, der den Wagen fuhr, Joey Watkins und Marino ... Er erzählte mir, daß Joey Watkins auf der Liste der Mordverdächtigen stünde.«

»Und wer sollte jetzt die fünftausend Dollar bekommen? Sollte Angelo sie bekommen?«

»Ich weiß nicht, für wen dieses Geld bestimmt war. Er sagte, daß sie fünftausend Dollar bekommen sollten, nachdem sie den Mordanschlag auf ihn vorgetäuscht hätten. Er sollte irgendein Papier unterschreiben und fünftausend Dollar bekommen ... Durch Moores Tod sei es dazu nicht mehr gekommen.«

Tait klang ebenso verwundert und verwirrt wie die Zuschauer auf der Tribüne. »Aber mit Mr. Moores Tod kam es nicht mehr dazu?«

»Richtig.«

Loretta hatte selbst ein paar Leichen im Keller, Fakten, die Chris Tait ihr im Verlauf ihrer sehr langen Aussage einzeln entlockte. So fragte er sie beispielsweise, wie Tuffy überhaupt darauf gekommen wäre, sie nach einer Waffe zu fragen.

»Also wenn Sie die Wahrheit wissen wollen ... Als ich vor langer Zeit noch in Seattle gewohnt habe, kam er uns oft besuchen, und wir hatten immer Revolver im Haus.«

»Entschuldigen Sie«, sagte Tait, »aber ich kann Sie nicht hören.«

»Als ich in Seattle lebte, hatten wir immer Revolver im Haus.«

»Loretta, stimmt es nicht, daß Sie mit einem Mann zusammengelebt haben, der mit gestohlenen Waffen handelte?«

»Ja, das stimmt.«

Tait kam nun auf ihre Trinkgewohnheiten zu sprechen. »Trinken Sie öfter Alkohol?«

»Wenn ich Lust habe schon, ja.«

»Wie viele Drinks braucht es, bis Sie anfangen, den Alkohol zu spüren?«

»Etwa drei.«

»Stimmt es nicht, daß Sie an Heiligabend vier Drinks gehabt hatten?«

»Das war erst der Anfang.«

»Und wie viele waren es schlußendlich?«

»Ich habe nicht mitgezählt.«

»Waren Sie betrunken?«

»Ich fühlte mich gut.«

Loretta erzählte, daß sie aus McNaughtons und Wodka einen Weihnachtspunsch gemixt habe.

»Dieser Punsch muß es ja ganz schön in sich gehabt haben«, meinte Tait lächelnd.

Loretta Scott war sehr lange im Zeugenstand, und die meiste Zeit stritten Verteidigung und Staatsanwaltschaft darüber, zu welchen Bereichen die Verteidigung die Zeugin befragen durfte. Loretta hatte eine Pistole besessen, weil sie sich vor einem Ex-Freund gefürchtet hatte, aber das hatte nichts mit dem vorliegenden Mordprozeß zu tun. Sie war eine lebhafte, oft witzige Zeugin, wich jedoch zu keiner Zeit von ihrer ursprünglichen Aussage über ihren Vetter Tuffy und die geborgte Pistole ab. Auch an der Geschichte, wie sie und ihr Bruder die Tatwaffe in den Naches geworfen hatten, hielt sie fest.

Bei seiner zweiten Befragung der Zeugin stellte Sullivan Loretta noch einmal alle entscheidenden Fragen – und nur diese. In folgenden Punkten war sie sich ihrer Sache völlig sicher:

- Daß sie Tuffy die .22 im Oktober 1975 überlassen hatte.
- Daß sie sie am Samstag nach Thanksgiving von ihm zurückbekommen hatte.
- Daß er am 24. Dezember erneut bei ihr gewesen war, um sich die Pistole zu borgen.
- Daß er ihr gesagt hatte, sie würde in der Zeitung davon lesen, wozu sie benutzt worden war.
- Daß er ihr die Pistole später an Heiligabend zurückgebracht hatte.
- Daß er am 26. Februar 1976 bei ihr gewesen war, um zu fragen, was aus der Pistole geworden wäre.

Was den Ausgang des Prozesses betraf, waren es diese Fakten, die zählten.

Mike McGuigan befragte Chucky Pleasant, der in letzter Minute noch in den Fall mit hineingezogen worden war. Chucky erwies sich als die Art von Zeuge, die man kaum durch Fragen zum Reden animieren muß. Er begann damit, daß er in beide Rollen schlüpfte.

»Worum hat Loretta Sie gebeten?«

»Also, sie kam rein und sagte: ›Chuck, ich glaube, ich weiß, wer Mr. Moore getötet hat.‹ Und ich fragte: ›Wirklich? Wer war es?‹ Und darauf erzählte sie mir, daß es Angelo gewesen wäre. Und ich sagte: ›Nein, du machst Witze.‹ Ich konnte es einfach nicht glauben. Sie sagte: ›Doch, es stimmt‹, und ich: ›Woher willst du das wissen?‹ ›Weil ich ihm die Pistole gegeben habe‹, hatte sie geantwortet.«

Chucky Pleasant sagte, er sei zutiefst schockiert gewesen. Er gab zu, mitgemacht zu haben, als es darum ging, die Pistole in den Naches zu werfen, was sich als schwieriger erwies als angenommen.

Einen Tag bevor sein Vetter Tuffy verhaftet worden war, hatte Tuffy ihn im Studentenwohnheim in Ellensburg angerufen.

»Er sagte: ›Chuck, bist du sicher, daß du die Pistole in den Fluß geworfen hast?‹ Und ich sagte: ›Ja.‹ Darauf er: ›Hast du dabei Handschuhe getragen?‹ ›Ja, ich hatte Handschuhe an‹, entgegnete ich. Und dann fragte er: ›Ist dir klar, daß du möglicherweise in die Geschichte mit hineingezogen wirst?‹«

Der Plan, den die Anklage Gabby Moore zuschrieb, hatte offensichtlich sein Gift versprüht, bis er die Familie Pleasant unterwandert hatte, einen weitverzweigten, aber sehr eng verbundenen Clan. Dennoch klangen Lorettas und Chucks Aussagen beinahe unbeschwert im Vergleich zu jenen der Zeugen, die am Nachmittag aussagen würden. Den Rest des Tages sollte es weitgehend um forensische Pathologie und Toxikologie gehen sowie um Beweise, die bei den Obduktionen an den beiden toten Coaches erhoben worden waren.

Die Mitwirkenden am Pleasant-Prozeß – die Anwälte, Staatsbeamten, die Zeugen und der Angeklagte selbst – befanden sich in einer fremden Stadt, in einem fremden Gerichtssaal, und doch wurden ihnen die Flure und die Gesichter der Geschworenen langsam vertraut. Der Prozeß hatte inzwischen zu einem eigenen Rhythmus gefunden, so wie es früher oder später bei allen Prozessen der Fall ist. Das Verfahren folgte seinem ganz eigenen Ablauf.

Olive Blankenbakers Schwester lebte in Seattle, und so hatte Olive vorgehabt, bei ihr zu wohnen, aber die Fahrt in die Innenstadt am Morgen dauerte so lange, und die Rückfahrt in der Rush-hour war so beschwerlich, daß sie sich im Stadtzentrum ein Hotelzimmer nahmen, von dem aus sie zu Fuß zum Gericht gehen konnten. Sie fürchteten ständig, die Anklage könnte etwas übersehen, eine Information, die nie aufgedeckt werden würde, und der Fall könnte nie restlos aufgeklärt werden.

Obgleich dieser Prozeß gekennzeichnet war durch zahlreiche Diskussionen am Richtertisch, während derer die Geschworenen für eine Stunde oder länger in ihr Beratungszimmer verbannt wurden, machte er Fortschritte. Das Verfahren begann jeden Morgen pünktlich um halb zehn; um 10 Uhr 15 gab es eine kurze Unterbrechung; von 12 bis 13 Uhr 30 war Mittagspause; am Nachmittag wurde die Verhandlung erneut für einige Minuten unterbrochen und um 16 Uhr 30 jeweils geschlossen. Da Richter Loy aufgefallen war, daß die Geschworenen häufig zusammen mit Zuschauern im Fahrstuhl fuhren und manchmal auch in den verstopften Fluren steckenblieben, die hoffnungslos überfüllt waren mit Neugierigen, Reportern und Angehörigen, ordnete er an, daß die Jury vor allen anderen eintreffen und als letzte gehen sollte.

Der Donnerstagnachmittag begann mit der Zeugenaussage von Dr. Ted Loomis, dem amtlichen Toxikologen des Staates Washington. Loomis sagte aus, daß er die bei den Obduktionen von Morris Blankenbaker und Gabby Moore erhobenen Blutproben untersucht habe. Er informierte darüber, daß Morris ›praktisch keinen Alkohol‹ im Blut hatte, während bei Gabby 3,1 Promille Blutalkohol festgestellt worden seien.

Als Jeff Sullivan ihn aufforderte zu verdeutlichen, welche Folgen aus einem solchen Meßwert abzulesen seien, antwortete Loomis: »Bei jedem, der einen Alkoholgehalt von 3,1 Promille im Blut hat, sind Urteilsvermögen, Denkvermögen, Sicht und Gehör erheblich beeinträchtigt. Außerdem dürfte auch eine Beeinträchtigung der Sprache auftreten, wenngleich diese nicht unbedingt sehr auffällig sein muß. Bei manchen Menschen, wenn auch nicht allen, wirkt sich ein solcher Alkoholpegel auch negativ auf die Motorik aus, was das Stehen, Gehen oder auch Sitzen betrifft. Manche Menschen verlieren bei einem Blutalkohol von 3,1 Promille jeden Bezug zur Realität und fallen in einen komatösen Zustand.«

»Also wäre es möglich, daß jemand in diesem Zustand noch so deutlich sprechen kann ... daß eine andere Person nichts von der Trunkenheit merkt? Ist das richtig?«

»Jemand in diesem Zustand *kann* durchaus noch sehr deutlich sprechen.«

»Während andere lallen?«

»Richtig. Und wieder andere würden das Bewußtsein verlieren.«

Dr. Richard Muzzall, der Coroner von Yakima County, wurde als nächster aufgerufen. In sachlichem Tonfall legte er den verheerenden Schaden dar, den die alte .22 angerichtet hatte.

»Mr. Blankenbaker hat drei Schußwunden durch kleinkalibrige Kugeln am Kopf erlitten – ein Projektil hat seine Oberlippe durchschlagen und ist am Schädelansatz in Höhe der Wirbelsäule steckengeblieben. Die beiden anderen Geschosse drangen hinter dem linken Ohr ein, durchschlugen das Gehirn und blieben im Schädel stecken. Der Tod trat durch massive Hirnblutungen ein. Ich halte es für wahrscheinlicher, daß die beiden Kugeln, die hinter dem Ohr eingedrungen sind, den Tod herbeigeführt haben.«

Aufgrund der ›Tätowierung‹ durch das Schießpulver schätzte Muzzall, daß alle drei Wunden von einer aus unmittelbarer Nähe abgefeuerten Waffe herbeigeführt wurden. Bei einer handle es sich sogar um eine sogenannte Kontaktwunde.

Olive wahrte eine ausdruckslose Miene, obwohl ihr nach Schreien zumute war. Ned Blankenbakers gewöhnlich rosiges Gesicht war tiefrot vor Schmerz. Sie beide hatten ihren Sohn über alles geliebt. Sie konnten immer noch nicht fassen, daß Muzzall tatsächlich von Morris sprach.

Der Coroner kam auf die umfassende Autopsie zu sprechen, die er an den sterblichen Überresten Gabby Moores durchgeführt hatte. Gabby hatte Dr. Myers gefragt, an welcher Stelle eine Kugel eindringen könne, ohne tödlichen Schaden anzurichten, aber die Kugel, die unter dem linken Arm eingedrungen war, war von den Rippen abgeprallt und umgeleitet worden, so daß sie Herz und Lunge durchschlagen hatte und Gabby schließlich an seinem eigenen Blut erstickt war.

»Wäre es möglich, jemanden mit einer solchen Verletzung operativ zu retten?« fragte Sullivan.

»Nein, das halte ich für höchst unwahrscheinlich, auch dann, wenn es direkt im Krankenhaus passieren würde.«

Beim Kreuzverhör wollte Adam Moore wissen, welcher Art Gabbys Verletzung gewesen wäre, wenn das .22-Geschoß nicht umgeleitet worden wäre.

»Hätte das Projektil die Rippe durchschlagen und seinen Fünfundvierzig-Grad-Winkel beibehalten, hätte es den linken Lungenflügel durchdrungen, aller Wahrscheinlichkeit nach das Herz verfehlt und wäre irgendwo auf der Brustvorderseite wieder ausgetreten«, antwortete Muzzall.

»Ich verstehe. Hm-mm. Sie sind also der Ansicht, daß die Verletzung nicht tödlich gewesen wäre, wenn die Rippe die Kugel nicht umgeleitet hätte?«

»Sagen wir, die Wahrscheinlichkeit, daß die Verletzung

nicht tödlich verlaufen wäre, wäre um einiges höher gewesen.«

Dr. Muzzall erklärte, daß er auf Gabbys T-Shirt keine Schießpulvertätowierung bemerkt habe und er wüßte, daß die Haut selbst keinerlei solche Spuren aufgewiesen hätte.

Adam Moore fragte Muzzall nach den Blutflecken an Morris' Hand. »Sie schließen daraus, daß er die Hand in einer abwehrenden Geste gehoben hat ...«

»Das ist die einzige Erklärung für die Blutspritzer auf seiner Hand ... Mit anderen Worten, die Hand muß sich irgendwo vor dem Gesicht befunden haben, damit das Blut auf die Haut gelangen konnte ... Das Blut ist aus der Wunde gespritzt ... keilförmig, wie Sprühnebel aus einer Spraydose.«

»Was meinen Sie – befand sich die Waffe bei der kreisrunden Wunde hinter dem Ohr mit den starken Pulverspuren oder bei der Wunde in der Oberlippe dichter am Opfer?«

»Bei der Wunde am Mund wurde eindeutig aus größerer Entfernung geschossen.«

Das schien nicht die Art von Information zu sein, die der Verteidiger erläutert haben wollte. Das alles schien eher die Theorie der Anklage zu stützen, wonach Morris zu jemandem hingelockt worden war, den er kannte, und diese Person ihn einmal mitten ins Gesicht geschossen hatte und dann noch zweimal – aus nächster Nähe – in den Hinterkopf, offenbar um ganz sicherzugehen, daß er auch wirklich tot war.

Acht Photos – vom Tatort, von Morris' Leiche und der blutbespritzten Hand – wurden als Beweismittel vorgelegt, gegen den Einspruch der Verteidigung, die sie als ›Effekthascherei‹ bezeichnete. Jeder Verteidiger, egal wo und wann, erhebt Einspruch gegen Photos des Opfers und bezeichnet sie als reine Effekthascherei ohne jeden sachdienlichen Wert. Manchmal kommen sie damit durch. Manchmal nicht. Für den durchschnittlichen Geschworenen, der den Anblick *irgendeines* Toten nicht gewohnt ist, sind die Photos, die er sich ansehen muß, oft der erschütterndste Teil eines Mordprozesses.

Aber was geschehen war, war geschehen, und die Geschworenen mußten die Aufnahmen vom Tatort sehen, um darüber befinden zu können, ob Angelo ›Tuffy‹ Pleasant schuldig oder unschuldig war.

Kapitel 26

Gegen Ende der ersten Prozeßwoche rief Jeff Sullivan John Anderson auf, den Leiter des staatlichen forensischen Labors in Spokane. Anderson hatte bereits bei über 900 Prozessen ausgesagt; er war ein brillanter Kriminalist und Experte bei der Untersuchung von Schußwaffen. Sergeant Bob Brimmer hatte Anderson die Kugeln, die den Toten entnommen worden waren, sowie die Patronenhülsen von beiden Tatorten der Blankenbaker-Moore-Morde geschickt. Er hatte seine forensische Alchimie durchgeführt und diese Beweisstücke mit dem .22 Colt aus dem Fluß in Verbindung gebracht.

Anderson erläuterte den Geschworenen kurz die Technik, mit der Waffen eine Kugel abfeuerten. »Abgesehen von Schrotflinten, die zwangsweise glatter poliert sind, können Sie, wenn Sie am Lauf einer Waffe entlangsehen, eine Reihe von Kreisen erkennen. Hierbei handelt es sich um Rillen, die die Fräsen hinterlassen, die den Lauf fertigen. Feld und Zug bilden den höchsten und den niedrigsten Punkt … und bestimmen die Flugrichtung eines Geschosses. Wenn eine Kugel abgefeuert und den Lauf hinuntergezwängt wird, begradigen Feld und Zug ihre Flugbahn.«

Er wies darauf hin, daß Felder und Züge im Lauf einer Schußwaffe verhindern sollen, daß eine Kugel ›herumeiere‹ und durch die Reibung der Luft außer Kontrolle gerate.

Diese hohen und tiefen Rillen im Lauf hinterließen Spuren im weichen Metall einer Kugel, Furchen. Diese Spuren seien einzigartig. Dasselbe Werkzeug, das ein halbes Dutzend Läufe herstellt, nutze sich bei diesem Vorgang selbst unmerklich ab, so daß zwei Läufe niemals völlig identisch seien und die Kugeln aus jedem Lauf unterschiedliche Furchen aufwiesen.

Kugeln wurden nach zwei verschiedenen Unterscheidungsmerkmalen untersucht: *typbedingten* Charakteristiken und *individuellen* Charakteristiken. Manche waren derart verformt, daß sie ersteres Kriterium erfüllten, jedoch nicht letzteres. Im vorliegenden Fall wiesen die Kugeln, die aus Morris' Kopf und aus Gabbys Oberkörper entfernt worden waren, die gleichen typbedingten Charakteristiken auf – jede hatte sechs Feld- und Zugfurchen gleicher Maße. Trotzdem, erklärte Anderson, könne er nicht mit absoluter Sicherheit sagen, ob sie aus derselben Waffe stammten.

Als er jedoch die Patronenhülsen untersucht habe – jene, die Vern Henderson am Rand von Morris' Garten gefunden hatte, und jene aus Gabbys Küche –, hatte er eindeutig feststellen können, daß die typbedingten wie die individuellen Charakteristika übereinstimmten. »Wenn eine Patrone in den Lauf befördert wird«, sagte Anderson, »legt sich der metallene Patronenauszieher um die Patronenhülse. Wird gefeuert, zieht der Auszieher die leere Hülse aus dem Verschlußstück. Ein weiteres Stück festinstallierten Metalls trifft auf die Hülse – der Auswerfer –, und der drückt die leere Hülse aus der Waffe heraus.«

Jeder dieser Vorgänge hinterlasse seine Spuren auf dem Boden der Patronenhülse. Sullivan fragte Anderson, wie er zu dem Schluß gekommen war, daß beide Kugeln aus ein und derselben Waffe abgefeuert worden waren.

»Ich fand ›auf acht Uhr‹ eine Auswurfrille, wodurch der Abdruck des Schlagbolzens auf ›zwölf Uhr‹ gehalten wurde«, antwortete er. »Auf ›drei Uhr‹ war ein Auswerferabdruck erkennbar.«

Diese Merkmale waren bei beiden Hülsen – die von beiden Tatorten stammten – identisch. Zusammen mit dem eingestanzten Abdruck des Schlagbolzens auf dem Boden jeder Hülse stand außer Zweifel, daß Morris und Gabby beide mit derselben Waffe erschossen worden waren, und zwar eben jener Waffe, die die Jungen aus dem Fluß gefischt hatten. Alles paßte einwandfrei zusammen.

Vern Henderson hatte nicht übertrieben, als er Tuffy erzählt hatte, wieviel ein forensisches Labor anhand einer Waffe und einiger Kugeln herausbekommen konnte.

Des weiteren sagte John Anderson aus, seine Testschüsse deuteten darauf hin, daß die Person, die Gabby Moore erschossen hatte, zweiundzwanzig bis maximal dreißig Zentimeter von ihm entfernt gewesen war.

Das widersprach Tuffys Geständnis auf Band. Henderson gegenüber hatte er behauptet, anderthalb bis zwei Meter von Gabby entfernt gestanden zu haben, als dieser ihm befohlen hatte, auf ihn zu schießen. Tatsächlich aber hatte Tuffy offensichtlich sehr viel näher bei Gabby gestanden, als der Schuß gefallen war. Gabbys blutiges T-Shirt mit dem Einschußloch unmittelbar unterhalb der linken Achsel wurde als Beweisstück eingebracht.

Es war Freitag, der 20. August 1976. Für den unbeteiligten Beobachter und die Medien ist es faszinierend, ein Verfahren zu verfolgen. Für die Angehörigen der Betroffenen – ganz gleich ob Opfer oder Angeklagte – bedeutet der Prozeß eine Qual, eine Erinnerung an das Grauen und den Verlust.

Derek Moore trat in den Zeugenstand, um auszusagen, wie er seinen Vater in den frühen Morgenstunden des ersten Weihnachtstages tot aufgefunden hatte. Seine Freundin Janet Whitman sagte als nächste aus, gefolgt von seiner Schwester Kate und seinem Großvater Dr. A. J. Myers.

Sie alle erzählten von jener letzten Nacht in Gabby Moores Leben, erinnerten sich an das letzte Mal, daß sie mit einem Menschen gesprochen hatten, den sie aufrichtig geliebt, aber nicht vor seiner eigenen Besessenheit zu schützen vermocht hatten.

Jeder in Richter Loys Gerichtssaal war irgendwie gefangen in diesen Stunden zwischen Sonnenuntergang und dem Morgengrauen des ersten Weihnachtstages, gefangen in der kleinen Wohnung in der Eighteenth Avenue, zusammen mit dem Toten.

Und dann lockte Jeff Sullivan geschickt Informationen aus diesen Zeugen hervor, die mehr über die beiden Mordfälle herausbrachten. Die Geschworenen hatten bereits die Namen sämtlicher Polizeibeamter gehört, die am Tatort des Mordes an Morris Blankenbaker gewesen waren, und jetzt erfuhren sie alles über den Tatort in Gabby Moores Wohnung, angefangen bei dem Einsatz wegen eines ›Todesfalles‹.

Adam Moore und Chris Tait wußten, daß der Augenblick näher rückte, da Sullivan die Bänder einbringen würde, auf denen Tuffy Pleasant die beiden Morde gestand. Sie konnten nicht verhindern, daß beide Bänder gehört wurden, aber sie spürten, daß Sullivan zum Ende kam, und wollten um jeden Preis verhindern, daß die Geschworenen mit diesen Geständnissen im Ohr ins Wochenende gingen. Sie trugen dem Richter ihre Argumente vor.

Sofern sie einen Einspruch seitens der Staatsanwaltschaft erwartet hatten, wurden sie von Sullivan überrascht. Er sei noch nicht soweit, sagte er, und habe keinerlei Einwände, wenn die Bänder anstatt am Freitag erst am Montag abgespielt würden.

Der Tag war damit noch lange nicht vorbei. Adam Moore beantragte die Einstellung des Verfahrens wegen eines Formfehlers: Die Polizei habe Tuffy Pleasant zugesichert, einen Teil seiner Aussagen nicht zu verwenden, falls er je wegen Mordes vor Gericht gestellt werden sollte. Die Verteidigung pochte darauf, daß Brimmer in seiner Aussage gegen die Abmachung verstoßen habe, und verlangte, das Verfahren einzustellen.

Der Antrag wurde abgelehnt, wenngleich Richter Loy die Geschworenen aufforderte, Brimmers Aussage nicht zu berücksichtigen.

»Man kann etwas nicht nachträglich ungehört machen«, bemerkte Moore verärgert.

Im Rahmen der weiteren Beweisführung wollte Jeff

Sullivan Stoney Morton aufrufen, den jungen Mann aus der Clique von Ringern, die zu Gabby Moores Freundeskreis gehört hatten. Chris Tait erhob Einspruch, weil seine Aussage auf Hörensagen beruhe und irrelevant sei. Mortons Zeugenaussage nämlich würde keine angenehme Sache für die Verteidigung werden. Er hatte im vergangenen Oktober zusammen mit Gabby Moore Tuffy in Ellensburg besucht. Irgendwann hatten Gabby und Tuffy ihm gesagt, er solle schon mal rausgehen und ›den Wagen starten‹. Das hatte er dann auch getan, aber als die beiden aus dem Wohnheim gekommen waren, hatte Stoney dennoch einen Teil ihrer Unterhaltung mitbekommen.

»Ich stieg aus dem Wagen«, hatte Stoney den Ermittlern berichtet, »und da hörte ich Tuffy sagen: ›Aber sie werden wissen, daß es ein Schwarzer war.‹«

»Nein«, hatte Gabby entgegnet, »nicht, wenn du eine Skimaske trägst, die dein Gesicht vollständig verdeckt.«

Dem Einspruch der Verteidigung wurde einstweilen stattgegeben, und Stoney Morton wurde, zumindest für den Augenblick, nach Yakima zurückgeschickt, um vielleicht zu einem späteren Zeitpunkt doch noch vorgeladen zu werden.

Obgleich die Geschworenen nichts von den Entscheidungen ahnten, die am Wochenende des 21. und 22. August getroffen wurden, waren diese beiden Tage für Anklagevertreter Jeff Sullivan die nervenaufreibendsten des ganzen Prozesses, und zwar wegen der Lügendetektortests.

Damals waren Lügendetektortestergebnisse nur in drei amerikanischen Staaten auch ohne Einwilligung beider Parteien – Anklage und Verteidigung – vor Gericht zulässig. Dick Nesary, der Lügendetektorexperte aus Yakima, hatte Tuffy und seinen Bruder mehreren Tests unterzogen. Ironischerweise deuteten die Ergebnisse darauf hin, daß Tuffy die Wahrheit sagte und Anthony log.

Die Verteidigung forderte, daß Sullivan einem weiteren Test zustimmte, dessen Ergebnis unstreitig von allen Parteien akzeptiert und den Geschworenen mitgeteilt werden sollte, ganz gleich, wie er ausfallen mochte. Sie war bereit, einen neutralen Lügendetektorexperten aus einem anderen Staat, Dr. Stanley Abrams, hinzuzuziehen, damit dieser den Test an Tuffy durchführte. Adam Moore und Chris Tait waren offenbar sehr sicher, daß der Angeklagte diesen vierten und endgültigen Test bestand, sicher genug, sich vorab damit einverstanden zu erklären, daß das Ergebnis der Jury zur Kenntnis gebracht werden sollte.

Jeff Sullivans erster Impuls war der, den entscheidenden Test abzulehnen. Für ihn stand es gut; jeder Zeuge baute auf dem Fundament auf, das der vorangegangene Zeuge gelegt hatte. Wenn Sullivan diesem vierten Durchlauf nicht zustimmte, würde keines der Ergebnisse vor Gericht zur Sprache kommen. Der politische Leumund eines Staatsanwaltes gründet auf dem Verhältnis seiner Siege zu den Niederlagen vor Gericht, und das war ein sehr wichtiger Fall, erst recht für einen zweiunddreißigjährigen, frischgewählten Bezirksstaatsanwalt.

Aber für Jeff Sullivan waren andere Faktoren noch wichtiger als zu siegen um des Siegens willen.

»Ich befand mich mitten im Prozeß«, erinnerte sich Sullivan, »und ich wußte, daß durchaus noch die Möglichkeit einer Niederlage bestand. Trotzdem konnte ich es moralisch nicht verantworten, einen Unschuldigen zu verurteilen.«

Nachdem er sich das ganze Wochenende mit diesem Dilemma herumgequält hatte, erklärte Sullivan sich schließlich mit dem entscheidenden Polygraphentest einverstanden. Er stimmte völlig mit Vern Henderson darin überein, daß Tuffys Geständnisse auf Band der Wahrheit entsprachen und der Lügendetektortest, der von jemandem durchgeführt wurde, der nichts mit dem Fall oder der Polizei von Yakima zu tun hatte, dies auch untermauern würde. Und doch würde Sullivan verlieren, falls Tuffy den Test wider Erwarten doch bestand.

Das Risiko war gewaltig. Aber nicht so erschreckend wie die Möglichkeit, einen Unschuldigen zu verurteilen, ohne ihm jede Chance eingeräumt zu haben, seine Unschuld zu beweisen.

Jeff Sullivans Entscheidung erwies sich als richtig. Dr. Abrams als Zeuge der Verteidigung war beeindruckend. Er war es auch gewesen, der seinerzeit einen Lügendetektortest bei Patty Hearst, dem Entführungsopfer der Terroristengruppe, durchgeführt hatte (obgleich die Ergebnisse vor Gericht nicht zugelassen wurden). Er genoß einen ausgezeichneten Ruf.

Abrams hatte die Ergebnisse der Tests untersucht, die Dick Nesary bei Tuffy und Anthony Pleasant durchgeführt hatte. Er hatte festgestellt, daß die ersten beiden Tests an Tuffy ›nicht eindeutig‹ waren, während seiner Ansicht nach der dritte ›leicht in Richtung Wahrheit tendierte‹. Wie bereits Nesary interpretierte auch Abrams Anthonys Testergebnisse dahingehend, daß der junge Mann offenbar gelogen hatte.

Aber das alles war vergebliche Mühe, die Geschworenen bekamen Abrams Aussage nie zu hören. Sie verbrachten den ganzen Montag morgen im Beratungszimmer und fragten sich, was wohl im Gericht vor sich gehen mochte.

Dr. Abrams hatte Tuffy Pleasant eigentlich an diesem Morgen einem vierten – und entscheidenden – Lügendetektortest unterziehen sollen, aber nach einem vorbereitenden Gespräch mit Abrams erbat Tuffy sich etwas Bedenkzeit. Nach einer Viertelstunde beriet er sich mit seinen Anwälten. Er entschied, daß er sich dem Test durch Abrams doch nicht stellen wollte.

Die Verteidiger, die sich so dafür eingesetzt hatten, daß Jeff Sullivan dem Test zustimmte, machten einen Rückzieher. Sie kehrten zurück in den Gerichtssaal und teilten Richter Loy mit, daß *sie* weder jetzt noch zu irgendeinem sonstigen Zeitpunkt einem neuen Test dieser Art zustimmen würden.

»Wir werden hierzu nicht unser Einverständnis geben«, erklärte Adam Moore.

Die Geschworenen hörten nie ein Wort über Lügendetektortests. Sullivan atmete insgeheim erleichtert auf. Er hatte seinem Gewissen folgend gehandelt, und es war die richtige Entscheidung gewesen.

Kapitel 27

Die Anklagevertretung hatte ihre Beweiserhebung fast abgeschlossen. Vern Henderson wurde in den Zeugenstand gerufen, unmittelbar bevor die beiden Geständnisse von Band abgespielt wurden. Adam Moore und Chris Tait nahmen Vern beim Kreuzverhör hart ran und deuteten an, er hätte Tuffy hereingelegt und sich die Geständnisse mit List und Tücke erschlichen.

Es gelang ihnen aber nicht, Verns Glaubwürdigkeit zu erschüttern. Vern Henderson war gern bereit, über seine Freundschaft zu Morris Blankenbaker zu sprechen. Er habe keinen Rachefeldzug geführt. Er habe immer nur die Wahrheit aufdecken wollen. Er erzählte, daß er die Patronenhülse drei Meter von der Stelle entfernt gefunden hatte, an der Morris gestorben war.

Chris Tait wollte wissen, warum Tuffy am Abend seiner Verhaftung in einer Einzelzelle untergebracht worden war und warum er die Geständnisse an zwei verschiedenen Tagen abgelegt hatte. Er behauptete, Vern und Bob Brimmer hätten Tuffy erzählt, sie wollten ›nur so tun, als wären sie vor Gericht‹ und als würde eine Jury sich Tuffys Geschichte von den Morden anhören.

»Ja, Sir«, sagte Vern ruhig. »Das hat der Sergeant gesagt.« Vern erinnerte sich nicht mehr an jedes Wort der Unterhaltung zwischen Brimmer und Tuffy, bevor der Recorder eingeschaltet worden war.

»Stimmt es nicht, daß Sergeant Brimmer ihm gesagt hat, daß man ihm seine Geschichte niemals abnehmen würde und er ihm nicht glaube?«

»Ja, das hat er gesagt.«

»Wie stand Angelo zu diesem ›Theater‹?«

»Was meinen Sie bitte damit, Sir?«

»Wie hat er auf diesen Vorschlag reagiert?«

»Er erzählte uns, was passiert war ... Er erzählte eine Geschichte, und Sergeant Brimmer sagte, daß es keinerlei Fakten gäbe, die seine Angaben untermauerten ... Angelo konnte uns nicht sagen, wo er zwischen zwei und drei Uhr früh in der Nacht des Mordes an Morris Blankenbaker gewesen war.«

»Und Sie haben ihm gesagt: ›Es gibt keine Fakten, die deine Geschichte untermauern‹?«

»Wir haben ihn aufgefordert, uns ein paar Fakten zu nennen, die seine Geschichte stützen würden.«

In Chris Taits Stimme schwang ein sarkastischer Unterton mit, als er Vern befragte, aber der Detective ließ sich nicht aus der Ruhe bringen. Verns Aussage war so klar und ›sauber‹, daß ihr kein noch so aggressives Kreuzverhör etwas anhaben konnte.

Ja, Tuffy habe ihm vertraut, aber er habe ihm zu keinem Zeitpunkt irgendwelche Versprechungen gemacht. Er habe dem Jungen einen Hamburger und eine Cola gekauft, aber von Tuffy das Geld zurückbekommen.

»Haben Sie ihm noch mehr Geld geborgt?«

»Ich habe ihm eine Cola aus dem Getränkeapparat gekauft ... Hab' ihm einen Vierteldollar geliehen.«

»Wie kommt es, daß Sie nicht mitgemacht haben bei diesem gespielten Prozeß, bei dem Brimmer die Rolle der Jury übernommen hat, während Angelo seine Geschichte erzählte?«

»Weil *er* sich mit ihm unterhalten hat, Sir. Er war der leitende Ermittler. Es war überflüssig, daß wir beide gleichzeitig auf ihn einredeten.«

»Sie haben in keiner Weise partizipiert. Sie haben nur zugesehen, richtig, Sir?« Tait imitierte Henderson.

»Ich würde eher sagen, ich habe zuge*hört*, Sir.«

»Haben Sie *Angelo* auch jedesmal, wenn er eine Frage beantwortet hat, mit Sir angesprochen, so wie Sie es heute nachmittag bei mir tun?«

»Das bezweifle ich, Sir.«

Die Zuschauer oben auf der Tribüne lachten, und Richter Loy forderte energisch Ruhe im Saal. Bislang hatte es bei diesem Prozeß nicht viel zu lachen gegeben.

Tait versuchte weiter, Vern in die Ecke zu drängen, ihn soweit zu irritieren, daß er zugab, Tuffy hereingelegt zu haben, beispielsweise indem er ihm versprach, daß er seine Ausbildung im Gefängnis fortsetzen könne.

»Erzählen Sie uns von diesem Gespräch«, forderte Tait ihn auf.

»Er hatte Angst, ins Gefängnis zu müssen und seine ganzen Zukunftsträume begraben zu können, wo er doch so hart gearbeitet hätte für das College und überhaupt.«

»Haben Sie ihm versprochen, ihm bei seiner Ausbildung zu helfen?«

»Sergeant Brimmer hat ihn darüber aufgeklärt, daß es Programme gäbe, in die er möglicherweise hineinkommen könne ... daß wir versuchen würden, einen Antrag zu stellen, sofern das möglich wäre. Mehr nicht.«

Verächtlich fragte Tait: »Haben Sie ihm gesagt, er solle Ihnen vertrauen?«

»Nein, ich habe nicht das Wort Vertrauen benutzt. *Er* hat gesagt, daß er mir vertraue.«

Als die Bänder, von denen Tuffy Pleasant und seine Anwälte wünschten, daß es sie nicht gäbe, abgespielt wurden, war es im Gerichtssaal mucksmäuschenstill. Das waren aussagekräftige Beweismittel; der Klang von Tuffys eigener Stimme, die von dem Coach erzählte, den er einmal so verehrt hatte. »Wir haben uns sehr nahegestanden. Für mich war er die Nummer eins ... Ich hätte alles für den Mann getan, nur um ihn nicht mehr leiden zu sehen.«

Tuffy beschrieb detailliert die letzten Minuten in Morris Blankenbakers Leben und anschließend die letzten Augenblicke jenes Mannes, der beide Morde geplant hatte. Die Aufzeichnungen, die den Anwälten und Polizisten längst vertraut waren, erzeugten bei den anderen Anwesenden

Faszination und Entsetzen. Die Mienen der Geschworenen blieben unergründlich.

»Es war alles seine Idee«, sagte Tuffy Pleasant auf dem Band mit brüchiger Stimme.

»Mr. Moore hatte sich diesen Plan ausgedacht, richtig?« kam die Frage von Vern Henderson.

»Ja, er hatte sich alles ausgedacht. In allen Einzelheiten. *Bis ins kleinste Detail.*«

»Wie fühlst du dich?« fragte Vern Hendersons Stimme kurz vor Ende des zweiten Bandes.

»Gar nicht besonders«, entgegnete Tuffy stoisch. »Weil ich im Grunde nur an seiner Stelle gehandelt habe.«

»Sonst noch etwas?«

»Ich habe die ganze Zeit unter seinem Einfluß gestanden, wissen Sie«, sagte Tuffy müde. »Ich habe entsprechend seinem Gedankengang gehandelt ... Ich war nicht mehr ich selbst.«

Hätte das als Verteidigungsstrategie gegriffen? Mord nach Gehirnwäsche? Gedankenkontrolle? Vielleicht. Aber dafür war es jetzt ohnehin zu spät. Adam Moore und Chris Tait waren mit einem klaren ›Unser Klient ist unschuldig‹ in den Prozeß gegangen.

Jetzt stand Adam Moore auf und verlangte, daß die Anklage wegen Mordes an Gabby Moore fallengelassen oder zumindest in Totschlag umgewandelt würde.

»Die vor diesem Gericht dargelegten Fakten belegen eindeutig, daß Gabby Moore der Drahtzieher hinter diesem ganzen tragischen Durcheinander, diesen abstoßenden Taten war. Er hat sich das alles ausgedacht. Es gibt nicht den Hauch eines Beweises dafür, daß Angelo Pleasant den Tod dieses Mannes gewünscht hat, keinen noch so winzigen Hinweis, nichts.«

Chris Tait führte an, daß Gabby Moore zu keiner Zeit beabsichtigt hatte zu sterben und daß Tuffy seinerseits nach Überzeugung der Verteidigung nie die Absicht gehabt habe, ihm eine tödliche Verletzung zuzufügen.

»Er sollte *überleben*. Der Telefonhörer war ausgehängt, damit Mr. Moore mit der Schußwunde an der Schulter zum

Telefon kriechen und Hilfe rufen konnte. Wir wissen, daß er leben wollte, weil er mit Hilfe eben dieser Schußverletzung, dieses Attentates auf sein Leben, Jerilee zurückzugewinnen hoffte ... Auch wenn wir die Dinge aus einem für die Anklage günstigen Winkel betrachten, läßt sich nur durch einen wundersamen, mysteriösen Prozeß Vorsatz in diese Tat hineininterpretieren. Es steckt eine Logik darin, die ein normal denkender Mensch nicht nachvollziehen kann, ein Gedankengang, den ich selbst nie begreifen werde. Aber Vorsatz war es nicht, soviel steht fest.«

Und genau hierin irrte die Verteidigung.

Jeff Sullivan trat den Beweis an. Der Angeklagte hatte die Tötungsabsicht selbst zugegeben. Tuffy Pleasant hatte die Macht gefürchtet, die Gabby Moore über ihn hatte.

»Mir scheint«, begann Sullivan, »daß es durchaus mehrere logische Hinweise dafür gibt, daß Gabby Moore vorsätzlich getötet wurde und Angelo Pleasant seinen Tod beabsichtigte ... Glynn Moore meldete sich an Heiligabend bei Angelo. Angelo kam in seine Wohnung, und dort wurde er von Moore bedroht. *Moore drohte ihm.* Er sagte: ›Angelo, hol die Pistole und schieß auf mich, oder ich liefere dich wegen des Mordes an Morris Blankenbaker der Polizei aus.‹ Also ging er und holte die Waffe. Ich glaube, die exakten Worte seines ehemaligen Trainers lauteten: ›Ich lasse dich hochgehen, wenn du nicht tust, was ich sage.‹«

Sullivan wies darauf hin, daß der Angeklagte weit oben in die linke Schulter schießen sollte. »Außerdem hat er der Polizei erzählt, er habe aus anderthalb bis zwei Metern Entfernung geschossen. Ich weise darauf hin, Euer Ehren, daß Beweisstück Nummer vierzehn eindeutig zeigt, daß die Einschußwunde an Gabby Moores Leiche sich nicht oben an der linken Schulter befindet, sondern siebzehn bis zwanzig Zentimeter *unter* der linken Schulter. Die Aussage von Dr. Muzzall ist eindeutig – geschossen wurde aus einer Entfernung von höchstens dreißig Zentimetern.«

Vern Henderson: War das so abgesprochen?

Tuffy: Nein, es war nicht abgesprochen. Ich habe es einfach getan.

Vern Henderson: Hast du es getan, weil er dich in die Ecke gedrängt hatte oder um seinem Wunsch zu entsprechen?

Tuffy: Im Grunde habe ich es getan, weil er mich in die Ecke getrieben hatte. Ich dachte wirklich, er hätte mich in der Hand …

»Angelo hatte erkannt, daß Mr. Moores Drohung, ihn wegen des Mordes an Morris Blankenbaker auffliegen zu lassen, für den Rest seines Lebens über seinem Kopf geschwebt hätte wie ein Damoklesschwert. Er mußte ihn aus dem Weg räumen. Er hatte sich etwas von Mr. Moores Philosophie zu eigen gemacht: ›*Wenn du ein Problem hast, schaff es beiseite!*‹ Hat er, nachdem er geschossen hat, versucht, dem Mann zu helfen, den er so sehr geliebt hat? Nein, er hat ihm nicht geholfen. Er ist geflüchtet.«

Jeff Sullivan erklärte, der Vorsatz sei ausreichend bewiesen, um die Anklage wegen Mordes ersten Grades aufrechtzuerhalten.

Die Anklage erklärte die eigene Beweisführung für abgeschlossen.

Um 9 Uhr am nächsten Morgen verkündete Richter Loy, daß er die Anklage gegen den Angeklagten im Fall Gabby Moore nicht abmildern werde.

Coydell Pleasant trat als erste Zeugin der Verteidigung in den Zeugenstand. Sie befand sich in einer unerträglichen Situation. Wenn sie sich hinter ihren Sohn Angelo (Tuffy) stellte, brachte sie Anthony in Gefahr. Und umgekehrt. Sie sagte aus, daß Anthony Angelo nur einmal im Gefängnis besucht und nach Angelos Verhaftung erklärt habe, er sei nervös. Sie sagte, sie und andere Familienangehörige hätten Angelo zugeredet, der Polizei alles zu erzählen.

Unter Tränen berichtete Coydell Pleasant, wie Angelo ihr bei einem ihrer Besuche im County-Gefängnis von Yakima von Anthonys Beteiligung erzählt hatte. »Er sagte: ›Mom, es wird dir weh tun, aber Daddy hat uns dazu erzogen, die Wahrheit zu sagen.‹«

Es war beinahe so, als glaubte Coydell, daß ihre Söhne jeweils nur die halbe Strafe bekommen würden, wenn beide sich die Schuld an den Morden teilten. Ihre Aussage war ganz offensichtlich ein verzweifelter – und herzzerreißender – Versuch, Tuffy und Angelo gleichermaßen zu schützen. Letztendlich spielte ihre Aussage nur eine untergeordnete Rolle.

Tuffy Pleasant war Hauptzeuge der Verteidigung. Gutaussehend und mit einem breiten, scheinbar arglosen Lächeln erwies Tuffy sich zeitweise als sympathischer, ja charmanter Zeuge, als er von seinem sportlichen Aufstieg unter Gabby Moores Fittichen und von seinen Ruhmestagen erzählte. Obwohl er seit sechs Monaten im Gefängnis saß, war er in Topform. Sofern die langen Monate der Untersuchungshaft ihn deprimiert hatten, ließ er sich hiervon nichts anmerken. Es hatte beinahe den Anschein, als glaubte Tuffy Pleasant ernsthaft, er werde den Gerichtssaal als freier Mann verlassen.

Um das zu erreichen, würde er allerdings seinen eigenen Bruder und seinen besten Freund ans Messer liefern müssen.

Adam Moore wollte ganz zweifellos, daß die Geschworenen seinen Klienten als Menschen kennenlernten statt nur als Angeklagten in einem Fall zweifachen Mordes. Tuffy erfüllte seine Erwartungen, indem er von den Höhepunkten seines bisherigen Lebens berichtete. »In meinem Abschlußjahr war ich Bundesvizemeister. Im zweiten und im vorletzten College-Jahr war ich zweimal Bundesmeister im Freistilringen.«

»In welcher Gewichtsklasse, Angelo?«

»In meinem zweiten Jahr wog ich hundertachtunddreißig Pfund, später dann hundertundvierzig. Im Abschlußjahr habe ich mit hundertachtundfünfzig Pfund gekämpft.«

»Würden Sie sagen, daß die Reise nach Japan der Höhepunkt Ihrer Sportlerkarriere war?«

»Japan und Hawaii, ja.«

»Und Sie und die anderen Bewerber haben um die Ehre gekämpft, den Staat Washington in der amerikanischen Mannschaft zu vertreten?«

»Ja – jeweils der Beste eines Staates wurde ins Team aufgenommen.«

Nachdem Tuffy seine Leidenschaft für den Sport verdeutlicht hatte, befragte Moore ihn zu Gabby. »Wie hat sich Ihre Beziehung zu Talmadge Glynn Moore während Ihrer High-School-Jahre entwickelt? Sie sagten, er hätte Sie schon als Junge auf der Junior-High rekrutiert und aus Ihnen einen Ringer gemacht, der gut genug war, sein Land in Hawaii und Tokio zu vertreten. Wie hat sich Ihre Beziehung zu diesem Mann – sofern überhaupt – entwickelt?«

»Ich empfand unsere Bindung als sehr eng.«

»›Eng‹ sagen Sie? Was meinen Sie damit?«

»Mit ›eng‹ meine ich, daß unsere Beziehung über eine normale Lehrer-Schüler- oder Coach-Schüler-Beziehung hinausging. Ich durfte ihn zu Hause besuchen, und wir gingen eher freundschaftlich miteinander um.«

Tuffy verglich Gabby mit einem Vater, einer strengen Vaterfigur, die von ihren Sportlern – einschließlich Tuffy – erwartete, daß sie sich an die strengen Trainingsregeln hielten. Er sagte, Gabby habe seine sportliche Karriere auch dann noch weiterverfolgt, als er sein Studium am Columbia Basin College angetreten hatte.

Moore erkundigte sich nach Tuffys und René Sandons gemeinsamen Kindern.

»Wir haben zwei.« Tuffy lächelte.

»Name und Alter?«

»Reneshia Naomi Pleasant*, vier Jahre alt ... Melenae Tonyia Pleasant*, vier Monate.«

Die dunklen Schatten zweier Morde lauerten am Rand des Gerichtssaales, während Moore Fragen stellte, die leicht zu beantworten waren. Behutsam kam er auf Tuffys Beziehung zu seinem Bruder Anthony zu sprechen. Auch diese bezeichnete Tuffy als ›eng‹. Wie sein Bruder zu ihm stand, konnte er nicht sagen.

Die Logik hinter Moores Fragen wurde langsam deutlich. Tuffy war der ältere, sich aufopfernde Bruder, Anthony hingegen war rücksichtslos und gierig.

»Wir waren öfter zusammen aus. Wenn er einen Wagen brauchte, borgte er sich immer meinen – oder den meines älteren Bruders, aber meistens meinen. Ich überließ ihn ihm.«

»Sie haben ihm Ihren Wagen überlassen?«

»Ja, ich gab meine Pläne für den Abend auf, damit er seinen Spaß haben konnte, weil ich der Ansicht war, ich könnte mich jederzeit amüsieren, während er nur selten einen Wagen zur Verfügung hatte.«

»Haben Sie je so mit ihm gesprochen, wie Mr. Moore mit Ihnen gesprochen hat, über Ziele, Motivation und dergleichen?«

»Ja. *Ja.* Ich habe immer versucht, ihn anzutreiben. Ich war der Ansicht, daß er es weiterbringen konnte als ich, sein älterer Bruder, weil ich glaubte, er hätte ein größeres Potential.«

»Haben Sie sich je darüber mit Mr. Moore unterhalten?«

»Ja, und wir waren beide der Meinung, daß er von uns allen am meisten erreichen konnte, wenn er nur wollte und sich ein wenig anstrengte.«

»Wenn er nur wollte?«

»Wenn er nur wollte.«

»Aber er blieb nicht beim Sport, nicht wahr?«

»Nein.«

»Er entfernte sich von dem Pfad, dem Sie selbst folgten?«

»Ja.«

»Hielt er sich an die Trainingsregeln?«

»Nein, das tat er nicht ... Ich versuchte, ihm zu helfen. Ich sagte ihm, daß er so nicht weiterkäme, und versuchte, ihm zu erklären, warum nicht ... Ich hatte nie etwas gegen ihn.«

War Adam Moore vielleicht eine Idee zu weit gegangen?

Manche Zuschauer auf der Tribüne verdrehten die Augen, als würde gleich ein Chor der Heilsarmee erscheinen und sagen ›Amen, Bruder‹. Tuffys Herzensgüte war ein wenig zu dick aufgetragen.

Als nächstes kam der Zeuge auf Kenny Marino zu sprechen, seinen langjährigen besten Freund, den er ebenfalls des Mordes bezichtigt hatte. Moore fragte, wie eng die Beziehung zwischen Tuffy und Kenny noch gewesen sei, als sie beide verschiedene Colleges besuchten.

»Haben Sie sich damals noch nahegestanden? Waren Sie immer noch eng befreundet?«

»Ja, ich würde sagen, daß wir uns sogar sehr nahestanden. Er war wie ein Bruder für mich; ich habe ihn geliebt wie einen Bruder.«

»Sie sahen in Mr. Moore eine Art zweiten Vater und in Mr. Marino so etwas wie einen Ersatzbruder?«

»Einen *weiteren* Bruder«, verbesserte Tuffy ihn.

Moore brachte über seinen Zeugen zur Sprache, daß Kenny Marino das College aufgegeben hatte und es Tuffy so erschienen war, als hätte sein Freund keine Ziele im Leben.

Nachdem Tuffy im Zeugenstand Anthonys und Kennys charakterliche Mängel aufgezeigt hatte, ging Moore zum Verfall von Gabby Moores Ethik und Werten über. Die Strategie der Verteidigung war jetzt offensichtlich. Die Verteidiger wollten jede Schuld von Tuffy Pleasants breiten Schultern abperlen lassen.

Nun, das war ein Plan wie jeder andere, aber unterschätzte die Verteidigung da nicht die Intelligenz der Geschworenen? Jeff Sullivan war sehr beeindruckt gewesen von dieser Jury. Er hatte deren Mitglieder beobachtet und sich oft gefragt, was sie wohl denken mochten. Und wie immer hatte er erkennen müssen, daß er die endgültige Antwort hierzu erst bekommen würde, wenn sie ihren Spruch verlasen.

Tuffy erzählte ihnen nun von seinem Entsetzen, als er im Herbst 1975 feststellen mußte, wie schlecht es Gabby Moore ging. Er berichtete, wie er versucht hatte, ihm zu helfen, indem er für ihn eine Einfahrt betonierte und das Ringerteam der High-School trainierte. Diese Aussage klang aufrichtig. Es schien erwiesen, daß Gabby Moore Tuffy Pleasant viel bedeutet hatte und der einstige Schüler nach und nach in den Wahn seines Coaches mit hineingezogen worden war.

»Er erzählte mir, daß sie [Gabby und Jerilee] sich hätten scheiden lassen. Er fing an, mir die schöne gemeinsame Zeit zu schildern, die sie hatten, und sagte, sie hätte ihn wegen ihres Ex-Mannes verlassen. Er hoffe aber, daß sie es sich bald wieder anders überlegen und nach ein paar Wochen zu ihm zurückkehren würde.«

»War er optimistisch in bezug auf ihre Rückkehr?«

»Ja.«

»Aber er wollte trotzdem das Haus verkaufen?«

»Ja.«

»Weil sie ihn verlassen hatte?«

»Ja.«

»Könnte man sagen, daß er sich nicht sicher war, ob sie zurückkommen würde oder nicht?«

»Ich weiß nicht. Ich glaube, das kann ich nicht beantworten.«

»Sie wissen nicht, was zur damaligen Zeit in seinem Kopf vorgegangen ist?«

»Nein, das weiß ich nicht.«

»Ist Ihnen zwischen dem Labor Day und Thanksgiving eine Veränderung an ihm aufgefallen?«

»Ja. Er war verändert. Er war nicht mehr der Mr. Moore, den ich früher gekannt hatte, und ich konnte nicht mehr vernünftig mit ihm reden. Die meiste Zeit dachte er nur an Jerilee, sprach von nichts anderem als von Jerilee ...«

Die Geschworenen aus Seattle hatten vor Prozeßbeginn noch nie etwas von Gabby Moore oder Morris Blankenbaker gehört. Geschickt wob Adam Moore in Tuffys Aussage alle Verbindungen zwischen Gabby und Morris, Morris und Tuffy und Tuffy und Gabby ein. Tuffy erzählte, daß er Morris ein paar Jahre zuvor kennengelernt hatte, als Morris noch als Bademeister im städtischen Schwimmbad gearbeitet hatte. Er hatte sich dort mit ihm unterhalten, und die Bekanntschaft hatte sich mit den Jahren beim Training der Ringer vertieft. Tuffy gab zu, daß die Beziehung zwischen Morris und Gabby nicht die beste war.

»Es war vor allem Moore, der Morris grollte, richtig?«

»Ich denke schon, ja.«

»Moore fing also an, irgendwann davon zu sprechen, daß Blankenbaker ihm im Weg wäre und dergleichen. Hat er unumwunden davon gesprochen, ihn töten zu wollen?«

»Nun, er sprach von einem Problem, sehen Sie, und damals war Morris das Problem. Und dann fing er davon an, das Problem beseitigen zu wollen.«

Offenbar hatte Tuffy vergessen, daß Jeff Sullivan genau diese Worte aus seinem Geständnis zitiert hatte, als er Tuffy bei dem Mord an Moore erfolgreich Vorsatz nachgewiesen hatte.

»Wußten Sie, was er damit meinte?« fragt Adam Moore, ohne sich von dem Patzer aus der Ruhe bringen zu lassen.

»Nein«, antwortete Tuffy. »Erst später. Ich versuchte immer noch zu verstehen, worauf er hinauswollte.«

»Sie verstanden nicht, daß er damit ausdrückte, er wolle Morris umbringen lassen?«

»Schließlich kam ich doch dahinter, daß er das damit meinte.«

»Und wie standen Sie dazu?«

»Also, ich war der Ansicht, daß er die ganze Sache vergessen sollte – weil er schon älter war ... Ich dachte, er würde die Trennung mit der Zeit verwinden und eine andere Frau finden, eine neue Beziehung mit einer anderen eingehen.«

»Haben Sie ihm das gesagt?«

»Ja, das habe ich. Er aber sagte, er wolle nur Jerilee. Er konnte an nichts anderes mehr denken.«

Tuffy beschrieb die Sackgasse, in der er und sein ehemaliger Coach sich Ende Oktober befunden hatten. Gabby trank und sprach von Jerilee. »Er kippte ein paar Drinks und fing an, von Jerilee zu erzählen. Ich sagte – wieder einmal –, er solle versuchen, die Frau einfach zu vergessen.

Aber er wurde immer deprimierter. Er wollte sich seine Bilder ansehen ...«

»Bilder?«

»Ja.«

»Handelt es sich um das Album, das Sergeant Brimmer erwähnt hat? In der Schlafecke in Mr. Moores Wohnung wurden zwei Alben gefunden. Meinte er das mit ›Bildern‹?«

»Ja. Und dann legte er Musik auf – sein und Jerilees Lied, wie er sagte. Die Melodie ging ihm nicht mehr aus dem Kopf, und er spielte den Song wieder und wieder.«

»Was geschah in jener Nacht sonst noch?«

»Er fing an, von Morris zu reden. Dann rückte er schließlich damit raus und sagte mir ... kam darauf zu sprechen, daß er Morris aus dem Weg räumen lassen wolle.«

Die Fakten waren noch dieselben wie bei Tuffys Geständnis gegenüber Vern Henderson, die Fakten, die die Geschworenen vom Band gehört hatten. Jetzt lag es ganz bei Adam Moore, seine ganze rhetorische Kunst aufzuwenden, aus seinem Klienten, dem Angeklagten, den Helden dieser amerikanischen Tragödie zu machen.

Eine gargantueske Leistung auch für den besten Strafverteidiger in ganz Yakima County.

Aber das würde bis zum Morgen warten müssen. Inzwischen war es 17 Uhr, und Richter Loy legte großen Wert darauf, daß die Geschworenen zu einer anständigen Zeit nach Hause konnten. Dennoch lief der Prozeß auf Hochtouren, und er verkündete, daß die Verhandlung am nächsten Tag eine halbe Stunde früher beginnen würde.

Am nächsten Tag trat Tuffy Pleasant erneut in den Zeugenstand. Adam Moore forderte ihn auf zu erzählen, was sich an einem Sonntag in der ersten Novemberhälfte ereignet hatte – ein paar Wochen vor dem Mord an Morris Blankenbaker.

»Wie lange waren Sie an jenem Tag bei ihm (Moore)?«

»Ein paar Stunden – zwei Stunden, würde ich sagen.«

»Okay. Erzählen Sie bitte den Geschworenen alles, woran Sie sich hinsichtlich dieser zwei Stunden erinnern.«

»Als ich zu ihm kam, hatte Mr. Moore schon einiges getrunken. Ich trat durch die Tür, und gleich sagte er: ›Bedien dich, nimm dir was zu trinken.‹ Also schenkte ich mir ein, zwei Schluck ein. Er blickte auf den Fernseher, drehte die Lautstärke herunter und fing an zu reden.

Er sprach wieder einmal von Jerilee. Ich hörte nur zu, wissen Sie. Ich wollte nicht viel dazu sagen. Ich hatte ja schon versucht, vernünftig mit ihm zu reden. Ich wartete einfach, bis er fertig war, denn er redete wie ein Wasserfall, und ich wollte ihn nicht unterbrechen. Mir war aufgefallen, daß er wütend wurde und mich grob anfuhr, wenn ich ihn unterbrach. ›Jetzt rede ich‹, sagte er dann. ›Du wartest gefälligst, bis ich fertig bin; dann kannst du deinen Senf dazugeben.‹ Aber er redete und redete, und schließlich sagte er: ›Ich finde niemanden, der es tun könnte.‹ Dann fragte er mich, ob ich bereit wäre, es zu tun. Ich sagte ›nein, ich würde es nicht tun. Ich würde nicht im Traum daran denken‹. Er war ein erwachsener Mann, und so sagte ich: ›Du bist ein erwachsener Mann und bittest mich, das für dich zu erledigen? Also, ich würde ja einiges für dich tun, aber jemanden erschießen – das ist etwas anderes.‹«

Tuffy sagte aus, daß Gabby wütend geworden sei und er versucht habe, ihn dadurch zu beruhigen, daß er ihm den Namen einer Person nannte, die es vielleicht tun würde. Nur um Zeit zu gewinnen.

»Ich wollte ihm das Ganze ausreden.«

In dieser neuen Version der Ereignisse erzählt Tuffy, daß er Gabby versprochen habe, zu versuchen, Kontakt zu diesem Mann aufzunehmen – hierbei handelte es sich ebenfalls um einen ehemaligen Ringer Gabbys, der aber ein paar Jahre älter war als Tuffy. Später hatte er dann Joey Watkins vorgeschlagen.

»Er sprach davon, einen professionellen Killer zu engagieren, und ich sagte: ›Nein, wirklich, du steigerst dich da in etwas hinein.‹«

Tuffy sagte aus, er wäre gegangen; als er Gabby jedoch

eine Woche später erneut besucht habe, wäre dieser noch besessener gewesen von seinem Plan, Morris zu töten. »Ich sagte: ›Nein – und frag mich nicht wieder‹, und er ließ mich von da an auch bis auf weiteres damit in Ruhe.«

»Gut. Bis wann?«

»Bis zu dem Abend, als Morris erschossen wurde.«

Am jenem Freitag abend, erzählte Tuffy in dieser neuen Version, sei er vom College heim nach Yakima gefahren. Er habe Joey Watkins getroffen und einem Blind-date mit einer Freundin von Joeys Freundin zugestimmt. Zunächst aber sei er zu seiner Verlobten gefahren. (Tuffy schien es völlig in Ordnung zu finden, eine schwangere Verlobte und eine kleine Tochter zu haben – und dazu noch ein Blind-date mit einer fremden Frau).

Während er bei René gewesen war, hatte Gabby ihn aus dem Krankenhaus angerufen. »Er wollte mir nicht sagen, was mit ihm los war. Ich habe ihn drei- oder viermal danach gefragt. Er sagte nur: ›Ich bin im Krankenhaus, und heute nacht wäre ein günstiger Zeitpunkt, Morris zu erschießen – wenn du verstehst, was ich meine.‹

Ich erwiderte: ›Ich habe heute abend schon was anderes vor. Ich gehe aus, und du wirst dich selbst um deine Angelegenheiten kümmern müssen. Wir sehen uns später.‹ Darauf legte ich einfach auf.«

Tuffy erinnerte sich, daß er seine Verlobte gebeten habe, herauszufinden, in welchem Krankenhaus Gabby lag, damit er ihn besuchen könnte. Dann hatte er René zum Abschied geküßt und war zu seinem Blind-date aufgebrochen. Aber obgleich er sich mit Joey Watkins getroffen hatte, behauptete er, sich nur zehn Minuten mit den beiden Frauen in dessen Begleitung unterhalten zu haben. Später, nachdem er bei Watkins zu Hause, dann im Red Lion, im Lion's Share und in verschiedenen anderen Lokalen in Yakima gewesen war, hatte er nach eigener Aussage das Trio aus Pasco kennengelernt und sich den dreien angeschlossen.

»Joey Watkins hatte gemeint: ›Mann, heute ist eh nichts los, und vielleicht kannst du bei der Braut da drüben landen. Geh nur rüber, ich komme schon alleine klar.‹«

Diesmal war Tuffys Erinnerung an den Abend des 21. November detaillierter. Jetzt gab er zu Protokoll, daß er, als er zu Hause gewesen war, um sich von seiner Mutter etwas Geld zu borgen, zum zweiten Mal an jenem Abend seinem Bruder Anthony begegnet sei. Er sagte, daß er Anthony von Gabbys Anruf und dessen Aufforderung erzählt habe. Anthony habe ihm zugestimmt, daß das ›sonderbar‹ sei.

Tuffy kam wieder auf die Clique aus Pasco zu sprechen und erzählte, daß sie alle zusammen zum Thunderbird gefahren wären. »Wir waren tanzen, und ich traf ein paar Leute – Lehrer, Mr. Pryse und noch eine Lehrerin, Mrs. Pryse. Früher hatte sie mal Moore geheißen.«

»Ist zwischen Ihnen und Gay Pryse etwas Besonderes vorgefallen?« fragte Adam Moore, der sich nach Kräften bemühte, in dieser verworrenen Geschichte etwas wie Ordnung zu wahren. »Oder haben Sie sich nur über Belanglosigkeiten unterhalten?«

»Über Belanglosigkeiten, ja.«

»Sie haben nicht mit ihr darüber gesprochen, wie ihr Ehemann – oder besser Ex-Ehemann – sich aufführte?«

»Nein.«

Tuffy erzählte, daß das Quartett zum Red Lion zurückgefahren sei und er sich schließlich, nachdem er versucht hatte, eine lohnende Party aufzutun, von den anderen getrennt habe. In Joey Watkins' Wohnung packte er gerade seine Sachen für die Rückfahrt nach Ellensburg, als sein Bruder Anthony aufkreuzte.

»Ich sah, daß er vier Büchsen Bier bei sich hatte. Er fragte, was ich machte, und ich sagte ihm, daß ich noch zu einer Party in Ellensburg fahren wolle. Darauf er: ›Warum ... Laß uns noch etwas rumfahren und etwas trinken‹ .... Ich stimmte zu. ›Okay, fahren wir durch die Gegend; ich trinke noch ein Bier mit dir.‹«

Plötzlich holte Adam Moore wieder weiter aus. Er hatte Tuffy Pleasant noch nicht nach der Pistole befragt! Das holte er jetzt nach. Tuffy nickte und gab zu, die Waffe von seiner Cousine Loretta bekommen zu haben. Seine Schilderung dessen, wie es dazu gekommen war, unterschied sich jedoch ebenso von ihrer Aussage wie von seiner eigenen auf dem Tonband. Tuffy behauptete, daß er einmal Loretta besucht, für sie eingekauft und bei ihr übernachtet hatte, um dann – ironischerweise – von ›Feuerwerkskörpern‹ geweckt zu werden ›die hinter dem Haus knallten‹.

»Ich ging raus in den Garten, und da stand sie und starrte auf das Garagentor. Ich sah zwei Löcher, die sie offenbar betrachtete. Ich weiß nicht, ob sie von der Pistole stammten oder nicht. Kartoffelstücke lagen auf dem Boden, und ein wenig von der Masse klebte auch in ihrem Gesicht. Als ich sie fragte, was sie da mache, antwortete sie, sie hätte die Pistole abgefeuert ... Ich sah mir die Waffe an und sagte: ›Ich kaufe sie dir ab‹, denn sie hatte mir früher am Abend erzählt, daß sie Schulden hätte ... Sie brauchte dringend Geld, um einen Teil ihrer Schulden zu bezahlen.«

»Und, haben Sie ihr die Pistole abgekauft?« fragte Moore.

»Nein, das habe ich nicht. Ich nahm sie und versprach, ihr das Geld später zu geben. Ich dachte mir, ich könnte mir in Yakima in paar Dollar nebenbei verdienen.«

»Indem Sie die Pistole verkauften?«

»Ja.«

Tuffy sagte, er hätte die Waffe unter den Vordersitz seines Wagens gelegt. Den Fahrersitz.

»Wußte Ihr Bruder davon?«

»Nun, er wußte, daß ich die Pistole hatte. Bei meiner Verlobten zu Hause hatte ich sie ihm gezeigt und ihn gefragt, ob er jemanden kennen würde, der daran interessiert sein könnte, sie zu kaufen. Er hatte bejaht.«

Tuffy wies darauf hin, daß Anthony den .22 Colt vor jenem Mordabend unter dem Wagensitz hatte liegen sehen.

Adam Moore war es gelungen, den Kreis zu schließen. Die Pistole, der Wagen, die beiden Brüder. Dann erzählte Tuffy, daß ihm plötzlich an jenem Abend bewußt geworden war, daß sie ›scheinbar‹ zu Morris Blankenbakers Haus unterwegs waren.

»Warum sagen Sie ›scheinbar‹?«

»Weil mein Bruder mich bat, langsamer zu fahren. Er

wollte sehen, ob Morris zu Hause wäre. Ich sagte: ›Um diese Zeit wird niemand mehr auf sein. Du kannst doch nicht mitten in der Nacht Leute besuchen.‹«

Darauf hatte Anthony Tuffy zufolge erwidert, er und Morris wären ziemlich eng befreundet, und Morris würde sicher für ihn aufstehen.

»Er sah, daß der Wagen nicht auf seinem Platz stand. ›Morris ist nicht zu Hause; er muß noch auf der Arbeit sein‹, sagte er.«

»Was geschah dann?« wollte Adam Moore wissen.

Tuffy ließ sich umfassend über die Sorge seines jüngeren Bruders wegen Gabby und Jerilee aus – er behauptete, daß Anthony mit Morris darüber hätte sprechen wollen. Er hatte einfach angenommen, daß Anthony Morris eben besser kannte als er selbst. Sie waren beim Lion's Share vorbeigefahren und hatten Morris zu seinem Wagen gehen sehen. Daraufhin waren sie, auf Anthonys Drängen hin, zurück in die North Sixth Street gefahren.

»Wir gingen die Gasse hinunter und … da sah ich Morris durch das Gartentor gehen. Wir beeilten uns ein wenig, fielen in einen leichten Trab. Wir kamen an seinem Carport vorbei, und als ich sah, daß Morris schon fast an der Tür war, rief ich ihn. Ich rief seinen Namen, und offenbar …«

Adam Moore unterbrach seinen Klienten eilig; Tuffy Pleasant war unbewußt wieder in die erste Person verfallen.

»*Okay*. Sie haben Morris gerufen – mit Namen?«

»Ja.«

Tuffys Anwalt ließ es dabei bewenden, um nicht die Aufmerksamkeit der Geschworenen auf den Lapsus zu lenken. »Wie haben Sie ihn gerufen?«

»Ich rief ›Morris‹ …«

»Und was geschah dann?«

»Es schien, als hätte er mich nicht gehört, und darauf brüllte mein Bruder seinerseits: ›Morris! Morris!‹ Morris drehte sich um, sah uns und kam zurück. ›Wie geht's euch so, Jungs?‹ fragte er, und ich antwortete: ›Ganz gut. Und selbst?‹ ›Danke, ganz gut‹, sagte er. Mein Bruder äußerte sich gar nicht, und da wandte Morris sich an ihn. ›Und was ist mit dir, Anthony?‹ ›Mir geht's gut‹, antwortete der.«

Im Gerichtssaal war es sehr still. Jeder im Saal wußte, was als nächstes kommen würde, und keiner wollte es hören. Wer immer dort gewesen war, wer immer geschossen hatte, das Ergebnis blieb dasselbe.

»Dann«, fuhr Tuffy mit seiner Aussage fort, »folgte eine kurze, lockere Unterhaltung. Morris stand ganz entspannt am Gartentörchen, und Anthony meinte: ›Also, es geht um Jerilee.‹ Morris wurde sichtlich ärgerlich und entgegnete: ›Ich möchte weder von dir noch von sonst jemandem etwas über Jerilee hören. Ich werde dafür sorgen, daß man sie in Ruhe läßt.‹ Darauf straffte er die Schultern und kam einen Schritt auf uns zu.«

»Hatte er etwas in der Hand?«

»Er hielt eine Bierflasche in der Hand.«

»Und was passierte dann, Angelo?«

»Er machte also diesen Schritt auf uns zu, und plötzlich hörte ich den Schuß. Ich sah eine Stichflamme, sah, wie er sich umdrehte, sah, wie er den Kopf drehte.«

»Wer hielt die Waffe?«

»Mein Bruder Anthony ... Ich weiß nicht, ob ich den zweiten Schuß gesehen habe oder nicht, aber ich sah das Mündungsfeuer und rannte weg ... die Gasse runter, nach Norden zu meinem Wagen.«

»Wo war Ihr Bruder?«

»Direkt hinter mir. Na ja, wohl nicht *direkt* hinter mir, aber ich hörte seine Schritte.«

Tuffys Stimme war emotionsgeladen, als er beschrieb, wie erschüttert er gewesen war. »Ich schaltete die Autoscheinwerfer nicht ein ... Ich hatte Angst ... Ich fuhr los und die First Street hinunter. Ich sagte zu meinem Bruder: ›Hör zu, ich weiß nicht, was da hinten passiert ist. Ich will nichts darüber wissen.‹ Dann nahm ich ihm die Pistole ab und schrie ihn an: ›Erzähl mir nichts darüber, aber ich werde dir für heute nacht kein Alibi geben können. Wenn du irgend jemandem erzählst, daß ich heute um diese Uhrzeit mit dir zusammen war, werde ich das leugnen.‹«

»Haben Sie erwähnt, daß Sie die Schuld auf sich nehmen wollten?«

»Ja. Ich sagte ihm, daß ich es auf mich nehmen würde, wenn es hart auf hart käme und mein Name als erster genannt würde.«

»Was auf sich nehmen würden?«

»Die Schuld.«

Jeff Sullivan hatte sich während Tuffys Aussage auf einem gelben Block Notizen gemacht. Er hatte erst leichte Risse, dann immer größere Lücken und schließlich Riesenlöcher in Tuffys letzter Version der Ereignisse in der Mordnacht registriert. Wenn Tuffy damals so erpicht darauf gewesen war, seinen jüngeren Bruder und seinen besten Freund zu schützen, warum erzählte er dann jetzt alles und lud die ganze Schuld auf ihren Schultern ab?

Sullivan wartete bereits ungeduldig auf das Kreuzverhör.

Kapitel 28

Bevor Jeff Sullivan den Angeklagten Tuffy Pleasant ins Kreuzverhör nehmen und zu diesem neuen Szenario über den Tod von Morris Blankenbaker befragen konnte, mußte er sich erst noch eine neue Aussage über die Erschießung Gabby Moores an Heiligabend anhören. Tuffy blieb dabei, daß er Gabby besucht und dieser wieder einmal darüber lamentiert habe, wie er Jerilee zurückgewinnen würde; allerdings hatte die Unterhaltung in dem Maße gelitten, in dem der Coach Bourbon mit Pepsi in sich hineingeschüttet hatte – oder auch pur, als nichts mehr zum Mixen dagewesen war. Tuffy sagte aus, daß Gabby immer aggressiver geworden war, je mehr er getrunken hatte. Interessanterweise schien es, als wäre auch Tuffy wütend geworden, von Gabbys Seelenzustand angesteckt.

»Angelo«, fragte Adam Moore, »wie würden Sie Gabby

Moores Verhalten beschreiben, wenn er mit Ihnen über seine Beziehung zu Jerilee sprach?«

»Ich würde sagen, daß er dann deprimiert war … Er ließ einfach nicht mit sich reden. Entweder bekam er erst recht einen Moralischen, oder er brüllte sein Gegenüber an.«

»Hat er geweint?«

»Ich habe ihn nur einmal weinen sehen – vor diesem Tag. Das zweite Mal dann in der Nacht, in der er erschossen wurde.«

»Okay, reden wir von Heiligabend. Fangen wir am Morgen an.«

Tuffy erzählte davon, wie er den Tag verbracht hatte, und berichtete in ermüdenden Einzelheiten von seinen Besuchen bei René, seinen Eltern, seinen Cousins. Schließlich gelangte er zu den Abendstunden in Stoney Mortons Haus.

»Wer war alles dort?«

»Stoney, seine Freundin, mein Bruder Anthony, Stoneys jüngerer Bruder … Ich war dort … Wir sahen uns ein Spiel im Fernsehen an und tranken etwas. Dann klopfte jemand an die Tür … Es war Kenny Marino.«

»Was geschah dann?«

»Er kam rein. Er sagte nicht mal ›Hallo‹ oder so was. Er sprach mich sofort an: ›Angelo, Mr. Moore möchte, daß du so bald wie möglich zu ihm nach Hause kommst.‹ Ich erwiderte ziemlich sauer: ›Kommandier mich nicht rum, ja? Ich bin gerade auf Besuch hier, und ich werde nicht springen und jemand anders besuchen, nur weil der mir ausrichten läßt, daß er mich sehen will.‹ Marino wiederholte aber: ›Mr. Moore möchte dich baldmöglichst sehen.‹ Ich sagte: ›Ich werde ihn besuchen, wenn ich soweit bin … Ich lasse mich von niemandem hetzen.‹«

Kenny hatte Stoneys Haus verlassen, nachdem er ihn »zur Schnecke gemacht« hatte. Tuffy erzählte, daß Mr. Moore ihn bei René zu Hause angerufen und gesagt hatte: »›Heute nacht ist der richtige Zeitpunkt, wenn du verstehst, was ich meine.‹

Ich antwortete, daß ich nicht verstünde, worauf er

meinte: ›Warum kommst du nicht her und findest es raus?‹ Ich wollte eigentlich mit meiner Freundin essen gehen, aber die Sache ließ mir keine Ruhe, also einigte ich mich mit René, daß ich doch zu Mr. Moores Haus fahren würde.«

»Um wieviel Uhr sind Sie dort eingetroffen, Angelo?«

»Zwischen halb neun und neun.«

Im folgenden beschrieb Tuffy, daß Gabby bereits angetrunken war, als er dort ankam; er hatte seine Schuhe ausgezogen und Tuffy aufgefordert, sich einen Drink zu nehmen. Dann habe Moore gesagt, daß er nicht länger warten könne – er wünsche, daß man in dieser Nacht noch auf *ihn* schieße.

»Er fragte, ob ich es tun würde ... Ich lehnte ab, sagte: ›Nein, das werde ich nicht tun‹, worauf er meinte: ›O doch, du wirst. Du wirst es tun.‹«

»Wohin wollte er geschossen werden?«

»Oben in die linke Schulter. Er wollte, daß es nach einem Anschlag auf sein Leben aussah. Er war überzeugt davon, daß das der einzige Weg war, Jerilee rasch zum Einlenken zu bewegen.«

Tuffy berichtete, daß Moore auf seine Weigerung hin gedroht habe: »›Ich werde dafür sorgen, daß man dich wegen des Mordes an Morris Blankenbaker drankriegt.‹ Ich sagte ihm nicht, daß ich es nicht gewesen war. Ich wollte nicht, daß irgend jemand von ihm (Anthony) wußte, nicht einmal er – *niemand* ... Er sagte: ›Ich werde dich wegen dem Mord an Morris hochgehen lassen.‹ Und ich erwiderte ... also, ehrlich gesagt weiß ich nicht mehr genau, was ich darauf antwortete. Nicht viel. Er fragte mich daraufhin, ob ich wüßte, wo die Pistole wäre, ob sie greifbar wäre. Ich verneinte. Er schimpfte mich einen Lügner ... Ich sagte: ›Ich weiß nicht, wo die Pistole ist – sie ist weg. Weit weg von hier. Die Pistole ist vergraben.‹«

Aber das hatte Gabby nicht beeindruckt; er hätte lediglich erwidert, daß sie seinen Wagen holen und eine Schaufel mitnehmen würden. Auf Tuffys weitere Weigerung hin hätte Gabby das Telefonbuch genommen und ihm die Nummer der Polizei gezeigt.

»Er wählte alle Ziffern bis auf die letzte. Er fragte noch einmal, ob ich es tun würde ... Ich sagte: ›Nein, ich werde es nicht tun‹, aber als er dann die letzte Ziffer wählte, gab ich auf und erklärte: ›Okay, ich tu's.‹«

Tuffy hatte gehofft, Gabby die ganze Sache ausreden zu können, bis dieser die letzte Ziffer gewählt hatte. Dann erst sei ihm aufgegangen, daß sein früherer Coach es wirklich ernst meinte.

Vern Henderson hatte das alles schon mal gehört. Er fragte sich, welche Änderungen Tuffy sich diesmal ausdenken würde. Bislang deckte sich die Aussage fast wortwörtlich mit seinem Geständnis auf Band. Ja, Gabby »kippte« große Mengen Whisky, während Tuffy unterwegs war, die Pistole zu beschaffen – ganz so, wie er es in seiner ersten Aussage erzählt hatte.

»Ich versuchte ihm klarzumachen: ›Du hältst den Schuß nicht aus; ich glaube, das würde nicht einmal ich.‹ Ich meine, ich fand schon, daß ich etwas stärker war als er, durchtrainierter. Aber dafür war er kräftiger. Ich versuchte mein Bestes, ihn von seinem Vorhaben abzubringen. Aber er bestand immer nur darauf: ›Nein, ich will es so. Das ist die einzige Möglichkeit, Jerilee zurückzubekommen.‹«

Gabby hatte Tuffy vorgeworfen, Zeit zu schinden, und ihm befohlen: »Geh und hol die Waffe.«

»Haben Sie die Waffe geholt?«

»Ja. Aber ich sagte ihm, daß er irre daherrede, völlig irre.«

Jeff Sullivan und Vern Henderson, die auf die geringsten Abweichungen von der Version auf Band achteten, nahmen wahr, wie Tuffy umschwenkte.

»Was geschah dann?«

»Ich hatte vor einem anderen Wagen geparkt und saß eine ganze Weile in meinem Wagen und redete mit mir selbst. Ich sagte mir: ›Ich werde es nicht tun, ganz egal, was passiert, aber ich werde die Pistole holen und sie ihm zeigen. Vielleicht beruhigt er sich dann, und ich kann noch einmal versuchen, ihn zur Vernunft zu bringen.«

Tuffy erzählte weiter, daß er zweimal hupte, als er seinen

Bruder Anthony und einen Freund vorbeifahren sah. Dann seien sie in Moores Haus gegangen.«

»Gingen Sie auch ins Haus?«

»Ja.«

In dieser Version der Ereignisse erzählte Tuffy, daß er versucht habe, seinen Bruder und seinen Freund dazu zu bewegen, ihm zu helfen, Gabby aus dem Haus zu schaffen, ihn zu einem Besuch oder einem Drink in irgendeiner Kneipe zu überreden. Aber erfolglos. »Gabby war sturzbetrunken. Er schwankte vor und zurück. Er konnte kaum stehen.«

Nachdem die anderen wieder gegangen waren, zog Gabby Hemd und Schuhe aus und fing an, von Jerilee zu reden. Er holte seine Photoalben hervor. Er war nicht von seinem Plan abzubringen.

Tuffy Pleasant war anzusehen, daß die Aussage ihm schwerfiel. Ganz offensichtlich erinnerte er sich an eine Nacht der Verzweiflung. Die Frage war nur, ob er phantasierte – oder eine wahre Begebenheit insoweit veränderte, daß er selbst in einem besseren Licht dastand. Daß er sich diesen ganzen Monolog nur ausgedacht hatte, war äußerst unwahrscheinlich, das hätte wohl seine Ideenkraft überstiegen. Aber es war durchaus möglich, daß er eigennützige ›Erinnerungen‹ einwob in das, was sich an Heiligabend tatsächlich in Gabby Moores Wohnung zugetragen hatte. Der Angeklagte schilderte nun, wie das Telefon zweimal geklingelt hatte, aber Gabby nicht verraten wollte, wer der Anrufer gewesen war. Tuffy sagte, daß Kenny Marino kurze Zeit später bei Moore aufgekreuzt wäre. Kenny sei im Haus geblieben, während er selbst mit Gabby an die frische Luft in den Garten gegangen sei. Nun hatte dieser ihm befohlen, hier auf ihn zu schießen. Tuffy sagte, er habe abgelehnt, woraufhin Gabby ins Haus zurückgetorkelt sei.

»Wo war die Pistole?« fragte Adam Moore.

»Im Haus – rechts vom Sofa auf dem Fußboden. Ich war nervös, weil er (Gabby) gesehen hatte, wo ich die Waffe hingelegt hatte – er hatte die ganze Zeit in meine Richtung gesehen. Ich weiß nicht, ob er nur vom Alkohol benommen war oder an mir vorbeischaute auf die Waffe.«

Tuffy fuhr fort. Er sagte, er hätte die Fliege machen und es Kenny überlassen wollen, sich mit ihrem alten Coach herumzuschlagen. Dann sei ihm wieder eingefallen, daß die Pistole noch im Haus war. »Ich konnte nicht ohne die Pistole gehen. Außerdem waren meine Schlüssel noch im Haus. Meine Jacke ebenfalls. Also sagte ich mir, ich gehe da wieder rein, ich versuche noch ein letztes Mal mit ihm zu reden, und wenn er dann immer noch nicht zur Vernunft kommt, gehe ich endgültig.«

»Als ich durch die Tür kam«, fuhr Tuffy mit angespannter Stimme fort, »als ich gerade die Tür öffnete – fiel ein Schuß. Mr. Moore lag auf dem Boden, und Kenny ließ gerade die Hand mit der Pistole sinken.«

Im Laufe endloser Stunden im Zeugenstand hatte Tuffy sich mit Worten das Blut von den Händen gewaschen. Sein Bruder Anthony hatte demzufolge Morris getötet; sein bester Freund Kenny den Coach Gabby erschossen. Er selbst war zum Zeitpunkt der Morde jeweils nur zufällig in der Nähe gewesen.

Pleasants Verteidiger baten um eine Mittagspause, und Richter Loy kam der Bitte nach, ermahnte jedoch die Zuschauer, auf der Tribüne sitzenzubleiben und kein Wort zu sagen, bis die Geschworenen den Saal verlassen hatten.

Sobald die Tür sich hinter den Geschworenen geschlossen hatte, äußerten Adam Moore und Chris Tait Kritik am Verhalten Jeff Sullivans in bezug auf Tuffys Widerruf seiner Geständnisse. In Abwesenheit der Geschworenen trat Tuffy daraufhin erneut in den Zeugenstand und sagte, daß er sich von Vern Henderson und Jeff Sullivan getäuscht fühle, weil diese nur so getan hatten, als glaubten sie ihm, daß Anthony und Kenny die wahren Schuldigen wären. Jetzt fühle er sich betrogen.

Sullivan erinnerte Tuffy daran, daß er ihn mehrmals darauf aufmerksam gemacht hatte, daß er – wenn er nicht die Wahrheit sagte – wegen zweifachen Mordes vor Gericht gestellt werden würde. Seine Anwälte seien zu dem Zeitpunkt anwesend gewesen. Mit Sullivans Fragen konfrontiert, machte Tuffy einen Rückzieher und gab zu, vor den Konsequenzen gewarnt worden zu sein, wenn er die Detectives und den Staatsanwalt belog.

Tatsächlich hatten Jeff Sullivan und Vern Henderson Tuffy seine zweite Version der Ereignisse geglaubt – immerhin hatten sie Anthony Pleasant und Kenny Marino verhaftet. Als jedoch weder Zeugen noch forensische Beweise Tuffys Behauptungen gestützt hatten, und kein Zusammenhang zwischen den beiden Verdächtigen und den Morden hatte hergestellt werden können, hatten sie ihre Meinung revidiert.

Tuffy Pleasants Zeugenaussage setzte sich noch über Stunden vor der Jury fort. Adam Moore beendete seine Befragung mit einer prägnanten, theatralischen Note. Er bat Tuffy, von Gabby Moores Trophäenkiste zu erzählen.

»Er besaß zahlreiche Wrestling-Trophäen: Stücke, die er von verschiedenen Teams bekommen hatte, die ihn als ihren Coach verehrten, Photos seiner verschiedenen Mannschaften, Bilder seiner diversen Champions, die er im Laufe der Jahre an der Davis High School trainiert hatte. Photos von seinem Sohn waren auch dabei, von der Baseballmannschaft, in der er spielte und den Nationalspielern des letzten Sommers.«

»Was hat Gabby Ihnen am Heiligabend über die Kiste mit den Trophäen erzählt?«

»Er sagte: ›Manche Menschen streben ihr ganzes Leben hiernach‹ – dabei zeigte er auf die Kiste – ›nach Trophäen, danach, jemand zu sein, aber ich habe einen ganzen Kasten davon, ich habe auf diesem Gebiet alles erreicht, was ich mir einmal erträumt habe, und heute wünsche ich mir nur noch eines: Jerilee.‹ Er wollte Jerilee – das war zum größten, zum einzigen Ziel in seinem Leben geworden.«

»Wie alt waren Sie damals?«

»Einundzwanzig.«

»Und wie alt war er?«

»Vierundvierzig, glaube ich.«

»Haben Sie Morris Blankenbaker erschossen?«

»Nein, das habe ich nicht.«

»Haben Sie zu irgendeinem Zeitpunkt seinen Tod gewünscht?«

»Nein, ich habe zu keinem Zeitpunkt Morris Blankenbakers Tod gewünscht.«

»Wußten Sie, daß Ihr Bruder ihn töten wollte?«

»Ich habe zu keinem Zeitpunkt etwas von der Absicht meines Bruders Anthony Pleasant geahnt, Morris Blankenbaker zu erschießen.«

»Haben Sie Talmadge Glynn Moore erschossen?«

»Nein, ich habe nicht auf Mr. Moore geschossen.«

»Haben Sie sich Mr. Moores Tod gewünscht?«

»Nein, das habe ich nicht.«

Angelo Pleasant und seine Anwälte waren ein kalkuliertes Risiko eingegangen mit seiner Aussage. Jetzt stand die gefährlichste Phase bevor. Jeff Sullivan erhob sich, um Tuffy ins Kreuzverhör zu nehmen.

Es gab so viele Lügen und Halbwahrheiten in der Aussage des Angeklagten, die es der Jury vorzuführen galt. Schon nach wenigen Minuten deckte der Staatsanwalt die erste Lüge auf. Tuffy gab zu, daß er die Polizei belogen hatte hinsichtlich der Zeit, zu der er an Heiligabend Gabby Moores Haus verlassen hatte.

»Sie haben also bei Ihren ersten drei, vier oder auch fünf Begegnungen mit der Polizei die Fakten zugegeben, von denen Sie annahmen, daß sie bereits bekannt waren. Ist das richtig?«

»Ja.«

Sich auf die Geständnisse vom 27. und 28. Februar beziehend, fragte Sullivan: »Hat Sie irgend jemand mißhandelt oder sonstwie zu diesen Geständnissen gezwungen?«

»Es hat mich niemand mißhandelt.«

»Hat man Sie zu den Geständnissen gezwungen?«

»Nein.«

Widerwillig beantwortete Tuffy die Fragen zu Gabby Moores Mordplänen.

»Er hat Ihnen von diesen Plänen erzählt, nicht wahr?«

»Er hat davon gefaselt, ja.«

»Aber Sie haben zugehört, richtig?«

»Ich war ja in seiner Wohnung.«

»Er wollte Morris Blankenbaker bei seiner Heimkehr von der Arbeit töten, ist es nicht so? … Wie viele solcher Pläne gab es?«

»Noch zwei weitere. Jeden Dienstag ging Morris mit seinem Sohn zum ›Y‹. Morris sollte vor den Augen Ricks erschossen werden, und wenn der nicht bei ihm war, sollte Morris auf dem Weg zum ›Y‹ erschossen werden. Dabei sollte seine Brieftasche geklaut werden, damit es nach einem Raubüberfall aussah. Bei einem dritten Plan, an den ich mich erinnere, ging es darum, daß Jerilee und Morris morgens im Abstand von fünf Minuten zur Arbeit fuhren. Nachdem Jerilee das Haus verlassen hatte, sollte ich in der Naches Street parken, zum Haus gehen … und anklopfen.«

»Und ihn dann an der Haustür erschießen?«

»Oder in der Diele.«

Der letzte Plan war schließlich ausgeführt worden. Nur daß Tuffy leugnete, geschossen zu haben. Trotzdem war er mit allen Einzelheiten des Tathergangs vertraut. »Er sagte mir, daß Morris einmal ins Herz und dann, wenn er auf dem Boden liege, noch einmal in den Hinterkopf geschossen werden solle, von wem auch immer ….«

»Und Sie haben ihn in den Kopf geschossen?«

»Nein.«

»Aber er wurde doch in den Kopf geschossen?«

»Ja.«

»Ich meine, er wurde genauso getötet, wie es der Plan vorsah, oder nicht?«

»Er wurde nicht ins Herz geschossen«, platzte Tuffy heraus, »also würde ich nicht sagen, daß er genauso getötet wurde, wie Gabby es mir gegenüber geäußert hatte.«

»Ich verstehe«, entgegnete Sullivan sarkastisch. »Nur dreimal in den Kopf. Ist das richtig?«

Sullivan zeigte beim Kreuzverhör, daß er sein Metier beherrschte; beim ersten Anzeichen einer Schwäche preschte er vor. Der Angeklagte war so sehr damit beschäftigt, den Fallstricken auszuweichen, daß er vergaß, an den entsprechenden Stellen angemessene Betroffenheit an den Tag zu legen. Dies entging den Zuschauern nicht, und es dürfte auch den Geschworenen aufgefallen sein.

Genau wie die Lügen und halben Lügen. Es waren so viele.

Tuffy gab zu, daß er vom Chinook Hotel aus leicht in fünf Minuten bei Morris' Haus hätte sein können. Er wußte, daß Morris mit drei Schüssen getötet worden war, hatte aber vergessen, woher er das wußte. Er nannte drei oder vier verschiedene Möglichkeiten und schwächte seine Position immer mehr. Er konnte sich nicht mehr erinnern, was er bei seinem Geständnis auf Band gesagt hatte und schließlich brachte er seine eigenen beiden Aussagen durcheinander.

Jeff Sullivan war wie ein Boxer, der auf eine Lücke in der Deckung seines Gegners wartete. Sobald er eine fand, schlug er zu. Ihm entging nicht die leiseste Unsicherheit, nicht der kleinste Widerspruch. Tuffy Pleasant tanzte auf dem Seil, wacklig und verwirrt.

»Sie wollen mir also sagen, daß er (Gabby) das Ganze nicht sehr sorgfältig geplant hatte?«

»Ich fand, nein – immerhin bin ich heute hier und stehe unter Anklage.«

»O ja, ich verstehe. Natürlich. Ihrer Ansicht nach ist ein Mordplan also dann gut, wenn man nicht erwischt wird?«

»Nein. Ich habe es nicht getan.«

»Er hat Ihnen gesagt, wohin der Mann geschossen werden sollte ..., und er sagte Ihnen, wo Sie Ihren Wagen parken könnten ... Und er beschrieb Ihnen, wie es hinter dem Haus aussah, richtig?«

»Ja.«

»Aber er sagte Ihnen nicht, *wo* das Haus lag. Habe ich das richtig verstanden?«

»Nun ... er hat es *erwähnt*.«

»Warum haben Sie dann heute vor diesem Gericht ausgesagt … daß Sie nicht wußten, wo Morris wohnte? Daß Sie es erst erfahren hätten, als Anthony es Ihnen sagte?«

»Ich wußte nicht genau, in welchem Haus er wohnte.«

Plötzlich war es 17 Uhr. Sullivan hätte das Verhör liebendgern die ganze Nacht über fortgeführt, aber Richter Loy hatte andere Pläne. Die Befragung wurde unterbrochen, doch der Staatsanwalt gedachte, den Faden am nächsten Morgen an derselben Stelle wiederaufzunehmen.

Kapitel 29

Und so geschah es. Hätte Angelo Pleasant sich in einem Ringkampf befunden, hätte er den nächsten Zug seines Gegners vielleicht erahnen können. Aber er war kein Rhetorikexperte und hatte keinen Schimmer, wann Jeff Sullivan ihn aufs Glatteis führte, um eine weitere Ungereimtheit in seiner Aussage aufzudecken. Und Sullivan deckte zahlreiche Lügen auf.

Schließlich stand Adam Moore auf und erhob Einspruch dagegen, daß Sullivan aus Tuffys vorangegangener Aussage zitierte und seinen Klienten dann der Lüge bezichtigte. Richter Loy bat Sullivan, seine Fragen anders zu formulieren.

Es spielte keine Rolle. Bei jeder Abweichung wiederholte Sullivan, was Tuffy zuvor gesagt hatte – in ungläubigem, spöttischem, belustigtem oder auch fragendem Tonfall. Tuffys sorgfältig konstruierte Aussage geriet ins Wanken. Es war nur noch eine Frage der Zeit, bis das ganze Lügengebäude in sich zusammenfiel und Tuffy unter sich begrub.

Hin und wieder forderte Sullivan Tuffy auf, Abschnitte seiner vorangegangenen Darlegungen nachzulesen. Dem Angeklagten trat der Schweiß auf die Stirn. Das, was er vorher berichtet hatte, ließ sich unmöglich mit seinen aktuellen Behauptungen vereinbaren.

»Angelo«, sagte Sullivan, »wollen Sie damit sagen, daß diese Aussage unrichtig war?«

»Ja, das sage ich.«

»Obwohl Sie Ihren Anwälten und mir gegenüber behauptet haben, das wäre die Wahrheit?«

»Manches davon.«

»Manches davon. Dann entsprach also manches von dem, was Sie uns nach Ihrer Verhaftung erzählt haben, nicht der Wahrheit. Habe ich das richtig verstanden?«

»Ja. Damals war ich noch ganz auf mich allein gestellt, Mr. Sullivan. Ich hatte noch niemanden, der sich für mich einsetzte.«

»Und darum beschlossen Sie, uns anzulügen?«

»Ich weiß nicht mehr, was ich damals gedacht habe.«

Sullivan hatte Tuffy zu Aussagen verleitet, die darauf hindeuteten, daß Tuffys einzige Emotion im Zusammenhang mit dem Mord an Morris Blankenbaker Furcht davor gewesen war, erwischt zu werden. Bei Gabby lagen die Dinge völlig anders. Der Coach war so lange Zeit ein so wichtiger Teil von Tuffys Leben gewesen. Sullivan mußte sich auf Tuffys scheinbare Gleichgültigkeit, seinen Mangel an Betroffenheit konzentrieren, als Gabby im Sterben gelegen hatte.

»Angelo«, begann er, »als Glynn Moore sterbend auf dem Küchenboden lag, wußten Sie nicht, ob er tot war oder noch lebte. Sie haben uns erzählt, daß er einer Ihrer besten Freunde gewesen wäre. Und das alles hat Sie so kaltgelassen, daß Sie auf eine Party gegangen sind?«

»Es hat mich nicht kaltgelassen.«

»Aber Sie sind doch zu einer Party gegangen?«

»Später, ja.«

»Angelo, als Sie Mr. Moore da liegen sahen, nachdem *Kenny* ihn erschossen hatte, warum versuchten Sie da nicht, ihm zu helfen?«

»Mr. Sullivan, ich hatte Angst und wollte nicht im Haus erwischt werden. Ich hielt die Waffe in der Hand.«

»Aber Sie haben ihn nicht erschossen, nein?«

»Nein, habe ich nicht. Aber ich hielt die Pistole in der Hand.«

»Sie haben keinen Krankenwagen für ihn gerufen?«

»Nein.«

»Nun, Mr. Moore hatte geplant, von eben jener Waffe verwundet zu werden, aber er wollte auch gleich danach einen Doktor rufen, nicht wahr? Damit seine Verletzung möglichst schnell versorgt wurde?«

»Er wollte eine Freundin anrufen – und falls er sich nach dem Schuß noch stark genug fühlte, wollte er zur Hausbesitzerin gehen, die gleich gegenüber wohnte.«

»Zu Jerilees Schwester?«

»Ja ... Ich hatte ihm gesagt, daß er das niemals schaffen würde.«

»Er lag also da – reglos. Sagten Sie nicht, Sie hätten ihn stöhnen hören oder so etwas?«

»Als ich ging.«

»Als Sie *gingen*?«

»Ich hörte ein Geräusch.«

»Haben Sie zurückgeblickt, um zu sehen, was los war?«

»Nein, ich wollte nur weg.«

Obwohl er mit seiner mehrfach wiederholten Aussage konfrontiert wurde, Gabby Moore habe ihn ›hochgehen lassen wollen‹, leugnete Tuffy stur, an die Gefahr gedacht zu haben, daß Gabby ihn des Mordes beschuldigen könnte. »Ich habe Mr. Glynn Moore nicht erschossen«, wiederholte er.

»Sie wollten ihn töten, nicht wahr, Angelo?«

»Ich habe Glynn Moore nicht getötet. Und es tut mir weh, hier zu sitzen und mir – bei allem Respekt – anzuhören, wie Sie mich wieder und wieder einer Tat beschuldigen, die ich nicht begangen habe. Ich habe diesen Mann wirklich geliebt. Aber als ich ging, nachdem Kenny ihn erschossen hatte, war ich verängstigt und verwirrt und wollte nur weg, um nicht am Tatort erwischt zu werden.«

Als Jeff Sullivan sich schließlich von Tuffy Pleasant abwandte, war es ihm gelungen, die Wahrheit ans Licht zu bringen. Tuffy hatte Morris und auch Gabby erschossen, das war seiner Meinung nach erwiesen. Aber hatte er in Tötungsabsicht die Pistole auf Gabby gerichtet? Oder hatte er lediglich dessen Anweisungen befolgt? Diese Frage war immer noch ungeklärt. Doch er war weggelaufen; soviel stand fest. Vielleicht war Tuffy nicht in der Lage, der Realität ins Auge zu sehen. Vielleicht brachte er es nicht über sich, sich daran zu erinnern, wie er über Gabby hinweggestiegen und einfach gegangen war, während dieser sein Leben aushauchte.

Am Ende hatte Tuffy ›*the man*‹, seinen Mentor, seinen Helden, seinen Freund, sein Idol im Stich gelassen. In gewisser Weise hatte auch Gabby Tuffy im Stich gelassen. Gemeinsam hatten sie Ringermeisterschaften zu ihrem einzigen Ziel erklärt, aber am Schluß hatte Gabby der Ruhm des Sieges nichts mehr bedeutet.

Adam Moore befragte seinen Zeugen ein zweites Mal nach Gabbys Abkehr von alledem, woran sie geglaubt hatten.

»Er sprach von der Kiste mit den Trophäen«, wiederholte Tuffy. »Er sagte, daß manche jungen Männer – und auch einige junge Frauen –, die sehr gute Sportler wären und das Zeug dazu hätten, sich nur richtig anstrengen müßten. Er sagte, er wäre vierundvierzig und hätte seinen eigenen Höhepunkt überschritten. Trophäen würden ihm nichts mehr bedeuten – sein größtes Ziel, seine wichtigste Trophäe im Leben wäre Jerilee ... Ich wäre noch sehr jung und wüßte noch nicht, was das bedeute, aber wenn ich älter wäre, erfahrener, würde ich verstehen, was er meine.«

Tuffy Pleasant war drei Tage im Zeugenstand gewesen. Er hatte an seiner Behauptung festgehalten, daß sein Bruder und sein bester Freund die wahren Mörder wären, aber ihre Aussagen sowie die Aussagen von mehr als einem Dutzend Zeugen würden beweisen, daß Kenny Marino und Anthony Pleasant sich zur fraglichen Zeit nicht einmal in der Nähe der Tatorte aufgehalten hatten. Jeff Sullivan wußte das, weshalb ihm dieser Punkt auch kein Kopfzerbrechen bereitete.

Als Tuffy aus dem Zeugenstand entlassen wurde, ging alles sehr schnell.

Am Samstag, dem 28. August, hielten Adam Moore und Chris Tait einerseits und Staatsanwalt Jeff Sullivan andererseits ihre Schlußplädoyers. Zwei Wochen zuvor hatten sie den Geschworenen versprochen, ihnen bestimmte Fakten zu liefern. Und sie alle hatten sich weitestgehend an die in ihren Eröffnungsplädoyers angekündigten Richtlinien gehalten.

Staatsanwalt Jeff Sullivans Stimme hallte durch den kleinen Gerichtssaal und prallte von den Wänden ab, als er den gesamten Prozeß zusammenfaßte und die Beweise aufzählte, die, wie er sagte, alle auf einen Täter hindeuteten. Sullivan erinnerte an Tuffys Geständnisse auf dem Tonband. »Er hat von Glynn Moore gelernt, daß man, wenn man ein Problem hat, dieses Problem *beseitigt*«, sagte Sullivan. Der Staatsanwalt bezeichnete den Mord an Morris Blankenbaker als »Auftragsmord«.

»Gabby Moore seinerseits wurde getötet, um ihn zum Schweigen zu bringen.«

Jeff Sullivan erklärte, daß Tuffy Pleasant trotz seiner offenen, sympathischen Art eiskalt wäre. »Ein Mann, der zwei Menschen erschießen und anschließend auf eine Party gehen kann ... das nenne ich Kaltschnäuzigkeit. Und mit Hilfe dieser Eigenschaft konnte er auch in diesen Gerichtssaal spazieren und eine solche Aussage machen. Dieser Mann will uns glauben machen, daß er den Punkt, an dem er Moore nach eigenen Anweisungen treffen sollte, um ganze dreißig Zentimeter verfehlt hat. Er hat ihn erschossen ... und wohin ist er dann gegangen? Er holte seine Freundin ab und fuhr zu einer Weihnachtsfeier.«

Adam Moore erklärte im Namen der Verteidigung, daß er Gabby Moore zutiefst verachte dafür, daß er Anthony und Angelo Pleasant sowie Kenny Marino ›in diesen Sumpf gestoßen‹ habe.

Moores Gesichtsausdruck und seine Worte drückten Wut aus, als er Gabby als ›schlecht und verachtungswürdig‹ bezeichnete. Alle im Saal fuhren zusammen, als Tuffys

Hauptverteidiger brüllte: »GOTT! Die größte Tragödie bei dieser ganzen Sache ist die, daß er heute nicht hier sitzt. Ich mache ihn für diese ganze Tragödie verantwortlich.«

Der Verteidiger bebte buchstäblich vor Zorn. »Ich habe zwei Wochen lang mit angesehen, wie der Staatsanwalt versucht hat, Ihnen einzureden, diesen Mann wegen zweifachen Mordes ersten Grades schuldig zu sprechen ... Und mir ist speiübel geworden dabei!« Moore ließ eine Faust auf den Tisch vor sich niedersausen.

Die Zuschauer auf der Tribüne fuhren wieder zusammen.

Dann demonstrierte er wieder einmal, was Gerissenheit war. Er wurde urplötzlich völlig ruhig, ging zu Tuffy Pleasant hinüber und legte seinem Klienten die Hände auf die Schultern. »Ich entschuldige mich für den Gefühlsausbruch, aber die Gefühle sind echt«, sagte er mit brüchiger Stimme. »So empfinde ich nun mal.«

Indem er Freispruch in beiden Fällen forderte, flehte Moore: »Machen Sie ein Ende. Belassen Sie es dabei, daß Gabby Moores Ende seine gerechte Strafe war.«

Für die Zuschauer, für alle jene, die jeden Tag auf der Tribüne dabei gewesen waren, war es vorbei. Viele von ihnen würden vermutlich nicht früh genug von dem Termin der Urteilsverkündung erfahren, um noch rechtzeitig den Gerichtssaal in der Innenstadt von Seattle zu erreichen und zu hören, wie das Urteil verlesen wurde.

In der Fourth Avenue draußen vor dem Gerichtsgebäude war alles ruhig. Es war ein Samstag, und Gerichtstermine an Wochenenden waren eine Seltenheit. Nur wenige Fahrzeuge fuhren die Einbahnstraße hinunter. Fußgänger waren weit und breit nicht zu sehen. Das Gericht war geschlossen, abgesehen von jenem einen Saal, in dem gerade der Prozeß zu Ende gegangen war. Es war immer noch heiß, aber die Sonne war hinter dem Gebäude verschwunden, so daß die Wärme nur noch von den Bürgersteigen aufstieg, die den ganzen Tag Sonne getankt hatten, während die Anwälte drinnen endlos von Tod, Blut und Schuld geredet hatten.

Es schien unmöglich, daß schon zwei Wochen vergangen sein sollten. Alle Prozesse sind faszinierend, aber dieser war spannender gewesen als die meisten anderen zuvor. Die Zuschauer verließen widerwillig den Saal, als wollten sie nicht akzeptieren, daß die Angelegenheit tatsächlich ein Ende gefunden hatte. Sämtliche ›Mitspieler‹, zu Beginn des Prozesses unbekannte Größen, waren mittlerweile allen so vertraut, wie es sonst eher Familienangehörige sind. Es waren viele Geheimnisse enthüllt worden.

Ecke Fourth und James Street drang die Sonne durch die Lücke in den Gebäuden, die von der Eliott Bay ausgehend die James Street säumen, aber die Luft war plötzlich süß und kühl.

Hoch oben in seiner Gefängniszelle wartete Tuffy Pleasant darauf zu erfahren, wie seine Zukunft aussehen würde. Er dachte an ›Zeit‹.

Die acht weiblichen und vier männlichen Geschworenen zogen sich an jenem Samstag abend zurück und berieten fünf Stunden lang, ehe sie ihre Sitzung für diesen Tag beendeten. Richter Loy hatte sie darüber aufgeklärt, daß ihnen mehrere Möglichkeiten offenstanden. Sie konnten im Fall des Mordes an Morris Blankenbaker auf Mord ersten oder zweiten Grades entscheiden. Im Fall Gabby Moore hatten sie die Wahl zwischen Mord ersten Grades, Mord zweiten Grades und *Totschlag*.

Sofern sie nicht zweimal auf ›nicht schuldig‹ erkannten, wie von Adam Moore gefordert, würde Tuffy tatsächlich eine lange Zeit absitzen müssen.

Die Jury-Mitglieder wurden für die Nacht von Samstag auf Sonntag in einem Hotel untergebracht. Am Sonntag setzten sie ihre Beratung fort. Sie hatten eine denkbar schwere Aufgabe zu erfüllen, und sie wußten, daß es in diesem Fall keinen Gewinner geben würde, wie immer ihr Urteil auch ausfallen mochte. Nach langen Diskussionen gaben sie kurz vor sechs am Abend bekannt, daß sie sich schließlich geeinigt hätten.

Es war offensichtlich, daß mehrere der Geschworenen noch Spuren von Tränen zeigten. Kein gutes Zeichen für die Verteidigung. Und die Vermutung bestätigte sich. Der Obmann der Jury, Earl Willey, verlas die Urteile. Die Geschworenen hatten Tuffy Pleasant des Mordes ersten Grades an Morris Blankenbaker für schuldig befunden sowie des Totschlags an Gabby Moore.

Tuffy nahm die Urteile scheinbar emotionslos hin, aber seine Verlobte und seine Mutter brachen in Tränen aus, ebenso viele der Geschworenen. Das Strafmaß sollte nicht mehr an diesem Abend verkündet werden, aber ihn erwarteten einmal ›lebenslänglich‹ wegen Mordes und dann zwanzig Jahre Haft wegen Totschlags. Er wurde sofort zurück in seine Zelle im zehnten Stock des Gerichtes gebracht.

Einige der Geschworenen, die im Flur auf den Fahrstuhl warteten, gingen auf Coydell Pleasant zu. »Das war der schwerste Tag in meinem Leben«, sagte ein Mitglied der Jury, und ein weiteres schluchzte: »Es tut mir leid … Es tut mir so leid«, als es Tuffys Mutter umarmte.

»Hauptsache, Sie haben ehrlich entschieden«, sagte Coydell Pleasant. »Hauptsache, Sie waren ehrlich – mehr kann ich nicht verlangen.«

Eine von ihnen, eine Flugbegleiterin, der ebenfalls Tränen über das Gesicht liefen, sagte einem Reporter: »Das Gesetz hat es verlangt. Wir mußten so entscheiden. Das verdammte Gesetz hat es von uns verlangt.«

Andere Geschworene führten die Frau fort, und ein Bus brachte sie alle zurück zu dem Hotel, in dem sie die vergangene Nacht verbracht hatten. Zu Beginn des Prozesses hatten sie nicht einmal die Namen von Tuffy Pleasant, Morris Blankenbaker oder Gabby Moore gekannt. Jetzt würden sie diese Menschen nie mehr vergessen.

Das Strafmaß wurde am Freitag, dem 10. September 1976, verkündet, in Richter Carl Loys Gerichtssaal am Superior Court von Yakima County. Die Gesetze des Staates Washington ließen Richter Loy soviel Spielraum, daß er Tuffy auf Bewährung freilassen oder aber die Höchststrafe verhängen konnte. Für Mord ersten Grades lautete das Höchststrafmaß zwanzig Jahre, von denen ein Drittel bei guter Führung erlassen werden konnte. Das bedeutete, daß Tuffy dreizehn Jahre und vier Monate absitzen mußte, bevor er seine vorzeitige Entlassung beantragen konnte. Für Totschlag (mit einer tödlichen Waffe) betrug das Höchststrafmaß ebenfalls zwanzig Jahre. Jeff Sullivan forderte, daß die Strafen nicht zeitgleich, sondern nacheinander abzusitzen seien.

Nachdem er die Argumente beider Parteien gehört hatte, verurteilte Richter Loy Angelo »Tuffy« Pleasant beide Male zur jeweiligen Höchststrafe, folgte jedoch dem Antrag der Verteidigung, daß beide Strafen zeitgleich abgegolten werden sollten. Wenn für Tuffy alles gut lief, konnte er 1989 wieder auf freiem Fuß sein.

Am 17. September wurde Tuffy in Ketten vom Yakima County Jail zu einem gefängniseigenen Bus geführt, der ihn zum Staatsgefängnis von Washington in Shelton brachte. Als er das Gefängnis verließ, schenkte er den Reportern sein berühmtes breites Grinsen.

Nachwort

Da Bücher über wahre Verbrechen gewöhnlich kurze Zeit nach einer Verurteilung erscheinen, erfahren die Leser nur selten etwas darüber, wie es weitergeht. Dank meines 1976 noch mangelnden Selbstvertrauens in meine Fähigkeit, ein ganzes Buch zu schreiben, erfuhr ich im Laufe der Jahre zwischen Verurteilung und Entstehung dieses Buches den Rest der Geschichte – oder der Geschichten. Das Leben geht weiter, auch nach den schauderhaftesten Tragödien, auch nach so viel Leid und Schmerz.

Als Talmadge Glynn ›Gabby‹ Moore sein von Besessenheit geprägtes Augenmerk auf Jerilee Blankenbaker richtete, sollten seine teuflischen Manipulationen schließlich das Leben vieler Menschen unwiderruflich verändern. Danach war nichts mehr so, wie es gewesen war, aber die Menschen machten weiter, folgten den neuen Pfaden, die Verlust und Trauer ihnen vorgegeben hatten.

Vern Henderson arbeitete weiterhin für das Yakima Police Department. Er bedauerte, daß Tuffys Vater, Andrew sen., ihm die Schuld an allem gab, wenngleich es ihn nicht überraschte. Er hatte von Anfang an gewußt, daß es so kommen würde, hatte aber keine andere Wahl gehabt.

In einem der Fälle, in denen Henderson Ende der siebziger Jahre ermittelte, ging es um einen organisierten Einbrecherring. Er löste den Fall und sorgte dafür, daß die Täter verurteilt wurden. Sie schworen Rache. Und sie hielten Wort. Verns Haus wurde mit Molotowcocktails in Brand gesetzt und brannte bis auf die Grundmauern nieder. Er trauerte weder Möbeln noch anderen ersetzbaren Gegenständen nach, aber er verlor bei dem Feuer auch viele Photos und Erinnerungsstücke. Das war zuviel. So wie sein Haus abgebrannt war, fühlte auch Vern sich ›ausgebrannt‹.

1978 reichte Vern Henderson beim Yakima Police Department seine Kündigung ein und nahm eine Stelle als Wachmann für die Alaska Pipeline an. Er verbrachte achtzehn Monate in den Weiten Alaskas, eine Zeit, die sich als heilsam erwies. Endlich akzeptierte er den Verlust von Morris und die Zerstörung seiner eigenen Welt.

1980 kehrte Vern nach Yakima zurück und arbeitete dort die nächsten zehn Jahre seines Lebens als Privatermittler für das Büro der Pflichtverteidiger. Seit Anfang der neunziger Jahre ist Vern Henderson für das Büro der Staatsanwaltschaft tätig, erst in Washington und heute in einem Staat im Südwesten. Derzeit befaßt er sich mit Fällen von Schmuggel und Wirtschaftskriminalität sowie internen Ermittlungen.

Der kleine Junge aus Shrevenport, Louisiana, hat sich eine bemerkenswerte Karriere erkämpft und ist ein Vorbild in den Gesetzesvollstreckungsbehörden. Mit seinem Alter von Anfang Fünfzig ist er heute so alt, wie auch Morris wäre, wenn er noch leben würde.

Sergeant Bob Brimmer ist in den Ruhestand getreten und hat endlich Muße, angeln zu gehen, wann immer es ihm beliebt.

Yakima-County-Bezirksstaatsanwalt Jeff Sullivan hat diesen Posten sechs Amtsperioden lang innegehabt. Er war Präsident der Washington Association of Prosecuting Attorneys [Vereinigung der Staatsanwälte des Staates Washington] und der am häufigsten wiedergewählte Staatsanwalt Washingtons. Yakima County ist gewachsen, und Sullivan steht heute dreißig Staatsanwälten und siebzig nichtstaatlichen Mitarbeitern vor. Irgendwie fand er nebenher noch Zeit, seine Frau bei der Erziehung ihrer vier gemeinsamen Kinder zu unterstützen, AAU-Basketballmannschaften zu trainieren – Jungen- und Mädchenmannschaften –, Football-Teams zu betreuen und als Lektor in seiner Kirche zu fungieren. Sein dickes blondes Haar ist heute weiß, und er ist Großvater. Sein ältester Sohn ist Buchhalter, sein jüngster Lieutenant in der Army. Eine Tochter arbeitet erfolgreich als Fernsehproduzentin und die andere als Rechtsanwältin.

Obgleich Sullivan seit dem Fall Pleasant viele, viele Fälle verhandelt hat, bleibt »dieser für mich einer unter den Top ten aller Fälle, mit denen ich mich in zwanzig Jahren beschäftigt habe. Er war ein Glanzlicht meiner Karriere. Es hing so viel daran«, erzählte er. »Eine gute Mischung aus wissenschaftlichen Nachforschungen, guter Detektivarbeit, interessanten rechtlichen Gesichtspunkten – vor allem in der Lügendetektorfrage.« Sullivan räumte ein, daß die lokale Berühmtheit der Hauptpersonen sowie die ›Dreiecksbeziehung‹ dazu beigetragen haben, diese Angelegenheit unvergeßlich zu machen. »Ich habe versucht, anderen diesen Fall zu erklären, aber sie haben mich nur fassungslos angestarrt. Sie können einfach nicht glauben, daß so etwas tatsächlich passiert sein soll. Aber die Wahrheit ist oft seltsamer als Fiktion. Letztendlich verdanken wir die Auflösung des Falles nur dem Umstand, daß Menschen keine Geheimnisse für sich behalten können. Darauf kann man sich wirklich verlassen.«

Sullivans damaliger Stellvertreter Mike McGuigan arbeitet heute als Rechtsanwalt auf Hawaii.

Adam Moore ist immer noch einer der besten Strafverteidiger im Staate Washington, und er und Sullivan kreuzen weiterhin regelmäßig die Klingen. Während ich dies schreibe, bereiten sie sich gerade auf eine weitere Auseinandersetzung vor Gericht vor. Keiner von beiden vermag zu sagen, wie viele gemeinsame Prozesse sie schon hinter sich haben. Adam Moore ist außerdem eng mit Vern Henderson befreundet. Zum Zeitpunkt der Ermittlungen und des Prozesses gegen Tuffy Pleasant wußte es noch niemand, aber damals joggten Adam und Vern bereits jeden Mittag zusammen. In stiller Übereinkunft hatten sie kein Wort über den Fall gewechselt.

Trotz der hämischen Vorhersagen, daß Jerilees Ehe mit Jim Littleton keinen Bestand haben würde, sind sie inzwischen seit über zwanzig Jahren glücklich verheiratet. Nach ihrer Eheschließung lebten sie noch viele Jahre in Yakima. Jerilee wurde erfolgreiche Börsenmaklerin, während Jim einen riesigen Großhandel aufbaute. Schließlich zogen die Littletons dann ›an die Küste‹. In Seattle expandierte Jims Unternehmen sogar noch mehr.

Es hat mich nicht wirklich überrascht, daß es Jerilee widerstrebte, mit mir über die tragischen Ereignisse Mitte der Siebziger zu sprechen. Schließlich trafen wir uns dann doch kurz, und ich konnte sehen, daß sie nicht mehr die verwundbare, geschockte junge Frau war, die ich bei Tuffys Prozeß hatte aussagen sehen. Sie war immer noch schön, aber von eleganterer, reiferer Schönheit. Sie hielt sich gerader und wirkte größer, das glänzende dunkle Haar zu einem Dutt aufgesteckt. Ganz offensichtlich hatte ich eine Frau vor mir, die ihr Leben im Griff hatte – kein Vergleich mehr zu dem Teenager, der 1965 in Tacoma eine Bank betreten und sich um eine Stelle beworben hatte.

Jim Littleton begleitete Jerilee zu ihrem Treffen mit mir. Er war mit Vierzig attraktiver als damals und ganz offensichtlich immer noch sehr verliebt in Jerilee. Es behagte ihm nicht, daß seine Frau an die schlimmen Zeiten der Vergangenheit erinnert wurde. Obwohl sie nie gemeinsame Kinder bekommen haben, haben sie Jerilees und Morris' Kinder Rick und Amanda liebevoll aufgezogen. Rick, inzwischen fast zwanzig Zentimeter größer als Morris und so gutaussehend wie ein Filmstar, ist in Jims Firma beschäftigt. Amanda besuchte zur Zeit unseres Gesprächs das College in Seattle und wollte Lehrerin werden. Beide Kinder waren zu glücklichen, ausgeglichenen Erwachsenen herangewachsen.

Ich verübelte Jerilee nicht, daß sie sich weigerte, mit mir über ihre Gefühle nach den Morden an Morris und Gabby zu sprechen. Das alles war für sie vorbei, und sofern sie noch Bedauern empfand, behielt sie dies für sich. Sie sagte, daß sie vielleicht eines Tages ausführlich mit mir darüber sprechen würde, aber ich habe nie wieder von ihr gehört.

Amanda und Rick hielten engen Kontakt zu Olive Blankenbaker, ihrer Großmutter väterlicherseits. Amanda, die inzwischen geheiratet hat und wieder in Yakima lebt, hat im Februar 1996 ihr erstes Kind zur Welt gebracht. Das Kind wäre Morris' erster Enkel gewesen.

Mike Blankenbaker, Morris' Halbbruder, trat dem Yakima Police Department bei. Obgleich Mike und Olive keine Blutsverwandten waren, nahm er mit der Zeit in ihrem Herzen den Platz eines Sohnes ein. Er verstand, wie sehr sie Morris vermißte, und versuchte, für sie da zu sein. Auf Olives Klavier stehen neben den Hochzeitsfotos von Olive und Ned, Kinderfotos von Morris und Aufnahmen von den Enkeln, auch Fotos von Mike in seiner Polizeiuniform.

René Sandon, Tuffy Pleasants Verlobte und die Mutter seiner beiden Töchter, distanzierte sich nach und nach von dem Liebhaber, der ihr nie wirklich treu gewesen war. Mit neuem Selbstbewußtsein ging sie aufs College, machte ihr Master-Diplom und wurde Studienberaterin. Tuffys Töchter wuchsen zu netten jungen Frauen heran.

Joey Watkins, Tuffys *einstmaliger* bester Freund, ist aus Yakima verschwunden. Niemand weiß, wo er sich heute aufhält und was er macht.

Coydell und Andrew Pleasant sen. bemühten sich, in Yakima mit stolz erhobenem Haupt zu leben, aber für sie war es nie wieder wie früher. Ihr Sohn Anthony wohnte gleich nebenan. Ihre anderen Kinder haben das College abgeschlossen und etwas aus sich gemacht. Vor ein paar Jahren, im Alter von fast siebzig Jahren, lehnte Andrew sen. eine Leiter an die Fassade seines Ladens, um Dachreparaturen vorzunehmen. Während er arbeitete, kippte die Leiter um. Pleasant, der harte Arbeit gewohnt und gut in Form war, rief nicht um Hilfe. Statt dessen versuchte er, vom Dach auf die Ladefläche seines Trucks zu springen. Er schaffte es nicht und verletzte sich schwer. Er starb im Krankenhaus, ohne die Entlassung seines mittleren Sohnes aus dem Gefängnis zu erleben.

Angelo ›Tuffy‹ Pleasant, der davon geträumt hatte, Lehrer und Trainer zu werden, wurde 1989 nicht aus dem Gefängnis entlassen. Er mußte sechs Jahre länger absitzen und verbrachte insgesamt fast zwanzig Jahre hinter Gittern. Ich frage mich, ob er, wenn man ihn vor die Wahl gestellt hätte, seine wenigen Augenblicke des Ruhms nicht gegen ein normales Leben als freier Mann getauscht hätte. Gabby Moore hatte sein Denken auf Ehrgeiz und Hoffnung programmiert und ihn schließlich mit paranoiden Mordplänen manipuliert. Gabbys Absturz war auch Tuffys Untergang gewesen.

Zwei Jahrzehnte zuvor hatte Gabby Tuffy gesagt: »Du verstehst noch nicht, was ich jetzt empfinde, aber wenn du älter bist, wirst du es vielleicht verstehen können.« Jetzt ist Tuffy Pleasant zweiundvierzig Jahre alt, ein Jahr jünger, als es Gabby Moore war, als er Jerilee als die einzige Trophäe bezeichnet hatte, an der ihm noch etwas liege. Ob Tuffy ihn heute versteht? Vielleicht. Vielleicht auch nicht. Niemand würde es ihm verübeln, wenn er seinem einstmaligen Mentor grollte. Gabby hatte wenigstens ein Leben gehabt, eine Frau – zwei Frauen – Kinder, eine wunderbare Trainerlaufbahn. Tuffy, der litt, wenn Gabby litt, hat zwanzig Jahre Gefängnis hinter sich. Wie oft muß er sich vor Augen gehalten haben, daß *»the man«* keinen Gedanken an *seine* Zukunft und *seine* Träume verschwendet hat?

Seitdem er wieder auf freiem Fuß ist, wenn auch nur auf Bewährung, hat Tuffy kaum noch Ähnlichkeit mit dem durchtrainierten jungen Athleten von einst. Nach zwanzig Jahren Gefängniskost und Eingesperrtsein hat er unzählige Pfunde zugelegt. Niemand, der 1976 sein Photo in der Zeitung gesehen hat, würde Tuffy Pleasant heute wiedererkennen. Der Bewährungsausschuß hat Tuffy als ›geeigneten Resozialisierungskandidaten‹ eingestuft und Schulen und Programme empfohlen.

Olive Blankenbaker hat noch erlebt, wie der Mörder ihres Sohnes zu lebenslänglicher Haft verurteilt wurde. Bei ihren Bestrebungen, mich dazu zu überreden, dieses Buch zu schreiben, hat sie mir einige ihrer kostbaren Photos von Morris überlassen. Ich habe sie angenommen, ihr aber gleich gesagt, daß ich nicht glaubte, eines Tages das Manuskript an einen Herausgeber verkaufen zu können, da ich als Autorin keinen Namen hätte. Sie bestärkte mich daraufhin trotzdem verständnisvoll in meinem Schreiben.

Ich habe in den darauffolgenden Jahren nichts von Olive gehört und nahm betrübt an, daß sie ihrem Lungenkrebs-Leiden erlegen war. Ich wußte, daß sie ihre »tödliche« Diagnose akzeptiert hatte. Zehn Jahre später sprach ich als Gastrednerin am Yakima Valley Community College. In der Zwischenzeit hatte ich sechs Bücher veröffentlicht und hielt des öfteren Vorträge über Themen wie Serienmörder und berühmte Verbrecher. Als ich im Anschluß an meinen Vortrag in der Schulbibliothek Bücher signierte, blickte ich auf und sah eine Frau, die mir bekannt vorkam. Ich musterte sie eindringlich und dachte: »Nein, das kann nicht sein. Sie sieht Olive Blankenbaker zum Verwechseln ähnlich.«

Als die Frau an meinen Tisch kam, lächelte sie und sagte: »Ja, ich bin es. Ich habe es letztendlich doch überlebt.«

Olive wollte mehr von mir als nur eine Widmung; sie wünschte sich immer noch, daß ich die Geschichte ihres Sohnes niederschrieb. Ich versprach ihr, es zu versuchen. In den vergangenen zehn Jahren habe ich sie oft in ihrem Mobile-home in Yakima besucht. Sie zieht Blumen und verhätschelt eine Katzenfamilie. Olive und Jerilee haben schon vor langer Zeit Frieden geschlossen. Jerilee, Rick und Amanda halten engen Kontakt mit ihr, sorgen sich um sie und helfen, wo sie können. Als Amanda nach Yakima zurückzog, wurde sie zur größten Stütze ihrer Großmutter.

Mein Versprechen habe ich schließlich doch noch gehalten. Nach zwanzig Jahren war es nicht leicht, die Menschen aufzuspüren, die früher in Yakima, Washington lebten und von denen einige in alle vier Winde verstreut waren. Denn dieses Buch ist nicht nur Morris' Geschichte – es ist auch die Geschichte vieler anderer.

Die Häuser, Gebäude und Straßen in Yakima gibt es alle noch, einige ein wenig verwittert, andere frisch gestrichen. Erst letzte Woche bin ich die Gasse hinter dem großen Holzhaus in der North Sixth Street hinuntergegangen, bin von der Lincoln, auf der Tuffy Pleasant damals seinen Wagen geparkt hatte, in südliche Richtung geschlendert, vorbei an dem Fenster, durch das Gerda Lenberg die hallenden Schritte eines laufenden Mannes gehört hat, bis zu dem Garten, in dem Morris Blankenbaker in einem Schneegestöber starb. Den Maschendrahtzaun, unter dem Vern Henderson damals die entscheidende Patronenhülse fand, gibt es erstaunlicherweise immer noch.

Ich konnte beinahe hören, wie eine Stimme rief: »Morris! Morris!«

Olive Blankenbaker ist fünfundachtzig Jahre alt. Ich bin dankbar, daß sie gewartet hat, bis ich soweit war. Diese Geschichte widme ich nur dir, Olive.

Der Unfall auf dem Highway

Es gibt tatsächlich so etwas wie den perfekten Mord. Jeder Polizist wird zugeben, daß manche Morde nie als solche erkannt werden. Die ganzen beliebten Weisheiten wie ›Mord rächt sich‹ und ›Das perfekte Verbrechen gibt es nicht‹ gehören in das Reich der fiktiven Kriminalromane. Obgleich der Beginn eines hochtechnologisierten Zeitalters forensischer Wissenschaften dem Gesetz einen gewissen Vorteil verschafft, wird es immer Mörder geben, die ungeschoren davonkommen. Und es wird immer Morde geben, die als etwas anderes interpretiert werden.

Die Goldene Regel eines erfahrenen Detectives der Mordkommission, der in einem Todesfall mit ungeklärter Ursache ermittelt, muß immer dahingehend lauten, sich den Schauplatz eines Verbrechens sehr genau anzusehen. Zuerst muß er einen Mord annehmen, als nächstes einen Suizid und erst als letztes einen Unfall. Erst wenn er alle anderen Möglichkeiten ausgeschlossen hat, sollte er eine natürliche Todesursache feststellen.

Trotzdem kommt es immer wieder vor, daß Mörder durch die enggeknüpften Maschen pflichtbewußter Ermittler schlüpfen. Der folgende Fall, einer der interessantesten in der Geschichte Oregons, wäre vielleicht nie untersucht worden, wenn nicht aufmerksame Polizisten und mißtrauische Nachbarn Fragen gestellt hätten. Die unglaubliche Geschichte, die hierbei ans Licht kam, deckte die häßliche Wahrheit über eine Ehe auf, die nach außen hin glücklich wirkte, obgleich sie mit Lügen und Verrat durchsetzt war.

Die Geräusche, die durch die Schlafzimmerwand des Doppelhauses im ländlichen Salem, Oregon, drangen, waren zu laut und beunruhigend, um unbemerkt zu bleiben. Es war früh am Morgen des 25. Februar 1976, als Marilee* und Doug Blaine* denselben Traum oder besser Alptraum hatten. Mitten in der dunklen Winternacht aus dem Schlaf gerissen, setzten sie sich im Bett auf. Doug tastete nach dem Lichtschalter.

Sie konnten eine Frau immer wieder schreien hören: »Nein! Nein! Nicht!« Darauf folgte Stille und dann ein leiserer Laut, der wie ein Stöhnen klang und abrupt verstummte.

Blaine blickte auf den Wecker neben dem Bett und sah, daß es 3 Uhr 02 war. Er und seine Frau besprachen, was sie tun sollten. Obgleich sie das Paar in der Wohnung nebenan noch nie hatten streiten hören, waren sie sich darin einig, daß sie wohl Zeugen eines Ehekrachs geworden waren. Es widerstrebte ihnen zutiefst, sich in etwas einzumischen, das sie nichts anging. Was sollten sie tun? Nebenan klopfen und fragen, was los wäre? Oder vielleicht an die Wand hämmern? Anrufen konnten sie nicht, weil sie nicht einmal wußten, wie ihre Nachbarn hießen, geschweige denn, wie ihre Telefonnummer lautete.

Es gab keine weiteren Schreie. Sie versuchten weiterzuschlafen. Aber Doug Blaine ließ der Zwischenfall keine Ruhe, und er wälzte sich ruhelos hin und her, wobei er die nackten Baumäste beobachtete, die sich vor der Straßenlaterne draußen grotesk im Wind bogen.

Nach einer Weile glaubte er zu hören, wie die Haustür nebenan geöffnet wurde. Blaine stieg aus dem Bett und schlich, ohne Licht zu machen, ins Wohnzimmer. Obwohl er sich vorkam wie ein neugieriger Eindringling, trat er dann lautlos nach draußen und blieb lauschend in der eisigen Nacht stehen, wohl wissend, daß sein Wagen ihn vor Blicken verbarg. Alles wirkte völlig normal. Die Autos der Nachbarn standen beide in der Auffahrt: ein VW Käfer und ein Chevy Vega. In der Ferne bellte ein Hund, und die Bäume ächzten im Wind, aber ansonsten war kein Laut zu vernehmen.

Wieder im Haus, hörte Blaine nur das Ticken der Uhren und das Anspringen des Heizungsbrenners. Er legte sich wieder hin, und er und seine Frau versuchten erneut einzuschlafen.

Etwa zwanzig Minuten lang herrschte völlig Stille, aber dann hörten sie, wie nebenan Schubladen geöffnet und wieder geschlossen wurden, Schranktüren knarrten und Bettfedern quietschten. Obwohl er sich langsam albern vorkam, stand Blaine erneut auf und blickte aus dem Wohnzimmerfenster. Diesmal sah er den Nachbarn etwas zum Vega tragen, möglicherweise Wäsche oder Bettzeug. Er ging mehrmals zwischen Haus und Wagen hin und her. Dann setzte er sich ans Steuer und startete den Motor. Ohne den Wagen im Stehen warmlaufen zu lassen, setzte er rückwärts aus der Einfahrt, gab auf der Straße Gas und verschwand den Cedar Court hinunter.

Inzwischen hellwach, überlegten die Blaines, ob sie etwas unternehmen müßten. Es sah aus, als hätten ihre Nachbarn sich gestritten und als wäre der Ehemann auf und davon, um sich abzureagieren. Sie kannten ihre Nachbarn nur flüchtig vom Sehen. Die Frau war immer freundlich, aber ihr Mann machte einen ziemlich überheblichen Eindruck. Und wenn sie nicht einmal den Namen ihrer Nachbarn kannten, wußten sie schon gar nicht, wie es um ihre Ehe stand. Die einzigen Gelegenheiten, bei denen es nebenan laut zugegangen war, waren Partys gewesen, und das war nicht oft vorgekommen.

Es war schon halb fünf, als die Blaines schließlich übereinkamen, daß sie die Polizei verständigen sollten; sie konnten die Schreie nicht vergessen, die sie gehört hatten. Wenn die Frau wohlauf war, würden sie sich zwar ein wenig lächerlich vorkommen, aber das war ihnen ihr Seelenfrieden wert.

Ihr Anruf in der Funkzentrale des Sheriff-Büros von Marion County ging um 4 Uhr 47 ein. Corporal Tim Taylor und Deputy Ralph Nicholson wurden zum Cedar Court geschickt. Sie klopften an die Tür der adretten Doppelhaushälfte, aber niemand öffnete. Da die Blaines den Nachnamen ihrer Nachbarn nicht kannten, gab Taylor der Zentrale das Kennzeichen des VWs durch, der vor dem Haus stand, und bat darum, den Halter zu ermitteln. Der Beamte erfuhr, daß als Eigentümer Lori Susan* und Walter Louis Buckley* eingetragen waren. Taylor bat die Zentrale, die Telefonnummer der Buckleys nachzuschlagen und bei ihnen anzurufen. Kurz darauf hörten sie das einsame Klingeln eines Telefons in einer verlassenen Wohnung.

Sofern jemand da war, wollte – oder konnte – er nicht abheben.

Die Blaines waren absolut sicher, daß die Frau nicht mit ihrem Mann in dem Vega davongefahren war. Sie zeigten auf ihren Wagen, den Käfer, der noch vor dem Haus stand. Tim Taylor setzte sich mit dem Besitzer des Doppelhauses in Verbindung. Obgleich es noch sehr früh am Morgen war, sagte dieser, er würde sofort mit einem Zweitschlüssel rüberkommen und den Beamten Zutritt verschaffen.

Die Tür zur Doppelhaushälfte der Buckleys schwang auf, und die Deputys traten ein. Ihnen fiel sofort auf, daß die Wohnung blitzblank war. Zögernd sahen die Beamten in jedes Zimmer und riefen die Namen des Paares. Keine Antwort. Es gab nicht viele Räume zu überprüfen; das Haus umfaßte ein Wohn- und Eßzimmer, eine Küche und zwei Schlafzimmer. Das Schlafzimmer auf der südöstlichen Seite sah aus, als würde es als Lagerraum benutzt. Eine Schublade einer Kommode stand offen. Sonderbarerweise lag davor ein Haufen Walnüsse.

Das Elternschlafzimmer – nach Südwesten gerichtet – grenzte an das der Blaines. Es war ebenso ordentlich wie der Rest des Hauses. Das Doppelbett war abgezogen worden, und auf der Matratze lagen frische Laken, als hätte jemand angefangen, das Bett neu zu beziehen.

Es gab keine sichtbaren Zeichen von Gewalt. Die fehlende Bettwäsche war merkwürdig, aber Doug Blaine hatte ja gesagt, es hätte ausgesehen, als würde Buckley Wäsche zum Wagen tragen. Nun, genau zu diesem Zweck gab es ja Waschsalons, die rund um die Uhr geöffnet hatten. Die Leute wuschen zu allen Tages- und Nachtzeiten.

Obgleich er in der leeren Wohnung nichts Verdächtiges hatte feststellen können, gab Tim Taylor der Zentrale durch, daß das Haus bei Tag noch einmal untersucht werden sollte. »Bis dahin werden die Bewohner vermutlich zurück sein«, sagte er.

Taylor ließ seine Visitenkarte auf dem Eßtisch zurück, zusammen mit einer Nachricht, in der er die Buckleys bat, bei ihrer Rückkehr das Büro des Sheriffs anzurufen. Dann konnten sie den Zwischenfall zu den Akten legen.

Aber der Anruf aus der Wohnung der Buckleys blieb aus. Sechs Stunden später kehrte Deputy Bernie Papenfus zurück zu der Adresse am Cedar Court und klopfte an die Tür. Es schien immer noch niemand zu Hause zu sein. Jetzt bei Tageslicht entdeckte Papenfus jedoch einen winzigen roten Fleck auf der Vordertreppe. Es sah aus wie getrocknetes Blut. Wieder kam der Vermieter, der sich ebenfalls seltsam beunruhigt fühlte, nachdem er um fünf an diesem Morgen die Polizisten in die Wohnung gelassen hatte, mit dem Schlüssel vorbei.

Flüsternd betraten Papenfus und der Vermieter die Wohnung. Sie war hell und gut gelüftet; die Sonne schien durch die Fenster. Die Wohnung war gemütlich und geschmackvoll eingerichtet, mit Gemälden, Pflanzen und einem Weinregal mit Flaschen, die den Namen der Buckleys auf dem Etikett trugen. Korblampen und -beistelltische vervollständigten das Mobiliar. Im Wohnzimmer lag nichts herum – nicht einmal eine Zeitschrift oder Zeitung.

Sie gingen hinüber ins Schlafzimmer; Papenfus' geübtes Auge entdeckte einen weiteren roten Fleck, der auf dem rostfarbenen Teppich kaum auszumachen war. Trotzdem wirkte im Raum zunächst nichts ungewöhnlich.

Aber Cops bemerken Dinge, die anderen nicht auffallen. Papenfus fühlte, wie seine Kehle sich ein wenig zusammenzog, als er registrierte, daß die blaugeblümte Matratze nicht ganz gerade auf dem Bettgestell lag. Er hob sie hoch.

Die Unterseite der Matratze war voller frischer, noch feuchter Blutflecken.

Er schaute sich nun eiliger um und suchte nach weiteren Hinweisen darauf, daß sich in der kleinen Doppelhaushälfte ein gewalttätiger Streit abgespielt hatte. Er brauchte nicht lange zu suchen. Auf dem Handtuchregal und auf der Schwelle zur Küche fanden sich weitere getrocknete rote Schlieren. Die Spuren auf dem Teppich waren verwischt, als hätte jemand versucht, sie zu entfernen.

Deputy Bernie Papenfus hatte genug gesehen; in der vergangenen Nacht hatte sich in diesem Zimmer etwas Schreckliches ereignet. Bewußt darauf verzichtend, das Telefon der Buckleys zu benutzen, meldete er sich über Funk in Sheriff Jim Heenans Büro und bat darum, daß Detectives sich des ›mutmaßlichen Mordes‹ annahmen.

Lieutenant Kilburn McCoy und Sergeant Will Hingston verließen ihre Büros in Salem und fuhren zu der Adresse am Cedar Court. Lieutenant James Byrnes, der Vorgesetzte der Detectives, und Detective Dave Kominek hatten Salem sehr zeitig verlassen, um an einer Drogenkonferenz in Portland teilzunehmen. Unterwegs nahm McCoy über Funk Kontakt zu Byrnes auf und teilte ihm mit, daß diverse Spuren im Haus der Buckleys höchst verdächtig aussähen.

Byrnes sollte also doch nicht nach Portland fahren.

Kilburn McCoy erfuhr, daß Lori Buckley, sechsundzwanzig, die sechste Klasse an der Highland Elementary School in Salem unterrichtete. Möglicherweise befand sie sich in ihrem Klassenzimmer. Das würde erklären, warum sie um elf an diesem Mittwoch vormittag nicht daheim anzutreffen war. Er rief in der Schule an und erfuhr, daß Lori Buckley nicht dort war. Sie hatte jedoch für Ersatz gesorgt, da sie an diesem Morgen einen Zahnarzttermin hatte und erst am Nachmittag wieder unterrichten sollte. Die Schulverwaltung wußte nicht, bei welchem Zahnarzt Lori einen Termin vereinbart hatte, gab den Detectives jedoch Telefonnummern von Lori Buckleys Angehörigen, die ihnen möglicherweise würden weiterhelfen können.

Während sie darauf warteten, daß die Angehörigen von

Lori Buckley sich meldeten, sahen die Detectives sich in der Wohnung der Doppelhaushälfte um. Sie fanden immer mehr Blutspuren in der ansonsten tadellos sauberen Wohnung.

Was immer hier passiert war, die Wohnung mußte versiegelt werden. Hingston und Papenfus spannten schwere Seile und trennten so das gesamte Grundstück vom Gehweg aus ab. Dann stellten sie ein Schild auf, auf dem stand POLIZEIABSPERRUNG: BETRETEN VERBOTEN. Sie rechneten beinahe damit, daß Lori und Walt Buckley heimkamen und fragten, was um alles in der Welt das zu bedeuten habe. Aber es kam niemand, abgesehen von neugierigen Autofahrern, die Seil und Schild begafften.

Als er endlich den Namen von Lori Buckleys Zahnarzt wußte, rief McCoy in dessen Praxis an, wo man ihm mitteilte, daß Lori nicht zu ihrem Termin erschienen war. Sie hatte zu einem Beratungsgespräch vor einer langwierigen Zahnbegradigungsmaßnahme kommen wollen. Der Arzt hatte sich Sorgen gemacht, weil sie ihren Termin nicht wahrgenommen und auch nicht telefonisch abgesagt hatte. Er teilte dem Detective mit, daß sie immer angerufen und abgesagt hätte, wenn sie einen Termin nicht hatte einhalten können.

Lori Buckleys Eltern trafen in dem Haus ein, besorgt und völlig ratlos. Sie unterhielten sich draußen mit den Detectives, da abgesehen von der Polizei niemand das Haus betreten durfte, bis die Spurensicherung ihre Arbeit beendet hatte. Sie erzählten, daß Lori und Walt seit vier Jahren glücklich verheiratet wären. Lori unterrichtete, seit sie am Oregon College of Education ihren Abschluß gemacht hatte. Walt besuchte die Oregon State University in Corvallis. Er stand kurz davor, sein Wirtschaftsprüferdiplom zu machen. Kürzlich, so Loris Eltern, habe Walt sich beim FBI beworben. Er hatte ihnen von dem fünfzehnseitigen Formular erzählt, das er hatte ausfüllen müssen, und über die Einzelheiten gelacht, die das Büro über jede Facette seiner Vergangenheit hatte wissen wollen.

Auf die Frage, ob sie eine handgreifliche Auseinandersetzung zwischen Lori und Walt für möglich hielten, reagierten ihre Eltern verblüfft. Etwas Derartiges konnten sie sich einfach nicht vorstellen. Das war unmöglich. Die Ehe von Lori und Walt sei immer harmonisch gewesen. Sie hatten nie erlebt, daß es zu Handgreiflichkeiten jedweder Art gekommen wäre.

Die Detectives von Marion County fragten sich, ob vielleicht die Möglichkeit bestand, daß jemand in der Nacht in die Wohnung der Buckleys eingebrochen war. Doug Blaine hatte zugegeben, daß er die Nachbarn nur flüchtig kannte. Er hatte einen Mann zum Wagen seines Nachbarn gehen sehen und geglaubt, daß es sich um den Mann handle, der nebenan wohnte, mußte aber zugeben, daß er sich auch geirrt haben könnte. War es möglich, daß die Buckleys von jemandem entführt worden waren, der einen von ihnen – oder beide – verletzt hatte?

Doug Blaine erklärte, daß er Lori Buckley nicht gesehen habe. Nur ihren Mann, die Arme voller Wäsche.

Wie auch immer Lori die Wohnung verlassen hatte, sie war nicht mehr dort, soviel stand fest. Das ergab eine gründliche Durchsuchung der Wohnung. Sie befand sich weder in einem der Schränke noch in irgendwelchen Hohlräumen. Sie und ihr Mann waren verschwunden.

Das forensische Labor des States Oregon sowie das ID Büro in Portland schickten Kriminalisten zum Tatort. Sergeant William Zeller und die Trooper [Staatspolizisten; Anm. d. Übers.] Sherie Kindler, Cliff Daimler und George Matsuda reisten sofort an, um zu helfen. Chief Jim Byrnes und Detective Dave Kominek befanden sich bereits auf dem Rückweg von Portland.

Es war offensichtlich, daß in der Wohnung jemand schwer verletzt worden war. Die Blutflecken auf der Matratzenunterseite maßen zwischen zehn und fünfundzwanzig Zentimeter im Durchmesser. Eine solche Menge Blut konnte nicht von einer kleinen Schnittwunde herrühren.

Doug Blaine beschrieb den Detectives noch einmal, was er gehört hatte. »Ich habe vorher noch nie einen solchen Laut gehört. Es war eine Art stöhnender Aufschrei, als würde jemand verletzt – anders als wenn man beispielsweise die Kaffeekanne umschmeißt und sich erschreckt.«

Das Sheriffbüro schickte an alle Polizeidienststellen der Umgebung eine Beschreibung des vermißten Ehepaares. Sie wurden beschrieben als Walter L. ›Walt‹ Buckley, sechsundzwanzig, 1,75 m groß, hundertundachtzig Pfund schwer, hellbraunes Haar und Schnauzer. Lori Buckley, 1,65 m groß, hundertunddreißig Pfund schwer, langes braunes Haar. Bei dem ebenfalls vermißten Fahrzeug handelte es sich um einen hellgrünen Chevrolet Vega mit dem Oregoner Kennzeichen DRY-255.

Die Detectives klapperten die Nachbarschaft am Cedar Court ab, auf der Suche nach weiteren Zeugen, die in den frühen Morgenstunden etwas Ungewöhnliches gesehen oder gehört hatten. Sie fanden niemanden.

Eine umfassende kriminaltechnische Untersuchung der Wohnung und des gepflegten Gartens förderte weitere ungewöhnliche Gegenstände zutage oder solche, die nicht an ihrem Platz waren. Auf der Küchenanrichte lag ein Flaschenverschluß der Marke Tap, und Fetzen von einem ›Tap‹-Etikett sowie Splitter einer Glasflasche wurden unter der Nähmaschine im Schlafzimmer entdeckt. Hinter dem Schrank an der nördlichen Wand fanden sich weitere, blutverschmierte Glassplitter. In der Badewanne und auf dem Stöpselregler zeigten sich ebenfalls Spuren von Blut.

Die sauberen, noch gefalteten, geblümten Bettlaken auf der blauen Matratze wiesen Blutflecken auf. Ein Herren-T-Shirt Größe L und ein Pullover in einem Wäschekorb im Schlafzimmer waren fleckig von einer roten Flüssigkeit. Sämtliche Blutspuren wurden analysiert, und alle entsprachen Blutgruppe A.

Vom Polizeirevier in Lincoln City, einem Ferienort an der Küste von Oregon, kam eine verblüffende Reaktion auf die Vermißtenmeldung des Sheriffs. Die Kollegen berichteten, daß eine gewisse Lori Buckley an diesem Morgen bei einem Autounfall am Van Duzer Corridor ums Leben gekommen war. Der Corridor ist ein gewundener Highway zwischen den Küstenstädten am Pazifik und den Städten im Landesinneren. Der Unfall hatte sich fast fünfzig Meilen von ihrer Wohnung entfernt ereignet.

Die Detectives schüttelten den Kopf. Wie war das möglich? Wie konnten die Blaines um 3 Uhr früh durch ihre Schlafzimmerwand Schreie gehört haben, wenn Lori so weit entfernt in einen Unfall verwickelt worden war? Hätten sie an Gespenster geglaubt, was nur sehr wenige Detectives tun, hätten sie vielleicht ein Phänomen der übernatürlichen Art vermutet.

Es erforderte einige Anrufe seitens des Detectives aus Marion County, bis sie in Erfahrung gebracht hatten, daß Walt Buckley lebte, aber bei dem Unfall, der seine Frau das Leben gekostet hatte, verletzt worden war. Die Oregon State Police teilte ihnen mit, daß er in ein Krankenhaus in Lincoln City in Lincoln County gebracht worden war.

Die nächste Information, die mit diesem immer sonderbareren Fall in Zusammenhang zu stehen schien, kam von Sergeant Lee Miller vom Sheriffbüro von Polk County. Polk County liegt zwischen Marion County und Lincoln County, und die Buckleys mußten auf der Fahrt nach Lincoln City durch das Gebiet gefahren sein. Miller berichtete, daß ein Anhalter im Unterholz entlang der Mill Creek Road in Polk County einen Stapel blutiger Bettwäsche gefunden habe – Laken, Decken, ein Bettuch und einen Matratzenschoner. Jim Byrnes überprüfte die Beschreibung der Bettwäsche anhand der Liste, die in der Wohnung der Buckleys erstellt worden war, und stellte zahlreiche Übereinstimmungen fest.

Byrnes und Dave Kominek fuhren von Salem rüber an die Küste. Beamte der Spurensicherung holten aus Polk County die blutgetränkte Bettwäsche, die an der schmalen unbefestigten Landstraße gefunden worden war, zu Untersuchungszwecken ab.

Als Jim Byrnes und Dave Kominek am Schauplatz des tragischen Autounfalls eintrafen, war der Vega der Buckleys bereits abgeschleppt worden. Um 16 Uhr 20 parkten sie am Meilenstein 14 auf dem Highway 18, sich wohl bewußt, daß es bald dunkel werden würde. Trotzdem war noch gut zu erkennen, wo der Vega von der Straße abgekommen war. Das Fahrzeug hatte die Vegetation am Straßenrand umgepflügt und war dann etwa vier Meter tief in ein Kiefernwäldchen gestürzt. Die beiden Ermittler aus Marion County bemerkten, daß es weder Schleuder- noch Bremsspuren auf dem Randstreifen gab – nur sauber parallel verlaufende Reifenspuren in der weichen Erde.

Dic Oregon State Trooper Michael Luka und Wayne Price waren als erste am Unfallort gewesen. Der Fahrer eines Holztransporters hatte über CB-Funk Hilfe herbeigeholt. Der Trucker hatte den Polizisten erzählt, daß er kurz nach acht an diesem Morgen einen Mann am Straßenrand hatte liegen sehen. Er hatte einen Krankenwagen rufen können, indem er seinen Notruf über zwei andere CB-Funker weitergeleitet hatte.

»Dann stieg ich aus und lief rüber, um dem Mann zu helfen.«

»Hat er etwas gesagt?« hatte Luka wissen wollen.

Der Lastwagenfahrer hatte den Kopf geschüttelt. »Er sagte nur immer wieder ›Lori, Lori‹. Ich sah runter durch die Bäume und entdeckte da unten einen grünen Wagen.«

Luka und Price berichteten den Detectives aus Marion County, daß sie Lori Buckley außerhalb des Vega gefunden hatten. Ihre Füße wären teils unter der rechten Tür eingeklemmt gewesen und unter ihrem Kopf hätte ein Kissen gelegen. Jemand hatte sie mit Mänteln zugedeckt. Aber Lori Buckley war schon lange tot gewesen, als die Trooper sie gefunden hatten.

Sie hatten ihre Leiche unten im Tannenwäldchen photographiert und dann in ein Leichenschauhaus bringen lassen. Ihr Mann, Walt Buckley, war nach Lincoln City ins Krankenhaus gebracht worden.

Es bestand kein Zweifel daran, daß das Ehepaar Buckley, das auf dem Van Duzer Corridor verunglückt war, identisch war mit Walt und Lori Buckley vom Cedar Court. Aber Jim Byrnes und Dave Kominek versuchten immer noch zu ergründen, *wie* sie dorthin gekommen waren, immerhin lag Lincoln City am Pazifik.

Walt Buckley hatte Trooper Price gegenüber eine Aussage zum Unfallhergang gemacht – vor Ort und noch einmal später im Krankenhaus. Er hatte Price erklärt, daß er und seine Frau am vergangenen Nachmittag aus Salem aufgebrochen wären. Sie hätten zum Abendessen an die Küste fahren wollen und tatsächlich im beliebten Pixie Kitchen in Lincoln City gegessen. Dann hätten sie sich ein kleines Stück nach Süden begeben, um in der gemütlichen Salishan Lodge noch etwas zu trinken. Gegen Mitternacht hätten er und seine Frau die Heimfahrt angetreten, und auf dieser Fahrt zurück nach Salem sei es dann zu dem Unfall gekommen.

Buckley sagte, sie hätten die ganze Nacht in dem Graben neben der Straße gelegen und auf Hilfe gewartet. Er habe getan, was er konnte, damit seine Frau es möglichst bequem und warm hatte.

Der Sanitäter, der Buckley ins Krankenhaus gebracht hatte, erzählte den Detectives, daß Buckley sehr angespannt gewesen war – so angespannt, daß er die Arme vor der Brust verschränkt gehalten hatte. Seine beiden Hände waren zu Fäusten geballt und voller Erde und Gras. Er hatte die Augen geschlossen gehalten und unzusammenhängendes Zeug gemurmelt, während der Notarzt ihn auf Verletzungen untersucht hatte. Obgleich es anfangs so schien, als sei er schwer verletzt, hatte sich herausgestellt, daß seine Verletzungen nur oberflächlich waren.

Es machte alles den Eindruck eines tragischen, ganz normalen Unfalls. Auf Bitten ihres Mannes sollte Lori Buckleys Leiche so bald wie möglich einbalsamiert werden. Der Leichenbestatter, der sie vom Unfallort abgeholt hatte, war am Mittwochnachmittag jedoch so beschäftigt gewesen, daß mehrere Stunden verstrichen, ehe er mit der Einbalsamierungsprozedur beginnen konnte. Er hatte soeben den ersten Schnitt durchgeführt – eine Inzision der Oberschenkelarterie – als das Telefon klingelte und Dave Kominek ihm befahl, sofort aufzuhören. Die Leiche sollte unangetastet bleiben, bis die Unfallermittlungen abgeschlossen waren.

Kominek fuhr zum Bestattungsinstitut und sah sich die Leiche von Lori Buckley an. Er registrierte sofort, daß sie zahlreiche Schnittwunden im Gesicht und an den Schultern aufwies. Es würde einer Obduktion bedürfen, um die genaue Todesursache festzustellen, denn ihre Verletzungen schienen viel zu schwer zu sein, um von einem Autounfall herzurühren, bei dem das Fahrzeug nur so leicht beschädigt worden war wie der Vega. Das Auto war nur minimal am rechten Kotflügel und am Kühlergrill lädiert. Die Windschutzscheibe auf der rechten Seite, dort wo Lori gesessen hatte, war in einem großen ›Spinnennetz‹ geplatzt, aber nicht wirklich zerbrochen. Es handelte sich um Sicherheitsglas ohne scharfe Kanten, die ihr die Schnittwunden im Gesicht und am Oberkörper hätten zufügen können. Merkwürdig.

Kominek wurde die Kleidung ausgehändigt, die Lori Buckley getragen hatte, als sie gefunden worden war. Er sah sich die blutgetränkte blau-weiß karierte Bluse und die Jeans genau an. Die Kleidung wies weder Schnitte noch Risse auf.

Detectives aus Marion County stellten eben auch das scheinbar Offensichtliche in Frage. Sie fragten das Personal im Pixie Kitchen und in der Salishan Lodge nach dem Abend des 24. Februar, um zu erfahren, ob sich vielleicht jemand daran erinnerte, die Buckleys bedient zu haben. Im Pixie Kitchen, das gewöhnlich rappelvoll war, war es am Dienstag abend ziemlich ruhig gewesen, aber keine der Kellnerinnen wußte von dem Paar. Eine der Bedienungen meinte, daß sie sich ganz sicher an Lori erinnern würde, da sie lange gespart hatte, um ihrer Tochter eine Zahnspange bezahlen zu können, und ihr jeder mit einem ähnlichen Zahnproblem auffiel. Die Kassiererin des Pixie Kitchen gab an, daß am Dienstag abend niemand mit Schecks oder Kreditkarten aus einer anderen Stadt bezahlt hatte.

Die Bedienungen und der Barmann in der Salishan Lodge waren ebenfalls absolut sicher, den Buckleys keine Drinks serviert zu haben.

Es würde Tage dauern, bis die Ergebnisse der räumlich ausgedehnten Ermittlungen koordiniert und ausgewertet werden konnten. Lieutenant Jim Byrnes wollte mit Walt Buckley sprechen. Vielleicht hatte ja Buckley eine Erklärung dafür, aus welchem Grund seine Geschichte gewisse Lücken aufwies.

Byrnes unterhielt sich zuerst mit den Krankenschwestern der Notaufnahme am Lincoln City Hospital. Sie hatten Walt Buckley um 9 Uhr morgens behandelt, nachdem der Krankenwagen ihn abgeliefert hatte. Eine der Schwestern sagte, seine Arme wären ganz steif gewesen und hätten gezittert. Außerdem habe es den Anschein gehabt, als hätte er unter Schock gestanden. Er habe immer wieder dieselben Sätze gerufen. »Lori – wo ist sie? Ich konnte nicht mehr bremsen. Lori hat geschrien. Ich konnte die Blutung nicht stillen,« und »es ist meine Schuld«.

»Wenn das gespielt war, ist er ein verdammt guter Schauspieler«, bemerkte die Krankenschwester. Sie sagte, Buckley hätte ins Leere gestarrt und immer wieder geweint, während er medizinisch versorgt worden war.

Eines war allerdings sonderbar gewesen. Walt Buckleys Füße waren eiskalt gewesen, wie nicht anders zu erwarten bei jemandem, der in einer kalten Februarnacht Stunden im Freien gelegen hatte. Aber sein *Körper* war warm gewesen – so warm, daß seine Temperatur sogar ein Grad höher gewesen war als normal. Dem Personal war es seltsam vorgekommen, daß er keine Anzeichen einer Unterkühlung aufwies.

Sie hatten Walt Buckley ein Sedativum gespritzt, woraufhin er ein wenig ruhiger geworden war. Er hatte davon erzählt, daß er und Lori ausgegangen wären. Er sagte, er wäre auf dem College und würde in Kürze seinen Abschluß als Wirtschaftsprüfer machen. Außerdem hatte er erklärt, daß Lori an diesem Morgen einen Termin beim Zahnarzt hatte, um sich eine Zahnspange anpassen zu lassen. Als die Schwester gefragt hatte: »Ist Lori Ihre Frau?«, war er jedoch wieder in Tränen ausgebrochen.

Jim Byrnes mußte bis fast 18 Uhr warten, ehe ihm

erlaubt wurde, mit Walt Buckley zu sprechen. Ein Arzt überzeugte sich vorher davon, daß Buckleys Gesundheitszustand auch eine Befragung durch die Polizei erlaubte. Als der Arzt Walts Zimmer verließ, nickte er zustimmend. »Er möchte mit Ihnen sprechen und ist voll da«, sagte er.

Jim Byrnes hatte eine ziemlich genaue Vorstellung dessen, was mit Lori Buckley geschehen war. Er glaubte nicht, daß Lori zum Zeitpunkt des Unfalls noch gelebt hatte; er war vielmehr ziemlich sicher, daß sie tot oder zumindest schwer verletzt gewesen war, als der Vega vor 4 Uhr 30 am Morgen den Cedar Court verlassen hatte.

Jetzt las Byrnes Walt Buckley in Anwesenheit von Dave Kominek seine Miranda-Rechte vor, und der Witwer unterschrieb die MIR-Karte, während Byrnes ihn scheinbar beiläufig zu einigen Einzelheiten befragte, die nichts mit dem Unfall zu tun hatten. Er wollte ganz sichergehen, daß Buckley auch völlig bei Bewußtsein war, wenn er ihn zum Tod seiner Frau befragte. Byrnes stellte überrascht fest, daß der Mann so wach war, wie vom Arzt bescheinigt.

Auf die Frage, ob er sich an die Ereignisse der vergangenen Nacht erinnere, wiederholte Walt Buckley zuerst eine Version, die im großen und ganzen mit jener übereinstimmte, die er vorher bereits den Staatsbeamten erzählt hatte. Er sagte, Lori wäre sehr müde gewesen, als sie am Vortag aus der Schule gekommen war. Er hatte vorgeschlagen, daß sie essen gehen sollten, damit sie nicht zu kochen brauchte. Lori war sofort einverstanden gewesen, und so waren sie gegen sechs losgefahren in Richtung Küste. Er schätzte, daß sie gegen acht im Pixie Kitchen in Lincoln City gegessen hatten.

»Was haben Sie bestellt?« fragte Byrnes scheinbar beiläufig.

»Ich habe mich an der Salatbar bedient, und Lori nahm den ›Bunten Teller‹.«

Anschließend, fuhr Buckley fort, wären sie zur Salishan Lodge gefahren, hätten ein paar Absacker getrunken und dann einen Strandspaziergang unternommen. Die Strände in Oregon sind wunderbar eben und weitläufig bei Ebbe, und es gehen ständig Touristen dort spazieren. Trotzdem fragte Byrnes sich, wie viele Leute wohl Lust verspürt haben mochten, um 22 Uhr an einem windigen, kalten Abend im Februar über den Strand zu schlendern.

Er behielt seine Gedanken jedoch für sich.

Buckley fuhr fort und erzählte, daß es schon sehr spät gewesen sei, als sie nach Hause aufgebrochen waren. Viel zu spät, um ehrlich zu sein. Ihm war gar nicht bewußt gewesen, wie erschöpft er war. Mit einem tiefen Seufzer gestand er, am Steuer eingeschlafen zu sein.

»Das letzte, woran ich mich erinnere, ist, daß Lori meinen Namen rief und der Wagen von der Straße abkam.«

Walt Buckley standen Tränen in den Augen bei der Erinnerung daran, wie er versucht hatte, seiner Frau zu helfen. Er hatte Lori zugedeckt, so gut es ging, und sich Mühe gegeben, mit ihr zu sprechen, aber sie hatte keinerlei Reaktion gezeigt. Schließlich war er dann die Böschung hinaufgekrochen, in der Hoffnung, einen vorbeifahrenden Wagen auf sich aufmerksam machen zu können. Aber sie hatten Stunden dort gelegen, ehe schließlich der Holztransporter gehalten hatte.

Jim Byrnes ließ bewußt eine Pause entstehen, Stille senkte sich herab. Weder er noch Kominek sagten ein Wort, während Buckley auf seine Hände starrte. Dann erzählte der Lieutenant Walt Buckley, daß das Sheriffbüro sehr früh an diesem Morgen Deputys zu ihm nach Hause geschickt hatte – und was sie dort vorgefunden hatten. Er fragte Buckley, wer um 3 Uhr früh in seiner Wohnung geschrien und gestöhnt haben mochte, wenn er und seine Frau von Mitternacht an neben ihrem Fahrzeug gelegen hatten. Wessen Blut die Matratze durchweicht und im ganzen Haus verräterische Spuren hinterlassen hatte.

Jim Byrnes, dessen eisblaue Augen schon Dutzende von Verdächtigen eingeschüchtert hatten, beobachtete sehr genau Buckleys Reaktion. Trotz des Sedativums wurde Buckley nervös. Schweiß trat ihm auf die Stirn, und er seufzte tief. Und dann begann Walt Buckley, seine Behauptung, seine Frau sei bei dem Unfall ums Leben gekommen, zu modifizieren – in dem Bestreben, seine Aussage mit den Fakten in Einklang zu bringen, die den Detectives bereits bekannt waren. Eine vollständige Aussage verweigerte er.

Statt dessen redete er um das herum, was sich ereignet hatte, näherte sich etwas Entsetzlichem an, um dann in unwesentliche Details auszuweichen. Er bestätigte vieles, ohne wirklich irgend etwas zuzugeben. Er sagte, daß er Lori nicht hätte weh tun wollen, erzählte, wie er sie hinten in den Wagen gelegt habe, und erwähnte dann, daß er glaubte, sie auf der Fahrt durch Salem stöhnen gehört zu haben.

Hinten in den Wagen? *Salem*? Buckley hatte seine Geschichte von dem Unfall auf dem fünfzig Meilen von Cedar County entfernten Highway abgeändert, und Byrnes erkannte, daß er von dem sprach, was sich in seinem Wohnort ereignet hatte.

»Ich fuhr zu einer Arztpraxis am Highway, aber es brannte kein Licht«, sagte Buckley schwach.

Unter den eindringlichen Blicken Jim Byrnes' und Dave Komineks wiederholte Walt Buckley wieder und wieder: »Ich wollte nach Hause.«

Was meinte er damit? War Buckley mit seiner toten oder sterbenden Frau an die Küste gefahren, hatte es sich dann anders überlegt und kehrtgemacht? Möglich.

Walt Buckley hatte Angst; er fürchtete sich vor dem, was mit ihm passieren würde, wenn er die ganze Wahrheit sagte.

Byrnes fragte ihn, ob er Bezirksstaatsanwalt Gary Gortmaker kenne. (Gortmaker war kurz zuvor im Krankenhaus eingetroffen. Der Anwalt sah sich in Mordfällen immer persönlich am Tatort um und arbeitete eng mit der Polizei zusammen.)

»Ich kenne ihn nicht persönlich, habe aber von ihm gehört«, entgegnete Buckley.

»Würden Sie mit ihm sprechen?«

Buckley nickte, und Byrnes und Kominek verließen das Zimmer.

Gortmaker rückte einen Stuhl an Walt Buckleys Bett und

beantwortete seine Fragen zu den rechtlichen Konsequenzen der Situation. Nachdem sie sich mehrere Minuten lang in aller Ruhe unterhalten hatten, trat Gortmaker wieder auf den Flur und teilte Jim Byrnes und Dave Kominek mit, daß Walt nun bereit sei, ihnen zu erzählen, was tatsächlich mit Lori Buckley passiert sei.

Die Geschichte, die Walt Buckley erzählte, bewies wieder einmal, daß niemand wirklich weiß, was sich hinter den verschlossenen Türen seiner Nachbarn tut. Hinter der freundlichsten Fassade können sich Szenen abspielen, die unsere wildesten Phantasien übertreffen. Was nach außen hin wie eine glückliche Ehe erscheint, kann tatsächlich eine tickende Zeitbombe sein. Während sie Walt Buckley zuhörten, erkannten die Detectives bald, daß die ordentliche und geschmackvoll eingerichtete Doppelhaushälfte am Cedar Court kein richtiges Zuhause gewesen war, sondern nur Kulisse, vor der sich ein Riesenbetrug abspielte.

Walt Buckley gab zu, daß es in seiner Ehe Dinge gab, von denen nicht einmal Lori etwas gewußt hatte. Er sagte, es sei ihm nicht nur Wochen oder Monate, sondern über Jahre, gelungen, ein Doppelleben zu führen.

Ihre Verwandten und Freunde sowie Loris Kollegen waren der Überzeugung gewesen, daß beide eine perfekte Ehe führten, wovon die Detectives aus Marion County sich vor Ort bereits hatten überzeugen können. Jeder, mit dem sie im Rahmen der Fahndung nach den Buckleys gesprochen hatten, hatte sie als zärtliches Ehepaar bezeichnet.

Lori Buckley hatte in der Schule immer einen glücklichen Eindruck gemacht, war beliebt und eine kompetente Lehrkraft. Sie hatte oft von Walts bevorstehendem Collegeabschluß gesprochen. Obgleich sie ihre Arbeit liebte, hatte Lori es kaum erwarten können, daß Walt ins Berufsleben einstieg, damit sie selbst kündigen und für eigene Kinder sorgen konnte. Andererseits schien es ihr nie etwas ausgemacht zu haben, alleiniger Brötchenverdiener in ihrer Ehe zu sein. Sie hatte von ihrem Lehrergehalt nicht nur die Rechnungen bezahlt, sondern auch Walts Studium finanziert.

Und sie hatte nie irgendwelche Streitigkeiten erwähnt – weder ihren Verwandten noch Freunden oder Kollegen gegenüber.

Als Walt Buckley anfing, von seinem *wahren* Leben zu erzählen, erinnerten sich die Detectives, daß gemeinsame Freunde Lori und Walt als ›ein schönes Paar‹ beschrieben hatten. Sie hatten beide gern Tennis gespielt, und mehrere Freunde hatten sich erinnert, daß Lori und Walt oft ganz spontane Dinge taten – wie beispielsweise an die Küste zu fahren. Auch hatten sie ihre Ferien sorgfältigst geplant; im Sommer 1975 hatten sie einen Trip nach Europa unternommen.

Jeder, den die Ermittler befragt hatten, hatte bestätigt, daß Lori an ihrem letzten Tag in der Schule so fröhlich gewesen war wie immer. Möglich, daß sie müde gewesen war, wie Walter in seiner ersten Aussage behauptet hatte, weil sie Überstunden gemacht und bei den Vorbereitungen eines Chili-Essens in der Schule geholfen hatte. Die Detectives wußten, daß sie gegen 16 Uhr 20 Uhr heimgefahren war.

Niemand – *niemand* – hatte Walt Buckley als aufbrausenden oder gewalttätigen Ehemann beschrieben.

Jetzt wurde jedoch rasch deutlich, daß er Lori vieles verheimlicht hatte. Ja, sie hatte sein Studium finanziert. Sie hatte geglaubt, er würde in Kürze seinen Abschluß als Wirtschaftsprüfer machen. Sie war so stolz auf ihn gewesen und ganz aufgeregt bei dem Gedanken, daß er möglicherweise Spezialagent beim FBI werden könnte.

Aber das Ganze war nur eine unglaublich komplizierte Farce gewesen. Tatsächlich war Buckley 1974 von der Oregon State University geflogen – ein akademischer Ausschluß. Daraufhin hatte er sich am Linn-Benton Community College immatrikuliert, aber jeder, der seine Unterlagen prüfte, würde bald feststellen, daß er nie irgendwelche Kurse abgeschlossen hatte. Er hatte nicht einmal die Studiengebühren bezahlt. Buckley hatte jeden Morgen mit einer Aktentasche das Haus verlassen, als ginge er zum College, aber das war nur Theater gewesen: In seiner

Aktentasche hatten sich keine Lehrbücher befunden, sondern *Playboy-* und *Penthouse*-Hefte. Er verbrachte seine Tage, wie es ihm gefiel, und kehrte dann zur entsprechenden Zeit nach Hause zurück, als wäre er auf dem College gewesen.

Aber Buckleys Lügengeschichte war noch komplexer, als die Untersuchungen von Detective Kominek es offenbart hatten. Als er in der Wohnung der Buckleys diverse Unterlagen durchgegangen war, auf der Suche nach einem Hinweis darauf, wo das Ehepaar sich aufhalten könnte, hatte Kominek entdeckt, daß Walt Buckley Loris Buchhaltung und ihre Haushaltsabrechnungen frisiert hatte. Offensichtlich hatte Lori jeden Monat Schecks ausgestellt, um die verschiedenen Rechnungen zu begleichen, und diese dann Walt gegeben, damit er sie abschickte. Aber er hatte die Schecks nicht eingeworfen, sondern statt dessen Geldanweisungen über geringere Summen ausgestellt und eingesandt. Dadurch waren die meisten Rechnungen nur zum Teil bezahlt, und es hatte sich einiges an Schulden angehäuft. Kominek hatte mehrere überfällige Forderungen entdeckt, und er hatte gesehen, daß jemand Rechnungen gefälscht hatte, um dies zu vertuschen.

Es schien, als hätte Walt Buckley Geld von ihrem gemeinsamen Bankkonto abgestaubt, aber auch das war nicht auf den ersten Blick erkennbar, da er das Geld nicht abgehoben, sondern lediglich Schecks über geringere Beträge ausgestellt hatte. Es gab keine Erklärung für diese doppelte Buchführung, es sei denn, er hätte geplant, irgendwann in der Zukunft eine sehr große Summe Bargeld abzuheben.

Walt Buckley hatte tatsächlich ein fünfzehnseitiges Bewerbungsformular des FBI ausgefüllt, so wie er es allen erzählt hatte, und es trug das Datum des 19. Februar, sechs Tage vor dem Mord an Lori. Aber er hatte seine Bewerbung nie eingesandt.

Natürlich wußte Walt Buckley, daß das FBI ihn niemals einstellen würde. Er hatte weder einen Collegeabschluß in Buchhaltung, noch hatte er die letzten zwei Jahre das College besucht.

Buckley fuhr mit seinem Geständnis fort und beschrieb das Kartenhaus, das schwindelnde Höhen erreicht hatte, bis es schließlich unweigerlich hatte einstürzen müssen. Vielleicht hatte Lori Buckley an dem Abend, der der letzte in ihrem Leben sein sollte, entdeckt, daß Walt sein Studium längst abgebrochen hatte. Walt würde kein Diplom bekommen, sie würde nicht kündigen können, und es würde auch keine Babys geben. Aber am schlimmsten war wohl die Erkenntnis, daß der Mann, dem sie blind vertraut hatte, sie über *Jahre* belogen hatte.

Buckley sagte, Lori wäre am Dienstag abend wütend auf ihn gewesen, weil er im Wohnzimmer gesessen und seine ›Zeit mit Fernsehen verschwendet‹ hätte.

So hatte es angefangen, zumindest in Walt Buckleys Erinnerung. Sie hatten wegen des Fernsehens gestritten. Er war vor dem Fernseher auf dem Sofa eingeschlafen, und sie hatte den Apparat ausgeschaltet und ihn einen ›verfluchten Mistkerl‹ genannt. Als er eingeschlafen war, war Lori mit Nähen beschäftigt gewesen. Er konnte nicht mit Sicherheit sagen, was sie so wütend gemacht hatte.

Auch wie lange sie die Wahrheit bereits gekannt hatte, wußte er nicht. Es mußte ein Riesenschock für sie gewesen sein, als all ihre Zukunftspläne geplatzt waren wie Seifenblasen. Sie waren mit ihren Rechnungen in Verzug, und sie hatte sich gefragt, wo das viele Geld geblieben war. Sie hatte jedem gegenüber geprahlt, wie gut Walt auf dem College vorankam; sogar eine Abschlußfeier hatte sie für ihn geplant.

Walt sagte, Lori wäre sauer auf ihn gewesen – so sauer, daß sie um 3 Uhr nachts gedroht hatte, zu ihrer Mutter zu fahren. Als er das Schlafzimmer betreten hatte, hatte sie gerade ihre Bluse übergezogen. »Als sie sagte, sie würde zu ihrer Mutter fahren, griff ich nach der Literflasche und schlug damit auf Lori ein, bis sie zersplitterte.«

»Was war das für eine Flasche?« fragte Byrnes.

»Ich habe mit einer Diätcolaflasche von Tab oder Safeway auf sie eingeschlagen.«

Er war nicht sicher, um was für eine Flasche es sich

genau gehandelt hatte. Er sagte, er könne sich nur erinnern, daß es eine Literflasche aus Weißglas gewesen war. »Ich weiß nicht mehr, ob die Flasche schon beim ersten Schlag zerbrochen ist.«

Er erinnerte sich, daß Lori auf dem Bett gesessen hatte und die Flasche auf der Kommode stand, als er das Zimmer betrat.

»Sie war wütend, sie wollte, daß ich aufhörte, vor der Glotze zu hocken, und statt dessen wieder zur Schule ging. Ich wollte sie nicht enttäuschen. Aber ich rastete aus, griff nach der Flasche und schlug sie. Ich warf die Bettdecken über sie, um die Blutungen zu stillen. Alles war voller Blut.«

Buckley erzählte weiter, daß er Lori und die blutige Bettwäsche zum Wagen getragen hatte und aus der Stadt gefahren war. Aber er war sicher, daß er sie auf der Cherry Avenue noch hatte stöhnen hören. Er behauptete, daß er daraufhin auf einem Parkplatz gehalten hatte, jedoch feststellen mußte, daß Lori tot war. Er wußte, daß er nicht mehr nach Hause zurück konnte, und so war er in Richtung der Wälder in Polk County gefahren. Er hatte Loris Leiche und das Bettzeug tief im Wald verstecken wollen.

»Ich konnte sie nicht einfach liegenlassen«, sagte er bedauernd. Statt dessen hatte er das Bettzeug und eine Tüte mit Flaschensplittern in der Nähe von Buell, Oregon, abgeladen. Aber die Leiche seiner Frau dort zurückzulassen oder in den Fluß zu werfen, brachte er nicht über sich.

Buckley fuhr fort, daß er nicht mit seiner Tat fertiggeworden wäre und sich mit einer Flasche umbringen wollte. Aber er brachte nicht den Mut dazu auf. Also war er weitergefahren und hatte einen Unfall vorgetäuscht, indem er bewußt den Wagen die Böschung hinuntergelenkt hatte.

Die Windschutzscheibe war bei dem Unfall nicht zerbrochen, und so hatte Buckley nachgeholfen. Dann hatte er die Leiche seiner Frau aus dem Wagen geholt und neben das Fahrzeug gelegt. Hierauf war er zur Straße hinaufgeklettert. Er gab zu, den Troopern erzählt zu haben, er wäre am Steuer eingeschlafen.

»Hatten Sie getrunken – irgendwelche Drogen genommen?« fragte Jim Byrnes.

Buckley schüttelte den Kopf. »Ich habe an diesem ganzen Tag nur einen einzigen Drink gehabt. Und ich habe noch nie Speed oder Barbiturate genommen.«

Er hatte keine Entschuldigung für den Mord an seiner Frau, keine richtige. Er sagte, daß er keine gesundheitlichen Probleme hätte und auch noch nie einen Blackout hatte. Er wußte nur, daß sie gestritten hatten.

Jim Byrnes verhaftete Buckley um 20 Uhr 25; eine Wache wurde über Nacht vor seinem Zimmer postiert, bis er ins Marion-County-Gefängnis überstellt werden konnte.

Ein Teil des Rätsels war gelöst. Lori Buckleys Mörder befand sich in Polizeigewahrsam, aber die Ermittlungen waren noch nicht abgeschlossen. Die Frage, warum Walt Buckley mit solcher Brutalität auf Lori eingeschlagen hatte, ließ den Detectives keine Ruhe.

Dave Kominek nahm an Loris Autopsie teil, die vom staatlichen Leichenbeschauer, Dr. William Brady, sowie Dr. Joseph Much, dem zuständigen Leichenbeschauer von Marion County, durchgeführt wurde. Lori Buckley hatte mehrere tiefe, klaffende Wunden auf dem Kopf, an Stirn, Hals, Nase, Schultern und dem oberen Rücken davongetragen. Unterhalb der Brüste waren keine Wunden feststellbar, abgesehen von Verletzungen, die sie sich vermutlich zugezogen hatte, als sie sich verzweifelt versucht hatte, vor den scharfen Kanten der zerbrochenen Flasche zu wehren.

Lori hätte aufgrund dieser Verletzungen schlimme Narben zurückbehalten und viel Blut verloren, aber Dr. Brady war der Ansicht, daß sie nicht daran gestorben wäre. Keine der Wunden, die ihr mit der Flasche zugefügt worden waren, war tödlich. Der Tod war durch Ersticken herbeigeführt worden, wenn auch nicht durch Erwürgen. Der Zungenbeinknochen ganz hinten in ihrem Hals war nicht gebrochen, und es gab auch keine Finger- oder Strangulierspuren. Wahrscheinlicher war, daß der Mörder Lori ein

Kissen auf das Gesicht gedrückt hatte. Ihre Lungen waren auf ein Maximum ausgeweitet und blaß, was auf eingeschlossene Luft hindeutete. Vielleicht hatte Walt Buckley nur ihre Schreie ersticken wollen.

Walt Buckley wäre um Haaresbreite mit einem Mord durchgekommen. Wenn die Nachbarn nicht daheim gewesen wären und niemand Loris Schreie gehört hätte, wäre der Autounfall nicht so genau untersucht worden. Lori Buckley wäre einbalsamiert und begraben worden, und ihr Witwer hätte von allen Mitleid und tiefes Bedauern erfahren. Er hätte reichlich Zeit gehabt, zu ihrer gemeinsamen Wohnung zurückzufahren, die blutige Matratze und die Glassplitter zu vernichten und die Blutflecken wegzuwischen. Da jeder, sogar ihre engsten Freunde und Verwandten, davon überzeugt gewesen waren, daß sie eine perfekte Ehe führten, wären vielleicht nie Fragen aufgekommen.

Aber es waren Unklarheiten entstanden, und hierauf folgten gründliche Polizeiermittlungen. Der Vega wäre vermutlich nicht überprüft worden, wenn die Staatspolizei nicht vorgewarnt gewesen wäre. Als der Wagen nämlich untersucht wurde, ergaben sich viele Anhaltspunkte, die gegen einen Unfall sprachen. Die Techniker fanden heraus, daß die Windschutzscheibe auf der Fahrerseite von innen zertrümmert worden war, jedoch nicht von einem runden, stumpfen Gegenstand wie einem menschlichen Kopf, sondern vielmehr von einem spitzen, harten Instrument, bei dem das Zentrum der Kraft sich auf einen kleinen Punkt konzentriert hatte.

Der Rücksitz war heruntergeklappt, und hinten im Wagen sowie in der Ersatzreifenmulde fanden sich Spuren von Blut der Gruppe A. Ein goldfarbener Teppich hinten im Wagen war blutverschmiert. Lori hatte auf ihrer letzten Fahrt nicht auf dem Beifahrersitz gesessen, sondern – bereits tot – hinten im Fond gelegen.

Ihre blauen Turnschuhe und eine zerbrochene ›Tab‹-Flasche lagen vorn im Fußraum, zusammen mit einem blutigen Handtuch.

Als man sie mit den bereits bekannten Fakten in Verbindung brachte, erwies sich die in dem Wald in Polk County gefundene Bettwäsche als überaus wichtig. Für sich allein, ohne den Zusammenhang zu den anderen Informationen, die Detectives und Kriminalisten aufgetan hatten, wäre es unmöglich gewesen, den Besitzer des Bettzeugs zu ermitteln, und es wäre wohl auch nicht mit einem tödlichen Unfall in einer anderen County in Verbindung gebracht worden. So aber ergab sich, daß das Bettzeug identisch war mit anderen Bezügen, die in der Wohnung der Buckleys gefunden wurden. Die Glassplitter, die von einer zerbrochenen Flasche stammten, waren mit Blut der Gruppe A verschmiert, Loris Blutgruppe. Ein Küchenhandtuch, das um ein Flaschenstück gewickelt war, entsprach jenen, die Lori daheim verwendete. Insgesamt waren zweiundzwanzig einzelne Gegenstände aus dem Wald sichergestellt und als Beweisstücke gekennzeichnet worden.

Walt Buckley wurde von Sheriff Heenan und Undersheriff Prinslow nach Salem zurückgebracht und wegen Mordes verurteilt.

Lori Buckley wurde am Montag, dem 1. März beerdigt. Lori war begeisterte Outdoor-Sportlerin gewesen und hatte häufig für die Sechstkläßler Ausflüge zum Camp Cascade organisiert. Ein Gedenkfonds wurde zugunsten des Camps ins Leben gerufen, der ›Camp Cascade Memorial Fund in Honor of Lori Buckley‹.

Als die Polizei einen Film entwickelte, der in der Wohnung der Buckleys gefunden worden war, zeigten die Bilder eine fröhliche Familienfeier, offensichtlich zu Ehren von Lori und Walt. Es gab mehrere Aufnahmen des Paares. Walt sah sehr gut aus mit seinem vollen dunkeln Schnauzer; Lori ihrerseits war einnehmend hübsch. Auf einem Bild hatte Walt seiner lächelnden Frau schützend einen Arm um die Schultern gelegt; auf einem anderen hielten die beiden einen Korb mit Blumen und Champagner.

Lori bekam diese Photos nicht mehr zu sehen.

Walt Buckley hatte schon lange mit einer Lüge gelebt. Vielleicht fürchtete er, daß Lori ihn verlassen würde. Vielleicht liebte er sie auf seine Art wirklich. Vielleicht hatte er aber auch nur daran gedacht, daß er das bequeme Leben verlieren würde, das er an Loris Seite geführt hatte, und war in Panik geraten. Und er war rasend geworden vor Wut, als sie ihn in seinem männlichen Stolz angegriffen und ihm verächtlich vorgeworfen hatte, sie die ganze Verantwortung allein tragen zu lassen, während er in den Tag hineinlebte.

Walt Buckley bekannte sich in der ersten Aprilwoche 1976 des Mordes für schuldig und wurde zu einer lebenslänglichen Haftstrafe verurteilt.

Sheriff Jim Heenan sagte zu dem Fall: »Eines weiß ich bestimmt. Keiner der Beamten, die diesen Fall bearbeitet haben, wird einen Unfall je wieder ohne Argwohn betrachten können.«

Im Gefängnis war Walt Buckley wochenlang depressiv und verdrießlich. Mit der Zeit entwickelte er sich zum vorbildlichen Häftling. Nach gut zehn Jahren wurde er auf Bewährung entlassen. Er heiratete wieder, gründete eine Familie und fand eine Anstellung beim Staat Oregon. Ironischerweise führt er heute das Leben, von dem Lori damals träumte.

Mord ohne Leiche

Trotz der häufigen falschen Verwendung bezeichnet der Begriff ›corpus delicti‹ keineswegs die Leiche selbst, sondern die greifbaren, physischen Beweise für ein Verbrechen. Ein Angeklagter kann auch dann wegen Mordes verurteilt werden, wenn die Leiche seines Opfers nie gefunden wird, allerdings nur dann, wenn es genügend eindeutige Beweise dafür gibt, daß tatsächlich ein Mord begangen wurde. Und dann müssen Polizei und Staatsanwaltschaft in der Lage sein nachzuweisen, daß zum Zeitpunkt des Verbrechens eine Verbindung zwischen dem Verdächtigen und seinem Opfer bestanden hat. Es gibt jedoch nur wenige Staatsanwälte in Amerika, die den Mut besitzen, mit einer Mordanklage vor Gericht zu gehen, wenn sie den Geschworenen weder eine Leiche noch einen Autopsiebericht vorweisen können.

In Oregon war das letzte Mal im Jahre 1904 jemand ohne Leiche wegen Mordes verurteilt worden. Es sollte zweiundsiebzig Jahre dauern, ehe ein junger Bezirksstaatsanwalt in Columbia County wieder einen solchen Schritt wagen sollte – gegen den Rat vorsichtigerer Kollegen, die bezweifelten, daß er, oder sonst jemand, diesen Fall gewinnen konnte.

Das Opfer war eine hübsche junge Frau, die sich sicher war, gute Menschenkenntnis zu besitzen. Sie vertraute dem Mann, der sie verehrte und ihr den Hof machte, weil sie glaubte, daß sie diejenige wäre, die ihre Beziehung kontrollierte. Ihr Urteilsvermögen ließ sie dieses eine Mal im Stich.

Marty Sells ist Bezirksstaatsanwalt von Columbia County in Oregon. Es scheint höchst unwahrscheinlich, daß ausgerechnet dort ein Mordfall aufgeklärt und zum Lehrfall forensischer Wissenschaften werden sollte. Die Columbia County reicht so viel weiter nach Nordwesten als der Rest von Oregon, daß es beinahe wirkt, als handle es sich um ein Stück von Washington, das durch den Columbia River von diesem Nachbarstaat abgetrennt wird. Es ist keine große County, sie umfaßt lediglich siebenhundertundvierundvierzig Quadratmeilen mit insgesamt nur einunddreißigtausend Einwohnern. Sells war ein ehemaliger Lehrer, der sich mit großem persönlichem Einsatz seinen Traum erfüllt hatte, Jurist zu werden. Tagsüber erarbeitete er den Unterhalt für seine junge Familie, und abends studierte er Jura. Sells, der einen für seinen Berufsstand seltenen Sinn für Humor besaß, sollte zwei Jahrzehnte lang Bezirksstaatsanwalt von Columbia County bleiben und zum Präsidenten der Oregon District Attorneys Association gewählt werden.

In der zweiten Februarwoche 1976 stellte sich Marty Sells der größten Herausforderung seiner Karriere.

Rainier, Oregon, ist ein kleiner Ort mit weniger als zweitausend Einwohnern. Er liegt am Ufer des Columbia River, inmitten einer Waldlandschaft, etwa zwanzig Meilen nördlich der County-Hauptstadt St. Helens. Eine Brücke von täuschend instabilem Aussehen verbindet Rainier mit Kelso-Longview auf Washingtoner Seite des großen Flusses. Bis zu jenen Ereignissen am 9. Februar wurde Rainier nur selten in den Nachrichten erwähnt; es war ein Ort wie jeder andere, mit seinem eigenen Tratsch und eigenen Geheimnissen, wo jeder jeden kannte.

Hilda Victoria ›Vicki‹ Brown lebte in Rainier. Sie war eine große, gutaussehende Blondine, deren strahlendblaue Augen und hohe Wangenknochen ihre finnische Herkunft verrieten. Mit ihren knapp 1,75 m Körpergröße und hundertundvierzig Pfund war Vicki kein hilfloser Frauentyp; sie war schlank, aber kräftig und konnte es bei der Arbeit mit jedem Mann aufnehmen. Und sie mußte arbeiten. Vicki war erst fünfundzwanzig, mußte jedoch für eine neunjährige Tochter sorgen. Ihre Ehe, die sie als Teenager geschlossen hatte, war vor einigen Jahren in die Brüche gegangen. Vicki arbeitete als Schulbusfahrerin und chauffierte die riesigen, ungelenken gelben Busse über die gewundenen Landstraßen im Umland von Rainier.

Vicki trug sich gerade mit dem Gedanken, ein Haus in Rainier zu kaufen, wo auch ihre Mutter lebte, der sie sehr nahestand.

Die junge Frau konnte nicht über einen Mangel an Verehrern klagen. Mit ihrem natürlichen guten Aussehen und ihrer sinnlichen Art zog sie viele Männer an. Sie hielt ihre Beziehungen in einem schwarzen Tagebuch fest, und manch einer ihrer Verehrer hätte es sich vielleicht anders überlegt, wenn er von ihrer Neigung gewußt hätte, alles schriftlich festzuhalten. Sie war eine gute Mutter und ließ ihre Tochter nie allein. Wenn sie ausgehen wollte, ließ sie die Kleine entweder bei ihrer Mutter oder bei der Familie von Myron Wicks, der zusammen mit seinem Zwillingsbruder Byron für die Wartung der Schulbusse des Bezirks zuständig war. Byron war der Boß und Myron Chefmechaniker.

Am Montag, dem 9. Februar 1976, ließ Vicki ihre kleine Tochter bei Myron, während sie den Bus übernahm, der die Schüler nach dem Unterricht von und zu Aktivitäten brachte. Es war der letzte Bus des Tages, und sie fuhr High-School-Schüler, die nach der Schule irgendeinen Sport getrieben hatten oder sonstigen Freizeitaktivitäten nachgegangen waren. Die Schicht ging von fünf bis halb sieben, und die Wickses rechneten damit, daß Vicki ihre Tochter kurze Zeit später abholte.

Als es sieben und dann acht wurde, kamen sie zu dem Schluß, daß Vicki etwas dazwischengekommen sein mußte. Sie brachten die Kleine zu Vickis Mutter, wo sie die Nacht verbringen sollte. Vickis Mutter war ein wenig beunruhigt; es paßte einfach nicht zu ihrer Tochter wegzugehen, ohne entsprechende Vorsorge zu treffen oder zumindest jemandem Bescheid zu sagen. Andererseits wußte Vicki, daß ihre kleine Tochter bei den Wickses gut aufgehoben war und sie sie zu ihrer Großmutter bringen würden, falls sie später zurückkäme.

Als Vicki am Dienstag morgen nicht zur Arbeit erschien, war das allerdings etwas völlig anderes. Vicki Brown trat ihre Tour *immer* pünktlich an. Ihr Bus war da – er stand auf einem der sechs Plätze in der Busgarage hinter der High School. Aber wo war Vicki?

Ein sehr zuverlässiger älterer Schüler erinnerte sich, gesehen zu haben, wie Vicki den Bus am Vortag gegen 18 Uhr 30 zurückgebracht hatte. Er war ganz sicher, daß sie es gewesen war. Sie hatte ihm zugewinkt, und er war oft genug mit ihrem Bus gefahren, um sie auch aus der Entfernung wiederzuerkennen. Auf die Frage, ob er auch beobachtet hätte, wie sie die Garage hinterher wieder verließ, schüttelte er den Kopf. »Nachdem ich ihr gewinkt hatte, betrat ich das Schulgebäude und konnte somit nicht sehen, was danach geschah.«

Vickis besorgte Verwandte und Freunde sahen bei ihr zu Hause nach, entgegen aller Wahrscheinlichkeit hoffend, sie dort anzutreffen. Im Haus schien alles völlig normal, so als wäre sie nur kurz weggegangen. Auf dem Küchentresen lag eine braune Papiertüte mit vollständig aufgetauten tiefgefrorenen Steaks. Vicki hatte das Fleisch offensichtlich dort liegenlassen, weil sie es am Vortag zum Abendessen braten wollte. Aber es fand sich kein Hinweis darauf, daß sie nach ihrer Bustour am Spätnachmittag noch einmal zu Hause gewesen war. Ihre Mutter konnte niemanden finden, der gesehen hatte, wohin Vicki gegangen war, nachdem sie ihren Bus auf Platz 21 geparkt hatte.

Gleich nachdem Vickis Verwandte ihr Haus verlassen hatten, schalteten sie die örtliche Polizei ein. Das Sheriffbüro von Columbia County und die Staatspolizei von Oregon wurden ebenfalls verständigt. Es dauerte vierundzwanzig Stunden, ehe Vicki, eine Erwachsene, offiziell als vermißt galt. Noch war nicht restlos auszuschließen, daß Vicki jemanden kennengelernt hatte, mit dem sie unbedingt ein paar Tage zusammen verbringen wollte, jemanden, der sie so sehr beeindruckt hatte, daß sie ihr sonst so umsichtiges Verhalten schlicht über Bord geworfen hatte. Möglich, aber nicht sehr wahrscheinlich.

Später, am 10. Februar, nachdem einer der Mechaniker einen sonderbaren Fleck an der Innenwand der Garage entdeckt hatte, schwand diese Hoffnung vollständig. Die riesige Scheune war schlecht beleuchtet und entsprechend düster. Als die Mechaniker am Morgen eingetroffen waren, war es sogar noch dunkler gewesen als sonst; die Hauptbeleuchtung war außer Betrieb; jemand hatte den Stecker des Verlängerungskabels herausgezogen.

Dexter Bryson*, ebenfalls Mechaniker, sah sich die verschmierten Flecken an der Wand an und meinte leichthin: »Ach, das ist nur Öl.«

Es war bereits später Nachmittag, als jemand die Pfütze einer unbestimmbaren Flüssigkeit vor den Türen zur Werkstatt am anderen Ende der Halle bemerkte. Der Boden war dort mit Kies bedeckt, und die klebrige, mahagonifarbene Substanz erinnerte verdächtig an Blut. Andererseits waren sie alle nervös wegen Vickis Verschwinden, und die Männer sagten sich, daß es wohl doch Getriebe-Öl sein müsse.

Entschlossen, die Sache zu klären, machten die Mechaniker einen Vergleichstest. Sie kippten Getriebe-Öl über den Kies. Es breitete sich rasch aus und versickerte fast vollständig. Offensichtlich war es von anderer Konsistenz als das zähflüssige Zeug, das sie entdeckt hatten, und die Farbe stimmte auch nicht überein.

Vickis Wagen wurde gefunden – er parkte vor der schuleigenen Schreinerei gleich neben dem Depot. Die Motorhaube war kalt; er stand also schon sehr lange dort, vermutlich seit dem Vortag.

Während sie die Suche nach Vicki fortsetzte, notierte die Polizei alle Fahrzeuge, die in der Nähe der Busgarage geparkt waren. Dexter Brysons Wagen, ein graugrüner '51er Chevy Pick-up parkte gleich vor dem Doppeltor gegenüber der Werkstatt.

Als die Polizei von Rainier über die rote Pfütze und die Wandschlieren in der Garage informiert wurde, forderte sie

Unterstützung von der Oregon State Police an (in Oregon bearbeitet die Staatspolizei nicht nur Verkehrsunfälle, sondern auch Schwerverbrechen). Captain V. L. Kezar schickte Lieutenant George Winterfeld und Criminal Investigator Dean Renfrow nach Rainier, um bei der Suche nach Vicki zu helfen.

Sheriff Tom Tennant stellte den Ermittlern Captain Bruce Oester zur Seite. Bezirksstaatsanwalt D. A. Marty Sells war der Ansicht, daß Oester am hilfreichsten wäre, wenn er seine Leute veranlaßte, die Umgebung zu durchkämmen, während Winterfeld und Renfrow das Depot untersuchen und potentielle Zeugen befragen sollten.

Experten vom staatlichen gerichtsmedizinischen Labor in Portland wurden die Flüssigkeiten zugesandt, die in der Garage gefunden worden waren. Es sollte festgestellt werden, ob es sich tatsächlich um Blut handelte, und wenn ja, ob es tierischen oder menschlichen Ursprungs war.

Als es Abend wurde, war Vicki bereits über vierundzwanzig Stunden verschwunden. Ihre Busfahrerkollegen und die anderen Angestellten des Fuhrparks waren ratlos. Sie suchten die Gegend um die Garage herum ab, das High-School-Gelände und den Sportplatz – ohne Erfolg.

Dexter Bryson meldete sich freiwillig, um die Tannen- und Erlenschonung hinter dem Depot genauer anzuschauen. Schon nach wenigen Minuten kehrte er zurück und hielt am Ende eines Stockes etwas, das aussah wie eine völlig durchnäßte Damenhandtasche.

»Die gehört Vicki. Ich habe den Stock gerade soweit reingeschoben, daß ich ihre Brieftasche mit ihrem Namen drauf sehen konnte«, sagte er. »Die Tasche schwamm auf einem kleinen Teich.«

Der dreiundzwanzigjährige Mechaniker hatte in dem Wäldchen außer der Tasche nichts gefunden, was außerdem Vicki gehört hatte. Trotzdem sah es nicht gut aus. Nachdem ihr Wagen und ihre Handtasche in unmittelbarer Nähe der Busgarage gefunden worden waren, kamen die Ermittler zu dem Schluß, daß Vicki den Ort nicht freiwillig verlassen hatte.

Wenn Vicki Brown verletzt war, mußten sie sie schnellstens finden. Es dämmerte bereits, und im Februar waren die Nächte empfindlich kalt. Wenn sie nicht bald entdeckt werden würde, müßte sie, wenn nicht an den erlittenen Verletzungen, so an Unterkühlung sterben. Spezielle Suchtrupps – Explorer Search und Rescue Scouts –, Hubschrauber der Küstenwache, die Nationalgarde, die Civil Air Patrol, Suchhunde, die extra aus Seattle und Tacoma eingeflogen wurden, die Argonauts (eine Tauchtruppe) sowie örtliche Gruppen mit so pittoresken Namen wie ›Stump Hunters‹ (Stumpfsucher) und ›Over-the-Hill-Gang‹ (Ausbrechergang) aus Mount Hood durchkämmten das Gebiet nach der Vermißten wie jeder Polizist aus der ganzen Umgebung, der von anderen Aufgaben freigestellt werden konnte.

Aber es gab so viele Möglichkeiten: Wälder, Höhlen, Brunnen, Schluchten; sogar der schnellfließende Columbia River wurde abgesucht, zumindest soweit als möglich. Das Team der Oregon State Police konzentrierte sich zuerst auf das Busdepot. Mit jeder weiteren Entdeckung sanken die Hoffnungen, Vicki Brown lebend wiederzusehen.

Mit Hilfe eines leistungsstarken Flutlichts konnten die Trooper erkennen, daß etwas – oder jemand – über die vordere Scheunenwand gezerrt oder getragen worden war und dabei große Flecken – mittlerweile getrockneten – Blutes auf dem rauhen Holz hinterlassen hatte. Der Kampf, und es schien ein schrecklich brutaler Kampf gewesen zu sein, hatte vermutlich in Box 21 begonnen. Dort hatte Vicki Brown ihren Bus geparkt. Es sah aus, als wäre sie entweder in die letzte Box, die Nummer 20, gelaufen oder dorthin gezerrt worden. Der Bus, der dort stand, wies zahlreiche Spuren von getrocknetem Blut auf.

So stellten die Beamten oberhalb des Reifens Blut am Kotflügel fest, und dort hatten sich auch einige lange blonde Haare verfangen. In der Ecke jener Box entdeckten sie eine riesige Blutpfütze am Fuß eines zwei mal sechs Zoll starken Balkens. Ein Stück weiter fanden sich zahlreiche Blutspritzer. Einer der Ermittler sagte leise: »Das sieht aus, als hätte jemand das Blut mit einer Spraydose versprüht.«

Die Spuren im Depot lieferten den Ermittlern die Grundlage für eine erste zaghafte Theorie. Es schien, als wäre Vicki von jemandem angegriffen worden, der bereits auf sie gewartet hatte, als sie gegen 18 Uhr 30 am Montag abend ihren Bus dort abgestellt hatte. Aber wie war das unbemerkt möglich? Die Garage war keineswegs ein abgelegenes Gebäude, sondern befand sich inmitten des High-School-Komplexes. Der Lehrer der Schreinerei gab gleich nebenan Abendunterricht, wenngleich zugegebenermaßen der Lärm des Sägens und Hämmerns die Schreie übertönt haben könnte.

Andererseits wiederum hatten Proben für die Schulaufführung stattgefunden. Überall hatte es von Schülern und Lehrern gewimmelt. Vor Abschluß der Ermittlungen sollte jeder einzelne Schüler befragt werden. Aber noch während dieser Gespräche stießen die Detectives auf mehr und mehr Indizien, eines so unerfreulich wie das andere. So fanden sie beispielsweise ein Stück von einer Zahnbrücke unter dem Tor von Box 21. Wenn die Brücke Vicki Brown gehörte, wie sie fürchteten, würde der Zahnarzt ihnen Aufschluß geben können.

Bezirksstaatsanwalt Marty Sells koordinierte den gesamten Fall zusammen mit Chefermittler Phil Jackson, der sich nach vielen Jahren in der Mordkommission des Police Departements von Portland zur Ruhe gesetzt hatte. Keiner der beiden Männer hatte es je mit einem ähnlichen Fall zu tun gehabt.

Die Detectives der Staatspolizei, Dean Renfrow und George Winterfeld, nahmen die Befragungen bei Schülern und Lehrern der Rainier High School vor. Sie sprachen mit dem Jungen aus der Abschlußklasse, der Vicki Brown am Abend des 9. Februar um 18 Uhr 30 Uhr zugewinkt hatte. Sie fanden eine Schülerin, die gewartet hatte, daß die Theaterproben begannen. Kurz vor sieben hatte sie sich auf den hinteren Balkon geschlichen, um heimlich eine Zigarette zu rauchen. Von dort aus hatte sie freie Sicht auf das Busdepot hinter der Schule gehabt. Sie hatte zwar nichts Ungewöhnliches gesehen, aber *gehört* – Kampfgeräusche aus der Richtung des Depots. Es hatte nicht lange gedauert, und das Mädchen war nicht so beunruhigt gewesen, unbedingt jemandem davon erzählen zu wollen.

Fünf Minuten später war eine Lehrerin mit ihrem Wagen auf die kreisförmige Zufahrt zwischen Depot und Schule gefahren. Sie hatte neben den Benzinzapfsäulen geparkt und war dann zur Theaterprobe gegangen. Sie erinnerte sich, das rauchende Mädchen auf dem Balkon gesehen und ihm zugerufen zu haben, es solle die Zigarette ausmachen!

Dann hatte sie ein sehr lautes Geräusch gehört, einen Knall wie von einem Schuß. Die Lehrerin war stehengeblieben und hatte vielleicht fünfzehn Sekunden gelauscht, jedoch nichts mehr gehört. Schließlich hatte sie sich gesagt, daß es eine Fehlzündung gewesen sein mußte. Sie war sich ganz sicher, was die Zeit betraf: 18 Uhr 55. Sie hatte auf die Uhr gesehen.

Die einzelnen Puzzleteile begannen, sich zu einem Ganzen zu fügen. Ein Schüler berichtete, daß er kurz nach sieben in die Auffahrt gefahren wäre. Er parkte seinen Van hinter einem Pick-up gleich neben dem Depot. »Ich wußte, daß ich niemanden behindern würde, weil es der schuleigene Pick-up war, der bis zum nächsten Morgen nicht mehr benutzt werden würde.«

Es war der grüngraue '51er Chevrolet gewesen, und er hatte tatsächlich der Schule gehört – bis vor ein paar Wochen. Der Mechaniker Dexter Bryson hatte ihn der Schule abgekauft, aber das konnte der Schüler nicht wissen.

Der Junge hatte das Schulgebäude betreten. Er sagte, er hätte nichts Ungewöhnliches gehört oder gesehen. Minuten später hatte ein Freund von ihm die Schule verlassen. Als er sich dem Busdepot genähert hatte, hatte er den Van mit ausgeschalteten Scheinwerfern die Zufahrt hinunterrollen sehen. Aber am Steuer hatte wider Erwarten nicht sein Freund gesessen, sondern ein Fremder – ein Mann mit einer schwarzen Mütze und einer dunklen Jacke. Er hatte einen Fu-Manchu-Schnauzer mit herabhängenden Enden und lange Koteletten. Der Junge war zurückgerannt, um seinen Freund zu warnen, daß jemand seinen Van stehlen würde. Als sie wieder rausgekommen waren, stand der Van zwar noch in der Einfahrt, aber der Pick-up war verschwunden.

Der Besitzer des Vans sagte, daß er immer noch sauer wäre wegen der Sache. Zwar hatte er seinen Wagen zurück, aber jemand hatte das Seitenfenster eingeschlagen. An der Scheibe, am Lenkrad und am Steuerknüppel war Blut gewesen, und er hatte angenommen, der Autodieb hätte sich an den Fenstersplittern geschnitten. Er hatte das Blut mit einem Papiertuch weggewischt. Glücklicherweise konnte er den Polizisten zeigen, wohin er das Tuch geworfen hatte, und Labortests ergaben, daß es sich um Menschenblut handelte.

Die Beschreibung des Mannes, der am Steuer des Vans gesehen worden war, entsprach haargenau Dexter Bryson. Und Bryson war einer der ersten gewesen, die nach Vicki gesucht hatten. Immer wenn sich die Ermittler umgedreht hatten, war er dagewesen und hatte geholfen. Natürlich war er es gewesen, der die Handtasche gefunden hatte, nachdem er fast schnurgerade zu dem Teich gegangen war, in dem sie trieb.

Als sie ihn aufsuchten, um ihn zu befragen, registrierten die Detectives, daß Bryson nervös wirkte. Dafür konnte es mindestens zwei Gründe geben. Es war durchaus möglich, daß er ehrlich besorgt war wegen Vickis Verschwinden. Andererseits aber bestand auch die Möglichkeit, daß es egoistischere Gründe für seine Nervosität gab. Die Erfahrung hatte die Detectives gelehrt, daß manche Killer – und Brandstifter – es genießen, im Mittelpunkt der Ermittlungen zu stehen und mit den Männern und Frauen, die versuchen, ein Verbrechen zu lösen, Katz' und Maus zu spielen.

Dexter Bryson wurde jedoch verdächtig unruhig, als die Ermittler ihn aufforderten, eine Einverständniserklärung für die Durchsuchung seines Trucks zu unterschreiben. Er wand ein, daß er nicht einsehe, wozu das gut sein solle. Doch die Beamten entgegneten gelassen, daß sein Truck in unmittelbarer Nähe des Depots gestanden hatte, als Vicki verschwunden war, so daß durchaus die Möglichkeit bestand, daß der Mörder den Wagen angefaßt oder sogar irgendwelche Beweismittel hinten auf die Ladefläche geworfen haben könnte. Schließlich gab Bryson seine Einwilligung für die Durchsuchung des Pick-ups, wenn auch widerwillig.

Hinten auf der Ladefläche lagen einige Sperrholzplatten, Holzspäne, ein Reifen und ein Stahlseil. An den unteren Enden der Spanplatten hoben sich dunkle Flecken ab, und auch einige der Holzspäne waren verfärbt. In der Mitte des durchgehenden Sitzes im Führerhaus war ein weiterer dunkler Fleck. Die Beamten Bonnie Garthus und Ray Grimsbo von der Oregon State Police untersuchten den Truck gründlich. Bei den Flecken handelte es sich um menschliches Blut. Sie fanden ein menschliches Haar, das sich in der Heckklappe verfangen hatte und ein zweites an der hinteren Stoßstange.

Plötzlich schien es unerläßlich zu sein, mehr darüber zu erfahren, wo Dexter Bryson sich am 9. Februar wann aufgehalten hatte, und die Detectives forderten ihn zu einer Aussage auf. Wenn er zum Zeitpunkt von Vickis Verschwinden von anderen Zeugen in der Werkstatt gesehen worden war, konnte jemand anders seinen Truck benutzt haben, um ihre Leiche vorübergehend auf der Ladefläche zu verstecken.

Bryson erklärte jedoch, daß er am Tag von Vickis Verschwinden vor fünf Feierabend gemacht habe. Er sagte, er hätte im fünf Meilen entfernten Alston's Corner seine Mutter besucht, die ihm angeboten hatte, sich eine Lieferung Presto Logs mit ihm zu teilen. Er sagte, daß er seine Hälfte der Spanplatten abgeholt habe und sein Bruder ihm dabei geholfen hätte, sie auf den Pick-up zu laden. Dann hatte es angefangen zu regnen, und er war schnell heimgefahren, damit die Preßspanplatten nicht durchweichten. Er sagte, daß er in einem Mobile-home auf dem Gelände einer Weihnachtsbaumfarm wohne.

Dexter Bryson wußte noch bemerkenswert genau, was

er an jenem Abend alles getan hatte. Gegen sechs, fuhr er fort, habe er an einem kleinen Lebensmittelladen haltgemacht, um zu tanken und einen Sechserpack Bier zu kaufen. Dann habe er seinen Pick-up zu einem Schuppen neben seinem Wohnwagen gefahren, das Holz abgeladen und den Wagenboden ausgewaschen, um die Holzspäne zu entfernen.

Bryson sagte, daß er verheiratet wäre und mit seiner Frau zusammenlebe, sie aber zu verschiedenen Zeiten arbeiteten. Sie hatte die Abendschicht in einem Lebensmittelladen auf der anderen Seite der Brücke in Longview, Washington, übernommen, und so hatte er sich zum Abendessen Chili aufgewärmt.

»Was haben Sie danach gemacht?« fragte einer der Detectives.

»Ich habe ferngesehen und mich rasiert. Dann stellte ich fest, daß meine Uhr stehengeblieben war, und rief meine Mutter an, um sie nach der Zeit zu fragen. Es war genau halb sieben.« Bryson hatte sich ebenfalls danach erkundigt, wieviel er ihr für seinen Anteil an den Presto Logs schuldete. Um ›*genau* acht Uhr fünfzehn‹ hatte er seine Mutter erneut angerufen. Er sagte, er wäre nervös gewesen, weil ein weißer Chevrolet Truck hinter seinem Wohnwagen geparkt und jemand am Türknauf gerüttelt hätte. Er sagte, daß er Angst bekommen habe, weil er früher schon ›belästigt‹ worden wäre. Er lebte in einer sehr abgelegenen Gegend, und falls es Ärger gab, war niemand in der Nähe, der ihm helfen konnte.

Er bat seinen Bruder, zur Verstärkung rüberzukommen. Sein Bruder kam; als er eintraf, war der Truck jedoch bereits fort. Dann fuhren die beiden nach Rainier, um Brysons besten Freund zu besuchen, Rex Simcox*. Das war gegen neun, sagte Bryson, und sein Freund sei nicht zu Hause gewesen.

Anschließend waren sie zufällig am Busdepot vorbeigefahren. Bryson sagte, er hätte sich Sorgen gemacht, weil die Doppeltüren zur Werkstatt nicht richtig verschlossen waren. Er war reingegangen und hatte seinen Boß, Myron

Wicks, angerufen, um ihn über die offenen Türen zu informieren. Wicks hatte gesagt, er solle sich keine Sorgen machen, sondern nur alles abschließen. Bryson hatte sich nach Hinweisen darauf umgesehen, daß jemand eingedrungen war, hatte jedoch nichts feststellen können. Also hatte er die Türen sorgfältig zugesperrt und war wieder gegangen.

»Ich sagte meinem Bruder, daß ich glaubte, Vickis grünen Mazda noch gesehen zu haben«, erzählte Bryson.

Bryson fuhr fort. Irgend etwas wäre ihm komisch vorgekommen. Er und sein Bruder machten sich noch einmal auf den Weg zu Simcox, und diesmal trafen sie ihn zu Hause an. Er fragte Rex, ob er die offene Werkstattür ebenfalls bemerkt hätte, aber Rex verneinte. Und ihm war auch nicht aufgefallen, daß Vickis Wagen noch beim Depot gestanden hatte.

Dexter Bryson war entweder ein sehr verantwortungsbewußter Angestellter oder aber ein wenig paranoid. Er sagte, daß er am Tag nach Vickis Verschwinden eine Pistole, eine .44 Magnum, zur Arbeit mitgebracht habe. Er sei nervös gewesen wegen Vickis Verschwinden, weil die Türen offengestanden und jemand, der einen weißen Truck fuhr, versucht habe, in seinen Wohnwagen zu gelangen.

»Warum glaubten Sie, Schutz zu brauchen?« wurde er gefragt. Er zuckte die Achseln. Nicht, weil er etwas über Vickis Verschwinden wüßte, behauptete er, sondern weil am Dienstag abend mehrere unerklärliche Dinge passiert waren.

Bryson durfte wieder gehen, nachdem er einer Durchsuchung seines Wohnwagens an der Fern Hill Road zugestimmt hatte. Die Ermittler und Spurensucher suchten den Wohnwagen auf dem Gelände der Weihnachtsbaumfarm auf. Bonnie Garthus bemerkte frisches Blut am Daumen Brysons, und als sie ihn danach fragte, erklärte er, er habe Nasenbluten gehabt. Sie kratzte eine Probe von der Unterseite seiner Fingernägel. Sie waren schmutzig, aber das war bei einem Busmechaniker nicht anders zu erwarten.

Sofern die Staatsbeamten gehofft hatten, Vicki Brown in Brysons Wohnwagen zu finden, wurden sie enttäuscht.

Und doch bemerkten sie einiges, was ihren Verdacht gegen ihn erhärtete. In dem Schlafzimmer, das Dexter Bryson sich mit seiner Frau teilte, fanden sie Gummistiefel mit Blutspritzern und in einem zweiten, unbenutzten Schlafzimmer eine schwarze Vinyl-Motorradjacke. (Sie war kürzlich erst gewaschen worden, aber im Labor sollte nachgewiesen werden, daß sie außen wie innen Flecken menschlichen Blutes getragen hatte.

Während der Hausdurchsuchung bemerkte einer der Polizisten, daß Bryson versuchte, in seinem Schlafzimmer etwas zu verstecken. Als die Beamten nachschauten, fanden sie ein Paar blutgetränkte schwarze Handschuhe, an denen ein Haar haftete wie jenes, das an seinem Truck sichergestellt worden war. Bryson behauptete, die Handschuhe noch nie gesehen zu haben. Er sagte, er würde seine Handschuhe immer innen mit seinem Namen kennzeichnen, während diese nicht gekennzeichnet wären.

Bonnie Garthus hatte im Schlafzimmer ein Halfter gefunden und fragte, wo die dazugehörige Waffe wäre. Bryson ging zu einer Plastikbox auf dem Küchentresen neben dem Spülbecken und nahm eine .22 Ruger heraus. Ermittler Winterfeld trat eilig vor und nahm sie an sich. Es sah aus, als wäre Blut außen am Lauf. Die Ruger kam zum wachsenden Schatz potentieller Beweismittel, die im Labor untersucht werden sollten.

Dexter Bryson war zum Hauptverdächtigen geworden – aber in welchem Verbrechen? *Entführung? Vorsätzliche Körperverletzung? Mord?* Es gab kein Opfer. An Brysons Kleidern und in seinem Truck waren Blutspuren gefunden worden, aber zu wem gehörten sie? Der Fall war rechtlich gesehen nicht so simpel, wie es dem gesunden Menschenverstand erscheinen mag.

Die Behörden konnten nicht mehr tun, als Bryson unter Dauerbeobachtung stellen, während die Polizei ihre Ermittlung auf den verschiedensten Ebenen fortsetzte. Die Suchtrupps arbeiteten immer noch gegen die Zeit bei der Suche nach Vicki Brown. Niemand sprach aus, was sie alle dachten: Sie suchten inzwischen nach einer Leiche.

An geregelte Dienststunden war fürs erste nicht mehr zu denken. Beamte sämtlicher Behörden von Columbia County leisteten freiwillig und ehrenamtlich Überstunden. Sie suchten hundertundsiebenundzwanzig Quadratmeilen Wald, Felder, Wasser und Land in Columbia County ab, insgesamt siebentausendunddreiundzwanzig Arbeitsstunden lang.

Detectives prüften die Variablen, die sie zur Verfügung hatten. Nur drei Personen hatten einen Schlüssel zum Busdepot besessen: Dexter Bryson und die beiden Zwillingsbrüder Byron und Myron Wicks. Myron war mittleren Alters und hatte Familie – er war es auch, der Vicki Browns Tochter am Abend ihres Verschwindens zu ihrer Großmutter gebracht hatte. Natürlich wurden auch die Zwillingsbrüder nach ihren Alibis am betreffenden Abend gefragt. Jeder von ihnen konnte ein wasserdichtes Alibi vorweisen; gleich mehrere Zeugen hatten sie zur fraglichen Zeit anderswo gesehen.

Myron Wicks gab allerdings reumütig zu, einer der Männer aus Vickis schwarzem Buch zu sein. Er gestand, eine flüchtige Affäre mit ihr gehabt zu haben. Seine Frau wisse davon und habe ihm bereits verziehen. Mit erstaunlicher Offenheit sagte er, daß er nur einmal mit Vicki geschlafen hätte, es aber noch zwei weitere Male versucht habe.

»Was meinen Sie mit ›versucht‹?«

»Ich kriegte keinen hoch«, gestand er achselzuckend.

Die Ermittler tauschten einen Blick. Der Mann mußte die Wahrheit sagen; kein Mann würde lügen, wenn er sexuelles Versagen eingestand. Er hätte das Gegenteil behaupten können. Aber er prahlte nicht – er war ehrlich.

Ja, sagte Myron Wicks, er würde vor Gericht zu seiner ›Affäre‹ stehen, falls es nötig sein sollte, wenngleich er hoffe, daß es nicht soweit käme.

Vicki Browns Vertraute sagten, daß es jemanden gegeben habe, in den sie verliebt gewesen sei, der Betreffende aber weit entfernt lebe. In Alaska. Die restlichen Verehrer waren für Vicki nur ein Zeitvertreib gewesen, während sie tatsächlich auf diesen Mann wartete. Wie sich herausstellte, hatte keiner der Männer, mit denen sie sich getroffen hatte, mehr erwartet. Die Detectives stießen auf kein einziges Gerücht, daß einer von Vickis Männern eifersüchtig gewesen wäre.

Und doch hatte es im vergangenen November einen beunruhigenden Zwischenfall gegeben. Eines Abends, als Vicki ausgegangen war, war jemand in ihr Haus eingebrochen. Der Einbrecher, der sich durch ein zerbrochenes Fenster Zugang verschafft hatte, war nie gefaßt worden. Im Haus hatte er (die Polizei ging von einem männlichen Täter aus) in Vickis Negligés, BHs und Slips gewühlt. Außerdem hatte er in ihrem Tagebuch und in ihren Papieren herumgeschnüffelt. Es fehlte nichts, abgesehen von zwei BHs und Slips. Außerdem hatte der Einbrecher ein Bier aus dem Kühlschrank genommen, geleert und die Flasche in die Toilettenschüssel geworfen.

Seltsam. Erschreckend? Ein Dessous-Dieb ist gewöhnlich ein sexuell abartig veranlagter Mann, der einen Schritt weiter geht als der Spanner. Laien halten Voyeure, Exhibitionisten und Fetischisten für harmlose Sexualstraftäter. Experten für sexuelle Abartigkeit wissen hingegen, daß diese Straftäter ihre Phantasien häufig so weit treiben, daß sie Vergewaltigungen – und sogar Morde – begehen.

Um einen dringenden Tatverdacht zu beweisen und Dexter Bryson anklagen zu können, mußte Bezirksstaatsanwalt Marty Sells zuerst einmal nachweisen, daß es sich bei der Person, die im Busdepot verletzt worden war, um Vicki Brown handelte. Es schien offensichtlich, mußte aber zweifelsfrei bewiesen werden. Obgleich das Labor über genügend Blut verfügte, gleich ein Dutzend Opfer zu typisieren, stellte sich ein Problem. Trotz gründlicher Suche konnten die Ermittler nirgendwo einen Hinweis auf Vicki Browns Blutgruppe finden. Der Arzt, der ihre kleine Tochter auf die Welt geholt hatte, hatte nur Rhesus negativ vermerkt und vergessen, die eigentliche Blutgruppe einzutragen. Und auch bei anderen Untersuchungen im Laufe ihres Lebens hatte sich eine Bluttypisierung immer erübrigt.

Dexter Bryson hatte Blutgruppe 0, Rh positiv. Das Blut im Busdepot, in seinem Pick-up, auf seiner Jacke, auf den Handschuhen und an der Schaufel, die bei der Durchsuchung von Brysons Haus gefunden worden war, war durchweg Blutgruppe 0 gewesen.

Bezirksstaatsanwalt Sells befürchtete, daß sich das Blut, das am Tatort und an Brysons Kleidung gefunden worden war, als nutzlos erwies, wenn nicht sofort umfassende Tests durchgeführt würden, und so wies er das Labor an, die Versuchsreihe fortzusetzen.

Das Blut der Gruppe 0 wurde bis in seine enzymatischen Komponenten zersetzt. Es besaß DCc- und E-Faktoren. Der kleine ›c‹-Faktor deutete darauf hin, daß die Person, von der das Blut stammte, Rh negativ hatte – so wie Vicki Brown.

Dexter Brysons Blut hingegen wies weder ein kleines ›c‹ noch einen ›E‹-Faktor auf. Von dem Blut, das gefunden worden war, konnte also nichts von ihm stammen.

Der nächste Schritt in der Beweisführung bestand darin, ein paar Haare aus Vickis Bürste und Lockenwicklern sicherzustellen und unter dem Mikroskop mit den Haaren zu vergleichen, die mit Blut verkrustet am Kotflügel des Busses, an der Heckklappe von Brysons Truck und in den blutigen Handschuhen aus seinem Wohnwagen gefunden worden waren. Die Techniker des forensischen Labors stellten dreißig Übereinstimmungen bezüglich Klasse und Merkmalen fest. Obgleich Haare nicht so einzigartig sind wie Fingerabdrücke oder DNA-Analysen, bedeuteten dreißig Übereinstimmungen, daß die Haare, die mit dem Blut gefunden worden waren, mit großer Wahrscheinlichkeit von Vicki Brown stammten.

Vickis Zahnarzt untersuchte die Brücke, die im Depot gefunden worden war. »Sie gehört Vicki«, sagte er bestimmt. »Es handelt sich um eine spezielle Brücke. Bis sie zu mir kam, hatte ich zehn Jahre keine dieser Art mehr gesehen. Heute stellt man solche Brücken nicht mehr her, weil sie zu großen Druck auf die angrenzenden Zähne ausüben. Darum war sie auch bei mir. Ich mußte sie mit dem Bohrer modifizieren und Drahtschlaufen anbringen, damit sie besser saß. Es wurden mehrere Röntgenaufnahmen gemacht, die mir noch vorliegen.«

Der Bohrer des Zahnarztes paßte perfekt in die Löcher in der Brücke.

Es gab keine Fingerabdrücke, die hätten überprüft werden können. Sie hatten nur verwischte Abdrücke auf der Innenseite der Türen im Busdepot gefunden. Die Beamtin der Spurensuche, Bonnie Garthus, meinte, sie wären von jemandem hinterlassen worden, der blutgetränkte Handschuhe trug.

Die Ermittler durchleuchteten Dexter Brysons Vergangenheit. Es existierten keine Vorstrafen. Er hatte seinen High-School-Abschluß gemacht und anschließend bei den Marines gedient. Er war 1,75 m groß und wog hundertundsiebzig Pfund. Vicki, die fast ebenso groß gewesen war, mußte es ihm, obwohl sie dreißig Pfund leichter war, verdammt schwer gemacht haben, falls er versucht hatte, in der Garage über sie herzufallen.

Obgleich Bryson verheiratet war, beschränkte er seine Aufmerksamkeiten nicht auf seine Frau. Die Polizisten erfuhren, daß er zwei Freundinnen gehabt hatte. Von einer hieß es, sie hätte geheiratet und wäre weggezogen. Die andere lebte noch in der Stadt.

Zeugen beschrieben Dexter Brysons Verhalten am Arbeitsplatz am Tag nach Vickis Verschwinden als ungewöhnlich. Er war sehr früh erschienen, viel früher als üblich. Als ihn jemand fragte, warum er schon da wäre, hatte er geantwortet: »Ach, vielleicht kommt einer der Fahrer heute nicht und ich muß einspringen ...«

Sein Daumen war schwarz und blau gewesen. Er hatte den Bluterguß so erklärt, daß ihm ein großer Holzklotz darauf gefallen wäre. Der Finger schmerzte so, daß er die Handbremse an einem der Busse nicht hatte ziehen und auch den Reifenwechsel nicht hatte vornehmen können.

Bryson, der seine .44 Magnum ausgepackt hatte – die er

zum Schutz bei sich trug, wie er behauptete –, hatte später versucht, seine Kollegen davon zu überzeugen, daß Vicki entführt worden war. »Sie wurde gekidnappt«, hatte er mehrfach wiederholt.

Eine der anderen Busfahrerinnen, eine Frau, die anfangs noch vermutet hatte, daß Vicki einfach mit einem Mann auf und davon war, hatte zu Bryson gesagt: »Wäre es nicht schön, so zu leben – ein freies Leben?«

»Nein!« hatte Bryson knapp erwidert und die Frau mit seiner Barschheit verblüfft.

Wie in allen Kleinstädten verbreiteten sich auch in Rainier, Oregon, Neuigkeiten wie ein Lauffeuer, und schon bald kamen Gerüchte auf. Dexter Brysons Name stand bei vielen ganz oben auf der Liste der Verdächtigen. Andere hingegen waren davon überzeugt, daß ein psychopathischer Irrer in der Gegend sein Unwesen trieb. Am Depot und in den Schulbussen wurden Wachen postiert, um den Ängsten besorgter Eltern zu begegnen.

Jemand, der den Mechaniker für den Urheber von Vicki Browns Verschwinden hielt, malte ›Bryson ist ein Mörder‹ auf die Straße vor der Schule. Bryson selbst übermalte das Geschriebene. Dann strich er eine ganze Wand im Depot, die mit Blutflecken verschmiert gewesen war.

Seine Bemühungen beeinträchtigten die Ermittlungen nicht. Die entscheidenden Wandabschnitte waren bereits herausgeschnitten und an einen der führenden Kriminologen Amerikas gesandt worden – eine der größten Autoritäten in bezug auf Spuren, die Blut hinterlassen kann. Sein Name ist Herbert L. McDonnell, er ist Leiter des Labors für forensische Wissenschaften und hat ein Hochschuldiplom in Chemie. Unter den vielen hundert Fällen, die er im Laufe der Jahre untersucht hat, waren auch der von Dr. Sam Sheppard sowie die Morde an John F. Kennedy und Martin Luther King. (Eines Tages sollte er auch im O. J. Simpson-Prozeß aussagen.)

Der Scheunenbalken mit den wie aufgesprühten Blutflecken und die Ruger aus Brysons Küche waren McDonnell zugeschickt worden, und er untersuchte beides, während die Ermittlungen sich dreitausend Meilen entfernt fortsetzten.

Dexter Bryson ahnte nicht, wie streng er überwacht wurde. Wenn er begonnen hatte, sich wieder frei zu fühlen, hatte er die Rechnung ohne die vereinten Kräfte von Staatspolizei, dem Sheriffbüro von Columbia County und Bezirksstaatsanwalt Marty Sells gemacht. Die systematische Suche nach Vicki wurde nach vier Wochen eingestellt, aber im Verborgenen wurde die Untersuchung unvermindert dynamisch fortgesetzt.

Zu den interessantesten Informationen, die die Detectives aufdeckten, gehörte, daß Dexter Bryson offenbar besessen gewesen war von Vicki Brown. Er hatte alles getan, um sich vor ihr zu profilieren. Er hatte ihren Herd wieder in Ordnung gebracht und Reparaturen an ihrem Haus vorgenommen – alles ohne finanzielle Entschädigung. Noch am 9. Februar hatte er ihren Wagen repariert. Und für all seine Mühen hatte er nicht mehr bekommen als ein Lächeln und ein Dankeschön.

Marty Sells kam zu dem Schluß, daß Bryson enttäuscht und frustriert – vielleicht sogar wütend – gewesen sein mußte, daß Vicki kein Interesse daran zeigte, mit ihm zu schlafen. Sells Vermutung bestätigte sich, als die Ermittlungen zu einer von Brysons ehemaligen Geliebten führten, einem inzwischen neunzehnjährigen Mädchen, das einen Flieger geheiratet hatte und nach Mississippi gezogen war. Sie erzählte den Polizisten, daß es Dexter Bryson gewesen war, der den Einbruch im November bei Vicki verübt hatte. Sie sagte, er hätte ihr Tagebuch gefunden und von den anderen Männern gelesen, die Vickis Gunst genossen hatten, während sie Bryson, der so viel für sie getan hatte, stets abgewiesen hatte. Er war ungeheuer wütend gewesen, daß sie ihn so an der Nase herumgeführt hatte.

»Er gab mir zwei BHs und zwei Slips, die er aus ihrem Haus gestohlen hatte«, erzählte das Mädchen. »Ich habe sie noch. Er sagte, er wäre bei ihr eingebrochen, um sich zu rächen. Er war sauer über ihr ablehnendes Verhalten.«

Die Detectives vermochten ihre Euphorie kaum noch zu

beherrschen. Das war das Motiv, nach dem sie die ganze Zeit gesucht hatten. Dexter Brysons Ex-Freundin versprach, Vickis gestohlene Dessous nach Oregon zu schicken.

Als Vickis kleine Tochter das Bikinihöschen sah, das von der Ostküste herübergeschickt worden war, rief sie aus: »Oh, sie haben meine Mom gefunden.«

Sie erkannte die Höschen an dem Erdbeermuster. »Die gehören meiner Mom«, sagte sie und nickte dabei nachdrücklich. »Ihre sind rosa, und eine Freundin von ihr hat die gleichen, nur mit orangefarbenen Erdbeeren drauf.«

Es paßte alles zusammen. Dexter Bryson war vermutlich in Rage geraten bei einer erneuten Zurückweisung. Jetzt wußten die Ermittler, daß er am betreffenden Nachmittag Vickis Wagen repariert hatte. Vermutlich hatte er einfordern wollen, was ihm seiner Meinung nach zustand. Wenn Vicki nicht geneigt gewesen war, seinen Avancen nachzugeben, und davon ging die Polizei aus, mußte er versucht haben, sie zu vergewaltigen.

Es fiel nicht schwer, sich vorzustellen, wie er im dunklen Gebäude wartete. Er wußte ja, daß Vicki gegen 18 Uhr 30 von ihrer Nachmittagstour zurückkommen würde. Als Vicki dann ahnungslos aus dem Bus gestiegen war, war Bryson im Vorteil gewesen. Gut möglich, daß ihre Gegenwehr dennoch energischer gewesen war, als er vermutet hatte. Ringend und um sich tretend, mußte das Paar durch die verlassene Scheune gestolpert sein. Das waren offenbar die Geräusche gewesen, die das Mädchen oben auf dem Balkon gehört hatte.

Und der eine Schuß, den die Lehrerin einige Minuten später vernommen hatte, mußte dem Kampf ein Ende gemacht haben. Dann hatte sich der Täter schnellstmöglich der Leiche entledigen müssen.

Die blutigen Schlieren an der Wand ließen sich daraus erklären, daß Vickis Mörder sie entweder über den Boden geschleift oder sie sich über die Schulter geworfen haben mußte. Sie glaubten, daß der Täter dicht an der Scheunenwand entlanggegangen war und dabei das Blut verschmiert hatte. In seiner Angst, überrascht zu werden, mußte er übersehen haben, daß Vickis Zahnbrücke herausfiel.

Wenn Dexter Bryson vorgehabt hatte, Vicki auf seinen Pick-up zu laden, hatte er sicherlich geflucht, als er feststellte, daß dieser von dem Van des Schülers zugeparkt war. Er hatte die Seitenscheibe einschlagen und die Handbremse lösen müssen. Dabei zog er sich vermutlich die Schnittverletzungen zu – das würde das viele Blut im Inneren des Vans erklären sowie vielleicht auch den Bluterguß an seinem Daumen. Anschließend mußte Bryson in den Van gestiegen sein, um ihn zu lenken, während er ihn soweit zurückrollen ließ, daß er seinen Truck wegfahren konnte. Ob er gemerkt hatte, daß er hierbei beobachtet worden war? Vermutlich nicht. In seiner Panik, die Leiche seines Opfer fortzuschaffen, war er wahrscheinlich ganz darauf konzentriert gewesen, vom Schulgelände zu verschwinden.

Als sie das Szenario des Verbrechens rekonstruierten, glaubten die Ermittler fast, Brysons keuchenden Atem zu hören und seinen Angstschweiß zu riechen. Er mußte schreckliche Angst gehabt haben, mit Vicki Browns Leiche im Wagen auf dem Campus ertappt zu werden. Für ihn war nur wichtig, seine Spur zu verwischen.

Die Polizei war überzeugt, daß Bryson tatsächlich die Presto Logs bei seiner Mutter abgeholt hatte – so wie er sie auch tatsächlich zu den angegebenen Zeiten angerufen und auf die jeweilige Uhrzeit aufmerksam gemacht hatte, damit sie, ohne etwas von der Wahrheit zu ahnen, das Alibi untermauern konnte, das er sich selbst konstruierte.

Die ermittelnden Beamten der Staatspolizei von Oregon, die Detectives des Sheriffbüros und die Mitarbeiter der Staatsanwaltschaft waren jetzt überzeugt davon, zu wissen, was mit Vicki Brown geschehen war, aber sie waren der Entdeckung der Leiche noch keinen Schritt näher als in jener ersten Nacht. Vielleicht hatte Bryson ihre Leiche irgendwo versteckt, während er sein Alibi gebastelt hatte und bei seiner Mutter gewesen war. Möglich, daß er später zurückgekommen war, um sie beiseite zu schaffen. Aber in der Zwischenzeit war er nicht untätig gewesen. Er hatte seinen Bruder getroffen, seinen besten Freund und seinen Chef. Alles inszeniert, um seine Lügengeschichte über den weißen Truck hinter seinem Wohnwagen und die offenen Türen des Busdepots glaubhaft zu machen. Er hatte sogar beiläufig bemerkt, daß Vickis Wagen noch in der Nähe des Depots parkte.

Es wäre für Bryson durchaus machbar gewesen, Vickis Leiche in dem dichten Wald hinter dem Gebäude zu verstecken. Dadurch hätte er sich Zeit verschafft, sie in aller Ruhe später zu begraben oder anderswo zu verstecken, wo sie nie gefunden werden würde.

Die Frage, ob er genug in der Hand hatte, um Dexter Bryson anklagen zu können, lastete immer noch schwer auf Bezirksstaatsanwalt Marty Sells. »Kann man einen Mann des Mordes beschuldigen, wenn man keine Leiche vorweisen kann?« Sells wußte, daß seine Anklage trotz aller Beweise auf tönernen Füßen stand, wenn er es tat. Er hatte in den Gesetzbüchern nachgeschlagen und wußte, daß es seit zweiundsiebzig Jahren in Oregon keine erfolgreiche Anklage mehr in ähnlich gelagerten Fällen gegeben hatte. Die Verteidigung würde zweifellos behaupten, Vicki Brown hätte ganz persönliche Gründe gehabt, zu verschwinden.

Und doch war Sells moralisch überzeugt, ihren Mörder entlarvt zu haben, und Renfrow, Winterfeld, Oester und Phil Jackson waren der gleichen Meinung. Wenn Sells nicht eine Niederlage vor Gericht riskierte, würde er jeden Gesetzeshüter im County im Stich lassen, der so lange und so hart daran gearbeitet hatte, Informationen zu diesem Fall zusammenzutragen.

Und obwohl er schlechte Karten hatte, hatte Sells noch ein As im Ärmel: Er hatte Herb McDonnell als Zeugen der Anklage. Sells war davon überzeugt, daß McDonnells Aussage jedes Verteidigungsmanöver torpedieren würde.

Als Sells die polizeilichen Ermittler zu sich rief und ihnen den Haftbefehl überreichte, grinsten rundum alle zufrieden. Es war an der Zeit, Brysons Zuversicht einen Dämpfer aufzusetzen. Er war schockiert, als er am 6. April 1976 verhaftet wurde. Vicki Brown wurde seit acht Wochen und drei Tagen vermißt, und niemand rechnete mehr damit, daß ihre sterblichen Überreste je gefunden werden würden. Trotzdem würde ihr mutmaßlicher Mörder vor Gericht gestellt werden.

Dexter Brysons Prozeß begann am 8. September in Richter Donald L. Kalberers Gerichtssaal in St. Helens, Oregon. Wie erwartet, war der Saal rappelvoll mit Zuschauern. Bryson hatte die Wahl gehabt, ob er eine Jury oder Richter Kalberer über sein Schicksal entscheiden lassen wollte. Er verzichtete auf eine Jury, und so würde das Urteil letztendlich bei Richter Kalberer liegen.

Bezirksstaatsanwalt Marty Sells hatte Dutzende potentieller Zeugen, aber er wählte nur dreißig Ortsansässige aus, die überzeugendsten, um seine Beweisführung zu untermauern: Die Schüler, die sich am Abend des 9. Februar auf dem Schulgelände aufgehalten hatten; die Lehrerin, die den Schuß gehört hatte; die Ermittler der Staatspolizei und schließlich Vicki Browns kleine Tochter, die eine – wenn auch tragische – gute, überzeugende, glaubwürdige Zeugin abgab.

Herbert McDonnell, der Kriminologe aus Elmira, New York, war allerdings sein wichtigster Zeuge, obwohl er noch nie in Columbia County, Oregon, gewesen war und Vicki Brown nie gesehen hatte, nicht lebend und erst recht nicht nach ihrem Tod. McDonnells spezielle Expertise ermöglichte es ihm, so exakt zu rekonstruieren, was sich sieben Monate zuvor im Busdepot der High-School ereignet hatte, als hätte er das Geschehen aus einem Versteck heraus beobachtet. Es war unheimlich, die wahre Bedeutung von der ›Sprache des Blutes‹ vor Augen geführt zu bekommen.

Als erstes zeigte Professor McDonnell vergrößerte Aufnahmen des auffälligen versprühten Blutes, das in einer Ecke der Scheune gefunden worden war. Das war das Blut, das aussah, als hätte jemand mit einer Spraydose rote Farbe an das Holz gesprüht. McDonnell erklärte, daß dieser ›Nebel‹ darauf hindeute, daß die Spritzer durch sehr hohe Aufprallgeschwindigkeit entstanden wären. Dieses Blut konnte nur von einer Schußwunde herrühren. Er schätzte, daß die Waffe vermutlich weniger als acht Zentimeter, eher drei, vom Opfer entfernt gewesen war. Die Kugel hatte aller Wahrscheinlichkeit nach den Kopf des Opfers durchschlagen.

McDonnell erklärte, daß ein völlig anderes Muster entstanden wäre, wenn die Blutflecken durch einen Schlag verspritzt worden wären. Durch die Wucht eines Knüppels oder Hammers wären viel größere Tropfen verspritzt worden, mit ›Schwänzen‹, die die Richtung der Schlageinwirkung verrieten. Blutspritzer seien etwas völlig anderes als ›Blutspray‹. Für McDonnell bestand nicht der leiseste Zweifel daran, daß – wer immer im Busdepot verletzt worden war – derjenige eine Schußwunde davongetragen hatte.

McDonnell wandte sich der Ruger Kaliber .22 zu, die in Brysons Wohnwagen gefunden worden war. Außen an der Waffe hatte Blut geklebt, als man sie gefunden hatte. Der Revolver war ›klebrig‹ gewesen von Blut. Außerdem waren Blutspuren im Inneren des Laufes und der Trommel festgestellt worden. Dies, legte McDonnell dar, decke sich vollständig mit den Ergebnissen seiner Untersuchung des Balkens vom Tatort. Durch die extreme Energie, die von der Waffe freigesetzt werde, würde das Blut ›pulverisiert‹ und neble die nähere Umgebung der Eintrittswunde ein. Herb McDonnell erklärte, daß das ›Hochgeschwindigkeitsblut‹ den Balken und das Laufinnere gleichzeitig getroffen habe. Als die heißen Gase, die beim Schuß entstanden waren, sich fast augenblicklich wieder abgekühlt hatten, war das Blut des Opfers förmlich in den Revolverlauf hineingesogen worden. Das Blut im Inneren der Waffe hatte McDonnell zu dem Schluß geführt, daß der Revolver weniger als acht Zentimeter vom Opfer entfernt gewesen war, als der Schuß fiel.

Dexter Bryson rutschte am Tisch der Verteidigung unruhig auf seinem Stuhl hin und her. Er hatte nicht geahnt, daß sein Opfer noch nach seinem Tod eine Verbindung zu ihm und seiner Waffe herstellen würde. Sie hatte seinen Revolver mit ihrem Blut gekennzeichnet!

Mittels Herb McDonnells Fachwissen wurde die Tötungsart aufgedeckt. Für sich allein genommen hätte die Aussage der Lehrerin, die den lauten Knall gehört hatte, nicht ausgereicht, um zweifelsfrei zu beweisen, daß im Busdepot eine Waffe abgefeuert und durch den Schuß ein Mensch schwer verletzt oder vielleicht gar getötet worden war.

Die Blutmenge am Tatort war ermittelt worden, und der prozentuale Vergleich mit Vicki Browns Gesamtblutmenge hatte den Ermittlern verraten, daß sie die Verletzung nicht lange überlebt haben konnte.

Herb McDonnells Aussage war elektrisierend. Jeder, der ihm zuhörte, glaubte vor seinem geistigen Auge den tödlichen Kampf in der dunklen Scheune sehen zu können. Als Dexter Bryson erkannt hatte, daß seine Kraft allein nicht ausreichen würde, Vicki zu überwältigen, und daß eine Vergewaltigung unmöglich sein würde, mußte ihm auch aufgegangen sein, daß sie ihn anzeigen würde. Da hatte er die Waffe zur Hilfe genommen, die er für alle Fälle eingesteckt hatte. Vicki Brown saß in einer Ecke der Scheune in der Falle, als er ihr den Revolver an den Kopf hielt und abdrückte. Dann war sie an der Wand entlang zu Boden gesunken, sterbend oder bereits tot. Von dort aus hatte der Angeklagte die Leiche dann an dieser Wand entlang geschleift oder getragen.

Die unerbittliche Beweiskette setzte sich fort: Vickis Haarproben und die Haare an Brysons Truck, ihre Blutgruppe, ihre Zahnbrücke, Brysons blutige Kleider, Vickis gestohlene Slips mit dem Erdbeermuster, Brysons blutige Schaufel.

Und dann wies Marty Sells noch auf die zahlreichen Unstimmigkeiten in Brysons Geschichte hin. Niemand außer dem Angeklagten selbst hatte den ›weißen Phantomtruck‹ gesehen, dessen Insassen angeblich versucht hatten, in seinen Wohnwagen einzubrechen. Eine Kollegin von Vicki hatte Bryson um 21 Uhr in der Stadt gesehen, zu der Zeit, da er behauptet hatte, bei Rex Simcox gewesen zu sein. Und schließlich sagte Rex Simcox aus, daß er Bryson zurückgerufen hatte, nachdem *er* im Depot nach dem Rechten gesehen hatte. Und Bryson war *nicht* zu Hause gewesen. Niemand wußte, wo er an dem Abend von Vicki Browns Verschwinden gesteckt hatte.

Marty Sells präsentierte weitere in Frage kommende ›Verdächtige‹, bevor die Verteidigung sie anführen konnte. Myron Wicks stand zu seinem Wort und sagte zu seiner Affäre mit Vicki aus; wie nicht anders zu erwarten, schnappten die Zuschauer nach Luft angesichts seines ehrlichen Eingeständnisses der Impotenz. Kein Verteidiger würde daran rühren.

Vickis Ex-Ehemann war ebenfalls als Verdächtiger überprüft worden, konnte aber unmöglich etwas mit Vickis Verschwinden zu tun haben, weil er am Abend des 9. Februar Meilen von Rainier entfernt im Krankenhaus gelegen hatte.

Ermittler Renfrow berichtete, daß er Dexter Bryson und seine Frau zu Vicki Browns Verschwinden befragt habe und Bryson gemeint hätte, was immer mit Vicki geschehen wäre, es müßte ›ein Unfall gewesen sein‹. Wie wollte er das wissen, wenn er nicht selbst anwesend gewesen war, als sie starb?

Es gab mehr als genug Aussagen, die für Spannung bei den Zuschauern sorgten. In ihrem Bemühen nachzuweisen, daß Vicki Brown aus eigenem Antrieb verschwunden war, versuchte die Verteidigung darzulegen, daß diese Frau sich nach ihrem Freund in Alaska gesehnt und ihre Arbeit verabscheut hätte und bei den anderen Busfahrerinnen unbeliebt gewesen wäre. Sie führten sogar einen interessanten Zeugen an, einen gewissen ›Skip Tracy‹ – das war der Spitzname des Privatdetektivs –, der behauptete,

Experte für Personen zu sein, die aus ganz persönlichen Gründen heraus davonliefen.

Tracys Aufmachung wirkte recht sonderbar, als er den Gerichtssaal betrat – zu einem eleganten Anzug mit Krawatte trug er Basketballschuhe. Er unterhielt seine Zuhörerschaft mit Geschichten von Erwachsenen, die einfach abhauten, ein Leben hinter sich ließen, um ein neues zu beginnen, in einem Umfeld, in dem sie niemand kannte. Er erinnerte sich daran, wie er eine Frau aufgespürt hatte, deren Wohnung verlassen und voller Blut vorgefunden worden war. »Sie war gar nicht tot«, sagte er bestimmt. »Wir fanden sie in Las Vegas.«

Als Marty Sells Skip Tracy ins Kreuzverhör nahm, fragte er »Haben Sie von diesem Fall *gelesen*? Wissen Sie überhaupt irgend etwas über Vicki Brown? Wissen Sie, ob sie noch lebt oder tot ist?«

»Nein, Sir, das weiß ich nicht«, gab Skip Tracy zu.

Es war ein langer Prozeß – siebzehn Tage dauerte er. Am 25. September erhob sich Sells und begann mit seinem Schlußplädoyer. »Mr. Bryson hat an jenem Abend Vicki Brown das Kostbarste gestohlen, was ein Mensch besitzt, das kostbarste Recht, das ein Mensch nur besitzen kann, und das ist das Recht, zu sein, zu existieren, zu leben. Er hat ihr das genommen, und zwar vorsätzlich und brutal, und darum bitten wir das Gericht, den Angeklagten für schuldig zu befinden.«

Richter Kalberer überlegte nicht lange. Als er in den Saal zurückkehrte und das Wort an Dexter Bryson richtete, erklärte er, daß er bei seiner Entscheidung drei Faktoren berücksichtigen müsse. »Ich muß entscheiden, ob Vicki Brown tot ist, und wenn ich diese Frage positiv beantworte, ob sie ermordet wurde und wenn ja, ob Sie es getan haben. Ich hege keinen Zweifel daran, Mr. Bryson, daß sie tot ist, daß sie ermordet wurde und daß Sie es getan haben.«

Dexter Bryson starrte den Richter mit ausdrucksloser Miene an. Er hielt sich weiter sehr gerade und zitterte auch nicht. Fast schien es so, als hätte er die Worte des Vorsitzenden nicht gehört.

Bryson wurde zu lebenslanger Haft verurteilt. Er ging in Berufung und verlor. Nach damals in Oregon geltendem Gesetz durfte er nach einer sechsmonatigen Gefängnisstrafe theoretisch den Bewährungsausschuß anrufen. Natürlich saß er länger als sechs Monate, aber auch nicht lebenslang. ›Lebenslange Haft‹ ist ein irreführender Begriff. In den meisten amerikanischen Staaten bedeutet das zwischen zehn und achtzehn Jahren Haft – es sei denn, eine Strafmilderung bzw. Bewährung wird von vornherein ausgeschlossen. Aber auch in diesem Fall können neue Vorschriften, neue Gouverneure und neue Gesetze die Dauer einer scheinbar endlosen Zeit im Gefängnis verkürzen.

Dexter Bryson ist seit einigen Jahren wieder auf freiem Fuß. Vicki Brown wurde nie gefunden, und Bryson ist wohl der einzige, der weiß, wo sie ist. Und er weigert sich, es zu verraten.

Vielleicht wird eines Tages ein Camper ein Skelett oder ein Fischer im Columbia River ein Knochenfragment oder ein Kleidungsstück entdecken. Inzwischen ist unwahrscheinlich, daß es noch dazu kommt, aber die Zeit bringt früher oder später alles ans Licht.

Vicki Browns Mörder wurde verurteilt, obgleich keine Leiche gefunden wurde. Und hierin liegt auch ein Teil der Gerechtigkeit. Vicki war eine gute Mutter, eine gute Tochter und eine zuverlässige Mitarbeiterin und eigentlich hätten noch viele, viele Jahre vor ihr liegen müssen. Aber ihr Leben endete in einem verdunkelten Busdepot, als ein zurückgewiesener Verehrer in seiner Frustration und Wut durchdrehte.

Wie Marty Sells in seinem Schlußplädoyer aufgezeigt hatte, hatte Dexter Bryson bei dem Mord an Vicki einen groben Fehler nach dem anderen gemacht. »Das einzig Kluge, was er getan hat, war, die Leiche zu verstecken.«

Aber aufgrund der stummen Aussage von Vicki Browns eigenem Blut war das nicht genug.

Ich werde dich ewig lieben

Ich habe von dieser Geschichte ultimativen Verrats erst erfahren, als es längst zu spät war, das Opfer zu retten. Ruth Loggs Töchter und andere Verwandte vermochten sie ebenfalls nicht zu retten, aber sie blieben hartnäckig und sorgten für eine gewisse ausgleichende Gerechtigkeit durch einen außergewöhnlichen Gerichtsentscheid.

Dies ist ein alptraumhafter Fall, wie er jede alleinstehende Frau verfolgt. Jede von uns kann sich in Ruth Logg hineinversetzen. Jede von uns möchte gern glauben, daß sie niemals auf das Blendwerk eines Mannes wie Ruths ›Tony‹ hereinfallen würde. Und doch müssen wir, denke ich, im Innersten zugeben, daß jede Frau, die darauf hofft, ewige Liebe zu finden, Gefahr läuft, anstatt dem perfekten Geliebten dem vollendeten Lügner zu begegnen.

Als ich vor vielen Jahren für diesen Fall recherchiert habe, fand ich Ruth Loggs ›perfekten Geliebten‹ so unheimlich, daß ich meinen gewöhnlichen Künstlernamen in ein völlig anderes Pseudonym umwandelte, damit er mich nicht würde ausfindig machen können.

Ich glaube, daß Sie meine Beweggründe verstehen werden, wenn Sie die Geschichte des Mannes lesen, der versprach, Ruth ›ewig‹ zu lieben.

Wenn man ihr Leben in bezug auf weltliche Güter betrachtete, besaß Ruth Logg einfach alles. Die hübsche blonde Witwe war von ihrem verstorbenen Mann finanziell bestens abgesichert worden. Nach Les' Tod lebte sie dann mehrere Jahre allein in ihrem großen Haus in Auburn, Washington. Das Grundstück war tadellos gepflegt, und es gab sogar einen großen Swimmingpool. Der Wert von Ruths Haus wurde Anfang der siebziger Jahre auf fünfundachtzig Dollar geschätzt; heute wäre es weit über eine Million wert. Les Loggs Aktien hatten zum Zeitpunkt seines Todes einen Wert von über einer Viertelmillion. Und auch diese zweihundertundfünfzigtausend Dollar wären bei der aktuellen Wirtschaftslage zehnmal soviel wert. Dazu hatte Ruth einen guten Geschäftsführer. Sie hatte sich reibungslos in ihre neue Position als Unternehmerin eingefunden.

Anders als viele andere Frauen, die plötzlich allein dastehen, kam Ruth Logg gut zurecht. Ihre beiden hübschen Töchter im Teenageralter, Kathleen und Susan, wohnten bei ihr, und sie liebte die beiden Mädchen über alles. Aber Ruth war erst Anfang Vierzig und träumte manchmal davon, einen neuen Lebenspartner zu finden. Sie war einsam, und die Zukunft erschien ihr öde.

Ruth wußte, daß ihre Töchter bald ausziehen würden, um ihr eigenes Leben zu leben, und so sollte es auch sein. Sie akzeptierte das, aber sie konnte den Gedanken nicht ertragen, allein in dem großen Haus zu sein, wenn Kathleen und Susan erst fort waren. Im März 1971 bot sie das Haus zum Verkauf an. Vielleicht würde sie sich ein Reihenhäuschen kaufen oder auch eine Wohnung, um sich keine Gedanken mehr wegen der Gartenarbeit machen zu müssen. Und sie hatte auch ihre eigene Sicherheit vor Augen. Eine Frau, die allein in einem freistehenden Haus lebte, war gefährdeter, als wenn sie mit anderen Leuten zusammen in einem bewachten Wohnblock wohnte.

Die meisten alleinstehenden Frauen hegen den romantischen Traum, eines Tages einen Mann kennenzulernen, der ihr ganzes Leben von Grund auf verändert. Ruth Logg bildete da keine Ausnahme. Sie war viel zu jung, um die Hoffnung auf Liebe schon zu begraben, und doch standen die Aussichten schlecht. Sie verabscheute Partnervermittlungen, Vereinigungen wie »Alleinstehende Eltern« oder auch von wohlmeinenden Freunden arrangierte Blind-dates. Manchmal fragte sie sich, warum es so schwierig sein mußte, jemanden kennenzulernen.

Und dann begegnete Ruth Logg tatsächlich jemandem völlig unerwartet. An einem strahlenden Nachmittag im März begegnete sie dem Mann, der ihrem Leben eine aufregende Wende geben sollte, zum ersten Mal. Eine schnittige Luxuskarosse hielt vor dem Haus, und ein durchtrainierter, tadellos gekleideter Mann stieg aus und klopfte an die Tür. Er hatte eine wunderbare Stimme. Er stellte sich als ›Dr. Anthony Fernandez‹ vor.

Niemand hätte Dr. Fernandez als gutaussehend bezeichnet, und doch besaß er unleugbar Charisma. Er hatte breite Schultern und muskulöse Arme und Handgelenke und musterte Ruth aus warmen dunklen Augen unter buschigen Brauen. Ruth spürte gleich, daß sie einen sanftmütigen Menschen vor sich hatte. Ihr fielen seine wunderbaren Manieren auf; er entschuldigte sich beinahe dafür, sie zu stören, er wolle sich jedoch gern ihr Haus ansehen. Ruth versicherte ihm, daß es ihr eine Freude wäre, ihm alles zu zeigen.

Dr. Fernandez erklärte, er sei achtundvierzig Jahre alt und geschieden. Kürzlich habe er eine Familienberatungsklinik in der Gegend von Tacoma eröffnet und hoffe, ein Haus mit günstiger Verkehrsanbindung zu seinem Arbeitsplatz zu finden.

Ruth Logg war sehr angetan von Dr. Fernandez, der sie aufforderte, ihn ›Tony‹ zu nennen. Sie unterhielten sich, während sie ihn durch das Haus führte, und er schien beeindruckt vom Grundriß, der Einrichtung und dem Grundstück. Es dauerte nicht lange, und sie hörten auf, über das Haus zu sprechen; sie entdeckten, daß sie viele gemeinsame Interessen hatten. Dr. Anthony Fernandez fragte Ruth Logg, ob sie ihm die Freude bereiten würde, mit ihm essen zu gehen, und sie nahm seine Einladung an, ein wenig verwundert über sich selbst, daß sie einem Rendezvous mit einem Mann zustimmte, den sie kaum kannte.

Ihr erster gemeinsamer Abend war ein solcher Erfolg, daß sie beide wußten, daß sie einander wiedersehen würden. Weitere Verabredungen folgten, und plötzlich wurde Ruth heftig umworben. Nach so vielen Jahren eines Schattendaseins fand sie es unglaublich reizvoll, daß ein faszinierender Mann ihr den Hof machte. Und es bestand kein Zweifel daran, daß Tony Fernandez ihr den Hof machte. Zuerst stellte Ruth ihr Glück in Frage, aber dann akzeptierte sie es. Immerhin war sie eine attraktive Frau mit üppiger Figur und einem hübschen Gesicht. Das hatte sie in den Jahren ihres Witwendaseins beinahe vergessen. Nun machte das neue Glück Ruth noch schöner.

Ruth argwöhnte keine Sekunde, daß Tony sich ihres Reichtums wegen für sie interessieren könnte. Tatsächlich glaubte sie, daß ihr eigenes Vermögen ein Klacks wäre verglichen mit dem, was er selbst besaß; Tony hatte ihr zu verstehen gegeben, daß er sehr wohlhabend war. Er sprach von Firmenanteilen in der Holzbranche und von Immobilien. Und dann war da natürlich noch seine Beratungspraxis. Er brauchte ihr Geld nicht.

Sie ahnte nicht, daß Tonys schnittiger Wagen gemietet war, und sie wußte auch nicht das geringste über seine Vergangenheit. All das war ihr unwichtig. Ruth Logg war hoffnungslos verliebt in Anthony Fernandez.

Ruths Verwandte und Freunde zeigten sich weniger begeistert von Tony. Natürlich gönnten sie es ihr, glücklich zu sein, zumal sie so viele Jahre darauf verwandt hatte, anderen zu helfen, aber sie waren besorgt. Sie hatten Tonys Vergangenheit überprüft und waren bald auf Gerüchte gestoßen, denen zufolge ›Dr.‹ Fernandez eine Gefängnisstrafe wegen Betruges abgesessen hatte. Sie bezweifelten, daß Ruth den Gerüchten Glauben schenken würde, und so baten sie sie eindringlich, sich selbst über Fernandez zu informieren, bevor sie in Betracht zog, ihn zu heiraten.

Ruth lächelte nur und versicherte ihnen, daß sie alles

über Tony wisse. Er hätte ihr erzählt, daß er in der Vergangenheit ein wenig Ärger gehabt hätte. Sie sagte, er wäre ehrlich zu ihr gewesen, und seine Vergangenheit interessiere sie nicht. Ruth vertrat die Philosophie, daß jeder eine zweite Chance verdiente. Warum sollte sie unschöne Erinnerungen wachrufen? Ruths Schwester war besonders hartnäckig in ihrem Bestreben, sie von ihrer rosaroten Wolke herunterzuholen.

Als Tony Fernandez dahinterkam, teilte er Ruths Schwester mit, daß sie sich ab sofort als von ihrem gesellschaftlichen Umfeld und Familienzusammenkünften ausgeschlossen betrachten könne, wenn ihr seine Pläne mit Ruth nicht gefielen. Erstaunlicherweise unterstützte Ruth Tony in diesem Entschluß.

Niemand ist blinder als jemand in den ersten Stadien der Verliebtheit, und Ruth weigerte sich strikt, sich auch nur ein kritisches Wort über Tony anzuhören. Im September 1971 verlobten sie sich. Ruth gab ihr Vorhaben auf, das Haus zu verkaufen; sie und Tony würden dort leben. Auf seinen Vorschlag hin setzten sie beide neue Testamente auf. Während Ruth in ihrem alten Testament ihre ganze Habe – zweihundertundfünfzigtausend Dollar und das Haus – ihren Töchtern vermacht hatte, setzte sie nun Tony als Alleinerben ein. Sie vertraute darauf, daß Tony, falls ihr etwas zustieß, angemessen für die Mädchen sorgen würde. Im Gegenzug bestimmte Tony in seinem letzten Willen Ruth als alleinige Erbin.

Worin Anthony Fernandez' Besitz nun tatsächlich bestand, darüber ließ sich streiten. Trotz seiner Prahlereien gegenüber seiner Verlobten, hatte Tony nicht viel vorzuweisen. Als er Ruth kennenlernte, hatte er siebentausendundfünfhundert Dollar auf der Bank, besaß Obligationen im Wert von tausend Dollar sowie einige Minen- und Immobilienanteile, die eines Tages für weniger als viertausend Dollar zwangsversteigert werden würden. Darüber hinaus liefen mehrere Verfahren gegen ihn, und unter dem Strich stand er tief in den roten Zahlen.

Trotz der Bedenken und Einwände jener Menschen, die

Ruth Logg aufrichtig liebten, flogen sie und Dr. Tony Fernandez am 5. Januar 1972 nach Puerto Rico und heirateten dort. Sie kannte ihn erst zehn Monate, aber es schien, als wären sie füreinander bestimmt. Sie stießen mit Champagner auf ihr neues gemeinsames Leben an, und Ruth war wunschlos glücklich. Die Flitterwochen mit ihrem neuen Ehemann erfüllten all ihre Hoffnungen, und sie vertraute darauf, daß ihre Familie Tony mit der Zeit im selben Licht sehen würde wie sie selbst.

Und während sie Tony testamentarisch alles hinterlassen hatte, beabsichtigte sie, noch mindestens vier Jahrzehnte unter den Lebenden zu weilen. Es gab für sie jetzt zu vieles, wofür es sich zu leben lohnte. Als Tony beiläufig erwähnte, daß es für ihn leichter wäre, ihre Geschäfte zu führen, wenn er über entsprechende Vollmachten verfügte, zögerte Ruth keinen Moment. Sie gingen zum Notar, und Ruth erteilte ihrem Ehemann Vollmacht, ihren Besitz zu verkaufen oder jede sonstige geschäftliche Transaktion in ihrem Namen abzuwickeln.

Rückblickend ist deutlich, daß Ruth Logg Fernandez herzlich wenig über den Mann wußte, den sie geheiratet hatte. Nicht einmal ihre Familie ahnte, was für ein Mensch er wirklich war.

Es wäre für Ruth ein Leichtes gewesen, über Tonys nähere und weiter zurückliegende Vergangenheit Erkundigungen einzuholen. Berge von Zeitungsartikeln waren geschrieben worden über seinen zweifelhaften Werdegang. In seiner Heimat war er erst berühmt und dann berüchtigt gewesen.

Anfang der fünfziger Jahre galt Tony Fernandez als ein bedeutender Mann in der Holzindustrie der Staaten Washington und Oregon. Er agierte vornehmlich von Longview aus, einer Zwanzigtausend-Einwohner-Stadt südwestlich von Washington. In der *Daily News* von Longview wurde regelmäßig von Fernandez' neusten umfangreichen Holzkäufen berichtet. Bei manchen seiner Geschäfte ging es um Baumbestände im Wert von mehreren Millionen.

Tony Fernandez wurde bei zahlreichen Unternehmen

als Partner geführt und hatte das Ansehen eines soliden Bürgers im Städtchen. Er lieferte ausreichend Stoff für Schlagzeilen: ›Fernandez kauft Baumbestand auf Dammgelände in Oregon‹ (das war am 19. Juli 1954, als Tony 13 Millionen Festmeter zu zweiunddreißig Dollar pro tausend Fuß gekauft hatte); ›Abholzen der Chinook-Gegend geplant‹ (das war am 4. Oktober 1954, als er 2,5 Millionen Festmeter rohe Bretter erworben hatte), ›Fernandez kauft Pacific Timber‹ (9. März 1956, und Tony Fernandez schätzte, daß sein neuester Geschäftsabschluß letztendlich dreihunderttausend Dollar einbringen würde).

Damals war Tony Fernandez erst zweiunddreißig, aber er war groß im Geschäft und beschränkte sich auch nicht auf den Holzhandel. Am 22. März 1955 berichtete die *Daily News* von einer neuen Minengesellschaft, die in Cowlitz County, Washington, gegründet worden war. Tony Fernandez war Vorsitzender. Ziel des Unternehmens sollte sein, ›Gold, Silber, Kupfer, Blei, Zink, Messing, Eisen und Stahl abzubauen, zu walzen, zu konzentrieren, zu konvertieren, einzuschmelzen, zu verfeinern und zu verkaufen‹. Darüber hinaus erwartete die Gesellschaft, auch Ölbohrrechte zu erwerben. Die Ausgabe von Aktien im Wert von hunderttausend Dollar war genehmigt worden.

Tony Fernandez genoß weiterhin hohe Publicity. Er fuhr stets neue Cadillacs, und als Deputy Sheriff ehrenhalber war es ihm gestattet, in seinen Wagen eine Polizeisirene einbauen zu lassen. Er lebte in einem großen Haus oben auf dem Hügel oberhalb von Longview, zusammen mit seiner Frau und vier Kindern. Er war aktiv als Betreuer bei den Pfadfindern und saß im Stadtrat von Longview.

Im April 1957 verkündete Fernandez, daß er nach Canada expandieren wolle und für eine Million fünfhunderttausend Dollar über *dreihundert Millionen* Festmeter Holz erworben habe – Ländereien, die einst ein Geschenk des britischen Königshauses gewesen waren – in der Nähe von Nelson, British Columbia. Er gab in einem Interview an, daß er erwäge, an der kanadischen Grenze eine Filiale zu errichten.

Tatsächlich stand Tonys Imperium jedoch offenbar auf tönernen Füßen. Mehrere große Holzgesellschaften verklagten ihn und warfen ihm vor, manche Gegenden noch lange nach Ablauf seiner Verträge abgeholzt zu haben. Außerdem hieß es, er habe Betrug verübt, indem er potentiellen Käufern falsche Baumabschnitte gezeigt habe. Sie hatten geglaubt, dicht bewaldete Grundstücke zu erwerben, während Tony ihnen in Wirklichkeit ein Gelände gezeigt hatte, das ihm gar nicht gehörte. Die Käufer hätten dann im guten Glauben den Kauf abgezeichnet, ohne vorher die Flurkarten einzusehen.

Aber nicht nur die großen Gesellschaften nahmen Tony aufs Korn. Mehrere ältere Landbesitzer warfen ihm vor, er habe sie beschwatzt, Blankoverträge zu unterschreiben, woraufhin sie dann später erfahren hätten, daß sie Grundstücke mit starkem Baumbestand an ihn abgetreten hatten.

Tony Fernandez konnte seine Bücher nicht ewig frisieren. Im Juli 1958 wurde die Finanzbehörde auf ihn aufmerksam. Das Finanzamt forderte von ihm Steuernachzahlungen in Höhe von 95.246,31 Dollar, die er in den Jahren 1951, 1952 und 1953 hinterzogen hatte. Das Finanzamt veranlaßte eine sofortige Steuerveranlagung und gleichzeitige Beschlagnahme von Tony Fernandez' Eigentum. Das bedeutete ein Zurückbehaltungsrecht, seinen gesamten Besitz betreffend. Darauf folgten zwei Memoranden des Superior Court, denen zufolge der Holzgroßhändler zwei Holzunternehmen aufgrund von Zivilklagen eine Entschädigung in Höhe einer halben Million Dollar zu zahlen habe.

Trotzdem fuhr Tony Fernandez weiter seine Cadillacs, lebte weiter in seinem hübschen Haus und hielt die Fassade des erfolgreichen Geschäftsmannes und Pfeilers der Gesellschaft in Longview aufrecht.

Einzelpersonen, die mit Fernandez Geschäfte gemacht hatten, erlebten zum Teil Verblüffendes. Ein Mann aus Oregon, Bill Belcher, war vollkommen ratlos nach einer Reise, die er im März 1958 zusammen mit Fernandez nach Nelson in British Columbia angetreten hatte. Tony hatte Belcher angeboten, seine Waldgebiete zu überfliegen, damit er sich den Besitz ansehen konnte. Die Wolkendecke war jedoch so dicht gewesen, daß Belcher nicht einmal hatte erkennen können, ob er Tannen, Kiefern, Fichten oder Hemlocktannen vor oder besser unter sich hatte – oder nur Unkraut. Als sie später versuchten, im Jeep zu den Wäldern zu gelangen, zwangen tiefe Schneewehen sie zur Umkehr.

Während sie noch über ihr Pech bei der Fahrt nachsannen, trat Belcher während einer Pause hinter den Jeep, um sich eine Zigarette anzuzünden. Das nächste, woran er sich erinnerte, war, daß er neben Bahngeleisen lag und sein Kopf sich anfühlte, als wäre er unter eine Lok gekommen. Er wurde von Bahnarbeitern gefunden, die den Notarzt riefen. Belcher lag mit schweren Kopfverletzungen zehn Tage im Krankenhaus.

Später erfuhr er, daß Tony Fernandez zu der Berghütte zurückgekehrt war, in der die beiden Männer abgestiegen waren. Dort hatte er erklärt, Belcher habe beschlossen, in einer Schürferhütte oben in den Bergen zu bleiben.

Die Royal Canadian Mounted Police informierte Bill Belchers Familie davon, daß er schwer verletzt worden war. Seine Frau reiste sofort nach Kanada. Nachdem die Ärzte ihr versichert hatten, daß er überleben werde, folgte sie Belchers Anweisungen, seine Aktentasche zu holen, in der sich wichtige Unterlagen und Bargeld befanden. Sie fand die Mappe, aber Belcher konnte sich nicht erklären, wie ein Kaufvertrag hineingekommen war. Außerdem enthielt der Koffer eine Quittung über vierzigtausend Dollar, die er für irgendein Grundstück gezahlt haben sollte.

Bill Belcher konnte sich nicht daran erinnern, was mit ihm geschehen war, nachdem er aus Tony Fernandez' Fahrzeug gestiegen war, um sich auf der verschneiten Straße eine Zigarette anzuzünden. Allerdings war er absolut sicher, daß er niemals Holz gekauft hätte, ohne es vorher zu sehen, und schon gar nicht vierzigtausend Dollar gezahlt hätte für Bäume, die im Nebel verborgen waren.

Während Belcher bewußtlos an den Geleisen gelegen

hatte, hatte ein Bankangestellter in Grants Pass, Oregon, wo Belcher ein Konto besaß, mehrere Anrufe von einem Mann erhalten, der sich als Bill Belcher ausgegeben hatte. Der Anrufer hatte den Banker angewiesen, vierzigtausend Dollar auf ein Konto bei einer Bank in Gresham, Oregon, zu überweisen, für den ›Fernandez-Belcher-Deal‹.

Belcher, der noch nie unter Blackouts gelitten hatte oder ohnmächtig geworden war vor diesem mysteriösen ›Unfall‹ hinter dem Jeep mitten in den verschneiten kanadischen Wäldern, erhielt von Tony Fernandez' Gesellschaft über eine außergerichtliche Vereinbarung schließlich sechunddreißigtausend Dollar zurück.

Im Jahre 1959 wurden Vorwürfe ganz anderer Art gegen Tony Fernandez erhoben. Im März jenes Jahres wurde er verhaftet und der sexuellen Belästigung in drei Fällen angeklagt, nachdem ein Mädchen im Teenageralter ihn angezeigt hatte. Sie warf ihm vor, daß er sie zwei Jahre zuvor zum Sex gezwungen habe. Nach zahlreichen Verzögerungen und einer Verlegung des Verhandlungsortes nach Clark County, Washington, wurde Fernandez freigesprochen.

Tony Fernandez blieb weiter im Holzhandel aktiv. In der zweiten Aprilhälfte 1961 ereignete sich ein weiterer sonderbarer Zwischenfall, als John Casteel, ein älterer Holzhändler aus Cresswell, Oregon, mit Fernandez über das kanadische Waldgebiet flog. Es war beinahe eine Wiederholung dessen, was Bill Belcher widerfahren war. Casteel konnte die Bäume unter sich nicht deutlich genug erkennen, um über ihre Qualität urteilen zu können. Fernandez redete derweil ohne Unterlaß auf ihn ein und erwähnte, daß die Unternehmensgruppe, die er vertrete, kürzlich für zwei Millionen Dollar siebenhundertundzwanzig Hektar Land in Wasco County, Oregon, erworben habe. Casteel reckte den Hals und versuchte krampfhaft, die Bäume zu sehen, die Fernandez ihm verkaufen wollte, aber das Flugzeug flog viel zu hoch, und das Wetter spielte nicht mit.

Nach dem ergebnislosen Flug stiegen Fernandez und Casteel in einem Hotel in Spokane ab, und Tony erklärte, daß etwa hunderttausend Dollar als Sicherheit für das Vorkaufsrecht an dem kanadischen Waldgebiet zu hinterlegen wären. Casteel erwiderte, daß er im Augenblick keine solche Summe für den Holzankauf zur Verfügung habe und nicht interessiert sei. Tony wußte jedoch, daß der alte Mann steinreich war; kürzlich erst hatte Casteel Tony für drei Millionen Dollar eine dreitägige Option auf Waldgebiete angeboten, die sich in Casteels Besitz befanden.

Als die beiden Männer wieder in Longview waren, lud Fernandez den alten Mann ein, sich ein Waldstück zwanzig Meilen östlich von der Stadt anzusehen. Nachdem sie sich an einer Stelle umgeschaut hatten, schlug Tony vor, noch zu einem anderen Wald am Ende einer Holzfällerstraße zu fahren.

Sie begutachteten die Bäume, die Casteel nicht übermäßig beeindruckten. Als sie den tiefen Wald verlassen hatten und herausfuhren, rief Tony Fernandez plötzlich, daß er die Kontrolle über den Jeep verloren hätte.

»Als ich aufblickte, sah ich Fernandez aus dem Wagen springen«, sagte Casteel, der sich als zäher erwies, als Tony erwartet hatte.

Casteel selbst hatte keine andere Wahl gehabt, als in dem außer Kontrolle geratenen Jeep bis an den Fuß eines achtzehn Meter steilen Abhangs auszuharren, wobei er im Innern des Wagens ›herumhüpfte wie ein Gummiball‹. Zu seiner eigenen Überraschung lebte er noch, als der Jeep schließlich gegen einen Baumstamm prallte. Er stieg aus dem ramponierten Wagen und kletterte mühsam den steilen Hang hinauf.

Fernandez wartete oben und blickte auf ihn herab, während er langsam höherkraxelte. Casteel war nicht sicher, ob er von Tony etwas zu befürchten hatte, aber der schnaubte nur und sagte: »Sie sind ein zäher alter Teufel – Ihnen könnte ich nicht mal mit einer Keule das Licht ausblasen.«

Casteel hoffte nur, daß Fernandez nicht beabsichtigte, das auszuprobieren.

Die beiden Männer wurden von einem Holztransporter mit in die Stadt genommen, und Casteel fuhr höchstpersönlich die zweihundert Meilen am Steuer seines Wagens nach Hause, wo ein Arzt feststellte, daß er sich bei dem Crash nur ein paar Bänderrisse zugezogen hatte.

Als John Casteel später seine Aktentasche öffnete, um einem Freund eine Karte des kanadischen Waldgebietes zu zeigen, fand er Kopien einer Vereinbarung zwischen ihm selbst und einer von Fernandez' Gesellschaften. Er hatte das Schriftstück noch nie zuvor gesehen, und doch handelte es sich um eine Abtretungsurkunde, laut derer Casteels Baumbestand an Fernandez überschrieben wurde, als Sicherheit für eine Option auf Tonys Besitz in Wasco County. Hinzu kam ein Vorvertrag für den Verkauf des kanadischen Waldgebietes an Casteel, aus dem hervorging, daß Casteel vierhunderttausend Dollar für das Holz geboten hatte.

John Casteel war ein gewiefter Geschäftsmann, und er löschte sofort den Rechtsanspruch Fernandez' an seinem Drei-Millionen-Wald, damit Fernandez sich den Grundbesitz nicht unter den Nagel reißen konnte. Schließlich zahlte er Tony eintausendundfünfhundert Dollar Ablöse für sämtliche Ansprüche und schätzte sich glücklich, nicht mehr verloren zu haben.

Es würde ein ganzes Buch erfordern, Tony Fernandez' hochkomplizierte Holzgeschäfte aufzuschlüsseln. Man kann sich des Verdachts nicht erwehren, daß es Fälle gab, bei denen seine Anschläge auf potentielle Käufer, die angeblich irgendwelche Verträge unterschrieben hatten, erfolgreich gewesen waren. Es mag noch weitere ›Unfälle‹ in den Wäldern gegeben haben, die nie gemeldet wurden.

Fernandez' Finanzimperium brach im April 1962 endgültig zusammen, als eine Bundesanklagejury [Untersuchungsgremium von auf Zeit ernannten Bürgern, die die öffentliche Anklage ablehnen oder für rechtens befinden; Anm. d. Übers.] ihn eines Millionenschwindels auf dem Holzsektor für schuldig befand. Das war das Ergebnis einer vierjährigen Untersuchung von Fernandez' Geschäftsmaschinerie. Die Zwischenfälle mit Belcher und Casteel wurden nur als zwei von zahlreichen mehr aufgeführt.

Tony Fernandez wurde im Dezember 1962 in Richter William G. Easts Gerichtssaal am Bundesbezirksgericht in Portland, Oregon, wegen zwischenstaatlichen Betruges in sieben Fällen sowie der Verabredung zur Begehung einer Straftat in einem Fall der Prozeß gemacht. Zwei Monate später lautete das Urteil auf elf Jahre und elf Monate Haft. Im April 1963 wurde sein Besitz veräußert, und von dem Erlös wurden Schadenersatzansprüche der Geschädigten beglichen. Trotz mehrerer Berufungen blieb Tony Fernandez im Bundesgefängnis auf McNill Island, bis er am 15. Januar 1970 auf Bewährung entlassen wurde.

Tony war jedoch nicht untätig gewesen in den Jahren, die er auf der öden Gefängnisinsel mitten im Puget Sound verbracht hatte. 1968 hatte er in seiner Eigenschaft als damaliger Steuerzahler im Staate Washington den Staatssekretär Lud Kramer sowie die U.S. Repräsentantin Julia Butler Hansen auf einhunderttausend Dollar verklagt, weil Ms. Hansen als Frau nicht qualifiziert sei, im Kongreß zu sitzen. Die Klage war lächerlich, ganz zu schweigen von ihrem chauvinistischen Aspekt, und verlief im Sande. Aber sie brachte Tony Fernandez wieder Schlagzeilen ein, und das gefiel ihm.

Sechs Monate nach seiner Entlassung erhielt Fernandez sein Diplom über das Fernstudium beim Tacoma Community College. Er war der erste Häftling des Staates Washington, der über ein innovatives Programm, das Häftlingen gestattete, während der Haftzeit Kurse zu belegen, ein Collegediplom erlangte.

Und so war Anthony Fernandez 1970 wieder frei – vom Gefängnis und seiner dreiundzwanzigjährigen Ehe. Seine

Frau hatte sich 1965 noch während seiner Haftzeit von ihm scheiden lassen. Überraschenderweise erklärte sie, Tony nicht zu grollen. Er habe die Familie immer gut versorgt und sei nicht gewalttätig gewesen. Allerdings erwähnte sie auch seine Schwäche für andere Frauen. Sie gab als Scheidungsgrund an, daß sie keine Lust mehr habe, sich noch länger belügen zu lassen. Es war eine höchst zivilisierte Scheidung gewesen. So zivilisiert, daß Tony nach seiner Entlassung auf Bewährung des öfteren zusammen mit seiner jeweiligen neuen Freundin seine Ex-Frau besuchte.

Tony Fernandez' Aktivitäten nach der Zeit im Gefängnis nahmen erstaunliche Ausmaße an. Er berichtete Freunden in seiner Heimatstadt, daß er im letzten Semester an der Pacific Lutheran University in Tacoma studiere und die Schlußprüfungen in Psychologie und Ökologie bald ablegen werde. Das war kurz nach seiner Entlassung. Im Rahmen seines Studiums nahm er an einer Studienreise nach Arizona und New Mexico teil, um Geschichte, Kultur und Wirtschaft der Navajo-Indianer kennenzulernen. In einem Artikel der *Daily News* von Longview wurde darüber hinaus erwähnt, daß Tony gleichzeitig an einer Universität in Florida seinen Master of Arts und seinen Doktor phil. mache (tatsächlich verlangte dieses ›College‹ von seinen Studenten als Gegenleistung für ein ›Diplom‹ nur, daß sie eine Diplomarbeit unbestimmter Länge verfaßten).

Tony Fernandez' erhielt den Doktortitel einfach, weil er eine Arbeit mit dem Titel ›The Innovated Navajo‹ vorlegte. Voilà! Aus Tony Fernandez war Dr. Anthony Fernandez geworden.

Als man das nächste Mal von ihm hörte, berichtete Dr. Fernandez, daß er an einem nordamerikanischen Akupunktur-College in Vancouver, British Columbia, studiere. Tony wurde dahingehend zitiert, daß er dreimal wöchentlich die Vorlesungen besuche sowie im Rahmen seiner Ausbildung fünfzehn Wochen in Hongkong und sechzig Tage in Peking verbracht habe.

Nicht, daß Fernandez der Ansicht gewesen wäre, Akupunktur sei von besonderer Bedeutung für die westliche Welt. »Akupunktur ist bestenfalls fade«, erklärte er. »Aber ich befasse mich damit, weil es sich höchstwahrscheinlich um ein rein psychologisches Werkzeug handelt. Und auch wenn ich sie nie anwende, werde ich von meiner Erfahrung und meinem Wissen auf diesem Gebiet profitieren.«

Am 30. März 1971 – in demselben Monat, in dem er Ruth Logg kennenlernte – erschien ein kurzer Artikel in der *Daily News* in Longview. ›Anthony Fernandez, ehemaliger Bürger von Longview und Absolvent der Pacific Lutheran University, eröffnet im nächsten Monat auf dem Tacoma Way 8815 S eine Beratungsstelle. Auch steht er in Verhandlungen, ein Grundstück in Kelso zu erwerben, um dort eine Familienberatungsklinik zu errichten.‹

Dr. Fernandez versprach, einen vierundzwanzigstündigen Beratungsservice anzubieten, und sagte, er sei vom Sozialamt in Tacoma beauftragt worden, Sozialhilfeempfänger zu überprüfen.

Am 10. Juni 1971 erschien ›Dr.‹ Fernandez' Photo in der *Daily World* von Wenatchee, Washington, neben einem Artikel über seine Pläne, auf seinem dreißig Hektar großen Grundstück im ländlichen Alstown ein ›Rehabilitationszentrum‹ für Drogensüchtige und Alkoholiker zu errichten. Er versprach, eine moderne Klinik zu erbauen, jedoch auf dem Gelände im Osten Washingtons den Stil historischer alter Häuser zu wahren. Er versicherte Anwohnern, daß seine Patienten nicht in der Gemeinde ›frei herumlaufen‹ würden. Natürlich erwähnte er nicht, daß er selbst im Bundesgefängnis eingesessen hatte und nur auf Bewährung entlassen war.

Das war also der Mann, in den Ruth sich hoffnungslos verliebte. Das war ihr Held mit den sanften Augen und der warmen Stimme, der ihre zweite Lebenshälfte zu einer wunderbaren Zeit der Liebe und Kameradschaft machen würde. Sie hatte noch nie einen gewissenlosen Menschen gekannt und war entsprechend naiv, was skrupellose Betrüger anbelangte. Les hatte sie aufrichtig geliebt und beschützt.

Nachdem er Ruth geheiratet hatte, beschäftigte Tony Fernandez sich mit der Wahrung ihrer Geschäftsinteressen und der Verwaltung ihres Vermögens. Fast sofort nach seiner Heirat mit ihrer Mutter drängte er Kathleen, ihre älteste Tochter, auszuziehen. Ruth überzeugte er, daß es Kathleen guttun würde, eine eigene Wohnung zu haben. Ihre jüngere Tochter Susan lebte zwar weiter bei ihnen, war jedoch vollauf mit ihren eigenen Freunden beschäftigt.

Anfangs schien die Ehe der Fernandez überaus harmonisch zu sein. Daß Ruths alte Freunde und Verwandte weniger oft anriefen, fiel ihr nicht auf – sie war viel zu abgelenkt durch ihre Liebe zu Tony.

Aber die Ehe entpuppte sich viel zu bald als bittere Enttäuschung. Während Tonys erste Frau die Gerüchte über seine Untreue ignoriert hatte, war Ruth hierzu nicht in der Lage. Sie verdächtigte ihn, sich mit anderen Frauen zu treffen. Es zerriß ihr das Herz.

Im Mai 1974, nur zwei Jahre nach ihrer Hochzeit mit Tony, reiste Ruth nach Texas – allein. Tony bemerkte einem Freund ihrer Tochter gegenüber: »Wenn sie zurückkommt, wird sie sich entweder zusammenreißen oder sich verziehen müssen.«

In Ruths Abwesenheit benutzte Tony seine Vollmacht, um einen Teil ihres Besitzes für einhunderttausend Dollar zu verkaufen – weit unter Marktwert.

Erst sechs Monate zuvor hatten Ruth und Tony in einem eleganten Hotel in Mazatlan, Mexiko, Urlaub gemacht und die anderen Gäste als ›ideales Paar‹ beeindruckt. Aber das war nur Ruths letzter Versuch gewesen, ihre Ehe zu retten. Einer der Gründe für das Ende der perfekten Romanze – und dazu noch ein sehr guter Grund –, war der, daß Tony erwiesenermaßen eine Freundin hatte, mit der es ihm ernst war – die Frau lebte in Centralia, Washington. Obgleich

Ruth hiervon nichts ahnte, hatte er ihrer Rivalin von *ihrem* Geld einen teuren Pelzmantel und einen Solitär-Diamanten geschenkt. Er hatte der Frau versprochen, daß sie bald heiraten würden.

Während Ruth Fernandez im Mai allein unterwegs war, kümmerte Tony sich außerdem um eine andere dringende Angelegenheit. Er schloß bei Mutual in Omaha eine Unfalllebensversicherung in Höhe von einhunderttausend Dollar für Ruth ab. Es sollte nie irgendwelche konkreten Beweise dafür geben, daß Ruth den Antrag für diese Police unterschrieben hatte.

Zu ihrem Unglück liebte Ruth Tony immer noch. Sie glaubte weiterhin daran, daß sie seine Liebe zurückgewinnen konnte und er ihr nach diesem Ausrutscher treu sein würde. In der dritten Juliwoche 1974 freute sie sich auf einen Campingausflug, den sie gemeinsam unternehmen wollten. Es sollten ihre zweiten Flitterwochen werden. Sie hatten bei einem ortsansässigen Händler ein vollausgestattetes Winnebago-Brave-Wohnmobil und einen Geländewagen mit Vierradantrieb gemietet.

Am Sonntag nachmittag, dem 26. Juli, rasteten Ruth und Tony Fernandez im Mount Si Golf Course Restaurant in North Bend, Washington, tranken Cocktails und aßen zu Mittag. Sie hielten sich längere Zeit an diesem malerischen Ort auf.

Kurz hinter North Bend führen der I-90-Freeway und Landstraßen zügig hinauf zum Snoqualmie-Paß. Seitlich der Nebenstraßen fällt das Gelände steil ab. Der Lagerplatz der Fernandez befand sich von North Bend aus achtzig Meilen bergaufwärts.

Zeugen zufolge hatten Ruth und Tony beide leicht beeinträchtigt gewirkt von den Drinks, die sie zum Mittagessen getrunken hatten. Beim Abschied hatten sie erklärt, zu ihrem Lagerplatz weiterfahren zu wollen. Um 16 Uhr 15 an jenem Nachmittag suchte das Ehepaar Fernandez in einer geschäftlichen Angelegenheit die Filiale der Weyerhauser Lumber Company in Snoqualmie auf. Angestellte der Firma erinnerten sich, daß Ruth unglücklich und ein wenig gereizt gewirkt habe, Tony dagegen nachdenklich und still. Angetrunken schien jedoch keiner der beiden gewesen zu sein. Als sie wegfuhren, hatten sie erwähnt, daß sie in Richtung Snoqualmie-Paß weiterfahren würden, bis zu der Stelle, an der sie campen wollten.

Das erste Anzeichen dafür, daß möglicherweise etwas nicht stimmte, kam um 20 Uhr 30 am Sonntag abend. Tony rief die Kellnerin im Mount Si Restaurant an und fragte, ob sie Ruth gesehen hätte. Hatte sie nicht. Als nächstes rief er im Little Chalet Café in North Bend an und fragte auch das dortige Personal nach seiner Frau. Man erinnerte sich an sie, sie hatte sich aber an diesem Abend dort nicht blicken lassen.

Um 20 Uhr 36 Uhr rief Tony die Washington State Patrol in North Bend an und brachte seine Angst um Ruth zum Ausdruck. Als der wachhabende Trooper ihn fragte, warum er sich Sorgen mache, erzählte Tony zuerst, Ruth wäre von einem Spaziergang im Wald nicht zurückgekehrt. Gleich darauf trug er jedoch eine völlig andere Geschichte vor und behauptete plötzlich, sie wäre in dem Winnebago losgefahren, und er habe geglaubt, sie wolle heim nach Auburn.

»Ich bin ihr zwanzig bis dreißig Minuten später in meinem Scout-Geländewagen nachgefahren«, sagte er, »konnte sie aber nirgendwo finden.«

Zufällig waren Ruths Tochter Susan Logg und ihr Verlobter Don Stafford zwischen 20 Uhr 30 und 21 Uhr 30 an jenem Sonntag abend auf der Granite Creek Road in Richtung des Lagerplatzes unterwegs gewesen. Sie waren auf der Strecke weder Ruth noch Tony begegnet. Als sie um 22 Uhr 40 Uhr das große Haus in Auburn betraten, kam Tony gerade aus der Dusche. Er sagte ihnen, daß er keine Ahnung habe, wohin Ruth gefahren sei. Er meinte, sie würde wohl jeden Moment eintreffen und es wäre sicher überflüssig, nach ihr zu suchen. Dazu sei es viel zu dunkel.

Die endlose Nacht verstrich ohne Nachricht von Ruth. Am darauffolgenden Morgen wandten Don Stafford und Tony Fernandez sich in North Bend an die State Patrol und meldeten Ruth offiziell als vermißt. Dann fuhren sie die Martha Lake Road ab hinauf zur Granite Creek Road, in Richtung des verlassenen Campingplatzes. Auf der ganzen Strecke sahen sie keine Spur des Winnebago. Dann bemerkte Stafford plötzlich Reifenspuren auf dem Randstreifen der Granite Creek Road. Die Spuren schienen über den Klippenrand zu führen. Als Stafford Tony auf die Reifenspuren aufmerksam machte, fragte dieser: »Meinst du, ich sollte mal nachsehen?«

Stafford erbot sich, selbst hinunterzuschauen. Er trat an den Rand des Abgrundes, wo das Gestein gesprengt worden und ein fast senkrechter Abhang entstanden war. Er wappnete sich innerlich und blickte hinab. Ganz weit unten sah er eine unkenntliche Blechmasse, die einmal der Winnebago gewesen war.

Bevor er zum Wagen zurückging, um Tony die schlechte Nachricht mitzuteilen, zwang Don Stafford sich, die Felswand zwischen dem völlig zerstörten Wohnmobil und dem Straßenrand genauer anzusehen. Etwa auf halber Höhe entdeckte er eine reglose Gestalt und wußte gleich, daß es sich um Ruth Fernandez handelte.

Innerhalb kürzester Zeit wimmelte es auf der sonnigen Bergstraße von Beamten der King County Police und der Washington State Patrol. Das Wrack befand sich etwa neunzig Meter unterhalb der Fahrbahn. Die Beamten konnten sich ihm nur schräg über eine unbefestigte Straße nähern, die den Hang hinabführte. Als sie schließlich bei Ruth Fernandez angelangt waren, bestätigten sie, daß sie tot war und das bereits seit vielen Stunden. Die Leichenstarre war schon fast vollständig eingetreten. Offenbar hatte sie schwere Kopfverletzungen davongetragen. Seltsamerweise waren ihre Kleider erstaunlich intakt für jemanden, der in dem herabstürzenden Wohnmobil gesessen hatte, bevor er nach fünfzig Metern dann herausgeschleudert worden war.

Tony Fernandez beklagte sich wegen der Stunden, die

die Polizei vor Ort ›vergeude‹. Es wäre doch völlig klar, was sich ereignet hatte. An Don Stafford gewandt, brummte er: »Die sorgen doch nur für unnötigen Papierkram.« Tony bat Stafford, mit ihm wegzufahren. Er wolle nicht länger dableiben und mitansehen, wie die Cops um seine tote Frau herumschwirrten.

Es gab jedoch einiges an dem Unfall, was die Ermittler verwunderte und ihnen Kopfzerbrechen bereitete. Trooper Don Caughell von der Spezialeinheit der State Patrol, die für die Ermittlungen bei tödlichen Verkehrsunfällen zuständig war, untersuchte sehr gründlich erst die Straße und dann das völlig zerstörte Wohnmobil. Die Straße wies keinerlei Defekte auf, die ein Ausbrechen des Fahrzeugs erklärt hätten. Außerdem waren an der Stelle, an der es in den Abgrund gestürzt war, keinerlei Bremsspuren festzustellen. Das deutete in seinen Augen darauf hin, daß der Winnebago langsam gefahren und niemand »in die Eisen getreten« war, in einem verzweifelten Versuch, den Absturz zu vermeiden. »Warum?« fragte er sich. Warum hatte Ruth Fernandez nicht versucht, sich zu retten?

Obgleich das Wohnmobil übel zugerichtet war, fanden sich im Inneren des Führerhauses keine Spuren, wonach nach dem Absturz ein Mensch darin herumgeschleudert worden war. Es gab weder Blut noch Hautfetzen oder ausgerissene Haare. Ruth Fernandez hatte eine lose gewebte Bluse getragen, die sich ganz sicher irgendwo verhakt hätte bei dem holprigen Sturz in den Abgrund. Aber ihre Bluse wies keinerlei Risse auf.

Ruth Fernandez' Leiche wurde mit Hilfe einer sorgfältig ausbalancierten Trage geborgen und in die Räume des Leichenbeschauers von Seattle gebracht, um dort obduziert zu werden.

Die Autopsie ergab, daß sie zwei schwere Verletzungen davongetragen hatte, von denen keine charakteristisch war für eine Tote, die einen fünfzig Meter tiefen Absturz in einem Fahrzeug hinter sich hatte. Die erste Wunde war augenscheinlich von einem stumpfen Gegenstand herbeigeführt worden, der ihr Darmnetz getroffen hatte – die fettige, schürzenartige Membran zwischen Magen und transversalem Kolon in der Bauchhöhle. Ruths zweite Wunde – jene, die auch den Tod verursacht hatte – war ein Schädelbruch. Sie war zwischen 11 Uhr 30 Uhr am 26. und 11 Uhr 30 am 27. Juli gestorben. Der beste Hinweis, den Eintritt des Todes festzumachen, ist der Zeitpunkt, an dem das Opfer zuletzt gesehen wurde. Da bekannt war, daß Ruth um 16 Uhr 30 am Sonntag noch gelebt hatte, konnte die Todeszeit auf einen Zeitraum von neunzehn Stunden eingegrenzt werden.

Den Ergebnissen der Autopsie zufolge hatte sie ohne medizinische Versorgung maximal sechs und minimal eine Stunde überlebt. Ein Alkoholtest ergab, daß Ruth zu jenem Zeitpunkt von Rechts wegen alkoholisiert war, das heißt, sie hatte mindestens 1 Promille Blutalkohol.

Tony Fernandez war Ruths Alleinerbe, und er beantragte fast augenblicklich die Auszahlung der Lebensversicherung. Die Mutual of Omaha weigerte sich jedoch, ihm einen Scheck zu schicken, weil die polizeiliche Untersuchung noch nicht abgeschlossen war. Tatsächlich sollten die Beamten des Morddezernats der Polizei von King County, die Detectives Ted Forrester und Roger Dunn, Monate auf die erste Untersuchung der seltsamen Umstände von Ruth Logg Fernandez' Tod verwenden. Und aus diesen Monaten sollten Jahre werden.

Indizien deuteten darauf hin, daß Ruths Winnebago durch äußere Krafteinwirkung in den Abgrund befördert worden war. Forrester und Dunn verdächtigten Tony Fernandez, seine Frau ermordet zu haben, konnten es jedoch nicht beweisen.

Was war am 26. Juli 1974 zwischen 14 Uhr 30 und 20 Uhr 30 geschehen? Niemand außer Tony hatte Ruth in dieser Zeit gesehen, und er bestand auf seiner Aussage, daß sie erst im Wald spazierengegangen sei und anschließend beschlossen habe, ohne ihn heimzufahren.

Er ließ gern durchklingen, daß Ruth außer Kontrolle gewesen war, hysterisch, irrational – eine Frau, die das Winnebago-Wohnmobil nicht hätte fahren dürfen. Tony deutete sogar an, daß Ruth selbstmordgefährdet gewesen sei. Aber ließ es sich wirklich mit menschlicher Psychologie vereinbaren, daß eine gesunde vierundvierzigjährige Frau, auch wenn sie leicht angetrunken und darüber hinaus deprimiert war wegen des Scheiterns ihrer Ehe, ihren Wagen bewußt in einen Abgrund steuerte, um sich das Leben zu nehmen? Sie hatte zwei Töchter, die sie brauchten, Verwandte, Freunde, ein beträchtliches Vermögen. Wenn sie so wütend auf Tony gewesen war, daß sie sterben wollte, hätte sie sich dann in dem Bewußtsein umgebracht, daß Tony – und Tony allein – ihren gesamten Besitz erben würde?

Doch wohl eher nicht.

Der Fall zog sich hin. Gegen Tony Fernandez wurde keine Anklage erhoben. Fernandez selbst bezeichnete die Theorie, daß er seine Frau umgebracht haben könnte, als blanken Unsinn. Er blieb in Ruths Haus wohnen, gab häufig Interviews und erschien auch mehrmals in abendlichen Nachrichtensendungen im Fernsehen. Er wirkte freundlich und selbstbewußt.

Tatsächlich war Tony Fernandez sich seiner Sache so sicher, daß er anfing, sich in der Öffentlichkeit in weiblicher Begleitung zu zeigen. Er war ein trauernder Witwer, ja, aber ein Mann wurde mit der Zeit einsam.

Im Februar 1976, anderthalb Jahre nach Ruth Logg Fernandez' Tod, strengten ihre Töchter, Mrs. Kathleen Logg Lea, zweiundzwanzig, und Susan Logg, neunzehn, einen Zivilprozeß gegen Tony Fernandez an, indem sie ihn als unwürdigen Erben von Ruths Vermögen bezeichneten. Nach dem Slayer's Act darf niemand in den Genuß des Erbes einer Person kommen, deren Tod er herbeigeführt hat.

Ruths Töchter waren derart frustriert, Tony Fernandez sein Leben so unbekümmert fortsetzen zu sehen, daß sie sich genötigt fühlten, etwas zu unternehmen. Ted Forrester und Roger Dunn hatten ihnen erklärt, daß sie leider noch nicht genügend Beweise hätten, um sich an die Staatsanwaltschaft von King County wenden zu können, damit diese Anklage erhob. Bei einem Strafprozeß mußte die Schuld zweifelsfrei bewiesen werden; in einem Zivilprozeß hingegen konnte ein Urteil auch aufgrund ›erdrückender‹ Beweise ergehen. Auch waren bei einem solchen Prozeß Aussagen zu ›früheren Verfehlungen‹ zulässig (und derer gab es im Fall Fernandez reichlich).

Ruths Töchter beschlossen, aktiv zu werden.

Außer sich vor Wut, verklagte Tony Fernandez Ted Forrester auf eine Million Dollar Schadenersatz.

Es war ein vierwöchiger Marathonprozeß, dem die Presse größere Aufmerksamkeit schenkte als den meisten anderen Strafprozessen. Richter George Revelles Gerichtssaal am Superior Court wurde zu einer Art Mikrokosmos der Leben von Tony Fernandez und Ruth Logg Fernandez. Gespenster aus Fernandez' Vergangenheit tauchten wieder auf. John Casteel, der Mann, der in seinem Jeep einen steilen Abhang hinuntergefahren war, trat vor dem Gericht auf. Ebenso Bill Belcher, der mit einer Kopfverletzung in der verschneiten kanadischen Wildnis von Tony zurückgelassen worden war. Keiner der beiden Männer beschuldigte Tony direkt des Mordversuchs – sie berichteten lediglich, was sich zugetragen hatte.

Tonys Ex-Frau sagte ebenfalls aus – für die Verteidigung – und meinte, er sei ›auf seine Art‹ treu gewesen und hätte ihr während ihrer Ehe nie andere Frauen vorgeführt. Sie lächelte ihm während ihrer Zeugenaussage zu.

Nachdem die Hintergründe des Kennenlernens, der Romanze und der Heirat offengelegt worden waren, riefen beide Seiten Experten aus der forensischen Pathologie in den Zeugenstand.

Dr. F. Warren Lovell, Chefpathologe am Northwest Hospital, sagte für die Verteidigung aus. Lovell, der sich auf die Prüfung tödlicher Unfälle spezialisiert und das Autopsieprogramm für das NASA-Flugprojekt erstellt hatte, äußerte die Vermutung, daß Ruth Fernandez' Körper mit großer Wahrscheinlichkeit, weitgehend schwerelos geworden und gegen den Motorblock gedrückt worden war, als der Winnebago in den Abgrund stürzte. Das, meinte Lovell, würde auch erklären, warum Ruth keine schwerwiegenderen Verletzungen davongetragen habe. Außerdem, erklärte er, sei es nicht ungewöhnlich, daß ihre Kleidung praktisch unversehrt geblieben war.

Im Kreuzverhör gab Dr. Lovell allerdings zu, daß die tödliche Schädelverletzung daher rühren könnte, daß jemand sie bei den Haaren gepackt und ihren Kopf brutal gegen einen Stein geschlagen hatte. »Aber das würde große Kraft erfordern«, fügte er hinzu.

Dr. Lovell stimmte nicht mit den Klägern überein, daß die Verletzung im Unterleib von einem Faustschlag herrühre. Seiner Ansicht nach konnte sie auch dadurch entstanden sein, daß Ruth gegen das Lenkrad geschleudert wurde.

Detective Roger Dunn sagte jedoch aus, daß er sich das Lenkrad des Winnebago sehr gründlich angesehen hatte und keine Beschädigung feststellen konnte, die auf den Aufprall eines schweren Gegenstandes hingedeutet hätte.

Dr. Gale Wilson, der vor seiner Pensionierung vierzig Jahre lang Leichenbeschauer von King County gewesen war und über siebzehnhunderttausend Autopsien vorgenommen hatte, erklärte, daß seiner Expertenmeinung nach Ruth nicht im Wagen gesessen hatte, als dieser von der Straße abgekommen war. Er war vielmehr der Überzeugung, daß man sie mit einem stumpfen Gegenstand niedergeschlagen hatte. Dr. Donald Reay, der derzeitige Leichenbeschauer, stimmte zu, daß Ruth an einem Schädelbruch gestorben war, doch hielt er es für möglich – wenn auch unwahrscheinlich –, daß sie sich im Führerhaus befunden hatte, als das Wohnmobil in den Abgrund gestürzt war.

Es gab verschiedene Möglichkeiten zum Tat- oder Unfallhergang, unter denen der Vorsitzende Richter wählen mußte:

1. Ruth Fernandez war verzweifelt und in leicht alkoholisiertem Zustand unbeabsichtigt ungebremst in den Abgrund gefahren und auf halber Höhe aus dem Wagen geschleudert worden.
2. Ruth Fernandez war bewußt in den Abgrund gefahren und auf halber Höhe aus dem Wagen geschleudert worden.
3. Jemand hatte Ruth Fernandez einen Fausthieb in den Bauch versetzt und sie niedergeschlagen, um dann erst das Wohnmobil in den Abgrund zu schieben und anschließend Ruth hinunterzuwerfen. Oder jemand hatte ihre Leiche bis auf halbe Höhe des Hanges getragen, um einen Unfall vorzutäuschen.
4. Jemand hatte den Winnebago in den Abgrund befördert und Ruth überredet, dabei zu helfen, die Wertgegenstände aus dem Wrack zu bergen. Dieser Jemand hatte sie dann an der Stelle, an der sie gefunden worden war, getötet.

Tony Fernandez selbst sagte bei diesem Prozeß nicht aus.

Arthur Piehler, der Anwalt der Logg-Schwestern, faßte die Vorwürfe der Kläger sehr anschaulich zusammen: »Tony Fernandez verliebte sich tatsächlich, als er Ruth 1971 kennenlernte. Er verliebte sich in ihr Haus, ihre zwei Hektar Grundstück, ihren Swimming-Pool; in ihre Aktien, ihre Obligationen und ihre anderen Besitztümer.«

Piehler erinnerte daran, daß sachverständige Mediziner ausgesagt hatten, Ruth hätte Knochenbrüche, Schnittwunden, Abschürfungen und Verletzungen durch verschiedene Gegenstände davontragen müssen, wenn sie im Winnebago gesessen hätte, als dieser von der Straße abkam. Außerdem hätten ihre Kleider zerrissen sein müssen. Er vertrat die Theorie, daß Fernandez irgendwie einen Unfall mit dem Wohnmobil fingiert und anschließend Ruth überredet hatte, mit ihm zu Fuß den Hang hinunterzusteigen, um Verschiedenes aus dem Wrack zu bergen. Es wäre für ihn ein Leichtes gewesen, sie in den Bauch und auf den

Kopf zu schlagen und anschließend dort sterbend zurückzulassen.

Piehler führte an, daß Fernandez Ruths Unterschrift auf dem Antrag der Lebensversicherung in Höhe von hunderttausend Dollar gefälscht hatte, die nur zwei Monate und sechs Tage vor ihrem Tod abgeschlossen worden war. Er sagte, daß Tony vermutlich in Panik geraten war, weil seine Frau in Erwägung zog, sich von ihm scheiden zu lassen. »Er sah seine Felle davonschwimmen.« Der Anwalt erzählte dem Gericht von der Frau, mit der Tony sich traf, jener Frau, der er Diamanten und Pelz geschenkt hatte.

John C. Hoover, Fernandez' Verteidiger, behauptete hingegen, das Paar sei glücklich gewesen und habe gemeinsam einen einwöchigen Campingurlaub verbringen wollen. Der Winnebago sei nur deshalb von der Straße abgekommen, weil Ruth zuviel getrunken hatte. Hoover beharrte darauf, daß Ruth vollauf zufrieden gewesen wäre mit allen materiellen Vereinbarungen zwischen ihr und ihrem Ehemann. Wäre dem nicht so gewesen, hätte sie reichlich Zeit gehabt, sie rückgängig zu machen.

Im März 1976 verlor Tony Fernandez sein gesamtes Vermögen, als Richter Rebelle einem bis auf den letzten Platz besetzten Gerichtssaal seine Urteilsbegründung vorlas und erklärte, daß er dem Angeklagten jede Glaubwürdigkeit abspreche. »Ich glaube ihm kein Wort«, erklärte Revelle knapp.

Der Richter las seine einunddreißig Seiten umfassende Begründung vor und schloß mit den Worten: »Ich habe zahlreiche Möglichkeiten geprüft für Ursache und Art ihres Todes. Bei jeder dieser Wahrscheinlichkeiten war die Mitwirkung einer Person notwendig; ich weiß nur von einem, der bei Ruth war: Anthony Fernandez. Unter diesen Methoden oder Wahrscheinlichkeiten befindet sich auch eine, die von Mr. Piehler aufgeführt wurde, aber ich kann diese nicht bestätigen. Mir ist nur anhand der vorliegenden Beweise – die sogar noch überzeugender sind als notwendig gewesen wäre –, klar, daß Anthony Fernandez als Hauptverantwortlicher an der vorsätzlichen Tötung von Ruth Fernandez beteiligt war.«

In seinen Rechtsfolgerungen fuhr Richter Revelle fort: »Anthony Fernandez soll als Mörder von Ruth Fernandez aus ihrem Tod keinerlei Vorteil materieller Art ziehen. Das Gericht erklärt, daß der Angeklagte den Tod der Verstorbenen herbeigeführt hat und somit vom Erbe ausgeschlossen wird [nach dem Slayer's Act]. Mit sämtlichen Gütern und Zugewinnen, die aufgrund des Testamentes von Ruth Fernandez oder sonstigen Vereinbarungen zwischen dem Angeklagten und Ruth Fernandez in den Besitz des Beklagten Anthony Fernandez übergegangen sind, soll nach Wertberichtigung nach RCW 21.16.120 verfahren werden, als wäre der Angeklagte vor Ruth Fernandez verstorben.«

Hiermit verlor Tony den finanziellen Schlagabtausch. Aber seine Freiheit verlor er nicht. Er hatte nur in einem Zivilprozeß eine Niederlage einzustecken.

Es erforderte einen weiteren Gerichtsbeschluß, um Fernandez dazu zu bringen, das Haus in Auburn zu räumen. Er war nach Ruths Tod im Juli 1974 dort wohnen geblieben. Tony wurde mitgeteilt, daß er weder Möbel oder sonstige Wertgegenstände mitnehmen noch Kreditkarten benutzen dürfe, die über Konten aus dem Nachlaß der Verstorbenen liefen.

Der Rechtsbeistand von Sue und Kathy gab bekannt: »Fernandez hat alles durchgebracht, dessen er habhaft werden konnte und etwa einhundertundfünfundfünfzigtausend Dollar aus dem Erbe verpraßt.« Noch während des Prozesses hieß es, Tony führe Verhandlungen zum Erwerb eines Grundstücks für zweihunderttausend Dollar.

Endlich räumte Tony das Haus, das jetzt Ruths Töchtern gehörte. Aber letztendlich war nur noch wenig von dem

Nachlaß für die beiden verwaisten jungen Frauen übrig. Nach Abzug der Anwaltshonorare und Tonys großzügigen Ausgaben blieben weniger als zehn Prozent des Geldes, das ihre Eltern für ihre Zukunft angespart hatten.

Am 3. Juni 1976 wurde Fernandez in Lane County, Oregon, wegen Urkundenfälschung und Diebstahls bei einem Holzgeschäft in Höhe von fast fünfundsiebzigtausend Dollar angeklagt und wegen Verstoßes gegen die Bewährungsauflagen verhaftet. Aber er blieb nicht lange im Gefängnis. Eine weitere Frau, die blind war von ihrer Liebe zu Tony Fernandez, hinterlegte die Kaution.

Am 12. August 1977 lautete die Anklage gegen Fernandez auf sieben schwerwiegende Verbrechen in Thurston County, Washington: Diebstahl zweiten Grades, zweifacher Scheckbetrug und vierfacher Diebstahl ersten Grades wegen unrechtmäßigen Verkaufes von Holzrechten, von denen er behauptete, daß sie zu einem Drittel ihm gehörten. Dieser Vergehen sollte er sich im Winter 1976/1977 in Thurston County schuldig gemacht haben. Wenn er in allen Fällen zur Verantwortung gezogen wurde, konnte ihm das eine Gefängnisstrafe von fünfundfünfzig Jahren einbringen.

Am 1. September 1977 wurde die Anklage erhoben, auf die Ruths Töchter und Verwandte so lange gewartet hatten. Die Staatsanwaltschaft von King County klagte Anthony Fernandez des Mordes ersten Grades an Ruth Fernandez an. Bei dem Verfahren, das am 9. Januar 1978 beginnen sollte – fast vier Jahre nachdem Ruth einsam in der Schlucht gestorben war – handelte es sich im großen und ganzen um einen Indizienprozeß, den zu gewinnen für die Anklage immer besonders schwierig ist. Der Prozeß zog sich in die Länge und brachte manche Überraschung an den Tag. Tony Fernandez' Geliebte war an jedem Tag im Gericht anwesend – in ihrem Pelzmantel.

Der Angeklagte wurde im Februar 1978 des Mordes an Ruth Logg Fernandez für schuldig befunden und zu lebenslanger Haft verurteilt. Und die saß er auch ab.

Am ersten Weihnachtstag 1995 genoß Anthony Fernandez ein herzhaftes Festessen im Gefängnis – dann erlitt er einen schweren Herzanfall und fiel tot um.

Wer war Tony Fernandez wirklich? War er Holzbaron, Doktor der Psychologie, Akupunkteur, Historiker und Experte für Navajo-Kultur, Stadtrat? Liebhaber – studierter Betrüger – oder methodischer Killer?

Für Ruth Logg Fernandez spielte das keine Rolle mehr; der Mann, der versprochen hatte, sie ewig zu lieben, hatte sie verraten. Sie verlor ihren Glauben an die vollkommene Liebesbeziehung in einer Nacht oben an einem steilen Hang entlang der Granite Creek Road. Sie wird nie ihre Enkel sehen und nie ihre Töchter als reife Frauen erleben.

Aber vielleicht weiß sie, daß jene Töchter sich bis zuletzt dafür einsetzten, ihr das einzige Geschenk zu machen, das ihnen blieb: Gerechtigkeit.

Schwarzes Leder

Die folgenden Fälle – ›Schwarzes Leder‹ und ›Spiegelbilder‹ – ergänzen einander; beide heben die Ungerechtigkeit hervor, die daraus entstand, daß jene, die hätten hinsehen müssen, es vorzogen, wegzusehen.

Der erste Fall, der einen seltenen Insider-Blick in die Verbrechen eines sexuell abartigen Kriminellen bietet, ist abstoßend und könnte das Schamgefühl einiger Leser verletzen. Trotzdem zeigt er mehr als jede andere Begebenheit, über die ich bislang berichtet habe, wie gefährlich völlig unangebrachtes Vertrauen in einen Sexpsychopathen sein kann. Dieser Fall führt dann weiter zum nächsten in der natürlichen Folge unnatürlichen Verhaltens – sofern so etwas möglich ist.

Larry Hendricks, der Mörder in ›Schwarzes Leder‹, war ein solcher Sexpsychopath. Ebenso die beiden Mörder im darauffolgenden Fall. Sie haben sich eine gemeinsame Identität geteilt, während Larry Hendricks zwei Menschen in sich vereinte. Er war ein Mann mit ehrbarer Fassade und einem geheimen Dasein, das so abstoßend und krank war, daß seine Verbrechen sogar erfahrenen Detectives von Pierce County, Washington, die schon manchen grauenhaften Mordfall erlebt hatten, einen kalten Schauer über den Rücken jagte.

Diesem Mörder wurde ein Vertrauen entgegengebracht, das alle Grenzen sprengte, die man sich vorstellen kann; ein Rechtssystem entließ ihn in die Gesellschaft, nur damit er dieses Vertrauen mit einer Reihe unaussprechlich grausamer Verbrechen mißbrauchte.

Es war kurz nach acht am Montag, dem 1. Mai 1979, als Sam Brand, ein Farmer, der in einer abgelegenen, waldreichen Gegend in der Nähe von Roy in Washington lebte, hörte, wie jemand wie wild an seine Haustür trommelte. Unangemeldete Besucher waren auf Brands Farm eine Seltenheit, und so fühlte er sich ein wenig unbehaglich, als er das eindringliche Hämmern an seiner Tür vernahm.

Richtig erschrocken war er dann, als er öffnete und vor sich einen jungen Mann sah, der offenbar schlimm verprügelt worden war. Der Fremde war förmlich überströmt mit teils geronnenem, teils frischem Blut und brüllte unverständliches Zeug. In New York City, Detroit oder Chicago – vermutlich sogar im Zentrum von Seattle – hätte Brand dem Fremden wahrscheinlich die Tür vor der Nase zugeknallt und die Polizei gerufen. Aber er lebte in einer Gegend, in der Nachbarn sich untereinander halfen und auch einen Fremden in Not nicht seinem Schicksal überließen.

»Ich brauche Hilfe!« rief der junge Mann.

Sam Brand öffnete die Haustür weiter und winkte den Jungen herein. »Ja … sieht ganz so aus.«

»So ein Kerl ist mit mir in den Wald gefahren und hat mich verprügelt. Und es lag bereits eine Leiche dort«, stammelte der Junge. »Ich habe ihn erschossen. Ich *mußte* es tun. Er wollte auch mich umbringen.«

Brand bezweifelte nicht, daß der junge Mann verprügelt worden war. Sein helles Haar war blutgetränkt, ein Arm hing merkwürdig schlaff herab, und er zuckte andauernd, als würde jede Bewegung ihm Schmerzen bereiten.

»Er hat mich entführt«, erzählte der Fremde weiter. »Schließlich gelang es mir dann, ihn zu überwältigen, und ich habe mit allen Waffen auf ihn geschossen. Sie liegen noch dort. Ich bin einfach drauflosgefahren, immer weiter, bis zum nächsten Haus.«

Immer noch nicht ganz sicher, daß der Verletzte nicht irgendwelche halluzinogenen Drogen genommen hatte, ging Brand zum Telefon und verständigte das Sheriffbüro von Pierce County und den Rettungswagen. Er bot dem

Fremden etwas zu essen und Kaffee an, aber der wollte nur Wasser.

Die Brand-Farm lag so abgeschieden, daß sie nur ortsansässigen Deputys bekannt war. Sie befand sich ganz am südlichen Ende der County, etwa achtzig Meilen östlich der nächsten größeren Stadt, McKenna. Deputy Greg Riehl und Rettungswagen Nummer 15 trafen zeitgleich um 8 Uhr 15 ein.

Sam Brand hatte eine Matratze vor seine Garage auf den Boden gelegt, damit der Verletzte sich hinlegen konnte, während er von drei Sanitätern versorgt wurde. Riehl sah, daß eine Wunde am Hinterkopf des Mannes immer noch blutete.

Das Opfer stellte sich als Soldat Niels Honegger* vor, einundzwanzig, stationiert in Fort Lewis. Er konnte einen Militärausweis mit Photo vorweisen.

Honegger redete so schnell, daß der Deputy ihn kaum verstehen konnte; er wiederholte wieder und wieder, daß er keine andere Wahl gehabt habe, als zu schießen. Ruhig forderte Riehl den jungen Soldaten auf, von Anfang an zu erzählen und, wenn möglich, etwas langsamer zu sprechen.

Honegger erzählte, daß er gegen 3 Uhr 40 Uhr an diesem Morgen auf ein Taxi gewartet hatte, um zur Basis zurückzufahren, als ein Mann in einem schwarzen Van hielt. Erst hatte er Honegger zu seinem Fahrzeug herübergewunken und dann eine Waffe gezogen und ihm befohlen, hinten einzusteigen. Der Rest der Geschichte war so abscheulich, daß sie klang wie ein Alptraum.

»Er stülpte mir eine Art schwarze Lederhaube über den Kopf und fuhr Stunden umher«, berichtete Honegger. »Dann hielt er auf einem Waldweg, zwang mich, mich nackt auszuziehen und fesselte mich mit Handschellen und Fußeisen. Er verlangte von mir, in den Wald zu gehen. Und da sah ich die Leiche. Er sagte, dasselbe würde er auch mit mir machen.«

Honegger erzählte weiter, daß der Mann vollständig mit schwarzem Leder bekleidet gewesen wäre. Nachdem er ihm die Handschellen angelegt hatte, hatte der Mann mit einem Polizeiknüppel auf ihn eingeprügelt. Ihm war bewußt geworden, daß er sich in der Gewalt eines sadomasochistischen Irren befand, der ihn vermutlich vergewaltigen wollte, und so hatte Honegger sich bewußtlos gestellt und versucht, einen Ausweg aus seiner scheinbar hoffnungslosen Lage zu finden.

Der junge Soldat erzählte, daß er auf seine Chance gewartet habe. Als der Mann in Schwarz sich über ihn beugte, um ihm die Fußeisen abzunehmen, hatte er entkommen können. Der Fremde hatte mehrere Waffen bei sich.

»Ich habe auf ihn geschossen«, sagte Honegger. »Ich habe aus jeder Waffe auf ihn geschossen. Dann habe ich mit dem Pistolenlauf auf ihn eingeschlagen, bis ich sicher war, daß er tot war.«

Die Sanitäter und Riehl sahen den verstörten jungen Mann skeptisch an. Konnte das alles stimmen, oder litt er an irgendwelchen Halluzinationen?

Honegger berichtete weiter, daß er sich wieder angezogen habe und in dem schwarzen Van des Fremden so lange herumgefahren sei, bis er ein Haus gefunden hatte. »Ich hatte solche Angst, daß ich einfach durch das geschlossene Tor gefahren bin. Ich konnte keine Auffahrt finden, also habe ich den Van stehenlassen und bin zu Fuß zum Haus gegangen. Dieser Mann hat mich reingelassen.«

Riehl klärte Niels Honegger über seine Rechte auf. Immerhin hatte er gestanden, einen Mann erschossen zu haben, und da war es nur angemessen, ihm seine Rechte nach dem Miranda-Zusatzartikel vorzulesen. Honegger schüttelte ungeduldig den Kopf, sagte, daß er das alles verstünde und auf sein Recht auf einen Anwalt verzichte. Er wiederholte seine Geschichte, und sie lautete exakt so wie beim erstenmal.

Weitere Deputys trafen ein und suchten nach der Stelle, an der Honegger nach eigener Aussage zwei Leichen zurückgelassen hatte – die seines Entführers und die dessen Opfers, die schon dort gelegen hatte, als sie bei Morgengrauen in dem Wald eingetroffen waren. Die Wälder auf dem Gelände der Weyerhauser Lumber Company waren so dicht, daß die Beamten bezweifelten, den Tatort ohne Honeggers Hilfe finden zu können.

»Ich habe die Stelle markiert, bevor ich weggefahren bin«, teilte der Soldat ihnen mit. »Ich habe einen leeren Sechserpack aus dem Van genommen und auf den Waldweg gestellt, um die Stelle wiederfinden zu können.«

Die Sanitäter nickten auf die Frage, ob Honeggers Zustand stabil genug sei, daß er ihnen bei der Suche helfen konnte. Sie fuhren in Deputy Riehls Wagen über die schmalen Wege, bis Honegger den Sechserpack entdeckte.

»Sie sind da drin«, sagte er leise.

Deputys stiegen über eine umgestürzte Tanne hinweg, die den Zugang zu einer unbefestigten gewundenen Straße blockierte. Als sie einige Minuten später zurückkehrten, waren sie sehr blaß.

»Er hat recht«, sagte einer der Beamten. »Da hinten liegen zwei Leichen. So etwas habe ich noch nie gesehen.«

Die Detectives Walt Stout und Mark French vom Sheriff-Hauptquartier in Tacoma wurden verständigt und brachen sofort auf. Sie trafen auf der Brand-Farm ein, als Niels Honegger gerade in einen Krankenwagen geladen wurde, um ins Militärkrankenhaus von Madigan gebracht zu werden. Eine vollständige Aussage würde warten müssen; der junge Soldat litt inzwischen ganz eindeutig unter Schocksymptomen.

Von Riehl über das Wesentliche informiert, begleiteten Stout und French ihn und die anderen Deputys zum Tatort tief im Wald. Die Gegend war mit zahlreichen Schonungen durchsetzt und von einem Labyrinth von Holzfällerstraßen durchzogen. Die eine sah aus wie die andere, und es grenzte an ein Wunder, daß Honegger den Weg hinaus und zur Brand-Farm gefunden hatte.

Es war ein strahlend sonniger Frühlingsmorgen – der erste Mai, um genau zu sein, und Vögel sangen im Tannendickicht; ein ironischer Kontrast zu der grotesken Szene, die die Ermittler vorfanden.

Detective Walt Stout gelangte zu der ersten Leiche, die

ausgestreckt im Unterholz lag, inmitten von wildem Wein und Schwertfarnen. Es handelte sich um einen sehr kleinen männlichen Weißen; er war so pummelig, daß er irgendwie an ein zu groß geratenes Kleinkind erinnerte. Die Aufmachung des Mannes hatte allerdings nichts Kindliches an sich; er war vollständig in schwarzes Leder gekleidet: Motorradjacke, Hose, Stiefel, Handschuhe. Neben seinem Kopf lag sogar eine spitze Mütze aus schwarzem Leder. Ein schwarzer Rollkragenpullover vervollständigte die groteske Aufmachung.

Obgleich er von Kopf bis Fuß in Leder gehüllt war, lagen die Genitalien des Mannes bloß. Im Schritt seiner engen Hose konnte ein Rechteck aus schwarzem Leder eingefügt werden, ähnlich wie die Hosenbeutel, die Männer im 15. und 16. Jahrhundert trugen. Die Detectives von Pierce County hatten zwar schon von solchen Kleidungsstücken gehört, aber noch nie etwas in der Art gesehen. Um Penis und Hoden des Toten war eine Art ›Penisring‹ oder ›Penisgeschirr‹ geschlungen, ein seltsames Ding aus schwarzen Lederriemen.

Der Mann war viele Male in Kopf und Körper geschossen, und darüber hinaus war ihm offenbar mit einem stumpfen Gegenstand der Schädel eingeschlagen worden.

Vier Meter von der ersten Leiche entfernt fanden die Ermittler eine zweite. Bei dem Toten handelte es sich um einen ungewöhnlich großen, schlacksigen Mann. Er war splitternackt. Sie konnten sich nur von seinem Körperbau einen Eindruck verschaffen; das meiste von seinem Gesicht und seinem Kopf fehlte, vermutlich von einer großkalibrigen Waffe weggeschossen. Der Tote wies eine weitere Wunde links in der Leistengegend auf, wo ein großes Stück seiner Genitalien und seines Oberschenkels herausgerissen war.

Die zweite Leiche hatte ganz offensichtlich schon mehrere Tage im Wald gelegen.

Die Detectives begutachteten eine Sammlung makabrer Instrumente, die im Unterholz verstreut lagen. Dieses Werkzeug konnte nur zum Fesseln und Foltern bestimmt gewesen sein: Handschellen, Fußeisen, mehrere Würgehalsbänder für Hunde an schwarzen Lederleinen, ein Schlagstock. Walt Stout und Mark French fiel es nun nicht mehr schwer, Niels Honegger seine merkwürdige Geschichte zu glauben.

Dieses abgelegene Waldstück war in eine Folterkammer verwandelt worden von jemandem, dessen Sexphantasien sich offenbar nur durch sadomasochistische Rituale befriedigen ließen.

Nachdem sie den Tatort vermessen hatten, machten die Ermittler sich daran, Gegenstände einzusammeln und als Beweisstück sicherzustellen. Es lagen genug Waffen für eine kleine Revolution herum: eine doppelläufige Winchester-Schrotflinte, ein Colt Python .357 Revolver, ein Smith & Wesson Airweight 9-mm-Revolver, ein Smith & Wesson .44 Magnum-Revolver, eine weitere Smith & Wesson .44 Magnum und eine Browning Kaliber .25 Automatik. Die Leiche in schwarzem Leder hatte immer noch zwei Pistolenholster umgeschnallt, und von einem Gürtel baumelten außerdem ein Handschellenbehälter und eine Schlagstockschlaufe.

Fast alle Folterinstrumente waren blutbefleckt; an dem Knüppel klebten Haare und Blut, und eines der Würgehalsbänder schien um den Hals einer Person zugezogen worden zu sein, die stark geblutet hatte.

Stout und French fanden eine silberfarbene dunkle Sonnenbrille neben den Fußeisen, alle weiteren Gegenstände waren blutverschmiert unter einem Schwertfarn verstreut.

Die Detectives waren bei der Arbeit ziemlich schweigsam. Sadomasochismus war etwas, worüber sie in den Vorlesungen über abnormale Psychologie gehört hatten, aber sie konnten sich nicht erinnern, jemals etwas so Groteskes gesehen zu haben wie das hier. Es grenzte an ein Wunder, daß der stämmige junge Soldat lebend davongekommen war.

Als Casey Stengel eintraf, der stellvertretende Coroner von Pierce County, wurden die beiden Leichen einer genaueren Untersuchung unterzogen. Der untersetzte kleinwüchsige Mann in dem schwarzen Lederanzug hatte eine gebrochene Nase und Schußwunden am linken Ohr und an der linken Schläfe. Darüber hinaus wies die Lederjacke zahlreiche Einschußlöcher auf.

Das zweite Opfer lag auf dem Rücken, die Beine ausgestreckt und die Hände auf dem Rücken, als wäre es zum Zeitpunkt seines Todes gefesselt gewesen. Druckstellen an seinen Fußknöcheln ließen darauf schließen, daß der Mann einige Zeit Fußeisen getragen hatte.

Nachdem die Leichen zur Autopsie weggebracht worden waren, traf Deputy John McDonald mit seinem Diensthund Duke ein und suchte die ganze Umgebung nach weiteren Beweisstücken ab – erfolglos.

Die Detectives Stout und French verließen den Tatort, um sich den schwarzen '78er Dodge anzusehen, den Niels Honegger bei seiner verzweifelten Flucht benutzt hatte. Der Van parkte immer noch auf einem Hügel oberhalb des Brand-Hauses. Officer Hilding Johnson von der Spurensuche untersuchte den Wagen, während die Detectives sich im näheren Umfeld umsahen.

Sie fanden ein Dokument, demzufolge das Fahrzeug von einem gewissen Larry Hendricks geleast worden war, wohnhaft an der North G. in Tacoma. Johnson photographierte den Wagen von außen und von innen und trug mit einem Pinsel Fingerabdruckpulver auf, bevor die drei Männer nach weiteren Beweisstücken suchten.

Im Inneren des Vans lag eine braune Ledertasche voller Munition – teils scharfe Patronen, teils leere Hülsen. Außerdem enthielt die Tasche eine schwarze Lederkapuze wie jene, die seinerzeit Henker bei der Arbeit trugen. Die Kapuze war vorn mit Druckknöpfen versehen, wo zusätzliche Teile angebracht werden konnten, die Augen- und Mundöffnungen verdeckten. Augenbinde und ›Knebel‹ waren ebenfalls vorhanden. Das Mundstück wies ein vorstehendes Teil aus Hartgummi auf, das dazu bestimmt war, die Person, die die Maske trug, zu ersticken.

Die Kapuze, die ein Etikett von ›The Trading Post‹ in San Francisco trug, konnte hinten geschnürt und im Nacken fest verschlossen werden.

Die fahrbare Folterkammer enthielt des weiteren einen schwarzen Dildo und ein schwarzes Suspensorium, das vermutlich zu der schwarzen Lederhose gehörte, die der kleinwüchsige Tote trug.

Es gab auch einige ›normale‹ Gegenstände, die fehl am Platze wirkten: leere Bierflaschen, Zigarettenkippen und Zigarrenstummel.

Officer Johnson beobachtete French und Stout durch den Sucher einer Kamera und filmte jeden Schritt der Durchsuchung. Dann begab er sich zum Leichenschauhaus, um von dem gesichtslosen Toten die Fingerabdrücke zu nehmen und zu versuchen, ihn zu identifizieren.

Detective John Clark wurde zum Militärhospital in Madigan geschickt, wo er warten sollte, bis die Ärzte ihm grünes Licht gaben, eine vollständige Aussage von Soldat Niels Honegger aufzunehmen.

Währenddessen fuhren Stout und French zu dem Wohnblock auf der North G., wo der Mann namens Larry Hendricks gewohnt hatte. Sie waren inzwischen sicher, daß es sich bei dem Mann in dem schwarzen Lederanzug um eben jenen Larry Hendricks handelte. Als er im Untersuchungszimmer des Coroners entkleidet worden war, hatten sie seinen Führerschein gefunden, und das Photo darin hatte zu dem Toten gepaßt – dasselbe runde, beinahe kindliche Gesicht. Hendricks war zweiunddreißig Jahre alt.

Sofern sie Räumlichkeiten erwartet hatten, die aussahen, als wären sie vom Marquis de Sade persönlich gestaltet worden, wurden sie enttäuscht. Mit Hilfe der Schlüssel, die sie an einem Ring im Wagen gefunden hatten, verschafften sie sich Zutritt zu einer blitzblanken Wohnung, die vollständig mit erlesenen Antiquitäten eingerichtet war. Nicht das Geringste in der Wohnung deutete darauf hin, daß ihr Bewohner auf abartigen Sex stand. Vielmehr wirkte sie wie das Heim eines wohlhabenden Innenausstatters. Den Detectives fielen die perfekt restaurierten Möbel, Gobelins, Gemälde, Seidenteppiche, Vasen und Lampen auf. Kurz, die Wohnung war wie ein Abbild aus *Schöner wohnen*.

Die Männer sahen sich trotzdem genauer um. Auf einem Schreibtisch in der Zweizimmerwohnung lag eine schwarze Vinyltasche. Sie enthielt neun Einhundertdollarnoten. Und als sie eine Schranktür öffneten, stießen sie auf eine Reihe von Gegenständen, die vermuten ließen, daß sie mit ihrer Vermutung richtiglagen: Entweder praktizierte Larry Hendricks ungewöhnliche Sexspielchen, oder aber er besaß gleich mehrere Hunde. In dem Schrank lagen drei Würgehalsbänder aus schwarzem Leder, aber es fanden sich keine Näpfe, keine Hundehaare an den Polstermöbeln und auch keine sonstigen Anzeichen dafür, daß Hendricks ein Haustier besaß.

Die Detectives fanden außerdem eine Gewehrumhängetasche aus Vinyl, die zu der Winchesterflinte paßte, die am Tatort gelegen hatte, sowie eine Packung .38-Munition. Es gab in der ganzen Wohnung keine Sadomaso-Heftchen, aber zwei Ausgaben von *Soldier of Fortune*, einem leicht militanten paramilitärischen Blatt für leidenschaftliche Waffensammler.

Zu jeder Wohnung gehörte ein Kellerverschlag, und Larry Hendricks hatte einige Gegenstände in seinem aufbewahrt. Walt Stout und Mark French entdeckten mehrere Pistolenhalfter – Gürtelhalfter und Schulterholster –, einen weiteren Schlagstock und eine Packung Schrotpatronen Kaliber .16.

Wie paradox – ein Mann, der im exquisiten Luxus eines Antiquitätensammlerparadieses lebte und gleichzeitig Waffen und Munition hortete, als erwarte er den Ausbruch eines Bürgerkrieges.

Im Madigan-Hospital erlaubte man Detective John Clark endlich, die Notaufnahme zu betreten, wo Niels Honeggers zahlreiche Wunden versorgt wurden. Der gebrochene rechte Arm des jungen Mannes war geschient worden und ruhte in einer Schlinge, und der dicke Turban aus Verbänden um seinen Kopf war bereits rot verfärbt von der immer noch blutenden Verletzung am Hinterkopf. Sein Rücken war mit häßlichen roten Striemen überzogen, die zweifellos von Schlägen mit dem Knüppel herrührten, und runde, sehr schmerzhaft aussehende Verbrennungen bedeckten die Haut. Honeggers Fußknöchel und Handgelenke wiesen Abschürfungen auf, dort wo Handschellen und Fußeisen die Haut aufgeschabt hatten.

In Anwesenheit eines Militärpolizisten erklärte Niels Honegger sich damit einverstanden, daß seine Aussage auf Band festgehalten wurde.

Er erzählte John Clark, daß er am vergangenen Abend – Sonntag abend – nach Tacoma gefahren war, um Freunde zu besuchen, die er jedoch nicht zu Hause angetroffen hatte. Er hatte ein oder zwei Bier getrunken und dann von einem rund um die Uhr geöffneten Lebensmittelladen aus ein Taxi gerufen, das ihn nach Fort Lewis zurückbringen sollte.

»Ich wartete draußen, als dieser schwarze Van vorfuhr und der Fahrer sagte: ›Na, was treibst du denn so?‹«

Als Honegger in den Van gesehen hatte, hatte der Fahrer plötzlich eine Pistole gezückt und ihm befohlen einzusteigen.

»Er befahl mir, mich im Fond hinzulegen, und fesselte mich mit Handschellen. Ich wagte nicht, ihm zu widersprechen. Er hatte die Waffe. Er fuhr eine Weile und hielt irgendwo. Dann legte er mir die Fußeisen an und zog mir die schwarze Lederkapuze über den Kopf. Er versuchte, mir dieses Mundstück aufzusetzen, schaffte es aber nicht, weil ich mich zu heftig wehrte.«

Honegger sagte, daß es sich bei der Waffe, mit der der Mann ihn bei der Entführung bedroht hatte, um eine der .44 Magnums gehandelt habe.

»Meine Hände waren auf dem Rücken gefesselt. Ich versuchte, die Handschellen abzustreifen, aber sie saßen zu eng. Die beiden Fußfesseln waren mit einer etwa fünfundvierzig Zentimeter langen Kette verbunden, so daß man damit gehen konnte, aber er hatte so eine kleine Stange mit Haken an beiden Enden, die er an der Kette einhakte, so daß ich die Beine nicht mehr als fünfzehn Zentimeter weit öffnen konnte.«

Honegger berichtete, daß sein Entführer lange mit ihm herumgefahren war, so lange, daß er schließlich durch die Augenlöcher in seiner Maske hatte erkennen können, wie es Tag wurde. Er war nicht sicher, schätzte aber, daß es etwa 5 Uhr 30 gewesen war, als sie die einsame Holzfällerstraße erreicht hatten. Er hatte gehört, wie der Fremde mit seinen Waffen herumhantierte und sich dann eine Bierflasche öffnete.

Dann war der Mann im schwarzen Lederanzug hinten in den Van gestiegen und hatte Honegger mit vorgehaltener Waffe gezwungen, sich auszuziehen.

»Er schloß die Fußeisen auf, streifte mir Schuhe und Socken von den Füßen und zog mir dann die Hose aus, bevor er die Fußketten wieder anlegte und mir statt dessen die Handschellen abnahm. Er hielt mir den Revolver an den Kopf und sagte, ich solle mein Hemd ausziehen. Dann legte er mir die Handschellen wieder an.«

Der Mann in schwarzem Leder hatte das Verbindungsstück von der Fußkette entfernt, so daß Honegger laufen konnte, und ihm befohlen, aus dem Wagen zu steigen. Er hatte ihm das Würgehalsband um den Hals gelegt, es eng zusammengezogen und Honegger tiefer in den Wald gestoßen, wobei er ihm die ganze Zeit die Schrotflinte an den Hinterkopf gehalten hatte.

»Ich mußte ständig ›Sir‹ sagen – ›Ja, Sir‹, ›Nein, Sir‹. Er wies mir den Weg, und ich glaube, wir gingen etwa fünfundzwanzig Meter weit in den Wald hinein, bis wir bei der Leiche anlangten. Ich dachte zuerst, es wäre ein Hund, aber dann erkannte ich, daß es ein Mann war. Er wollte mich schocken. Ich hatte panische Angst und zitterte vor Kälte. Er sagte mir, daß ich sterben würde und bezeichnete mich immer wieder als ›Schwanzlutscher‹.«

Honegger erzählte, daß sein Entführer begonnen hatte, ihn mit dem Schlagstock zu verprügeln, während er die Schläge hilflos hatte über sich ergehen lassen müssen, weil er immer noch an Händen und Füßen gefesselt war. Obwohl er viel größer und darüber hinaus im Nahkampf ausgebildet war, hatte der kleine Mann in schwarzem

Leder ihn überwältigt und gefesselt, ehe er wußte, wie ihm geschah.

»Ich dachte, mein Arm wäre gebrochen«, sagte Honegger. »Und er schlug mich auch auf den Kopf. Ein paarmal rammte er mir den Knüppel in den Bauch, aber ich habe gelernt, wie man Schläge in den Magen wegsteckt. Ich habe ausgeatmet, und es hat nicht weh getan.«

Honegger berichtete weiter, daß er versucht hatte, seinen Peiniger glauben zu machen, daß er vor Schmerzen ohnmächtig geworden sei, was den lederbekleideten Mann jedoch nur wütend gemacht habe.

»Als ich reglos dalag, fing er an, brennende Zigaretten und Zigarren auf meinem Rücken und auf meinen Brustwarzen auszudrücken. Ich konnte den Schmerz nicht ertragen und mußte einfach aufstehen.«

Während all dieser Zeit hatte Honegger das Gesicht des Mannes nicht richtig gesehen. Er hatte sich die Mütze tief in die Stirn gezogen und trug eine Sonnenbrille mit dunklen Spiegelgläsern. Honegger, der stämmige 1,72 m groß war, setzte hinzu, daß er den Kidnapper bei der Entführung für größer gehalten habe. Erst jetzt erkannte er, daß er viel kleiner war als er selbst. »Ich schätze, er wirkte durch die Waffe größer«, meinte er ein wenig beschämt.

Hendricks hatte von seinem Gefangenen verlangt, daß er ihn oral befriedigte, aber der mutige junge Mann hatte beschlossen, lieber zu sterben, als sich derart zu erniedrigen. »Er schlug mich mit dem Knüppel, als ich mich weigerte.«

Honegger hatte sich mit der Tatsache abgefunden, daß es aus sein würde. Er erzählte Clark, daß er bis zu diesem Tag Atheist gewesen sei, aber plötzlich angefangen habe zu beten, während er immer wieder das Gesicht seiner Großmutter vor sich sah. Er zitterte vor Kälte und Furcht und wurde langsam benommen vom Blutverlust. Hendricks verkündete, daß er gleich sterben werde.

»Erst löste er meine Handfesseln«, erinnerte sich Honegger, »und dann bückte er sich, um auch die Fußeisen aufzuschließen. Ich saß da, sah ihm zu und fragte mich, ob ich nicht handeln sollte. Er hatte keine Waffe in der Hand. Nachdem er meinen rechten Fuß befreit hatte, lehnte ich mich zurück und trat nach ihm, so fest ich konnte. Ich zielte auf sein Gesicht, erinnere mich aber nicht, ob ich es auch getroffen habe. Er kippte hintenüber, und ich stürzte mich auf ihn. Ich schlug ihn mit dem rechten Arm, und obwohl ich ziemliche Schmerzen hatte, schlug ich weiter auf ihn ein, bis ich sah, daß seine Nase ganz platt war und blutete.«

Honeggers Nahkampfausbildung und sein Überlebensinstinkt hatten ihm trotz seiner Verletzungen übermenschliche Kräfte verliehen. Hendricks hatte versucht, einen Revolver aus dem Halfter an seinem Gürtel zu ziehen, und die Waffe war bei dem Handgemenge zweimal losgegangen. Eine Kugel war so nah bei Honeggers Hand abgefeuert worden, daß das Schießpulver ihm die Haut versengt hatte.

»Ich schlug erst auf ihn ein, und dann fing ich an zu schießen.« Niels Honegger schloß die Augen; ganz offensichtlich befand er sich geistig wieder am Ort des Geschehens, kämpfte um sein Überleben. »Ich wußte nicht, ob ich ihn traf oder nicht. Er bewegte sich noch. Als die erste Waffe leer war, nahm ich mir eine andere. Ich feuerte jede einzelne Kugel auf ihn ab.«

Inzwischen fast hysterisch vor panischem Entsetzen und Schmerzen hatte Honegger sich eine dritte Waffe gegriffen und auch aus dieser auf seinen Peiniger geschossen, bis das Magazin leer war. Er erinnerte sich, daß der Mann im schwarzen Lederoutfit ganz ruhig gesagt hatte: »Hey Mann, du hast mich *getötet*.« Aber er hatte trotzdem, beinahe automatisch, weitergefeuert.

Für einen Sadomasochisten ist Schmerzen zu empfinden eine beinahe ebenso genußvolle Erfahrung wie welche zuzufügen, aber Larry Hendricks hatte letztendlich mehr davon bekommen, als ihm lieb sein konnte. Als der Mann sich nicht mehr gerührt hatte, war Niels Honegger zum Van gekrochen, hatte seine Kleider übergeworfen und war losgefahren, um Hilfe zu holen. Zuvor habe er jedoch noch, einer Eingebung folgend, den Ort mit einem Sechserpack markiert, um die Polizei hinführen zu können.

Da er sich in der einsamen Gegend nicht im mindesten auskannte, war Honegger ziemlich lange umhergefahren, ehe er schließlich Brands Farm entdeckt hatte und mit dem Van durch das Tor gefahren war, in der Hoffnung, endlich Hilfe zu bekommen.

»Ich parkte den Wagen oben auf dem Hügel und ging zu Fuß zum Haus. Und der Mann – ein wirklich netter Kerl – sah mich an, sah, daß ich blutüberströmt war, und ließ mich in sein Haus.«

Es war ein grausiger Bericht, aber Detective Clark zweifelte keine Sekunde daran, daß der Soldat ihm die Wahrheit gesagt hatte.

Honegger hatte überlebt, und Hendricks war tot, aber der Fall war damit noch lange nicht erledigt. Im Hauptquartier trafen sich Walt Stout und Mark French mit Chief Criminal Deputy Henry Suprunowski und Officer Johnson betreffs der Identifizierung des zweiten Opfers am Tatort. Johnson berichtete, daß es ihm gelungen sei, anhand der Fingerabdrücke, die er von dem Toten genommen hatte, seine Identität zu klären.

»Er ist nur einmal wegen eines Verkehrsvergehens in Port Angeles, Washington, verhaftet worden, aber das hat genügt, um seine Fingerabdrücke zu registrieren. Sein Name ist Michael Bertram Zahnle, geboren am 12. Juni 1956. 1,85 m groß, hundertsechzig Pfund schwer, rotes Haar, grüne Augen. Zuletzt hat er in Tacoma gelebt, aber die Kollegen dort wissen nichts über ihn.«

Sie kamen überein, Zahnles Beschreibung an die Nachrichtenmedien weiterzugeben, in der Hoffnung, daß sich jemand melden würde, der ihnen mehr über den Toten sagen konnte.

Walt Stout erhielt einen Anruf von einem pensionierten Feuerwehrmann, der behauptete, Larry Hendricks gekannt zu haben. »Ich handle mit Antiquitäten, und so haben wir uns auch kennengelernt. Er hat einen Laden namens ›The Merchant Prince‹ und ist – war – gut im Geschäft. Ich habe ihn gestern nacht um Viertel vor eins noch gesprochen, als er in einer geschäftlichen Angelegenheit bei mir war.«

»Wie war er gekleidet?« fragte Stout.

»Leger ... Hemd und Hose, glaube ich.«

Hendricks war offenbar von dort aus heimgefahren, um sein schwarzes Lederoutfit anzulegen, bevor er vor dem Lebensmittelladen sein Opfer aufgegabelt hatte.

Die Ermittler von Pierce County informierten sofort über Telex die elf westlichen Staaten von dem Zwischenfall. Sie bezweifelten, daß Larry Hendricks gerade erst mit seinen bizarren Spielchen begonnen hatte; die Etiketten in seinem Sadomaso-Outfit deuteten darauf hin, daß es in San Francisco gekauft worden war.

Aber es gab noch vieles mehr, was sie nicht über Hendricks wußten. Wenn der Fall an sich schon schockierend genug war, sollten die weiteren Einzelheiten aus seiner Vergangenheit sich für die Detectives, die den Fall bearbeiteten, als schlicht unfaßbar erweisen.

Zunächst waren sie nicht sehr überrascht, als sie erfuhren, daß Hendricks 1969 von der Polizei in Seattle wegen Diebstahls, Körperverletzung und Sodomie festgenommen und ins Western State Hospital geschickt worden war, wo er an einer Therapie für Sexualstraftäter teilnehmen sollte.

Ein Mann, der seine nächtlichen Exkursionen derart perfektioniert hatte, hatte dies sicher nicht über Nacht erreicht. Sein Van war mit allem ausgestattet, was nötig war, um jemanden zu kidnappen, und es gab genügend Fesseln, um zu verhindern, daß der Gefangene wieder entkam.

Was den abgestumpften alten Hasen der Polizei jedoch die Sprache verschlug, war, daß Larry Hendricks nach zwei Jahren seine Therapie im Rahmen des Western State Sexual Offender's Program abgeschlossen hatte – um dann von derselben Einrichtung als *Therapeut* eingestellt zu werden.

Ganz zweifellos war Larry Hendricks hochintelligent gewesen. Er hatte ein Diplom in Englischer Literatur von der University of Washington, und seine Freunde beschrieben ihn den Detectives und der Presse gegenüber als wortgewandte Persönlichkeit. Offensichtlich war es ihm gelungen, sein normales Leben und die geheime Welt seiner sexuell abartigen ›Spielchen‹ streng zu trennen.

Larry Hendricks war während seiner sechsmonatigen Übergangszeit als Freigänger einer ganzen Reihe psychologischer Tests unterzogen und als ›absolut zuverlässig‹ eingestuft worden, bevor die Psychiatrische Klinik ihn dann als Therapeuten angestellt hatte.

In dieser Eigenschaft als Betreuer war Hendricks stetig aufgestiegen, bis er schließlich mit der Aufsicht einer Gruppe von zwölf bis fünfzehn Patienten betraut gewesen war. Er hatte ihre Fortschritte verfolgt, an den Gruppentherapiesitzungen teilgenommen und war verantwortlich gewesen für die Versetzung der Patienten von einer Stufe in die nächste.

Sidney Acuff, dem Sprecher des Krankenhauses zufolge, hatte es sich bei Larry Hendricks' Patienten um Vergewaltiger, Pädophile und Voyeure gehandelt. Sichtlich verlegen ließ die Klinikleitung in einer ziemlich schwachen Erklärung verlauten, daß Hendricks niemals sechseinhalb Jahre am Western State beschäftigt gewesen wäre, wenn man etwas von seinen abartigen Aktivitäten gewußt hätte.

»Man weiß nie, was ein Mensch in seinem Privatleben treibt«, sagte Acuff. »Aber es gab keinerlei Hinweise auf etwas in dieser Richtung.«

Es wurden jedoch auch Stimmen laut, die behaupteten, daß es sehr wohl Beweise dafür gegeben habe, daß Larry Hendricks als Therapeut völlig ungeeignet gewesen war. Obwohl er das Drogenentzugsprogramm des Krankenhauses reorganisiert und Leiter der neuen, von ihm geschaffenen Station geworden war, hatte Larry Hendricks sich bei der Arbeit ebenso unangemessen benommen wie im Privatleben.

Mehrere Teilnehmer des Drogenprogrammes unterschrieben eidesstattliche Erklärungen, die am 2. Mai an die Medien weitergeleitet wurden, nachdem die Presse bereits von Hendricks mutmaßlichen Verbrechen berichtet hatte. Ein achtzehnjähriger Patient, der nach mehreren Vergewaltigungen an ihm im Staatsgefängnis von Alabama ins Western State verlegt worden war, versicherte, daß Hendricks bei der Lektüre seiner Akte von den Zwischenfällen erfahren habe. »Kaum hatte er von den Vergewaltigungen gelesen, begann er, mein Bein zu streicheln. Einmal fing er an, mich überall zu betatschen. Ich wurde wütend, und Larry sagte, wenn ich mich noch einmal wehrte, würde er mich ins Gefängnis zurückschicken.«

Ein einundzwanzigjähriger Mitarbeiter berichtete, Hendricks hätte ihn angemacht, indem er sagte, er hätte davon geträumt, ihn zu umarmen.

In einer sehr offenen Kritik hieß es: »Ich drohte zu kündigen, falls sie (die Klinikleitung) Hendricks' unhaltbare verbale Attacken auf andere Mitarbeiter nicht unterband.«

Der Mann behauptete, daß man Hendricks statt dessen noch mehr Macht und Verantwortung übergeben habe. Zwei Monate später reichte der Angestellte, der sich über Larry Hendricks beschwert hatte, angewidert seine Kündigung ein.

Larry Hendricks war kein Einzelfall, was seine ›Qualifikation‹ als Therapeut anbelangte. Mindestens fünf leitende Mitglieder der kostenpflichtigen Drogenentzugstherapie am Krankenhaus waren ›Absolventen‹ des Rehabilitierungsprogrammes für Sexualpsychopathen.

Larry Hendricks hatte seine Stelle am Krankenhaus aus freien Stücken im September 1977 gekündigt, als die Entzugsstation am Western State geschlossen wurde. Er hatte geheiratet, aber die Ehe zerbrach kurze Zeit darauf. Im März 1978 nahm er seine ehemalige Position als Therapiespezialist III wieder ein und arbeitete bis Ende Juli als Stationsbetreuer. Dann kündigte er erneut und eröffnete sein Antiquitätengeschäft ›The Merchant Prince‹.

Es dauerte nicht lange, bis die Detectives des Sheriffbüros von Pierce County von Kollegen aus anderen Gegenden hörten. Am 2. Mai wurden sie von Captain Bill Cashdollar vom Sheriffbüro in Tehama County, Kalifornien, angerufen sowie von Sergeant John Robertson aus Napa County. Beide meldeten je einen ungelösten Mordfall, der dem Schema des Verbrechens entsprach, das sich gerade in Pierce County ereignet hatte.

Eines der Opfer aus Kalifornien war Tom Gloster gewesen, Rechnungsprüfer an der California School of Professional Psychology in San Francisco. Seine nackte Leiche war am 9. Februar in einer abgelegenen Gegend von Tehama County gefunden worden. Zeugen hatten einen schwarzen Van mit hoher Geschwindigkeit vom Tatort wegfahren sehen. Gloster war mit zahlreichen Schüssen aus einem .38 Colt oder einer .357 Magnum getötet worden.

Bei dem zweiten Opfer handelte es sich um Larry Harland Niemeier, zweiunddreißig Jahre alt, der am 5. Februar verschwunden und in Napa County aufgefunden worden war. Er war mit der gleichen Waffe erschossen worden wie Gloster, wenngleich Kaliber und Fabrikat erst noch durch ballistische Tests ermittelt werden mußten. Auch er war unbekleidet gewesen. Am Tatort hatte man darüber hinaus ein Stück orangefarbenen Teppichboden und einen Zigarettenstummel entdeckt. Letzterer war von derselben Marke wie jene, mit denen Hendricks Niels Honegger gequält hatte.

Bei einer gründlichen Durchsuchung von Larry Hendricks Wohnung waren Kreditkartenquittungen zutage gefördert worden, die darauf hindeuteten, daß er sich zum Zeitpunkt dieser beiden Morde in San Francisco aufgehalten hatte. Außerdem war sein Van mit orangefarbenem Teppichboden ausgelegt, und er rauchte Zigaretten der betreffenden Marke. Mehrere Packungen davon wurden in Papierkörben in seiner Wohnung gefunden. Seltsamerweise war in jeder Packung, die er weggeworfen hatte, noch eine Zigarette gewesen – offenbar ein Tick.

Mark French setzte sich mit einer Autowerkstatt in Verbindung, deren Visitenkarte bei Hendricks' Sachen gewesen war. Die Werkstatt bestätigte, daß Hendricks' Van vom 16. bis zum 19. April dort gewesen war. Sie hatten Einschußlöcher im linken Türrahmen, in der linken Hecktür, der linken Seitenwand und an der linken Seite der Fahrertür repariert.

»Er hatte die Löcher mit schwarzem Isolierband zugeklebt«, sagte der Werkstattinhaber. »Er erzählte uns, er sei auf dem Parkplatz einer Bar in San Francisco in eine Schießerei geraten.«

Am 4. Mai trafen Captain Cashdollar und Sergeant Robertson aus Kalifornien ein, um ihre Fälle mit den Beamten von Pierce County zu besprechen. Ihre Opfer waren beide kurz vor ihrem Tod in derselben Bar in San Francisco gesehen worden, im ›The Brig‹, einer SM-orientierten Bar, und beide Männer hatten zu dem Zeitpunkt Lederkleidung getragen, die an Hendricks' Outfit erinnerte.

Larry Hendricks hatte offenbar irgendwann vor dem 1. Mai einen Streifschuß davongetragen. Die Detectives hatten benutzte Bandagen in seiner Wohnung gefunden. Bei der Autopsie war darüber hinaus ein weiterer solcher Verband an seinem Körper entdeckt worden, und Dr. J. Cordova hatte erklärt, daß eine Kugel den Verdächtigen an der rechten Rückenseite gestreift habe.

Stellte sich die Frage, ob die Einschußlöcher im Van bei den Morden an Gloster und Niemeier entstanden waren oder ob es noch ein weiteres Opfer gab, das bislang noch nicht gefunden worden war.

Am 6. Mai trafen die Ergebnisse der ballistischen Untersuchungen ein. Die Kugeln, die in den Leichen der kalifornischen Mordopfer sichergestellt worden waren, waren eindeutig aus Hendricks' Colt Python .357 abgefeuert worden. Damit konnten ihm zweifelsfrei drei Morde und ein Mordversuch nachgewiesen werden.

Am traurigsten von allen war der Mord an Michael

Zahnle, dem Opfer, das in der Nähe von Brands Farm gefunden worden war. Am 3. Mai waren bei Detective Art Anderson mehrere Anrufe von Verwandten Zahnles eingegangen. Sie sagten, daß seine Eltern in Kalifornien lebten und er vor etwa zwei Jahren nach Washington gezogen sei. Zahnle war verheiratet, und seine Verwandten wußten, daß er in der Umgebung von Tacoma gelebt hatte, obgleich sie seine genaue Adresse nicht kannten.

Um 18 Uhr 15, nachdem das Photo aus Zahnles Führerschein in den Abendnachrichten gezeigt worden war, meldete sich die Schwester von Zahnles Frau. Sie sagte, daß Michael Zahnle seit dem 27. April vermißt worden wäre und ihre Schwester zu ihr gezogen sei, bis sie erfuhr, wo er steckte.

Am 4. Mai kam Zahnles Witwe aufs Revier, um mit Detective John Clark zu sprechen. Die gramgebeugte Frau hatte innerhalb kurzer Zeit mehr Leid ertragen müssen, als es irgendeine junge Frau sollte. Am 20. April hatten die Zahnles ihren kleinen Sohn verloren, der nur elf Tage alt geworden war. Die trauernden Eltern waren am Freitag, dem 27. April, von Verwandten überredet worden, mit ihnen auszugehen, um sich ein wenig abzulenken. Nach ein paar Drinks war Michael Zahnle jedoch noch deprimierter gewesen als vorher. Weinend hatte er das Restaurant in Puyallup, Washington, verlassen. Zu Fuß. Zahnle, von Beruf Schreiner, war arbeitslos gewesen. Das junge Paar hatte keinen eigenen Wagen besessen.

»Er ist viel per Anhalter gefahren, aber er war sehr gut in diversen Kampfsportarten«, erzählte seine Frau. »Und er schaffte es immer, brenzlige Situationen zu entschärfen.«

Sie sagte, ihr Mann habe bei seinem Verschwinden einen gelben Pullover, ein Shirt mit der Aufschrift ›California‹, blaue Kordhosen und schwarze Stiefel mit seitlichem Reißverschluß getragen. Er trug einen Scheck bei sich – eine Steuererstattung in Höhe von zweiundneunzig Dollar – sowie einen Schlüsselanhänger mit einem Photo ihres Babys.

Sie erklärte sehr bestimmt, daß ihr Mann niemals auch

nur die geringsten homosexuellen Neigungen gezeigt hätte. Überhaupt habe er Leute verachtet, die ›abartigen Sex‹ praktizierten. Wenn Michael Zahnle in Larry Hendricks' Van gestiegen war, dann, weil er eine Mitfahrgelegenheit nach Hause gebraucht hatte. Möglicherweise war er an diesem Abend weniger wachsam gewesen als gewöhnlich, weil er abgelenkt war durch den Verlust seines Sohnes.

Die Detectives aus Pierce County sprachen mit weiteren Personen, die Larry Hendricks gekannt hatten – oder geglaubt hatten, ihn zu kennen. Die Frau, die ihm seine Geschäftsanteile am ›Merchant Prince‹ abgekauft hatte, sagte, er habe viel von Antiquitäten verstanden, sei jedoch etwas sonderbar gewesen. »Vor zwei oder drei Wochen suchte ich ihn an einem Samstag zu Hause auf«, berichtete sie nachdenklich. »Als er die Tür öffnete, sah ich auf seiner Stirn zwei Blutstropfen, die von seinem Haaransatz herunterrannen. Sein Gesicht war gerötet, und seine Augen waren glasig. Er behauptete, er hätte sich eine Wohnung angesehen, die er kaufen wolle, und im Keller an zwei Nägeln verletzt. Ich glaubte ihm nicht. Ich hatte den Verdacht, daß er eben erst irgendwelche merkwürdigen Sexspielchen praktiziert hatte, sagte jedoch natürlich nichts.«

Ein Verwandter des leidenschaftlichen Sadomaso-Anhängers versuchte zu erklären, was möglicherweise zu Larry Hendricks' Lebenswandel geführt hatte. Er wußte, daß Hendricks schwul war, und erzählte, daß seine Ehe nur zwei Monate gehalten hatte. Hendricks hatte in Vietnam gedient – allerdings nicht als Soldat, sondern als Kurier der Militärpolizei.

Als Kind war Hendricks sehr sanft gewesen und hatte nie sadistische Tendenzen gezeigt. Im Alter von sieben oder acht Jahren war er mit einem Stück Beton geschlagen worden und hatte schwere Kopfverletzungen davongetragen. Er mußte einer Hirnoperation unterzogen werden, und der Verwandte glaubte, daß dies seine spätere Abartigkeit bewirkt habe.

Larry Hendricks hatte eine seltsame Kindheit gehabt, richtiggehend krank. Seine Mutter hatte ihn noch in Babykleider gesteckt, als er bereits über sechs gewesen war. Vielleicht glaubte sie, daß sie selbst jung bliebe, wenn ihr Baby nicht älter wurde.

Als Hendricks zehn Jahre alt war, trennten sich seine Eltern und ließen sich später scheiden. Voller Haß hatte Larry seinem Vater die Schuld an der Scheidung gegeben. In späteren Jahren hatte er ihm dann verziehen, aber offenbar hatten die Traumata seiner Kindheit Narben hinterlassen.

Hendricks war extrem kleinwüchsig. Seine Waffensammlung, seine machohafte Kleidung und all die sadistischen Instrumente in seiner Phantasiewelt waren vielleicht Teil seiner beinahe psychotischen Besessenheit, größer sein zu wollen.

Soldat Niels Honegger wurde eine Belohnung von zweitausendfünfhundert Dollar überreicht dafür, daß er den Mörder Tom Glosters unschädlich gemacht hatte – ironischerweise war die Belohnung von einem Schwulenclub und mehreren ›Leder‹-Motorradclubs aus der Gegend von San Francisco aufgebracht worden. Ein Sprecher einer Schwulenorganisation aus San Francisco sagte: »Wir zahlen Soldat Honegger die zweitausendfünfhundert Dollar, weil er Richter, Jury und Henker in einem war. Wir bewundern seinen Mut und seine Tapferkeit.«

Honegger, der sich gerade im Urlaub zu erholen suchte, enthielt sich eines Kommentars.

Die eintausend Dollar, die ausgesetzt worden waren für sachdienliche Hinweise, die zur Ergreifung des Mörders von Richard Niemeier führten, wurden nicht an Honegger ausgezahlt, sondern dienten dazu, einen Gedenkfonds zu gründen, aus dem in der Zukunft Belohnungen gezahlt werden sollten für die Ergreifung von Homosexuellen-Mördern.

Das Programm, das psychisch kranke Straftäter, die angeblich geheilt waren, wieder auf freien Fuß setzte, wurde scharf kritisiert. Mindestens drei Richter am Superior Court von King County sowie lokale Entscheidungsträger in Sachen bedingte Haftentlassung und Bewährung erklärten, ihr Hauptanliegen sei bei Therapiemaßnahmen für Sexualstraftäter die Sicherheit der Außenwelt.

Richterin Barbara Durham vom Superior Court [heute ist sie Richterin am höheren Berufungsgericht des Staates Washington] sagte: »Das Gefahrenpotential ist so groß, daß die Sicherheit als wichtiger einzustufen ist als die Behandlung. Und doch habe ich das Gefühl, daß das Programm zu laienhaft geführt wird – jeder, der zu schwierig wird, fliegt raus. In Kalifornien gibt es eine vom Krankenhaus getrennte Einrichtung für Sexualpsychopathen mit hervorragendem Sicherheitsstandard. Sie kann die höchste Erfolgsrate im ganzen Land vorweisen.«

Das so nachlässig geführte Programm an der Western State überstand die Skandale nicht, und die Methoden wurden merklich verschärft. Zwei Jahrzehnte später werden sadistische Sexualstraftäter in einem neuen Gefängnis untergebracht, in dem es so etwas wie Freigang nicht gibt. Es existieren auch keine festen Fristen, nach denen eine Entlassung auf Ehrenwort beantragt werden kann, und einige der Insassen werden die Haftanstalt wohl nie mehr verlassen.

Soldat Niels Honegger hat sich selbst nie als Held betrachtet. Er ist ein Opfer wie alle anderen – mit dem einen Unterschied, daß er überlebt hat. Was er bei seinem Kampf ums Überleben durchgemacht hat, ist eine Erfahrung, die niemandem zuzumuten ist. Und er wird diesen Alptraum bis zu seinem Lebensende mit sich herumtragen.

Spiegelbilder

Alles ist zyklisch – sogar die Verbreitung der Todesstrafe. In den meisten Staaten wird über die Todesstrafe etwa alle zehn Jahre abgestimmt. Oft bedarf es grauenhafter Verbrechen, um eine gleichgültige Öffentlichkeit wachzurütteln. Am 2. November 1976 wurde ein einziges Referendum bei den Wahlen im Staate Washington mit einer riesengroßen Mehrheit befürwortet. Aufgebracht und angewidert von einer Welle brutaler Morde sprachen zwei Drittel der Wähler sich für die Wiedereinführung der Todesstrafe aus, und im Juni 1977 wurde sie vom Gouverneur des Staates Washington wieder in die Verfassung aufgenommen. Das war die Quittung einer Öffentlichkeit, die genug hatte von Geschichten von Straftätern – vor allem Sexualpsychopathen –, die auf Ehrenwort entlassen wurden, Freigang genossen oder außerhalb einer Arbeit nachgehen durften, so daß sie praktisch kommen und gehen konnten, wie es ihnen beliebte. Viele ehemalige Häftlinge fielen zurück in ihr altes Verhaltensmuster, wenn sie nicht mehr von Mauern umgeben waren und sich unbeobachtet fühlten. Zu viele Unschuldige starben. Es schien, als hätte man den Bock zum Gärtner gemacht.

Während manche um Gnade für verurteilte Mörder baten – vor allem mit dem Argument, daß Hinrichtungen in Washington noch auf die Zeit des Wilden Westens zurückgingen, als Mörder aufgeknüpft wurden – stellte sich die Mutter eines Mordopfers im Teenageralter den Fernsehkameras und sagte gefaßt: »Denken diese Leute, daß unsere Kinder einen leichten Tod gestorben sind … oder daß es uns leichtfällt, daran zu denken, wie sie gestorben sind?«

Und so mußten Mörder für die nächsten zwei Jahrzehnte in Washington State fürchten, durch den Strang zu sterben. Hängen ist kein angenehmer Tod, etwas, worüber der Durchschnittsmensch auf der Straße nicht weiter nachdenkt. Letztendlich wurden in Washington nur zwei Mörder gehängt: Charles Rodman

Campbell und Westly Alan Dodd. Obgleich beide Sexualstraftäter waren, die ihre Opfer gefoltert hatten, erbleichte die Öffentlichkeit, als sie die Einzelheiten ihrer letzten Sekunden erfuhr. Es wird im Staate Washington niemand mehr gehängt werden. In der Zukunft werden Hinrichtungen durch die Todesspritze vollzogen.*

* Charles R. Campbell brachte eine junge Mutter, ihre neunjährige Tochter und deren Nachbarin um, aus Rache, weil sie bei einem vorangegangenen Vergewaltigungsprozeß gegen ihn ausgesagt hatten. – Westly Alan Dodd, ein geständiger sadistischer Pädophiler, quälte und tötete drei kleine Jungen.

James Ruzicka und Carl Harp waren ebenfalls verurteilte mehrfache Mörder – und Vergewaltiger – der siebziger Jahre, aber sie brauchten die tödliche Schlinge nicht zu fürchten. Ihre Verbrechen und Verurteilungen erfolgten noch rechtzeitig für sie, um mit Haftstrafen davonzukommen. Da die Todesstrafe nicht rückwirkend verhängt werden durfte, konnte ihnen das Gesetz nichts mehr anhaben. Im zuvor beschriebenen Fall – dem Fall Larry Hendricks – wurde die Gerechtigkeit ohne Hilfe der Behörden vollzogen.

Der Umstand, daß Ruzicka und Harp eigentlich hätten hingerichtet werden sollen, ist nicht der Grund, weshalb ich ihre Lebensgeschichten für dieses Buch ausgewählt habe. Vielmehr ist bemerkenswert, wie sehr die sie formenden Jahre einander ähnelten – wie Spiegelbilder. Und auch ihr Schicksal war gleichermaßen düster. Als sie einander kennenlernten, erkannten sie sofort die Gemeinsamkeiten, die ein enges Band zwischen ihnen schufen. Eine Zeitlang benutzten sie sogar dasselbe Pseudonym: ›Troy Asin‹*. Diese Männer waren grundsätzlich Einzelgänger, die nur einige Zeit ihre bizarren Phantasien miteinander teilten.

Als ›Troy Asin‹ jedoch geteilt wurde und James Ruzicka und Carl Harp auseinandergingen, setzte jeder seine ganz persönliche Mord- und Vergewaltigungsreihe fort. Keiner von ihnen hätte jemals wieder auf die Gesellschaft losgelassen werden dürfen. Dabei konnten beide so charmant sein wie ein vollendeter Gentleman und so harmlos wirken wie ein ausgesetztes Hündchen. Aber hinter der Fassade verbargen sich Verrat und Tücke.

Ihre Geschichte gehört zu den sonderbarsten, die mir je untergekommen sind.

* Troy: Troygewicht (Gewicht in England und den USA für Edelmetall und Edelsteine).
Asin: Kurzform von ›asinego‹; Esel, Narr, Dummkopf.

Carl Lowell Harp wurde am 8. März 1949 in Vancouver, Washington, geboren; James Edward Ruzicka kam fast genau ein Jahr später, am 24. März 1950, in Port Angeles, Washington, auf die Welt. Sollte jemand Fallbeispiele suchen von Ausgangssituationen, die beinahe garantieren, daß der Betreffende auf die schiefe Bahn gerät, wären Harp und Ruzicka ideale Kandidaten.

Es ist gleichermaßen erschreckend und faszinierend, solche Fallstudien zu lesen; als würde man beobachten, wie ein außer Kontrolle geratener Zug ungebremst die Geleise entlangrast. Wir wissen, was geschehen wird, aber es gibt keine Möglichkeit, es zu verhindern.

In den Akten wird Carl Harps Vater als ›junger, emotional labiler Hansdampf in allen Gassen‹ beschrieben. Seine Mutter war erst sechzehn, als Carl auf die Welt kam. Als er ein Jahr alt war, ließen seine Eltern sich scheiden. Seine Mutter heiratete noch mindestens ein weiteres Mal und lebte dann in einem halben Dutzend Partnerschaften. Das Kind, Carl, konnte auf keine konstante Vaterfigur zählen. Wenn er nicht gerade in der einen oder anderen psychiatrischen Anstalt untergebracht war, mußte Carls leiblicher Vater bei seinen eigenen Eltern wohnen, da seine Geisteskrankheit ihn zu einem Pflegefall machte.

Carl hing seiner Mutter am Rockzipfel, ein kleiner dürrer Junge mit blauen Augen und blondem Haar, das später zu einem Braunton nachdunkeln sollte. Er und seine Mutter lebten in Kalifornien, Arizona, New Mexico, Texas, Oklahoma, Alaska, Oregon und Washington, immer von Sozialhilfe. Mit den Jahren wurde seine Mutter zur Alkoholikerin, und Carl wuchs unter so entsetzlichen Bedingungen auf, daß die Behörden einschritten und ihr das Sorgerecht entzogen. Zuerst wurde er bei einem Onkel und einer Tante mütterlicherseits untergebracht.

Carl Harp kam aus einem Umfeld, in dem Promiskuität und Alkohol die Norm waren, und wurde abrupt in eine Welt gestürzt, die so gesittet war wie ein Kirchengang. Sein Onkel, ein Mitglied der Heilsarmee, tolerierte weder Alkohol noch Sex, Flüche oder Rowdytum jedweder Art.

Carl erinnerte sich später, daß er geschlagen und drakonisch bestraft wurde. Seine Pflegeeltern erwarteten von ihm, daß er zum Gottesdienst ging, und als er sich weigerte, wurde er von seinem Onkel zur Teilnahme gezwungen.

Es wird niemanden überraschen, daß Carl Harp nicht lange bei seinem Onkel wohnen blieb. Statt dessen zog er zu einem seiner früheren Stiefväter. Dort fand er endlich jemanden, den er lieben und mit dem er sich verbunden fühlen konnte – seine Halbschwester. Sie war Epileptikerin, und er entwickelte einen ausgeprägten Beschützerinstinkt ihr gegenüber. Aber mit zwölf Jahren war Carl nicht mehr zu bändigen. Er war unzählige Male zu spät heimgekommen, hatte Bagatelldiebstähle und mehrere Einbrüche begangen und sogar ein Auto gestohlen.

Als Carl Harp dann um die vierzehn Jahre alt war, erlitt er bei einem Basketballspiel einen schweren Schlag auf den Kopf. Ein Mitspieler traf ihn so hart mit dem Ellbogen am Kopf, daß Harps Schläfenknochen brach. Hierauf veränderte sich sein Verhalten merklich; er litt unter unerträglichen Kopfschmerzen und Blackouts. Während eines dieser Blackouts würgte Carl seine geliebte Halbschwester und hätte sie getötet, wenn nicht in letzter Minute jemand dazwischengegangen wäre. Später konnte er sich nicht mehr an den Zwischenfall erinnern.

Mit fünfzehn Jahren wurde er im Juni 1964 zur Beobachtung für neunzig Tage ins Napa State Hospital eingewiesen. Als die drei Monate vorbei waren, blieb er freiwillig. Seine Diagnose lautete damals ›Grenzpsychotiker‹, und der Psychiater hatte den Eindruck, daß er unter ›schizophrenen Reaktionen – chronischen, undifferenzierten Typs‹ litt. Eine unheilvolle Diagnose.

Alles in allem betrachtete man Carl während seines zehnmonatigen Aufenthaltes im Napa State als therapierbar. Obgleich er eines Abends verschwand, kehrte er am nächsten Morgen von allein zurück. Am 15. April 1965 wurde er entlassen.

Carl Harp schloß die neunte Klasse an der Castro Valley

High School ab und wechselte auf die Mount Whitney High in Visalia. Er beendete die Schule jedoch nicht. Tatsächlich sollte es noch Jahre dauern, bis er im Gefängnis seinen Abschluß nachholte. Trotz seines zweifelhaften genetischen Erbes war Carl Harp intelligent und künstlerisch begabt. Er zeichnete sonderbare, aber kunstvolle Bilder mit dem Füller und schrieb Gedichte.

Im Januar 1966 wurde Harp wegen Autodiebstahls und Einbruchs verhaftet und auf die Preston School of Industry in Ione, Kalifornien, geschickt, wo er etwas über ein Jahr blieb.

Zwei Staaten entfernt wuchs ein anderer Teenager auf, dessen Lebenslauf sich beinahe mit Carl Harps deckte:

James Edward Ruzicka wurde zweihundertundachtundzwanzig Meilen von Carl Harps Geburtsort entfernt geboren. Ruzickas Mutter, Myrtle, sollte eines Tages für die Behörden die Geburten ihrer Kinder auflisten, eine traurige kleine Liste von Tragödien. Sie war erst siebzehn, als sie ihr erstes Kind bekam. Danach brachte sie – mit einer Ausnahme – jedes Jahr ein Kind zur Welt, bis es insgesamt zehn waren. Sie hatte die Einzelheiten sämtlicher Schwangerschaften und Geburten im Kopf. Sie schrieb:

1. John Ruzicka, geboren 16/05/48 – gestorben 16/05/48. Todesursache: Plazenta kam zuerst und Frühgeburt mit 5 1/2 Monaten.
2. Stanley Edward Ruzicka, Jr., geboren 2/3/49 – gestorben 17/3/49. Frühgeburt im siebten Monat und Kind mit tödlicher Pankreatitis geboren.
3. James Edward Ruzicka, geboren 24/3/50 …

James Ruzicka war das erste Kind seiner Mutter, das überlebte, und sie kam aus dem Staunen nicht mehr heraus, als er eine Woche alt wurde, dann zwei, dann einen Monat und sich weiter prächtig entwickelte. Myrtles nächstes Kind – ihr viertes – wurde jedoch am 19. November

1951 mit einem Herzfehler geboren; Linda Marie starb im Juli 1957, drei Tage nach einer Operation, bei der eine schadhafte Lungenarterie korrigiert worden war.

Myrtles fünftes Kind kam am 20. Oktober 1952 auf die Welt. Es war gesund, aber sie vermerkte, daß der Junge im Alter von zwanzig Jahren bereits im Gefängnis saß. Die Liste setzte sich fort:

6. Basil Arthur, geboren 4/9/53 – gestorben Januar 1954. Die Ärzte diagnostizierten bei der Autopsie, daß er teils ertrunken, teils erstickt war. Ein Pfropfen aus geronnener Milch setzte sich über Nacht in seinem Hals fest, und die Flüssigkeit rann in seine Lungen. Die Ärzte erklärten, daß er nicht einmal mehr ein Flüstern oder Wimmern hätte von sich geben können.
7. Wayne Allen, geboren 27/7/54.
8. Myrtle Elaine, geboren 7/8/55.
9. Christine Louise, geboren 20/10/56 – gestorben 27/10/56. Todesursache: Pankreatitis.
10. Morris Lee, geboren 16/7/58.

Fünf von Myrtle Ruzickas Kindern waren noch im Säuglingsalter gestorben, eine fast einzigartige Reihe von Todesfällen in den Fünfzigern in Amerika.

Wer kann sagen, ob die Schwierigkeiten mit ihrem Sohn James sie mehr schmerzten als der Tod seiner Geschwister. Myrtle war eine Frau, die Probleme gern schönredete. »Ganz ehrlich«, schrieb sie, »meine Kinder haben es weiter gebracht als die manch anderer Familie.«

Vielleicht.

So wie Carl Harps Vater durch die Scheidung aus seinem Leben verschwand, erinnerte sich Myrtle Ruzicka, daß sie von Jimmys Vater geschieden wurde, als der Junge ein Jahr alt war. Stanley Ruzicka war Hafenarbeiter und besuchte sie weiter, bis sie schließlich wieder heiratete. Als er sich nicht mehr blicken ließ, war Jimmy tieftraurig. Er beklagte sich bei seiner Mutter, daß sein Daddy ihn nicht lieb habe. Obwohl sie versuchte, ihn vom Gegenteil zu überzeugen, glaubte

Jimmy ihr nicht. Wenn sein Vater ihn lieb hätte, würde er ihn mit zu sich nach Hause nehmen oder ihn besuchen.

Es ist fraglich, ob Ruzicka tatsächlich Jimmys Vater war. Eines Tages sollte er sich in einem Brief an Jimmys Bewährungshelfer völlig von ihm lossagen und eine zeitliche Abfolge aufführen, die seine Behauptung stützte. »James Ruzicka ist nicht mein Sohn. Ich habe ihm lediglich meinen Namen gegeben. War mal mit seiner Mutter verheiratet. Er kam dreizehn Monate, nachdem sie mich verlassen hatte, zur Welt. Ich weiß nichts über seine Kindheit. Sie müssen sich an seine Mutter wenden.«

Eins war jedenfalls sicher: Jimmy Ruzicka bekam nicht viel väterliche Anerkennung zu spüren. Myrtles zweiter Ehemann, Sam, benutzte ihn als Prügelknaben, wenn er sich wegen irgend etwas an Myrtle rächen wollte. Entweder ignorierte er ihn, versohlte ihm den Hintern oder ohrfeigte ihn. Da Jimmy als einziges Kind noch aus Myrtles erster Ehe stammte und alle anderen Kinder von ihm waren, lehnte Sam den Jungen ab. Jimmy Ruzicka versuchte, die Liebe seines Stiefvaters zu erringen, sogar nachdem dieser ihn verprügelt hatte. »Sobald er aufgehört hatte zu weinen«, schrieb Myrtle, »krabbelte Jimmy auf den Sessel oder das Sofa, schlang die Arme um seinen Hals und sagte: ›Daddy, ich habe dich lieb.‹« Aber Sam hatte nichts für seinen Stiefsohn übrig. Er sagte ihm, er wäre verblödet und hätte von nichts eine Ahnung.

Myrtle hat Jimmy als ›artig, liebevoll und gutherzig‹ in Erinnerung. »Er hat hart gearbeitet und war immer zu allen freundlich und aufgeschlossen – auch zu Fremden.«

Familie Ruzicka kam finanziell kaum über die Runden. Myrtle sorgte die meiste Zeit allein für ihre fünf Kinder, indem sie für 1,25 Dollar die Stunde als Verkäuferin arbeitete. »Wir waren arm, Punktum«, erklärte sie. »Kein Kino am Samstagvormittag, kein Eis und keine Süßigkeiten. Kein Taschengeld, keine Fahrräder und keine Dreiräder, wie ihre Spielkameraden sie hatten.«

Gezwungenermaßen war sie viel außer Haus. Jimmy hatte seiner Schwester Linda besonders nahegestanden und war untröstlich, als sie im Alter von fünf Jahren starb. »Er war erst sieben oder acht«, erinnerte sich Myrtle. »Er sagte, sie wäre ein Engel im Himmel und beim lieben Gott. Dann zeigte er auf den hellsten Stern am Himmel und meinte: ›Da ist Linda.‹«

Obgleich James Ruzickas Mutter sich an seine guten Eigenschaften erinnerte, war ihr auch bewußt, daß mit ihm etwas nicht stimmte. Im Alter von einem Jahr erkrankte er an einer chronischen Mandelentzündung, die erst endete, als ihm mit drei die Mandeln herausgenommen wurden. Mit zwei Jahren bekam er krampfartige Anfälle und wurde ins Krankenhaus eingewiesen. Ungefähr ein Jahr später traten die Anfälle erneut auf, aber die Ursache konnte wieder nicht eindeutig festgestellt werden. »Er versteifte sich und war völlig weggetreten«, sagte seine Mutter. Jimmy Ruzicka erkrankte an Windpocken und lag drei Tage im Delirium. Er war kurzsichtig und bekam schon mit fünf Jahren eine Brille mit sehr dicken Gläsern.

1972, damals war er Anfang zwanzig, fiel er plötzlich um, lief blau an und hörte auf zu atmen. Sein Bruder mußte ihm kräftig auf den Rücken schlagen, um die Atmung wieder in Gang zu bringen (dieser späte Anfall könnte allerdings auch eine Reaktion auf irgendwelche Drogen gewesen sein).

Es waren jedoch nicht die physischen Probleme, die seiner Mutter am meisten Sorgen bereiteten. Vielmehr beunruhigte sie sein frühes, an Besessenheit grenzendes Interesse an Sexspielen. Er belästigte seinen jüngeren Bruder und sogar seine Schwester Linda, als er selbst erst sechs oder sieben war. Myrtle glaubte, es wäre vielleicht ihre Schuld; sie hatte, während sie mit James schwanger gewesen war, Hormone eingenommen, um einer Frühgeburt vorzubeugen. Jetzt fragte sie sich, ob die Medikamente vielleicht für seinen krankhaften Sexualtrieb verantwortlich waren.

Sie brachte ihn zu mehreren Ärzten. Alle stellten fest, daß er extrem nervös war, waren sich jedoch die Diagnose betreffend uneins. Ein Arzt meinte, Jimmy hätte eine Hirnschädigung, ein anderer konnte wiederum keine Fehlfunktion des Gehirns feststellen.

James Ruzicka war ein hyperaktives Kind, und heute würde man vermutlich eine sogenannte Hyperaktivität mit massiver Konzentrationsstörung feststellen. Er konnte nicht einmal vor dem Fernseher stillsitzen und mußte einfach ständig irgend etwas tun. Manchmal war seine Aktivität konstruktiv (er war mit vier oder fünf Jahren in der Lage, für seine jüngeren Geschwister aus Stöcken und Jutesäcken Zelte zu bauen). Manchmal war sie aber genau das Gegenteil.

»Als Jim älter wurde«, schrieb seine Mutter, »masturbierte er in die Slips und Strumpfhosen seiner Schwester aus dem Wäschekorb. Mehrmals forderte er seine Schwester auf, ihm ihre Genitalien zu zeigen ... Als er neunzehn oder zwanzig war, versuchte er seine Schwester Myrtle zu überreden, mit ihm zu schlafen. Als sic mir davon erzählte, drehte er fast durch – er stritt alles ab, brüllte, schrie und warf mir vor, ihn der Lüge zu bezichtigen. Seine Augen sahen irgendwie seltsam aus, und ich muß gestehen, daß der Ausdruck auf seinem Gesicht mir angst machte, auch wenn ich mir nichts anmerken ließ.«

Als erwachsener Mann erinnerte James Ruzicka sich an ein Familienleben, das nicht annähernd so idyllisch war wie in der Erinnerung seiner Mutter. Er beschrieb einen ewigen Marathon aus Scheidung, Wiederheirat, Scheidung – ›zum Kotzen‹, ›ständig gab es Streit ... unser ganzes Leben war ein einziges Chaos‹.

Er erzählte, daß bei ihm schon früh starke Kurzsichtigkeit festgestellt wurde und er noch vor seinem fünften Geburtstag eine Brille bekam. Er erinnerte sich, daß er ein paar Tage später über einen Baumstumpf stolperte und die Brille verlor. Seine Mutter verprügelte ihn deswegen.

Als James Ruzicka neun war, fing er an, Fahrräder zu klauen, um auf ihnen herumzufahren. Wenn er das Radfahren leid war, versteckte oder zerstörte er die Räder. Später beging er Ladendiebstähle. Sex – abartiger Sex – war bereits Teil seines Lebens, als die meisten anderen Jungen sich noch ausschließlich für Baseball und Murmeln interessierten. Abgesehen von seinem sexuellen Interesse an seinen

Halbschwestern fing er mit zehn Jahren bereits an, gleichaltrige Mädchen zu belästigen. In dieser Zeit experimentierte er auch mit Sex mit Tieren.

James Ruzicka war dreizehn Jahre alt, als er wegen Diebstahls geschnappt und in die Jugendbesserungsanstalt Fort Worden in Port Townsend, Washington, geschickt wurde. Er verbrachte seine Zeit dort mit Fluchtversuchen – und machte erste Erfahrungen mit Marihuana. Noch vor seinem 18. Geburtstag probierte James Ruzicka LSD, Meskalin, Kokain, Heroin, Speed und Alkohol. Bei einem autorisierten Besuch zu Hause rastete er wegen einer Kleinigkeit aus und würgte seinen Bruder mit solcher Gewalt, daß dieser feuerrote Spuren am Hals zurückbehielt. Seine Mutter veranlaßte, daß man ihn sofort nach Fort Worden zurückbrachte.

Als Ruzicka sechzehn war, erfolgte seine bedingte Entlassung aus Fort Worden. Er blieb sechs Monate in Freiheit, dann wurde er nach einer Verurteilung wegen Einbruchs in ein Jugendlager in Mason County geschickt. Er versuchte auch hier davonzulaufen und wurde nach einem Jahr auf der staatlichen Green Hill School für Jungen in Chehalis angemeldet.

Auch von dort türmte er. Als er wieder einmal abgehauen war, beging er drei Einbrüche, alles in allem Kleinkram – er stahl hundertundsechzig Dollar von einer Texaco-Tankstelle, vierhundert Dollar in einer Reinigung und brach in einen Drugstore ein, mußte jedoch flüchten, ehe er etwas mitgehen lassen konnte. Er bekannte sich in einem Anklagepunkt für schuldig, woraufhin die beiden anderen Anklagen fallengelassen wurden. Im Juli 1968 wurde er zu fünfzehn Jahren in der ›Reformatory‹, der staatlichen Jugendhaftanstalt in Monroe verurteilt.

Einen Monat später wurde Carl Harp verhaftet und ebenfalls nach Monroe geschickt. Harps Jugend hatte sich nicht merklich von Ruzickas unterschieden. Keiner von beiden hatte je ein geregeltes Familienleben gekannt, und sie beide hatten Drogen genommen und Einbrüche begangen. Harp haßte Frauen und bezeichnete sie ausschließlich mit obszönen Ausdrücken. Er war der Ansicht, daß die Welt ihm übel mitgespielt hatte – was auch stimmte –, und darum bedeutete ihm niemand mehr etwas.

Am 30. Dezember 1967 wurde Harp in San Luis Obispo, Kalifornien, das erste Mal als Erwachsener verhaftet und wegen Besitzes gestohlener Güter verurteilt. Er war achtzehn Jahre alt. Am 11. August 1968 wurde er von der Polizei von Seattle auf seiner Flucht nach einem bewaffneten Raubüberfall auf einen Lebensmittelladen am südlichen Ende der Stadt erneut festgenommen. Er hatte einem kleinen Jungen eine Starterpistole Kaliber .22 an den Kopf gehalten und dem Verkäufer befohlen: »Rück die Scheine raus, oder ich puste ihm den Kopf weg.«

Carl Harp, der auch unter den Decknamen ›Troy Asin‹ und ›Carroll Lowell Trimble‹ auftrat, wurde trotz seines Einwandes, er sei drogensüchtig und hätte dringend Geld für einen Schuß gebraucht, zu einer Haftstrafe in der Jugendhaftanstalt in Monroe verurteilt.

Und so lernten sich im Winter 1968/1969 James Ruzicka und Carl Harp kennen – zwei fast gleichaltrige Männer mit verblüffend ähnlicher Vergangenheit. Jeder von ihnen war ein Pulverfaß; in ihrem Inneren brodelte eine unvorstellbare Wut. Sie kamen wegen Diebstahls und Einbruchs ins Gefängnis, aber jeder Kriminalpsychiater, der sich ihre Akten ansah, hätte ihr Potential für gewalttätige Sexverbrechen voraussagen können.

Beide Häftlinge trugen eine Brille mit starken Gläsern, doch dies war äußerlich die einzige Übereinstimmung. James Ruzicka war 1,82 m groß und wog hundertundfünfzehn Pfund. Carl Harp, der nur 1,70 m groß war, wog hundertundzweiundsechzigPfund. Ruzicka sah aus wie ein Dichter mit seinen feingemeißelten Zügen, während Harp ein flaches, unscheinbares Gesicht hatte. Dabei war Harp der wahre Poet von ihnen beiden. Und er war wohl auch der Intelligentere. Ruzicka war nach einem Test auf einer Otis-IQ-Skala mit 100 bis 109 bewertet worden, womit er grob betrachtet ›durchschnittlich‹ war. Beide Männer waren hinterlistig und berechnend.

Ruzicka und Harp waren im schlimmstmöglichen Sinn des Wortes Seelenverwandte. Niemand außer den beiden Männern selbst kann wissen, worüber sie sich während des Freigangs oder bei der Küchenarbeit unterhalten haben, aber irgendwann teilte Harp dann seinen geliebten Decknamen mit Ruzicka. Sie kamen überein, daß sie, wenn sie wieder freikamen, bei einer eventuellen Verhaftung beide den Namen ›Troy Asin‹ angeben würden. Das sollte ihr ganz privater Scherz sein und die verfluchten Cops ganz bestimmt verwirren.

Es besteht jedoch kaum ein Zweifel daran, daß die beiden Männer von Vergewaltigung und dem Genuß sprachen, Frauen durch Furcht und Einschüchterung völlig zu beherrschen. Die kleinen Jungen, die im Schlepptau ihrer Mütter mehrere Ehen durchgemacht hatten und von einem Zuhause ins andere verpflanzt worden waren, hatten im Laufe der Jahre einen regelrechten Frauenhaß sowie eine unkontrollierbare Sexbesessenheit entwickelt.

James Ruzicka und Clark Harp planten ihren Ausbruch. Alles, was sie brauchten, war eine Gelegenheit. Ruzicka erzählte der Gefängnisverwaltung dann später von dieser Gelegenheit.

»Ich floh von der Honor Farm. Harp und ich brachen gemeinsam aus. Ich schätze, es war gegen halb acht abends am 20. November (1970), als wir die Flatter machten. Ich hatte es nicht wirklich geplant, hatte aber während meiner Zeit auf der Farm mehrfach daran gedacht. Früher an diesem Abend hatte ich gehört, daß einige andere Insassen mich zur Schnecke machen und verprügeln wollten, weil ich die ganze Nacht hindurch die Toilettenspülung betätigt hatte. Ich schätze, das hatte sie wohl wach gehalten. Ich hatte in der Küche etwas Pruno* aufgetrieben, und nachdem ich davon getrunken hatte, beschloß ich, von einer

* Gefängnisschnaps aus fermentierten Kartoffeln oder Früchten mit Hefe, der vor den Wachen versteckt wurde.

Minute auf die andere, abzuhauen. Harp hatte sicher auch schon daran gedacht zu türmen, und als er dann sah, was ich vorhatte, schloß er sich mir an. Wir liefen über das Feld hinter der Küche, über die Bahngeleise und in den Wald dahinter. Die erste Nacht verbrachten wir in der Nähe des Jahrmarktplatzes unmittelbar außerhalb von Monroe. Am nächsten Tag entdeckten wir ein leerstehendes Haus und verkrochen uns dort. Harp und ich trennten uns und trafen uns dann später in Seattle wieder.

Ich gelangte spät an dem Abend endlich nach Seattle und ging direkt ins Universitätsviertel. Ich hielt mich etwa drei Wochen in dieser Umgebung auf und schlief, wo immer ich unterkriechen konnte.«

Während seiner Zeit in Freiheit lernte er eine schwangere Frau mit einer kleinen Tochter kennen. Er betrachtete sie als seine Verlobte. Sie gehörte zu den ganz wenigen Frauen, für die er je etwas empfand. »Eines Tages fuhr ich mit meiner Verlobten und meiner kleinen Tochter [tatsächlich war es nicht sein Kind, sondern die Tochter der Frau] nach Bremerton zu meinem Stiefvater, weil ich seine Einwilligung einholen wollte, meine Verlobte zu heiraten. Die Frau, mit der mein Stiefvater verheiratet war, entschuldigte sich und verließ den Raum. Ein paar Minuten später waren die Bullen an der Tür. Ich hörte, wie sie fragten, ob ich da wäre, und rannte in ein Zimmer, das nach hinten rausging. Als die Polizisten ins Haus kamen, sprang ich aus dem Fenster, und sie stürzten sich auf mich.«

Ruzicka war zwei Monate in Freiheit, ehe er geschnappt wurde. Nach seiner Verhaftung brachte man ihn zurück ins Gefängnis. Er heiratete die Frau und war stolz darauf, dem ungeborenen Kind seinen Namen zu geben. Die Ehe hielt nur ein Jahr. Das Scheitern dieser Beziehung bestärkte Ruzicka nur in der Überzeugung, daß eine emotionale Bindung zu einer Frau Enttäuschung und Schmerz Tür und Tor öffnete. »Man lernt den anderen kennen, und dann plötzlich wird einem der Boden unter den Füßen weggezogen«, sagte er. »Darum möchte ich auch keine emotionale Bindung mehr zu irgend jemandem haben – aus Angst, verletzt zu werden.«

Trotz seiner Flucht wurde James Ruzicka am 4. November 1971 auf Ehrenwort aus Monroe entlassen. Er war ausgefuchst, und zehn Jahre sexueller Perversion hatten sich zu einem Bedürfnis nach gewalttätigem Sex gesteigert. Carl Harp, der ebenfalls wieder eingefangen worden war, wurde zwei Wochen nach seinem Freund ebenfalls auf Ehrenwort entlassen. Von Natur aus Einzelgänger, gingen sie ihrer Wege, folgten aber in gewisser Weise demselben Pfad.

›Troy Asin‹ war unterwegs.

Am 18. Januar 1973 verließ Nina Temple*, eine einundzwanzigjährige Verkäuferin, gegen 16 Uhr 30 Uhr ihren Arbeitsplatz in einem Kaufhaus im Zentrum von Seattle und ging zur Bushaltestelle, um mit dem Bus zu ihrer Wohnung in Capitol Hill zu fahren. Sie war müde, ihre Füße schmerzten, und sie freute sich auf zu Hause. Während sie noch auf den Bus wartete, bat ein großgewachsener Mann mit dickem, lockigem Haar sie um eine Auskunft, und sie nannte ihm den Bus, den er nehmen sollte. Zufällig war es die Linie 9, derselbe Bus, mit dem auch sie fahren würde. »Sie können gleich hier einsteigen«, erklärte sie ihm.

Als Nina durch die hinteren Türen des Busses in dem Wohngebiet ausstieg, bemerkte sie nicht, daß der Mann ebenfalls den Bus verließ. Sie neigte den Kopf gegen den Nordwind, der ihr Regen ins Gesicht blies. Es war erst 5 Uhr am Nachmittag, aber es war bereits dunkel, und sie beschleunigte das Tempo, als sie die hell erleuchteten Schaufenster des Broadway Districts hinter sich ließ. Die einstigen riesigen Einfamilienhäuser waren längst in Eigentums- und Mietwohnungen umgewandelt worden, die Gärten dem Unkraut preisgegeben, abgesehen von einigen hartnäckigen Lorbeerhecken und einigen Rosensträuchern.

Nina Temple bemerkte den Mann nicht, der auf der anderen Straßenseite mit ihr Schritt hielt. Sie nahm ihn erst wahr, als sie die Tür ihres Hauses aufsperrte und aus dem strömenden Regen in den trockenen Hausflur trat. Ganz plötzlich war er da – stand neben ihr im Eingang. Er murmelte etwas davon, daß er jemanden im Haus kenne, aber nicht wisse, in welcher Wohnung sein Freund wohne.

Noch ehe sie sich rühren konnte, legte er ihr einen starken Arm um die Taille und hielt sie mit eisernem Griff umklammert, während er ihr mit der anderen Hand eine zehn Zentimeter lange, scharfe Messerklinge an den Hals hielt. Dann zerrte er sie die dunkle Treppe hinunter in den Keller.

In der Schwärze unter den Stufen preßte er sie fest an sich und erzählte ihr, die ›Schweine‹ hätten seinen Bruder angeschossen. »Er verblutet«, keuchte er. »Er hat mich geschickt, ein Mädchen zu holen, das ihm hilft.«

»Aber warum?« platzte sie heraus. »Warum ich? Ich habe keine Ahnung von Erster Hilfe.«

Der Mann mit dem buschigen Haarschopf erklärte, daß sein Bruder auf Bewährung draußen wäre und sie es nicht riskieren könnten, einen Arzt zu holen. Dann drückte er ihr die Messerspitze fester in die Kehle, um sie zu ›überreden‹, mit ihm zu gehen.

Sie hatte keine Wahl. Sie wagte nicht zu schreien und ließ sich von ihm die Treppe zurück nach oben führen, über die verlassene Straße zu einem anderen Appartementhaus. Es war ein großes Gebäude mit Ecktürmchen und Bleiglasfenstern. An der Haustür war ein Stück Pappe mit dem Friedenssymbol befestigt. Entmutigt sah sie, daß der Flur dieses Hauses ebenfalls leer war. Der Mann zeigte auf die Stufen, die in den Keller hinabführten. »Mein Bruder ist da unten.«

Während er sie nach unten zerrte, blickte sie in die Richtung, in die er zeigte. Aber dort unten waren nur mit Vorhängeschlössern versehene Verschläge, in der die Mieter allerlei Kram untergebracht hatten. Weit und breit kein Bruder. Sie war allein im Keller mit dem Mann und seinem Messer. Nina betete, daß jemand kommen möge, aber außer dem angestrengten Atem des Mannes war nichts zu hören.

»Ich werde dich natürlich fesseln müssen«, sagte er. Er

fesselte ihre Handgelenke und zog das Seil so stramm, daß es in ihre Haut schnitt. Dann legte er einen ihrer Fußknöchel über den anderen und fesselte sie auch an den Füßen. Er zog sein T-Shirt aus und knebelte sie damit. Sie konnte seinen Schweiß riechen und kämpfte gegen die aufsteigende Übelkeit an. Während sie hilflos dalag, urinierte er in eine Ecke des Kellers.

Dann kehrte der Fremde zu Nina zurück, zog ihr Hose und Slip bis zu den Fußknöcheln herunter und schob ihr den BH bis zu den Schultern hoch, so daß ihre Brüste bloßlagen. Dann starrte er sie an, wie sie hilflos, nackt und zitternd vor ihm lag. Er setzte sich rittlings auf sie, brachte jedoch keine Erektion zustande. Seine Impotenz machte ihn wütend.

Nina preßte trotz des Knebels ein paar Wort hervor. »Warum bringst du mich nicht einfach um?«

»Keine Bange«, entgegnete er. »Das werde ich noch.«

Und daraufhin machte er sich daran, genau das zu versuchen. Wieder und wieder, mehr als ein dutzendmal, krachten seine Fäuste gegen Ninas Kieferknochen. Sie konnte fühlen, wie ihr Kopf vom Betonboden hochgerissen wurde, um gleich darauf wieder schmerzhaft auf den Stein zu knallen. Der Schmerz in ihrem Kiefer war so stark, daß sie beinahe das Bewußtsein verlor.

Als er aufhörte, sie zu schlagen, spürte sie, wie seine kräftigen Finger sich um ihre Kehle schlossen und begannen, sie zu würgen. Lichter sprühten wie Funken hinter ihren dunklen Lidern. Sie erschlaffte und täuschte vor, tot zu sein.

Seltsamerweise schien Ninas Möchtegernmörder sich plötzlich um sie zu sorgen. Er klopfte ihr sacht auf die Wangen und redete auf sie ein, flehte sie an, nicht zu sterben. Aber sobald sie reagierte, wurde er erneut gewalttätig. Sie spürte, wie er sich auf ihren Hals *kniete* und sein ganzes Gewicht einsetzte, um sie zu ersticken.

Nina sagte sich, daß sie nichts mehr zu verlieren habe. Sie würde sich nicht kampflos umbringen lassen. Obwohl sie immer noch an Händen und Füßen gefesselt war, gelang es ihr, gegen ein Lattenrost aus Metall zu treten, das an einer Wand lehnte. Das Scheppern lenkte den Mann, der sie vergewaltigen wollte, einen Augenblick ab. Mit Zähnen und Zunge lockerte sie den Knebel soweit, daß sie schreien konnte – und das tat sie, wieder und wieder.

Von oben war das Poltern laufender Schritte zu hören, und plötzlich sprang der Mann mit dem buschigen Haar von ihr herunter. Als sie die Augen aufschlug, war er fort.

Nina Temple sah über ihrem Gesicht ein Streichholz aufflammen und hörte dann, wie eine andere männliche Stimme ausrief: »O mein Gott.« Sanftere Arme hoben sie hoch und trugen sie vom Keller nach oben. Ein Krankenwagen brachte Nina ins nahe gelegene Harborview Hospital. Die Ärzte in der Notaufnahme stellten einen Kieferbruch, schlimme Prellungen im Gesicht, eine böse Platzwunde an der Lippe sowie Hautabschürfungen von den Fesseln an Handgelenken und Fußknöcheln fest. Ihr Gesicht war bis zur Unkenntlichkeit angeschwollen.

Während Detective Joyce Johnson von der Abteilung für Sexualverbrechen vom Seattle Police Department darauf wartete, daß Nina Temple den schweren Schock überwand, sagte der junge Mann, der sie gerettet hatte, aus, daß ihm auf der Kellertreppe ein Mann begegnet wäre, als er hinuntergelaufen sei. »Ich habe eine Zeichnung von ihm angefertigt, gleich nachdem der Krankenwagen das Mädchen weggebracht hatte. Würde Ihnen das helfen?«

Johnson versicherte ihm, daß eine Zeichnung des mutmaßlichen Täters sehr nützlich wäre, und daraufhin übergab er ihr eine mit dem Füller angefertigte Zeichnung eines Mannes mit schmalem Gesicht, dickem lockigem Haar und Schnauzer mit herabhängenden Enden.

Als sie wieder sprechen konnte, war Nina Temple eine hervorragende Zeugin. Sie beschrieb den großen, hageren Mann mit dem täuschend sanften Gesicht und der dicken Brille. Auch sie erinnerte sich noch gut an den auffälligen Schnauzbart. Außerdem hatte der Mann gesagt, daß er Jim hieße.

Nachdem sie aus dem Krankenhaus entlassen worden

war, sah Nina sich ein Dutzend Bücher mit Polizeiphotos an, konnte ›Jim‹ jedoch nicht unter ihnen finden. Joyce Johnson war besorgt. Der Mann, der Nina Temple überfallen hatte, schien Frauen abgrundtief zu hassen, viel mehr als ein gewöhnlicher Vergewaltiger. Die Beamten fürchteten, daß sie wieder von ihm hören würden.

Sie sollten recht behalten. Nur einen Monat später – am Valentinstag – trat der Mann mit dem Schnauzbart erneut in Erscheinung. Diesmal handelte es sich bei dem Opfer um ein neunzehnjähriges Mädchen – Tannie Fletcher*. Tannie und ihr Ehemann Jon* waren erst seit kurzem verheiratet, und nach einer Kindheit, die geprägt gewesen war von ständigen Umwälzungen, fühlte sie sich bei ihm sicher und geborgen. Sie kamen vorübergehend bei einem Freund im Universitätsviertel von Seattle unter, hofften jedoch beide, bald Arbeit zu finden und sich eine eigene Wohnung mieten zu können.

Tannie stellte bald fest, daß die örtlichen Zeitungen Vorauszahlung verlangten für Arbeitsgesuche, und so schrieb sie selbst mehrere Bewerbungsanzeigen, die sie in Cafés und Supermärkten der Gegend ans Schwarze Brett pinnte. In den Anzeigen hieß es, daß sie eine Arbeit als Haushälterin/Kindermädchen suchte. Nur eine Person meldete sich. Der Anrufer sagte, daß sein Haus nur über die Adresse allein schwer zu finden wäre. Darum war sie einverstanden, sich am Valentinstag um 20 Uhr Ecke N. E. Fiftieth und Fifteenth Avenue N. E. – ganz in der Nähe der Wohnung, in der sie untergekommen waren – mit ihm zu treffen.

Tannie wartete nervös. Sie war davon ausgegangen, daß er in einem Haus in der Nähe der Kreuzung wohnte, und so hatte sie bei einem der Häuser angeklopft und gefragt, ob jemand ein Kindermädchen bräuchte.

»Sofort«, antwortete eine Frau lachend. »Aber leider können wir uns keins leisten. Wahrscheinlich haben Sie die falsche Adresse erwischt.«

Tannie nickte und kehrte zurück zur Straßenecke. Langsam glaubte sie, daß sich jemand über sie lustig machen wollte, aber dann bemerkte sie plötzlich einen Mann unmittelbar hinter dem gelben Lichtkreis der Straßenlaterne. Er war groß und hager und trug eine Skijacke.

»Tannie Fletcher?« fragte er freundlich.

»Ja«, entgegnete sie erleichtert. »Ich dachte schon, wir hätten uns verpaßt.«

Als er ins Licht trat, sagte sie sich, daß er sehr jung aussah für jemanden, der ein Kindermädchen brauchte, aber sie benötigte wirklich dringend Arbeit, und so erklärte sie sich einverstanden, ihm in eine Gasse zu folgen, von der er behauptete, daß sie zu ihm nach Hause führe. Er sagte, daß er ein sehr großes Haus hätte und eine Haushälterin in Vollzeit suche. Sie warf ihm einen skeptischen Seitenblick zu; er war nicht sehr gut gekleidet.

Die Gasse ging in eine andere über, dann in noch eine. Nach etwa acht Blocks erkannte Tannie, daß sie hereingelegt worden war. Es gab gar kein Haus – nur eine kalte Messerklinge, die in ihre Seite drückte. Tannie ahnte es zwar nicht, aber sie bekam dieselbe Geschichte zu hören wie Nina Temple einen Monat zuvor. »Mein Bruder liegt verletzt im Park. Die Schweine haben ihn angeschossen, und du mußt mir helfen, die Blutung zu stoppen.«

Das zierliche Mädchen wurde mit vorgehaltenem Messer weit in den Cowan Park gezwungen. Tannie protestierte, daß sie kein Blut sehen könne, daß ihr bei dem Anblick schlecht würde und sie seinem verletzten Bruder nicht helfen könne. Schließlich musterte er sie mit einem sonderbaren Lächeln und sagte: »Wenn du mit mir vögelst, brauchst du dich nicht um meinen Bruder zu kümmern.«

Sie wollte am Leben bleiben. Sie überlegte fieberhaft und sagte dann: »Werfen Sie das Messer weg, wenn ich verspreche, ihm zu helfen?« Darauf warf der Mann das Messer ins Gebüsch, sagte jedoch: »Sei hübsch artig, ich habe noch ein Rasiermesser.«

Ihre Abscheu niederkämpfend, ließ Tannie Fletcher die Vergewaltigung über sich ergehen. Nachdem der Mann zum Höhepunkt gekommen war, erlaubte er ihr, sich wieder anzuziehen. Nach seiner Tat begleitete er sie in perverser Galanterie zurück bis fast nach Hause. Sie sagte sich, daß er verrückt sein mußte. Er sprach mit ihr, als wären sie tatsächlich ein Liebespaar, als hätte sie aus freiem Willen mit ihm geschlafen. »Ich möchte wieder mit dir zusammensein«, flüsterte er.

Tannie ging weiter und nickte, als würde sie ihm zustimmen. Er erzählte ihr, daß er von 1968 bis 1971 in der Monroe-Jugendstrafanstalt gewesen wäre und geschieden sei. Sie log und behauptete, sie wäre einmal in einer Erziehungsanstalt für Mädchen gewesen.

Der Vergewaltiger schien Tannie Fletchers Verhalten als Billigung aufzufassen und wurde noch redseliger. Er prahlte mit seinem außergewöhnlichen Job. Er erzählte ihr, daß er an einem Forschungsprojekt an der University of Washington mitarbeite – er bekäme täglich große Dosen Vitamine verabreicht, und man bezahle ihm siebzig Dollar dafür, daß man die Auswirkungen auf seinen Organismus studiere. »Es geht um Forschungszwecke. Zehn Dollar am Tag dafür, daß man Pillen schluckt.« Er zeigte ihr eine Karte mit mehreren medizinischen Begriffen. Es war zu dunkel, als daß sie viel hätte lesen können, aber sie sah den Namen ›Jim R.‹.

Tannie fühlte ein hysterisches Kichern in ihrer Kehle aufsteigen. War ihr Peiniger so high von Vitaminen, daß er zum Vergewaltiger geworden war? Hatte sie gerade das schrecklichste Erlebnis ihres Lebens durchmachen müssen, weil die Wissenschaftler an der Universität ihm zu viel Vitamin C oder sonstwas verabreicht hatten?

Sie antwortete nicht, als der Mann sagte, er würde sie am nächsten Tag anrufen, schauderte jedoch unwillkürlich, als er eine Kette von seinem Hals nahm und ihr umhängte, als Souvenir an ihre Begegnung. Das einzige, was zählte, war ihr Glaube daran, daß er sie gehen lassen würde. Sie wollte nur lebend nach Hause.

Trotz ihrer panischen Angst, daß er ihr folgen könnte, zwang Tannie Fletcher sich, ganz normal zu gehen, als sie sich von ihm entfernte. Wenn sie losrannte, würde er wissen, daß sie Angst hatte.

Tannies Ehemann fand sie hysterisch weinend und von Kopf bis Fuß erdverschmiert zu Hause vor. Die Ärzte an der Universitätsklinik bestätigten, daß sie vergewaltigt worden war.

Während Tannie und ihr Mann im Krankenhaus waren, kamen zwei Anrufe von einem Mann, der sagte, daß er sich bei Tannie ›entschuldigen‹ wolle. Er bat die Leute, bei denen Tannie und ihr Mann vorübergehend wohnten, ihr auszurichten, daß ›Jim Otto‹ angerufen habe.

Detective Joyce Johnson studierte die fast identischen Vorgehensweisen bei beiden Überfällen und nacheinander die Aussagen der beiden Opfer. Bei diesem ›Jim‹ mußte es sich um denselben Mann handeln, der auch Nina Temple mißbraucht hatte. Es paßte alles zusammen. Johnson vermutete, daß die ›Vitamin-Versuchskaninchen-Geschichte‹ ebenso falsch war wie die Geschichte von dem Bruder, der von den ›Schweinen‹ angeschossen worden war, aber das war der einzige Hinweis, den sie hatte. Der Anhänger, den der Vergewaltiger Tannie Fletcher gegeben hatte, erwies sich diesbezüglich als Enttäuschung; wie sich herausstellte, handelte es sich um ein in Massenproduktion hergestelltes Schmuckstück, dessen Kauf sich nicht zurückverfolgen ließ.

Joyce Johnson rief in der Universitätsklinik an, und zu ihrer Überraschung wurde ihr dort bestätigt, daß tatsächlich ein Forschungsprojekt mit Vitaminen im Gang sei. Die nächste Dosis sollte den Probanden um 13 Uhr verabreicht werden. Johnson informierte den Sicherheitsdienst der University of Washington und bat die Wachleute, sich in der Nähe bereitzuhalten, wenn die Probanden kamen.

Die Wachleute bemerkten tatsächlich einen großen hageren Mann mit buschigem, rötlichbraunem Haar, Schnauzer und einer Brille mit starken Gläsern. Er hieß Jim – allerdings nicht Jim Otto, sondern James Edward Ruzicka. Und er hatte seine letzte Vitamindosis erhalten.

Ruzicka wurde wegen versuchter Vergewaltigung mit Waffengewalt, Körperverletzung zweiten Grades sowie Vergewaltigung in einem zweiten Fall angeklagt. Er machte Joyce Johnson gegenüber eine fünf Seiten umfassende Aussage. Ja, er sei dieser Tannie Fletcher begegnet und habe sie um eine Zigarette gebeten. Dann hätte sie ihn zum Sex aufgefordert und ihn, wie er behauptete, genötigt, sie in eine Gasse in der Nähe zu begleiten.

Aber Tannie hatte gesagt, ›Jim‹ hätte sie in einen matschigen Park geführt. Und Detectives hatten dort Fußabdrücke gefunden, die *exakt* mit den geriffelten Sohlen von Tannies Schuhen übereinstimmten.

Obgleich beide Vergewaltigungsopfer Ruzicka eindeutig identifizierten, gab er letztendlich nur die Vergewaltigung von Tannie Fletcher zu. Er wurde verurteilt und als Sexualpsychopath eingestuft. Seine zehnjährige Haftstrafe wurde aufgehoben unter der Bedingung, daß er am Therapieprogramm für Sexualstraftäter am Western State Hospital teilnahm.

Dieses Konzept zur Rehabilitierung von Sexualstraftätern kann durchaus einer der Gründe gewesen sein, weshalb die Wähler des Staates Washington sich für die Wiedereinführung der Todesstrafe aussprachen. Es handelte sich um ein Programm, das den Teilnehmern unglaubliche Freiheiten einräumte. Es hieß, daß abgeschlossene Türen den Eindruck erweckten, das Krankenhauspersonal vertraue den Sexualpsychopathen nicht. Die Therapeuten meinten, daß, wenn man den Patienten nicht Bestätigung und Vertrauen entgegenbrachte, sie niemals gesund werden würden. Im Rahmen des Programmes durften die Insassen sich regelmäßig draußen auf dem Krankenhausgelände aufhalten, später dann Steilacoom besuchen, wo das Krankenhaus gelegen war, und schließlich auch andere Städte in Washington. Natürlich mußten die Patienten ›sich beweisen‹, bevor man ihnen größere Freiheit einräumte.

Rückblickend war diese Philosophie der Siebziger eine beinahe utopische Annäherung durch eine ›Wohlfühltherapie‹ im Einklang mit ihrer Zeit, in der jeder ›sein Ding‹ machte.

James Ruzicka blieb zehn Monate am Western State Hospital. Nachdem er längere Zeit regelmäßig an der Gruppentherapie teilgenommen und sich angemessen beteiligt hatte, wurden ihm mehrere Freigänge gestattet.

Am 31. Januar 1974 kehrte er nach einem zwölfstündigen unbewachten Freigang nicht ins Krankenhaus zurück.

Am Freitag, dem 15. Februar, stürmte die sechzehnjährige Nancy Kinghammer kurz nach 18 Uhr abends aus ihrem Elternhaus in West Seattle. Sie und eine ihrer Schwestern hatten sich darüber gestritten, welche Fernsehsendung angeschaut werden sollte. Es war ein unbedeutender Zank unter Geschwistern, aber Nancy war wütend. Ihre Eltern nahmen an, daß sie zu Freunden gegangen war und in einigen Stunden zurück sein würde.

Aber Nancy kam nicht nach Hause zurück. Um Viertel nach drei am folgenden Nachmittag hatte ihr besorgter Vater bereits ihre sämtlichen Freunde angerufen sowie die Schulleitung der West Seattle High, die sie im vorletzten Jahr besuchte. Niemand hatte sie gesehen. Ihr Vater war überzeugt davon, daß sie nicht ausgerissen war; sie hatte weder Ersatzkleidung noch Geld mitgenommen.

Der hochaufgeschossene brünette Teenager war einfach verschwunden.

Noch unwahrscheinlicher war, daß die vierzehnjährige Penny Marie Haddenham, die nur wenige Blocks von den Kinghammers entfernt wohnte, sechs Tage später davongelaufen war. Das rothaarige sommersprossige junge Mädchen hatte mit niemandem Streit gehabt. Tatsächlich hatte Penny gelacht, als ihr Vater sie das letzte Mal gesehen hatte. Das war um 18 Uhr 30 am Abend des 21. Februar in einem Restaurant in West Seattle gewesen. Penny hatte 20 Dollar gebraucht, um Stoff für einen Hosenanzug zu kaufen, den sie in Hauswirtschaftskunde an der Madison Junior High nähen sollte.

Penny war eine gute ›B‹-Schülerin an der Madison High, und ihr Vater hatte ihr das Geld gern gegeben. Seine letzte

Erinnerung an sie war, wie sie zu dem Stoffgeschäft lief, ein paar Blocks entfernt. Die Mutter einer Freundin sah sie noch um 20 Uhr 30 an diesem Abend. Nancy war vorbeigekommen, um ihre Freundin zu besuchen, die nur vier Blocks von ihrem Elternhaus entfernt wohnte, aber die Frau hatte Penny mitgeteilt, daß ihre Freundin bereits schlief. Penny war guter Dinge gewesen. Sie hatte gesagt, daß sie dann eben nach Hause gehen wolle.

Aber wie Nancy war auch Penny nicht nach Hause zurückgekehrt. Und niemals hätten ihre Eltern geglaubt, daß sie weggelaufen war. Sie war viel zu glücklich daheim, zu zuverlässig, und ihre Freundinnen und ihre Hobbys waren ihr viel zu wichtig.

Die nächsten drei Wochen suchten Polizei, Angehörige und Freunde vergeblich nach Penny und Nancy. Detectives des Police Departments von Seattle fragten sich, ob vielleicht ein Zusammenhang bestand zwischen Pennys und Nancys Verschwinden. Die einzige Verbindung, die sie herstellen konnten, war jedoch die, daß die beiden Mädchen in unmittelbarer Nachbarschaft wohnten. Sie hatten einander nicht gekannt, besuchten verschiedene Schulen und hatten einen anderen Freundeskreis. Jetzt verbanden sie jedoch schreckliche Spekulationen.

Penny wurde zuerst gefunden. Am 12. März kürzte ein Zeitungsjunge seinen Weg durch ein Waldstück am Fauntleroy Expressway in West Seattle ab. Das Wäldchen bestand aus Laubbäumen und nur einigen wenigen immergrünen Gewächsen, und der Boden war mit einem dicken Teppich brauner Blätter bedeckt. Obgleich der Freeway ganz in der Nähe war und auch mehrere Häuser am Waldrand standen, war das Innere des Wäldchens so isoliert, als befände man sich mitten in einem riesigen Forst.

Der Junge blieb vor Entsetzen wie angewurzelt stehen bei dem Anblick, der sich ihm bot. Ein Mädchen hing von einem Baum, den Hals stark seitlich geneigt. Es war so still, daß der ungewollte Aufschrei des Jungen und das Hämmern seines Herzen durch die Bäume zu hallen schien.

Streifenwagen der Polizei wurden auf den Notruf des

Jungen hin losgeschickt. Die Beamten sahen sich die Leiche des rothaarigen Mädchens an, das von einem nackten Ast baumelte; ganz offensichtlich war es schon einige Zeit tot – mindestens mehrere Tage. Die Officer gingen nicht näher heran, sondern schalteten statt dessen die Mordkommission ein.

Detective Roy Moran und Bernie Miller von der Mordkommission stellten fest, daß die Füße des Mädchens beinahe den Boden berührten und sein Körper an einer leichten Böschung lehnte, an deren Fuß der Baum stand. Es war nicht gefesselt; es hatte nur die Schlinge um den Hals. Das zierliche Mädchen trug Jeans, eine gelbe Nylonjacke (deren rechte Tasche nach außen gekehrt war) und Stiefel mit Plateausohlen. Seine Tasche lag ganz in der Nähe, und einige Gegenstände daraus waren im Laub verstreut. Als die Umgebung gründlich abgesucht wurde, fand man einen Umschlag mit dem Schnittmuster für einen Hosenanzug sowie grauen Woll- und Seidenstoff.

Konnte es sich um einen Selbstmord handeln? Wenn das Penny Haddenham war – und ihre Beschreibung paßte exakt auf die Leiche im Wald – war nicht ganz auszuschließen, daß sie sich selbst das Leben genommen hatte. Sie war ein so fröhliches Kind gewesen. Aber es kommt öfter vor, daß Teenager kleine Probleme sehr, sehr ernst nehmen. Teenager glauben, daß sie ewig leben werden, und manchmal tun sie etwas Dramatisches, das sie später nicht mehr rückgängig machen können.

Es wurde schon dunkel, als die Leiche vorsichtig vom Baum geschnitten wurde, wobei man die Schlinge intakt ließ, damit die Richtung der Reibungsspuren festgestellt werden konnte. Wenn das Mädchen sich durch Erhängen selbst umgebracht hatte, würden die Scheuerstellen nach oben zeigen; hatte aber jemand sie erst getötet und anschließend an dem Seil hochgezogen, würden die Scheuerstellen in die entgegengesetzte Richtung, also nach unten, weisen.

Uniformierte Beamte bewachten den Tatort die ganze Nacht lang. Beim ersten Tageslicht sollte das Wäldchen erneut gründlich abgesucht werden. Es bestand kein Zweifel daran, daß es sich bei der erhängten Toten um Penny Haddenham handelte; der Verwesungszustand deutete darauf hin, daß sie schon mindestens eine Woche tot war. Die Frage war nur, *wie* sie an den Baum gekommen war. Wie konnte eine lächelnde, scherzende Vierzehnjährige als Selbstmörderin enden? Oder, und das war das wahrscheinlichere Szenario, wie war es einem Sadisten gelungen, sie aus ihrer eigenen Nachbarschaft zu locken, um sie in dieses Waldstück zu zerren, wo sie diesen schrecklichen, einsamen Tod gestorben war?

Die Obduktion an dem 1,55 m großen und hunderundzehn Pfund schweren Mädchen schloß einen Selbstmord bald aus. Der Tod war durch das Hängen eingetreten – durch Ersticken, aber sie war vor ihrem Tod vergewaltigt worden. Ihre Unterwäsche und ihre Jeans waren von Sperma durchweicht. Ihr Mörder hatte sie offenbar nach dem Überfall wieder angekleidet und sie anschließend aufgehängt, um einen Suizid vorzutäuschen.

Die Detectives kehrten noch einmal an den Ort zurück, wo Penny zehn Tage darauf gewartet hatte, daß jemand kam und sie fand. Es war wegen des dicken Laubteppichs nicht leicht, den Tatort abzusuchen, aber sie fanden dennoch einige interessante Gegenstände. Am aussagekräftigsten war ein Angelmesser, dessen Spitze ganz scharf geschliffen war. Es lag zur Hälfte unter Blättern verborgen, und der beigefarbene Griff war praktisch mit dem Laub verschmolzen. Der Mörder hatte es vermutlich fallen gelassen und in der Dunkelheit nicht wiedergefunden. Die Klinge hatte nicht lange im Freien gelegen, nicht länger als Pennys Leiche dort gehangen hatte.

Penny hätte sieben oder acht Dollar in ihrem Portemonnaie haben müssen, den Rest des Geldes für das Nähmaterial (und zwei verbotene Packungen Zigaretten, wie ihre beste Freundin aussagte), aber in ihrer Tasche war überhaupt kein Geld mehr, als sie gefunden wurde. Die Zigaretten lagen, vom Regen durchweicht, unter ihren Füßen.

Mit der Entdeckung von Penny Haddenhams Leiche

konkretisierte sich die Furcht, daß auch Nancy Kinghammer tot war – ebenfalls ermordet. Am Samstag, dem 16. März, durchkämmten Detectives, Streifenbeamte und sechzig Leute von Explorer Search und Rescue Scouts erneut die Gegend, in der Nancy verschwunden war. Sie durchsuchten leerstehende Häuser, Waldstücke, unbebaute Grundstücke – jede Stelle, an der sich eine Leiche verstecken ließ. Penny war nicht weit von ihrem Zuhause gefunden worden, und die Detectives glaubten, daß es sich bei Nancy ähnlich verhielt.

Polizeihubschrauber machten Luftaufnahmen, in der Hoffnung, die Leiche zu entdecken, wenn die Farben ihrer Kleidung nur kräftig genug waren. Sie suchten den ganzen Tag – vergebens. Es war fast 17 Uhr und wurde bereits dunkel, als einer der Detectives zu einem unbebauten Grundstück Ecke Andover und Avalon zurückkehrte. Das Grundstück war zu einem sehr praktischen, wenn auch selbstverständlich inoffiziellen Müllplatz der Gemeinde geworden.

Zielstrebig, beinahe so, als würde er von einer Ahnung geleitet, kämpfte Detective George Cuthill sich durch Brombeerranken und Abfall, bis er zu einem Haufen Bretter, Kartons und Möbel gelangte. »Ich glaube, darunter könnte jemand versteckt sein«, murmelte er.

Stück für Stück kamen in dem Maße, da der Abfallhaufen schwand, im sinkenden Sonnenlicht die sterblichen Überreste eines Menschen zum Vorschein. Nancy war schon vor fünf Wochen verschwunden, und der fast nackte Leichnam war bereits stark verwest. Das einzige, was noch lebendig wirkte, waren das lange braune Haar und die Ringe, die an ihren Fingern glitzerten. Um den Hals der Toten, die in weißen Stoff und Handtücher gewickelt war, war ein grüner Schal geschlungen. Der Stoff sah noch zu neu aus, als daß er auf dem Müll gelegen haben konnte.

Zähne, Ringe und eine Armbanduhr identifizierten die Tote eindeutig als Nancy Kinghammer. Es gab keine Möglichkeit mehr festzustellen, wie sie gestorben war; die Zersetzung der Leiche hatte die Methode unkenntlich gemacht. Aber ein sexuelles Motiv war naheliegend, da Nancy ebenfalls fast nackt aufgefunden wurde.

Zwei Mädchen waren innerhalb eines Zeitraums von weniger als einer Woche in einem ruhigen Wohnviertel vergewaltigt und ermordet worden. Die Anwohner fragten sich, was für eine Bestie sich in West Seattle herumtrieb. Die Detectives hatten ein Messer, ein Handtuch und ein Stück weißen Stoff, um den Mörder mit den Leichen in Verbindung zu bringen, aber wo sollten sie mit ihrer Suche beginnen? Nichts im Leben der Mädchen deutete darauf hin, daß sie ihren Mörder gekannt hatten. Vermutlich war es ein Fremder gewesen, der ihnen in einer dunklen Straße aufgelauert hatte.

Eine Verhaftung in Beaverton, Oregon, – fast zweihundert Meilen südlich von Seattle – brachte ein paar Antworten, warf aber noch mehr Fragen auf. Detectives aus Washington County in Oregon baten das Seattle Police Department telefonisch um Informationen über einen Mann namens Troy Asin.

Der Mann, der in Washington im County-Gefängnis saß, war groß, schlank und hatte dunkelrotes, buschiges Haar.

Die Vergehen, die ›Troy Asin‹ hinter Gitter gebracht hatten, kamen Detective Joyce Johnson bekannt vor. Ein dreizehnjähriges Mädchen hatte das Sheriffbüro von Washington County angerufen und gemeldet, daß sie vergewaltigt worden sei. Sie und eine Freundin hätten in der Nähe eines Penny-Einkaufszentrums in Portland einen Mann mit buschigem Haar und Schnauzer und seinen Freund kennengelernt. Nachdem sie sich eine Weile mit den Mädchen unterhalten hatten, die noch die Junior High besuchten, hatten die Männer den Mädchen vorgeschlagen, mit ihnen mit dem Bus nach Beaverton, einem Vorort von Portland, zu fahren. In Beaverton waren sie dann alle zusammen in eine Billardhalle gegangen und hatten im dortigen Restaurant etwas gegessen. Der Mann mit dem Schnauzbart, der sich als ›Troy‹ vorgestellt hatte, hatte angeboten, eines der Mädchen zu Fuß nach Hause zu begleiten.

Sie war nicht bis nach Hause gekommen. Statt dessen

war sie mit einem Messer bedroht und in einem Kirchhof vergewaltigt worden, und als ›Troy‹ sie dann endlich hatte gehen lassen, war sie zum nächsten Telefon gestolpert und hatte den Sheriff angerufen. ›Troy‹ wurde schon kurz darauf in der Nähe der Billardhalle aufgegriffen; sein dreizehnjähriges Opfer zeigte ihn einem Streifenbeamten aus Beaverton.

Im Gefängnis von Washington County gab er seinen Namen mit ›Troy Asin‹ an. Die Beamten aus Oregon waren ein wenig mißtrauisch, da er keine Papiere bei sich hatte, die auf diesen Namen ausgestellt waren. ›Troy Asin‹ hatte als Wohnsitz eine Adresse in West Seattle genannt, und eine Anfrage, doch bitte Asins Identität zu überprüfen, ging bei den Detectives aus Seattle ein, kurz nachdem Nancy Kinghammers Leiche gefunden worden war.

Als die Detectives aus Beaverton ›Asin‹ nach der Vergewaltigung befragten, gab er sich gefaßt und erstaunt. Er beharrte darauf, daß das dreizehnjährige Mädchen nicht nur bereit, sondern *dankbar* gewesen wäre für die Nummer auf dem Kirchhof. Er behauptete, sie hätte zu ihm gesagt, daß sie froh wäre, jetzt keine Jungfrau mehr zu sein, weil ihre Freundinnen sie bereits als prüde bezeichnet hätten. »Als ich sie fragte, ob sie vögeln wolle, sagte sie weder ja noch nein, und da dachte ich mir, sie hätte wohl nichts dagegen«, erklärte er ganz selbstverständlich. ›Asin‹ schien erstaunt, daß das Mädchen die Polizei verständigt hatte.

Der Name ›Troy Asin‹ verwirrte die Detectives aus Seattle anfangs. Zwar war der Name in den Polizeiakten vermerkt, jedoch als Alias eines bedingt aus der Jugendhaftanstalt entlassenen Carl Harp. Er hatte den Decknamen oder auch Abwandlungen davon jahrelang benutzt. Aber Harps Beschreibung paßte ganz und gar nicht auf den Mann, der in Oregon verhaftet worden war – es sei denn, er wäre in der Zwischenzeit um fünfzehn Zentimeter gewachsen und hätte sich das Haar gefärbt und dauergewellt. ›Troy Asin‹ war nicht eben ein Allerweltsname wie ›John Smith‹. Es erschien unmöglich, daß zwei Männer zufällig ein so ungewöhnliches Pseudonym annahmen.

Das Rätsel um die Identität des wegen Vergewaltigung angeklagten Mannes in Oregon klärte sich auf, als die Detectives in Seattle die Adresse überprüften, die ›Asin‹ angegeben hatte. Das Haus, das von einem Ehepaar und zwei weiteren Frauen bewohnt wurde, befand sich nur einen Block von dem unbebauten Grundstück entfernt, auf dem Nancy Kinghammers Leiche gefunden worden war. Eine der Frauen, die dort lebten, bestätigte, daß die Beschreibung des Mannes auf ihren Ex-Mann passe: James Edward Ruzicka.

Ihr bemerkenswert großzügiger zweiter Ehemann hatte Ruzicka gestattet, bei ihnen zu wohnen, nachdem er sich dem Therapieprogramm für Sexualpsychopathen am Western State Hospital entzogen hatte. »Er hat vom ersten bis zum fünfundzwanzigsten Februar hier gelebt«, sagte sie.

Als die Detectives Ruzickas Ex-Frau fragten, ob sie seitdem etwas vermisse, war ihre Antwort einer der größten Volltreffer an Informationen, die je ein Beamter der Mordkommission gelandet hatte. Ja, entgegnete sie, sie vermisse einige Handtücher, ein paar weiße Laken und ein Fischmesser. Sie fügte hinzu, daß Ruzicka sie am 3. März gebeten hätte, die Hintertür des Hauses nicht abzuschließen, und daß bei ihrer Rückkehr an dem Tag 37,95 Dollar gefehlt hätten. Seitdem hatte sie nichts mehr von Ruzicka gesehen oder gehört.

Die ehemalige Mrs. Ruzicka wurde zum Abend des 21. Februar befragt, jenem Abend, an dem Penny Haddenham verschwunden war. Sie erinnerte sich noch gut daran, weil ›Jim‹ um 18 Uhr 30 völlig pleite das Haus verlassen hatte. Als er gegen 22 Uhr 30 zurückgekommen war, war sein Mantel voller Erde gewesen, und er hatte sieben oder acht Dollar bei sich gehabt (exakt Penny Haddenhams Wechselgeld von den zwanzig Dollar ihres Vaters nach dem Kauf des Nähzeugs und der zwei Päckchen Zigaretten).

»Er sagte, ein Mann hätte ihm das Geld gegeben, weil er

ihm beim Reifenwechsel geholfen habe«, sagte Ruzickas Ex-Frau. »Dabei hätte er sich auch so schmutzig gemacht.«

Sie identifizierte das Messer, das in der Nähe von Penny Haddenhams Leiche gefunden worden war, als jenes, das aus ihrer Küche verschwunden war.

Es sah aus, als hätte James Ruzicka, der ›Versuchskaninchen-Vergewaltiger‹ eine Schneise des Terrors geschlagen, seitdem er das Gelände des Western State Hospitals verlassen hatte. Seine Rechtfertigung in Beaverton, Oregon, daß er nur dem Wunsch eines willigen Mädchens entsprochen habe, kam Detective Joyce Johnson bekannt vor. ›Jim Otto James Ruzicka‹ hatte seinerzeit auch behauptet, daß Tannie Fletcher ihn zum Sex aufgefordert habe. Entweder war er dem Irrglauben verfallen, daß Frauen ihn sexuell unwiderstehlich fanden, oder aber er zog es vor, die Tatsache zu beschönigen, daß er sich seinen Opfern aufgezwungen hatte.

James Ruzickas Spur vom Western State Hospital nach West Seattle und Oregon wurde so exakt wie möglich zurückverfolgt. Offenbar hatte er mindestens zwei Abstecher nach Süden gemacht, bis hinein nach Oregon. In Eugene, hundert Meilen südlich von Beaverton, berichtete eine achtundvierzigjährige Hausfrau der Polizei, daß sie sich nur zu gut an ihn erinnere. Die Mutter von acht Kindern hatte ihren Job gekündigt, um ihren Mann pflegen zu können, der im Sterben lag.

Ein großgewachsener Mann mit dickem, lockigem Haar hatte bei ihnen angeklopft und gefragt, ob ihn jemand in die Stadt fahren könne. »Er nannte sich ›Jack‹«, fuhr sie fort. »Als ich ihm sagte, daß ich ihn nirgendwo hinfahren könne, hielt er mir ein Messer an den Hals, fesselte mich an mein Bett … und vergewaltigte mich.«

Dann hatte ›Jack‹ Geld aus den Zimmern ihrer Kinder gestohlen und von ihr, indem er erneut das Messer an ihre Kehle hielt, verlangt, daß sie ihn ins Zentrum fuhr. »Unterwegs erzählte er mir von einem Freund, der angeblich einen Rucksack abseits der Straße für ihn deponiert hätte. «Ich wußte, daß das erfunden war und er mich nur in den Wald locken wollte, um mich wieder zu vergewaltigen.«

Sie hatte keine andere Wahl gehabt als seinen Anordnungen Folge zu leisten. Ihr einziger Gedanke war zu überleben. »Nachdem er mich ein zweites Mal mißbraucht hatte, behauptete ich, ich hätte irgendwo im Wald meine Wagenschlüssel verloren«, berichtete sie der Polizei. »Ich schätze, er hat mir geglaubt, denn er ging zur Straße zurückging und fuhr per Anhalter weiter. Ich hatte die Schlüssel die ganze Zeit in der Tasche, rannte zu meinem Wagen und raste in entgegengesetzter Richtung davon. Er hatte gedroht zurückzukommen und mich und meine ganze Familie zu töten, wenn ich die Polizei riefe.«

Wohl kaum jemand hätte die Diagnose, daß James Ruzicka ein Sexpsychopath war, in Frage gestellt. Jetzt deuteten Indizien und Beweise darauf hin, daß er außerdem ein kaltblütiger Mörder war. Die Detectives waren überzeugt davon, daß er Nancy Kinghammer getötet hatte, exakt ein Jahr und einen Tag nach der Vergewaltigung Nina Temples im Keller der Pension in Capitol Hill.

Während James Ruzicka hinter Gittern auf seinen Prozeß wartete, lief der erste ›Troy Asin‹ immer noch frei herum.

Carl Harp hatte die Jugendstrafanstalt in Monroe nur wenige Wochen nach seinem Freund James Ruzicka verlassen. Er gab sich seinem Bewährungshelfer gegenüber unauffällig und kooperativ, und am 2. April 1973 wurde seine Überwachung unter Vorbehalt aufgehoben. In der Zwischenzeit hatte seine ›andere Hälfte‹ zwei Frauen vergewaltigt – mindestens.

Harp hatte einen guten Job als Schuster im Bon-Marché-Kaufhaus im South Center, einer riesigen Mall im südlichen King County gefunden. Wie sein »Zwilling« hatte Harp enttäuschende Erfahrungen mit Frauen gemacht, die er nun als nicht vertrauenswürdig einstufte. Seine erste Ehe endete, als er erfuhr, daß seine Frau in einem Bodypainting-Studio in Seattle arbeitete und während seiner Haft wegen Prostitution verhaftet worden war. Seine zweite Frau verließ ihn einfach ohne Angabe von Gründen.

Carl Harp verlor seine Stelle in der Schuhabteilung des Kaufhauses, als eine Mitarbeiterin sich über ihn beschwerte und behauptete, er hätte ihr obszöne Briefe geschrieben. Er gab sich überrascht; er habe nur versucht, ›eine Beziehung zu ihr herzustellen‹.

Während James Ruzicka aus dem Verkehr gezogen war und vorübergehend keine Schlagzeilen machte, machte sich im Staat Washington Entsetzen breit nach einem schrecklichen Heckenschützenanschlag auf einem Freeway.

Der 14. Mai 1973, ein Montag, war ein wunderschöner sonniger Frühlingstag in Bellevue, Washington; die Autofahrer konnten endlich ihre Fenster herunterkurbeln, ohne befürchten zu müssen, daß ihnen Regen und Sturm ins Gesicht blies.

Der Interstate 405 Freeway führt östlich am Lake Washington entlang, von Renton am südlichen bis Mountlake Terrace am nördlichen Ufer. Es ist schon immer ein stark befahrener Freeway gewesen, tagsüber wie nachts; die Arbeiter der Boeing-Fabrik in Renton verstopfen die 405 zur Rush-hour am Morgen und am Nachmittag.

Aber um 15 Uhr nachmittags, als Immobilienmakler Abraham Saltzman, vierundfünfzig, sich auf der Rückfahrt zu seinem Büro befand, war relativ wenig Verkehr. Er kam gerade von einem Kollegen, dem er Starthilfe gegeben hatte, weil sein Wagen nicht hatte anspringen wollen. Abe, ein untersetzter glatzköpfiger Mann mit einem Herzen aus Gold, hatte eine Frau, eine Tochter, eine Schwester und einen Bruder, die ihn liebten, und er konnte eine lange Liste hochzufriedener ehemaliger Kunden vorweisen. Er gehörte zu den Immobilienmaklern, die sich lieber eine Provision entgehen lassen, als jemandem das falsche Haus anzudrehen.

Um diese Zeit fuhr der Mann in seinem dunklen Plymouth Fury unter einer Brücke hindurch. Als die Limousine auf der anderen Seite wieder ins strahlende Sonnenlicht fuhr, explodierte Abe Saltzmans Welt. Eine Kugel, die er weder sah noch hörte, setzte seinem Leben ein Ende. Er war auf der Stelle tot, die Hände noch auf dem Lenkrad. Sein Wagen scherte aus, raste quer über mehrere Fahrspuren, fuhr in einen Graben und prallte gegen eine grasbewachsene Böschung.

John Mott, ein weiterer Autofahrer, der beim Fahren seinen linken Ellbogen auf dem Fensterrahmen aufgestützt hatte, war zur gleichen Zeit auf dem Freeway unterwegs. Er hörte nichts – fühlte nur einen brennenden Schmerz. Er riß den Kopf nach links und erlitt einen Schock, als er sah, daß sein Ellbogen nicht mehr da war. Irgendwie gelang es ihm, seinen Wagen zum Stehen zu bringen.

Andere Autofahrer hörten, wie etwas in ihre Wagen einschlug. Reines Glück bewahrte sie davor, selbst von den Kugeln getroffen zu werden.

Jemand stand hoch oben auf dem Hügel, der den Freeway überragte – und dieser Jemand zielte und feuerte methodisch aus einem Karabiner.

Innerhalb weniger Minuten wimmelte es auf diesem Abschnitt der 405 von Einsatzfahrzeugen der Staatspolizei, der örtlichen Polizei und verschiedener Rettungsdienste. Die Polizisten und Sanitäter hatten alle Hände voll zu tun, die Verletzten und hysterischen Personen zu beruhigen. Einige Autofahrer hatten ihre Fahrzeuge vor Schreck mitten auf der Schnellstraße angehalten, während andere wiederum Gas gegeben hatten, um sich schnellstmöglich in Sicherheit zu bringen.

John Mott wurde erstversorgt und ins Overlake Hospital gebracht. Der junge Mann Anfang zwanzig würde seinen linken Arm nie wieder vollständig strecken können, aber wenigstens lebte er.

Im Gegensatz zu Abe Saltzman. Es eilte nicht, ihn aus seinem Fahrzeug zu bergen, er hatte alle Zeit der Welt.

Die Beamten ermittelten den Winkel, aus dem geschossen worden war, und stiegen den Hügel hinauf. Sie wußten nicht, ob der Mann mit dem Gewehr noch dort war oder nicht; möglicherweise hatte er sie im Visier, während sie die steile Böschung hinaufkletterten. Sie fanden die Stelle, an der er gestanden hatte; Gras und Unkraut waren deutlich sichtbar flachgetreten. Mit Hilfe eines Metalldetektors entdeckten sie Messingpatronenhülsen aus einem .308-Karabiner.

Das Gewehr selbst war verschwunden. Ebenso der Schütze.

Jemand, der anonym und wahllos auf Autos voller fremder Menschen schießt, muß von einem krankhaften Haß auf die Gesellschaft erfüllt sein. Der Schütze – männlich oder weiblich – hätte Mütter, Kleinkinder, ganze Familien töten können. So wie die Dinge standen, waren jene, die mit Einschußlöchern in ihren Wagen davongekommen waren, dankbar, daß sie noch lebten.

Es hätte viel schlimmer ausgehen können. Aber das war Abe Saltzmanns Familie und den Dutzenden von Menschen, die ihn als Freund bezeichnet hatten, kein Trost.

Der Mann – und es war ein Mann gewesen –, der das Gewehr abgefeuert hatte, war von dem mit Sträuchern bewachsenen Hang oberhalb der I-405 entkommen. Er lächelte, als er ein geeignetes Versteck fand, und wickelte den .308-Karabiner in eine geölte Plastikplane, um ihn vor Verunreinigung und Rost zu schützen. Vielleicht konnte er ihn irgendwann in der Zukunft noch einmal brauchen.

Am 21. Juni 1973, etwas über fünf Wochen später und etwa zwanzig Meilen nordöstlich der Stelle, an der der Heckenschütze den ahnungslosen Autofahrern aufgelauert hatte, begegneten zwei Mitarbeiterinnen eines Ferienlagers einem Fremden auf einem Wanderweg. Die jungen Frauen, Lia* und Brook*, beide einundzwanzig, arbeiteten als Betreuerinnen des kirchlichen Ferienlagers für Kinder in der Nähe der May's Creek Falls in der abgeschiedenen Wildnis des Snoqualmie National Forest. Ihrer religiösen Überzeugung entsprechend, waren beide Mädchen noch unberührt, etwas sehr Seltenes in den freizügigen siebziger Jahren. Lia und Brook wollten beide als Jungfrauen in die Ehe gehen.

An diesem Donnerstag nachmittag hatten die beiden

Mädchen einige Stunden frei und hatten beschlossen, auf einem der Wanderwege einen Spaziergang zu machen. Es war der erste Sommertag, der längste Tag des Jahres, was in Washington bedeutet, daß es bis 22 Uhr hell sein würde.

Aber es war erst 15 Uhr nachmittags, als Brook und Lia einem Mann begegneten, der offenbar ein wenig abseits des Weges kampierte. Er war mittelgroß, blond und trug eine Brille. Es sah so aus, als hielte er sich schon länger in den Wäldern auf. Sie nickten ihm zu und sagten hallo, als sie an ihm vorbeigingen und das Ende des Wanderweges ansteuerten, wo sie ihren Wagen geparkt hatten.

Verblüfft sahen sie kurze Zeit später denselben Mann *vor sich* auf dem Waldweg. Sie konnten nicht begreifen, wie er es geschafft hatte, so weit vor sie zu gelangen. Er hatte sie nicht überholt. Offenbar kannte er sich in den Wäldern sehr gut aus, daß er eine Abkürzung genommen hatte. Er wirkte allerdings recht harmlos und unterhielt sich freundlich mit ihnen, während er neben ihnen herging. Aber ein sechster Sinn warnte die beiden Frauen, die sich zunehmend unbehaglich fühlten. Sie tauschten stumm Blicke, durch die sie einander zu verstehen gaben, daß der Fremde sie nervös machte.

Als sie den Parkplatz erreichten, war Brooks Hast, die Wagenschlüssel zu finden, offenkundig. Sie kramte fieberhaft in ihrem Rucksack, bis der Mann plötzlich ruhig, aber bestimmt sagte: »Hör auf.«

Lia und Brook wandten sich um, als wüßten sie bereits, was geschehen würde. Der Mann hielt einen Revolver in der Hand und winkte in Richtung eines steilen Abhangs neben dem Parkplatz. »Steigt da runter«, befahl er.

»Tun Sie uns nichts«, flehte Brook. »Wir tun alles, was Sie wollen.«

»Töten Sie uns nicht«, stimmte Lia ein. »Sie meint, was sie sagt. Sagen Sie uns nur, was wir tun sollen.«

Der Fremde befahl ihnen, zu einem Baum zu gehen. Sie gehorchten.

»Und jetzt zieht euch aus«, sagte er. »Eure Schuhe könnt ihr anbehalten.«

Er fesselte Lia mit ihrem eigenen Gürtel an einen Baum, indem er den Lederriemen um ihren Hals und den Stamm schlang, so daß sie sich nicht rühren konnte, ohne sich selbst die Luft abzuwürgen. Brook wies er an, sich neben dem Baum auf den Boden zu legen.

Es bestand kein Zweifel mehr an dem, was er vorhatte. Die beiden jungen Frauen beteten stumm, daß er sie nicht umbringen würde, während sie zusahen, wie er sein Shirt auszog und seine Hose öffnete. Er zwang eine der Betreuerinnen, ihn oral zu befriedigen, und vergewaltigte die zweite.

Da weit und breit niemand war, der ihnen hätte helfen können, wußten sie, daß es sinnlos gewesen wäre, zu schreien. Statt dessen benutzten sie ihren Verstand. Sie sagten ihm, daß er kein schlechter Mensch sei – daß er nur Hilfe bräuchte. Lia hielt ihm eine Ausgabe des Neuen Testaments hin und sagte: »Jesus kann Ihnen mehr helfen, als wir es je könnten.«

Der Vergewaltiger wich zurück, beinahe so, als mache die Bibel ihm angst. Sie waren sicher, daß er sie erschießen würde. Statt dessen wandte er sich ab und verschwand im Wald.

Lia und Brook fuhren zurück zum Lager und verständigten sofort das Sheriffbüro von Snohomish County. Sie waren hervorragende Zeuginnen und konnten den Mann bis in alle Einzelheiten beschreiben. Sie erinnerten sich an jede einzelne seiner Tätowierungen, an sein T-Shirt, die Art, wie das Haar ihm in die Stirn gefallen war. Er hatte sich wieder in den Wäldern verkrochen, aber früher oder später würde er sein Versteck verlassen müssen. Das Sheriff's Department sorgte dafür, daß jeder Polizeibeamte im County, jeder Trooper und jeder städtische Streifenpolizist, zu dessen Bezirk auch der Highway 2 gehörte, eine Beschreibung des Mannes bekam.

Mark Ericks, damals Deputy Marshal in dem winzigen Dörfchen Gold Bar, Washington, am Fuß der Snoqualmie Berge, war auf dem Highway 2 unterwegs, als er im Westen kurz hinter der Stadtgrenze einen Anhalter sah.

Ericks fühlte, wie sich seine Nackenhaare sträubten. Er *wußte*, wer dieser Anhalter war. »Er war nicht zu übersehen«, erinnerte er sich. »Er trug noch dasselbe T-Shirt, und dann die unverwechselbaren Tätowierungen. Das war der Kerl.«

Der junge Deputy Marshal wendete und fuhr zurück. Der blonde Mann mit der Brille merkte, daß er erkannt worden war. »Er wollte seine Waffe ziehen, um auf mich zu schießen«, erinnerte sich Ericks. »Aber ich zielte bereits auf ihn und war auch bereit, notfalls von der Waffe Gebrauch zu machen.«

Sekunden, die ihnen wie eine Ewigkeit vorkamen, starrten die beiden Männer einander an, dann warf der Anhalter seine Waffe weg. Es war eine .36-Perkussionspistole der Navy, eine ungewöhnliche Waffe. Es handelte sich um eine Replik, die jedoch voll funktionstüchtig – und geladen – war. Der Gefangene behauptete, die Pistole nur für Schießübungen benutzt zu haben. Eine Durchsuchung seiner Habe förderte mehrere Joints zutage.

Sein Name war Carl Lowell Harp.

Bei seiner Vernehmung im Gefängnis von Snohomish County leugnete Harp die Vergewaltigung der beiden Betreuerinnen vehement. Er erinnerte sich, daß er bei den May's Creek Falls zwei Mädchen begegnet war, aber sie irrten sich, wenn sie (die Beamten) glaubten, daß er sie in irgendeiner Art bedroht habe. »Ich war gerade dabei, in meinem Lager meine Waffe zu reinigen, und sie lag auf dem Boden, als sie vorbeigingen.«

Harp erklärte, die Frauen hätten ihn angesprochen und Fragen zu der Gegend gestellt. Ja, er sei ein kleines Stück mit ihnen mitgegangen und habe sich mit ihnen unterhalten. Wenn sie vergewaltigt worden waren, dann nicht von ihm, beteuerte er. »Ich habe an diesem Tag einen Typen weiter oben auf dem Wanderweg gesehen – er sah mir ein bißchen ähnlich, wissen Sie, die gleiche Größe, Statur, Haarfarbe, trug sogar eine Brille. *Er* ist ihr Vergewaltiger, nicht ich.«

Aber die Detectives waren nicht geneigt, ihm diese Geschichte vom großen Unbekannten abzukaufen.

Was die Ermittler von Snohomish County jedoch ebenso überraschte wie die Polizei von Bellevue und die Washington State Patrol, war, daß Carl Harp einen sehr guten Grund gehabt hatte, draußen in den Wäldern zu kampieren. Als die Medien von seiner Verhaftung berichteten, meldete sich Harps Ex-Frau mit schockierenden Informationen. Sie führte die Behörden zu einem .308-Karabiner, der ihm gehörte.

Tests mit der Waffe, die im übrigen sorgfältig geölt und schußbereit war, bewiesen, daß es sich um dieselbe Waffe handelte, die vom ›Heckenschützen von Bellevue‹ benutzt worden war.

Carl Lowell Harp alias Troy Asin alias T. Asian alias Carroll Lowell Trimble, der kleine Junge, den früher niemand hatte haben wollen, zahlte der Welt heim, was sie ihm angetan hatte – individuell und kollektiv.

Die sonderbare Geschichte zweier Männer mit so verblüffend gleicher Vergangenheit schien sich ihrem Ende zu nähern. Beide Hälften des krankhaften ›Troy Asins‹ saßen hinter Gittern.

James Ruzicka wurde in Oregon wegen der Vergewaltigung an dem dreizehnjährigen Mädchen zu zehn Jahren Haft verurteilt. Dann wurde er im August 1975 in Seattle erneut vor Gericht gestellt, diesmal wegen Mordes ersten Grades an Penny Haddenham und Nancy Kinghammer.

Die stellvertretenden Staatsanwälte Jon Noll und Ron Clar aus King County konnten den Geschworenen in Richter Horton Smiths Gerichtssaal eine Fülle von Indizien und Beweisstücken vorlegen. Da waren das Angelmesser, die verschimmelten weißen Laken, die Nancy Kinghammer als Leichentuch gedient hatten, die Handtücher – alles Gegenstände aus dem Haushalt von Ruzickas Ex-Frau, die diese auch vor Gericht identifizierte. Hinzu kam die vernichtende Aussage eines Mannes, der im Gefängnis Ruzickas Zellengenosse gewesen war.

Der Zeuge erinnerte sich an ein Gespräch mit dem Angeklagten und daran, wie Ruzicka damit geprahlt hatte, zwei Mädchen vergewaltigt und getötet zu haben. Der Angeklagte habe ihm außerdem erzählt, daß er Messer ›sammle‹, berichtete der Zeuge. Ruzicka hatte beschrieben, wie er eines der Opfer an einem Baum aufgehängt habe, nachdem er es vergewaltigt hatte, und daß dabei sein Messer verloren gegangen sei. Der Zeuge meinte, daß Ruzicka sich keine Sorgen wegen des Messers am Tatort gemacht habe, weil der Griff mit Klebeband umwickelt war und er wußte, daß davon keine Fingerabdrücke genommen werden konnten.

Ruzicka selbst sagte nicht aus. Er saß während des ganzen Prozesses schweigend da und drehte einen goldenen Ring, den er an einem Finger trug. Die Anwesenheit eines seiner Opfer im Gerichtssaal machte ihn sichtlich nervös. Nina Temple, die hübsche Warenhausverkäuferin, der er zweieinhalb Jahre zuvor den Kiefer gebrochen und die er dann versucht hatte zu erwürgen, war im Zuschauerraum und lauschte aufmerksam jedem Wort. Ruzickas Verteidiger erhob Einspruch gegen die Anwesenheit des Mädchens und forderte, daß ihr der Zutritt zum Gerichtssaal untersagt wurde. Richter Horton Smith entschied jedoch, daß sie das Recht habe, weiter am Prozeß teilzuhaben.

Die Geschworenen benötigten nur vier Stunden, um James Ruzicka in beiden Fällen des Mordes ersten Grades für schuldig zu befinden.

Nach seiner Verurteilung gab Ruzicka einem Reporter aus Seattle ein umfassendes Interview. Kettenrauchend sagte er, daß ihn niemand wirklich kenne, daß er im Grunde schüchtern und einsam wäre. Er sagte, daß er in Underground-Publikationen Annoncen aufgegeben habe, über die er Brieffreunde suchte. Er erzählte, daß er mit neunzehn Frauen und sechzehn Männern korrespondiere. Er gab unumwunden zu, ein Sexualpsychopath zu sein und Schwierigkeiten im Umgang mit Frauen zu haben, sagte aber dann, daß er hoffe, eines Tages wieder heiraten und Kinder haben zu können. Er habe eine blinde Frau kennengelernt, eine Frau, die ihn aufrichtig liebe, und sie sei während des ganzen Prozesses im Gerichtssaal gewesen. »Sie ist sehr nett«, sagte er. »Ich fand, daß das mindeste, was ich aus Respekt für sie tun konnte, war, die Blindenschrift zu lernen.«

James Ruzicka sah sich selbst weiterhin in einem rosigen Licht, das wenig mit der Realität zu tun hatte. Er betonte, daß er überzeugt davon wäre, für niemanden mehr eine Gefahr darzustellen, auch wenn man ihn sofort freiließe. »Ich würde niemanden vergewaltigen«, sagte er. »Ich würde versuchen, in einem Therapieprogramm unterzukommen. Ich möchte, daß man mir hilft.«

Er leugnete strikt, Penny Haddenham oder Nancy Kinghammer getötet zu haben. Er behauptete, daß das dreizehnjährige Vergewaltigungsopfer in Oregon freiwillig mitgemacht habe. »Es ist kein Messer im Spiel gewesen.«

Tragische Tatsache war, daß man James Ruzicka bereits die Möglichkeit eingeräumt hatte, sich helfen zu lassen – durch Beratungen, Verständnis, Vertrauen und Freiheiten im Rahmen des Therapieprogrammes für Sexualstraftäter. Und er war weggelaufen. Fünfzehn Tage später war Nancy Kinghammer eines schrecklichen Todes gestorben, und er hatte ihre Leiche buchstäblich auf den Müll geworfen. EinundzwanzigTage später wurde Penny Haddenham vergewaltigt und an einem Baum aufgehängt wie eine verlorene Gliederpuppe.

Die Eltern beider Mädchen erhoben erfolgreich Anklage gegen den Staat Washington, weil der James Ruzicka eine zweite Chance eingeräumt hatte *und* nicht-überwachten Freigang während seiner Teilnahme am Therapieprogramm für Sexualstraftäter gewährt hatte. Die Haddenhams und Kinghammers spendeten einen großen Teil der ihnen zugesprochenen Entschädigungssummen der Organisation Families and Friends of Victims of Violent Crime and Missing Persons*. Angehörige und Freunde hatten ihnen geholfen, mit dem Verlust ihrer Töchter fertig zu werden.

Ruzickas eigennützige Version seiner Lebensgeschichte und seiner Verbrechen, die in einigen Zeitungen in Seattle erschien, ließ vieles aus. Chuck Wright, ein Strafvollzugsveteran im Staate Washington und Experte in Fragen der menschlichen Sexualität, schrieb den offiziellen Bericht über Ruzicka. Der verurteilte Vergewaltiger/Mörder äußerte sich zu seinen Aktivitäten Wright gegenüber ausführlicher als gegenüber den Lokalreportern.

Chuck Wright fand in James Ruzicka ein faszinierendes Beispiel der Verleugnung. Ruzicka listete in seinem Fragebogen vierzehn frühere Arbeitgeber auf, erklärte jedoch, für keinen von ihnen lange genug gearbeitet zu haben, um eine Sozialversicherungsnummer zu bekommen. Er sagte, er wäre ›definitiv‹ kein Krimineller, wenngleich er zugab, mehr Pseudonyme benutzt zu haben als ›Troy Asin‹.

»Ich denke, ich werde über den Tisch gezogen«, sagte Ruzicka nachdrücklich. »Ich hatte keinen fairen Prozeß. Ich bin fest entschlossen, wieder rauszukommen, mir einen Job zu suchen und ein ganz normales Leben zu führen. Ich möchte heiraten.«

James Ruzicka versuchte, sich selbst als einen ganz normalen Durchschnittsmenschen zu porträtieren. Aber da war er an den Falschen geraten. Wright wußte, daß Ruzicka bei seinen Sexualverbrechen einen bizarren Modus operandi demonstriert hatte. Abgesehen von dem Einsatz des Messers, das er seinen Opfern an die Kehle gehalten hatte, sowie der List mit seinem ›verwundeten Bruder‹, zog er seinen Opfern gewöhnlich *einen* Schuh aus. Mithäftlingen gegenüber hatte er damit geprahlt, daß er nekrophil wäre und zu den Leichen der von ihm umgebrachten Mädchen zurückgekehrt sei.

* Angehörige und Freunde von Opfern von Gewaltverbrechen und vermißten Personen

Wrights neutrale Fassade fälschlich als Billigung deutend, prahlte James Ruzicka damit, mit mindestens dreihundert verschiedenen Frauen Sex gehabt zu haben. Hingegen behauptete er strikt, keine homosexuellen Kontakte mehr eingegangen zu sein, seit er in jungen Jahren seinen kleinen Bruder belästigt hatte.

Was Verbrechen betraf, gab Ruzicka eintausend Ladendiebstähle zu, und hundert – bisher ungelöste – Einbrüche.

Er sagte, Messer hätten ihm schon immer viel bedeutet. Als Kind habe er immer ein Messer unter dem Kopfkissen gehabt – ohne hätte er nicht einschlafen können.

Für Chuck Wright, der zahllose verurteilte Verbrecher beurteilt hatte, war James Ruzicka eine Ausnahmeerscheinung, wie sie vielleicht einmal unter Tausend vorkam, unvorstellbar gefährlich. Wright versuchte, eine Behandlungsmethode zu finden, die, wenn sie schon nicht Ruzickas Persönlichkeit veränderte, wenigstens potentielle zukünftige Opfer schützen könnte.

»Ich brachte die Möglichkeit einer Kastration ins Gespräch«, erinnerte sich Wright. »Er reagierte darauf sehr wütend und meinte: ›Das können die ja versuchen. Wenn sie das tun, bringe ich mich um. Lieber verfaule ich im Knast ... Ich informierte ihn, daß man jemanden auch *chemisch* kastrieren könne und dieser Prozeß reversibel wäre ... Ich klärte ihn darüber auf, daß man ihn aller Wahrscheinlichkeit nach zu zweimal ›lebenslänglich‹ hintereinander abzusitzen, verurteilen würde, sowie zu einer solchen chemischen Kastration. Er wirkte gelassen.«

Am 30. September 1975 ordnete Richter Smith an, daß Ruzicka zuerst seine Strafe in Oregon abzusitzen hätte und anschließend *hintereinander* zwei lebenslängliche Haftstrafen antreten würde wegen der Ermordung von Penny Haddenham und Nancy Kinghammer.

»Ich bin nicht der Ansicht, daß dieses Gericht sich bei Mord auf einen Handel einlassen und gestatten sollte, daß jemand mit zwei Morden zum Preis von einem davonkommt«, bemerkte Smith in seiner Urteilsbegründung. Des weiteren erklärte er, daß Ruzicka ins staatliche Gefängnis von Walla Walla in Washington eingeliefert und zu den hundert gefährlichsten Kriminellen gesteckt würde, für die maximale Sicherheitsvorkehrungen Vorrang hatten über alles andere.

Der psychologische Gutachter, Dr. John Berberich, hatte Ruzicka als ›extrem gefährlich und nicht therapierbar‹ eingestuft, und empfahl, wie schon Chuck Wright, eine Kastration. Der Sexualexperte hatte sich sehr nachdrücklich dafür eingesetzt, daß, in Anbetracht der zahlreichen früheren Gefängnisausbrüche des Angeklagten, im Fall von James Ruzicka eine chemische Kastration in Erwägung gezogen wurde. »Ruzicka ähnelt vielen anderen Verbrechern«, argumentierte Wright. »Er leugnet immer alles. Ich kann nicht nachdrücklich genug darauf hinweisen, daß dieser Mann, wenn er jemals wieder in Freiheit gelangt, erneut töten wird. Er ist heimtückisch, und ein Menschenleben bedeutet ihm nichts. Er hat uns von Anfang bis Ende nur belogen.«

Während ich dies schreibe, sitzt James Ruzicka noch im Staatsgefängnis in Walla Walla ein. Er ist heute sechsundvierzig Jahre alt. Zum Zeitpunkt seiner Inhaftierung Mitte der siebziger Jahre machte der Fall Schlagzeilen. Inzwischen haben jedoch andere Mörder die Erinnerung an ihn verdrängt. Dabei ist es wichtig, daß wir die Erinnerung an sein Verbrechen lebendig halten. Obgleich es höchst unwahrscheinlich ist, daß James Ruzicka frei kommt, bevor er ein alter Mann ist, kann man es nicht völlig ausschließen.

Es ist immer noch fraglich, ob eine chemische Kastration (bei der weibliche Hormone verabreicht werden) den gewünschten Effekt erzielt; einige der brutalsten Sexualmorde unserer Zeit wurden von Männern begangen, die aus organischen oder psychischen Gründen impotent waren. Ihre Wut über die Unfähigkeit zum Vollzug des Sexualaktes hat ihre Mordlust noch gesteigert. In mehreren Fällen machten ihre Opfer den fatalen Fehler, sie auszulachen.

Außerdem funktioniert die chemische Kastration nur so lange, wie der Betreffende die Hormone auch einnimmt, die seine sexuelle Aggressivität drosseln sollen. Man fragt sich, über welchen Zeitraum ein Vergewaltiger auf freiem Fuß wohl freiwillig weibliche Hormone schlucken würde.

Carl Lowell Harp, der ›andere‹ Troy Asin, wurde wegen vier Verbrechen verurteilt, von Mord ersten Grades über Vergewaltigung/erzwungenem Oralverkehr bis zu tätlichem Angriff mit einer Waffe. Die möglichen Höchststrafen waren fünfmal ›lebenslänglich‹, einmal zwanzig Jahre und zweimal zehn Jahre. Nach mehreren gewalttätigen und obszönen Ausbrüchen – vor allem gegenüber weiblichen Bewährungshelfern – gab Harp zu, sich ›verrückt‹ aufzuführen, weil er ins Western State Hospital gebracht werden wollte, wo Experten ihn untersuchen und für ›völlig normal‹ befinden würden. Statt dessen wurde Carl Harp direkt nach Walla Walla eingewiesen, um seine nacheinander abzubüßenden lebenslangen Haftstrafen anzutreten. Da ›lebenslänglich‹ damals in Washington gewöhnlich dreizehn Jahre und vier Monate bedeutete, sorgte der Umstand, daß die Strafen nacheinander zu verbüßen waren, dafür, daß er nie wieder auf freien Fuß kommen würde.

Nach Carl Harps Heckenschützen-Verbrechen wurde ein neuer Status eingeführt. Falls in der Zukunft ein Heckenschütze so ›menschenverachtend‹ handelte wie Harp, würde er des Mordes ersten Grades angeklagt werden.

Carl Harp sorgte jedoch schon bald wieder für Schlagzeilen. Im Mai 1979 nahmen er und zwei Mithäftlinge zehn Geiseln, die sie in einem Gefängnisbüro einsperrten, verbunden mit zwei Rohrbomben, die mit Plastiksprengstoff bestückt waren. Harp und die anderen Häftlinge – verurteilte Entführer – waren mit Messern bewaffnet. Bei den Geiseln, unter denen sich auch drei Frauen befanden, handelte es sich um acht Psychologen, einen Wärter und einen Rechtsberater von außerhalb des Gefängnisses. Harp listete dreißig Beschwerdepunkte der Häftlinge auf und erklärte, daß sie aufgeben würden, wenn mindestens drei ihrer Forderungen erfüllt würden. Der Hochsicherheitstrakt des Gefängnisses sei überbelegt, erklärte Harp unter anderem, und Häftlinge hätten keine Ansprechperson für Beschwerden.

Sein Aufstand war von kurzer Dauer; die Geiseln wurden nach elf Stunden am 10. Mai um 13 Uhr freigelassen. Sie waren unverletzt. Aber Carl Harp machte der Gefängnisleitung weiterhin das Leben schwer. Er bezeichnete sich selbst als ›Anarchisten‹ und sagte: »Ich bin nicht gewalttätig. Ich bin nicht darauf aus, ein Held zu sein. Ich verabscheue Gewalt. Ich bin behandelt worden wie ein Stück Scheiße, bin geschlagen, gefoltert und chemisch ruhiggestellt worden. Ich bin kein Sklave. Ich bin kein Tier, und ich bin auch kein Untermensch.«

Man sollte annehmen, daß von allen Männern auf der Welt, denen irgendwie die Möglichkeit gegeben war, Liebe zu finden, Carl Harp, ein verurteilter Vergewaltiger und Heckenschütze, der gleich mehrfach zu ›lebenslänglich‹ verurteilt und im Hochsicherheitstrakt einer staatlichen Strafvollzugsanstalt untergebracht war, ganz unten auf der Liste stand. Aber dem war nicht so. Carl Harp schrieb ständig Briefe, darunter im Jahre 1974 einen an eine ›Underground-Zeitung‹ in Bellingham, an die *Northwest Passage*. Eine hübsche achtzehnjährige Collegestudentin hatte Harps Brief gelesen und begonnen, ihm zu schreiben.

»Ich wollte ihm Freundschaft und moralische Unterstützung geben«, sagte Susan Black* später. Sie hatte Harp geglaubt, was er in seinem Brief geschrieben hatte – daß er keinen fairen Prozeß gehabt hätte.

Susan und Carl schrieben einander regelmäßig. Sie tauschten buchstäblich Hunderte von Briefen und Gedichten aus. Anfangs war es noch eine rein platonische Beziehung. Als Susan einen anderen heiratete, schickte Carl Harp ihr eine seiner Zeichnungen als Hochzeitsgeschenk.

Susans Ehe hielt nur zwei Jahre. Als sie 1979 geschieden wurde, machte Harp ihr einen Antrag. In Anbetracht der Örtlichkeit war es keine sehr romantische Situation. Er fragte sie bei einem Besuch, bei dem keinerlei körperlicher

Kontakt erlaubt war und sie durch einen dicken Maschendrahtzaun voneinander getrennt waren. Harp wußte nicht, ob er jemals wieder aus dem Gefängnis herauskommen würde; er erzählte Susan, daß er fürchtete, von Feinden im Inneren des Gefängnisses umgebracht zu werden. Aber sie liebte ihn und sagte ja. Er war dreißig und sie dreiundzwanzig Jahre alt. Sie hatte dunkle Rehaugen, makellose Züge und glänzendes, langes schwarzes Haar. Er war noch derselbe Durchschnittstyp, der er immer schon gewesen war; aber sie betete ihn förmlich an und vertraute ihm, daß er noch nie einer Menschenseele etwas zuleide getan hatte.

Nach der Geiselnahme in Walla Walla wurde Carl Harp nach San Quentin in Kalifornien verlegt. Am 2. September 1980 reiste Susan nach San Quentin, um ihn zu heiraten. Sie lebten nur für die Möglichkeit, daß man ihnen eheliche Besuche gestattete und sie ihre Ehe auch vollziehen konnten. Sie wollten Kinder.

Susan war glücklich, mit Carl verheiratet zu sein, und sie glaubte, daß auch er glücklich wäre. Und doch waren seine Zeichnungen voller Todessymbolik. Eines seiner Bilder war eine Schwarzweißzeichnung von dreizehn Männern und einer Frau, die alle von Stricken baumelten, die Hände auf dem Rücken gefesselt.

Im Juli 1981 wurde Susan ihr erster – und einziger – ehelicher Besuch gestattet. Carl Harp war von San Quentin zurück nach Walla Walla gebracht worden. Man gestattete ihnen ein wenig Privatsphäre in einem der Wohnwagen, die der Washington State Penitentiary unterhält, damit verheiratete Häftlinge mit ihren Ehefrauen zusammensein können.

Die beiden saßen in der Küche und starrten einander an. »Wir wußten fast nicht, wie wir uns verhalten sollten nach all den Jahren ohne körperlichen Kontakt oder Privatsphäre«, sagte Susan Harp dem Reporter Erik Lacitis von der *Seattle Times*. »Wir saßen herum und lachten, alberten herum.«

Und dann liebten sie sich.

Susan Harp hat ihre Stunden in dem Wohnwagen hinter den Gefängnismauern in Walla Walla als sehr romantisch in Erinnerung behalten. Sie sagte, Carl habe ihr über seine Erinnerungen an diese Stunden geschrieben: »Er hat sich so auf den nächsten Besuch gefreut.«

»Ich liebe dich, Frau, für den Fall, daß du es nicht weißt ... Denk nur, wo wir morgen um diese Zeit wären, wenn alles gut gegangen wäre ... seufz.« Man hatte ihnen einen zweiten ehelichen Besuch in Aussicht gestellt, aber dann waren plötzlich sämtliche Besuche dieser Art gestrichen worden.

»Es wird alles gut werden, du wirst schon sehen, und unsere Liebe wird wachsen und gedeihen. Denk NUR positiv, Susan ...«

Es sollte nie wieder einen Besuch geben. Um 18 Uhr 42 am 5. September 1981 fand ein Wärter, der das Abendessen verteilte, den Häftling Carl Harp mit aufgeschnittenen Pulsadern zusammengesunken auf dem Boden, ein Fernsehkabel um den Hals geschlungen. Das andere Ende des Kabels war an einem Kleiderhaken an der Zellenwand befestigt.

Es dauerte vier Monate, bis Carl Harps Totenschein beim Standesamt von Washington einging. Interessanterweise war als Beruf ›freiberuflicher Künstler‹ angegeben. In der Rubrik Todesursache trug der Leichenbeschauer von Walla Walla County ›Ersticken durch Strangulation‹ ein. Unter ›Unfalltod?‹ ›Selbstmord?‹ ›Mord?‹ oder ›Ungeklärt?‹ kreuzte er letzteres an.

Carl Harp hatte seinen Anwälten mitgeteilt, daß ein freundlicher Wärter ihn vor einem Mordauftrag gegen ihn gewarnt hatte; man wolle ihn aus dem Weg räumen, weil er im Gefängnis unerwünscht sei. Einem anderen Anwalt hatte er jedoch erzählt, er sei ›ganz krank vor geistiger Erschöpfung. Ich bin dreiundzwanzig Stunden am Tag in meiner Zelle eingesperrt, und wenn ich mich hinlege, falle ich ins Koma. Ich bin so unsagbar müde‹.

Seine Witwe war der Überzeugung, daß er ermordet worden war.

Aber die Autopsie ergab keinerlei Hinweis darauf, daß jemand Carl Harp erwürgt und anschließend seine Zelle so hergerichtet hatte, daß es wie ein Selbstmord aussah. Die Verletzungen an seinem Hals entsprachen einem Tod durch Erhängen. Die Schnittwunden an seinen Armen waren nicht tief genug, um zum Tod zu führen. Der Abschiedsbrief war in seiner Handschrift verfaßt: »Ich habe es selbst getan, also gebt keinem anderen die Schuld«. Allerdings fand sich ein zerrissener Zettel in der Kommode seiner Zelle. Obgleich die Schnipsel wieder zusammengesetzt wurden, wurde der Inhalt der Nachricht nie bekanntgegeben.

Carl Harp war im Leben ein Rätsel und sollte es auch im Tode bleiben. Detectives und Pathologen wissen, wie leicht es ist, sich zu erhängen, und daß es hierzu nicht erforderlich ist, daß der Körper aus größerer Höhe herabstürzt. Es hat Menschen gegeben, die sich unter Tischen sitzend einfach zurückgelehnt und ein Seil um ihren Hals zugezogen haben, bis sie erstickten. Carl Harp hätte aufstehen können, wenn er es gewollt hätte.

Vielleicht wollte er einfach nicht aufstehen und das Kabel vom Haken nehmen. Vielleicht suchte das Gesicht von Abraham Saltzman im Visier seines Gewehres Harp in seiner Zelle heim.

Und vielleicht wurde er tatsächlich ermordet. Er hatte die Gefängnisleitung gegen sich aufgebracht und war auch bei den anderen Häftlingen unbeliebt. Niemand wird je mit absoluter Gewißheit wissen, *wie* Carl Harp gestorben ist.

Beinahe ebenso schwierig ist es zu entscheiden, welches der beiden Spiegelbilder ›Troy Asins‹ der wahre Anführer war, der wahre Irre. War es Carl Harp? Oder war es James Ruzicka? Als sie getrennt wurden, ging einfach jeder von ihnen seinen eigenen Weg des Mordens und Vergewaltigens. Und konnte man sie letztendlich nicht beide als ›Verrückte‹ bezeichnen?

Tom Harris wollte immer schon Polizist werden. Entsprechend engagiert übt er seinen Beruf aus. Auch privat scheint alles zu stimmen: Mit Sandy Wessendorf hat er eine hübsche und aufregende Lebensgefährtin gefunden. Erst nach einigen Jahres beginnt Sandy die sonderbaren Obsessionen und Geheimnisse ihres Mannes zu erahnen. Als sie den Entschluß faßt, sich von ihm zu trennen, ist es beinahe schon zu spät …

Ann Rule arbeitete erst als Polizistin und dann als Polizeireporterin in Seattle, bevor sie mit Büchern wie *Wenn du mich wirklich lieb hast* und *Eine Rose für ihr Grab* zur ›unbestrittenen Königin des True crime‹ (Philadephia Inquirer) wurde. Sie wird regelmäßig vom US-Senat und von den FBI-Akademien als Verbrechensexpertin eingeladen und befragt.

Band 13 992

BASTEI LÜBBE